Die Prophetin

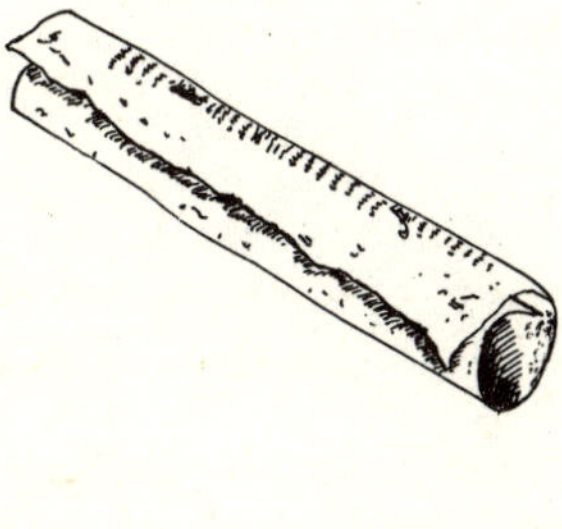

BARBARA

WOOD

Die Prophetin

Roman

Aus dem Amerikanischen
von Manfred Ohl
und Hans Sartorius

Weltbild

Besuchen Sie uns im Internet:
www.weltbild.de

Genehmigte Lizenzausgabe für Verlagsgruppe Weltbild GmbH,
Steinerne Furt, 86167 Augsburg

Umschlaggestaltung: Studio Höpfner-Thoma, München
Umschlagmotiv: gettyimages, München
Gesamtherstellung: GGP Media GmbH, Karl-Marx-Straße 24,
07381 Pößneck
Printed in Germany
ISBN 3-8289-7060-5

2006 2005 2004 2003
Die letzte Jahreszahl gibt die aktuelle Lizenzausgabe an

Für Carlos

»Die Nacht neigt sich dem Ende zu, der Tag ist nahe
Werft ab die Taten der Finsternis und legt an
die Rüstung des Lichts.«
Aus den Stundengebeten

»Ein Kind wird mit dem Glauben geboren.«
Kathryn Lindskoog

Information kennt keine Grenzen.
Universales Hacker-Credo

Prolog

In der Wüste Sinai

Der Magus riß der jungen Frau das purpurrote Gewand von den Schultern. Sie saß nackt und gefesselt im silbernen Mondlicht auf dem schweißbedeckten Pferd.
Seinem Gefolge verschlug es den Atem. Die Männer bestaunten schweigend die Schönheit der Frau. Sie glich den Statuen auf dem Markt, denn sie schien ebenso weiß, kühl und vollkommen zu sein. Aber keine Statue hatte wie sie so lange schwarze Haare, die ihr über den Rücken und die entblößten Brüste fielen. Auch das leichte Zittern ließ keinen Zweifel daran aufkommen, daß diese Frau aus Fleisch und Blut war.
Die Fesseln an Händen und Füßen nahmen ihr nichts von ihrer Würde. Einige der Männer wurden unruhig, senkten verlegen die Köpfe.
Der Magus, Herr und Gebieter über die Seelen im Reich, ließ sich von dem Stolz und der Würde seiner Gefangenen nicht beeindrucken. Er hatte mit allen Mitteln versucht, sie zum Sprechen zu bringen. In der Stadt hatte er ihr gedroht, sie bis an ihr Lebensende einzusperren und hungern zu lassen. Er hatte alles versucht, nur ihre Schönheit hatte er nicht angetastet, denn damit hätte er den Kaiser erzürnt.
Doch jetzt befanden sie sich nicht mehr in der Stadt. Er hatte die junge Frau hierher an diese einsame Stelle in der Wüste entführt, um ihr das Geheimnis doch noch zu entreißen. An diesem gespenstischen Ort waren nur Schlangen und Skorpione Zeugen seiner Tat, und der Wüstensand würde jeden Hinweis auf sein Verbrechen unter sich begraben.
Die sechs Reiter waren lange und schnell geritten. Sie hatten die

Stadt unbemerkt bei Sonnenuntergang verlassen und waren durch die vom Mond beschienene Einöde galoppiert, als seien Dämonen hinter ihnen her. Die Legionen des Kaisers waren weit entfernt, und niemand folgte ihnen.

Erst als sie die Stelle an der verlassenen Küste erreichten, wo bizarre Felsen in den kalt funkelnden Sternenhimmel ragten, hielten sie an. Der Magus wußte: Hier hausten nur die Geister und Dämonen der Finsternis.

Er hatte in den alten Schriftrollen von dem tiefen Brunnen gelesen, aus dem nach der Überlieferung das Volk Israel während der vierzigjährigen Wanderschaft einst Trinkwasser geschöpft hatte. Der Brunnen war längst versiegt. Nur ein dunkles, tiefes Loch war geblieben.

Auf dem siebten Pferd saß die Gefangene. Die zierliche Stute hatte nach dem langen Ritt blutige Nüstern. Als die Männer den Weidenkorb losbanden und die gefesselte Frau aus dem Sattel hoben, wieherte das Pferd und brach tot zusammen.

Die Männer befestigten den Korb an einem langen Seil, und einer von ihnen murmelte ein Gebet, während sie ihn langsam in die Tiefe ließen. Als der Korb mit einem dumpfen Geräusch den Boden des Brunnens erreichte, führten sie die Frau an den Brunnenrand, wo der Magus stand und sie mit seinen Blicken durchbohrte.

»Ich frage dich noch einmal«, sagte er drohend und stieß mit dem Stab seiner Macht dreimal auf den Boden. »Wo ist die siebte Schriftrolle?«

Die Gefangene gab wieder keine Antwort. Wie in den vergangenen Wochen blieb sie stumm, als habe sie seine Worte nicht gehört. Und diesmal glaubte er, in ihren grünen Augen ein herausforderndes Funkeln zu sehen.

Der Magus zitterte wie die Gefangene, aber nicht vor Kälte, sondern vor kaum unterdrückter Wut.

Er war der letzte in der langen Reihe der Magi und wußte sehr wohl, daß die Tage seiner Macht gezählt waren. Die Klarheit des Wissens um das Unsichtbare, das alles Leben hier auf Erden lenkt, entzog sich ihm immer mehr. Wie sollte er der zuverlässige Ratgeber des Volkes und des Kaisers sein, wenn er die Zauberkräfte seiner Vorfahren nicht mehr besaß, denen die Götter die Macht des Wissens um das Unsichtbare geschenkt hatten? In der siebten Schriftrolle, das hatte der Magus nach dem Lesen der anderen sechs erfahren, stand die Offenbarung des neuen Glaubens. Die siebte Schriftrolle würde ihm den Weg zu den Unsterblichen weisen. Dann wäre seine Macht nicht zu erschüttern, denn dann wäre er es, der das Schicksal lenkte. Wenn er mit Hilfe dieser Frau die siebte Rolle fand, dann konnte er Wunder wirken, Tote zum Leben erwecken und Kranke heilen. Er würde das Ende der Welt aufhalten und als der wahre Herrscher neben dem Kaiser gelten.

Den Schlüssel zu allem, wonach er strebte, besaß diese junge Frau. Nur mit dem geheimen Wissen der siebten Schriftrolle würden sich die Worte der Verheißung an ihm erfüllen. Dann erhielte er das ewige Leben als Lohn für seine lange Suche.

Die Gefangene kannte das Versteck, aber sie schwieg. Wenn er die Rolle nicht fand, würde er in Ungnade fallen, in Vergessenheit versinken, und alle seine Bemühungen und die seiner Vorgänger wären gescheitert. Er würde den Mächten der Finsternis verfallen, denen er sich geweiht hatte, um das Geheimnis der unsichtbaren Welten zu enträtseln.

Der Magus hatte sich davon überzeugt, daß seine Gefangene schwach und hilflos war. Sie konnte die Macht, die die Worte des Lichts dem Eingeweihten verliehen, nicht nutzen. Im Grunde war ihr Martyrium sinnlos.

Aber ihr beharrliches Schweigen war für ihn so endgültig wie der Tod. Er glaubte sich fast am Ziel seiner Wünsche und konnte doch an ihrer Entschlossenheit nichts ändern.

Sie verachtete ihn, weil er mit den Menschen spielte, als seien sie nichts als Puppen. Sie mißtraute ihm, denn er war korrupt und intrigant. Er hatte keine Achtung vor dem Leben, tötete jeden, der ihm mißfiel. Der Magus war ein Sklave des Todes. Sie aber diente dem Licht.

»So sei es!«

Er hob die Hand und befahl den Männern mit einer knappen Geste, ihr frevelhaftes Werk zu tun.

Sie packten die junge Frau mit brutalen, gefühllosen Händen. Aus ihren Blicken sprachen Lüsternheit und Gier, als sie ihr ein Seil über den Oberkörper streiften und unter Armen und Brüsten festzogen, um sie langsam in den Brunnen hinablassen zu können.

»Du wirst nicht verletzt werden und schnell sterben!« rief der Magus mit kalter Stimme. »Du sollst lange in deinem dunklen Gefängnis am Leben bleiben. Du wirst bald jeden Stein, jede Spalte und alles Grauen der Dunkelheit kennen. Wenn die Sonne hoch am Himmel steht, wird die Luft zum Verdursten trocken sein, und in den kalten Nächten wird der Frost dich erstarren lassen. Deine Qualen werden mit jeder Stunde wachsen, bis sie über jedes erträgliche Maß hinausgehen. Deine Einsamkeit wird größer und erschreckender sein als der Tod. Du wirst schreien, aber niemand wird dich hören. Und am Ende wird dein Körper die Beute blutgieriger Wesen werden.«

Er machte einen Schritt auf sie zu und hob den Stab seines Amtes, vor dem in früheren Zeiten das ganze Volk in Ehrfurcht zu Boden gesunken war, dem sich jetzt aber nur noch die wenigen Männer und Frauen seiner Gefolgschaft hier und in der Stadt beugten.

»Ich frage dich zum letzten Mal«, flüsterte er, »wo ist die siebte Schriftrolle? Wenn du es mir sagst, schenke ich dir die Freiheit.«

Sie gab keine Antwort.

»Sag mir wenigstens das eine: Hast du die Rolle mit eigenen Augen gesehen?«

Zum ersten Mal, seit er die Frau in seine Gewalt gebracht hatte, öffnete sie den Mund. Es klang fast wie ein Seufzen, als sie antwortete.

»Ja ...«

Der Magus zuckte wie unter einem Peitschenhieb zusammen. Er glaubte an die Unsterblichkeit, an das ewige Leben, wie es Osiris geschenkt worden war. Der Leib des Gottes war in Stücke gerissen und über ganz Ägypten verteilt worden. Aber Isis hatte alle Teile gefunden, den zerstückelten Körper wieder zusammengefügt und ihm den Atem des Lebens eingehaucht. Auf diese Weise hatte sie den Geliebten wieder zum Leben erweckt.

In ohnmächtigem Zorn ballte der Magus die Faust und hob sie zum Himmel. »Wenn ich das Geheimnis nicht kennen darf, dann soll es den Sterblichen auf der Erde bis in alle Ewigkeit verborgen bleiben!«

Seine Männer hoben die Frau hoch und ließen sie Stück für Stück in den Brunnen hinab. Die rauhen Steine schürften die makellose zarte Haut, und Blut floß über ihren Rücken. Als ihre Schönheit in der Schwärze des Brunnenschachts verschwand, schlug der Magus mit dem goldenen Stab auf den kalten Stein und rief: »Bei der Macht, die dieser Stab mir verleiht, den mir mein Vater übergab, so wie ihm die Macht von seinem Vater anvertraut wurde und allen, die vor ihm kamen, bis zurück in die Zeit, als die Unsterblichen noch auf der Erde wandelten, verfluche ich diese Frau und die sechs Schriftrollen des neuen Glaubens, die ich hier mit ihr begraben lasse, damit das Geheimnis des Lebens auf immer den Menschen verborgen bleibe. Kein Sterblicher soll sie lesen und das Rätsel der Unsterblichen lösen. Wer diesen Brunnen findet, sei verflucht!«

Ein Reiter erschien unter den zerklüfteten Klippen. Er zügelte sein Pferd weit genug vom Lager der Männer entfernt, daß niemand ihn hörte. Dann saß er ab, schlich sich unbemerkt näher und schnitt mit dem Dolch den Schlafenden so schnell die Kehlen durch, daß keinem der fünf Männer Zeit blieb, einen letzten Schrei auszustoßen.

Als dies gelungen war, drang er in das Zelt des Magus ein, denn er hoffte, dort seine Geliebte zu finden. Aber sie war nicht da.

Er fesselte den Magus und hielt ihm den Dolch an die Kehle. Der Alte wehrte sich nicht. Er sah den jungen Mann nur wissend und in sein Schicksal ergeben an.

»Du wirst sie nicht finden, und du kannst sie nicht retten.«
Aus Zorn und in ohnmächtiger Verzweiflung stieß der junge Mann dem Magus den Dolch ins Herz. Das rote Blut tränkte das seidene Kissen.
Er verließ das Lager und machte sich auf die Suche nach seiner Geliebten. Er ritt am felsigen Ufer entlang und folgte den ausgetrockneten Wasserläufen. Er hob den Kopf und blickte hinauf zu den Sternen, als suche er sie auch dort.
Dann hörte er plötzlich einen erstickten Laut in der stillen Nacht. Er irrte durch die Dunkelheit. Schließlich fand er das tote Pferd und in der Nähe das purpurrote Gewand. Und er entdeckte den Brunnen. Er lauschte. Er rief ihren Namen. Er hörte ein Stöhnen. Der junge Mann wendete seinen Hengst, galoppierte zum Lager zurück und holte ein Seil. Als er den Brunnen wieder erreicht hatte, schlang er ein Ende des Seils um einen Felsen und kletterte in die Tiefe.
Sein Fuß stieß gegen etwas Weiches, und er wich seitlich aus, bis er den Boden spürte. Dann tastete er in der Dunkelheit nach seiner Geliebten. Er fand sie, und als er feststellte, daß sie nackt war, sank er neben ihr nieder und flüsterte: »Hab keine Angst, Liebste. Wir sind in Sicherheit. Deine Peiniger sind tot. Der Magus ist tot. Gib mir deine Hand, denn ich kann dich nicht sehen.« Er wartete, aber alles blieb still. »Warum gibst du mir keine Antwort?«
Er legte den Kopf auf ihre Brust. Ihr Herz schlug nicht mehr. Ihr Körper war noch warm. Noch vor kurzem hatte sie gestöhnt, aber jetzt war sie tot.
Sein Klageruf hallte dumpf in dem dunklen, tiefen Brunnen und stieg hoch zum Himmel auf. Er hatte seine Zeit damit vergeudet, die Männer und den Magus zu töten, während sie hier einsam und verlassen in dem Brunnen lag und starb.
Seine Hilfe kam zu spät.
Schluchzend kletterte er aus dem Brunnen und holte das reich bestickte purpurrote Gewand, das ihr gehört hatte.
Als er wieder in den Brunnen stieg, hielt er einen Augenblick an,

bevor er den Boden erreichte. Kurz entschlossen durchtrennte er mit dem Dolch das Seil. Er fiel auf den Boden, das Seil baumelte außer Reichweite über ihm. Er breitete das Gewand über die inzwischen erkaltete Leiche, legte sich neben sie und nahm sie in die Arme. Seine Tränen wärmten ihr die Haare.

»Du sollst nicht vergebens gestorben sein, Geliebte«, flüsterte er. »Die Götter sind Zeugen meines Schwurs. Mein Glaube, der sich von deinem unterscheidet, gibt mir die Kraft, dir zu versprechen, daß dein Tod nicht umsonst gewesen ist. Wir werden wieder zusammensein und uns ewig lieben. Das gelobe ich dir.«

Der erste Tag

Dienstag,
14. Dezember 1999

Scharm el Scheich, Golf von Akkaba

Die Explosion erschütterte das Land im weiten Umkreis und zerriß die morgendliche Stille. Staubwolken stiegen in die Luft, Geröll prallte an die zerklüfteten Felsen. Vögel, die in den Dattelpalmen saßen, flatterten erschrocken auf und flogen über das blaue Wasser des Golfs.

Dr. Catherine Alexander kam stolpernd aus ihrem Zelt. Zum Schutz vor den Strahlen der aufgehenden Sonne legte sie eine Hand über die Augen und blickte auf die etwa zweihundert Meter von ihrem Lager entfernte Baustelle. Beim Anblick der riesigen Baumaschinen lief ihr ein Schauer über den Rücken. Und als sie die Staubwolke sah, hätte sie vor Empörung beinahe laut aufgeschrien.

Warum das Dynamit?

Man hatte ihr versprochen, sie rechtzeitig vor einer Sprengung zu informieren. Die Baustelle befand sich ohnehin zu nahe an ihrer Grabungsstelle, und das Dynamit konnte die vorsichtig ausgehobenen Gräben mit einem Schlag vernichten.

Sie zog schnell die Stiefel an und rief den Männern ihrer Mannschaft, die verschlafen aus den Zelten krochen, zu: »Seht euch die Gräben an! Vergewissert euch, daß die Stützbalken halten. Ich werde mit unserem Nachbarn ein ernstes Wort reden.«

Während Catherine über den Sand eilte, sah sie, daß bereits Planierraupen heranfuhren, um das gesprengte Gestein abzuräumen. Sie fluchte leise.

Hier sollte ein Hotelkomplex entstehen, einer der vielen luxuriösen, klimatisierten Tummelplätze für reiche Touristen, die an der östlichen Küste der Sinaihalbinsel gebaut wurden. So weit man sehen konnte, ragten an der sanft geschwungenen Küste Hotels und Hochhäuser wie weiße Monolithe in den blauen Himmel und verwandelten die karge Landschaft in ein zweites Miami.

Catherine wußte, bald würde es hier keine Stelle mehr geben, an der Archäologen graben konnten. Das hatte sie versucht den Bürokraten in Kairo zu erklären, als sie sich vergeblich darum bemühte, einen Baustopp für das neue Hotel zu erwirken, bis ihre Ausgrabungen abgeschlossen sein würden. Aber in Kairo hörte niemand auf eine Frau und erst recht nicht auf eine, der man die Grabungserlaubnis nur mit Vorbehalten erteilt hatte.

»Hungerford!« rief Catherine schon von weitem, als sie sich den Wohncontainern der Bauleitung näherte. »Sie hatten mir *versprochen*, nicht zu sprengen!«

Die Gefährdung der Grabungen erschwerte ihr das Leben zusätzlich. Und im Augenblick hatte Catherine bereits mit genug Widrigkeiten zu kämpfen. Das Ministerium in Kairo saß ihr im Nacken und zeigte ein auffällig großes Interesse an der Ausgrabung. Früher oder später würden sie hinter die eigentliche Absicht kommen und wissen, daß Catherine gelogen hatte. Zu allem Überfluß hatte ihr die Stiftung in der letzten Woche mitgeteilt, man sehe sich gezwungen, das Projekt fallenzulassen und die Geldmittel zu streichen, wenn bei den Ausgrabungen nicht in Kürze positive Ergebnisse vorliegen würden.

Aber ich bin doch fast am Ziel, dachte Catherine, während sie von Container zu Container lief und an die Blechtüren klopfte. *Ich weiß, daß ich den Brunnen bald finden werde! Man muß mir nur die Möglichkeit geben, meine Arbeit ohne solche verdammten Störungen durchzuführen ...*

»Hungerford! Wo sind Sie?«

Catherine näherte sich dem Container, der als Planungsbüro diente. Plötzlich hörte sie in ihrem Rücken Stimmengewirr. Sie drehte sich um und sah im gleißenden Sonnenlicht, daß Hungerfords arabische Arbeiter zu der Stelle rannten, wo das Dynamit gezündet worden war.

Sie beobachtete verblüfft, wie die Männer aufgeregt gestikulierend in der sich langsam auflösenden Staubwolke auf einen Felsen zuströmten. Offenbar hatte einer der Arbeiter etwas gefunden.
Catherine hielt den Atem an. Sie kannte diese Art Aufregung. So war es auch bei den Grabungen in Israel und im Libanon gewesen, wenn etwas wirklich Wertvolles und Einmaliges gefunden worden war.
Plötzlich rannte auch sie los, sprang über Steine, wich Felsbrocken aus und stolperte über Geröll. Sie erreichte die Gruppe in dem Augenblick, als sich Hungerford einen Weg durch die Menge bahnte.
»Was soll das? Wer hat euch gesagt, daß ihr die Arbeit unterbrechen könnt?«
Der dicke Texaner nahm den leuchtend gelben Schutzhelm vom Kopf und fuhr sich mit der Hand durch die rötlichen Haare. Wie immer lief ihm der Schweiß über das rote Gesicht.
»Guten Morgen, Frau Doktor«, begrüßte sie Hungerford, als er Catherine sah. »Also, was ist los, Leute?«
Die Araber begannen alle auf einmal zu reden. Einer hielt etwas in der Hand, das wie das Stück einer alten vergilbten Zeitung aussah.
»Warum die Aufregung?« murmelte Hungerford kopfschüttelnd.
»Darf ich?« Catherine nahm dem Araber den Fund aus der Hand. Die Männer verstummten und sahen gespannt zu, als sie das Papier aufmerksam betrachtete.
Es war kein Papier, sondern Papyrus.
Sie zog eine Lupe aus der Tasche ihrer Khakibluse und betrachtete das Fragment. »›Jesus‹ ...!« flüsterte sie plötzlich.
Hungerford verzog spöttisch die Lippen. »Sie werden doch nicht fluchen, Frau Doktor?«
»Nein, das steht hier. Sehen Sie? Hier steht auf griechisch ›Jesus‹.«
Hungerford kniff die Augen zusammen. Sie deutete auf das Wort

›*Iesous*‹, und er murmelte sichtlich beeindruckt: »Das heißt tatsächlich Jesus?«
»Ja, und das hier ist, wie Sie sehen, nur ein Fragment.« Catherine deutete auf den Riß. Die untere Hälfte des Papyrus fehlte.
Er lachte plötzlich laut, und es klang spöttisch, als er fragte: »Ist das vielleicht ein ›Jesus-Fragment‹?«
Catherine kannte seine unverschämte Art, sich über ihre Arbeit lustig zu machen, und gab ihm keine Antwort. Sie betrachtete den Fund nachdenklich. Der Papyrus hatte eine honiggelbe Farbe und war mit schwarzen Schriftzeichen bedeckt. Sie sah sofort, daß es sich nicht um neugriechische Buchstaben handelte. Das war in der Tat ein sehr altes Dokument. Ihr Herz schlug plötzlich schneller.
Bin ich vielleicht auf das gestoßen, wovon jeder Archäologe träumt? Nein, es wäre einfach zu schön, zu wunderbar, um wahr zu sein ...
»Vermutlich stammt es von einem Einsiedler aus dem vierten Jahrhundert«, murmelte sie ausweichend und schob sich eine Strähne des kastanienbraunen Haars aus der Stirn. Dann fügte sie erklärend hinzu: »In den Felsenhöhlen hier lebte einst eine große Zahl Asketen und Propheten, und am Ende des römischen Reiches war Griechisch unter den Gelehrten weit verbreitet.«
Hungerfords Blick richtete sich auf die Wüstenlandschaft zu ihrer Linken. Die Sonne brannte bereits unbarmherzig auf die zerklüfteten hohen Felsen. Der ständige Wind am Golf schien plötzlich stärker zu werden. Die beiden Amerikaner und die wartenden Araber glaubten, ein merkwürdiges Pfeifen zu hören. Es klang wie zischender Dampf. Über ihren Köpfen kreiste ein Falke und stieß einen schrillen Schrei aus. Catherine lief ein Schauer über den Rücken.
Hungerford räusperte sich und blickte wieder auf das Fragment. »Ist es etwas wert?«
Catherine hob die Schultern. »Das hängt von seinem Alter ab.« Sie sah ihn nicht an. »Und davon, was auf dem Papyrus steht.«
»Können Sie es lesen?«

»Dazu muß ich in mein Zelt, um es mir genauer anzusehen. Die Buchstaben sind verblaßt, und der Papyrus ist an einigen Stellen bereits brüchig. Außerdem wäre es hilfreich, wenn wir den Rest finden würden.« Sie deutete noch einmal auf den gezackten unteren Rand.

»Also gut!« Hungerford setzte den Schutzhelm wieder auf. »Wir werden sehen, woher es kommt. Fünf ägyptische Pfund für den Mann, der mehr von dieser Art Papyrus findet. *Yallah,* Leute!«

Die Männer durchsuchten die nähere Umgebung. Das Geröll bestand in erster Linie aus Kalkstein und Schiefer. Plötzlich fand einer der Arbeiter etwas unter einem Stein. Alle stürzten sich darauf. Aber es war nur die Titelseite der *International Times* von vor zwei Tagen. Vermutlich hatte sie der Wind aus einem Touristenhotel hergetragen. Catherine sah die Schlagzeile:

›JAHRTAUSEND-FIEBER!‹

Darunter stand fett gedruckt: ›Das Ende? Weltuntergang in zwanzig Tagen!?‹

Ein Photo zeigte den Petersdom in Rom, wo sich bereits viele Menschen zu Tag- und Nachtwachen versammelten und darauf warteten, daß die Glocken das neue Jahrtausend einläuteten. In weniger als drei Wochen würde das Jahr 1999 enden und das Jahr 2000 beginnen.

Die Araber fanden zwischen den Steinen Stücke eines Hanfseils und Stoffreste. Als sich Catherine das brüchige Gewebe ansah, wußte sie, daß es ebenfalls sehr alt war.

Sie betrachtete noch einmal das Fragment, und wieder fiel ihr Blick auf das Wort: ›Jesus‹.

Was haben wir gefunden?

»Wir müssen den Platz freiräumen«, sagte sie mit belegter Stimme, und wieder lief ihr ein Schauer über den Rücken. Die Augen der Araber waren auf sie gerichtet.

Sie wissen es!

Catherines Nerven waren zum Zerreißen gespannt. Hungerford und sie durften die Männer nicht mehr aus den Augen lassen. Wenn sich die Nachricht von einem ›Jesus-Fragment‹, wie

Hungerford leichtsinnig laut gesagt hatte, verbreitete, würde bald jeder Beduine im Umkreis von fünfzig Meilen am Ort der Sprengung erscheinen und sein Zelt aufschlagen. Dann wären alle Artefakte verschwunden, bevor die ägyptischen Behörden einschreiten konnten. Catherine hatte auch das schon erlebt.

»Wir dürfen unter keinen Umständen etwas von dem Fund verlauten lassen.«

Hungerford sah sie erstaunt an und nickte dann langsam. »Verstehe ...«, brummte er. »Und nun?«

Catherine wollte mit dem Fragment so schnell wie möglich zu ihrem Zelt. Sie mußte das brüchige Papyrus vor weiteren Schäden bewahren und es so schnell wie möglich übersetzen.

Was wird dort stehen außer dem Namen Jesus?

»Dr. Alexander!«

Sie drehte sich um und sah, daß Samir, ihr Aufseher, gerufen hatte. Als er sie erreichte, meldete er in dem klaren Englisch, das er während des Studiums in London gelernt hatte: »Einige Wände sind beschädigt und sechs Gräben eingestürzt.«

»Das bedeutet, wir haben einen Monat Arbeit verloren!«

Catherine warf einen wütenden Blick auf Hungerford, der verlegen lächelte. »Tut mir leid, aber der Fortschritt läßt sich nicht aufhalten. Die Vergangenheit darf der Zukunft nicht im Wege stehen, Frau Doktor.«

Catherine mochte Hungerford nicht. Sie hatte ihn von Anfang an abstoßend gefunden. Als er vor zwei Monaten mit seiner Mannschaft und dem gesamten Maschinenpark hier erschienen war, hatte er gefragt: ›Was macht eine so hübsche Frau wie Sie ganz allein in der Wüste?‹

Catherine hatte ihm höflich erklärt, daß sie mit ihrem Ausgrabungsstab und fünfzehn Arbeitern wohl kaum ›allein‹ sei.

Hungerford hatte anzüglich gelacht und ungerührt erwidert: ›Ach, Sie wissen ganz genau, was ich meine! Eine so hübsche Frau wie Sie braucht einen Mann.‹

Catherine erklärte, sie sei zum Arbeiten hier, aber er antwortete:

›Wir sind alle hier, um zu arbeiten. Das heißt doch nicht, daß man nicht hin und wieder Zeit hat, sich zu amüsieren …‹

Wie sich herausstellte, bestand das ›Amüsieren‹ in dem Versuch, sie zu einem Drink im nahe gelegenen Hotel Isis einzuladen. Der schäbige Betonklotz stammte noch aus den fünfziger Jahren und war ein Treffpunkt für Ausländer, die hier arbeiteten oder wohnten, und Touristen aus dem Nahen Osten, die nicht so viel Geld hatten wie die Gäste der Luxushotels. Auch Catherine erholte sich nach der Tagesarbeit hin und wieder mit einigen ihrer Leute in der verräucherten Bar des Hotels, aber sie ging Hungerford immer aus dem Weg. Sein aufdringliches Lachen gefiel ihr nicht, und der dicke Bauch über der riesigen Silberschnalle seines breiten Ledergürtels wurde auch nicht dadurch anziehender, daß er ihn ständig stolz mit beiden Händen umfaßte, als sei der Bauch etwas Besonderes, das nur er zu bieten habe. Der Texaner ließ sich jedoch keine Gelegenheit entgehen, sie in ein Gespräch über die Ausgrabung zu verwickeln. Er stellte ihr Fragen, wie: ›Sie suchen also nach den Tafeln mit den Zehn Geboten?‹ Catherine gab ihm jedesmal ausweichende Antworten und hütete sich davor, ihm den wahren Grund für ihre Grabung anzuvertrauen.

Aus Vorsicht hatte sie sogar den Behörden in Kairo nur gesagt, was alle wußten: ›Wir suchen nach Moses.‹

Sie konnte sich die Reaktionen gut vorstellen, wenn man die Wahrheit erfahren würde, daß sie nämlich nicht nach Moses, sondern nach seiner *Schwester* suchte, nach der Prophetin Mirjam.

»Also«, sagte Hungerford jetzt grinsend und deutete mit einem vom Nikotin verfärbten Finger auf das Fragment. »Glauben Sie, das hat etwas mit Ihrer Arbeit hier zu tun?«

Catherine hatte zweifellos das brüchige Stück einer Schriftrolle aus dem Altertum gefunden. Unwillkürlich betastete sie vorsichtig das bräunlichgelbe Blatt. Sie spürte die rauhe Oberfläche an der Fingerspitze und blickte ehrfurchtsvoll auf die mit großer Sorgfalt geschriebenen Buchstaben.

Hatte das überraschend aufgetauchte Dokument etwas mit ihrer Suche nach der Prophetin Mirjam zu tun?
Als sie nachdenklich den Kopf hob, traf der scharfe Wind ihr Gesicht. Sie atmete tief die zeitlose, salzige Luft des Golfs ein und rümpfte über die Gerüche des Fortschritts – Dieselabgase und der Rauch einer nicht allzuweit entfernten, brennenden Müllhalde – die Nase.
Wonach mochte die Luft gerochen haben, als die Israeliten vor mehr als dreitausend Jahren hier entlanggezogen waren? Wie war das Leben unter diesem Himmel gewesen, als sich Schleier und Umhänge der Israeliten im Wind blähten, und Mirjam die Kühnheit besaß, ihrem Bruder, dem Anführer der Juden, die Stirn zu bieten und ihn zu fragen: ›Hat der Herr nur durch Moses gesprochen?‹
Catherine zwang sich, in die Gegenwart zurückzukehren. Da sie Hungerfords Blick noch immer auf sich gerichtet sah, senkte sie schnell den Kopf und stellte fest, daß sie in der Eile nach der überraschenden Sprengung vergessen hatte, die oberen Knöpfe der Bluse zuzuknöpfen.
»Ich muß mir das Fragment genauer ansehen«, erklärte sie mit Nachdruck und drehte sich um. »Sagen Sie Ihren Leuten, sie sollen weitersuchen.«
»Na klar!« trompetete Hungerford, und sein vulgäres Lachen hallte von den Felsen wider.
Als Catherine das Lager erreichte, hatte ihr Grabungs-Team aus amerikanischen Studenten und Freiwilligen bereits damit begonnen, die Gräben zu sichern, die durch Hungerfords Sprengung in Mitleidenschaft gezogen worden waren. Unter dem Sonnendach, ihrem ›Eßzimmer‹, füllte der Koch Körbchen mit einheimischem Fladenbrot, zerteilte den Ziegenkäse und stellte die unterschiedlichen Becher für den starken, schwarzen Kaffee bereit, den alle mit größter Begeisterung tranken.
In diesem Winter hatte Catherine eine gute Mannschaft. Das lag zum Teil an dem kühlen Wetter. Es war sehr viel schwieriger, in den drückend heißen Sommermonaten Leute zu finden, die be-

reit waren, bei einer Grabung mitzuarbeiten. Leider würden die meisten Weihnachten nach Hause fahren, und nur einige hatten ihre Rückkehr zugesagt. Auch das machte ihr Sorgen.
Das neue Jahr würde kein gewöhnliches Jahr sein. Es war der Beginn eines neuen Jahrzehnts, eines neuen Jahrhunderts und sogar eines neuen Jahrtausends.
Catherine fürchtete nicht zu Unrecht, daß sie gezwungen sein würde, die Ausgrabung vorübergehend abzubrechen. Genau das konnte sie sich aber nicht leisten, denn sie spürte mehr denn je, daß sie an einem Wendepunkt in ihrem Leben stand.
Sie trat in das Zelt und legte das Fragment vorsichtig auf die Arbeitsplatte, um es genauer zu untersuchen. Aber zuerst ging sie zum Waschbecken und kühlte sich das Gesicht ab. Ein Blick in den Spiegel zeigte ihr in der nüchternen Klarheit des hellen Morgens, daß sie müde und erschöpft aussah.
Wie konnte Julius behaupten, sie sei schön?
Catherine fand ihr Gesicht in keiner Weise außergewöhnlich, obwohl sie vermutlich sehr viel jünger als sechsunddreißig aussah. Trotz der anstrengenden Jahre unter der heißen Sonne bei Ausgrabungen in Israel und Ägypten war es ihr bis jetzt irgendwie gelungen, dem Schicksal aller Archäologen zu entgehen, ständig unter Sonnenbrand zu leiden und ein Gesicht voller Falten und Krähenfüße zu haben. Die großen grünen Augen, ein Erbe ihrer Mutter, fand auch Catherine schön. Immerhin waren die langen kastanienbraunen Haare, die sie im Nacken mit einer Spange zusammenhielt, noch nicht von grauen Fäden durchzogen. Aber jetzt stellte sie seufzend fest, daß ein neues Zeichen des Alters hinzugekommen war: eine senkrechte Falte zwischen den Augen. Die Falte war entstanden, weil sie bei ihrer konzentrierten Arbeit immer unbewußt die Augenbrauen zusammenzog. Bisher war sie stets wieder verschwunden. Doch obwohl Catherine das Gesicht jetzt bewußt entspannte, blieb die Falte deutlich sichtbar.
›Du wirst nicht jünger‹, hörte sie eine spöttische Stimme flüstern.

Catherine lächelte. ›Du auch nicht, mein lieber Julius ...‹
›Sie brauchen einen Mann‹, hatte Hungerford gesagt.
Catherine hatte einen Mann. Leider befand er sich neuntausend Meilen entfernt am anderen Ende der Welt. Julius fehlte ihr ...
Catherine schaffte genügend Platz auf dem überfüllten Arbeitstisch. Dann öffnete sie eine Klappe am Zeltdach, um das Morgenlicht hereinzulassen.
Die Sonnenstrahlen fielen auf ein Photo, das sie mit Klebeband über dem Arbeitstisch befestigt hatte: Julius lächelte sie an, als unterhalte er sich gerade mit ihr.
Er sah wirklich gut aus, hatte schwarze Haare, einen gepflegten Bart und, wie sie fand, geheimnisvolle dunkle Augen.
Dr. Julius Voss war vor zwei Jahren auf einer Archäologen-Tagung in Oakland in ihr Leben getreten. Catherine hatte dort ein Thesenpapier vorgestellt mit dem Titel: ›Bestimmung der Herkunft von Ton bei Keramik der Bronzezeit mit Hilfe der optischen Emissionsspektroskopie.‹
Julius war Mediziner und hatte sich auf Krankheiten im Altertum spezialisiert. Er hielt einen Vortrag über das auffällig häufige Vorkommen von Unterarmbrüchen bei ägyptischen Skeletten, besonders bei Frauen. Er vertrat die Auffassung, daß diese Brüche entstanden waren, als der Arm zur Selbstverteidigung gehoben wurde, um einen Schlag abzuwehren.
In der Mittagspause lernten sie sich kennen, und die gegenseitige Anziehung war augenblicklich spürbar. Es war wirklich so etwas wie Liebe auf den ersten Blick gewesen.
›Warum, Cathy?‹ hörte sie ihn wieder fragen, als befinde er sich plötzlich in ihrem Zelt. ›Warum willst du mich nicht heiraten? Es kann doch nicht daran liegen, daß du keine Jüdin bist. Das ist nicht der Grund. Du weißt, daß ich von dir nicht verlange, meine Religion anzunehmen.‹
Catherine würde sich niemals zu seinem Glauben bekehren, selbst wenn er das verlangen sollte. Sie hatte ihm bereits gesagt, daß sie keine Religion brauchte. Der Katholizismus ihrer Kindheit und Jugend reichte, um ein Leben lang genug von Religio-

nen zu haben. Aber es gab andere Gründe dafür, daß sie Julius nicht heiraten konnte, auch wenn sie ihn noch so sehr liebte.
Das Problem ließ sich nicht so leicht in Worte fassen: Julius war Jude, genauer gesagt ein *gläubiger* Jude. Nicht die Tatsache, daß er Jude war, bereitete ihr Unbehagen, sondern seine Frömmigkeit. Catherine liebte Julius. Wenn sie sich über wissenschaftliche Themen oder über gemeinsame Interessen unterhielten, dann konnte sie frei und ungezwungen mit ihm reden, für ihn dasein und ihm zuhören. Aber jedesmal, wenn es um Religion ging – und das würde nicht ausbleiben, wenn sie in seine große orthodoxe Familie einheiratete –, dann erfaßte sie eine unbestimmte, namenlose Angst.
Catherine schob mit einem leisen Seufzen den Gedanken an Julius beiseite und konzentrierte sich auf das Fragment.
Sie überflog die griechischen Buchstaben, doch das Wort ›Jesus‹ fand sie nur an einer Stelle. Aber das war bedeutsam genug.
Bestand möglicherweise eine Verbindung zwischen diesem christlichen Dokument und der Prophetin des Alten Testaments, nach der sie hier auf der Sinaihalbinsel suchte? Gab das Jesus-Fragment vielleicht den entscheidenden Hinweis, auf den sie schon so lange gehofft hatte? Würde sie möglicherweise erfahren, wo sich die Oase befand, die Stelle in der Wüste, wo Mirjam und ihr Bruder den Kampf um die Macht geführt hatten?
Catherine überlegte einen Augenblick und nahm dann ein Buch aus dem Regal. Es stammte aus dem Jahr 1764, und es handelte sich um die englische Übersetzung der Erinnerungen von Ibn Hassan, einem Araber aus dem zehnten Jahrhundert, dessen Schiff im Jahr 976 n. Chr. in einem Sturm vom Kurs abgekommen war. Der Mann konnte sich an eine nur ungenau bezeichnete Küste retten. Beim ersten Lesen war Catherine die Stelle aufgefallen: ›... im Lande Sina gestrandet ...‹
Damals dachte sie: *Spricht er von der Sinaihalbinsel?*
Sie verglich die unklaren Hinweise aus der Geschichte des Arabers mit Stellen im Alten Testament und kam unter Einbeziehung von Astronomie und der Navigation mit Hilfe von Sternen

(Ibn Hassan berichtete: ›Ich sah, wie Aldebaran über meiner Heimat aufging‹) sowie unter Berücksichtigung der Legenden und Gebräuche der Beduinen dieser Gegend zu dem Schluß, daß der Araber an dieser Küste gestrandet war, wo jetzt die Ferienhotels Touristen aus aller Welt anlockten.

Mit dieser Erkenntnis hatte Chatherines lebenslange, unbestimmte Suche schließlich ein Ziel gefunden. Sie sah ihre Vermutungen bestätigt, denn Ibn Hassan hatte geschrieben: ›Ich verbrachte meine einsamen Tage an einem Ort, wo die ansässigen Beduinen ihre Herden tränken, dem *Bir Maryam* ...‹

Der Mirjam-Brunnen.

Catherines Suche hatte genaugenommen an einem ganz bestimmten Tag begonnen. Als Vierzehnjährige zeigte man in der von Nonnen geleiteten katholischen Schule während der Karwoche eine Reihe von Filmen für die achte und neunte Klasse zum Thema: ›Bibelfilme der vierziger und fünfziger Jahre.‹ Höhepunkt war DeMilles Klassiker *Die Zehn Gebote* aus dem Jahr 1954. Während die meisten ihrer Mitschüler, die mit den technischen Spezialeffekten von *Star Trek* und *Krieg der Sterne* aufgewachsen waren, kicherten und sich langweilten – allerdings gab es Beifall, als Moses das Rote Meer teilte –, wurde Catherine sehr nachdenklich. Alle Filme verherrlichten die Helden der Bibel: Samson, Moses, Salomon. Auf der Leinwand zeigte man gute, würdevolle und heldenhafte Männer. Unter den Frauen gab es dagegen nur zwei Typen: Die böse Verführerin und die geduldig leidende Jungfrau. Selbst ältere Frauen und Mütter wirkten in den Filmen irgendwie jungfräulich und blaß. In keinem Film gab es eine richtige Heldin. Catherine fand, daß die Frauen wenig mehr waren als Statistinnen zur Verherrlichung der Männer.

Aus dieser einfachen Beobachtung – Catherine war überzeugt davon, daß es auch in biblischen Zeiten Heldinnen gab – hatte sich bereits in ihrer Jugend eine wahre Besessenheit entwickelt, die schließlich zu ihrer Berufswahl führte: biblische Archäologie. Sie glaubte felsenfest, daß der Wüstensand, in dem man Schätze wie das Grab des Tut-ench-Amun und die Schriftrollen vom To-

ten Meer gefunden hatte, weit mehr Geheimnisse barg, die nur darauf warteten, ausgegraben zu werden. Wenn man in der Bibel keine Heldinnen fand, dann wollte Catherine sie an Ort und Stelle, in der Wüste finden.
Sie mußte jedoch bald feststellen, daß die von Männern beherrschte Archäologie und Bibelwissenschaft mit ihren anerkannten und scheinbar unumstößlichen Theorien von der alten Garde wie eine uneinnehmbare Bastion verteidigt wurden. Sie tolerierten in ihren Reihen kaum Frauen und waren unter keinen Umständen bereit, von ihren grundsätzlichen Erkenntnissen abzurücken.
Als sich Catherine vor fünf Jahren zum ersten Mal um eine Grabungsgenehmigung in dieser Gegend bemüht hatte, erklärte sie den Beamten im Ministerium in Kairo, sie beabsichtige, nach dem Mirjam-Brunnen zu suchen, und hoffe damit, Beweise für ihre Theorie zu finden, daß Mirjam, die Schwester von Moses, eine Anführerin der Israeliten gewesen sei und daß sich die Geschwister die Führerschaft als *gleichberechtigte Partner* geteilt hätten.
Die zähen Verhandlungen zogen sich über Monate hin. Sie führte zahllose Gespräche, zahlte hohe Bestechungsgelder, mußte erleben, daß Dokumente spurlos verschwanden, wurde von einer Stelle zur anderen verwiesen, und schließlich lehnte man ihr Gesuch ab.
Deshalb hatte Catherine den Rückzug angetreten und eine andere Strategie entwickelt. Ein Jahr darauf erschien sie wieder in Kairo und stellte den Antrag auf eine Grabungserlaubnis, um den *Moses*-Brunnen zu suchen.
Als Catherine jetzt Ibn Hassans Buch aufschlug, las sie nicht die Stellen, die ihr Anhaltspunkte für die Suche nach dem Weg der Juden bei ihrem Auszug aus Ägypten geliefert hatten. Sie blätterte bis zu einer Passage, der sie bislang weniger Aufmerksamkeit geschenkt hatte, die sie jetzt jedoch nachdenklich noch einmal las.
›Eines Nachts erwachte ich‹, schrieb der Araber, ›und vor mir

stand eine wundersame junge Frau, deren Schönheit und Glanz mich blendeten. Sie führte mich zu einem Brunnen und forderte mich auf, ihn zu füllen, zuerst mit weicher Erde und dann mit Steinen. Auf den Brunnen sollte ich einen Anker aus Schilf stellen.

‹Wenn du das für mich tust, Ibn Hassan›, sagte der Engel zu mir, ‹werde ich dir das Geheimnis des ewigen Lebens verraten.›‹

Catherine blickte nachdenklich auf die Worte: ›Anker aus Schilf‹.

Sie hatte ihnen bislang wenig Bedeutung beigemessen. Wozu einen Anker aus Schilf?

Sie zuckte zusammen. Plötzlich wußte sie die Antwort. Der Anker aus Schilf war ein *Symbol*, kein wirklicher Anker!

Sofort fiel ihr ein, daß der Anker in frühchristlicher Zeit eine symbolische Bedeutung besessen hatte und erst später vom Kreuz verdrängt worden war.

Catherine runzelte die Stirn. Der Anker war das Verbindungsglied zum Christentum, das sie suchte.

Sie blätterte zurück zur ersten Seite von Ibn Hassans Erinnerungen und las mit wachsender Erregung: ›Und so erhielt ich den Schlüssel zum ewigen Leben. Ich, Ibn Hassan Abu Mohammed Omar Abbas Ali, wurde gerettet. Ich konnte die einsame Küste verlassen und zu meiner Familie zurückkehren. Ich erzähle dies im hohen Alter von zweimal sechzig und neun Jahren bei bester Gesundheit und in dem festen Glauben, daß ich nicht sterben werde, denn der Engel hat mir das ewige Leben zum Geschenk gemacht.‹

Catherine hatte diese Worte bisher als Prahlerei eines alten Mannes abgetan, der es liebte, wundersame Geschichten zu erzählen, und deshalb behauptete, einhundertneunundzwanzig Jahre alt zu sein. Aber *jetzt* ...

Sie blickte auf das Jesus-Fragment, das Hungerfords Araber gefunden hatten. Zwei Worte stachen ihr ins Auge: ›*Zoe aionios*.‹

Ewiges Leben.

Bestand ein Zusammenhang zwischen diesem Fragment, das sie

nach vorsichtiger Schätzung um zweihundert nach Christus datierte, und der Erscheinung eines Engels, der einem Schiffbrüchigen sieben Jahrhunderte später das ›ewige Leben‹ verhieß? Wenn es diesen Zusammenhang gab, was hatte der Hinweis auf ›Jesus‹ mit dem Mirjam-Brunnen zu tun?
Catherine hatte, abgesehen von Ibn Hassans Erinnerungen, bisher keine Hinweise auf einen Mirjam-Brunnen gefunden. Aber sie war bei ihren Nachforschungen auf das Buch eines deutschen Ägyptologen von 1883 gestoßen. Er beschrieb darin eine Expedition in die Wüste Sinai. Eines Tages schlug die Gruppe ihr Lager an der Küste im Osten des Katharinenklosters auf. Die Zelte standen unter einem steilen Felsen in der Nähe eines Brunnens mit dem Namen *Bir Umma* – Brunnen der Mutter. In der Nacht wurden die Teilnehmer der Expedition von seltsamen Träumen heimgesucht. Die Frau des Deutschen berichtete fast in denselben Worten wie Ibn Hassan von der Erscheinung einer überirdisch schönen jungen Frau.
Die Frage lag nahe, ob die Ähnlichkeit der Erscheinung ein Hinweis darauf war, daß Professor Krügers Expedition das Lager an der Stelle aufgeschlagen hatte, an der Ibn Hassan Schiffbruch erlitten hatte.
Catherine entdeckte schließlich einen Anhaltspunkt im Alten Testament, der zu ihrem Entschluß führte, an dieser Stelle zu graben.
Exodus 13;21/22: ›Der Herr zog vor ihnen her, bei Tag in einer Wolkensäule, um ihnen den Weg zu zeigen, bei Nacht in einer Feuersäule, um ihnen zu leuchten. So konnten sie Tag und Nacht unterwegs sein. Die Wolkensäule wich bei Tag nicht von der Spitze des Volkes, und die Feuersäule nicht bei Nacht.‹
Catherine erkannte nicht als erste, daß diese Bibelstelle sehr wohl einen aktiven Vulkan beschreiben mochte. Sie wußte, es gab auf der Sinaihalbinsel keine vulkanischen Gebirge, dafür aber in Saudi-Arabien im Osten des Golfs von Akkaba. Man nannte das Gebiet dort ›das Land Midian‹.
Deshalb kam sie zu folgendem Schluß: Das Gebirge befand sich

an der *Westküste* Arabiens. Die Israeliten waren dem Feuer und Rauch des Vulkans gefolgt und an diesen Ort an der *Ostküste,* auf der anderen Seite des Golfs gelangt, denn dort hatten sie die ›Wolkensäule‹ bei Tag und ›das Feuer‹ in der Nacht gesehen.
Catherine war hierhergekommen, um einen Beweis für den Weg der Israeliten durch die Wüste zu finden und auch Hinweise auf die Prophetin Mirjam. Mit einem Papyrus-Fund, in dem das Wort ›Jesus‹ vorkam, hatte sie allerdings nicht gerechnet.
Sie überlegte: *Was hat das Fragment und die Worte ›ewiges Leben‹ mit Ibn Hassans ›Engel‹, mit dem Traum der Frau des Ägyptologen und mit den Legenden der Beduinen zu tun, in denen immer wieder von Geistwesen oder Geistern berichtet wird, die an dieser Stelle den Menschen erscheinen?*
Catherine lauschte auf die Geräusche vor dem Zelt. Der morgendliche Wind nahm an Heftigkeit zu. Er fuhr pfeifend über den dunkelblauen Golf und mischte sich mit dem Lachen und Rufen von Hungerfords Arbeitern, die das Geröll durchsuchten.
Plötzlich erinnerte sie sich, daß sie in der vergangenen Nacht ebenfalls einen seltsamen Traum gehabt hatte.
Nein, es war kein Traum gewesen. Eine Erinnerung, die sie mit großer Entschlossenheit verdrängt hatte, stellte sich erstaunlicherweise wieder ein, um sie zu quälen. ›Du abscheuliches Mädchen! Das wirst du büßen ...‹
Catherine schob die Erinnerung seufzend beiseite und griff nach der Lupe. Sie wollte damit beginnen, die altgriechischen Worte zu übersetzen, als es draußen plötzlich laut wurde.
Die Araber hatten etwas gefunden.

In unmittelbarer Nähe der Sprengung waren die Arbeiter auf ein Loch gestoßen, das wie ein Tunneleingang wirkte. Catherine kniete im Sand und betrachtete die Öffnung. Ihr Herz schlug schneller, sie sprang auf und rannte ohne eine Erklärung zu ihrem Grabungsplatz zurück.
Vor Beginn der Ausgrabungen hatte sie das Gebiet mit den neue-

sten geologischen Meßinstrumenten untersucht und an dieser Stelle das Vorhandensein eines ungewöhnlichen unterirdischen Tunnels festgestellt. Sie hatte ein Planquadrat mit einem Raster angefertigt und dann mit den Grabungen begonnen. Ein Jahr später war sie auf der zweiten Ebene noch immer nicht auf Hinweise für eine menschliche Besiedlung gestoßen. Auf der dritten Ebene hatten sie eine Kalksteinschicht erreicht und den Einstieg zu einem Tunnel gefunden.

Als Catherine jetzt in einem der Gräben stand, wo sie diesen Tunnel entdeckt hatten, fiel ihr auf, daß er in Richtung der Sprengung verlief. Es war bestimmt nicht das Ende des unterirdischen Gangs, der offenbar zu dem steilen Uferfelsen führte.

Was mochte sich am Ende des Tunnels befinden?

Es gab nur eine Möglichkeit, das herauszufinden.

Catherine band sich das Seil um die Hüfte, legte sich auf eine der Paletten auf Rädern, mit denen sie das Geröll aus den Gräben transportierten, und machte sich mit einer Taschenlampe in der Hand auf den Weg.

Im Innern wartete sie einen Augenblick. Der Gang war dunkel und eng. Staub und kleine Steine lösten sich von den Wänden. Niemand kannte die Festigkeit des Gesteins, das durch die Sprengung brüchig geworden sein mochte. Deshalb hatten sie ein Signal verabredet: Wenn Catherine einmal am Seil zog, würde man sie sofort herausholen.

Catherine hatte Hungerford vor dem abenteuerlichen Einstieg noch einmal ermahnt, ein Auge auf seine Leute zu haben und dafür zu sorgen, daß alle in der Nähe blieben und niemand zum nächsten Telefon rannte – die Preise, die die Einheimischen auf dem schwarzen Markt für die Schriftrollen vom Toten Meer und den ›Nag Hammadi‹-Schatz erzielt hatten, waren nicht vergessen. Catherine hatte ihre Gruppe angewiesen, kein Wort über den Fund verlauten zu lassen, bis eine wissenschaftliche Klärung vorlag.

Trotzdem machte sie sich Sorgen. Seit der Sprengung am frühen

Morgen, die das Jesus-Fragment zutage gefördert hatte, waren drei Stunden vergangen. Das Gerücht von dem sensationellen Fund kursierte vielleicht schon auf der ganzen Halbinsel.
Die Sonne stand bereits hoch am Himmel, als Catherine in der Dunkelheit verschwand. Sie bewegte sich langsam, schob sich mit den Ellbogen durch den Gang vorwärts und hielt den Strahl der Taschenlampe auf die endlose Schwärze gerichtet. Immer wieder rieselte Sand auf sie herab, und wenn sie die Palette zum Stehen brachte, hielt sie den Atem an und rechnete fast damit, daß die Decke des Tunnels im nächsten Augenblick einstürzen werde. Sie durfte vor allem nicht die Nerven verlieren. Der Gang war so niedrig, daß sie die meiste Zeit flach auf dem Bauch liegen und den Kopf einziehen mußte. Trotzdem stieß sie immer wieder gegen den Fels. Ihre nackten Knie waren auf dem rauhen Kalksteinboden bald aufgeschürft, und sie wünschte zu spät, die Khakishorts gegen Jeans ausgetauscht zu haben.
Trotz aller Hindernisse und möglicher Gefahren ließ sie sich nicht beirren. Vorsichtig rollte sie auf dem Wägelchen weiter, entschlossen herauszufinden, was sich am Ende des Tunnels befand.
Der Gang wand sich jetzt durch festes Gestein. Neugierig musterte Catherine im Schein der Taschenlampe die relativ glatte Decke und die ebenso glatten Wände. Nach einer Weile kam sie jedoch zu dem Schluß, der Tunnel sei nicht das Werk von Menschen, sondern ein natürlicher Gang. Möglicherweise war er durch ein Erdbeben entstanden oder von Wasser ausgehöhlt worden, das aus einer unterirdischen Quelle stammte.
Wasser für einen Brunnen?
Trotz der Kühle trat Catherine der Schweiß auf die Stirn. Ibn Hassan und Krügers Frau hatten berichtet, hier seien Menschen lebend begraben worden. Catherine liefen kalte Schauer über den Rücken. War ihr Traum eine Warnung gewesen? War dieser Ort verflucht?
Der Gang war plötzlich versperrt. Catherine holte tief Luft. Ihrer Schätzung nach war sie etwa fünfzig Meter von der Öffnung

entfernt, wo Hungerford mit seinen Leuten stand und das Sicherungsseil abrollte. Vorsichtig untersuchte sie das Hindernis und stellte zu ihrem Erstaunen fest, daß es sich um die Reste eines Korbes handeln mußte, die zum Teil noch von Steinen umgeben waren. Sie griff danach und zog daran. Der Korb löste sich mühelos aus dem Geröll. Wieder rieselte Sand auf ihren Kopf. Catherine kniff die Augen zusammen und wartete mit angehaltenem Atem. Als sich die Staubwolke gelegt hatte, richtete sie die Taschenlampe nach vorne.

Der unterirdische Gang ging weiter.

Sie nahm die Korbreste zwischen die Arme und legte das Kinn darauf. Dann rollte sie langsam weiter.

Der Tunnel mündete plötzlich in einen kreisrunden Schacht, der senkrecht nach oben führte. Er hatte einen Durchmesser von etwa fünf bis sechs Metern und war über ihr verschlossen. Catherine sah, daß die Wände aus großen unbehauenen Feuersteinblöcken bestanden, wie sie für Bauten der Bronzezeit typisch waren.

Habe ich den Mirjam-Brunnen gefunden?

Catherine richtete die Taschenlampe nach unten und blickte zitternd über den Rand. Hoffentlich würde sie nicht in den Brunnen fallen. Der Boden war trocken. Sie sah Steine und loses Geröll, das sich offenbar durch die Sprengung gelöst und einen Teil des Schachts zum Einsturz gebracht hatte. Plötzlich entdeckte sie etwas Weißes. Sie verlagerte vorsichtig das Gewicht und streckte den Kopf vor, um besser in die Tiefe blicken zu können.

Der schwankende Lichtstrahl tanzte über die Steine, und dann sah sie es.

Dort lag ein Schädel! Der Schädel eines Menschen.

»Wie schätzen Sie diesen Fund ein?« fragte Hungerford und grinste. »Ich meine in Dollars und Cents. Was, meinen Sie, würde zum Beispiel ein Museum für das Jesus-Fragment zahlen?«

»Museen zahlen nicht«, erwiderte Catherine und klopfte sich

den Staub von der Bluse. »Die privaten Sammler zahlen ...« Sie sah Hungerford an. »Aber freuen Sie sich nicht zu früh. Bis jetzt wissen wir nicht, ob das, was ich gefunden habe, überhaupt einen Wert hat.«

»Wie alt ist das Zeug?« fragte er und deutete auf das Bündel, das sie aus dem Tunnel mitgebracht hatte.

»Vielleicht siebtes oder achtes Jahrhundert«, antwortete Catherine, während sich alle um sie drängten und neugierig den Fund anstarrten. Catherine war über und über mit Staub und Sand bedeckt. Ihre kastanienbraunen Haare waren wie mit Puder bestäubt. Sie stand zwar wieder im hellen Sonnenlicht und atmete den frischen Meereswind, aber noch immer saß ihr die Angst im Nacken, die sie in dem engen unterirdischen Gang und am Rand des tiefen Brunnens erfaßt hatte.

»Die Webart des Leinens und die Verschnürung weisen auf eine nachbyzantinische Zeit hin.«

»Das heißt also«, sagte Hungerford mit gerunzelter Stirn, »es stammt nicht aus dem ersten Jahrhundert?«

»Leider nein«, antwortete Catherine und versuchte, soviel Enttäuschung wie möglich in ihre Stimme zu legen. Erleichtert stellte sie fest, daß die anderen ebenso enttäuscht waren wie Hungerford. In der vergangenen Stunde, während sie den unterirdischen Gang erkundet hatte, waren die Erwartungen der Leute gestiegen. Alle hatten auf einen spektakulären Fund gehofft.

»Und der Wert?« fragte Hungerford verdrießlich, als sei der schlichte, verrottete Korb dafür verantwortlich, daß seine Träume von Geld und Ruhm wie eine Seifenblase geplatzt waren.

»Je nachdem ...«, sagte Catherine und wich seinem Blick aus. »Ich glaube, der Korb gehörte einem der Einsiedler, von denen ich Ihnen erzählt habe. Ich werde Professor Gottlieb in Jerusalem anrufen. Er kann uns bestimmt schnell Gewißheit verschaffen.«

»Machen wir ihn auf.«

Catherine wich erschrocken zurück. »Nein! Wissenschaftliches Vorgehen verlangt, daß ein Fund dieser Art in Gegenwart glaubwürdiger Zeugen geöffnet wird. Ich werde sofort Kairo benachrichtigen und die zuständige Behörde informieren. Sie werden jemanden herschicken. Inzwischen sollten Sie an dieser Stelle keinerlei Arbeiten durchführen, bis das Gelände von den Regierungsbeamten untersucht worden ist.«

»Ja, ja. Ich werde meine Leute dort drüben einsetzen. Wir können inzwischen die Tennisplätze planieren.«

Der Texaner schob die Hände in die Hosentaschen und ging kopfschüttelnd davon.

Catherine ging eilig zu ihrem Zelt, zog den Reißverschluß der Zeltklappe zu und schaltete das Licht ein. Sie blieb einen Augenblick in der Mitte des Zelts stehen, um wieder ruhiger zu werden.

Hatte Hungerford ihr geglaubt? Sie hoffte es. Catherine log nur ungern, aber diesmal war ihr nichts anderes übriggeblieben. Sie durfte auf keinen Fall auch nur andeuten, daß der Fund vermutlich eine weit größere Bedeutung hatte, als sie es sich in ihren kühnsten Träumen vorstellte. Sonst wäre hier die Hölle los. Dieser Fund gehörte ihr, und je schneller sie die zuständigen Experten in Kairo informierte, desto besser.

Ihre Gedanken überschlugen sich. Wenn sich ihre Vermutungen bestätigten, dann hatte Hungerford sie mit der Sprengung nicht zu einem Fund aus dem achten Jahrhundert geführt, sondern möglicherweise enthielt der Korb Schriftrollen, die *zweitausend Jahre* alt waren. Dann konnte keine Rede mehr davon sein, die Ausgrabungen vorzeitig zu beenden! Die Stiftung würde ihr die Geldmittel so lange zur Verfügung stellen, wie sie brauchte, um die Arbeiten abzuschließen. Und sie würde auch alle gewünschten Arbeitskräfte bekommen.

Ihr Magen knurrte und erinnerte sie daran, daß sie nicht gefrühstückt hatte. Doch Catherine interessierte sich im Augenblick nicht für Essen. Sie mußte auf der Stelle zum Hotel Isis fahren und die Abteilung für Altertümer informieren. Sie würde keine Minute Ruhe haben, bis das Gelände von den Beamten gesichert worden war.

Als Catherine den Zündschlüssel für den Landrover suchte, hielt sie inne.
Die Bürokraten in Kairo konnten erfahrungsgemäß so schnell nichts in Bewegung setzen. Das wußte jeder. Aber Catherine brauchte sie hier auf der Stelle. Wie konnte sie das erreichen?
Sie blickte auf das Jesus-Fragment, das sie noch immer nicht übersetzt hatte. Wenn sie nach Kairo berichten konnte, daß das Fragment eindeutig aus dem zweiten oder dritten Jahrhundert stammte, würde natürlich sofort jemand kommen.
Ein Blick auf die Uhr erinnerte sie daran, daß seit der Sprengung inzwischen mehr als vier Stunden vergangen waren. Sie überlegte kurz, ob sie sich die Zeit nehmen sollte, das Alter des Fragments zu bestimmen. Oder wäre es klüger, auf der Stelle zum Hotel zu fahren? Sie entschied, es könne nichts schaden, wenn sie die Behörde ein paar Minuten später informierte, legte das Fragment unter die helle Lampe, griff nach der Lupe und begann zu lesen.
Offenbar handelte es sich um den Anfang eines Briefes.
›*Sabina, Eure Schwester, grüßt Euch und segnet die Gemeinschaft des Gerechten, unseres Herrn Jesus, im Haus der lieben Amelia, des verehrten …*‹
Catherine zog die Augenbrauen zusammen. Was bedeutete das nächste Wort: ›διακονοσ – Diakonos‹?
Diakon …
Das konnte nicht sein. Catherine kannte die Anrede ›*Diakonos* – Diakon‹ aus anderen Schriften, aber nur in Verbindung mit einem Mann. Eine Frau war eine ›*Diakonissa* – Diakonin‹. Sie las den Satz noch einmal. Es gab keinen Zweifel. Sabina sprach von Amelia, einer Frau, als ›*Diakonos* – Diakon‹.
Kopfschüttelnd las sie weiter.
›*Ich möchte Euch, liebe Schwestern, etwas so Erstaunliches berichten, daß meine Stimme beim Reden zittert. Aber zuerst sollt Ihr wissen, daß nur meine Stimme zu Euch spricht. Perpetua, eine gesegnete Frau, zu der ich auf höchst wundersame Weise gekommen bin, schreibt meine Worte an Euch nieder.*

An dieser Stelle möchte ich Euch jedoch warnen: Lest diesen Brief im geheimen, in Sorge um Eure Sicherheit und in Furcht um Euer Leben.‹

Catherine stieß die Luft aus.

›Lest diesen Brief im *geheimen* und in Furcht um Euer *Leben?*‹

Was um alles in der Welt hatte sie gefunden?

Sie las noch einmal den Anfang:

›*... der lieben Amelia, des verehrten Diakon ...*‹

Durch die dünne Nylonwand ihres Zelts hörte Catherine die üblichen Geräusche im Lager. Samir rief nach einer Kelle, einer der Studenten lachte laut, aus einem Kofferradio kamen die Nachrichten eines Senders in Jerusalem. All das registrierte ihr Bewußtsein kaum, während sie aufgeregt unter ihren Büchern suchte.

Als sie das entsprechende Werk gefunden hatte, suchte sie im Register und las: ›*Diakonos* (Strong's Nummer: 1249-GSN) griechisch: ‹Diener›. Wird heute übersetzt als ‹Diakon›. In der Frühkirche waren *Diakonai* (die, die Befehle des Königs ausführen) Täufer, Prediger und Hüter des Sakraments, deshalb ist eine genauere Übersetzung im Kontext des Neuen Testaments ‹Priester›.‹

Catherine holte tief Luft. War Amelia eine Priesterin?

Eine Frau wurde in einem Brief, in dem das Wort ›Jesus‹ vorkam, als ›Priester‹ angeredet?

Das konnte nicht sein!

Catherine schlug ein Schriftbeispiel in dem Nachschlagewerk auf, griff nach der Lupe und verglich sorgfältig die Handschrift des Briefs mit den Buchstaben im Buch. Beide stimmten beinahe völlig miteinander überein. Kein Zweifel: Sabinas Brief an Amelia mußte im zweiten Jahrhundert geschrieben worden sein. Damals bekleideten jedoch nach der übereinstimmenden Ansicht von Theologen und Bibelwissenschaftlern keine Frauen das Priesteramt. Nur das hätte die Anrede ›Diakon‹ gerechtfertigt.

Sie klappte das Buch zu und versuchte, die erstaunlichen Schlußfolgerungen in ihrer Tragweite zu erfassen. Ihr Blick fiel auf das

Photo der Autorin auf der Rückseite. Plötzlich erinnerte sie sich an das letzte Gespräch mit Julius. Sie hatte ihn vor einer Woche aus dem Hotel Isis angerufen.

›Ich hoffe, du kommst über die Feiertage‹, hatte er gesagt. ›Meine Eltern freuen sich darauf, dich wiederzusehen. Die ganze Familie ist zum Chanukkah-Fest hier. Danach werden sie abreisen.‹ Als sie geschwiegen hatte, fragte er: ›Cathy, besteht denn wenigstens die Möglichkeit, daß nur wir beide Weihnachten zusammensein können? Du fehlst mir so, Liebste.‹

Aber sie hatte ihm erklärt, sie könne die Ausgrabungen nicht unterbrechen. Außerdem sei Weihnachten für sie ein Tag wie jeder andere.

Seine Antwort und der Ton seiner Stimme gingen ihr nicht mehr aus dem Sinn.

›Es gab einmal eine Zeit, da hat dir Weihnachten sehr viel bedeutet, Cathy.‹ Dann sagte er: ›Du kannst der Kirche nicht ewig die Schuld an allem geben.‹

Sie hatte erwidert: ›O doch. Was beim Tod meiner Mutter geschehen ist, war ganz allein die Schuld der Kirche.‹

Ihr Blick richtete sich nachdenklich auf das Photo. Dr. Nina Alexander hatte das *Handbuch des Griechischen im Neuen Testament* geschrieben. Das Bild zeigte eine junge Frau mit lächelnden grünen Augen, aus denen eine wache Intelligenz sprach. Aber Catherine sah nicht die Augen, sondern sie hörte die tonlose Stimme ihrer Mutter am Ende ihres bewegten, streitbaren Lebens, als sie allein in einem Krankenhauszimmer lag und flüsterte: ›Sie hatten recht, Cathy, ich hätte nicht tun dürfen, was ich getan habe, denn mir fehlten die Beweise. Wenn ich doch nur einen Beweis gehabt hätte ...‹

Catherine wollte nicht mehr an den schmerzlichen Tag denken, als ihre Mutter kurz vor dem Ende alle ihre Erkenntnisse widerrufen hatte und die Kirche schließlich doch triumphierte ...

Verwirrt und innerlich aufgewühlt richtete Catherine ihre Aufmerksamkeit wieder auf das Jesus-Fragment und das brisante Wort: ›Diakon‹.

Habe ich den Beweis gefunden, den meine Mutter gebraucht hätte?
Sie blickte auf den Korb und auf das Loch im Geflecht, das offenbar durch die Sprengung entstanden war. Dahinter entdeckte sie das abgerissene Ende eines Papyrus. Sie hielt das ebenfalls abgerissene untere Ende ihres Fragments daran. Die beiden Papyrus-Stücke paßten zusammen. Das bedeutete, das Ende des Briefes nach den Worten: ›*in Sorge um Eure Sicherheit und in Furcht um Euer Leben*‹ befand sich in dem Korb.
Catherine zögerte nicht mehr. Behutsam legte sie das Jesus-Fragment in eine verschließbare Kassette und schob sie zusammen mit dem Korb unter ihr Feldbett. Sie sah die Schlüssel für den Landrover neben dem Waschtisch, steckte sie ein und blickte auf die Uhr. In Kalifornien war es kurz nach Mitternacht. Hoffentlich war Julius zu Hause und nicht im Institut bei einem seiner Tests, die manchmal die ganze Nacht dauerten.
Catherines Plan stand fest. Zuerst würde sie Samir bitten, ihr Zelt zu bewachen, dann Julius aus dem Hotel Isis anrufen, danach Daniel in Mexiko und schließlich feststellen, mit welchem Flugzeug sie Ägypten so schnell wie möglich verlassen konnte.
Die Abteilung für Altertümer in Kairo würde sie nicht anrufen. Inzwischen sah die ganze Sache anders aus.
Als sie die Zeltklappe zurückschlug, um hinauszugehen, hörte sie einen Motor aufheulen. Sie vermutete, daß einer ihrer Leute zum Einkaufen nach Scharm el Scheich fahren wollte, und ging um das Zelt herum. Aber als sie sah, daß Hungerford in seinem Jeep in Richtung der Hotels davonbrauste, verriet ihr die Staubwolke, daß er es offenbar sehr eilig hatte.
Er wird reden!
In diesem Augenblick wußte Catherine, wenn das geschah, dann waren die Ausgrabung, der Fund und möglicherweise sogar ihre persönliche Sicherheit in großer Gefahr.

Santa Fe, New Mexico

»Erika! Erika, komm schnell!« Miles Havers nahm die Hand seiner Frau und zog Erika aus dem Sessel.

»Aber Miles! Ich bin doch gerade ...«

»Das mußt du sehen, Liebling! Schnell, beeil dich!«

Er lief mit ihr nach draußen und durchquerte dabei eine verglaste Veranda mit alten spanischen Möbeln und sehr bequemen Rattansesseln. Er machte so große Schritte, daß sie beinahe rennen mußte.

»Du wirst staunen!« rief er so laut, daß sich seine Stimme an der getäfelten Decke brach und von den weißen Wänden ihres beinahe tausend Quadratmeter großen Hauses aus Adobeziegeln widerhallte.

Erika lachte. Sie hatte keine Ahnung, welche aufregende Überraschung Miles ihr zeigen wollte. Bei ihrem Mann mußte sie auf alles gefaßt sein. Es konnte eine ungewöhnliche Wolkenformation oder ein neuer superschneller Mikrochip sein. Aber wie immer ließ sie sich sofort von seiner Begeisterung anstecken. In den dreißig Jahren ihrer Ehe hatte es keinen einzigen Augenblick der Langeweile gegeben.

Sie liefen über den riesigen Innenhof. Ein Chauffeur, der einen schokoladenbraunen Corvette ZR-I auf Hochglanz polierte – einen von dreiundzwanzig alten Corvettes aus Havers' Sammlung –, hob erstaunt den Kopf. Dann eilten sie durch einen mit Buntglas gestalteten Bogengang, wo in Vitrinen Kultobjekte aus dem Zuñi Pueblo standen, kamen wieder ins Freie und liefen an dem privaten Golfplatz vorbei, wo Gärtner sorgfältig den frisch gefallenen Schnee entfernten, um den Platz wieder bespielbar zu machen.

Havers' Sandalen klatschten laut auf den Saltillo-Fliesen. Das war ein vertrautes Geräusch auf dem Anwesen, denn der zweiundfünfzigjährige Miles Havers war ein begeisterter Jogger und trainierte zu jeder Tag- und Nachtzeit seinen immer noch sportlichen Körper.

Erika war wie er Anfang Fünfzig. Sie war eine zarte, feingliedrige und vornehm wirkende Frau, die so leichtfüßig ging, daß ihre Füße kaum den Boden zu berühren schienen, als sie ihrem Mann um den spanischen Brunnen aus dem fünfzehnten Jahrhundert folgte, den man Stein für Stein, Fliese um Fliese aus Madrid hierhergebracht hatte.

Schließlich wußte Erika, wohin er sie führte – in das Tropenhaus. Als sie die verschlossene Tür erreichten, gab Miles eine Geheimnummer ein, um das Schloß zu öffnen. Erikas Blick richtete sich unwillkürlich nach Westen zu den Sangre de Christo-Bergen, die an diesem kalten Dezembertag in weißen Schnee gehüllt waren. Erika lebte inzwischen bereits zehn Jahre hier, aber noch immer staunte sie über das unvergleichliche Blau des Himmels von New Mexico. Man hatte ihr gesagt, die intensive Färbung beruhe auf der geringen Luftfeuchtigkeit.

Sie dachte verzaubert: *Sangre de Cristo – Blut Christi – wirklich ein seltsamer Name für ein Gebirge …*

Ein kalter Wind fuhr durch ihre kurzen aschblonden Haare, und ein Schauer lief ihr über den Rücken, als ihre Augen unwillkürlich in Richtung Golfplatz wanderten. Sie sah niemanden dort, aber sie wußte, sie waren da – die Wachen, die Miles um das sechzig Hektar große Anwesen hatte Stellung beziehen lassen, in dessen Herzen sich ihr fünftausend Hektar großes Gelände befand. Es war eine Vorsichtsmaßnahme, denn in diesem Monat kamen ungewöhnlich viele Menschen nach Santa Fe. Die Jahrtausendwende stand bevor, und Santa Fe galt als einer der heiligen Orte der Erde.

Die Bevölkerung der ganzen Welt sah mit Spannung dem neuen Jahr entgegen, das in weniger als drei Wochen beginnen würde. Man rechnete mit Erdbeben, riesigen Überschwemmungen, schweren Naturkatastrophen, und viele bereiteten sich sogar auf den Weltuntergang vor, bei dem die Heerscharen des Himmels die Mächte der Hölle besiegen würden. Hollywood, so hieß es, sei inzwischen eine Geisterstadt, da sich alle Stars aus Angst vor der großen Katastrophe in die sicheren Gebiete von Wyoming oder Montana und nach Manhattan zurückgezogen hatten.

Erika hingegen freute sich auf das neue Jahrtausend. In sehnsüchtiger Erwartung auf eine spirituelle Offenbarung für die Welt und für sie persönlich hatte sie das letzte Jahr mit den Vorbereitungen für das ›Fest des Jahrhunderts‹ zugebracht. Es wurden über tausend Gäste erwartet, darunter Verwandte, gute Freunde, Geschäftsfreunde, Berühmtheiten des gesellschaftlichen und religiösen Lebens, Präsidenten, Stars und gefeierte Künstler. Sie alle sollten zugegen sein und als Zeugen in der *Casa Havers* die große Konvergenz erleben, auf die Erika und ihre New Age-Freunde hofften.

Die Tür des Tropenhauses glitt geräuschlos zur Seite, und Erika schlug heiße, feuchte Luft entgegen. Das Tropenhaus war, bescheiden ausgedrückt, eine Miniaturwelt. Über den Gerüchen von Erde, Dünger und Moder lagen die betäubenden Düfte von Narzissen, Nelken und Gardenien.

Miles führte Erika voll Stolz in seine Miniaturtropen, die er in der Steinwüste sechshundert Meter über dem Meeresboden geschaffen hatte. Sie gingen zwischen Beeten hindurch, in denen Ableger und aus Samen gezogene Pflanzen wuchsen; in anderen standen Gewächse bereits in voller Blüte oder waren mit Knospen übersät. In schattigen Grotten wuchsen üppige dunkelgrüne Farne und rankende Kletterpflanzen. Es hätte Erika nicht überrascht, das Krächzen von Papageien und das Geschnatter von Affen zu hören. Schließlich erreichten sie die Stelle, wo Miles seine seltenen Orchideen züchtete.

Er blieb stehen und flüsterte: »Da …«, als fürchte er, das empfindliche Gleichgewicht der Biosphäre zu stören.

Als Erika die Blüte mit den mitternachtsblauen Blütenblättern und den schimmernden grünen Blättern sah, legte sie die Hand auf die Brust und hauchte: »Oh, Miles! Das ist unfaßlich …«

»*Zygopetalum* Blauer See«, sagte er triumphierend. »Es war nicht einfach, aber sie hat es geschafft.«

Erika wußte, welche Mühe sich Miles gegeben hatte, diese be-

sondere Orchidee zum Blühen zu bringen. Es war ein Abenteuer gewesen von dem Augenblick an, als er die Knolle bei einem Züchter in Kalifornien gekauft hatte. Manchmal schlief er sogar hier im Gewächshaus, um sein ›Kind‹ zu pflegen.
»Man hat mir gesagt, es sei nicht möglich«, erklärte er mit bebender Stimme. »Und es ist mir doch gelungen! Das ist der Beweis, Erika, daß man mit wissenschaftlichen Methoden die barbarische Plünderung der Regenwälder aufhalten kann, die von geldgierigen und gewissenlosen Sammlern gefördert wird. Es ist möglich, hier in den Vereinigten Staaten gesunde Pflanzen unter künstlichen Bedingungen zu züchten! Das bedeutet, wir können in Zukunft den Dschungel in Ruhe lassen.«
Erika sah ihn an, während er sprach. Sie spürte seine Begeisterung in der schwülen Luft. Schließlich legte sie lächelnd die Arme um ihn und drückte ihn an sich.
Das bewunderte sie an Miles am meisten. Er war ein guter, verständnisvoller Mensch, der den Mut hatte, für das zu kämpfen, was er als richtig empfand.
Gewiß, Miles hatte sich schon immer für die weltweite Erhaltung der Umwelt eingesetzt, aber seine besondere Leidenschaft galt der Rettung gefährdeter Pflanzen und Tiere.
Im Augenblick kämpfte er auf einer höheren und sehr viel einflußreicheren Ebene. Sein Feldzug richtete sich besonders gegen Taiwan, dessen rücksichtslose Ausrottung mancher Pflanzenarten Miles dazu veranlaßt hatte, das Land öffentlich anzuprangern. Deshalb unterstützte er die Bemühungen der USA, Taiwan die Mitgliedschaft in den Vereinten Nationen zu verweigern. Erst am Tag zuvor war er aus Washington zurückgekommen, wo er vor einem Senatsausschuß ausgesagt und strengere Gesetze zum Import seltener Pflanzen gefordert hatte. Er hatte alarmierende Zahlen vorgelegt, die bewiesen, daß der illegale weltweite Handel mit Orchideen, bei dem Sammler astronomische Summen für eine einzige Pflanze zahlten, die Dschungel ihrer natürlichen Flora so weit beraubten, daß einige Arten bereits ausgerottet worden waren.

Miles war ein Held seiner Zeit, und so liebte Erika ihren Mann. Ganz Amerika liebte ihn, diesen superreichen Computer-König. Die Zeitschrift *Forbes* hatte den Nettowert seines Konzerns mit zehneinhalb Milliarden Dollar veranschlagt. Er nutzte seinen Reichtum für die Lösung gesellschaftlicher Aufgaben. Niemand wußte genau, was alles zu Havers' Elektronik-Imperium gehörte, und *Time Magazine* hatte ihn kürzlich als Erfinder von Internet bezeichnet. Wie auch immer, sein Einfluß reichte inzwischen um die ganze Welt.
Da sein kometenhafter Erfolg und sein Reichtum auf seiner Zeit als Hacker beruhte, karikierte man Miles oft als die ›Wühl-Maus‹. Aber natürlich mußte niemand darüber aufgeklärt werden, daß Miles Havers – Golfspieler, Jogger und Drachenflieger – kaum in das Klischee eines Computer-Freaks paßte.
Erika fand immer, daß er wie ein Filmstar aussah. Gewiß, auch das war ein Klischee, aber es entsprach trotzdem der Wahrheit. Seine blondbraunen Haare waren immer jungenhaft zerzaust. Er war schlank und muskulös, und man sah ihm nicht an, daß er dem Alter nach bereits den Höhepunkt seines Lebens überschritten hatte. Dazu kamen die faszinierenden grauen Augen und sein unvergleichliches ansteckendes Lächeln. Miles Havers war in den Augen seiner Frau der Inbegriff von Klugheit und salopper männlicher Eleganz.
Manchmal konnte sie es noch immer nicht glauben, daß sie und Miles es soweit gebracht hatten, wenn sie an die Zeit zurückdachte, in der sie als Hippies in einem VW-Bus durch die Vereinigten Staaten gefahren waren und in Woodstock nackt im Regen getanzt hatten.
Der Piepser an seinem Gürtel meldete sich plötzlich. Havers trat zu einem Sprechgerät an der Wand.
»Ja?«
»Sie haben ein Telefongespräch, Sir. Es ist dringend.«
»Wer ist es?«
»Der Anrufer wollte keinen Namen nennen. Das Gespräch kommt aus Kairo.«

Miles kniff die Augen zusammen. »Also gut, verbinden Sie, wenn ich zurückrufe.« Mit einem Blick auf Erika sagte er: »Entschuldige, Liebling, aber ich muß das Gespräch annehmen. Hast du etwas dagegen?«

»Aber nein. Ich muß ohnehin noch einmal die Gästeliste für das Konzert durchgehen und den Maestro anrufen.« Sie gab ihm einen Kuß auf die Wange. »Eine wundervolle Orchidee.«

Miles begleitete sie zur Tür, die sich automatisch hinter Erika schloß. Dann nahm er den Hörer des Wandapparats neben dem Eingang ab, gab eine Geheimnummer ein, und als sich der Teilnehmer am anderen Ende meldete, sagte er: »Sprechen Sie.«

Miles hörte einen Augenblick lang zu.

»Ein Fragment?« fragte er. »Und Sie sind sicher, daß in dem Schriftstück das Wort ›Jesus‹ vorkommt? Sind noch andere Fragmente oder Schriftrollen gefunden worden?«

Als er die Antwort hörte, ballte Miles unbewußt die freie Hand zur Faust. Eine vertraute, prickelnde Erregung erfaßte ihn. Er hatte dieses besondere Gefühl längere Zeit nicht mehr erlebt, aber jedesmal, wenn es geschah, gehörte das zu den unvergeßlichsten Augenblicken seines Lebens ...

Vor sechs Monaten hatte er einen Anruf aus Taiwan erhalten.

›Ich habe eine Orchidee für Sie, Mr. Havers ... *Zygopetalum* Blauer See ... eine sehr seltene Art, die man so gut wie nicht findet. Die Ausfuhr ist illegal, und das Entfernen der Knolle riskant. Die Transaktion wird sehr teuer werden.‹

Miles hatte nach dem Telefonat tagelang nicht geschlafen. Dann endlich traf die kostbare Knolle von ›einem Züchter aus Santa Barbara‹ ein. Jetzt wurde er belohnt. In seiner privaten tropischen Welt blühte schimmernd eine atemberaubend schöne und seltene Orchidee. Das Wichtigste dabei war: Sie blühte nur zu seinem persönlichen Vergnügen.

»Ein Korb?« fragte er und sprach unwillkürlich leise, obwohl die mehrfach isolierten Scheiben des Tropenhauses keinen Laut nach außen dringen ließen. Wie vor sechs Monaten war seine Beutegier erwacht.

Nicht der Erwerb, sondern die Erwartung ist die Droge des Sammlers, dachte er, und seine Lippen wurden schmal. *Gefahren gehören zu meinem tollkühnen Spiel.*

»Sind die Behörden bereits informiert? Ich verstehe ... Was ist in dem Korb? Stellen Sie es fest, und halten Sie mich auf dem laufenden.«

Er beendete das Gespräch und wählte eine andere Nummer. »Rufen Sie in Athen an. Sagen Sie Zeke, daß ich ihn auf der Stelle sprechen muß.«

Es dauerte keine fünf Minuten, bis das Telefon summte. »Zeke ist in der Leitung, Sir.«

Miles gab ihm kurz die notwendigen Informationen und sagte dann: »Der Auftrag in Athen kann warten. Begeben Sie sich nach Scharm el Scheich, sofort. Stellen Sie fest, ob der Korb etwas mit dem Jesus-Fragment zu tun hat und ob es Schriftrollen gibt. Wenn das der Fall ist, dann möchte *ich* sie haben. Gehen Sie von Anfang an unauffällig vor, aber jeder, der sich Ihnen in den Weg stellt, wird ausgeschaltet. Wie? Das überlasse ich Ihnen. Haben Sie mich verstanden?« Seine Stimme klang kalt, als er hinzufügte: »Hören Sie, Zeke, ich habe *jeder* gesagt.«

Scharm el Scheich, Golf von Akkaba

»Hallo? Señor?« rief Catherine in den Telefonhörer. »Ich versuche immer noch, Dr. Daniel Stevenson zu erreichen. Die Verbindung wird ständig unterbrochen. Sein Lager befindet sich ... Hallo? *Hallo!*« Sie starrte auf das stumme Telefon in ihrer Hand und stöhnte. »Nicht schon wieder!«

Als Catherine zur Rezeption zurückkehrte, sah sie Mr. Mylonas, den Besitzer des Hotel Isis, fragend an.

»Pech«, murmelte sie. »Ich bekomme keine Verbindung.« Sie hatte drei Stunden lang vergeblich versucht, Daniel in Mexiko zu erreichen.

Catherine stemmte die Hände in die Hüften, kaute auf der Unterlippe und überlegte, was sie als nächstes tun sollte.
Zehn Stunden waren vergangen, seit die Sprengung das Jesus-Fragment zutage gefördert hatte. Catherine brauchte nicht viel Phantasie, um sich vorzustellen, wie die Nachricht von diesem Fund um den Erdball kreiste, etwa wie Elektronen um ein Proton. Vermutlich hatte Hungerford bereits am frühen Morgen mit einem einzigen Anruf dafür gesorgt, daß die Jagd der privaten Sammler auf den Fund begonnen hatte. Ein Blick durch die Hotelhalle machte sie noch mißtrauischer. Sie sah plötzlich in jeder Ecke Spitzel bei türkischem Kaffee. Die vielen neuen Gäste in den Korbsesseln hinter den Kübelpalmen tarnten ihre wahren Absichten vermutlich mit der Lektüre arabischer und französischer Zeitungen. Selbst die sportlichen Touristen, die ihre Tauchausrüstung zum privaten Anlegeplatz des Hotels trugen, kamen ihr verdächtig vor.
»Sie telefonieren, Frau Doktor?«
Catherine fuhr herum. Vor ihr stand grinsend Hungerford und nahm ihr mit seiner Leibesfülle den Blick auf die Hotelveranda und den türkisfarbenen Swimmingpool, in dem sich die letzten Strahlen der untergehenden Sonne spiegelten.
»Sie werden es nicht glauben, aber genau das mache ich«, erwiderte sie gereizt. »Ich habe Kairo informiert. Die Behörde schickt die zuständigen Beamten. Sie werden morgen früh hier sein.«
Hungerfords blaßbraune Augen musterten sie fragend. Dann zwinkerte er ihr zu. »Natürlich. Und wie wäre es mit einem Drink, um unseren Fund zu feiern?«
Catherine zwang sich, freundlich zu bleiben. »Tut mir leid. Das ist im Augenblick nicht möglich.«
Ihr gefiel es überhaupt nicht, wie er gesagt hatte ›unser Fund‹. Außerdem hatte sie den Eindruck, er zweifle daran, daß sie die Behörde in Kairo informiert hatte.
»Ich warte auf den Rückruf … einer Zeitung«, fügte sie schnell hinzu. »*Al Ahram* und die *Gazette* möchten Reporter und Photographen schicken, die anwesend sein sollen, wenn wir den

Korb öffnen. Schließlich ...«, sie lächelte und sagte spitz, »ist das, was *wir* gefunden haben, Eigentum des ägyptischen Volkes.«
Seine Augen richteten sich wieder stumm auf ihr Gesicht. Dann lachte er laut: »Aber natürlich! Da steht uns offenbar ein richtiger Medienrummel bevor, Frau Doktor!« Er drehte sich um und verschwand grinsend in der Bar, wo gerade eine Bauchtänzerin mit ihrer Darbietung begann.
Catherine sah ihm nach und fragte sich, ob sein übliches anzügliches Gehabe diesmal von gewissen gefährlichen Untertönen begleitet gewesen war. Sie wurde den Eindruck nicht los, daß er die Sache mit den Zeitungen nicht glaubte. Sie hatte sich die Lüge spontan einfallen lassen, um alle möglichen Pläne, die er mit dem Jesus-Fragment und dem Korb haben mochte, im Keim zu ersticken.
Kalter Schweiß stand ihr auf der Stirn. Sie hatte Angst. Was würde geschehen, wenn die Behörde in Kairo etwas von dem Fund erfuhr, bevor es ihr gelungen war, Ägypten zu verlassen? Die Beamten würden mehr als ungehalten darüber sein, daß Catherine sie nicht informiert hatte. Zweifellos würde man zu drastischen Maßnahmen greifen, ihr die Leitung der Grabungen entziehen und sie ägyptischen Archäologen übertragen ...
Wie auch immer, sie würde sich nicht durch mögliche spätere Konsequenzen von ihrem Entschluß abbringen lassen. Zuerst einmal mußte es ihr gelingen, das Fragment und den Korb aus Ägypten zu schaffen. Sie mußte vorsichtig vorgehen und bei der riskanten Aktion auch an ihre Sicherheit denken. Aber dazu brauchte sie Hilfe.
In dieser Lage gab es nur einen Menschen, auf den sie sich hundertprozentig verlassen konnte ...
Auf der Fahrt vom Lager zum Hotel hatte Catherine beschlossen, Julius nicht anzurufen. Sie wollte etwas Illegales und Unmoralisches tun. Ihr Plan würde ihrem wissenschaftlichen Ruf schaden, und wenn sie Pech hatte, landete sie sogar in einem ägyptischen Gefängnis. Sie konnte Julius unmöglich in dieses Abenteuer hineinziehen.

Deshalb blieb nur Daniel.
Catherine wußte, daß Daniel stolz darauf war, einen fragwürdigen Ruf zu haben. Er liebte das Risiko, und man konnte sich immer darauf verlassen, daß er etwas Unerhörtes tat. Das war schon an dem Tag vor sechsundzwanzig Jahren nicht anders gewesen, als sie ihn kennenlernte. Eine Bande raufluſtiger Jungen hatte sie, die ängstliche Zehnjährige, im Schulhof in eine Ecke getrieben. Die Bande verhöhnte und verspottete sie. Plötzlich tauchte ein magerer kleiner Junge aus ihrer Klasse auf, mit dem sie bisher aus Schüchternheit nie gesprochen hatte, vertrieb die Jungen mit seinen Fäusten und rettete sie wie ein edler Ritter. Der Held war Daniel Stevenson und wie Catherine ein Außenseiter in der Schule.
Seit diesem Augenblick war Daniel für Catherine immer ein zuverlässiger Freund und sie seine Freundin geblieben. Sie tröstete ihn beim Tod seiner Mutter, und er tröstete Catherine, als sie ihre Eltern verlor. Daniel hatte ihr in der finsteren Nacht vor ihrem dreiundzwanzigsten Geburtstag aus dem Abgrund geholfen.
Nur Daniel verstand wirklich, weshalb Catherine aus der Kirche ausgetreten und eine Rückkehr zum Glauben für sie ausgeschlossen war.
Auch Daniel war in der letzten Nacht in ihrem Traum gewesen, denn er gehörte zu der quälenden Erinnerung.
Danno, du warst der einzige in der Klasse, der nicht gelacht hat, als ich mit dem Schild um den Hals auf dem Hocker stand …
Catherine blickte auf ihre Uhr. In Mexiko war es kurz vor acht Uhr morgens. Sie kannte Daniels Arbeitsgewohnheiten. Er würde das Lager bald verlassen und sich auf den Weg zu dem Maya-Grab machen. Dort wäre er die nächsten zehn Stunden nicht mehr erreichbar. So viel Zeit hatte Catherine nicht. Sie mußte ihm die Information zukommen lassen.
Aber *wie*?

»Da ist es!« rief Daniel, und seine Stimme hallte dumpf in dem Felsengrab. Schnell tippte er auf seiner Tastatur: ›Seht ihr es, Houston? Habt ihr das Bild?‹

Kurz darauf erschien auf dem Bildschirm des Laptops die Antwort: ›Wir sehen es, Dr. Stevenson. Glückwunsch!‹

Daniel dämpfte das Licht der Laterne und erhöhte die Helligkeit auf seinem Bildschirm, um das Bild besser und schärfer zu bekommen. Er lächelte glücklich. Kein Zweifel, er hatte es geschafft. Endlich hatte er den Beweis erbracht.

Er konnte nachweisen, daß die Vorfahren der Mayas Überlebende des verschwundenen Kontinents Atlantis waren.

Wenn doch Cathy diesen Augenblick seines Triumphs mit ihm hätte teilen können!

Auf dem Bildschirm erschien ein lachendes Comic-Gesicht. Dann schrieb jemand aus dem Institut in Santa Barbara: ›Wer zuletzt lacht, lacht am besten, Danny Boy!‹

Daniel betrachtete glücklich die übereinanderliegenden Bilder auf dem Monitor, das Ergebnis jahrelanger Arbeit, und lachte. Der Ton brach sich an den feuchten Wänden der Grabkammer. Dann wurde es still.

Cathy …

Sie als einzige hatte nicht gelacht, als er zum ersten Mal seine These aufstellte, daß die Vorfahren der Mayas Minoer gewesen seien, die sich nach dem Untergang von Atlantis an die Küste von Yukatan retten konnten. Cathy hatte ihn in den langen einsamen Wochen mit ihren Briefen und Telefonaten moralisch unterstützt, während er in der engen Grabkammer des Maya-Königs arbeitete und vom ohrenbetäubenden Lärm des Generators beinahe taub wurde. Cathy hatte ihn daran erinnert, daß er mit seinem Examen in Physik und einer hervorragenden Dissertation, in der er die Genauigkeit der Datierung bronzezeitlicher Keramik mit Hilfe von Thermolumineszenz in Frage stellte, das Recht hatte, so ernst genommen zu werden wie jeder andere

Wissenschaftler auch. Und von Cathy hatte er gelernt, sich gegen die Spötter zu wehren.
›Mach dir nichts daraus, Danno‹, sagte sie immer wieder. ›Stürze sie von ihrem hohen Sockel, aber mit *Beweisen*.‹
Die Herausforderung hatte in der Tat darin gelegen, den *Beweis* zu finden. Alle erklärten, es seien keine Ähnlichkeiten zwischen der Kunst der Ägäis und der des klassischen Mittelamerika nachzuweisen. Aber Daniel erwiderte, das lasse sich dadurch erklären, daß die Kunst von Chichén Itzá und anderer Hochburgen der Maya-Kultur mehrere tausend Jahre *nach* der Atlantis-Katastrophe entstanden sei. Kunst und Kultur hätten sich in den dazwischenliegenden Jahrhunderten entsprechend entwickelt. Er kam deshalb zu dem Schluß, es müsse ihm gelingen, Beispiele der Maya-Kunst zu finden, die aus einer früheren Zeit stammten als alle derzeit bekannten.
Er hatte mehrere Jahre mit der Suche zugebracht, hatte Luftaufnahmen studiert und die Computer mit immer neuen Daten gefüttert. Seine Entschlossenheit, die an Besessenheit grenzte, führte ihn schließlich zu einem seltsamen Hügel im mexikanischen Dschungel. Nach zwei Jahren mühevoller Ausgrabungen stellte er fest, daß es sich um das Grab eines bis dahin unbekannten Maya-Königs handelte.
Dieses Ergebnis hatte ihm die widerwillige Anerkennung seiner Kollegen eingebracht. Dann aber stieß er auf ein Fresko, wie man es noch nie zuvor gesehen hatte. Anstelle der korpulenten Gestalten mit schlaffen Armen und dicken Bäuchen, die man in Bonampak fand, zeigte es schlanke, drahtige Gestalten mit schmalen Hüften und schulterlangen schwarzen Haaren. Allerdings hatten sie bereits die flache Stirn und die langen Hinterköpfe, die ein Kennzeichen der späteren Maya-Kunst waren. Das Fresko, so erklärte Daniel, sei der Beweis für seine Atlantis-Theorie, aber die Spötter machten sich sofort wieder über ihn lustig.
Jetzt hatte er allerdings einen noch klareren Beweis gefunden. Unter den Kalkschichten einer zweiten Wand war Daniel auf etwas gestoßen, das weder in Mexiko noch irgendwo in Mittel-

oder Südamerika zu finden war. Es handelte sich um ein Wandbild, das Schlangen zeigte: die Vorläufer der Gefiederten Schlange, die bei den Tolteken, Azteken und den Mayas als mächtiger Gott verehrt wurde. Auf dem von Danno entdeckten Fresko hielten die Menschen Schlangen in beiden Händen – ein bekanntes Motiv der minoischen Kunst.

Dann legte Danno auf der dritten Wand der Grabkammer ein weiteres Fresko frei, das selbst ihn verblüffte. Es glich aztekischen Darstellungen, die erst Jahrhunderte später auftauchten. Die Menschen auf dem Bild saßen zusammengekauert oder lagen auf dem Rücken. Aus ihren Mündern stiegen seltsame Wirbel auf.

Die Archäologen deuteten solche gewundenen Bänder in der aztekischen Kunst als Symbole für Sprache oder Atem. Einige gingen sogar soweit zu behaupten, bei den Spiralen handle es sich um Darstellungen der Atmungsapparate vorzeitlicher Astronauten. Daniel dagegen deutete sie als Hinweise darauf, daß sich diese Menschen *unter Wasser* befanden und ertranken. Das neu entdeckte Wandbild zeigte die Geschichte der großen Katastrophe, bei der ihre Vorfahren ertrunken waren, als Atlantis unterging.

Seine Kritiker ließen sich jedoch nicht überzeugen. Deshalb verwies Daniel auf die Wandbilder von Bonampak, die Jahrhunderte später entstanden waren.

Wie, so hatte er gefragt, könne man erklären, daß auf diesen Fresken des achten Jahrhunderts immer wieder das Thema Meeresleben auftauchte? Auf den Gewändern von Priestern und Herrschern sah man Langusten; der Kopfschmuck erinnerte an Kraken, Flossen und Seetang. Weshalb sollte eine Gesellschaft im *Dschungel* Lebewesen und Pflanzen aus dem *Meer* darstellen?

Aus einem einfachen Grund, erklärte Danno: Diese Bilder erzählten die Geschichte des Untergangs von Atlantis.

Daniel hatte neben dem neu entdeckten Königsgrab sein Lager aufgeschlagen. Mit seinem alten IBM ThinkPad, einem Xircom

PCMCIA V.34-Modem und einem Funktelefon hatte er eine Cyberspace-Verbindung zu Kollegen in Houston und Santa Barbara aufgebaut. Das erlaubte ihm sowohl den Zugriff auf eine Kunst-Datenbank als auch auf ein Kunst-Rekonstruktions-Programm. Über eine Satellitenverbindung in Cozumel übertrug er die entdeckten Wandbilder in beide Institute. Dann verglich er sorgfältig eines der Wandbilder mit ausgewählten minoischen Darstellungen. Bestimmte Punkte wie Nasen, Knie und Fingerspitzen wurden präzise übereinanderprojiziert und fehlende Stellen mit Hilfe des Rekonstruktions-Programms ergänzt.

Sie stimmten beinahe völlig überein.

›*Mazel tow!*‹ schrieben die Kollegen aus Santa Barbara. In der Info-Box des Monitors erschien die Frage: ›Wo bleibt der Champagner?‹ Houston fragte: ›Wo bleibt unser Geld?‹ Das war ein alter Witz, denn jedermann wußte, daß Daniel ständig Geldsorgen hatte.

Ein durchdringender Pfeifton machte Daniel darauf aufmerksam, daß die Batterie seines Laptop aufgeladen werden mußte. Daniel nahm die Helligkeit des Bildschirms zurück und antwortete seinen Freunden: ›Danke, Leute! Heute spendiere ich den Kaviar.‹

Er seufzte und lauschte auf den heftigen Regen draußen vor dem Grab. Der unaufhörliche Regen ließ ihn an eine Szene aus einem Film denken, in dem Wasserfluten den Helden im Dschungel von der Welt abschnitten. Seine Freude schwand, und er fühlte sich plötzlich niedergeschlagen.

Wie schön wäre es, wenn Cathy mit mir feiern könnte ...

Leider hatte er nur ihr Photo, das er an der Innenseite des Laptop-Deckels unter den Bildschirm geklebt hatte. So hatte er ihr Bild bei der Arbeit immer vor Augen.

Es war eine alte Aufnahme von der Schulabschlußfeier. Cathy lachte und hielt abwehrend die Hand vor das Objektiv der Kamera, weil sie sich für häßlich hielt, obwohl sie in Wirklichkeit eines der schönsten Mädchen der Schule gewesen war.

Warum konnte sie jetzt nicht bei ihm sein? Er sah sich traurig in

der modrigen Grabkammer um und dachte an den Tag, der ein Wendepunkt in seinem Leben gewesen war.
Damals war er sechzehn. Er hatte sich in der Waschküche verkrochen und schluchzte verzweifelt. Aber Cathy hatte ihn gefunden. Sie umarmte ihn, drückte ihn an sich und flüsterte, es werde alles gut werden. Der Duft ihres Parfüms stieg ihm in die Nase, er spürte ihren schlanken Körper, und plötzlich wurde aus seiner besten Freundin ein Mädchen, das er heftig liebte. Catherine hatte damals nichts davon geahnt, und Daniel hatte alles getan, damit sie auch nach zwanzig Jahren nichts von seiner Liebe wußte.
›Julius möchte, daß ich ihn heirate‹, hatte sie in ihrem letzten Brief geschrieben. Die Nachricht überraschte Daniel nicht, aber sie traf ihn trotzdem bis ins Mark. Einerseits wollte er, daß sie Julius heiratete, denn er war sicher, daß die beiden glücklich sein würden. Andererseits konnte er den Gedanken nicht ertragen, daß sie einem anderen Mann gehörte. *Ihn* würde sie bestimmt nicht heiraten. Daniel machte sich keine Illusionen über ihre Beziehung. Sie waren Freunde, vielleicht sogar Seelengefährten, aber sie würden nie ein Paar werden können.
Das mußte sich Daniel jedesmal eingestehen, wenn sie zusammen waren. Er war kleiner als Catherine. Er fand sich zwar nicht gerade häßlich, aber er wußte, mit einem Mel Gibson konnte er sich nicht vergleichen. Catherine würde für ihn nie romantische Gefühle entwickeln.
Soll sie diesen Julius heiraten und ihr Glück als ›Mrs. Voss‹ finden. Es gibt Schlimmeres …
Während Daniel auf den Monitor starrte und versuchte, etwas von der Begeisterung zurückzuholen, die ihn noch vor kurzem beflügelt hatte, fiel ihm allerdings nichts ein, was schlimmer gewesen wäre.

Scharm el Scheich, Golf von Akkaba

Plötzlich wußte Catherine, wie sie Daniel erreichen konnte ... Sie hatte ihm einen Sommer lang geholfen, ein Gebiet in Chiapas zu kartographieren, weil Daniel dort ein verborgenes Grab vermutete. In diesem Sommer gab es kaum Änderungen im Tagesablauf: Aufstehen vor Sonnenaufgang, zuerst viel Kaffee, danach Auswertung der Ergebnisse des Vortags und dann ...

Es war ihr wieder eingefallen! Daniel saß vor der Arbeit regelmäßig am Computer und informierte sich via Internet über das, was in der Welt geschah, tauschte Gedanken und Informationen mit einer Gruppe von Freunden aus und las seine E-Mail.

Schnell ging Catherine zur Rezeption zurück. Nach einem Jahr kannte sie jeder im Hotel Isis. Sie erschien beinahe täglich, um Post abzuholen, und versorgte sich mit den nötigen Dingen, wenn sie keine Zeit hatte, nach Scharm el Scheich zu fahren. Gelegentlich trank sie sogar mit dem siebzigjährigen verwitweten Besitzer Tee.

»Mr. Mylonas«, sagte sie jetzt zu ihm, »ich möchte Sie um einen Gefallen bitten. Glauben Sie, ich kann für ein paar Minuten den Hotel-Computer benutzen? Ich bezahle Ihnen natürlich die Gebühren für die Zeit, die ich brauche, um einen Freund zu erreichen.«

»Beim heiligen Andreas!« sagte er lachend und schüttelte den Kopf. »Vor vier Jahren hat mir Papadopoulos erklärt, Mylonas, es ist Zeit, das Hotel zu modernisieren, und hat aus Athen einen Computer kommen lassen. Aber Papadopoulos weiß nicht, wie man einen Computer bedient, und *ich* weiß es auch nicht, Hassan weiß es nicht, und Ramesch kann nur Briefe damit schreiben. Ich kann an den Fingern einer Hand abzählen, Frau Doktor, wie viele Gäste diesen Computer benutzt haben. In den vergangenen fünf Monaten niemand. Und heute? Plötzlich wollen *alle* an den Computer!«

»Alle?«

»Ja, zum Beispiel Mr. Hungerford, ihr amerikanischer Freund.«

Sie runzelte die Stirn. »Wer noch?«
»Ein Gast, der heute am späten Nachmittag eingetroffen ist. Er sitzt gerade am Computer.«
»Wollen Sie damit sagen, der Computer ist im Augenblick nicht frei?«
Er nickte und zuckte entschuldigend mit den Schultern. »Vielleicht können Sie es im Sheraton oder im Hilton versuchen.«
Aber Catherine hatte keine Zeit, in ein anderes Hotel zu fahren. Daniel blieb nie länger als eine Stunde Online. In Mexiko war es inzwischen halb neun. Sie mußte ihn erreichen, bevor er sein Zelt verließ.
»Tut mir leid«, sagte Mr. Mylonas und widmete sich einem Gast, der Geld umtauschen wollte.
Catherine überlegte nicht lange und ging zum Büro im hinteren Teil des Hotels. Die Tür stand offen, und sie blickte hinein. Der kleine Raum war vollgestopft mit ausrangierten Möbeln. Neben mehreren altmodischen Telefonen mit Wählscheibe stand dort auch eine mechanische Schreibmaschine. An der Wand hingen ein islamischer und ein westlicher Kalender, und am Deckenventilator baumelten klebrige Fliegenfänger. Die Sekretärin war nicht da, Ramesch, der Stellvertreter von Mr. Mylonas, ebenfalls nicht.
Aber am Computer saß jemand. Der Mann drehte ihr den Rücken zu und tippte auf der Tastatur. Er war groß, hatte breite Schultern und eine fast militärische Haltung. Er trug ein schwarzes Hemd mit kurzen Ärmeln und Jeans. Catherines Blick verweilte unwillkürlich auf der betont männlichen Gestalt.
»Entschuldigen Sie…«, Catherine räusperte sich und blieb in der Tür stehen. »Ich wollte Sie fragen, ob …«
Der Mann drehte sich um. Er hatte blaue Augen und eine sonnengebräunte Haut. Er lächelte sie liebenswürdig an. Aber dann fiel ihr auf, daß das schwarze Hemd kein normales Hemd war, sondern einen Priesterkragen hatte. Sie war verwirrt. Mr. Mylonas hatte nicht erwähnt, daß der Gast ein Geistlicher war.

Sie räusperte sich noch einmal. »Ich wollte Sie fragen, ob der Computer frei ist ...«

»Ich habe gerade meine E-Mail abgeschickt und fürchte, damit ist dieser Computer eine Weile beschäftigt.«

»Wie lange?«

»Ein paar Stunden.«

»*Stunden*? Warum dauert das so lange?«

»Ich glaube, er hat ein 300-Bits-pro-Sekunde-Modem!« erwiderte er und lachte.

Catherine warf erst einen Blick auf die Uhr, dann auf den Computer und schließlich auf den Priester. Sie wollte etwas sagen, überlegte es sich aber anders und drehte sich wortlos um.

An der Rezeption bat sie Mr. Mylonas, im Sheraton anzufragen, ob ein Computer frei sei. Während sie wartete, trommelte sie mit den Fingern nervös auf das Gästebuch und starrte in die Richtung des Büros. Sosehr sie es auch gewollt hätte, sie brachte es einfach nicht über sich, einen Priester um einen Gefallen zu bitten.

»Tut mir wirklich leid, Frau Doktor«, sagte Mr. Mylonas und hängte auf. »Aber alle Anschlüsse sind besetzt. Bitte, das Telefon in unserem Büro steht Ihnen zur Verfügung. Vielleicht haben Sie diesmal mehr Glück.«

Catherine vermutete, daß sie mit dem Anschluß hier mehr Glück haben würde als in einer Telefonzelle, und ging zurück in das Büro. Der Priester war nicht mehr da, und sie warf einen Blick auf den Bildschirm, um zu sehen, ob der Computer vielleicht doch schon frei war. Die Meldung wirkte jedoch eher wie Hohn:

»Gesendet: 1200 Bytes
voraussichtl. Sendezeit: 1 Std. 27 Min.«

Während sie noch einmal versuchte, die Funkvermittlung in Cancun zu erreichen, dachte sie flüchtig daran, das Senden der E-Mail zu unterbrechen, Daniel ihre Nachricht zu übermitteln und später mit dem Priester zu reden.

»Na los, Danno«, murmelte sie ungeduldig, preßte den Hörer ans Ohr und lauschte auf die veralteten Telefontöne, die um die halbe Welt gingen. »Bitte nimm endlich ab!« Sie warf wieder einen Blick auf die Uhr. War er bereits unterwegs zum Grab?

Durch die angelehnte Tür hörte sie plötzlich lauten Beifall aus der Bar und Hungerfords unverkennbares Lachen.

Warum ist er noch immer hier? Warum ist er nicht bei seinen Leuten?

Sie dachte an Samir. Sie hatte ihn gebeten, ihr Zelt nicht aus den Augen zu lassen. Catherine wußte jedoch, daß er sich nicht ständig in der Nähe des Zelts aufhalten konnte. Sie dachte an das Fragment und den Korb unter dem Feldbett. Bestimmt kein sicheres Versteck. Catherine wußte, sie durfte die Funde nicht länger allein lassen. Aber was sollte sie tun, wenn sie Danno nicht erreichte?

Ich fliege noch heute nacht, dachte sie. *Ich habe keine andere Wahl.*

»Hallo?« rief sie in den Hörer. »Ja, ich versuche, Dr. Stevenson zu erreichen. Er ist ... Hallo?«

Die Verbindung wurde unterbrochen.

»Verflucht ...«, murmelte sie.

»Was ist los?«

Sie drehte sich verblüfft um. Der Priester stand in der Tür. Hinter ihm befand sich die Hotelhalle. Durch die Glastüren sah sie in seinem Rücken den feurig-goldenen Sonnenuntergang.

Eine wahrhaft gute Kulisse für einen Diener der spirituellen Welt, dachte sie unwillkürlich und staunte über ihren Zynismus. Warum löste dieser Mann so heftige Reaktionen bei ihr aus?

Er betrat das Büro. Seine große Gestalt füllte den Raum, der plötzlich noch kleiner zu sein schien. Er war etwa einen Meter fünfundachtzig groß. Die ersten Anzeichen von Grau in den kurz geschnittenen dunkelbraunen Haaren verrieten, daß er über vierzig sein mußte. Aber sein muskulöser Körper wirkte jugendlich und sportlich. Eigentlich wirkte er überhaupt nicht wie ein Priester.

Sie legte auf und seufzte. »Ich muß unbedingt den Computer benutzen, um jemanden zu erreichen.«
»Warum haben Sie das nicht gleich gesagt?«
»Ich möchte nicht gerne auf einen Priester angewiesen sein.«
Er sah sie überrascht an. »Sie sind wohl kaum auf mich angewiesen.«
Er setzte sich vor den Computer, tippte etwas auf der Tastatur und stand auf: »Er steht zu Ihrer Verfügung«, sagte er knapp und verließ das Büro, ohne sie noch einmal anzusehen.
Catherine blickte ihm einen Augenblick nach, dann setzte sie sich, legte den Notizblock mit Daniels E-Mail-Adresse auf den Tisch und begann mit der Eingabe.

Mexiko

Daniel hatte gerade seinen Net-Slogan eingegeben: ›Im Universum gibt es eine Quelle des Lebens, und niemand kann lange ohne diese Quelle leben.‹ In diesem Augenblick kam einer der Studenten mit einer Thermoskanne und zwei in fettiges Pergamentpapier gewickelten Päckchen in die Grabkammer. »He, Danny!« rief der junge Mann und ließ seinen nassen Poncho auf den Boden fallen. »Die Funkverbindung ist wieder zusammengebrochen. Jemand wollte dich sprechen. Es klang dringend. Aber ich glaube, das Unwetter ...«
»Mach dir keine Gedanken! Komm, sieh dir das an!«
Sein Assistent stellte das Frühstück ab und kauerte sich vor den Laptop. »Phantastisch! Danny, du hast es geschafft!«
»Gerade noch rechtzeitig. Meine letzte Batterie ist am Ende«, erwiderte Daniel und schraubte den Deckel der Thermoskanne auf. Sofort verbreitete sich in der Grabkammer der belebende Duft von Kaffee.
»Wer wollte mich sprechen?«
Der junge Mann reichte ihm eines der Päckchen. »Weiß nicht ...«

Daniel schlug das fettige Papier beiseite, und der würzige Duft von Bohnen, Käse und Paprika stieg ihm in die Nase. Als er hungrig das heiße *Burrito* zu essen begann, schloß er die Augen. Ihm war nicht bewußt gewesen, wie ausgehungert er nach der Nacht in diesem Grab war. Er hatte die Arbeit nicht unterbrechen wollen und war nicht wie üblich ins Lager zurückgegangen.
»Wer auch immer es gewesen sein mag«, sagte er mit vollem Mund. »Wenn es wichtig ist, wird er es schon noch einmal versuchen.«
»Deine Batterie gibt gerade endgültig den Geist auf«, sagte sein Assistent. Der Bildschirm begann zu flackern, als eine Meldung erschien.

Scharm el Scheich, Golf von Akkaba

Das schwarze Schlauchboot schoß über das Wasser und erreichte den Strand, bevor der Mond über dem Golf aufging und sein fahles Licht auf das nächtliche Land warf. Zwei Männer in schwarzen Tauchanzügen saßen in dem Boot. Sie stellten den Außenbordmotor ab und sprangen schnell und lautlos ins flache Wasser. Als sie das sandige Ufer erreichten, zogen sie das Boot hinter sich her aufs Trockene.
Sie blieben abwartend stehen und lauschten auf Lebenszeichen. Aber in dieser kalten Nacht blieb alles dunkel und still. Das erste in der langen Reihe der Touristenhotels hob sich schemenhaft vor dem Nachthimmel ab. Aber es stand weit genug entfernt, und die Männer konnten sicher sein, daß niemand sie gesehen hatte. Trotzdem blieben sie wachsam und verloren keine Zeit. Sie entluden schnell das Boot. Ihr Auftrag verlangte, daß sie unerkannt in das Land kamen.
Einer der beiden warf einen Blick auf die Uhr. Sie hatten eine Stunde, um ihr Ziel auszumachen und ihrem Auftraggeber einen ersten Bericht zu erstatten.

Der Nachtwind heulte um das Zelt. Es klang, als versuchten die Dämonen der Wüste, es davonzutragen.
Catherine seufzte und blickte unruhig auf den Korb, der auf ihrem Arbeitstisch stand.
Zwölf Stunden waren vergangen, seit sie den Korb in dem unterirdischen Gang gefunden hatte. Sie wollte ihn öffnen, sobald sie sicher sein konnte, daß im Lager alle schliefen.
Gott sei Dank hatte sie Daniel über Internet erreicht. Er hatte gerade noch ihre Nachricht erhalten, bevor die Batterie seines Computers völlig versagte. Eine Stunde später rief er sie aus dem Dorf in der Nähe seines Lagers an. Er sagte nur drei wundervolle Worte: ›Ich bin unterwegs!‹
Aber bis zu seiner Ankunft würde fast ein ganzer Tag vergehen. Catherines Unruhe wuchs von Minute zu Minute. Wie sollten ihre Nerven diese Spannung aushalten? Und sie hatte noch viel zu tun bis zu ihrer Flucht.
Während sie darauf wartete, den Korb ungestört öffnen zu können, nutzte sie die Zeit, das Äußere mit der Lupe zu untersuchen. Dabei schabte sie behutsam Sandkörner, winzige Insekten und getrocknete Pflanzenteile von der Leinenumhüllung, um ihre Herkunft zu bestimmen.
Da die Grabungen bisher keine Hinweise auf eine ständige menschliche Besiedlung dieser Gegend vor dem fünften Jahrhundert erbracht hatten, mußte der Korb von einem anderen Ort hierher gebracht worden sein.
Woher?
Ein besonders heftiger Windstoß traf das Zelt. Catherine richtete sich auf und schloß kurz die Augen. Seit der Fund ans Licht gekommen war, schienen seltsame Gewalten am Werk zu sein. Gab es wirklich so etwas wie Dämonen?
Der Korb war nicht groß, nicht größer als ein Picknickkorb. Er roch nach Erde und Moder. Das Gewebe, in das er eingepackt war, zerfiel. Ein Teil der Verschnürung hatte sich bereits in Staub aufgelöst, nachdem der Hanf dem Sonnenlicht ausgesetzt worden war. Aber Catherine glaubte fest daran, daß sich der sorgfältig

verpackte Inhalt noch in einem guten Zustand befand und nicht zerstört worden war.

Amelia, der verehrte Priester …

Catherine erschauerte. Sie stand auf, ging zu dem Fliegenfenster und blickte über das dunkle Land. In der Ferne sah sie die Lichter von Hungerfords Lager. Er war noch immer im Hotel Isis gewesen, als sie sich auf den Rückweg gemacht hatte.

Ist er vielleicht noch dort?

Im Lager brannte in zwei Zelten noch Licht. Sie hörte, daß sich einige ihrer Leute unterhielten. Catherine wollte den Korb so schnell wie möglich öffnen, aber sie konnte nicht riskieren, dabei gestört zu werden.

Sie setzte sich wieder an den Arbeitstisch, legte einen Pflanzenrest auf den Objektträger und betrachtete ihn unter dem Mikroskop. Als sie die Schärfe einstellte, erschien die senkrechte Falte zwischen ihren Augen.

Catherine war der Überzeugung, daß die Juden beim Auszug aus Ägypten Sämereien und Stecklinge mitgenommen hatten, die sie aussäten und anpflanzten, wenn sie an einem Ort längere Zeit blieben. Deshalb bestand ein Teil von Catherines Arbeit darin, bei Grabungen botanische Funde zu sammeln und zu bestimmen. Da manche Pflanzen in bestimmten Gebieten endemisch sind und in anderen nicht vorkommen, würden Spuren von Pflanzen des Niltals an alten israelitischen Tonwaren ihre Hypothese erhärten, daß Moses und Mirjam ihr Volk hier entlanggeführt hatten. Leider hatte Catherine bisher jedoch nur Pflanzen gefunden, die im südlichen Sinai wuchsen.

Der Pflanzenrest unter dem Mikroskop ließ sich nicht sofort zuordnen.

Sie blätterte in einem Buch über Paläobotanik, blickte immer wieder in das Mikroskop und verglich das, was sie sah, mit den Abbildungen und Zeichnungen im Text.

Inzwischen war der Mond aufgegangen. Er warf sein silbernes Licht über die einsame Wüste. In einiger Entfernung von Catherines Lager beleuchtete er auch zwei Männer, die am Strand entlanggingen.

Nachdem sie das Boot wieder ins Wasser geschoben hatten – sie brauchten es nicht mehr, und niemand konnte es mit ihnen in Zusammenhang bringen –, streiften sie schnell die Tauchanzüge ab und kleideten sich wie Touristen in weite Leinenanzüge und geblümte Hawaiihemden. Ihre großen Nylontaschen sahen wie normales Reisegepäck aus.

Sie waren noch nicht lange in Richtung der Hotels gegangen, als sie sahen, daß ihnen jemand entgegenkam. Vorsichtig und mißtrauisch blieben sie stehen.

Es war ein junger Ägypter. Er lächelte sie an und fragte: »Sie Amerikaner?« Seine Zähne blitzen weiß, als er hinzufügte: »*Ahlan wa sahlan*!« und die Hand ausstreckte. »*Bakschisch*?«

»*Origanum ramonense* …«, murmelte Catherine zufrieden, denn die Form des winzigen Blättchens war eindeutig, ebenso die Härchen am Stengel und am Blütenkelch. Die Blütenkrone war gut erhalten. Catherine las die Beschreibung im Buch, die damit endete: ›… endemisch im zentralen Hochland der Negev‹.

Israel … das ist mehr als zweihundert Meilen entfernt!

Wieder blickte sie auf den geheimnisvollen Korb und spürte, wie ihr Herz schneller schlug. Ihre Vermutungen waren richtig. Das Jesus-Fragment stammte nicht von einem der Einsiedler, die vor vielen Jahrhunderten hier in den Höhlen des Sinai gelebt hatten. Die winzige Pflanze, die an der Schnur hing, mit der der Korb verschnürt worden war, wuchs nur im Negev und sonst nirgendwo auf der Welt. Das bedeutete, was immer sich in dem Korb befinden mochte, kam ebenfalls von dort.

Aber weshalb hatte man damals soviel Sorgfalt darauf verwendet, den Inhalt zu verpacken, und war mit dem Korb dann so weit gereist, um ihn hier zu begraben? Woher waren die Leute gekommen? Wer waren sie gewesen? Und der Schädel? Hatte man jemanden zusammen mit dem Korb begraben? Und wenn das so war, aus welchen Grund?

›*Lest diesen Brief im geheimen, in Sorge um Eure Sicherheit und in Furcht um Euer Leben.*‹

Catherine zuckte zusammen. Vor dem Zelt räusperte sich jemand. Dann hörte sie eine vertraute Stimme: »Frau Doktor?«

Es war Samir.

»Kommen Sie herein.«

Als er eintrat, sah Catherine, daß er einen schnellen Blick auf den Korb warf.

Kann ich ihm wirklich trauen?

Sie kannte den netten jungen Ägypter seit fünf Jahren. Sie hatten sich bei Ausgrabungen an der Nordküste des Sinai getroffen. Samir war Examenskandidat in Ägyptologie. Er war fleißig, und Catherine stellte bald fest, daß sie sich voll und ganz auf ihn verlassen konnte.

Als sie nach Ägypten zurückkam, um nach dem Moses-Brunnen zu suchen, hatte Samir promoviert, aber er suchte eine Stelle. Die Konkurrenz unter den Archäologen war groß, und meist bekam die begehrten Posten bei Ausgrabungen nur jemand, der Freunde oder Verwandte in der Behörde hatte. Catherine hatte Samir als Grabungs-Aufseher eine solche Stelle verschafft, und er erklärte überglücklich, dafür sei er ihr ewig zu Dank verpflichtet.

Sein schneller Blick auf den Korb machte Catherine mißtrauisch. Konnte sie sich auch dann noch auf ihn verlassen, wenn es um einen einmaligen Fund ging, der ihn möglicherweise reich und berühmt machen würde?

»Im Lager ist alles in Ordnung, Frau Doktor«, sagte er und fügte zu Catherines Überraschung hinzu: »Alle schlafen.«

Ahnte er, daß sie nur darauf wartete, den Korb ohne lästige Zeugen öffnen zu können?

Nachdem er gegangen war, schloß sie den Reißverschluß des Zelteingangs und ging an den Arbeitstisch zurück. Sie brauchte nicht länger zu warten.

Mit Pinzette und Schere machte sie sich so behutsam und lang-

sam an die Arbeit, wie es ihre Aufregung zuließ. Sie durchtrennte vorsichtig die äußere Leinenumhüllung, entfernte die Verschnürung und schnitt präzise und ruhig wie ein Chirurg bei einer Operation durch die einzelnen Schichten.
Der Wind pfiff und heulte um das Zelt. Sand und kleine Steine wurden prasselnd gegen die Zeltbahnen getrieben. Der Mond stand inzwischen hoch am Himmel und tauchte das Lager in ein geheimnisvolles Licht. Catherine entfernte mit angehaltenem Atem die innerste Umhüllung.
Ihre Augen wurden groß vor Staunen, als sie schließlich den Inhalt sah.

Die Bauchtänzerin erreichte das Ende ihrer Vorstellung. Sie hieß Yasmina und wurde vom Hotel Isis als ›Rose des Ostens‹ angepriesen. In Wirklichkeit hieß sie Shirley Milewski und kam aus Bismarck, North Dakota. Sie tanzte jetzt zwischen den Tischen der Gäste und ermunterte sie, ihr Dollarscheine und ägyptische Pfundnoten in das hautenge Kostüm zu stecken.
An der Rezeption verlangte einer der beiden spät eingetroffenen Amerikaner ein Zimmer für die Nacht. Er bezahlte bar und rundete den Betrag großzügig nach oben ab, weil er die Reisepässe nicht zur Hand hatte. Sein Partner stand am Telefon neben dem Aufzug.
Als sich der gewünschte Teilnehmer meldete, sagte er schnell einen einzigen Satz. Vorher vergewisserte er sich jedoch, daß niemand ihn beobachtete oder mithörte.
Er sagte: »Wir sind am Ziel.«

Catherine sah vor sich ›Bücher‹ aus Papyrus mit Ledereinbänden, die hervorragend erhalten waren. Man hatte sie in dünnes Leinen gewickelt, verschnürt und in diesen Korb gepackt. Jemand mußte viel Mühe auf sich genommen haben, damit sie nicht entdeckt wurden. Warum hatte man sie nicht einfach vernichtet? Warum waren sie mit so großem Aufwand begraben worden?

Catherine nahm das erste Buch in die Hand. Sie tat es mit der Behutsamkeit und Vorsicht, die sie im Laufe der Jahre beim Umgang mit zerbrechlichen und seltenen Gegenständen gelernt hatte. Langsam schlug sie es auf.

Die Amerikaner gaben dem Gepäckträger, der sie zu ihrem Zimmer führte, ein gutes Trinkgeld. Dann verschlossen sie die Tür und gingen daran, ihr vorübergehendes Einsatzzentrum funktionsfähig zu machen.

Das Handwerkszeug ihres Metiers befand sich in den Reisetaschen – Nachtgläser russischer Herkunft, wasserdichte Stablampen, Klappmesser aus Edelstahl, ein Laser-Entfernungsmesser, Betäubungsgewehre mit einer Leistung bis zu 200.000 Volt und ein tragbarer GPS-Navigator, mit dem sie überall auf der Erde ihre genaue Position bestimmen konnten.

Sie hatten auch präzise Landkarten der Küste des Golfs von Akkaba und Saudi-Arabiens mit sich, sowie LANDSAT-Photos vom südlichen Sinai, dem Suezkanal und dem Roten Meer.

Die beiden Männer hatten jedoch weder Flugtickets noch Reisepässe. Sie wußten, wie man unbemerkt in fremde Länder einreiste und sie ebenso unbemerkt wieder verließ.

Trommelrevolver mit neunzehn Schuß und Laservisier und Kleinkalibergewehre mit Zielfernrohr hatten sie bereits am Strand in Schulterhalftern unter den Jacken verborgen.

Der Einsatz konnte beginnen.

Zeke, der die Verbindung mit ihrem Auftraggeber hielt, trat auf den Balkon hinaus. Vor ihm lag das dunkle Wasser. Er warf einen prüfenden Blick hinunter zur Auffahrt. Nach dem Ende der Bauchtanzvorstellung fuhren die Gäste laut hupend und mit quietschenden Reifen davon. Zekes Augen wanderten den Strand entlang nach Norden, in die Richtung, aus der sie gekommen waren.

Scharm el Scheich war unter Tauchern als eine der besten Stellen der Welt bekannt, aber sie hatten am Ufer Tafeln gesehen, die in englisch, arabisch und französisch vor Haien warnten. Zeke

überlegte, ob die Haie die Leiche des jungen Ägypters bereits gefunden hatten.
Wenn der böige Wind nicht plötzlich die Waffen unter Zekes Jackett enthüllt hätte, wäre der Junge vermutlich noch am Leben gewesen. Aber so war ihnen keine andere Wahl geblieben, als ihn zu töten. Außerdem hatte es keine große Mühe gemacht. Der Junge war nicht stark und auch nicht schwer. Sie brauchten nicht viele Steine, damit die Leiche im Wasser versank.
Wie lange mochte es dauern, bis man den jungen Ägypter vermißte? Aber auch das war nicht weiter wichtig. Zeke drehte sich nach seinem Partner um und sagte betont langsam: »Keine Zeugen ...«

Catherine drückte auf eine Taste ihres Diktiergerätes.
»Das erste Buch«, sprach sie auf Band, »besteht aus typischen Papyrus-Seiten, die leicht überlappend aneinandergeklebt sind. Es ist wie ein Akkordeon gefaltet und nicht an einer Seite gebunden. Geöffnet hat es die Standardlänge von zwanzig Seiten. Jedes Blatt ist beschrieben. Der Text befindet sich auf den rechten, den ungeraden Seiten. An den Rändern sind horizontal verlaufende Fasern erkennbar.«
Sie entfaltete behutsam den spröden Papyrus.
Der Wind wurde zum Sturm und jagte mit einem gespenstischen Heulen über den Golf, das die Beduinen die Schreie der Verdammten nannten.
Catherine holte eine große Lupe und rückte die Lampe näher an den Papyrus. Sie schob sich die langen Haare aus dem Gesicht und begann, die Worte des uralten Dokuments zu lesen. Plötzlich hörte sie vor dem Zelt ein Geräusch. Sie richtete sich auf und lauschte.
»Hallo?« rief sie. »Wer ist da?«
Sie ging zum Zelteingang, öffnete den Reißverschluß und blickte angestrengt in die stürmische Nacht.
In den Zelten war alles still. Ihre Leute schliefen. Der Wind drehte, und sie hörte Ziegenglocken und hin und wieder das helle

Meckern einer Ziege. Die Wüste war in ein seltsam übernatürliches Licht getaucht.
Sie lauschte mit angehaltenem Atem. Dann hörte sie ein anderes Geräusch – Schritte auf dem Geröll.
Sie griff nach der Taschenlampe, verließ das Zelt und richtete den Lichtstrahl auf den Grabungsplatz. Zuerst sah sie nur die Gräben und die Absperrungsseile, die im Wind schaukelten. Sand wurde über die Steine gefegt. Aber dann entdeckte sie eine Gestalt.
»He, was machen Sie da?« rief sie und lief auf den Mann zu. Als sie ihm mit der Taschenlampe ins Gesicht leuchtete, sah sie, daß es der Priester aus dem Hotel Isis war.
Er hielt schützend die Arme vor die Augen.
»Fremde haben hier keinen Zutritt«, sagte sie und senkte die Taschenlampe.
»Entschuldigen Sie, ich dachte, es wäre nichts Verbotenes, wenn ich mich etwas umsehe.« Dann rief er gegen den Sturm: »Ach, sind Sie nicht die Frau, die mir den Computer ausgespannt hat? Haben Sie Ihren Freund erreicht?«
Der kalte Wind ließ Catherine frösteln. Sie trug nur eine Bluse und Shorts. »Ja«, erwiderte sie und mußte mit der freien Hand ihre Haare festhalten, damit sie ihr nicht ins Gesicht geweht wurden.
»Michael Garibaldi«, sagte er mit einer leichten Verbeugung und streckte ihr die Hand entgegen.
»Was suchen Sie hier?« wiederholte sie ihre Frage, ohne auf die Hand zu achten.
»Man hat mir im Hotel gesagt, daß hier eine Grabung durchgeführt wird. Ich war neugierig. Arbeiten Sie hier?«
»Das ist meine Grabung. Ist es nicht etwas spät für eine Besichtigung?«
»Ich konnte nicht schlafen. Wie ich sehe, Sie auch nicht.« Er blickte an ihr vorbei zu dem beleuchteten Zelt. Dann drehte er sich um und starrte auf die dunklen Gräben und die Geröllhaufen. Catherine sah, wie der Wind sein Hemd an den breiten mus-

kulösen Rücken preßte. Unwillkürlich überlegte sie, wie er wohl seine Muskeln trainierte.
»Sie sind bestimmt Dr. Alexander«, sagte er. »Im Hotel erzählt man, daß Sie etwas Wertvolles gefunden haben.«
»Das wissen wir noch nicht genau«, erwiderte Catherine vorsichtig. »Ich warte auf einen Beamten der ägyptischen Regierung, bevor ich mit den Ausgrabungen fortfahre.«
Er nickte. »Ich verstehe. Wenn das meine Grabung wäre, würde ich auch alle Vorsichtsmaßnahmen ergreifen. Ich erinnere mich daran, etwas über den Fund in der Nähe von Bir el Dam gelesen zu haben. Die Nachricht verbreitete sich in Windeseile. Am nächsten Tag standen bereits überall Zelte, und innerhalb einer Woche waren alle Fundstücke verschwunden. Für die Polizei ist die Wüste sehr, sehr groß.«
Catherine blickte fasziniert auf seine blauen Augen. Sie dachte daran, wie sie als kleines Mädchen geglaubt hatte, daß ein Priester einem Menschen in die Seele blicken könne und wisse, ob man die Wahrheit sagte oder nicht. Diese Illusion hatte sie verloren, als sie erkannte, daß Priester auch nur Menschen waren.
Aber als sich jetzt Michael Garibaldis blaue Augen auf sie richteten, überkam sie das seltsame Gefühl, er könne ihr tatsächlich in die Seele blicken. Und das gefiel ihr überhaupt nicht.
»Es besteht die Gefahr, daß das Erdreich nachgibt«, sagte sie. »Wir können deshalb Fremden nicht erlauben, auf dem Glände herumzulaufen. Es ist zu gefährlich.« Sie richtete die Taschenlampe auf den Boden und führte ihn wie eine Platzanweiserin im Kino von den Gräben weg zum Lager.
»Ich war gerade in Jerusalem«, sagte er leise, während er ihr folgte, »und habe beschlossen, meinen Urlaub zu verlängern, um etwas von der Sinaihalbinsel zu sehen. Eigentlich bin ich schon wieder auf der Rückreise.« Nach einer kurzen Pause fügte er hinzu: »Ich komme aus Chicago, falls Sie das interessiert.«
Als sie noch immer schwieg, fragte er: »Warum lassen Sie es mich so deutlich spüren, daß Sie mich nicht mögen?«

»Vater Garibaldi …«
»Bitte«, unterbrach er sie lächelnd. »Nennen Sie mich Mike.«
Aber Catherine ließ sich nicht erweichen. »Ich habe als Kind gelernt, daß man einen Priester mit seinem Titel ansprechen muß. Ich finde es nicht richtig, einfach ›Mike‹ zu Ihnen zu sagen.«
»Ach so …«
Er schwieg, und sie hatte das Gefühl, er sei verletzt. Dann erwiderte er: »Und ich habe gelernt, daß man sich bedankt, wenn jemand so freundlich ist, einem zum Beispiel einen Computer zu überlassen.«
Inzwischen hatten sie Catherines Zelt erreicht, und das Licht fiel auf ihn. Sie sah Fältchen um seine Augen. Entweder war er oft in der Sonne oder er lachte viel; vielleicht traf auch beides zu. Als er die Hand hob, um einen Nachtfalter zu verjagen, der vor seinem Gesicht flatterte, sah sie, daß er auch muskulöse Arme hatte. Er mußte ein sportlicher Priester sein. Vermutlich spielte er mit den Jugendlichen im Ghetto von Chicago Basketball, ließ sich von ihnen ›Mike‹ nennen und versuchte, sie vor Drogen und Kriminalität zu bewahren.
Wenn er aus Chicago ist, dachte sie, *dann trägt er unter dem weißen Priesterkragen bestimmt ein blaues Arbeiterhemd.*
»Tut mir leid.« Catherine nickte. »Sie haben mir wirklich sehr geholfen. Ich habe nach Ihnen Ausschau gehalten, um mich zu bedanken. Aber Mr. Mylonas sagte, Sie seien in der Stadt. Haben Sie ihre E-Mail später noch senden können?«
Er lächelte wieder. »Ja, ein paar Stunden später.«
Sie dachte an die Papyri, die ungeschützt auf ihrem Arbeitstisch im Zelt lagen. »Es ist spät«, sagte sie. »Gute Nacht.«
»Darf ich Sie noch etwas fragen?« Er trat einen Schritt auf sie zu. »Im Hotel haben Sie gesagt, daß Sie nicht auf die Gunst eines Priesters angewiesen sein möchten.«
»Das war nicht persönlich gemeint.«
Er hob die Schultern. »Nun ja, die Bemerkung hat mich neugierig gemacht. Leute, die mit dem Katholizismus nicht vertraut sind, haben manchmal …«

»Ich bin katholisch aufgewachsen, Vater Garibaldi. Ich habe zwölf Jahre lang eine katholische Schule besucht. Dann bin ich aus der Kirche ausgetreten.«

»Ach ...« Er nickte. »Aber Sie waren einmal eine gläubige Katholikin?«

»Ja, früher ...«

Das war schon lange her. Sie würde Garibaldi nichts von Vater McKinney und dem Abend erzählen, an dem ihre Mutter gestorben war.

»Gute Nacht ...«

Sie reichte ihm die Hand. Er drückte sie fest. Als sie den Kopf hob, und ihre Blicke sich trafen, empfand Catherine blitzartig eine Verbundenheit mit ihm, die sie verblüffte und gleichzeitig erregte.

»Wenn Sie einmal nach Chicago kommen sollten ...«

Sie zog schnell die Hand zurück und murmelte verlegen: »Gute Nacht, Vater.«

Er räusperte sich und erwiderte: »Dr. Alexander, ich wünsche Ihnen, daß Sie das, was Sie suchen, hier finden werden.«

Catherine sah ihm nach. Sie verstand die seltsame Faszination nicht, die er auf sie ausübte. Sie ärgerte sich darüber, und sie ärgerte sich, weil sie das Ganze zugelassen hatte. Plötzlich wurde ihr bewußt, daß sie den Fremden regelrecht haßte.

Warum?

Immerhin hatte er ihr aus freien Stücken den Computer überlassen. Sie holte tief Luft und dachte nach.

Nach einer Weile konnte sie sich die Antwort eingestehen. Beim ersten Anblick im Büro des Hotels hatte sie als Frau auf einen gutaussehenden Mann reagiert. Dann, als er sich umdrehte, bemerkte sie den Priesterkragen und fühlte sich irgendwie betrogen.

Auch jetzt, nachdem sie wußte, daß er ein Priester war, reagierte sie auf seine Männlichkeit. Es war ihr nicht möglich, in ihm nur einen Priester zu sehen wie in Vater McKinney oder Vater Ignatius. Diese beiden waren für sie nie *Männer* gewesen. Garibaldi

hatte sich ihr vom ersten Augenblick an als Mann und erst in zweiter Linie als Priester präsentiert.
Irgendwie fand sie das beunruhigend.
Als Catherine den Reißverschluß schließen wollte, sah sie flüchtig am Rande der Ausgrabung etwas Großes, Unförmiges aufragen. Mit Entsetzen stellte sie fest, daß es ein Beduinenzelt war. Bei Sonnenuntergang hatte es noch nicht dort gestanden.

Santa Fe, New Mexico

»Wir sind am Ziel, Mr. Havers.«
»Gut«, antwortete Miles und ging mit dem Funktelefon außer Hörweite der anderen. Die Familie war gerade dabei, den Weihnachtsbaum zu schmücken.
Miles hatte zugesehen, wie Erika mit den Enkelkindern beriet, an welche Stellen die bunten Glaskugeln von den geduldigen Dienstboten an die riesige Douglasfichte gehängt werden sollten. Die Kleinste kauerte vor der Krippe unter dem Baum und hatte plötzlich gerufen: ›Aber wo ist das Baby?‹ Erika hatte gelacht, ihre entzückende Enkeltochter in die Arme genommen und geantwortet: ›An Weihnachten wird der kleine Jesus in der Krippe liegen!‹
Miles lächelte noch immer, aber dann wurde er ernst und sagte ins Telefon: »Wenn Sie die Kontaktperson treffen, machen Sie kurzen Prozeß. Lassen Sie sich nicht auf irgendwelche Spielchen ein. Ich wünsche kein Feilschen. Entweder Sie einigen sich oder Sie schalten den Mann aus. Nehmen Sie die Ware an sich und verschwinden Sie innerhalb von vierundzwanzig Stunden wieder aus dem Land.«
Aus Miles sprach der Tiger – die Bestie war vor vielen Jahren an einem Tag geboren worden, an dem sich sein Leben von Grund auf verändert hatte.

Der Tiger in ihm war sprungbereit, er witterte Gefahr und lauerte auf Beute. Der Tiger war seine Intuition. Das Raubtier in ihm knurrte jetzt hungrig.

»Hören Sie«, sagte Miles ruhig in den Hörer, »schalten Sie den Mann aus, auch wenn Sie sich mit ihm einigen sollten. Niemand darf etwas von der Sache erfahren.«

Der Tiger hob die Pranke …

Der zweite Tag

Mittwoch,
15. Dezember 1999

Scharm el Scheich, Golf von Akkaba

Allmächtiger, dachte Danno, als sich der Landrover Catherines Ausgrabung näherte. *Was ist denn hier los?*

Sie hatte ihm am Telefon nicht gesagt, weshalb er unbedingt kommen sollte. Samir, der ihn am Flughafen von Scharm el Scheich erwartete, hatte wenig erzählt. Als sie jetzt in dem offenen Wagen über die Ebene fuhren, stand Daniel auf und hielt sich am Rollbügel fest. Um die Ausgrabung lag ein Ring von Zelten, Wagen, Bussen, Eseln, Touristen und Arabern.

Cathy hat etwas gefunden!

Dann sah er sie, wie sie vor ihr Zelt trat und eine Hand schützend über die Augen hob.

»Ich bin da!« rief er und winkte.

»Danno!« Sie rannte ihm entgegen.

Er sprang vom Wagen und umarmte sie.

»Gott sei Dank, daß du da bist ...«, flüsterte ihm Catherine erleichtert ins Ohr.

Er drückte sie fest an sich. Daniel war zwar kleiner als Cathy, aber sie trug Sandalen und er Nikes mit dicken Gummisohlen. Er war glücklich, so glücklich wie in seinen Träumen, daß sie ihn brauchte.

Als Danno sie schließlich zögernd losließ und aufmerksam betrachtete, murmelte er betroffen: »Du meine Güte, du siehst ziemlich mitgenommen aus.«

Sie fuhr ihm lachend durch die blonden Haare. »Du wirkst auch nicht gerade taufrisch ...«

Da hatte sie bestimmt recht. Er war von oben bis unten mit Staub bedeckt, die Haare waren schweißverklebt, und das T-Shirt mit

dem Aufdruck ›Die Erfolge von Archäologen liegen in Trümmern‹ war fleckig und zerknittert. In seinen Träumen eroberte er sie nie so verschwitzt und wenig attraktiv.
»Laß deine Sachen im Wagen! Komm schnell in mein Zelt.« Catherine nahm ihn bei der Hand. Als sie im Zelt standen, schloß sie die Zeltklappe. »Meine Leute sind wie üblich bei der Arbeit, aber wie du siehst, weiß bereits alle Welt, daß wir etwas gefunden haben.«
»Den Mirjam-Brunnen?«
»Etwas viel Wichtigeres.«
»Der Zirkus da draußen läßt auf Gold schließen.«
Ihre Augen leuchteten, als sie leise sagte: »Wertvoller als Gold, Danno! Wir haben *Schriftrollen* gefunden, und sie sind alt, mein Gott, sie sind sehr alt ...« Sie schwieg beunruhigt und hielt den Atem an. Dann ging sie zur Fensterklappe und blickte hinaus.
»Was ist los?« fragte er verwundert.
»Ich dachte, ich hätte draußen etwas gehört.« Sie legte den Finger an die Lippen, schloß sorgfältig wieder die Klappe und ging zum Arbeitstisch, auf dem Flaschen und Gläser standen. Er wollte etwas sagen, aber sie bedeutete ihm zu schweigen.
Sie füllte zwei Gläser mit Mineralwasser. Daniel sah sich im Zelt um: Schaufeln, Pickel, Kellen und Eimer, Pinsel in allen Größen, Kameras, Landkarten und Skizzen, Meßstäbe, Schnur und Pflöcke, Bücher, ein Mikroskop, Chemikalien ...
Wie bei Cathy üblich, lag alles kreuz und quer durcheinander. Ein andererArbeitstisch war geheimnisvoll mit einem Laken verhüllt. Dann bemerkte er den offenen Koffer auf dem Feldbett.
»Willst du verreisen?«
Sie reichte ihm das Glas und antwortete leise: »Ich bin eigentlich nicht mehr da. Ich habe nur noch auf dich gewartet.«
»Was ist denn los?«
»Setz dich, Danno. Du wirst nicht glauben, was ich dir jetzt zeige.«

Zeke stand auf dem Balkon seines Hotelzimmers. Er blickte auf das Wasser, das bereits im Schatten lag, während die Sonne gerade hinter dem Sinaigebirge verschwand. Von der Restaurant-Terrasse unter ihm drang erregtes Stimmengewirr herauf. Auch ihnen hatte man zugeflüstert, daß die Archäologen in der Nähe etwas gefunden hatten. Spekulationen und Gerüchte heizten die Stimmung an.
Zeke machte sich keine Gedanken darüber. Er wußte bereits, daß unter ihm Wetten um die ›Ware‹ ausgehandelt wurden, die er für seinen Auftraggeber hier abholen sollte. Wenn es Konkurrenz gab, war das nur eine willkommene Gelegenheit, die eigenen Fähigkeiten unter Beweis zu stellen.
Über den jungen Ägypter sprach bis jetzt niemand. Er war noch nicht als vermißt gemeldet worden. Zeke rechnete damit, daß es noch ein paar Tote geben würde, bis sein Auftrag erfüllt war.
Es klopfte an der Zimmertür. Der Anbieter war da.

Während Catherine die letzten Dinge in den Koffer packte, informierte sie Daniel flüsternd über die Ereignisse der sechsunddreißig Stunden, die vergangen waren, seit Hungerford sie mit der Sprengung aus dem Schlaf gerissen hatte.
»Niemand weiß, daß ich den Korb geöffnet habe«, sagte sie. »Aber es ist nur eine Frage der Zeit, bis es bekannt wird. Du hast die Absperrungen und Warntafeln um den Grabungsplatz gesehen. Noch lassen sich die Neugierigen davon zurückhalten …«
Catherine nahm sich nicht die Zeit, ihre Sachen sorgfältig zu packen. »Ich vermute, Hungerford hat geplaudert. Mr. Mylonas vom Hotel Isis hat mir ausrichten lassen, daß jemand von der Behörde unterwegs hierher ist. Der Beamte wird vermutlich noch heute abend eintreffen, aber dann möchte ich nicht mehr hier sein. Ich hoffe, ich kann verschwinden, während alle beim Abendessen sind. Bei den Einheimischen ist abends immer irgendein Fest. Ich denke, es wird auch heute abend genug Ablenkung geben.«
»Warum mußt du dich wie ein Dieb davonstehlen?«

»Ich brauche Zeit und muß Ägypten verlassen haben, bevor jemand nach mir sucht.«

»Cathy, ich verstehe dich nicht ...«

Sie richtete sich auf und ging zu der verhüllten Arbeitsplatte. Vorsichtig nahm sie das Laken ab und sagte: »Hier!«

Catherine hatte die Schriftrollen ordentlich nebeneinandergelegt. Das erste ›Buch‹ war entfaltet. Als Daniel an den Tisch trat, erklärte ihm Catherine, wie sie das Jesus-Fragment an die erste, nicht vollständige Seite des vermutlich ›ersten Buchs‹ gelegt hatte. Wie nicht anders zu erwarten, paßten die beiden Teile nahtlos aneinander. Sie hatte eine Glasplatte über die wieder vollständige Seite gelegt.

Daniel beugte sich ehrfürchtig über das Blatt.

»Warum sprichst du immer von ›Schriftrollen‹?«

»Sieh dir die Enden an. Es sieht aus, als seien sie an runden Holzstäben befestigt gewesen. Später hat man offenbar die Holzstäbe entfernt und die einzelnen Schriftrollen wie ein Akkordeon zu einem ›Buch‹ gefaltet.«

»Wenn ich mich recht erinnere, wurde die Schriftrolle um das zweite Jahrhundert allmählich durch den Kodex ersetzt. Man hat angefangen, beschriebene Seiten zu falten und am Rand zu befestigen ...«

»Ja, aber in diesem Fall sind die Seiten nicht seitlich befestigt, und es sind keine einzelnen Blätter. Trotzdem sehen sie für uns wie Bücher aus. Ich habe mich gefragt: Warum hat man die Holzstäbe entfernt und die Schriftrollen gefaltet?«

Er sah sie mit hochgezogenen Augenbrauen an. »Und was meinst du?«

»Um sie leichter transportieren zu können«, antwortete Catherine. »Schriftrollen sind empfindlich und nicht so einfach zu verbergen. Ein flaches Buch dagegen kann man ohne weiteres unter einem weiten Gewand verstecken.«

»Willst du damit sagen, die Besitzer dieser Schriftrollen wurden verfolgt?«

»Möglicherweise. Siehst du, ich habe die Schriftrollen so neben-

einandergelegt, wie man sie vermutlich lesen muß. Das erste Buch beginnt wie ein Brief und scheint die Geschichte einer Frau zu erzählen. Die anderen fünf«, sie deutete auf die gefalteten Papyri, »habe ich noch nicht aufgeklappt.«
Daniel blickte wie gebannt auf den entfalteten Papyrus, der über einen Meter lang und dicht mit schwarzen Buchstaben beschrieben war.
»War noch etwas in dem Korb?«
»Nein ...«
»Hast du das alles schon übersetzt?«
»Nur die erste Seite.«
»Und?«
Sie reichte ihm den Notizblock. Er sah die ersten Worte: ›Von Sabina ...‹
»Lies die Stelle, die ich gelb markiert habe.«

Hungerford musterte die beiden Fremden und ließ sich in den angebotenen Sessel fallen. »Ich muß gestehen, ich hätte nicht so schnell mit einer Antwort gerechnet. Vor allem nicht mit zwei Landsleuten.«
Nachdem Dr. Alexander mit dem Jesus-Fragment in ihrem Zelt verschwunden war, kam Hungerford zu dem Schluß, daß sie zwar hübsch sein mochte, aber nicht lügen konnte. Im Hotel Isis hatte er sich mit dem Stellvertreter von Mr. Mylonas unter vier Augen unterhalten und dabei den Namen eines Mannes in Kairo erfahren. Es war ein Händler für ›private Altertümer‹, wie Ramesch es ausgedrückt hatte. Hungerford hatte den Händler auf der Stelle angerufen, ohne jedoch allzuviel zu sagen. Er unterließ es natürlich, die Archäologin zu erwähnen, aber er sprach von ›einem Papyrus-Fragment, in dem Jesus erwähnt wird‹, damit er den Mann auf die richtige Spur setzte. Der Händler versprach, sich wieder bei ihm zu melden.
Hungerford war angenehm überrascht, als man ihm ein paar Stunden später aus dem Hotel die Nachricht überbrachte, ein ›Sammler‹ interessiere sich für das Fragment. Nachdem die Ar-

chäologin mit einem geheimnisvollen Korb aus dem unterirdischen Gang zurückgekommen war, hatte er sich sofort in seinen Wagen gesetzt und war zurück zum Hotel gefahren, um den Mann in Kairo über den neuesten Stand der Dinge zu informieren.

»Also, Gentlemen«, sagte er jetzt. »Sie wollen die Sammler sein?« Er grinste. »Wenn mich nicht alles täuscht, machen Sie das Geschäft doch für einen anderen.«

Hungerford hatte sofort erkannt, daß die beiden nicht das große Geld hatten.

Leibwächter oder Abenteurer, dachte er schon beim Betreten des Zimmers.

Der eine Mann blieb stumm, nur der andere, der sich als ›Zeke‹ vorgestellt hatte, redete. Er war nicht groß, bestand aber fast nur aus Muskeln und hatte kurz geschnittene weißblonde Haare, ausdruckslose graue Augen und eine Narbe auf der einen Gesichtshälfte, die vom Haaransatz über die rechte Augenbraue, das rechte Auge und den rechten Mundwinkel bis zum Kinn reichte. Es war nicht schwer zu erraten, daß dieser Typ schon mehr als einmal um sein Leben gekämpft hatte. Offenbar waren seine Gegner bis jetzt immer die Schwächeren gewesen.

Zeke lächelte. »Unser Auftraggeber möchte anonym bleiben.«

Hungerford zuckte die Schultern. »Ich habe nichts dagegen! Nennen Sie die Summe, Gentlemen. Was bietet Ihr Boß?«

Daniel las leise: ›*... ich weiß um das Ende aller Dinge und um die Wiederkunft des Gerechten.*‹

Er sah Catherine erstaunt an. »Bist du sicher, daß das richtig übersetzt ist? Ich meine ... das ist nicht zu fassen. Sie spricht eindeutig vom ›Jüngsten Gericht‹ ...«

»Überzeuge dich selbst.« Sie deutete auf eine Zeile des Fragments.

Daniel kniff die Augen zusammen und nickte. Dann murmelte er: »Wenn bekannt wird, daß eine Jesus-Schriftrolle gefunden wurde, in der steht, wann genau der Weltuntergang ...« Er verstummte.

»Das ist *ein* Grund, weshalb ich keinem Menschen etwas davon gesagt habe.«

»Was steht noch in dem Brief?«

Catherine übersetzte direkt vom Original: *»Bevor ich meine Geschichte erzähle, liebe Amelia, erinnere ich Dich an meine Warnung. Perpetua hat mir von den großen Leiden unserer Schwestern berichtet, und daß wir nach all den Jahren der Gleichberechtigung mit den Männern in unserer Gemeinschaft jetzt zu Schweigen und Absonderung verurteilt worden sind. Ich möchte unter keinen Umständen, daß Schwestern unserer Gemeinschaft meinetwegen verfolgt werden. Wenn das, was ich Dir mitzuteilen habe, bei den Männern Empörung auslöst und sie Dich deshalb bestrafen wollen, dann nimm diese Bücher mit zu König ...«*

Daniel sah sie an. »Warum schweigst du?«

»Der Text endet hier auf dieser Seite.« Sie hielt die Lupe über die zweite Spalte und las weiter: »›... *Tymbos, damit sie in Sicherheit sind.*‹«

»König Tymbos! Wer ist das?«

»Keine Ahnung.«

Daniel fuhr sich mit der Hand durch die Haare und ging nachdenklich auf und ab. Durch eine der Zeltklappen drangen von draußen Stimmen herein. Jemand rief den Neugierigen zu, sie sollten die Absperrung nicht übertreten. Er blieb stehen und drehte sich um. »Die ›Gemeinschaft‹«, sagte er. »Glaubst du, sie meint damit die Frühchristen?«

Catherine ging zu ihrem Koffer und schloß energisch den Deckel. Dann zog sie ihre Reisetasche unter dem Feldbett hervor. »Das werde ich wissen, wenn ich alle Schriftrollen übersetzt habe.«

»Was für Schriftrollen sind das? Unbekannte Evangelien?«

»Ich weiß nicht, aber ich glaube, es fehlt ein Buch.«

»Wie kommst du darauf?«

Catherine ging zum Arbeitstisch zurück. »Sie waren alle in dem Korb. Ich habe keinen Hinweis darauf, daß noch andere Bücher mit ihnen vergraben worden sind. Aber sieh dir die letzte Seite von Buch sechs an ... hier!« Sie deutete auf die letzte Zeile der letzten Seite. »Lies das ...«

»Mein Altgriechisch ist nicht sehr gut«, erwiderte er. »Aber ich glaube, da steht: ›*... und ich hatte Angst ...*‹«

»Das stimmt nicht ganz. Dieses Wort hier hat seinen Ursprung in dem Wort ›*phobos*‹, und eine etwas genauere Übersetzung wäre demnach: ›Ich fürchtete mich vor ...‹«

»›Vor ...‹?«

»Sie fürchtete sich vor etwas. Der Satz ist nicht zu Ende. Es fehlt ein Wort. Das weist darauf hin, daß die Geschichte weitergeht. Es müßte also mindestens noch eine Seite oder eine *siebte Schriftrolle* geben.«

Catherine nahm ihre Jacke vom Haken und legte sie auf den Koffer. »Ich habe eine Papyrus-Probe in die Schweiz geschickt, damit man dort so schnell wie möglich eine genaue Altersbestimmung mit der Radiokarbonmethode vornimmt.«

»Hans Schüller?«

Sie nickte. »Ich kann ihm vertrauen. Er wird nichts verlauten lassen. Aber ich habe die Zeit genutzt und die Handschrift analysiert.«

»Und?«

»Nach einem ersten Überblick kann ich sagen zweites Jahrhundert.«

»Hat der Schädel, den du gesehen hast, etwas damit zu tun?«

»Wenn ja, dann wurde jemand in den Brunnen geworfen oder ist hineingefallen.«

»Jemand?«

»Vielleicht war es eine Frau ...«

Von weitem hörte man den Ruf des Muezzin von einem Minarett: »*Allahu akbar ...*« Der Gebetsruf zum Sonnenuntergang bedeutete auch, daß es Zeit zum Abendessen war. Es roch bereits nach Lammbraten und Kaffee.

»Trotzdem verstehe ich dich nicht, Cathy. Warum hast du die Behörde in Kairo nicht über den Fund informiert? Und warum willst du abreisen?«

»Danno, sieh dir die Seite, die du gerade gelesen hast, in meiner Übersetzung noch einmal an. Hier, die Anrede.«

»›*Amelia, verehrte Diakonos …*‹« Daniel runzelte die Stirn. »Nun ja, sie war eine Diakonin. Das ist nicht ungewöhnlich.«

»Du vergißt, das griechische Wort für Diakonin ist *Diakonissa*. Aber hier steht *Diakonos*.«

»Ein Schreibfehler?«

»Das glaube ich nicht. Es gibt nur eine einzige Stelle in der Bibel, an der eine Frau mit dem männlichen Titel erwähnt wird – Römer, Kapitel sechzehn. Paulus spricht von Phöbe als *Diakonos*. Wir haben nur dieses eine Beispiel, daß eine Frau ein so hohes Amt bekleidete, denn der Diakon, der Priester, stand am Altar. Später wurde eine weibliche Form geprägt, und die Pflichten der Diakonin beschränkten sich darauf, die Kranken und Alten zu pflegen.«

»Wenn du beweisen kannst, daß die Schriftrollen aus dem ersten Jahrhundert stammen …« Daniel nickte ernst, denn er wußte plötzlich, weshalb Catherine nicht die Behörde in Kairo informieren wollte … Der Grund war ihre Mutter.

Daniel hatte Dr. Nina Alexander gut gekannt und sehr gemocht. Im Gegensatz zu den Eltern anderer Kinder hatte Catherines Mutter niemals Anstoß daran genommen, daß er zu den wenigen Stipendiaten der Schule gehörte, daß er auf der ›falschen Seite‹ der Stadt wohnte und nicht wußte, wer sein Vater war. Sie war immer freundlich zu ihm gewesen, und er war in ihrem Haus stets willkommen. Beim Tod seiner Mutter war er neunzehn, und Nina Alexander stand neben ihm am Grab und tröstete ihn.

Daniel war in der Nacht, als Nina Alexander starb, im Krankenhaus gewesen und hatte mit eigenen Augen gesehen, daß sie eine gebrochene Frau war. Und alles nur deshalb, weil sie für das eingetreten war, woran sie glaubte.

Catherines Mutter war Paläographin gewesen, eine weithin anerkannte Expertin auf dem Gebiet der Datierung von Handschriften. Berühmt wurde sie jedoch durch ein Buch, das sie unter dem Titel *Maria Magdalena, die erste der Apostel* veröffentlichte. Darin behauptete sie, daß die Autorität des Papstes, die auf der apostolischen Nachfolge beruhte und ihren Anfang damit nahm, daß angeblich der heilige Petrus den auferstandenen Jesus als erster gesehen hatte, nicht zu rechtfertigen sei. Alle vier Evangelien berichteten, so argumentierte Nina, daß *Frauen* als erste das leere Grab gefunden hatten. Und in zwei Evangelien hieß es, daß der auferstandene Jesus zuerst Maria Magdalena erschienen war und *nicht* Petrus, der sich aus Angst um sein Leben versteckt hatte.

Mit dem Neuen Testament als Quelle und als Beweis war Dr. Alexander zu dem Schluß gekommen, nicht Petrus, sondern Maria Magdalena müsse die Nachfolgerin Jesu gewesen sein.

Dieses Buch hatte Catherines Mutter die erbitterte Feindschaft der Kirche eingebracht.

»Du glaubst also«, fragte Daniel jetzt leise, »die Schriftrollen könnten den Beweis dafür liefern, daß die Theorie deiner Mutter richtig ist?«

Catherine antwortete ebenso leise: »Die Kritiker meiner Mutter haben darauf hingewiesen, daß im ersten Brief des Paulus an die Korinther, in dem er über die Auferstehung spricht, Maria Magdalena nicht erwähnt wird und auch *keine* andere Frau, ja nicht einmal das leere Grab. Wir wissen, daß die Briefe des Paulus an die Korinther mindestens zwanzig Jahre *vor* dem Auftauchen der Evangelien in schriftlicher Form entstanden sind, und deshalb besitzt sein Werk wegen der zeitlichen Nähe zu den Ereignissen größere Autorität. Was aber, Danno, wäre, wenn *diese Schriftrollen* früher geschrieben wurden als die Briefe des Paulus?« Catherine legte die Bücher vorsichtig aufeinander. »Wenn sie Hinweise auf Frauen am Grab enthielten, vielleicht sogar auf Maria Magdalena?«

Danno lachte leise. »Dann wäre der Anspruch des katholischen

Klerus auf das Priesteramt und das Papsttum nicht mehr zu halten. Cathy, das ist eine heiße Sache. Weißt du, daß Nostradamus das Ende des Papsttums und des Katholizismus für das Jahr 1999 vorausgesagt hat? Nicht auszudenken, wenn diese Schriftrollen beweisen, daß deine Mutter recht hatte, daß Petrus nicht der rechtmäßige Nachfolger von Jesus war und der Machtanspruch der Päpste auf einem Irrtum beruht!«

Catherine wußte, ein solcher Beweis konnte die katholische Kirche in ihren Grundfesten erschüttern. Danno lachte leise. »Kein Wunder, daß du die Bücher wegbringen willst. Wenn die Behörden sie in die Hände bekommen, werden wir sie nie wiedersehen!«

»Nur mit diesen Schriftrollen kann ich vielleicht die Ehre und den Ruf meiner Mutter wiederherstellen. Danno, wirst du mir helfen?«

Er lächelte. »Was für eine Frage!«

»Ich muß noch ein paar Dinge vorbereiten. Wir warten, bis draußen alle mit dem Abendessen beschäftigt sind, und brechen dann auf.«

Daniel blickte noch einmal auf die erste Seite der ersten Schriftrolle. »Hier steht: ›*Jesus*‹«, murmelte er. »Ja, das steht hier ...«

Catherine blickte durch die Zeltklappe. Sie sah, daß ihre Leute sich um das Lagerfeuer eines Beduinen versammelt hatten. »Ja ...«, bestätigte sie und nickte. »Später wird Jesus in dem Text ›der Gerechte‹ genannt.«

»Wird in den Schriften vom Toten Meer nicht auch von einem *Gerechten* gesprochen?«

Sie sah ihn an und schüttelte den Kopf. »Das hier ist kein Werk der Essener.«

»Das meine ich nicht. Wenn ich mich nicht irre, dann galten die Essener als Heiler. Das Wort ›Essene‹ stammt von dem griechischen ›*Essenoi*‹ – Heiler. Diese mystischen Heiler galten als Hüter vieler uralter Geheimnisse. Denk an die Regeln ihrer Sekte.« Er hob die Hand und zählte an den Fingern ab: »Es war schwierig, in die Sekte aufgenommen zu werden, die Initiation dauerte eine Ewigkeit und war grausam, der geringste Verstoß gegen eine der Regeln wurde hart bestraft, manchmal sogar mit dem Tod. Warum? Die Antwort steht ebenfalls hier: ›*Zoe aionios*‹ – das ewige Leben.«

Catherine legte die Bücher behutsam übereinander. »Worauf willst du hinaus?«

»Angenommen, die Essener kannten auch das Geheimnis des ewigen Lebens. Vielleicht haben sie sich deshalb so hermetisch gegen alle abgeschirmt, die nicht zu ihnen gehörten, und wollten nicht zulassen, daß jemand die Gemeinschaft verließ. Man glaubt, daß die Sekte verfolgt wurde, als Rom zuerst Jerusalem zerstörte und dann Massada. Richtig? Was wäre, wenn ihre Geheimnisse *nicht* mit ihnen untergegangen sind? Vielleicht konnten sie die wichtige *letzte* Schriftrolle retten, in der steht, wann das Ende der Welt kommen wird. Möglicherweise enthält sie das Geheimnis des ewigen Lebens ...«

Catherine dachte unwillkürlich an die Worte des Ibn Hassan: ›...dann werde ich dir das Geheimnis des ewigen Lebens verraten.‹

»Warum könnte der Gerechte nicht Jesus sein?« fuhr Daniel immer erregter fort. »Viele Wissenschaftler behaupten, daß Jesus ein Essener war und deshalb im Neuen Testament als Heiler auftritt. Angenommen, seine Botschaft vom ewigen Leben bezog sich nicht auf das Leben nach dem Tod, sondern auf das Leben hier auf der Erde, auf ein ewiges Leben in Fleisch und Blut! Jesus hat Tote zum Leben erweckt. Könnte das nicht ein Beweis dafür sein, daß er das Mittel zum ewigen Leben kannte?« Daniel setzte sich auf das Feldbett und stützte den Kopf in die Hände. »Cathy, wenn wir herausfinden, wer Tymbos war und in welcher Stadt er als König geherrscht hat, dann sind wir vielleicht in der Lage, die siebte Schriftrolle zu finden und können das Geheimnis des ewigen Lebens enträtseln!«

»Bevor wir über Geld sprechen, Mr. Hungerford«, sagte Zeke, »müssen wir wissen, was Sie anzubieten haben.«

Ich habe etwas, wollte der Texaner antworten, *das wertvoller ist als die Kronjuwelen von England.*
Das Glück war auf seiner Seite. Auf dem Weg zu diesem Treffen im Hotel Isis hatte er beschlossen, die Archäologin zu besuchen, um mehr über den Fund zu erfahren. Aber Dr. Alexander war mit einem Besucher in ihrem Zelt gewesen, und er hörte, wie sie sagte, sie habe Schriftrollen gefunden, *sehr alte* Schriftrollen.
»Ich sage nur soviel, Ihr Boß wird das haben wollen, was ich anbiete.« Er zwinkerte. »So, reden wir jetzt über die Summe, und Sie werden den Schatz vor sich sehen, noch bevor Sie sagen können: ›Hier ist das Geld.‹«

»Fertig?« fragte Catherine und nahm die Reisetasche vom Bett. Sie verstummten und lauschten auf die Musik der Beduinen, die zusammen mit dem Rauch von brennendem Kamelmist und süßlichen Haschischwolken in den dunklen Himmel stieg.
»Fertig«, flüsterte Daniel.
Catherine zögerte.
»Danno ...« Sie legte ihm die Hand auf den Arm. »Es tut mir leid, aber ich habe mich noch nicht einmal nach deinem Projekt erkundigt, nach den Wandmalereien in dem Königsgrab. Du bist um die halbe Welt geflogen und mußt völlig erschöpft sein. Ich sollte das nicht von dir verlangen. Du brauchst dringend Schlaf ...«
»Im Augenblick habe ich den Eindruck, eine ganze Woche lang nicht mehr schlafen zu können!«
Bei seinem Anruf aus Chiapas hatte er nichts von seiner Entdeckung erwähnt, denn er wollte Cathy alles beim Wiedersehen erzählen. Für ihn war es in diesem besonderen Augenblick das Schönste gewesen, von Catherine zu hören: ›Du mußt unbedingt kommen!‹
Aber die Lage im Sinai war keineswegs zum Feiern geeignet. Cathy brauchte seine Hilfe. Es war nicht der richtige Zeitpunkt, ihr von seinen Erfolgen zu berichten. Er freute sich mit ihr über den sensationellen Fund, und das genügte. Später, in Kalifornien,

konnte er ihr alles von sich erzählen. Sie würden feiern, sie beide ganz allein. Vielleicht würde er dann sogar den Mut aufbringen, ihr seine Liebe zu gestehen ...

Als Catherine nach der Jacke griff, fiel die *International Times* vom Vortag aus der Tasche. Daniel hob sie auf und sah auf der ersten Seite den Bericht über die Verrücktheiten und Exzesse, die in Erwartung der bevorstehenden Jahrtausendwende überall auf der Welt begangen wurden – Feste auf der *Queen Elizabeth II* und auf dem Eiffelturm, Schwarze Messen in den Höhlen von Karlsbad und in Machu Picchu. Besonders Kluge hatten Flugzeuge gechartert, um in den Südpazifik zu fliegen, wo die internationale Zeitgrenze zwischen zwei Inseln verlief, so daß sie das neue Jahr gleich zweimal feiern konnten.

»Cathy«, fuhr Daniel fort. »Stell dir vor, was geschieht, wenn diese Schriftrollen das endgültige Aus für die katholische Kirche als Institution bedeuten. Ich meine, ist es wirklich nur ein Zufall, daß sie gerade jetzt gefunden wurden ... zwei Wochen vor Anbruch des neuen Jahrtausends? Und was ist, wenn uns die fehlende siebte Schriftrolle wirklich das genaue Datum und die Zeit des Weltuntergangs verrät?«

»Das werden wir alles wissen, wenn wir die Schriftrollen übersetzen.« Sie griff nach ihrem Koffer. »Gehen wir?«

Catherine warf einen vorsichtigen Blick aus dem Zelt, wich aber sofort wieder zurück.

»Was ist?« fragte Daniel.

»Wieder dieser Priester! Er unterhält sich mit einem meiner Leute, und sie stehen ausgerechnet in der Nähe des Landrovers. Sie werden uns sehen!«

»Na und?«

»Er wird sich mit uns unterhalten wollen. Dann merken meine Leute, daß ich abreisen will.«

»Und was jetzt?« fragte Daniel.

»Mr. Hungerford«, Zeke trat in den Lichtkreis der schwachen Stehlampe und verließ ihn sofort wieder, die Sonne war untergegangen, und im Zimmer wurde es dunkel, »ich möchte Ihnen ein paar Informationen über den illegalen Handel mit Altertümern und Antiquitäten geben. Es gibt ein Gesetz, dessen Einhaltung von der UNESCO überwacht wird. Danach muß jedes Stück, das aus einem Land geschmuggelt wird, an seinen Ursprungsort zurückgebracht werden. Als dieses Gesetz verabschiedet wurde, trat es rückwirkend in Kraft. Das führte zum Beispiel dazu, daß Sammler, die viel Geld in alte Papyri investiert hatten, ihre Sammlungen nicht mehr öffentlich machen konnten. Dies wiederum löste einen interessanten Preisanstieg aus, und der illegale Handel mit diesen Dingen spielt sich seitdem nur noch unter Ausschluß der Öffentlichkeit ab. Können Sie mir folgen?«

Hungerford runzelte verwirrt die Stirn. »Ich bin nicht sicher ...«

Zeke trat so nahe an ihn heran, daß Hungerford die weißen Pünktchen um die Narbe sah, die Zekes Gesicht durchschnitt. »Also werde ich mich deutlicher ausdrücken«, sagte Zeke freundlich. »Der illegale Handel mit Schriftrollen wurde für viele Händler zu riskant. Deshalb beschränkt er sich mittlerweile auf eine Reihe ausgewählter Familien. Diese Familien besitzen ein unglaublich wirkungsvolles Nachrichtennetz, Mr. Hungerford, das Sie in Staunen versetzen würde. Das Netz sorgt dafür, daß sie im Handumdrehen alle Gerüchte, Hinweise und Geschichten über mögliche Funde von Schriftrollen und Papyrusfragmenten erfahren. Ich will Ihnen ein Beispiel nennen, Mr. Hungerford. Wenn in Jerusalem das Gerücht kursiert, daß an einer bestimmten Stelle ein Fund vermutet wird, dann kaufen die interessierten Sammler das Haus, das an diesem Platz steht. Sie lassen im Keller Ausgrabungen durchführen, von denen die Behörden nie etwas erfahren. Wenn das Grundstück unbebaut ist, wird manchmal sogar ein neues Haus darauf gebaut. Und nachdem die Grabungen beendet sind, wird es wieder abgerissen.«

»Ich verstehe immer noch nicht ...«

»Ich versuche, Ihnen klarzumachen, Mr. Hungerford, daß Sie

sich auf ein Spiel mit hohen Einsätzen eingelassen haben. Es geht dabei um sehr viel mehr, als Sie sich vermutlich vorstellen können. Ihre Mitspieler, Mr. Hungerford, sind Ihre Gegner, und ich kann Ihnen versichern, sie sind nicht dumm.«

Hungerford trat der Schweiß auf die Stirn. »Na ja, ich habe nicht im Traum ...«

»Sie haben einen bestimmten Händler in Kairo angerufen und ihm gesagt, daß ein Jesus-Fragment und ein Korb mit Schriftrollen gefunden worden ist, aus dem das Fragment vermutlich stammt.«

Zeke bückte sich, als wollte er sich am Bein kratzen, aber als er sich wieder aufrichtete, sah Hungerford ein Stilett in seiner Hand blitzen.

»Mr. Hungerford, wir haben den weiten Weg nicht gemacht, um Zeit zu verlieren. Sagen Sie uns alles, was Sie wissen, und zwar schnell.«

Santa Fe, New Mexico

»Was sehen Sie?« fragte Erika Havers besorgt, während Kojote in den heiligen Rauch blickte.

Da der Schamane keine Antwort gab, richtete sie ihre Aufmerksamkeit auf das Geschehen am Pool, wo sich die ganze Familie versammelt hatte – ihre drei erwachsenen Töchter mit Kindern und Ehemännern. Sie waren gekommen, um mit ihnen Weihnachten und Silvester zu feiern. Der Pool war geheizt, Dampfwolken stiegen in den blauen Himmel von New Mexico. Der Wasserdampf über dem Pool war sehr viel dichter als die dünne Rauchfahne, die von dem Holz des Mesquitestrauchs aufstieg, das in der heiligen Schale glühte.

Der Schamane blickte in die Zukunft.

Erika konzentrierte sich wieder auf ihn. Was mochte er in dem Rauch sehen, der um seinen Kopf wirbelte?

Erika war protestantisch erzogen, hatte ihren Glauben jedoch während der Hippie-Zeit in den sechziger und siebziger Jahren aufgegeben und sich den östlichen Philosophien und Religionen zugewandt. Später, als Miles seinen ganzen Ehrgeiz daransetzte, sich in der neuen Computerwelt einen Namen zu machen und Erika ihre drei Kinder großzog, schien jeder Gedanke an Religion aus ihrem Leben verschwunden zu sein. In letzter Zeit hatte sie jedoch eine seltsame Leere verspürt, eine Leere, die auf den Verlust von etwas Lebenswichtigem hinzuweisen schien. Sie beschäftigte sich mit New Age, einer Bewegung, zu der sich viele ihrer Freunde hingezogen fühlten. New Age versprach einen geistigen Neuanfang. Die Sehnsucht in Erika dagegen schien nach dem Wissen der Alten zu verlangen, nach einer geistigen Nahrung, die die Prüfungen der Zeit überstanden hatte.

Eines Tages begegnete sie dem Schamanen in einer Ausstellung indianischer Kunst. Die Gesetze der Weißen zwangen seinem Volk seit mehr als hundert Jahren christliche und bürgerliche Namen auf, und so hieß er Luke Piñeda. Sein Stammesname war jedoch Kojote. Er war Pueblo-Indianer und das Haupt der Antilopensippe. Das machte ihn zum geistigen und politischen Führer seines Dorfes.

In seiner Obhut befanden sich die heiligen Kachinas. Von ihm hatte Erika etwas über Latiku, die mütterliche Schöpferin der Welt, erfahren. Er hatte ihr auch die Geschichte von der Entstehung der Menschen erzählt, als die Ahnen, die in den unterirdischen Regionen hausten, sich den Weg an die Oberfläche gebahnt hatten, um in der Sonne zu leben.

»Was sehen Sie?« flüsterte Erika noch einmal.

Diesmal schüttelte Kojote langsam den Kopf. Dabei streiften seine langen weißen Haare das dunkle Lederhemd.

»Es ist sehr schlimm, Mrs. Havers. Das Ende der Welt ist wirklich nahe.«

Sie sah ihn ängstlich an. »Das sehen Sie im Rauch?«

Seine Augen, die so hell waren, daß sie fast farblos wirkten, richteten sich auf die zierliche Frau mit den aschblonden Haaren. Aber er sah nicht das Äußere, verweilte nicht bei den Farben und

Formen. Er blickte in das Wesen der Dinge. In seinem Dorf sagte man, die Sonne habe die Pigmente aus seinen Augen gebleicht.
»Nein, nicht im Rauch. Der Rauch ist leer.«
Erika verstand ihn. Er glaubte an den Weltuntergang, weil die Kachina des Pueblo Acoma verschwunden war. Die Polizei sprach von Diebstahl, aber der Schamane erklärte, der Kachina-Geist sei aus eigenem Entschluß in die Erde zurückgekehrt, weil das Ende der Welt bevorstand.
›Er ist Soyal, die Sonnenwend-Kachina‹, hatte Kojote gesagt. ›Soyal erscheint zur Wintersonnenwende, um den Beginn der Kachina-Zeit anzukündigen. Er kommt als der erste aus der Kiva und geht durch das Dorf. Damit bereitet er den anderen Kachinas den Weg, damit sie aus der Geist-Welt auf die Erde zurückkehren können.‹
Kojote war in die Kiva gegangen, um die Ankunft der Kachinas zur bevorstehenden Wintersonnenwende vorzubereiten, und er hatte festgestellt, daß Soyal nicht mehr da war.
»Zum ersten Mal in der Geschichte meiner Sippe wird Soyal nicht erscheinen. Deshalb können auch die anderen Kachinas nicht aus den Kivas kommen und mein Volk segnen. Das ist sehr, sehr schlimm«, sagte der Schamane, und seine Stimme klang wie das Rascheln gefallener Blätter.
Erika wollte eine Frage stellen, als sie sah, daß der Butler auf der Terrasse erschien und neben Miles trat, der nach dem Wettschwimmen mit seinen Schwiegersöhnen zufrieden aus dem Wasser stieg. Er hatte natürlich nicht nur gewonnen, sondern wahrscheinlich auch seinen eigenen Rekord gebrochen. Lachend hielt er die Stoppuhr hoch, die ihm sein Trainer gereicht hatte. Kurz darauf folgte er dem alten Butler ins Haus.
Erikas Blick richtete sich wieder auf den heiligen Rauch.
Steht der Weltuntergang wirklich bevor?

Der Anruf kam aus dem Sinai.
Während Miles zuhörte, betrachtete er sein Spiegelbild in dem Glas, hinter dem Pokale und Siegestrophäen standen. Er betrach-

tete sich gern und kannte keine falsche Bescheidenheit. Schließlich besaß er den Körper eines zwanzig Jahre jüngeren Mannes und arbeitete täglich daran, seine Figur zu erhalten. Ihm gefiel die Vorstellung, daß sich in der jugendlichen Erscheinung sein Reichtum, sein Geschmack und sein Verstand ebenso spiegelten wie in seiner vorbildlichen Familie und seinem unvergleichlichen Anwesen.

Einem erfolgreichen Mann, so fand Miles, sollte man den Erfolg auch ansehen.

Nachdem Zeke Bericht erstattet hatte, befahl er ihm zu warten und wählte eine andere Nummer. Der Teilnehmer meldete sich sofort.

»Ja, Mr. Havers?«

»Teddy, besorgen Sie mir alles über eine Archäologin. Die Frau heißt Dr. Catherine Alexander. Stellen Sie zusammen, was Sie finden können. Ich möchte wissen, wo sie wohnt, wer ihre Kollegen sind, ihre Bekannten, Freunde ... *alles*. Ich brauche die Informationen schnell!«

Mit einem Knopfdruck schaltete er wieder zu Zeke zurück.

»Nach meiner Meinung kann man mit dieser Archäologin kein Geschäft machen. Zu solchen Dingen ist kaum jemand aus ihrer Branche bereit. Vergessen Sie Hungerford, beschaffen Sie sich schnellstens die Schriftrollen und sorgen Sie dafür, daß Dr. Alexander nicht in der Nähe ist, um später irgendwelche Aussagen machen zu können.«

Nachdem Miles aufgelegt hatte, war er nicht in der Stimmung, zu seiner Familie zurückzukehren. Deshalb beschloß er, hinunter in sein persönliches unterirdisches Reich zu gehen. Das Untergeschoß war ganz in den beruhigenden Pastelltönen der Wüste gehalten, indirekt beleuchtet und gegen Störungen der Außenwelt schalldicht isoliert. Dort befand sich unter anderem ein Museum, in dem seine Schätze hinter Glas geschützt bei elektronisch gesteuerter gleichbleibender Temperatur und Luftfeuchtigkeit auf ihn warteten. Er hatte sogar Sensoren einbauen lassen, die vor Erdbeben warnten, und ein ausgeklügeltes Sicherheitssystem. In einem besonderen Raum befand sich eine kleine Schaltzentrale, zu der nur er Zugang hatte. Von hier aus konnte er nicht nur das Museum, sondern das Anwesen und seine Produktionsstätten auf der ganzen Welt überwachen.

Im Grunde hatte sich Miles nicht von Anfang an mit religiösen Gegenständen beschäftigt, aber inzwischen schienen sie den Großteil seiner Sammlung auszumachen. Er hatte festgestellt, daß ein Stück, gleichgültig wie alt, wie selten oder wie kostbar, einen unschätzbaren Wert erhielt, wenn es von religiöser Bedeutung war. Die Menschen schienen das Unsichtbare sehr viel höher einzuschätzen als das Sichtbare.

Miles mußte in diesem Zusammenhang an Erika denken, die in letzter Zeit auf spirituellem Gebiet nach Antworten suchte. Sie war übrigens nicht die einzige. Die Medien berichteten Tag für Tag über religiöse Wahnvorstellungen und unerklärbare religiöse Phänomene – Marien-Erscheinungen, Statuen, die Tränen vergossen, das Gesicht Jesu auf dem Tor einer Garage.

Das Grabtuch von Turin wurde in diesem Jahr öffentlich gezeigt, und die Besucherzahlen brachen alle Rekorde. Viele Menschen schworen, daß die Augen des Gesichts auf dem Tuch, die bislang geschlossen waren, jetzt offenstanden. In England mußte das Militär eingreifen, um die Menschenmassen unter Kontrolle zu bringen, die mit Zelten und Wohnwagen nach Stonehenge pilgerten, um dort den Katastrophen zu entgehen, die mit der Jahrtausendwende erwartet wurden.

Die ganze Welt schien im Fieber zu liegen, und das gefiel Miles, denn mit diesem Wahn ließen sich riesige Gewinne machen – vor allem deshalb, weil es ein religiöser Wahn war.

Miles ging zielstrebig durch das langgestreckte Museum zu einem Kabinett an der Stirnseite, in dem sein neuester Zugang aufbewahrt wurde. Niemand, nicht einmal Erika, wußte von diesem Stück. Und Miles war besonders stolz darauf.

Die aus Pappelholz geschnitzte Statuette war sechzig Zentimeter groß und gespenstisch weiß bemalt. In der linken Hand trug sie

eine Adlerfeder, und aus dem geisterhaften Kopf ragte ein weißer Federbusch.
Miles betrachtete die Gestalt voller Ehrfurcht. Es war die Sonnenwend-Kachina. Man sagte, diese Statuette sei die kostbarste und heiligste aller Pueblo-Kachinas.
Soyal gehörte jetzt ihm.

Scharm el Scheich, Golf von Akkaba

»Was soll denn das bedeuten?« fragte Zekes Partner.
Zeke gab keine Antwort, sondern hielt den Leihwagen in der Nähe des Lagers an. Im Licht der Scheinwerfer sahen sie am Rand der Ausgrabungen eine aufgeregte Menschenmenge.
Die beiden Amerikaner sprangen aus dem Wagen und mischten sich unter die lärmenden Ägypter. Zeke sah nur wenige Weiße in der Menge. Das waren vermutlich Leute aus dem Lager von Dr. Alexander, vielleicht auch ein paar Touristen, die von den Hotels herübergekommen waren und das Spektakel eher unbeteiligt beobachteten.
Zeke entdeckte einen westlich gekleideten Ägypter, der eine Beduinin mit sich zerrte, die wie üblich von Kopf bis Fuß schwarz verhüllt war. Der Mann schrie auf die Frau ein, während die Umstehenden lachten, johlten oder auch drohend schimpften.
Zeke versuchte, sich einen Weg durch die Menschen zur anderen Seite zu bahnen, wo sich das Lager der Archäologin befand, aber er kam nicht weit. Er fluchte leise. Diese Verzögerung gefiel ihm nicht. Im Hotel hatte er das Schild ›Bitte nicht stören‹ an die Zimmertür gehängt, um sicherzustellen, daß die Putzfrauen Hungerfords Leiche erst am nächsten Morgen in der Badewanne entdeckten. Aber das Schild war keine Garantie dafür, daß nicht doch jemand aus irgendeinem Grund das Zimmer früher betrat. Vielleicht hatte man den Toten schon gefunden …

»Was ist denn hier los?« fragte er einen Zuschauer, der Amerikaner zu sein schien.
»Der Mann ist ihr Bruder«, erwiderte der Angesprochene. »Er sagt, seine Schwester habe Schande über die Familie gebracht.«
Zeke musterte die Frau, die sich heftig gegen ihren Bruder wehrte. Das schwarze Gewand bauschte sich um ihren Leib und verhüllte alles, bis auf die Augen. Als es ihr schließlich gelang, sich aus dem Griff des Mannes zu befreien, sah Zeke, daß die Frau schwanger war.
Plötzlich drängte sich ein Weißer durch die Menge und erhob laut Einspruch gegen die brutale Behandlung der Frau. Nach seiner Kleidung zu urteilen, schien es ein Priester zu sein. Ein Teil der Leute stimmte ihm zu, während die anderen noch lauter schrien.
»Das geht Sie nichts an!« rief der Bruder der Frau. Die Umstehenden johlten.
Zeke fragte sich, ob vielleicht auch Dr. Alexander unter den Zuschauern war. Im Schein der wenigen Lampen konnte er nicht alle Gesichter sehen. Er wußte aber, wo sich ihr Zelt befand. Ein Blick beruhigte ihn. In dem Zelt brannte Licht.
Die Menge bewegte sich langsam weiter und entfernte sich vom Lager. Schließlich gelang es Zeke, an den Menschen vorbeizukommen, die der schwangeren Frau und ihrem wütenden Bruder folgten.
Zeke ging eilig durch das Lager und erreichte das Zelt der Archäologin. Sein Partner war beinahe gleichzeitig zur Stelle. Ohne ein Wort zu wechseln, verschwanden ihre Hände in den Jacken und umfaßten die Griffe ihrer Waffen.
Zeke vergewisserte sich noch einmal, daß die Menge nur Augen für die Familientragödie hatte. Plötzlich stürzte die Frau zu Boden. Als sie mühsam wieder aufstand, verrutschte das schwarze Gewand, und Zeke sah, daß sie Nikes trug.
»He!« rief Zeke und stieß seinen Partner an. »Komm mit!« Die beiden liefen los. Sie sahen, wie der Ägypter die ›Beduinin‹ in einen Landrover zerrte und in einer Staubwolke davonraste. Es

dauerte nicht lange, bis die beiden Amerikaner ihren Leihwagen erreicht hatten. Zeke startete den Motor und verfolgte die ›Geschwister‹ mit Vollgas.

Santa Fe, New Mexico

Humphrey Bogart nahm Erika Havers in die Arme, blickte ihr tief in die Augen und sagte: ›Uns bleibt immer noch Paris.‹ Dann küßte er sie leidenschaftlich.

Die Leinwand wurde dunkel, und der rote Samtvorhang schloß sich geräuschlos. Als die Lichter in seinem privaten Filmtheater mit den dreißig dunkelroten Polstersesseln angingen, lächelte Miles zufrieden. Es funktionierte besser als erwartet, und Erika ahnte nichts. Er konnte es kaum erwarten, am Weihnachtsmorgen ihr Gesicht zu sehen. Sie würde begeistert sein.

Sogar Miles, der an diesem Projekt beinahe ein Jahr gearbeitet hatte, staunte über das Erreichte. Der Film war das Ergebnis seiner neuesten technischen Errungenschaft. Es handelte sich um eine Software, die dem Benutzer zum Bearbeiten von Filmen die raffiniertesten Spezialeffekte der Filmtechnologie zur Verfügung stellte.

Die Idee dazu stammte aus der Zeit, als sein Konzern damit begonnen hatte, die Digitalisierungsrechte berühmter Kunstwerke zu kaufen. Sie wurden repoduziert und ins Net eingespeist, damit jeder über das World Wide Web Zugriff hatte. Dianuba Technologies sicherte sich die Rechte an Literatur und Filmen, deren Copyright verjährt war, und produzierte sie als brandneue CD-ROMs. Miles spezialisierte sich auf die großen Filmstars der Vergangenheit und erwarb die Exklusivrechte an Rudolph Valentino, W. C. Fields und zahllosen anderen. Er digitalisierte sie in den alten Streifen und konnte die Stars durch Manipulation winziger Informations-Pixel in neuen Filmen ›einsetzen‹. Jeder würde künftig in der Lage sein, mit einem PC und einer norma-

len Videokamera einen Film mit einem berühmten Star als Partner zu produzieren.
Erika hatte ihm den Anstoß zu diesem Projekt gegeben. Als sie *Forrest Gump* gesehen hatten, sagte sie anschließend zu Miles: ›Wäre es nicht schön, wenn wir in jedem Film, der uns gefällt, selbst mitspielen könnten? Ich würde mich so gern einmal als Elsa in *Casablanca* sehen!‹
Erikas Vorschläge fielen bei ihrem Mann immer auf fruchtbaren Boden. Eine ihrer Ideen, über die sie vor vier Jahren eher beiläufig gesprochen hatte, war sogar dafür verantwortlich, daß Miles mit seiner Gesellschaft zum weltweit führenden Software-Hersteller geworden war. Erika hatte gesagt: ›All diese aggressiven Computerspiele werden für Männer gemacht. Warum gibt es eigentlich keine Computerspiele für Frauen? Ich denke da an Liebesgeschichten.‹
Inzwischen gab es unzählige Imitationen, aber *Butterfly*, ein interaktives Computerspiel auf CD-ROM, mit dem eine Frau dem Mann ihrer Träume begegnen konnte, hatte die Welle ausgelöst und war mittlerweile ein Klassiker.
Miles verließ das Kino und ging durch einen der verglasten Innenhöfe, die die fächerartig angeordneten Flügel des großen Anwesens miteinander verbanden. Er blickte auf die schneebedeckten Berge und den dunkelblauen Himmel. Die Luft war kalt und klar, ideal zum Joggen. Er sah Erika auf dem Tennisplatz. Sie spielte mit ihren Töchtern ein Doppel. Aus der Entfernung wirkte sie ebenso jung und temperamentvoll wie ihre Kinder. Auch Erika achtete darauf, fit und gesund zu bleiben.
Wieder einmal rief ihm der Anblick dieser bezaubernden Frau ins Bewußtsein, was für ein glücklicher Mann er war. Ohne Erika, daran gab es für Miles keinen Zweifel, wäre er vermutlich immer noch ein ausgeflippter Hacker mit einem ausrangierten, veralteten Modem und keinem Penny in der Tasche gewesen.
Wenn ich diese Frau verlieren sollte …
Er schüttelte unwillig den Kopf. Mit solchen Gedanken durfte er sich nicht belasten.

Als sich Miles gerade umdrehen wollte, sah er aus dem Augenwinkel den Schamanen am Rand des Tennisplatzes. Luke Piñeda legte großen Wert darauf, ›Kojote‹ genannt zu werden. Inzwischen schien er hier im Haus zu wohnen. Miles wußte, daß Erika ihn zum Bleiben aufgefordert hatte, aber er mißtraute dem alten Indianer. Ahnte er womöglich, daß sich seine wertvolle Sonnenwend-Kachina in dem unterirdischen Museum befand?
Aber *wie* sollte der Alte das herausgefunden haben?
Nein, das war unmöglich! Der Schamane kam nur wegen Erika ins Haus.
Miles blickte noch einmal zu seiner Frau hinüber. Selbst nach all den vielen Jahre liebte er sie. Das heißt, er liebte sie nicht nur, er war noch immer in sie verliebt. Sollte sie ihn bitten, ihr den Mond zu schenken, würde es ihm irgendwie gelingen, ihr den Mond in Silberpapier verpackt zu überreichen.
Als Miles den Fahrstuhl erreicht hatte, ließ er die Familie hinter sich und zog sich in sein abgeschirmtes Büro zurück – ein runder Turm an der Ostseite des Anwesens. Das Turmzimmer unter den Zinnen hatte Fenster nach allen Himmelsrichtungen und war in den Tönen Goldgelb und Burgunderrot gehalten und sparsam mit wenigen Designermöbeln eingerichtet. Es hatte indirekte Beleuchtung und einen weichen dunkelblauen Seidenteppich.
Sein Büro unterschied sich damit von dem für Santa Fe typischen, spanisch beeinflußten Stil. Hierher, an den höchsten Punkt im ganzen Haus, wo er mit den Bergen auf einer Höhe zu sein schien, zog sich Miles zum Entspannen und Nachdenken zurück.
Zwei Dinge beschäftigten ihn an diesem Dezembermorgen, genau zwei Wochen vor der Jahreswende: Zekes Auftrag auf dem Sinai und die Aktennotiz seines Anwalts zu dem geplanten Kauf des letzten Software-Herstellers in Privatbesitz für eine Milliarde Dollar. Sein bester und erfahrenster Berater machte ihn darauf aufmerksam, daß das Justizministerium beabsichtige, den Kauf dieses Unternehmens zu verhindern.
Sollen sie es doch versuchen, dachte Miles und drückte auf einen

Knopf. Lautlos öffnete sich die Tür der Bar. Er genehmigte sich einen Drink. Vor dem Justizministerium hatte er keine Angst. Wann immer er sich etwas in den Kopf setzte, führte er die betreffende Sache auch zum Erfolg. Nichts würde ihn daran hindern, die absolute Kontrolle über die Software-Industrie zu erreichen. Natürlich gefiel das der Konkurrenz und der Regierung nicht. Miles lächelte spöttisch, denn er wußte, daß am Ende nur Erfolg und Macht zählten. Und er besaß beides. Auch diesmal würde er schließlich der Sieger sein.

Er leerte sein Glas, und sein Lächeln verschwand, aber das lag nicht an dem scharfen, bittersüßen Geschmack in seiner Kehle. Er erinnerte sich an eine herbe Niederlage.

Die Kopernikus-Tagebücher.

Miles hatte von den Tagebüchern kurz nach dem Zusammenbruch der Sowjetunion erfahren. Damals waren viele Schätze wieder aufgetaucht, die seit dem Zweiten Weltkrieg als verloren gegolten hatten. Ein vertrauenswürdiger Vermittler hatte für Miles ein Geheimabkommen mit den Russen eingefädelt. Er erwarb die Tagebücher des polnischen Astronomen aus dem sechzehnten Jahrhundert zum stattlichen Preis von dreißig Millionen Dollar für seine Privatsammlung. Bald, nachdem sich die Tagebücher in seinem Besitz befanden, wurde die Sache bekannt, und ein weltweiter, empörter Aufschrei war die Folge. Wissenschaftler, Forscher und Bürger erhoben Einspruch und erklärten, dieses einzigartige Dokument der Vergangenheit sei Eigentum der ganzen Menschheit.

Miles wollte nicht auf die Tagebücher verzichten, aber er mußte an seinen Ruf denken. Deshalb ließ er erklären, es sei von Anfang an seine Absicht gewesen, die Tagebücher der Öffentlichkeit zugänglich zu machen.

Die Tagebücher befanden sich mittlerweile als Leihgabe in der Universität von Warschau. Praktisch waren sie noch sein Eigentum, aber nachdem sie in so viele andere Hände gelangt und der Öffentlichkeit zugänglich waren, hatte Miles das Interesse daran verloren.

Er füllte ein Glas mit Wasser und trank es langsam, wie um sich von dem unangenehmen Geschmack seiner Erinnerungen zu befreien. Seine Gedanken richteten sich auf die Aktennotiz. Das Justizministerium warf ihm vor, den Software-Markt zu monopolisieren. Das entsprach der Wahrheit, aber er würde es natürlich leugnen.

Ein Lichtsignal machte ihn darauf aufmerksam, daß jemand vor der Tür stand. Er drückte einen Knopf, und die Tür öffnete sich. Ein schlanker Asiate mit zwei Ringen in einem Ohr und schwarzen Haaren, die er zu einem Pferdeschwanz zusammengebunden hatte, der ihm bis zur Hüfte reichte, kam herein. Er legte einen Aktenordner auf die große schwarze Granitplatte des kreisrunden Schreibtischs, auf der nichts außer einer leuchtendgelben Orchidee stand.

»Hier sind die Unterlagen, die Sie angefordert haben, Mr. Havers.«

Es war eine dicke Akte, und als Miles darin blätterte, sah er, daß Teddy Yamaguchi beachtlich viele Informationen zusammengetragen hatte, darunter sogar Unterlagen des FBI.

Der junge Mann hatte sein Examen zwar in Biochemie gemacht und war ein meisterhafter Segler, aber die eigentliche Leidenschaft des Achtundzwanzigjährigen waren Computer. Miles Havers hatte manchmal den Eindruck, es gebe kein einziges Byte Information auf der ganzen Welt, das Teddy *nicht* beschaffen konnte.

Die Akte enthielt alle Informationen über Dr. Catherine Alexander – angefangen bei dem Krankenhaus, in dem sie geboren worden war, dem Namen der Ärztin, die sie zur Welt gebracht, und Angaben über die Narkose, die ihre Mutter bei der Entbindung erhalten hatte. Es folgten Catherines Jugendjahre mit Kinderkrankheiten, dem Datum ihrer ersten Kommunion, die Berichte der Nonnen aus ihrer Zeit in der katholischen Schule.

In der Spalte ›Freunde‹ stand Daniel Stevenson an erster Stelle.

Eine Jugendliebe? überlegte Miles.

Sein Telefon läutete, Miles entließ Teddy und griff erst nach dem

Hörer, als sich die Tür hinter dem jungen Mann geschlossen hatte. Zeke war am Apparat, aber er hatte keine guten Nachrichten.

»Was wollen Sie damit sagen: Sie ist geflohen...«, fragte Miles. Er hörte die Antwort und nickte. »Es war richtig, die Verfolgung abzubrechen. Ganz gleich, wohin ihre arabischen Freunde sie bringen, man wird dafür sorgen, daß Sie das Versteck nicht finden werden. Wir wollen natürlich nicht in Erscheinung treten, wenn es nicht unbedingt notwendig ist. Mein Händler in Kairo hat mir versichert, daß er außer mir niemanden von Hungerfords Anruf informiert hat. Ich vermute, diese Alexander ahnt nicht, daß wir etwas von den Schriftrollen wissen. Das verschafft uns einen Vorteil.«

Miles blickte auf das Photo in der Akte, das sich Teddy über UPI hatte einspielen lassen.

Die Alexander ist eine schöne Frau, dachte Miles, *aber sie ist nicht mein Typ.*

Das leicht gereckte Kinn verriet einen starken Willen. Außerdem lag in ihren Augen etwas Herausforderndes. Beim Überfliegen der Daten des FBI hatte Miles gesehen, daß sie eine Einzelgängerin war, keine Verwandten und nur wenige gute Freunde hatte. Sie war auch nicht verheiratet. Vielleicht lag das an ihrem Blick, der jeden Außenstehenden davor zu warnen schien, ihr zu nahe zu treten.

Miles überlegte, was sie in diese Außenseiterrolle gebracht haben mochte.

Zeke berichtete, daß ein Beamter der ägyptischen Behörde am Grabungsort erschienen sei. Als der Mann feststellte, daß Dr. Alexander verschwunden war, habe er ein Papyrus-Fragment und einen Korb beschlagnahmt, aber keine Schriftrollen.

Aha, dachte Miles, *wenn sie Scharm el Scheich in Verkleidung verlassen hat, ohne jemanden einzuweihen, kann das nur bedeuten, daß sie etwas aus dem Lager geschmuggelt hat.*

Aber was?

Was konnte eine Frau wie sie dazu bringen, ihre Karriere aufs

Spiel zu setzen? Was konnte so wichtig sein, daß sie eine weltweite Verurteilung ihrer wissenschaftlichen Kollegen in Kauf nahm, möglicherweise sogar eine Verhaftung durch die ägyptischen Behörden und einen Aufenthalt im Gefängnis?
»Hungerford hat uns berichtet, er habe gehört, wie sie jemandem gesagt hat, die Schriftrollen seien *sehr alt* ...«, sagte Zeke.
Miles entdeckte in dem Ordner einen Vermerk über ihre Mutter, Dr. Nina Alexander. Die katholische Kirche hatte ihre Bücher zensiert und ihr verboten, weiterhin ihre Theorie über Maria Magdalena zu veröffentlichen.
Maria Magdalena ...
»Zeke«, sagte er, »ich werde Ihnen die Unterlagen über Dr. Alexander faxen. Vermutlich befindet sie sich bereits auf dem Rückflug in die USA. Ich möchte, daß Sie alle Flughäfen überwachen lassen, an denen sie eintreffen kann. Stellen Sie außerdem fest, wo sich ihr Freund, ein gewisser Daniel Stevenson, im Augenblick befindet. Er ist ebenfalls Archäologe. Vielleicht ist er außer Landes. Mir ist es gleich, wie Sie es anstellen, aber Sie müssen diese Frau unbedingt finden.«
Miles ließ sich von seinem elektronisch gesteuerten Massagesessel um fünfundvierzig Grad drehen und blickte aus dem Fenster. Er sah, daß Erika mit den Kindern vom Tennisplatz zurückkam, und er lächelte bei dem fröhlichen Anblick zufrieden. Dann ließ er sich wieder zum Schreibtisch zurückdrehen und sagte gefährlich ruhig in den Hörer: »Wir werden sie finden, Zeke. Aber das nächste Mal dürfen Sie die Frau auf keinen Fall entkommen lassen.«

Der dritte Tag

Donnerstag,
16. Dezember 1999

John F. Kennedy-Airport, New York

Catherine musterte unauffällig die Zollbeamten. Wenn sie den Zoll hinter sich hatte, war es geschafft.

Der Abflug aus Ägypten hatte sich einfacher erwiesen als erwartet. Der Flughafen von Kairo glich einem Irrenhaus, da Menschen aus aller Welt in das Land strömten, um zur Jahrtausendwende zu den Pyramiden zu pilgern. Fast alle Sicherheitskräfte waren deshalb auf die Einreisenden konzentriert, die Abreisenden dagegen durften ohne größere Formalitäten das Land verlassen.

Man hatte Catherines Gepäck wie üblich mit Röntgenstrahlen nach Waffen untersucht, aber sie mußte weder den Koffer noch die Reisetasche öffnen.

Die Schriftrollen befanden sich jetzt in ihrem Besitz.

Mit Unbehagen stellte sie fest, daß die amerikanischen Zollbeamten die Koffer der Einreisenden durchsuchten. Sie ließen allerdings nicht jedes Gepäckstück öffnen, und einige Reisende konnten unbehelligt passieren.

Die anderen Fluggäste schoben sich ungeduldig an Catherine vorbei, denn sie wollten die mühsame Zollabfertigung nach dem langen Flug so schnell wie möglich hinter sich bringen. Catherine zögerte und ließ die Beamten nicht aus dem Auge. Sie hoffte, einen zu finden, der etwas großzügiger war als seine Kollegen, und sich in diese Schlange stellen.

Seufzend warf sie einen Blick durch die großen Fensterscheiben auf den dunklen Abend. Es schneite. Der Winter auf dem Sinai konnte zwar kalt sein, aber sie hatte vergessen, was Dezember in New York bedeutete. Sie war nicht auf *Schnee* vorbereitet.

Über das Stimmengewirr der zahllosen Menschen hinweg – gereizte Touristen, aufgeregte Besucher mit Weihnachtsgeschenken und weinenden Kindern – hörte sie aus den Lautsprechern die süßlichen Klänge von ›Stille Nacht …‹ Sie hatte bei all den Aufregungen der letzten Tage völlig vergessen, daß Weihnachten bevorstand.

Catherine fühlte sich zerschlagen. Es war eine mühsame Reise gewesen: Zuerst mit einer kleinen DC-3 von Scharm el Scheich nach Kairo, von dort nach Amman, Jordanien, und schließlich der Direktflug nach New York. Sie war bestimmt vierundzwanzig Stunden unterwegs gewesen. Immerhin atmete sie auf, als sie endlich wieder auf amerikanischem Boden stand, obwohl sie erst dann am Ziel war, wenn sie den Zoll passiert hatte …

Der Beamte vor ihr ließ eine vierköpfige Familie nicht nur die Koffer öffnen, die Bedauernswerten mußten auch alle Geschenke auspacken. Nein, zu diesem Zöllner würde sie bestimmt nicht gehen.

Wie hoch ist eigentlich die Strafe für das illegale Einführen von Grabungsfunden, fragte sie sich plötzlich besorgt.

Catherine hatte die Schriftrollen gut versteckt, aber als sie sah, wie ein Beamter sogar das Futter eines Koffers auftrennte, bezweifelte sie, ihren Schatz gut genug getarnt zu haben.

Ihr Herz begann zu klopfen.

Warum waren die Beamten bei der Abfertigung des Gepäcks so gewissenhaft? Suchten sie etwas Bestimmtes? Hatte man Angst vor Terroristen? Ihr Flug kam schließlich aus dem Nahen Osten …

Bis jetzt war alles glattgegangen. Als ihnen im Lager der Priester den Weg versperrte, hatte sie Samir zu Hilfe gerufen. Es war seine Idee gewesen, Daniel als ›schwangere Beduinin‹ zu verkleiden. Samir spielte den erzürnten ›Bruder‹.

Die Familientragödie hatte tatsächlich für die notwendige Ablenkung gesorgt.

Catherine hatte Samir jedoch nicht die Wahrheit erzählt, sondern eine Geschichte von einem eifersüchtigen Liebhaber erfunden, der sich an ihr und Daniel rächen wolle. Samir zeigte größtes Verständnis und fuhr mit Daniel anschließend nach Kairo. Sie hatten verabredet, daß Daniel dort einen anderen Flug nahm. Sie wollten unter keinen Umständen Ägypten gemeinsam verlassen, denn falls Catherine oder den Schriftrollen etwas zustoßen sollte, hatte Daniel wenigstens die Photos.

Während Catherine auf Daniels Ankunft aus Mexiko wartete, hatte sie die Schriftrollen photographiert und die Filme an Ort und Stelle entwickelt, wie sie es bei Ausgrabungen immer tat. Daniel nahm das Photomaterial in sein Handgepäck. Es war eine Vorsichtsmaßnahme, denn bei diesem Abenteuer mußten sie auf alles gefaßt sein.

Um die Beamten aus Kairo zu täuschen, hatte Catherine das Jesus-Fragment zurückgelassen, und auch den Korb, den sie mit Steinen gefüllt und wieder in das Leinengewebe eingepackt hatte. Bei der Durchsuchung ihres Zelts würde man genau das finden, was alle Zeugen gesehen hatten – einen Korb und ein Papyrus-Fragment.

Samir wollte dem hilfsbereiten Mr. Mylonas im Hotel Isis ausrichten, Catherine sei wegen einer dringenden Familienangelegenheit abgereist. Der freundliche alte Herr würde alle Post an ihre Adresse in den USA weiterleiten.

Sie hoffte, daß die überstürzte Abreise auf Außenstehende möglichst normal wirkte. Jetzt galt es, alle Spuren sorgfältig zu verwischen.

Noch einmal musterte sie die Zollbeamten und versuchte, intuitiv herauszufinden, welcher sie ohne Gepäckkontrolle abfertigen würde. Ein älterer rothaariger Mann schien zu Frauen etwas freundlicher zu sein ...

Catherine erinnerte sich mit leichtem Schaudern an den einen entsetzlichen Augenblick auf der Flucht, als sie glaubte, alles sei verloren. Garibaldi, der Priester, hatte sich zum Wortführer der Zuschauer gemacht, um die arme »mißhandelte Frau« vor dem Zorn ihres »Bruders« zu schützen. Bei dem Handgemenge wäre Daniels Verkleidung beinahe entdeckt worden.

Die Schlangen vor den Zollbeamten wurden kürzer. Catherine entschied sich schließlich für den Rothaarigen und stellte sich mit ihren beiden Gepäckstücken an. Um sich abzulenken, dachte sie an Garibaldi. Sein Vorgehen hatte sie wider Willen beeindruckt. Es gehörte Mut dazu, sich in einen Familienstreit von Arabern einzumischen! Das hätte böse Folgen für ihn haben können. Irgendwie erinnerte sie der Priester in seiner Art, für die Schwachen einzutreten, an Daniel.

Daniel hatte früher einmal Priester werden wollen. Es war bereits alles in die Wege geleitet, aber dann änderte er seine Pläne ohne eine Erklärung von einem Tag auf den anderen. Das war damals, als sie ihn weinend in der Waschküche entdeckt und ihn getröstet hatte. Er verriet ihr auch später nie den Grund für seine Tränen. Kurz darauf erklärte er, er habe beschlossen, kein Priester zu werden.

Sie schob den Koffer und die Reisetasche mit den Knien vorwärts und näherte sich langsam dem Zollbeamten. Seine Kollegen rechts und links wirkten müde. Sie verabschiedeten die Reisenden nicht mehr mit ›Frohe Weihnachten‹, aber das Gepäck untersuchten sie noch immer.

Catherines Nerven waren inzwischen bis zum Zerreißen gespannt. Sie hatte Angst, in Handschellen abgeführt zu werden. Ihr Bild würde in den Zeitungen erscheinen, und man würde sie auf das schärfste dafür verurteilen, daß sie einen der obersten Grundsätze der Wissenschaft und ihres Berufs mißachtet hatte.

Die Schriftrollen befanden sich im Koffer, den sie auf dem Flug aufgegeben hatte. Aber sie waren ihr auf der ganzen Reise gegenwärtig gewesen, und sie mußte immer wieder an die geheimnisvollen Worte denken.

Amelia ... Diakonos ... Jesus ... das Ende der Welt ...

War Sabina Jesus persönlich begegnet? Hatte sie von ihm etwas erfahren, das weder im Neuen Testament noch im Alten stand? War Sabina die Prophetin, deren Worte das ganze Christentum grundlegend verändern würden?

Der Zollbeamte ließ das ältere Ehepaar vor Catherine durchgehen, ohne die Koffer zu überprüfen. Catherines Hoffnungen stiegen. Sie blickte sehnsüchtig auf den Ausgang hinter dem Zoll. Dort wartete die Freiheit ...

»Bitte öffnen Sie den Koffer!«

Catherine bekam einen trockenen Mund. Sie versuchte, nach außen die Ruhe zu bewahren, obwohl ihr das Herz bis zum Hals schlug.

Ohne Zögern öffnete sie den Koffer und die große Reisetasche. In der Reisetasche befanden sich ihre persönlichen Dinge und schmutzige Wäsche, im Koffer die wesentlichen Dinge, die sie für ihre Arbeit benutzte – vor allem Bücher. Darunter auch die Schriftrollen. Der Beamte blickte fragend auf die Bücher. Catherine nahm schnell eines heraus. *Krankheiten bei ägyptischen Mumien.* Sie hatte das Buch in Kairo gefunden und für Julius gekauft. Sie reichte es dem Beamten und schlug es hilfsbereit auf.

Als der Mann die Photos der Skelette und Schädel sah – für ihn Bilder aus einem Horrorfilm –, gab er ihr das Buch schnell zurück, warf noch einen flüchtigen Blick auf ein anderes –*Handbook Of Field Archaeology. Pottery Of The Late Bronze Age* – und bedeutete ihr mit einer knappen Geste, den Koffer zu schließen. Catherine schloß schnell Tasche und Koffer und eilte weiter.

Hinter der Zollabfertigung wankte sie zur nächsten Damentoilette und klammerte sich an ein Waschbecken. Der Boden unter ihren Füßen schien leicht zu schwanken. Die Anspannung war zu groß gewesen, aber ihre Strategie hatte sich als erfolgreich erwiesen.

Unter dem Buch mit den Skeletten lag ein Buch mit dem Titel *Die Leiche im Moor.* Auf dem Umschlag sah man einen Totenschädel, der den Betrachter anzugrinsen schien. Bei diesem Anblick hatte der Zollbeamte darauf verzichtet, noch mehr von ihrem Gepäck zu sehen. Genau das hatte Catherine gehofft.

Der Autor des Buches war Julius Voss. Es war seine neueste Veröffentlichung, die er Catherine stolz nach Ägypten geschickt hatte. Sie hatte jedoch noch keine Zeit gehabt, das Buch zu lesen. Beim Einpacken vor der Flucht entschloß sie sich, den Umschlag als Tarnung für die Schriftrollen zu benutzen. Sie entfernte alle Seiten eines alten botanischen Handbuchs und legte die sechs Papyri zwischen die Buchdeckel. Der Umschlag paßte genau. Bei flüchtigem Hinsehen konnte man glauben, es sei ein Buch mit vergilbten Seiten. Jedenfalls war so sichergestellt, daß die Schriftrollen die lange Reise unversehrt überstehen und auch bei einer Zollkontrolle nicht weiter auffallen würden.

Catherine nahm sich Zeit, Gesicht und Hände zu waschen, bevor sie den Gepäckwagen durch die Tür schob, um den Anschlußflug nach Los Angeles zu erreichen.

Aber als sie an die Glastüren kam, hinter denen die überfüllten Zubringerbusse die Reisenden durch die verschneite Nacht zu den anderen Terminals brachten, hörte sie über die Lautsprecher eine Meldung.

»Achtung! Achtung! Wir bitten um Ihre Aufmerksamkeit! Infolge des Schneesturms werden alle Flüge vorübergehend eingestellt. Weitere Informationen erteilt Ihnen Ihre zuständige Fluggesellschaft.«

Santa Fe, New Mexico

»Ich habe sie gefunden, Mr. Havers!«

Miles stellte den Lautsprecher des Sprechgeräts sofort lauter. »Wo ist sie?«

Teddy Yamaguchi hatte sich aus dem großen Computer-Zentrum des Anwesens gemeldet, das sich neben dem unterirdischen Museum befand. »Sie hat Kairo in Richtung Amman verlassen und ist von dort nach New York geflogen. Vor zwei Stunden ist sie angekommen.«

Miles blickte auf die Uhr. Es war neun Uhr abends, das bedeutete Mitternacht an der Ostküste. »Ist sie bereits auf dem Weg nach Kalifornien?«

»Wegen eines Schneesturms sind alle Flüge storniert worden. Dr. Alexander muß also entweder im Flughafen warten oder sie verbringt die Nacht in einem der Flughafenhotels.«
Miles nickte stumm und beendete mit einem Knopfdruck das Gespräch. Dann wählte er eine andere Nummer.

Der vierte Tag

Freitag,
17. Dezember 1999

Malibu, Kalifornien

»Der Gesichtsausdruck läßt darauf schließen, daß er den Tod nicht kommen sah. Die Beschaffenheit des Körpers macht jedoch eine genaue Bestimmung der Todesursache nicht möglich.«

Julius hielt das Diktiergerät an. Es half alles nichts. Er konnte sich einfach nicht konzentrieren. Seit Catherines Anruf am späten Abend und der überraschenden Nachricht, daß sie sich bereits in New York befand und nach Kalifornien kommen wollte, sobald der Schneesturm vorüber war, konnte er nur noch daran denken, daß er sie wiedersehen würde.

Er verließ seinen Platz am Schreibtisch, auf dem sich wie immer die Arbeit häufte, und trat zur Glastür. Draußen peitschte der Regen auf die Terrasse. Dahinter wogte das stürmische graue Meer. Wieder einmal jagte ein Sturm über Malibu hinweg.

Julius liebte Regen, aber um Catherines willen wäre ihm Sonnenschein im Augenblick lieber gewesen. Er wußte, sie war gern am Strand, und es gab für sie nichts Schöneres, als in der Brandung zu schwimmen.

Es erschien ihm wie ein Wunder, daß sie es sich anders überlegt hatte und über die Feiertage doch nach Kalifornien zurückkam. Das Chanukkah-Fest war zwar vorüber, aber es gab schließlich noch Weihnachten und Silvester. Aus Anlaß der Jahrtausendwende wurde auch in Malibu überall gefeiert, und es fanden alle möglichen Veranstaltungen statt.

Vielleicht würde Catherine aber vorziehen, mit ihm allein hier in seinem Strandhaus zu bleiben. Das wäre ihm am liebsten …

Und doch verstand er ihren plötzlichen Entschluß nicht. Warum hatte sie ihre Grabungsarbeiten von einem Tag auf den anderen unterbrochen? Ihn wunderte auch, daß sie erst aus New York angerufen hatte und nicht schon aus Ägypten. Sie hatte am Telefon glücklich und aufgeregt geklungen und nur gesagt, sie habe wundervolle Neuigkeiten. Vielleicht wollte sie ihn überraschen. Durfte er sich Hoffnungen machen, daß sie doch beschlossen hatte, ihn zu heiraten?

Bei ihrem Telefongespräch vor einer Woche schien dieses Thema bereits entschieden zu sein.

»Ich kann dich nicht heiraten, Julius«, hatte sie über das Knacken und Rauschen in der Leitung aus dem Sinai hinweg gesagt. »Es gibt einfach zu viel ...«

Dann war die Verbindung abgerissen. Was hatte sie ihm noch sagen wollen?

Wie auch immer, Julius würde nicht aufgeben. Er wußte einfach, daß sie füreinander geschaffen waren. Er hatte sogar schon die Eheringe gekauft.

Diesmal, so hatte er sich vorgenommen, würde seine Ehe besser laufen. Ganz anders als die Beziehung mit Rachel.

Julius hatte Medizin studiert, weil das der Familientradition entsprach. Sein Vater war Arzt gewesen, ebenso sein Großvater und sein Urgroßvater. Nach dem Examen hatte er eine Praxis eröffnet, aber bald festgestellt, daß er nicht wirklich glücklich war. Nach einem Jahr mußte er sich eingestehen, daß ihm die Berufung fehlte und er nicht die Gabe besaß, seine Patienten zu heilen. Er sehnte sich nach dem stillen Leben eines Wissenschaftlers. Ihn hatte schon immer das Altertum interessiert, und er hatte sich bereits an der Universität mit Ägyptologie und Paläontologie beschäftigt. Die Lösung lag auf der Hand. Er nutzte sein medizinisches Wissen und machte die Paläopathologie zu seinem Spezialgebiet. Die Erforschung von Krankheiten des Altertums war eine neue Sparte. Hier gab es noch viel wissenschaftliches Neuland.

Rachel reichte danach die Scheidung ein. Sie erklärte, bei der Eheschließung sei sie in dem Glauben gewesen, einen Arzt zu heiraten. Julius habe mit seinem Entschluß, mehrere tausend

Jahre alte Skelette zu erforschen, sein Eheversprechen gebrochen. Rachel war inzwischen mit einem Schönheitschirurgen verheiratet, der viermal soviel verdiente wie Julius. Alle waren glücklich. Julius traf sich mit seinen beiden heranwachsenden Kindern an den Wochenenden und in den Ferien. Hin und wieder nahm er sie sogar zu archäologischen Ausgrabungen mit.

Er blickte auf die Uhr. Der Sturm ließ nicht nach. Es hatte den Anschein, als wollte der Wind die kleinen Häuser entlang der Küste davonfegen. Wenn sich die hohen Wellen am Strand brachen, spürte Julius, wie sein Haus vibrierte.

Nach der Scheidung von Rachel dachte Julius, er werde nie wieder heiraten. Er zweifelte sogar daran, daß er jemals eine Frau finden werde, die seine außergewöhnlichen Interessen teilen konnte und damit einverstanden wäre, daß er ganze Nächte im Institut verbrachte oder sich längere Zeit bei Ausgrabungen im Ausland aufhielt. Dann lernte er Catherine kennen, die beruflich ähnliche Ziele wie er verfolgte. Diese Frau verstand sehr gut, daß man über einen Knochenfund oder beim Anblick eines versteinerten Blatts in Begeisterung geraten konnte. Außerdem war sie sehr attraktiv. Manchmal glaubte Julius zu träumen – wie jetzt, als er sich vorstellte, sie sei gekommen, um seinen Heiratsantrag doch anzunehmen.

Nur das kann der Grund für die überraschende Heimreise sein, dachte er.

Cathy wollte es ihm natürlich persönlich sagen, und dann konnten sie gemeinsam feiern. Der Zeitpunkt ihrer Rückkehr war gut gewählt. Auch er hatte Neuigkeiten für sie.

Der Champagner lag bereits im Kühlschrank. Sie mußte nur noch kommen.

Julius drehte dem Sturm den Rücken zu und ging ins Wohnzimmer. Ein Blick zum Kaminsims, wo die Uhr stand, machte ihn unruhig.

Wo bleibt sie nur?

›Man hofft, daß der Flugverkehr am frühen Morgen wieder aufgenommen werden kann‹, hatte sie ihm am Abend zuvor gesagt.

›Ich bin auf der Zehn-Uhr-Maschine gebucht, das bedeutet, ich müßte um halb eins in Los Angeles eintreffen. Du mußt aber nicht zum Flughafen kommen, Julius. Es ergibt keinen Sinn, daß wir beide in diesem Sturm auf der Straße sind. Ich nehme mir einen Leihwagen und fahre direkt zu dir.‹

Inzwischen war es beinahe drei Uhr nachmittags. Sie hätte eigentlich längst dasein müssen. Im Radio hatte man vor Schlammlawinen auf der Küstenstraße gewarnt. War die Straße blockiert? Oder wartete sie noch immer in New York auf einen Flug? Nein, dann hätte sie inzwischen bestimmt wieder angerufen …

Er konnte seiner Aufregung kaum noch Herr werden und ging zur Haustür, um nach ihr Ausschau zu halten.

Langsam fügte sich alles bestens. Es mußte ihm nur noch gelingen, Catherine zum Judentum zu bekehren. Dann war sein Glück vollkommen.

Julius wußte, daß sie einmal eine gläubige Katholikin gewesen war. Er hatte die Hoffnung, daß sie durch ihn den Glauben an Gott wiederfinden würde. Wenn es nicht das Judentum war, dann konnte sie seinetwegen auch wieder Katholikin werden. Er hatte vor nicht langer Zeit selbst einen geistigen Durchbruch erlebt und wollte seine spirituellen Erfahrungen mit ihr teilen. Wenn sie erst verheiratet waren und mehr Zeit miteinander verbrachten, würde sich vieles in seinem und auch in ihrem Leben ändern …

Catherine erreichte endlich das verwitterte Holzhaus am Strand. Die Geranien auf der Terrasse waren im strömenden Regen kaum zu sehen. Jetzt würde die Stunde der Wahrheit kommen, und ihr war nicht ganz wohl bei dem Gedanken. Es war ihr schwergefallen, Julius nichts von den sich überstürzenden Ereignissen zu sagen, als sie ihn aus New York angerufen hatte. Aber die Sache mit den Schriftrollen mußte sie ihm persönlich sagen. Außerdem wollte sie seine Reaktion sehen, wenn sie ihm die alten Papyri zeigte. Sie zweifelte nicht daran, daß er ihre Freude

teilen würde. Julius war neben Danno schließlich der einzige Mensch, der sich in ihre Gefühle hineinversetzen und ihre Zielsetzungen teilen konnte.
Während sie auf eine Lücke im dichten Gegenverkehr wartete, blickte sie auf das bescheidene kleine Strandhaus. Wie die meisten Häuser in dieser Gegend von Malibu wirkte es unauffällig und schlicht. Niemand ahnte, daß es über eine Million Dollar wert war.
Bei dem Gedanken an Julius, der sicher schon auf sie wartete, freute sie sich. Sie wollte nicht in ihre Eigentumswohnung in Santa Monica zurückkehren, sondern hierbleiben und in aller Ruhe die Schriftrollen übersetzen.
Endlich war die Straße einen Augenblick lang frei. Sie bog schnell in den schmalen Weg ein, der zur Auffahrt führte. Als sie sich dem Haus näherte und der laute Verkehr hinter ihr zurückblieb, sah sie, daß die Haustür offenstand. Julius hatte sie bereits gesehen.
»Catherine!« rief er und lief ihr durch den strömenden Regen entgegen. »Gott sei Dank, du hast es geschafft!«
Er hielt ihr die Wagentür auf und schloß sie in die Arme. Für seinen langen leidenschaftlichen Kuß gab es keinen Sturm und keine Wolken.
»Wir werden uns noch erkälten!« rief Catherine schließlich und rang nach Luft.
»Komm schnell ins Haus. Das Feuer im Kamin brennt. Ich trage deine Sachen hinein.«
Als Catherine das gemütliche Wohnzimmer betrat, erschienen zwei gutgenährte Katzen und strichen ihr schnurrend um die Beine. Es waren Radius und Ulna, eine Schildpattkatze und eine Mankatze, die Julius beide sehr verwöhnte. Sie erinnerten sich an Catherine, denn auch sie spielte stets mit den beiden und streichelte sie.
»Ach Julius, es ist so schön, wieder bei dir zu sein!« rief sie, als er ins Zimmer trat und die Tür schloß.
Vor zehn Wochen hatten sie sich zum letzten Mal gesehen. Sie

musterte ihn lange und aufmerksam und konnte kaum glauben, daß er wirklich vor ihr stand.
Julius war zweiundvierzig Jahre alt. Seine pechschwarzen Haare reichten ihm bis in den Nacken, und er trug einen kurz geschnittenen Bart, in dem sich das erste Grau zeigte.
Dr. Julius Voss war der Leiter des angesehenen Freers Instituts in West Los Angeles und sah unbestreitbar sehr gut aus. Er war kein Sportler, aber Catherine fand ihn unwiderstehlich. Dazu trugen auch der lässige Pullover mit den alten Lederflecken an den Ellbogen, die bequemen Mokassins und die immer griffbereite Meerschaumpfeife bei. Julius war ein angenehmer und unaufdringlicher Mann. Er gehörte zu den ruhigen, stillen Menschen, die innere Kraft ausstrahlen. Catherine fühlte sich in seiner Nähe geborgen. Er lebte im Einklang mit sich selbst, ohne sich etwas beweisen zu müssen. Schon bei der ersten Begegnung waren Catherine seine dunklen, forschenden Augen aufgefallen, und auch deshalb liebte sie ihn.
»Setz dich ans Feuer«, sagte er. »Du mußt dich erst einmal aufwärmen.« Er nahm ihr die Jacke ab und brachte sie hinaus. Als er zurückkam, breitete er die Arme aus, sie drückte sich an ihn und legte den Kopf an seine Schulter.
»Du bist bestimmt müde«, murmelte er, umarmte sie zärtlich und strich ihr über die Haare. Catherine ließ ihn nicht los. Sie lauschte auf den Regen und das leise Knistern des Feuers.
Nein, sie war überhaupt nicht müde. Erschöpfung und Müdigkeit schienen für alle Zeiten aus ihrem Leben verschwunden zu sein. Die Schriftrollen warteten und versprachen die Enthüllung uralter Geheimnisse und aufsehenerregender Erkenntnisse. Schließlich löste sie sich von ihm, küßte ihn zärtlich auf den Mund und sagte: »Ich muß jemanden anrufen.«
In New York und auch nach der Ankunft in Los Angeles hatte Catherine mehrmals vergeblich versucht, Daniel in Santa Barbara zu erreichen. Er hatte Ägypten gleichzeitig mit ihr verlassen, wenn auch mit einer anderen Maschine. Da der Schneesturm ihre Ankunft verzögert hatte, dachte sie, Daniel werde

vor ihr zu Hause sein. Aber bis jetzt hatte er sich nicht gemeldet.
Sie stand in der Küche, und die beiden Katzen rieben schnurrend die Köpfe an ihren Beinen, während sie Daniels Nummer wählte. Er meldete sich nicht. War ihm vielleicht etwas zugestoßen?
Catherine ging zurück ins Wohnzimmer. Julius hatte Holz nachgelegt, und die knisternden Flammen schlugen hoch. Ein Klavierkonzert von Mozart sorgte für Atmosphäre. Julius fragte: »Alles in Ordnung?«
Sie runzelte die Stirn. »Nein. Daniel müßte längst zu Hause sein.«
Er reichte ihr ein Glas Wein und bot ihr den großen bequemen Sessel vor dem Kamin an. »Das ist ein Cabernet Sauvignon. Den habe ich für einen besonderen Anlaß aufgehoben. So, nun erzähl mir alles und laß mich nicht länger im unklaren. Hast du den Mirjam-Brunnen gefunden?«
»Ja ... vielleicht.«
Sie erzählte ihm von den Ereignissen an dem schicksalhaften Morgen, ohne jedoch die Schriftrollen zu erwähnen. Dabei sah sie sich im Wohnzimmer um. Es war vertraut und schön, und nach den Wochen in der Wüste empfand sie die lange entbehrte Umgebung als wahren Luxus. Spielzeug für die Katzen lag auf dem Boden, überall hingen Familienphotos. Julius hatte viele Pflanzen und ein Aquarium mit tropischen Fischen.
Die Anzeichen eines geordneten Lebens, dachte Chatherine und lächelte.
Julius schien in seinem Haus ganz bewußt ein Gegengewicht zu seinem Beruf zu schaffen, der ihn Tag für Tag mit Krankheit und Tod konfrontierte. Über dem Kamin hing ein in Holz geschnitzter Spruch: ›*Mortui Vivos Docent* – Die Toten lehren die Lebenden.‹
Aber dann sah sie noch etwas. Das Chanukkah-Fest war seit sechs Tagen vorüber, aber die vertraute *Menorah* und die Dreidel, die Julius seit seiner Kindheit besaß, sowie das Buch der Makkabäer in Hebräisch und Englisch, ein Geschenk seines

Großvaters, lagen alle noch auf einem Tisch. Selbst das bunte Geschenkpapier hatte Julius noch nicht weggeräumt. Ihr Blick fiel auf einen neuen Gebetsschal mit Fransen.
Plötzlich erfaßte sie eine unbestimmte Unruhe. Sie trank einen Schluck Wein und versuchte, den Grund dafür zu finden. Aber es gelang ihr nicht. Sie wußte nur, daß die Freude, wieder bei Julius zu sein, schlagartig überschattet war.
Catherine drängte das Gefühl zurück und sagte: »Julius, du hast gestern am Telefon angedeutet, daß du auch Neuigkeiten hast. Geht es um das neue Projekt, das man dir angeboten hat?«
Er schob umständlich mit dem Schürhaken ein brennendes Stück Holz zurück, das zu weit nach vorne gerollt war. Dann legte er den Schürhaken beiseite und setzte sich ihr gegenüber. Die züngelnden Flammen spiegelten sich in seinen dunklen Augen.
»Catherine«, begann er mit belegter Stimme, »es ist mir gelungen, dir im Institut eine Stelle zu verschaffen. Unser Paläograph hat gekündigt, und wir brauchen unbedingt jemanden, der sehr gut ist. Die Stelle ist großzügig dotiert und sicher.«
Es war heraus. Er sah sie gespannt an und fragte: »Was sagst du dazu?«
Noch ehe sie antworten konnte, fügte er schnell hinzu: »Ich kenne deine Einwände. Aber keine Angst, du kannst deine Grabungen in Scharm el Scheich fortführen. Die Arbeiten müssen nicht im Institut erledigt werden. Du kannst dir Photokopien der Manuskripte mit in den Sinai nehmen und dort in aller Ruhe daran arbeiten. Aber mit dieser Stelle mußt du in Zukunft nicht immer bei Ausgrabungen sein. Du wirst hier in Kalifornien leben und kannst mit mir zusammen etwas aufbauen. Wir können unser Leben gemeinsam nach unseren Wünschen gestalten.«
»Julius«, flüsterte sie. »Das ist wirklich eine Überraschung. Darauf war ich nicht vorbereitet.«
Er lachte. »Das weiß ich. Nun, was sagst du dazu?«
»Das ist natürlich ein verführerisches Angebot ...«
»Du kannst dir nicht vorstellen, wie lange ich über eine Lösung

nachgedacht habe, die es dir erlaubt hierzubleiben, damit wir endlich heiraten können.«

Catherine stellte das Glas ab. »Aber Julius, ich habe nicht die Absicht hierzubleiben.«

Sie stand auf und ging zur Glastür. Dicke schwarze Wolken jagten über den Himmel. Sie sahen so bedrohlich aus, als wollten sie ganz Malibu verschlingen. »Die Stelle im Insitut klingt wirklich interessant, aber ich muß mich auf meine Arbeit in Scharm el Scheich konzentrieren. Vergiß nicht, ich habe vielleicht wirklich den Brunnen der Prophetin gefunden. Ich kann nicht beides zugleich machen.«

»Und was ist mit dem Heiraten?«

Sie drehte sich um. »Ich liebe dich, Julius, das weißt du. Aber ich bin noch nicht zu einer Ehe bereit.«

Er schüttelte den Kopf. »Catherine, ich weiß wirklich nicht, wie lange eine intensive Beziehung die Entfernung von über achttausend Meilen überleben kann. Jedesmal, wenn wir uns trennen, wird der Abschied schwerer.«

»Wir müssen uns nicht gleich wieder trennen«, erwiderte sie und setzte sich in den Sessel. »Ich habe dir noch nicht alles erzählt. Ich habe auf dem Boden des Brunnens einen Schädel entdeckt. Ich glaube, der Rest des Skeletts ist unter den Steinen begraben, die nach der Sprengung herabgefallen sind. Man wird das Skelett ausgraben, datieren und identifizieren müssen. Du kannst mit mir zurückfahren. Damit hätten wir endlich eine Möglichkeit, gemeinsam bei einer Ausgrabung zu arbeiten und wären nicht getrennt.«

»Catherine, ich bin der Leiter des Instituts. Ich kann nicht einfach von heute auf morgen abreisen.«

»Und ich kann nicht bleiben«, erwiderte sie leise.

Es wurde still im Zimmer. Sie blickten sich stumm an und wußten, daß schließlich ausgesprochen worden war, was sie beide seit zwei Jahren bewegte.

Catherines Sachen hingen zwar im Schlafzimmerschrank von Julius, und ihre Toilettentasche stand in seinem Bad, aber sie wohnte nicht hier. Sie hielt sich nie lange in den USA auf, und wenn sie kam, dann ging es darum, Vorträge zu halten oder Gelder für die nächste Ausgrabung genehmigt zu bekommen. Natürlich kam sie auch wegen Julius. Aber sie blieb nie lange und reiste bald wieder ab.

Julius starrte in die Flammen und sagte dann tonlos: »Ich weiß nicht, ob ich so weitermachen kann, Catherine. Ich möchte, daß wir endgültig zusammenfinden und eine Familie gründen. Ich möchte, daß wir Wurzeln schlagen.«

»Julius, das kann ich nicht. Ich bin noch auf der Suche. Bevor ich heirate, muß ich Antworten finden.«

Er sah sie an. »Im Institut kannst du Antworten auf deine Fragen finden. Wir haben zahllose nicht übersetzte und undatierte Manuskripte und Dokumente. Wenn du dich an diese Arbeit machst, hast du auf Jahre hinaus etwas zu tun.«

»Es geht mir nicht darum, ›etwas zu tun‹!« rief sie empört und erschreckte damit eine der Katzen, die auf ihrem Schoß lag.

»Du hast immer gesagt, du willst ein Buch schreiben, in dem du deine Theorien über die Prophetinnen im Alten Testament darlegst. Warum fängst du nicht damit an?«

»Ich habe meine Felduntersuchungen noch nicht abgeschlossen.«

»Natürlich.« Er griff nach seiner Pfeife und drehte sie in den Händen. »Du hast vierzehn Jahre lang nach der Prophetin Mirjam gesucht. Glaubst du wirklich, daß du sie jemals finden wirst?«

»Julius, du weißt genau, daß ein Archäologe ein ganzes Leben lang etwas suchen kann und es vielleicht nie finden wird. Aber mit seinen Untersuchungen schafft er die Grundlage für den Nachfolger. Vielleicht wird jemand nach mir kommen und meine Arbeit zu Ende führen. Ich weiß jedenfalls nur das eine: Ich kann jetzt nicht aufhören, Julius!«

Als er nichts erwiderte, fuhr sie ruhig fort: »Glaubst du an das, was ich tue? Oder denkst du, ich jage Hirngespinsten nach? Meine Suche nach der Prophetin Mirjam ist kein Wahn, Julius.

Ich suche nach einer Möglichkeit, den Frauen das natürliche Selbstbewußtsein und die Aufgaben zurückzugeben, die sie einst besessen haben.«

»Das weiß ich, Catherine.«

»Julius, Männer haben die Heilige Schrift stets zu ihrem Zweck benutzt. Noch immer stützen sie ihre Autorität auf die Bibel und legitimieren damit ihre Herrschaft über die Frauen. Aber ich weiß aus den Schriften des Altertums, daß Frauen in den Tagen der Patriarchen und Könige Macht besaßen. Sie waren Prophetinnen, Priesterinnen und weise Frauen. All das ist im Laufe der Geschichte verlorengegangen, und ich möchte es ins Gedächtnis der Menschen unserer Zeit zurückrufen. Es muß Teil unseres Bewußtseins werden.«

Er schüttelte den Kopf. »Wie kannst du dir deiner Sache nur so sicher sein? Glaubst du wirklich, den Beweis in der Wüste zu finden?«

»O ja, das werde ich, Julius. Das sagt mir mein Gefühl. Wenn ich dort draußen in der Einsamkeit bin ...« Sie hoffte, ihn durch ihre Begeisterung mitreißen zu können, und sah ihn mit leuchtenden Augen an. »Ich weiß nicht, wie ich es dir erklären soll, aber ich habe dort manchmal den Eindruck, daß die Vergangenheit nicht vorüber, sondern noch immer gegenwärtig ist. Vielleicht kann man sie nicht sehen, aber ich spüre sie. Gerade in letzter Zeit, wenn ich in einem Graben stand, den Sand durchsiebte und auf den entscheidenden Hinweis hoffte, schwanden alle Zweifel, und ich wußte, daß ich kurz davor stehe, den Beweis zu finden.«

»Ich bewundere deine Entschlossenheit«, sagte er. »Auch deshalb liebe ich dich.« Er legte die Pfeife auf den Tisch. »Deine Theorie ist in Ordnung, Cathy. Ich bezweifle allerdings, daß du die Hinweise auf das Wirken der Frauen finden wirst, nach denen du suchst. Wir haben nicht einmal greifbare Hinweise auf die Männer. Nur aus den alten Schriften wissen wir, daß Moses wirklich gelebt hat. Wieviel schwieriger ist es erst, etwas über Frauen zu finden.«

»Du meinst also, ich sollte aufgeben? Ich sollte wie du im Institut arbeiten und mich mit Manuskripten beschäftigen, die mir garantiert keine Lösungen bringen?«

»Also gut, du willst dein Leben lang in aller Welt deinen Fragen nachjagen. Aber du kannst mir glauben, eines Tages wirst du innehalten, zurückblicken und sagen ...«

»Was werde ich sagen, Julius? Ich werde sagen, daß ich alles getan habe, was in meinen Kräften stand.«

»Aber du wirst kein Zuhause haben, Catherine. Möchtest du denn keine Familie?«

»Doch, eines Tages, jetzt noch nicht.« Sie lächelte traurig, »Ich liebe dich, Julius, aber ich liebe auch meine Arbeit. Ich kann sie nicht aufgeben.«

»Warum bist du dann überhaupt gekommen? Warum die plötzliche Rückkehr? Du hattest mir bereits gesagt, daß wir uns frühestens im Februar wiedersehen würden.«

Catherine stand auf und ging ins Schlafzimmer. Sie öffnete ihren Koffer und kam mit dem Buch über Paläobotanik zurück. Als sie seinen erstaunten Blick sah, sagte sie: »Keine Angst, ich habe dein Buch nicht mißbraucht, sondern mir nur den Umschlag ausgeliehen. Das Bild des Mannes im Moor ist so abschreckend, daß ich dachte, es würde jeden, vor allem neugierige Zollbeamte davon abhalten, das Buch aufzuschlagen. Die Strategie hat sich bewährt!«

Er runzelte die Stirn. »Zollbeamte? Ich verstehe dich nicht.«

Catherine nahm die gefalteten Papyri zwischen den Buchdeckeln heraus und legte sie behutsam auf den Tisch.

Julius sah sie staunend an. »Mein Gott! Woher hast du das?«

Sie berichtete ihm schnell von dem Fund im unterirdischen Gang. Er hörte sprachlos zu.

Die Flammen im Kamin verwandelten sich in rote Glut, der Sturm peitschte mit unverminderter Kraft gegen die Glastür, die Gischt schäumte, und die bleigrauen Wellen brachen sich donnernd am Ufer. Mit angehaltenem Atem entfaltete Julius die erste ›Seite‹ des ersten Buchs und betrachtete mit großen Augen das brüchige bräunlichgelbe Papyrus.

»Ich hatte gehofft, schon mehr übersetzt zu haben«, sagte Catherine. »Aber im Flughafenhotel konnte ich mich vor Erschöpfung nicht mehr auf den Beinen halten. Jetzt bin ich Gott sei Dank hier und würde mich am liebsten auf der Stelle an die Arbeit machen.« Sie sah ihn erwartungsvoll an. »Was meinst du?«
Er starrte stumm auf die Schriftrollen. Dann fragte er fassungslos: »Hast du sie einfach mitgenommen? Du hast sie bei deinen Ausgrabungen entdeckt und aus dem Land geschmuggelt, ohne die Behörden von dem Fund in Kenntnis zu setzen?«
»Es blieb mir keine andere Wahl, denn die Beamten hätten sie sofort an sich genommen. Du weißt doch, was mit den Schriftrollen vom Toten Meer geschehen ist und den Nag Hammadi-Evangelien. Man hielt sie unter Verschluß, und sie wurden von einer Handvoll Wissenschaftler eifersüchtig bewacht, bis sich von allen Seiten Protest erhob. Erst danach hat man die Schriftrollen vom Toten Meer Wissenschaftlern auf der ganzen Welt zugänglich gemacht. Ich konnte nicht zulassen, daß sich das mit meinem Fund wiederholt.«
»Was ist so Besonderes daran?«
Sie zeigte ihm ihre Übersetzung des Fragments. »Hier, sieh dir dieses Wort an, Julius – *Diakonos.* Wir wissen, daß die Diakone beim Abendmahl den Gläubigen Brot und Wein reichten. Heute ist das die Aufgabe der Priester. Amelia wird als *Diakonos* bezeichnet.«
»Eine Frau als Priester?«
»Eine Frau in der frühchristlichen Kirche, die das Priesteramt bekleidete, Julius! Die Tragweite dieses Fundes ist deshalb nicht abzuschätzen!«
»Nun gut«, sagte er nachdenklich. »Ich verstehe deine Begeisterung. Aber war es klug, die Schriftrollen zu stehlen und sie aus Ägypten zu schmuggeln?«
Catherine wußte, daß Julius durch und durch Wissenschaftler war. Er hielt nichts von Risiken oder davon, eine Theorie zu veröffentlichen, bevor alle Fakten geklärt waren. Er beachtete stets die Vorschriften, vertraute nur auf die erprobten Wege und ver-

warf zweifelhafte Methoden prinzipiell. Trotzdem hatte sie auf eine andere Reaktion gehofft.

»Nein, es war nicht klug«, erwiderte sie. »Aber es war notwendig, Julius! Wenn ich die Texte der Behörde übergebe, werde ich sie nie wiedersehen.«

»Das ist eine Behauptung.«

»Wer durfte die École Biblique in Jerusalem betreten? Erinnere dich daran, was alles notwendig war, um die Schriftrollen vom Toten Meer der Wissenschaft zugänglich zu machen? Ich habe keine Zeit, vierzig Jahre darauf zu warten, daß ich diese Bücher übersetzen darf.«

»Catherine, das wäre in diesem Fall anders. Du könntest sofort die Öffentlichkeit über deinen Fund informieren und an alle Wissenschaftler appellieren. Man würde dich rückhaltlos unterstützen.«

Catherine schüttelte den Kopf. »Darauf kann ich es nicht ankommen lassen.«

»Du tust also genau dasselbe, was die Wissenschaftler an der École getan haben. Auch sie wollten niemandem erlauben, die Schriftrollen zu sehen. Du bist entschlossen, diese Schriftrollen allen anderen vorzuenthalten.«

»Mit einem Unterschied. Ich werde sie nicht vierzig Jahre lang verstecken. Ich werde sie nur so lange behalten, bis ich sie übersetzt habe. Danach werde ich die Texte den zuständigen Stellen übergeben und meine Übersetzung veröffentlichen.«

»Gut, du willst sie übersetzen und deine Ergebnisse veröffentlichen. Du willst deine These mit Material erhärten, das auf fragwürdige Weise gefunden wurde. Wer wird auf dich hören, Catherine? Ich kann dir jetzt schon sagen, daß man dich von allen Seiten angreifen wird. Wir beide wissen, wie empfindlich die Bibel-Wissenschaftler sind, wie eifersüchtig die verschiedenen Fraktionen ihre Theorien verteidigen und wie gefährlich ihre Angriffe sind. In deiner Mutter hast du ein gutes Beispiel. Und sie hat sich streng im Rahmen des Neuen Testaments bewegt! Du hast etwas gefunden, aber bis jetzt hast du weder deinen Fund

noch deine Arbeitsmethoden veröffentlicht. Niemand weiß, wie die Texte in deinen Besitz gelangt sind. Du machst dich überstürzt an eine Übersetzung. Man wird dich auslachen oder als Verrückte abstempeln, das wäre noch das Harmloseste!«
Er stand auf und setzte sich neben sie auf die Sessellehne. »Catherine, hör auf mich.« Er griff nach ihren Händen. »Ich verstehe gut, was dieser Fund für dich bedeutet, und ich glaube auch zu wissen, warum du das alles auf dich nimmst. Aber auf diese Weise kannst du den Ruf deiner Mutter nicht wiederherstellen. Man wird dich im wahrsten Sinne des Wortes kreuzigen. Du wirst alles verlieren, wofür du so schwer gearbeitet hast. Du verlierst deine Glaubwürdigkeit. Man wird dich als Wissenschaftlerin nicht mehr achten. Du bekommst keine Grabungsgenehmigung mehr, und kein wissenschaftlicher Verlag wird deine Arbeiten veröffentlichen. Wie willst du nach einem Skandal deiner Mutter helfen?« Er schüttelte den Kopf und seufzte. Dann holte er tief Luft und sagte ruhig und mit fester Stimme: »Deshalb bitte ich dich, übergib die Schriften dem ägyptischen Konsulat in San Francisco. Noch ist Zeit dazu. Du kannst erklären, daß du Grund zu der Annahme hattest, man werde sie stehlen oder vernichten. Du kannst sagen, du hast sie aus Ägypten herausgebracht, um diese wertvollen Texte zu schützen. Noch kannst du dich retten, Catherine.«
Sie schüttelte den Kopf.
»Das bedeutet, daß du als Archäologin Selbstmord begehst«, sagte er ernst. »Du stellst deine Integrität in Frage. Man wird dir Charakterlosigkeit vorwerfen, und du wirst keine Freunde mehr haben. Niemand wird etwas mit dir zu tun haben wollen.«
»Und du?« fragte sie leise.
»Ich werde immer an deiner Seite stehen, Catherine. Das weißt du. Trotzdem muß ich dir die Augen öffnen. Und ich muß gestehen, ich habe Angst.«
»Ich habe auch Angst, aber ich muß es tun, Julius. Wie soll ich weiterleben, wenn ich jetzt nicht Fakten schaffe, solange ich noch die Möglichkeit dazu habe? Wie kann ich in dem Bewußtsein

weiterleben, daß ich nicht alles getan habe, um die Anschuldigungen zu entkräften, die man gegen meine Mutter erhoben hat?«

»Das willst du tun, indem du deinen eigenen guten Namen aufs Spiel setzt?«

»Wenn nötig, ja. Mir bleibt später noch die Möglichkeit einer Rechtfertigung, aber meine Mutter ist tot. Sie kann sich nicht mehr verteidigen.«

»Ist das nicht eine Art persönlicher Rachefeldzug? Willst du die Kirche angreifen wegen Dingen, die weit in der Vergangeheit liegen? Catherine, die Sache mit deiner Mutter geht nicht auf das Konto der Kirche. Dafür war nur ein einziger Mann verantwortlich.«

Sie zog ihre Hände zurück. »Vielleicht ist das deine Meinung. Ich sehe es anders. Vater McKinney war katholischer Priester. Jeder Priester ist ein Instrument der Kirche.«

»Priester sind auch nur Menschen.«

»Deren Loyalität in erster Linie der Kirche gehört.«

»Du willst also sagen, daß alle Priester gleich sind?«

Unwillkürlich mußte Catherine an Garibaldi denken, der sich durch die Menge gekämpft hatte, um einer Beduinenfrau zu helfen. Wäre Vater McKinney ebenso mutig gewesen?

»Catherine«, sagte Julius eindringlich, »du läßt dein Leben von der Vergangenheit bestimmen. In dir ist eine Bitterkeit, die dich zerstört. Wenn du sie nicht überwindest«, sagte er leise, »kann sie uns beide vernichten.«

Er stand auf und trat an die Glastür. Dort blieb er eine Weile schweigend mit dem Rücken zu ihr stehen, bevor er sich umdrehte. Obwohl er äußerlich so ruhig wie immer wirkte, lag in seiner Stimme eine gewisse Schärfe, die Catherine an ihm nicht kannte. »Catherine, ich bitte dich, an die Folgen deines Vorhabens zu denken.«

»Ich suche nur nach Antworten ...«

»Wirklich? Willst du etwas finden oder willst du etwas zerstören?«

»Julius, ich dachte, du würdest mich unterstützen. Du behauptest, mich zu lieben.«

»Natürlich liebe ich dich!« Es klang wie ein Aufschrei. »Gerade weil ich dich liebe, muß ich dir sagen, daß du im Begriff bist, etwas Falsches zu tun. Wenn ich deinem wahnwitzigen Plan zustimme, dann unterstütze ich dich nicht, Catherine. Ich würde nur dazu beitragen, dich zu ruinieren. Glaub mir, ich verstehe sehr gut, weshalb du es tun willst. Aber wenn du deine Mutter rechtfertigen möchtest, dann mußt du das im Rahmen einer wissenschaftlich anerkannten Vorgehensweise tun, sonst wird man dich mundtot machen.«

»Dieses Risiko muß ich eingehen.«

Er sah sie kopfschüttelnd an und warf dann einen Blick auf die Uhr. »Ich muß noch einmal ins Institut. In der Gegend hinter Bel Air hat man Reste eines Skeletts gefunden. Wir vermuten, es stammt von einer alten indianischen Begräbnisstätte. Die Kommune hat uns gebeten, eine Altersbestimmung vorzunehmen.«

»Julius ...«

Er suchte nach seinen Wagenschlüsseln. »Wenn die Knochen älter als hundert Jahre sind, dann fallen sie in den Bereich der Archäologie, und die Polizei muß sich nicht darum kümmern. Aber wenn sie jüngeren Datums sind, müssen polizeiliche Nachforschungen angestellt werden.«

»Julius, wir müssen miteinander reden.«

Er ging zur Tür, drehte sich dann aber langsam um und sagte seufzend: »Catherine, was erwartest du von mir?«

Sie stand auf und ging zu ihm. »Gibt es für dich immer nur Regeln und Vorschriften? Hast du nie etwas getan, nur weil es dein Herz wollte?«

»Natürlich. Nichts anders tue ich jetzt. Wer sonst würde versuchen, dir diese Dummheit auszureden?«

»Davon spreche ich nicht. Du hörst mir nicht zu. Ich weiß, daß mein Vorgehen falsch ist. Es ist illegal und unmoralisch. Mein Verstand sagt mir, daß du recht hast, aber mein Herz befiehlt mir, den eingeschlagenen Weg weiterzugehen.«

Er schüttelte den Kopf. »Catherine, ich habe kein gutes Gefühl dabei. Ich glaube, du bringst dich und uns in eine sehr gefährliche Lage.«
»Niemand weiß etwas von dem Fund, Julius. Ich war wirklich sehr vorsichtig.«
Er wich ihrem Blick aus und öffnete die Tür. Er konnte ihr nicht zustimmen. Die Konfrontation schmerzte. Alle seine Hoffnungen hatten sich zerschlagen. Anstatt ihr Wiedersehen zu feiern, stritten sie miteinander. In seiner Ernüchterung wollte er nur so schnell wie möglich weg.
»Ich hätte die Tests schon heute morgen durchführen sollen, aber ich wollte hier sein, um dich zu begrüßen. Ich werde im Moonshadow einen Tisch für uns reservieren. Bestimmt bin ich noch vor acht zurück.«
Sie sah ihm nach. Als er aus der Garage in den strömenden Regen fuhr, nahm er alle Wärme und Geborgenheit mit sich. Catherine stand wie gelähmt im Zimmer und glaubte, das Haus, die Welt, das Universum gerate plötzlich aus dem Gleichgewicht. Alles schien auf den Kopf gestellt, nichts war mehr wie zuvor. Das Wiedersehen mit Julius hätte nicht so verlaufen dürfen.
In der Ferne donnerte es. Sie holte tief Luft und sah, daß es bereits vier Uhr nachmittags war.
Wie benommen ging sie in die Küche und wählte noch einmal Daniels Nummer. Diesmal meldete er sich.
»Catherine! Gott sei Dank, daß du anrufst! Ich bin vor ein paar Minuten hier angekommen. Stell dir vor, wir sind in großen Schwierigkeiten. Kannst du so schnell wie möglich herkommen?«
»Was ist denn los?«
»Jemand verfolgt uns.«
»Wie bitte?«
»Cathy, ich bin sicher, wir sind nicht die einzigen, die etwas von dem Fund wissen.«
»Das ist unmöglich! Wir haben die Schriftrollen unbemerkt aus dem Land geschafft, Danno!«

»Du irrst dich. Und ich glaube zu wissen, wer hinter uns her ist. Ich komme mit den Photos zu dir …«

»Nein, warte«, sagte sie und dachte fieberhaft nach.

»Ich glaube, ich habe jemanden vor dem Zelt gehört …«

»O Gott, nur das nicht …«, flüsterte sie und schloß die Augen.

Julius, du hast recht … ich habe uns alle in Gefahr gebracht.

»Danno, bleib in deiner Wohnung«, sagte sie. »Ich komme zu dir. Ich kann auf keinen Fall nach Hause, denn wenn uns jemand verfolgt, dann überwachen sie mein Haus. Geh nicht ans Telefon und laß keinen Menschen in die Wohnung. Ich komme, so schnell ich kann.«

Nach einigem Suchen fand sie eine große blaue Sporttasche, die Julius vor einem Jahr zusammen mit einem Jogginganzug gekauft hatte, den er ebenfalls nie benutzte. Sie packte die Schriftrollen und die notwendigsten Dinge in die Tasche.

Catherine wollte schon aus dem Haus eilen, ging aber noch einmal in die Küche zurück und hinterließ eine Nachricht für Julius. Sie schrieb, sie sei ein paar Tage unterwegs und werde sich bald bei ihm melden. Sie schloß mit den Worten: »Ich liebe dich …« und legte das Blatt Papier gut sichtbar auf den Küchentisch.

Als sie mit dem Rücken zum Regen die Haustür hinter sich zuzog, sah sie, daß Julius eine *Mezuzah* am verwitterten Holz des Türrahmens befestigt hatte – eine kleine Rolle mit einem Pergament, auf dem ein Text aus dem *Deuteronomium,* dem fünften Buch Mose, stand. Auch das war neu, wie der Gebetsschal im Wohnzimmer.

Catherine fuhr auf der nassen Straße in Richtung Norden, und wieder überkam sie das seltsame, unerklärliche Gefühl, das sie beim Anblick der religiösen Dinge im Haus von Julius gehabt hatte. Plötzlich wußte sie, was der Grund dafür war.

Ich beneide ihn.

Santa Barbara, Kalifornien

Catherine nahm zwei Stufen auf einmal, als sie die Treppe hinauf in den dritten Stock zu Daniels Wohnung lief. Sie hoffte inständig, daß ihm in der Zwischenzeit nichts zugestoßen war.

Die Fahrt von Malibu nach Santa Barbara, die normalerweise eineinhalb Stunden dauerte, hatte an diesem stürmischen Tag beinahe vier Stunden in Anspruch genommen.

›Wir sind in großen Schwierigkeiten‹, hatte Daniel gesagt. ›Jemand ist hinter uns her.‹

Wer kann das sein? dachte Catherine und klingelte. *Die ägyptischen Behörden? Hungerford?*

Sie hatte auf der zermürbenden Fahrt nichts anderes getan, als über alle möglichen Verdächtigen nachzudenken. Im Hotel Isis hatte sie noch vor zwei Tagen in jedem der Gäste einen Spion gesehen. War ihr Verdacht doch nicht unbegründet gewesen?

Am Guckloch erschien ein Auge, dann wurde die Wohnungstür geöffnet. »Cathy! Gott sei Dank! Komm schnell herein.«

Bevor Daniel die Tür hinter ihr schloß, warf er noch einen Blick ins Treppenhaus und vergewisserte sich, daß ihr niemand gefolgt war.

»Wer ist hinter uns her?« fragte sie, zog den Regenmantel aus und nahm die Plastikhaube vom Kopf. »Woher weißt du überhaupt, daß wir verfolgt werden?«

»Einen Moment.« Er ging zum Fenster, schob den Vorhang etwas zur Seite und blickte auf die Straße. »Ich muß sicher sein, daß dir niemand gefolgt ist.«

»Bestimmt nicht. Wenn jemand das Haus von Julius überwacht hätte, wäre es mir aufgefallen. Dort kann niemand parken, ohne gesehen zu werden. Außerdem habe ich mich ständig davon überzeugt, daß mir niemand gefolgt ist. Kein Wagen ist hinter mir vom Highway abgefahren, und im Rückspiegel war niemand zu sehen, der an Kreuzungen mit mir abgebogen wäre. Danno, bist du sicher, daß jemand die Schriftrollen haben will?«

Er ließ den Vorhang fallen, drehte sich um und sah sie an. Wie immer trug Daniel zerknitterte, weite und bequeme Sachen. Nichts deutete auf den langen Flug hin. Er wirkte ausgeschlafen und völlig munter. Daniel litt erstaunlicherweise nie unter der Zeitverschiebung.

»Es gibt keinen Zweifel«, antwortete er. »Ich kann mir nicht vorstellen, daß sie nur aus Neugier hinter dir her sind. Ich werde dir zeigen, woher ich das weiß.« Er ging zu einem kleinen Tisch, auf dem sein Laptop stand. »Sobald ich hier war, habe ich mich in das Internet eingeloggt. Ich wollte nachsehen, ob es vielleicht andere Schriftrollen gibt, die deinen ähnlich sind.«

»Sag nur, du hast etwas gefunden!«

»Ich glaube, ja. Hier ...«, sagte er und reichte ihr ein Blatt Papier. »Ich habe die Information auf meine Festplatte geladen und sie für dich ausgedruckt. Viel ist es nicht. Oben auf der Liste steht das British Museum. Viertes Jahrhundert, griechisch.«

Catherine las den Ausdruck: ›P245 (4. Jh.). Auf der Rückseite einer Livius-Schrift. Zwei Seiten eines Buches. Bericht einer Reise nach Britannien, in der ersten Person. Hinw.: ‹Mein Mann und mein Kind› lassen darauf schließen, daß eine Frau den Text geschrieben hat. N.T. Hinw.: Lukas, 16:5–13.‹

Daniel fuhr sich mit den Fingern durch die langen blonden Haare. »Besteht da ein Zusammenhang?«

»Eine Reise nach Britannien ...«, murmelte sie. »Versteh ich nicht ... Was ist das für eine Stelle aus Lukas?«

»Ich habe nachgeschlagen. Kapitel sechzehn, das Gleichnis vom reichen Mann.«

Catherine betrachtete den Ausdruck in ihrer Hand. »Es wäre möglich«, sagte sie nachdenklich, »daß Sabinas Text wie die Evangelien und die Briefe der Apostel immer wieder kopiert wurden. Ausschnitte aus den Büchern des Neuen Testaments sind über die ganze Welt verstreut. Es könnte durchaus Kopien von Sabinas Brief und ihrer Geschichte geben. Vermutlich handelt es sich dabei jedoch nur um Fragmente. Danno, den Spuren muß ich unbedingt nachgehen. Vielleicht finden wir auf diese Weise Teile der siebten Schriftrolle!«

»Das habe ich schon versucht, während ich auf dich gewartet habe. Es war nichts zu finden. Und unter dem Stichwort ›Papyrus‹ gibt es im Web über tausend Eintragungen!«
»Aber was ist mit den Leuten, die mich verfolgen …«
»Hier«, sagte Daniel und reichte ihr einen anderen Ausdruck. »Das sagt mir, daß wir in großen Schwierigkeiten sind. Ich habe im Web nach Nachrichten aus dem Sinai gesucht, einfach nur so, und das gefunden.«
Catherine las die Meldung über eine Ausgrabung in der Nähe von Scharm el Scheich, die den ägyptischen Behörden Rätsel aufgab. Die verantwortliche Archäologin, so meldete man, sei verschwunden, und in einem nahe gelegenen Hotel sei ein amerikanischer Ingenieur ermordet worden.
»Hungerford …«, flüsterte Catherine.
Daniel räusperte sich. »Ich glaube, er wußte etwas von den Schriftrollen, Cathy. Er hat offenbar versucht, den Fund auf dem Schwarzen Markt anzubieten. Man braucht nicht viel Phantasie, um zu dem Schluß zu kommen, daß die Leute, die Hungerford umgebracht haben, jetzt hinter dir her sind. In dem Bericht heißt es auch, daß Zeugen berichten, der Ingenieur habe ein Jesus-Fragment gefunden, das möglicherweise zu einem frühchristlichen Evangelium gehört. Die Sache ist also eindeutig bekannt.«
Catherine rieb sich die Stirn. Das durfte nicht wahr sein. Zuerst Julius und jetzt …
»Danno, du hast am Telefon gesagt, daß du weißt, wer es ist.«
Catherine sah, wie er nervös die Brille abnahm und die Gläser an seinem T-Shirt blank rieb. Er setzte sie wieder auf und sagte: »Während mich Samir als ›Beduinenfrau‹ zu dem Landrover geschleppt hat, ist mir in der Menge ein Gesicht aufgefallen. Es kam mir irgendwie bekannt vor. Es war ein Amerikaner. Das Gesicht ging mir nicht mehr aus dem Kopf. Wo hatte ich diesen Amerikaner schon einmal gesehen? Als ich hier am PC saß und meinen Tagebucheintrag machte, fiel es mir wieder ein …«
Ein Schrei hallte durch die Luft. Draußen im Gang hörte man

laute Schritte. Catherine fuhr erschrocken zusammen. »Was war das?«

»Meine Nachbarn! Sie streiten sich ständig«, antwortete Daniel und schloß den Laptop. »Ich glaube, wir sollten nicht hierbleiben. Ich habe ein ungutes Gefühl.«

Catherine ging zum Fenster und blickte durch einen Spalt im Vorhang hinaus. Die Straße unten war menschenleer. Es regnete noch immer, und in der schwarzen Nässe leuchteten nur die elektrischen Kerzen einer Lichterkette an einem Hauseingang. Catherine schüttelte den Kopf. Sie hatte ein flaues Gefühl im Magen – Hungerford war ermordet worden.

»Du hast recht«, sagte sie tonlos und verließ den Platz am Fenster. »Zeit zu verschwinden.«

Daniel holte eine riesige Leinentasche mit dem Aufdruck *USS Enterprise* und packte Mappen und Ordner hinein.

»Ein Freund von mir hat in Washington ein Ferienhaus am Meer. Er hat mir schon oft angeboten, eine Weile dort zu wohnen.«

»Ich werde mich allein auf den Weg machen, Danno«, sagte Catherine und griff nach der blauen Tasche.

»Kommt überhaupt nicht in Frage«, widersprach er energisch. »Wir bleiben zusammen.«

»Danno, der Mord an Hungerford ist kein Zufall. Die Mörder sind hinter den Schriftrollen her. Das heißt, jetzt suchen sie mich. Jeder in meiner Begleitung ist in Gefahr. Ich werde dein Leben nicht aufs Spiel setzen, Danno!«

Er schüttelte lachend den Kopf und schob Bücher und Wechselplatten in die Tasche.

Catherine stemmte die Hände in die Hüften. »Was packst du da alles ein?«

»Ich werde meine Unterlagen über das Maya-Grab nicht zurücklassen«, erwiderte er und legte zum Abschluß ein paar Tüten Knabbergebäck und eine Dose Limonade obendrauf. »Im Haus meines Freundes werde ich den Kontakt zum Institut in Houston wiederaufnehmen. Du wirst die Schriftrollen übersetzen, und ich kann meine Arbeit an den Wandbildern fortsetzen.«

»Daniel«, sagte Catherine, »es ist mein Ernst. Du darfst mich nicht begleiten.«
»›Daniel‹...?« Er lachte. »Das kann nicht wahr sein. Du hast mich zum letzten Mal ›Daniel‹ genannt, als du mich in der Grundschule beim Nasenbohren ertappt hattest.«
Sie legte ihm die Hand auf den Arm. »Sie sind hinter *mir* her. Wenn ich nicht mehr da bin, werden sie dich in Ruhe lassen. Ich möchte dich nicht in diese Sache hineinziehen.«
»Das ist bereits geschehen, Cathy«, erwiderte er ruhig. »Ich bin tiefer hineinverwickelt, als du es für möglich hältst.«
»Danno, ich brauche nur etwas Zeit ... genug Zeit, um die Texte zu übersetzen. Danach werde ich die Schriftrollen jedem geben, der sie haben möchte. Dann ist die Gefahr vorüber. Deshalb werde ich allein eine Weile untertauchen.«
»Während ich auf dich aufpasse.«
»Nein.«
Er schüttelte den Kopf. »Tut mir leid, ich bin dein Freund, und ich werde dich nicht allein lassen, Cathy.«
»Danno ...«
»Es bleibt dabei. Außerdem brauchst du mich. Du mußt feststellen, wer dieser König war. Vielleicht wirst du dann erfahren, wo sich die siebte Schriftrolle befindet. Vergiß nicht, keiner darf dich finden! Also flüchten wir in ein sicheres Versteck und überlassen das Reisen den elektronischen Fingern.«
Als sie ihn fragend ansah, fügte er lachend hinzu: »Das Internet, Cathy! Man kann überall auf der Welt suchen, ohne sein Versteck zu verlassen, in diesem Fall das Haus meines Freundes.«
Da sie schwieg, fügte er schnell hinzu: »Ich frage dich: Wann haben wir einmal nicht zusammengehalten und uns gegenseitig geholfen, Cathy? Du darfst mich jetzt nicht ausklammern.«
Sie lächelte. »Dummkopf!« murmelte sie und gab ihm einen Kuß auf die Wange. »Also gut, gehen wir.«
»Warte«, sagte er und griff nach einem dicken Umschlag. »Die Photos.«
»Ich lege sie in meine Tasche.«

»Sollte ich sie nicht vielleicht bei mir behalten, falls den Schriftrollen etwas zustößt?«

»Was soll den Schriftrollen schon zustoßen? Ich habe sie hier bei mir«, erwiderte Catherine und hängte sich die blaue Tasche über die Schulter. »Ich werde sie nicht mehr aus den Augen lassen.«

»Hast du Julius etwas davon gesagt?«

»Ja«, antwortete sie und ließ den Kopf hängen. »Aber er weiß nicht, daß ich hier bin.«

Daniel öffnete die Schreibtischschublade und nahm etwas heraus. »Wenn niemand weiß, wo wir sind, dürfte alles klar sein.«

»Oh, etwas habe ich vergessen. Es gibt doch jemanden – Hans Schüller am Radiologischen Institut in Zürich. Ich habe ihm eine Papyrusprobe für eine genaue Datierung geschickt.« Sie runzelte die Stirn. »Was hast du da?«

Er blickte auf die Pistole, die er aus dem Schreibtisch genommen hatte. »Leider in unserer Zeit eine Notwendigkeit.«

»Ich wußte nicht, daß du eine Pistole hast!«

»Ich wollte nicht, daß du sie siehst. Ich weiß, was du von Waffen hältst.«

»Du wirst die Pistole auf keinen Fall mitnehmen.«

»Cathy ...«

»Danno, das ist mein Ernst. Keine Waffen!«

Seufzend legte er die Pistole wieder in die Schreibtischschublade. Er wußte, daß Catherine alle Arten von Gewalt verabscheute. Den Grund dafür kannte er auch. Er würde Schwester Immaculata nie vergessen, die Catherine an der Hand packte, aus der Klasse zerrte und dabei schimpfte: ›Du bist ein freches und schamloses Mädchen! Du wirst für deine Frechheit büßen!‹

Catherine legte sich den Regenmantel über die Schultern und sagte: »Ich muß mich bei Schüller melden und ihm sagen, wo ich bin.«

»Gut, ich hole noch meinen Poncho, dann können wir los.«

»Ich hole den Poncho«, sagte sie und ging bereits in sein Schlafzimmer. »Du überprüfst das Treppenhaus und vergewisserst dich, daß uns niemand erwartet.«

Als sie den Kleiderschrank öffnete und nach dem Poncho suchte, hörte sie, wie Daniel rief, es sei doch besser, die Photos in die Einkaufstasche zu seinem Maya-Material zu legen.
Catherine nahm den Poncho vom Bügel, verlagerte die schwere Nylontasche von der rechten Schulter auf die linke und rief in Richtung Flur: »Was hast du gesagt …?«
Aber Daniel war nicht an der Wohnungstür. Er stand auf der anderen Seite des Wohnzimmers mit dem Rücken zu den Lautsprechern der Stereoanlage. Zwei Männer hielten ihn fest.
Catherine sah alles gleichzeitig: Den Mann mit dem weißblonden Haar und der roten Narbe im Gesicht, Daniels Entsetzen, ein blitzendes Messer und plötzlich hellrotes Blut.
Wie in Zeitlupe sank Daniel leblos zu Boden. Die beiden Männer wichen zurück. Der Umschlag fiel Daniel aus der Hand, Schwarzweiß-Photos verteilten sich auf dem Teppich, die beiden Männer blickten auf Catherine, der eine machte einen Schritt auf sie zu. Seine Schuhspitze wurde rot vom Blut, das Daniels Kopf umgab.
Sie starrte auf Daniels Gesicht – sein erstaunter Ausdruck wirkte wie erstarrt, die Brille war verbogen, in den blauen Augen unter den blonden Wimpern war das Licht erloschen.
Dann rannte sie los.
An der Wohnungstür stolperte sie über den Laptop, den Daniel dort abgestellt hatte. Sie griff blindlings danach und stürmte ins Treppenhaus. Die beiden Männer waren ihr dicht auf den Fersen.
Im Gang stieß Catherine mit einer Hausbewohnerin zusammen, die eine Einkaufstüte trug.
»He!« rief die Frau empört, während Dosen, Orangen, ein tiefgekühlter Truthahn und ein Weihnachtsstern auf den Boden fielen.
Catherine rannte weiter. Hinter sich hörte sie Schritte. Eine tiefe Stimme befahl ihr, stehenzubleiben. Und dann …
Ein ohrenbetäubender Knall.
Sie blickte nach oben und sah, daß Farbe und Putz von der Wand regneten.
Ihre Füße berührten kaum noch die Stufen, während sie blitz-

schnell weiter die Treppe hinunterrannte. Als sie die Haustür erreichte und keuchend in die Nacht stürmte, fiel ein zweiter Schuß. Sie lief den regennassen Gehweg entlang und warf ängstlich einen Blick über die Schulter zurück. Ihre Verfolger hatten den Hauseingang erreicht …

In diesem Augenblick stieß Catherine mit jemandem zusammen. Sie stürzte, und der Laptop fiel auf den Asphalt.

»Geben Sie mir Ihre Hand!« rief der Mann und zog sie wieder hoch. Catherine schob sich die Haare aus dem Gesicht und sah ihn fassungslos an. Es war Garibaldi. »Haben Sie sich ver…«, wollte er fragen.

Wieder hallte ein Schuß durch die Nacht. »Laufen Sie!« schrie Catherine und hob den Laptop auf.

»Was ist denn …«

»Laufen Sie!«

Sie rannten durch den Regen, Catherine voraus, Garibaldi dicht hinter ihr. Sie bogen um die nächste Straßenecke und erreichten Catherines Leihwagen.

»O nein!« keuchte sie. Die Reifen waren aufgeschlitzt.

Als die beiden Männer mit schußbereiten Waffen an der Straßenecke auftauchten, griff Garibaldi nach Catherine und zog sie geistesgegenwärtig vom Gehweg. Kugeln schlugen in den Wagen. Sie rannten geduckt über den nassen Rasen und in einen engen Durchgang zwischen zwei Mietshäusern. Sie hörten weitere Schüsse. Catherine glitt auf dem glitschigen Beton aus und fiel gegen eine Hauswand. Garibaldi rief etwas, packte sie am Arm und zog sie weiter. Sie rang nach Luft und glaubte, das Herz werde ihr zerspringen.

Sie erreichten die Straße an der Rückseite der Häuser. Garibaldi riß die Beifahrertür eines blauen Mustangs auf, der dort geparkt war und rief: »Steigen Sie ein!«

Catherine fiel auf den Sitz. Garibaldi ließ den Motor an. Als er mit quietschenden Reifen anfuhr, heulte in der Nähe ein anderer Motor auf.

Der blaue Mustang raste durch die verlassene Straße. Es dauerte nicht lange, bis hinter ihnen Scheinwerfer auftauchten. Catherine kauerte sich noch immer keuchend in den Sitz. Alles um sie herum schien zu verschwimmen – Häuser, Lichter, Ampeln.

»Sie holen auf!« stieß sie atemlos hervor.

Garibaldi bog um die nächste Ecke und gab Vollgas. Der Mustang schien vom Boden abzuheben. Catherine klammerte sich am Armaturenbrett fest und schloß die Augen.

»Auch das noch ...«, hörte sie Garibaldi stöhnen.

Catherine riß die Augen auf und sah mit Entsetzen, daß sie sich in einer Sackgasse befanden. Hinter ihnen leuchteten die Scheinwerfer ihrer Verfolger.

»Wenn Sie noch beten können, Frau Doktor«, rief Garibaldi, »dann sollten Sie es jetzt tun.«

Der Vatikan, Rom

Kardinal Lefèvre wurde das Gefühl nicht los, daß der Himmel an diesem Vormittag eine sehr ungewöhnliche Farbe hatte. Wenn er es sich recht überlegte, hatte er diese Farbe noch nie gesehen.

Natürlich gab es auch in Rom graue Himmel. Die Italiener der Vergangenheit und der Gegenwart mußten sich mit ihrem Anteil an Stürmen und Überschwemmungen abfinden.

Aber das, dachte der Kardinal verwirrt, *scheinen wahrhaftig keine gewöhnlichen Wolken zu sein.*

Woher mochte das kommen?

Er richtete den Blick auf den Petersplatz, wo eine Menschenmenge, die alle Rekorde brach, die bereits überforderten Sicherheitskräfte des Vatikans vor nahezu unlösbare Probleme stellte. Man befürchtete das Schlimmste und hatte die Städtische Polizei um Hilfe gebeten.

Seine Eminenz machte den Menschen dort unten keinen Vorwurf. Sie hatten Angst. Alle behaupteten, das Ende der Welt stehe bevor. Gab es einen besseren Ort, um die Heerscharen der

Hölle zu erwarten, als den, wo der heilige Petrus den Märtyrertod erlitten hatte?
Lefèvres Augen richteten sich wieder auf den Himmel. War seine seltsame Farbe ein Zeichen kommenden Unheils?
Er schüttelte den Kopf. Unsinn! Der Himmel war der Himmel, wie an jedem anderen Tag auch. Es war Winter. Es war Regen vorhergesagt. Vielleicht sollte er seine Augen untersuchen lassen. Mit siebzig mußte man sich damit abfinden, daß die Sinne nicht mehr so zuverlässig waren wie früher.
Er gab sich einen Ruck. Die Arbeit wartete, und er durfte seine Zeit nicht damit vergeuden, daß er über die Farbe des Himmels nachdachte ...
Als er sich an seinen Schreibtisch setzte, wo sich die Akten stapelten, erschien ein junger Priester in langer schwarzer Soutane in dem Büro. »Ich bitte die Störung zu entschuldigen, Eure Eminenz. Während Ihrer Audienz bei Seiner Heiligkeit traf diese Nachricht für Sie ein.«
Lefèvre brach das Siegel und zog ein Blatt Papier aus dem Umschlag. Beim Lesen der Mitteilung hoben sich seine buschigen weißen Augenbrauen.
»Unglaublich!«
»Eminenz?«
Der Kardinal faltete das Blatt schnell zusammen, schob es in die Tasche seiner roten Soutane und sagte: »Bitte nehmen Sie unverzüglich Kontakt zu Dr. Fuchs auf. Er leitet das Archäologische Institut der Universität von Rom. Sagen Sie ihm, daß ich ihn in einer äußerst dringenden Angelegenheit *sofort* sprechen muß. Und ...?«
»Ja, Eminenz?«
»Machen Sie Dr. Fuchs darauf aufmerksam, daß die Angelegenheit streng geheim ist.«
Die Augen des Priesters wurden eine Spur größer. »Ja, Eure Eminenz.«
Als der junge Mann gegangen war, trat Kardinal Lefèvre wieder ans Fenster. Diesmal blickte er auf die Stadt.

Im vergangenen Jahr hatte sich Rom auf zusätzliche zehn Millionen Besucher vorbereitet, die an den Feierlichkeiten zum zweitausendsten Geburtstag Christi teilnehmen würden. Den Berichten nach war diese Zahl inzwischen weit überschritten. In der ganzen Stadt gab es kein einziges freies Zimmer mehr, und man würde über kurz oder lang militärische Unterstützung brauchen, um die Menschenmassen unter Kontrolle zu halten.
Die große Frage, die nicht nur in Rom, sondern auf der ganzen Welt alle Gläubigen bewegte, war: Würde mit Beginn des Jahres 2000 eine apokalyptische Katastrophe über die Menschheit hereinbrechen?
Beim Gedanken an die beunruhigende Nachricht, die er gerade erhalten hatte, bekreuzigte sich Kardinal Lefèvre und blickte unwillkürlich wieder besorgt zum grauen Himmel hinauf.

Santa Barbara, Kalifornien

»Was sagen Sie, Zeke? Sie sind Ihnen *entkommen*?!«
Die Stimme von Miles Havers aus dem Lautsprecher klang zwar wie immer beherrscht und ruhig, auch sein Bild auf dem Monitor wirkte gelassen, aber Zeke und seinem Partner entging der Zorn ihres Auftraggebers nicht. Sie saßen in ihrem Wagen, und der Regen prasselte auf die Windschutzscheibe.
»Wir glaubten schon, sie säßen in der Falle, als der Wagen in eine Sackgasse einbog«, erklärte Zeke. »Aber in diesem Augenblick tauchte ein Streifenwagen auf und …«
»Mir ist völlig gleichgültig, was geschehen ist«, unterbrach ihn Miles. »Ich möchte, daß Sie die Frau finden und mir diese Schriftrollen beschaffen. Ist das klar?«
»Ja, Mr. Havers.«
»Spielen Sie noch einmal das Band ab, auf dem Sie das Gespräch aufgezeichnet haben.«
Zeke hielt den Kassettenrecorder dicht an das Funkgerät und

vermied es, auf das flimmernde Bild seines Auftraggebers zu blicken, während die Stimmen von Catherine Alexander und Daniel Stevenson in dem schwarzen Pontiac zu hören waren.

Zeke hatte überall in Stevensons Wohnung Wanzen verteilt. Wenn sich die beiden Archäologen in der Wohnung bewegten, waren ihre Stimmen laut und deutlich zu hören.

Als das Tonband abgelaufen war, fragte Miles: »Wie hat er Sie erkannt, Zeke?«

»Ich weiß nicht, Mr. Havers. Vielleicht spricht er auch nicht von mir. Es waren noch andere Amerikaner in der Menge, zum Beispiel ein katholischer Priester ...«

»Ein Priester!« Miles lachte höhnisch. »Stevenson spricht vielleicht nicht von Ihnen, aber wir dürfen kein Risiko eingehen. Wir müssen so schnell wie möglich sein Tagebuch haben.«

»Ja, Sir.«

»Was ist mit den Photos, die Stevenson erwähnt? Haben Sie die Aufnahmen?«

Zeke griff nach dem blutbefleckten großen blauen Umschlag, der auf dem Armaturenbrett lag, nahm ein Photo heraus und legte es in den tragbaren Scanner. Während das Bild gesendet wurde, konnte Zeke seinen Zorn nur mühsam unterdrücken. Es gefiel ihm nicht, wenn er bei einem Auftrag versagte.

Den Männern von Havers war es in New York nicht gelungen, Catherine Alexander am John F. Kennedy-Flughafen aufzuspüren. Daraufhin hatte Miles jemanden beauftragt, ihre Wohnung in Santa Monica zu überwachen. Außerdem setzte er Zeke und seinen Partner auf Daniel Stevenson an. Sie hatten den Auftrag, sein Telefon anzuzapfen und die Wohnung abzuhören. Sie sollten alles aufnehmen, was gesprochen wurde, und mit dem Eingreifen warten, bis sie den sicheren Beweis hatten, daß sich die Schriftrollen dort befanden.

Das hatten sie getan. Sobald sie gehört hatten, wie Dr. Alexander sagte: »Ich habe sie hier bei mir«, waren Zeke und sein Partner in die Wohnung eingedrungen und hatten Stevenson ausgeschaltet. Aber die Frau war ihnen entkommen.

Schuld daran waren die Anweisungen.
Alles hätte anders sein können. Als Zeke sah, wie die Archäologin mit der blauen Tasche über der Schulter das Haus betrat, als komme sie gerade von ihrer Aerobic-Stunde, wußte er instinktiv, daß sich die Schriftrollen in der Tasche befanden. Er hätte die Frau und die ›Ware‹ auf der Stelle gehabt. Aber er hatte seine Anweisungen und mußte sich daran halten.
Das nächste Mal, so schwor er sich stumm, würde er auf die Anweisungen pfeifen und sich auf seinen Instinkt verlassen.
»Gut«, sagte Miles. »Es sind höchstwahrscheinlich Aufnahmen der Schriftrollen, vermutlich eine Sicherheitsmaßnahme für den Fall, daß den Originalen etwas zustoßen sollte. Haben Sie alle?«
»Nein, Mr. Havers. Ein paar Photos sind aus dem Umschlag gefallen. Wir hatten keine Zeit, sie aufzuheben. Wir mußten die Frau verfolgen.«
»Was ist das für ein Mann, mit dem sie geflohen ist?« wollte Miles wissen.
»Wir haben ihn nur undeutlich gesehen und wissen nicht, ob sie ihn kannte. Vielleicht war es ein Fremder. Wir hatten ihren Wagen fahruntauglich gemacht, aber nicht damit gerechnet, daß ihr jemand helfen würde. Wir haben allerdings das Kennzeichen des Fluchtautos.«
»Sie sind sicher, daß sie mit den Schriftrollen geflohen ist?«
»Sie befanden sich in einer blauen Tasche, die sie bei sich trug.«
»Haben Sie die Wohnung von Stevenson durchsucht?«
»Am Vormittag, als wir die Wanzen verteilt haben. Es befand sich nichts Wertvolles dort. Er und diese Alexander müssen die Schriftrollen und die Photos im Reisegepäck gehabt haben.«
»Wo ist das Tagebuch, das Stevenson erwähnt?«
»Wir wissen es nicht. Bei der Durchsuchung seiner Wohnung haben wir kein Tagebuch gefunden.«
Miles schwieg bedrohlich lange, dann sagte er: »Ich schicke jemanden, der die Photos abholt. Fahren Sie zum Flughafen in Santa Barbara und warten Sie auf meinen Privatjet. Danach su-

chen Sie sich ein Hotel. Sie dürfen auf keinen Fall die Gegend verlassen, bis Catherine Alexander gefunden ist.«
»Entschuldigen Sie, Mr. Havers. Sie könnte morgen schon Hunderte von Meilen entfernt sein.«
»Oder sie ist nicht weit gekommen. Wo immer sie auch sein mag, es wird ihr nicht gelingen, sich lange zu verstecken. Der Jet ist startbereit«, sagte Miles. »In zwei Stunden werden meine Leute in Santa Barbara sein.«
»Ja, Mr. Havers.«
»Sorgen Sie dafür, daß Sie ständig über Funk erreichbar sind. Sobald wir diese Alexander aufgespürt haben, werden Sie die Verfolgung aufnehmen. Beschaffen Sie die Schriftrollen und Stevensons Tagebuch. Wenn er Sie erkannt hat, darf niemand den Eintrag lesen.«
»Ja, Sir.«
»Noch etwas, Zeke! Diesmal darf sie Ihnen nicht entkommen.«
Der letzte Befehl war unnötig. Zeke hatte sich bereits geschworen: Wenn er Catherine Alexander das nächste Mal sah, dann würde sie sich wünschen, nie geboren worden zu sein.

»Was hat das eigentlich alles zu bedeuten?« fragte Garibaldi und achtete darauf, daß er die zulässige Höchstgeschwindigkeit nicht überschritt. Sie fuhren auf der Hauptstraße durch Santa Barbara. Der Verkehr nahm zu, weil immer mehr Leute noch spät abends Weihnachtseinkäufe machten. »Was für Männer waren das? Warum haben sie geschossen?«
Catherine blickte immer wieder unruhig zurück. Die Scheinwerfer der Autos erinnerten an eine weiße Lichterkette. Verfolgten die Killer sie noch?
»Fahren Sie weiter«, murmelte sie.
»Wohin? Ich kenne mich hier nicht aus.«
Sie drehte sich um und starrte durch die regennasse Windschutzscheibe. »Diese Kerle sind brutale Killer!« Sie preßte die Lippen zusammen und schloß die Augen.
Danno …

»Das ... das werden sie büßen! Fahren Sie zurück.«
»Gehen wir nicht zur Polizei?«
»Nein! Auf keinen Fall gehen wir zur Polizei.«
»Warum nicht?« fragte Garibaldi. »Was sind das für Männer gewesen?«
Catherine verschränkte die Arme und schloß die Augen. »Das weiß ich nicht!« stieß sie zitternd hervor. »Aber sie ... sie haben auf uns geschossen, und ich muß etwas tun.«
»Ich finde, es ist zu gefährlich, zurückzufahren. Wir sollten erst etwas Abstand zwischen uns und sie bringen, dann können wir in Ruhe überlegen, was zu tun ist.«
Sie schüttelte stumm den Kopf.
»Sagen Sie mir, was los ist!« begann Garibaldi noch einmal, als sie vor einem Kaufhaus anhalten mußten. Er ließ den Rückspiegel nicht aus den Augen und musterte die nachfolgenden Wagen. »Wer waren diese Männer?«
»Sie haben Danno ermordet«, antwortete sie tonlos und begann zu zittern. »Sie haben meinen Freund umgebracht.«
Er schwieg und flüsterte dann: »Gott sei seiner Seele gnädig.« Mit einem prüfenden Blick auf Catherine fragte er: »Was ist mit Ihnen?«
»Also gut, fahren Sie einfach weiter. Wir haben sie abgeschüttelt, aber sie können jeden Augenblick wieder auftauchen.«
Sie näherten sich dem Yachthafen. Die bunten Lichter der Schiffe spiegelten sich im schwarzen Wasser.
»In welche Richtung soll ich fahren?« fragte Garibaldi.
Catherine biß sich auf die Unterlippe. Sie drehte sich um. Die Scheinwerfer hinter ihnen verschwammen im Regen.
»Dr. Alexander, wir halten den Verkehr auf. In welche Richtung, bitte?«
In welche Richtung. Ich weiß es nicht. Danno liegt in einer Blutlache ...
»Nach rechts«, sagte sie gequält. »Fahren Sie nach Norden.«
Garibaldi mußte die Fahrbahn wechseln. Der Mustang fädelte sich nicht besonders rücksichtsvoll in den fließenden Ver-

kehr ein. Ein Camarro mußte bremsen, und ein Cadillac hupte laut.
Garibaldi zuckte entschuldigend mit der Schulter.
Catherine fiel plötzlich auf, daß er nur mit einer Hand lenkte.
»Was haben Sie?«
Er umfaßte mit der rechten Hand den linken Arm. Die Finger waren blutig.
»Sie sind verletzt!«
»Es ist nur ein Streifschuß ...«
Aber Catherine sah, daß er unnatürlich blaß war und daß Schweißtropfen auf seiner Stirn standen.
»Fahren Sie auf die Standspur und halten Sie an.«
»Nein, es ist nichts ...«
»Halten Sie an. Ich werde mich ans Steuer setzen.«
Der Mustang stand noch nicht richtig, als Catherine schon aus dem Wagen sprang und, ohne auf die vorbeirasenden Autos und den strömenden Regen zu achten, zur Fahrerseite lief. Schnell setzte sie sich hinter das Steuer. Jetzt sah sie deutlich das Blut an Garibaldis Arm. »Sie brauchen einen Arzt!«
»Nein, fahren Sie weiter«, widersprach er. »Diese Kerle sind vielleicht noch hinter uns. Wie die Schüsse beweisen, meinen sie es ernst. Ich möchte ihnen nicht noch einmal begegnen.«
Catherine reihte sich in den Verkehr ein und starrte geradeaus. Die Scheibenwischer bewältigten den Regen kaum.
»Hier«, sagte sie und zog ein Taschentuch aus ihrer Jacke. »Drücken Sie das auf die Wunde.«
Sie fuhren eine Weile am sturmgepeitschten Meer entlang, dann erreichten sie den Highway 154. In letzter Sekunde bog Catherine bei der Ausfahrt *San Marcos Road* ab und erntete dafür prompt ärgerliches Hupen. Im Rückspiegel sah sie, daß ihr zwei Wagen folgten.
»Sagen Sie mir endlich«, begann Garibaldi noch einmal, »was für Männer das waren.«
»Ich habe sie noch nie im Leben gesehen.«
»Warum haben sie Ihren Freund umgebracht?«

Die Tränen stiegen ihr in die Augen, und sie biß sich auf die Lippen. Sie durfte nicht weinen. Sie mußte die Ruhe bewahren und nachdenken.
»Ich habe etwas, das diese Männer wollten.«
»Haben sie es bekommen?«
»Nein.«
Er musterte sie einen Augenblick und sagte dann: »In der Sackgasse haben Sie die Polizisten im Streifenwagen nicht um Hilfe gebeten. Warum nicht?«
Sie nahm den Fuß vom Gaspedal. Der erste Wagen setzte sofort zum Überholen an, brauste vorbei und verschwand in der Regennacht. Der zweite Wagen verlangsamte ebenfalls das Tempo.
»Ich kann nicht ...« Sie umklammerte das Steuer fester. »Ich kann nicht zur Polizei gehen.«
»Warum nicht?«
Sie sah ihn an. »Wie kommen Sie eigentlich hierher ... Ich meine nach Santa Barbara. Wieso standen Sie plötzlich vor Daniels Apartmenthaus?«
»Ich habe Sie gesucht ...« Er verzog das Gesicht. Eindeutig hatte er Schmerzen.
»Wir müssen uns so schnell wie möglich die Wunde ansehen.«
»Zuerst bringen wir noch ein paar Meilen zwischen uns und die Männer.« Er seufzte und sah sie an. »Wie geht es Ihnen?«
»Ich weiß nicht ... ich bin ... Daniel ...« Sie begann wieder zu zittern. Ihre Zähne schlugen aufeinander, und beinahe hätte sie die Kontrolle über den Wagen verloren.
»He!« rief er und griff schnell ans Lenkrad. »Nehmen Sie den beiden nicht die Arbeit ab.«
Catherine biß die Zähne zusammen und starrte auf die Straße. Sie fuhren in die Berge. Die Straße wurde enger und wand sich in Kurven nach oben. Im Regen sah sie Kiefern und felsige Canyons. Der Verkehr ließ sichtbar nach. Jetzt würden sie schnell feststellen, ob ihnen jemand folgte. Im Rückspiegel hatte sie gesehen, daß der Wagen hinter ihnen in eine kleine Straße abgebogen war. Also schien es sich um jemanden gehan-

delt zu haben, der hier wohnte. Seitdem blieb hinter ihnen alles dunkel.

Sie fuhren schweigend weiter. Garibaldi drückte eine Hand auf die Wunde und stöhnte manchmal leise. Catherine zwang sich, nicht an das zu denken, was mit Daniel geschehen war – das viele Blut, die zerbrochene Brille …

Halb unbewußt nahm sie die Hinweisschilder am Straßenrand wahr: *Chumash Painted Caves State Historical Park; Rancho San Marcos; Stagecoach Road.* Auf großen Tafeln warb ein Weingut für den Besuch seiner Kellerei, und nach zwanzig Meilen würden sie *Anderson's Pea Soup Restaurant* erreichen.

»Wissen Sie eigentlich, wohin wir fahren?« fragte Garibaldi schließlich.

Sie sah ihn von der Seite an. Die Armaturenbeleuchtung ließ sein Gesicht grünlich schimmern. Er schien aber nicht mehr so blaß zu sein.

»Nein«, antwortete sie. »Haben Sie eine Ahnung?«

»Ich kenne mich in dieser Gegend nicht aus.« Er drehte sich leise stöhnend um und blickte auf die dunkle Straße hinter ihnen. »Ich sehe keinen Wagen. Wir haben sie bestimmt abgehängt.«

Catherine warf einen Blick auf die Digitaluhr. Es war inzwischen beinahe elf Uhr abends. Dann sah sie zu ihrem Entsetzen, daß das Benzin zur Neige ging.

Garibaldi bemerkte es ebenfalls. »Wir müssen wohl oder übel bald anhalten.«

»Ich weiß nicht, ob es hier überhaupt Tankstellen gibt, und wenn, dann sind sie bestimmt geschlossen.«

»Was ist das vor uns? Ich glaube, da kommen Lichter.«

»Ein Motel! Vielleicht können wir dort einen Kanister Benzin kaufen.«

Aber als Catherine den Wagen verlangsamte und in den unbeleuchteten Parkplatz einbog, sahen sie nur dunkle Fenster und ein Büro mit Notbeleuchtung. Die ›Zimmer frei‹-Tafel war abgeschaltet. Vor den Zimmern standen keine Wagen.

»An der Bürotür hängt ein Schild«, sagte Catherine und sprang aus dem Wagen. Sie rannte durch den Regen, kam aber schnell zurück.

»Was steht dort?«

»›Zur Zeit geschlossen!‹«

Langsam fuhr sie durch den Regen weiter, ohne die Benzinanzeige aus dem Auge zu lassen.

»Da vorn links ist ein Motel!« rief Garibaldi.

Beim Näherkommen sahen sie enttäuscht das rote Leuchtschild ›Kein Zimmer frei‹. Das Motel war ebenfalls geschlossen.

»Dieser Regen und dann kein Motel«, sagte Garibaldi. »Ich wette, wir werden die Nacht mit Norman Bates verbringen ...«

Er lächelte, aber Catherine sah, daß er Schmerzen hatte. Das Blut an seinem Arm war inzwischen verkrustet.

»Warum haben Sie mich gesucht?« fragte sie.

»Im Hotel Isis herrschte gestern morgen große Aufregung. Ein ägyptischer Beamter hat Sie gesucht. Mr. Mylonas, der Besitzer, war völlig durcheinander. Der Beamte schien der Meinung zu sein, daß Sie etwas Falsches getan hätten. Mr. Mylonas hat Sie energisch verteidigt. Er erklärte, Sie seien wegen dringender Familienangelegenheiten abgereist. Aber der Beamte deutete an, Sie hätten etwas gestohlen.«

Catherine biß sich auf die Lippen. »Mr. Mylonas war immer sehr freundlich zu mir.«

»Als der Beamte weg war, zog er mich ins Vertrauen. Er sagte, für Sie sei neben Briefen ein Päckchen gekommen. Er machte sich Gedanken, denn es war eine Wertsendung. Sein Stellvertreter hatte es angenommen. Er hatte keine Ahnung, daß Sie nicht mehr da waren, um die Post abzuholen. Mr. Mylonas wollte das Päckchen nicht zurückschicken, denn er traut den Postbeamten in Scharm el Scheich nicht. Eine Wertsendung kann unter Umständen spurlos verschwinden. Ich erkundigte mich bei ihm, wo Sie wohnen, und er sagte in Kalifornien. Da ich ohnehin über Los Angeles zurückfliegen wollte, bot ich ihm an, das Päckchen mitzunehmen und es Ihnen zu bringen. Aber ich habe Sie in Ihrer Wohnung in Santa Monica nicht angetroffen.«

»Wie sind Sie auf die Idee gekommen, ich könnte in Santa Barbara sein?«
»Ich hatte nicht damit gerechnet, Sie dort zu finden. Ich wollte das Päckchen dem Absender geben.«
»Das Päckchen ist von Daniel?«
»Ja, Dr. Daniel Stevenson, Pedregosa Street, Santa ... He! Lichter!«
»Das sieht nach einem Motel aus!«
Catherine fuhr erleichtert von der Straße ab und hielt vor dem hell erleuchteten Gebäude an.
»Bleiben Sie hier«, sagte sie zu Garibaldi und ging in das Büro. Kurze Zeit später kam sie zurück. »Sie können uns erst morgen früh Benzin verkaufen. Der Besitzer hat die Schlüssel für die Pumpen bei sich. Ich habe ein Zimmer genommen.« Sie fuhr zur Rückseite des Motels. Vor den dunklen Türen standen nur wenige Wagen.
»Nummer fünfzehn ... am Ende, das ist unser Zimmer. Ich parke den Wagen unter den Bäumen. Wenn die Killer uns suchen, werden sie den Wagen nicht sehen. Schaffen Sie es bis zum Eingang?«
Sie liefen durch den Regen, und Catherine schloß schnell die Tür auf.
Während sie das Licht anmachte und den Thermostat der Klimaanlage regulierte, achtete sie kaum auf die häßliche in Braun und Orange gehaltene Einrichtung und den abgetretenen gelblichen Teppichboden. Sie sah auch nicht die bunten Bilder auf dem Fernseher, mit denen für die Kinofilme der Woche geworben wurde. Catherine war völlig gefühllos, als sei ein Teil von ihr in Daniels Wohnung zurückgeblieben.
Garibaldi nahm das Taschentuch vom Arm und wickelte den Hemdsärmel hoch. »Ich bin noch nie angeschossen worden, obwohl ich in Chicago lebe!« Catherine zwang sich, ihn anzusehen. Später würde noch genug Zeit sein, über alles nachzudenken, was geschehen war
»Die Wunde muß behandelt werden«, sagte sie. Nach kurzem

Überlegen nahm sie das blutige Taschentuch und wickelte es sich um die Hand. »Schließen Sie hinter mir ab.«
Mit der blauen Tasche über der Schulter rannte sie durch den Regen zum Büro. Auf dem Rückweg kaufte sie an einem Automaten noch etwas zu knabbern und zu trinken.
Dann klopfte sie leise an der Tür Nummer fünfzehn und rief: »Vater Garibaldi, ich bin es. Machen Sie auf.«
Nichts rührte sich.
Sie klopfte noch einmal.
Immer noch keine Antwort.
Sie blickte auf das Nummerschild der Tür: ›15‹. Sie trat ein paar Schritte zurück und sah Licht durch den Vorhang.
Endlich hörte sie, wie die Sicherheitskette zurückgeschoben wurde, und die Tür ging auf. Sie trat ein und schloß wieder ab.
»Warum haben Sie nicht aufgemacht?« fragte sie und legte die Vollkornkekse, Kartoffelchips, Feigenrollen und *Coke*-Dosen auf den Tisch vor dem Fenster.
»Tut mir leid«, antwortete er. »Ich war im Bad und habe Wasser laufen lassen und das Klopfen nicht gehört.«
Er hatte das Hemd ausgezogen und den Stehkragen abgeknöpft. Wenn er ein Unterhemd trug, dann hatte er auch das ausgezogen. Als sie seinen nackten, muskulösen Oberkörper sah, richtete sie den Blick schnell auf den verletzten Arm. Er hatte ein Handtuch um die Wunde gewickelt. »Ist es schlimm?«
»Die Wunde schmerzt, aber es ist nicht weiter schlimm.«
»War es wirklich nur ein Streifschuß oder steckt eine Kugel im Arm?«
»Nein, keine Kugel ...«
Sie legte die blaue Tasche auf das Bett am Fenster: »Setzen Sie sich.« Dann öffnete sie den Verbandskasten.
»Woher haben Sie den?« fragte er und setzte sich neben sie.
»Ich habe der Frau im Büro gesagt, ich hätte meinen Kofferschlüssel verlegt und versucht, den Koffer mit einem Messer zu öffnen, und mich dabei geschnitten. Sie hat mir den Verbandskasten verkauft.«

»Wollen Sie das wirklich tun? Ich kann ins Bad gehen und die Wunde selbst verbinden.«

Ich muß mich auf etwas konzentrieren, hätte sie am liebsten geantwortet. *Ich muß mich beschäftigen, sonst fange ich an zu denken. Und ich möchte nicht denken, noch nicht …*

Catherine desinfizierte schweigend die Wunde und verband sie sorgfältig mit einer Mullbinde.

Garibaldi fragte: »Was wollen Sie jetzt tun? Ich meine, wenn Sie nicht zur Polizei gehen …«

Sie schüttelte nur stumm den Kopf. Sie wußte nicht, was sie tun sollte. Ihre Welt schien in Stücke gebrochen zu sein – zuerst der Streit mit Julius, und dann …

»Vater Garibaldi, warum sind Schußwaffen erlaubt? Warum sind sie nicht grundsätzlich verboten? Warum bringen sich Menschen gegenseitig um? Warum … warum gibt es soviel Gewalt auf der Welt?«

Als sie seinen teilnahmsvollen Blick sah, brach ihr Widerstand zusammen. Sie begann zu schluchzen. Verzweifelt schlug sie die Hände vor das Gesicht.

»Ist ja schon gut«, sagte Garibaldi tröstend.

»Das mit dem Mord, das hätte nicht geschehen dürfen! Niemand hat es verdient, so zu sterben! Das Messer … das Blut … O Gott!« Sie sprang auf. »Entschuldigen Sie, ich …« Sie lief ins Bad und ließ sich kaltes Wasser über Gesicht und Hände laufen. Als sie ins Zimmer zurückkam, hatte Garibaldi ein frisches Hemd angezogen – ein schwarzes Hemd mit kurzen Ärmeln. Den weißen Priesterkragen sah sie nicht.

»Geht es Ihnen wieder besser?« fragte er.

Sie nickte stumm.

Keine Gefühle, sagte sie sich vor. *Behalte die Nerven. Du mußt die Sache zu Ende führen. Das bist du Danno schuldig.*

»Das hat mir Mr. Mylonas für Sie gegeben«, sagte er und reichte ihr das Päckchen.

»Es ist von Danno«, murmelte sie und legte es auf den Schoß.

»Wissen Sie, ich habe immer noch Urlaub, und ich war noch nie in Kalifornien. Ich fand es interessant, nach Santa Barbara zu fahren …« Er seufzte. »Wäre ich doch nur etwas früher gekommen, dann hätte ich Ihrem Freund vielleicht das Leben retten können.«

»Oder Sie wären ebenfalls tot«, erwiderte sie tonlos und starrte auf das Päckchen.

Daniel hatte als Absender seine Adresse in Kalifornien angegeben, aber Catherine sah an den Briefmarken und dem Poststempel, daß das Päckchen in Cozumel, Mexiko, aufgegeben worden war. Vorsichtig entfernte sie das braune Packpapier. Eine kleine Schachtel kam zum Vorschein. Darauf lag ein Brief. Mit Tränen in den Augen las sie:

›Hallo, Cathy! Das soll eine Überraschung für Dich sein! In Deinen Händen hältst Du etwas, das aus dem Grab stammt. Das ist kein Witz! Als ich das Grab entdeckte, war es leer, denn es ist bestimmt schon vor Jahrhunderten ausgeraubt worden. Aber im Laufe der Jahre sind einzelne Funde wieder aufgetaucht. Dieses kleine Kunstwerk habe ich in einem Laden in Cozumel entdeckt und wußte sofort, daß es aus ‹meinem› Grab stammt, denn auf einer der Fresken legt eine Frau, die meiner Meinung nach die Königin ist, Mais als Opfergabe auf den Altar einer Erdgöttin, eine der eher friedlichen Gottheiten im Maya-Pantheon! Nun ja, auf dem Wandbild trägt sie jedenfalls genau das, was ich Dir schicke. Als ich es entdeckte, konnte ich kaum glauben, wie genau die Jade mit der Farbe Deiner Augen übereinstimmt.

Frohe Weihnachten und ein glückliches neues Jahrtausend, Cathy. Das wünscht Dir Danno.‹

Sie öffnete die kleine Schachtel und fand in Watte gebettet einen Jadeanhänger. Sie nahm ihn heraus. Es war ein Jaguar an einem Lederband. Sie hob das Band über den Kopf und legte es um den Hals. Der Anhänger reichte bis zu ihren Brüsten.

Sie betrachtete ihn lange und lauschte dabei auf den Regen, ohne zu bemerken, daß Garibaldi den Blick nicht von ihr wandte. In Gedanken sah sie Daniel. Er trug ein T-Shirt und sagte lachend: ›Mach mir nichts vor. Ich weiß, was Karaoke ist.‹ Ein anderes Bild drängte sich ihr auf. Daniels Augen wurden starr vor Entsetzen. Der Mann riß ihm den Kopf zurück, das Messer blitzte, und plötzlich war alles voll Blut …

Catherine vergrub ihr Gesicht in den Händen.

Sie spürte eine sanfte Berührung an den Schultern. »Möchten Sie, daß ich mit Ihnen bete?«

»Nein«, erwiderte sie tonlos. »Dazu ist mein Zorn zu groß.« Sie holte tief Luft und fand ihre Fassung wieder. »Aber ich danke Ihnen, Vater Garibaldi, daß Sie mir das gebracht haben. Es tut mir leid, daß Sie deshalb beinahe erschossen worden sind.«

Sie stand auf und stellte Daniels Laptop auf den Tisch.

»Was haben Sie vor?«

»Daniel hat gesagt, er weiß, wer mich verfolgt. Er hat es in sein Tagebuch geschrieben. Sein Tagebuch ist in dem Computer. Dort werden wir sehen, wer diese Männer sind.«

»Und dann?«

»Dann werde ich die Polizei benachrichtigen.«

Sie klappte den Deckel auf und holte tief Luft.

»Was ist?«

»Das bin ich«, flüsterte sie verwundert. »Ein Photo von mir auf Dannos Laptop! Wieso?«

Garibaldi betrachtete das Photo, wollte etwas sagen, unterließ es aber.

Catherine fand den Ein/Aus-Schalter und startete den Computer. »O nein!«

»Was gibt es?« fragte er. Dann sah er die Meldung auf dem Monitor:

BITTE PAßWORT EINGEBEN

»Sie müssen sein Paßwort kennen, um die Dateien öffnen zu können.«

»Ich kenne Daniels Paßwort nicht.«

»Dann lassen Sie sich etwas einfallen.«

Sie versuchte es mit einigen Worten, die mit Daniels Interessen zusammenhingen – *Spock, Klingon, Asimov* – ohne Erfolg.
»Es gibt ein paar Begriffe, die viele Leute verwenden«, sagte Garibaldi. »Versuchen Sie es mit ›Blitz‹.«
Kein Erfolg.
»Wie wäre es mit ›Phönix‹?«
Catherine schüttelte den Kopf und stand auf. »Versuchen Sie Ihr Glück«, sagte sie zu Garibaldi.
Er setzte sich vor den Laptop und tippte ein Wort nach dem anderen ein, erhielt aber jedesmal dieselbe Meldung:

UNGÜLTIGES PAßWORT: BITTE RICHTIGES PAßWORT EINGEBEN!

»Wo hat er studiert?«
»In Berkeley.«
Garibaldi tippte ›Stanford‹. Kein Erfolg.
»Versuchen Sie es mit ›Nonnenschule‹«, sagte Catherine.
Garibaldi schüttelte den Kopf und murmelte: »Es kann eine Ewigkeit dauern, bis wir das richtige Paßwort finden.«
Plötzlich wurde der Raum von grellem Scheinwerferlicht erhellt. Garibaldi sprang auf, und Catherine wich bis an die Wand zurück. Die Lichter wanderten weiter, und Garibaldi schob den Vorhang etwas zur Seite. Ein weißer Lieferwagen fuhr auf den Parkplatz vor dem Nebenzimmer.
Garibaldi zog den Vorhang wieder zu. »Falscher Alarm.« Sein Blick fiel auf das Photo neben dem Bildschirm von Daniels Laptop. »Probieren Sie es mit Ihrem Namen«, sagte er.
»Warum?«
»Warum nicht?«
Sie setzte sich und tippte ›Catherine‹. Als wieder die Falschmeldung kam, versuchte sie es mit ›Alexander‹.

UNGÜLTIGES PAßWORT: BITTE RICHTIGES PAßWORT EINGEBEN!

»Was nun?« murmelte sie und starrte auf den Monitor.

»Ich werde etwas versuchen.«
Garibaldi nahm den Laptop aus der schwarzen Ledertasche und stellte ihn auf den Tisch. Dann suchte er nach den seitlichen Entriegelungen und nahm die Tastatur ab. Jetzt konnte man in das Innere des Gerätes blicken.
»Manchmal«, murmelte er, »kann man das Paßwort umgehen, indem man nur …« Er betrachtete sich die Festplatte, die Steckkarten und die anderen elektronischen Komponenten, dann richtete sich seine Aufmerksamkeit auf die grüne Platine mit den Transistoren und Schaltkreisen.
»Aha! Da haben wir es. Ich brauche ein Stück Metall. Haben Sie zufällig eine Haarnadel?«
Sie fuhr sich mit der Hand durch die langen Haare. »Leider nein.«
»Vielleicht eine Büroklammer?«
Catherine durchsuchte die Seitentaschen und Fächer der Laptop-Tragetasche und fand eine Ersatzbatterie, das sichtlich vielgelesene Exemplar *Hawksbill Station* von Robert Silverberg, eine leere Kaugummipackung, einen Markierstift, einen Notizblock und –
»Hier!«
Während Garibaldi die Büroklammer aufbog, deutete er auf die Platine. »Sehen Sie, dort steht ›J-A237‹! Das ist eine Kurzschlußbrücke. Wenn es mir gelingt, diese beiden Stellen miteinander zu verbinden …«
Catherine sah mit angehaltenem Atem zu, wie er den Kupferdraht der Büroklammer so legte, daß er zwei dicht nebeneinander liegende Kontakte verband und ihn dann auf den Krallen festdrückte.
Sofort erschien auf dem Bildschirm eine andere Meldung.
»Was bewirkt die Büroklammer?« fragte Catherine, während er die Tastur wieder einsetzte und sicherte.
»Ich habe das Paßwort zurückgesetzt.«
Auf dem Monitor stand jetzt:

IHRE SETUP INFORMATION HAT SICH GEÄNDERT. DRÜCKEN SIE »F2« UM SETUP ZU LADEN.

»Haben wir jetzt etwa Zugriff auf das System?« fragte Catherine.
»Mal sehen«, erwiderte er und drückte die Taste ›F2‹.
Auf dem Bildschirm erschien in der ersten Zeile:

SPHINXBIOS SET UP.

Garibaldi klickte auf den Menüpunkt ›Datenschutz‹ und murmelte vor sich hin: »Damit wirklich alle Paßwörter außer Kraft gesetzt sind.«
Auf dem Bildschirm erschien die Meldung:

BENUTZER-PAßWORT: DEAKTIVIERT!
BENUTZER-PAßWORT: [EINGEBEN]
PAßWORT BEI START: [DEAKTIVIERT]
DISKETTE ZUGANG: [BENUTZER]
FESTPLATTE BOOT SECTOR: [NORMAL]
AUTOM. VIRUSPRÜFUNG: [DEAKTIVIERT]

»Okay, Michael«, sagte er. »Speichern und dann ›Exit‹.« Er drückte ›Enter‹, und im nächsten Moment erschien das ›C-Prompt‹ links oben auf dem Monitor.
»O je«, sagte Catherine. »Ich fürchte, Daniel hat seine Software nie auf den neuesten Stand gebracht. Ich weiß jedenfalls nicht, wie DOS funktioniert.«
»Es ist schon eine Weile her, daß ich mit DOS-Befehlen gearbeitet habe«, sagte Garibaldi.
Er tippte SCI und drückte ›Enter‹.

FALSCHER BEFEHL

Catherine sagte: »Daniel hat bestimmt nie Scimitar benutzt. Er

lehnte Dianuba Technologies prinzipiell ab und wollte nichts mit ihrer Software zu tun haben.«
»Gut, dann versuchen wir es damit«, Garibaldi tippte ›WIN‹, und sofort erschien das ›WINDOWS‹-Logo.
Damit konnten sie alle Dateien auf dem Laptop öffnen.
»Na also!« rief Garibaldi und schob Catherine die Tastatur hin.
Sie betrachtete aufmerksam die Logos. »Jetzt muß ich nur noch herausfinden, wo Daniel sein Tagebuch abgespeichert hat.« Als sie

CAPTAINS LOG

sah, rief sie: »Das muß es sein!«
Mit einem Doppelklick aktivierte sie den Eintrag. Auf dem Bildschirm erschien die Meldung:

Szfdatbg unm Czmhdk Rsdudmrnm

»Da stimmt etwas nicht!«
»Es sieht nach einem Code aus«, meinte Garibaldi.
»Wie kann man so etwas dechiffrieren?«
»Die gebräuchlichste Methode ist das Ersetzen jedes einzelnen Buchstabens.«
»So?« fragte Catherine, tippte das Alphabet und dann darunter:

›abcdefghijklmnopqrstuvwxyz
egjmlakbroctwzvndpuyfshqix‹

»Genauso. Das Wort ›Katze‹ zum Beispiel«, sagte Garibaldi, »sieht in diesem Fall dann so aus: ›Oeuxl‹.«
»Wundervoll. Dann müssen wir nur eine Million Kombinationen des Alphabets ausprobieren, um den Schlüssel für den richtigen Code zu finden!« Sie trommelte nervös auf den Tisch. »Hier steht irgendwo der Name von Daniels Mörder. Ich muß ihn finden!«

»Vielleicht sollten wir es wie bei den Geheimschriften machen, die man in Rätselbüchern findet. Wir suchen nach Wortkombinationen wie ›es‹, ›und‹, ›das‹ usw.«

Catherine runzelte die Stirn. »Ich kann mir nicht vorstellen, daß sich Danno die Mühe gemacht hat, einen komplizierten Schlüssel zu erfinden. Schließlich weiß man, daß jeder Code, auch der komplizierteste, geknackt werden kann. Ich meine, er hat das nur gemacht, um zu verhindern, daß Neugierige, die zufällig seinen Laptop in die Hände bekommen, sein Tagebuch lesen.«

»Vielleicht sollten wir jeden Buchstaben durch eine Nummer ersetzen.«

»Auch das ist viel zu kompliziert. Danno hat sicher nur einen Code benutzt, der sich leicht tippen und später ebenso leicht entschlüsseln läßt. Warten Sie ...«

Sie begann zu tippen.

»Was haben Sie vor?«

»Zuerst muß man denken wie Danno. Mein Freund Daniel Stevenson war ein Science Fiction-Fan. Sein Lieblingsfilm ist ...«, sie verbesserte sich, »war ... Kubriks *Odyssee 2001*. Wissen Sie noch? HAL hieß der Computer. Der Name war von IBM abgeleitet, wobei die Buchstaben im Alphabet jeweils um eins nach vorne verschoben waren ...«

Sie begann langsam zu tippen. »Passen Sie auf:

»Tagebuch von Daniel Stevenson«

»Ein Schuß ins Schwarze!« rief Garibaldi. »Gut, wonach suchen wir jetzt?«

Catherine ließ den Text auf dem Bildschirm abrollen und überflog die Tagebucheintragungen. Dabei sagte sie zu Garibaldi: »An dem Abend, als wir den Sinai verließen, waren im Lager viele Menschen. Danno sagte mir, er habe ein bekanntes Gesicht gesehen ... einen Amerikaner.«

Garibaldi erwiderte: »*Ich* war zum Beispiel auch dort.«

»Hier ... das muß es sein.« Sie brachte den Cursor vor einen

Buchstaben und tippte: D«E h«i m«n (Leertaste) L«M z«a m«n m«n usw.
Als sie fertig war, stand dort: »Ein Mann mit einer häßlichen Narbe im Gesicht und kurz geschnittenen weißen Haaren. Ich weiß genau, daß ich ihn schon einmal gesehen habe. Aber wo? Natürlich, da steht er direkt vor meinen Augen! Ich blickte in den vergangenen zwei Jahren beinahe jeden Tag auf diesen häßlichen Kerl. Er arbeitet für ...«
»Mein Gott«, flüsterte Catherine.
»Wer ist es?«
Sie schob den Computer etwas zur Seite, damit er den Monitor sehen konnte: ›Lhkdr Gzudqr‹, stand dort.
Garibaldi kniff die Augen zusammen und murmelte: »Miles Havers ... das Computer-Genie?«

Santa Fe, New Mexico

Teddy Yamaguchi wußte, daß viele Leute dachten, er sei lebendig begraben. Die Leute irrten sich.
Computer waren sein Leben, und es gab auf der ganzen Welt keinen anderen Ort, an dem er in diesem Augenblick hätte sein wollen. Er befand sich im modernsten Kommunikationszentrum, das sich nur jemand wie Miles Havers, der reichste Mann der USA, leisten konnte. Teddy, der mit achtundzwanzig gerade das College absolviert hatte, wurde für seine Arbeit fürstlich entlohnt. Er wohnte wie in einem Luxushotel mietfrei in einem nach seinen Wünschen eingerichteten Bungalow auf dem riesigen Anwesen. Es machte ihm nichts aus, daß er sich vierundzwanzig Stunden am Tag dienstbereit halten mußte. Der Job für Miles Havers war die Erfüllung all seiner Träume, denn Teddy konnte auch in seiner Freizeit die Anlagen im Kommunikationszentrum uneingeschränkt benutzen.
Manchmal bekam er wirklich schwierige Aufgaben, deren Lö-

sung eine echte Herausforderung darstellte, aber in dieser Nacht war alles einfach. Sein Boß hatte gesagt: »Finden Sie Dr. Catherine Alexander.«

So etwas war kaum mehr als Routine.

Teddy trug wie immer eine schwarze Nylonhose und ein weißes T-Shirt. Die hoch rasierten dichten schwarzen Haare krönten wie ein Helmbusch seinen schmalen Kopf, und in den beiden goldenen Ohrringen brach sich hin und wieder das Licht der Wand mit den Großbildschirmen, die ihm Informationen aus aller Welt einspielten. Es sah aus, als käme Teddy gerade aus einer *Starsound*-Disco und nicht aus seiner verkabelten Hacker-Schüssel, dem futuristischen Schlafzimmer, wo er sich gerade einen alten Filmklassiker angesehen hatte, als Havers ihn rief.

Teddy setzte sich vor den 4000 210 Mhz 4-Gig HDD-Computer mit einem 128.000-bps-Modem – für ihn schon ein Oldtimer mit nostalgischem Wert. Diese Anlage würde nach der Jagd auf die Archäologin gegen ein neues, schnelleres und sehr viel komfortableres Modell ausgetauscht werden. Er wartete auf Signale von Catherine Alexanders Kreditkarten-Konto, dem Bankkonto, den Telefonkarten und Benzinkarten. Auch ihre Nummer der Sozialversicherung ließ er überwachen. Er hatte selbstverständlich auch die Nummern ihrer Bibliothekenausweise eingegeben – im Grunde alles, was irgendwo in einem Computersystem auftauchen konnte.

Als unschlagbarer Hacker hatte Teddy die Systeme, in denen Catherine Alexanders Kreditkarten geführt wurden, fest im Griff. Außerdem überprüfte er das Nummernschild des Leihwagens, in dem sie geflohen war, und durchsuchte ihre persönlichen Daten nach Hinweisen, wohin sie gefahren sein mochte. Mit all diesen Informationen, die rund um die Uhr aktiviert waren, würde er sie ganz bestimmt aufspüren.

Teddy mußte unwillkürlich lachen. Es war wie in *Pulse*, seinem Lieblingscomputerspiel: ›Suche die Frau, den Schatz und das goldene Symbol und finde den Ausgang des Labyrinths, bevor dich Gordon überfällt und ausschaltet.‹

Niemand hatte bis jetzt die Rekordzeit unterboten, mit der Teddy in *Pulse* das Ziel erreichte. Ebensowenig würde es einem anderen gelingen, Catherine Alexander auf Anhieb zu finden.
Er griff nach ein paar Snacks in der Schale neben ihm – Schokoladen-Popcorn und Gummibärchen mit einem Überzug aus braunem Zucker und Kaffee –, kaute langsam und hatte das Gefühl, mit Vollgas über die digitalen Datenautobahnen zu jagen. Man stelle sich das vor! Für diesen unvergleichlichen Spaß wurde er auch noch bezahlt …
Manchmal konnte Teddy sein Glück nicht fassen. Bald, nachdem er 1995 sein Studium an der Stanford University begonnen hatte, wurde er verhaftet und angeklagt. Man warf ihm vor, über das Internet kommerzielle Software im Wert von mehreren Millionen Dollar verschoben zu haben. Diese Software war von Dianuba Technologies, der Gesellschaft von Miles Havers, gestohlen worden. Man sprach von dem größten aufgedeckten Einzelfall von Software-Piraterie. Aber die Anklage wurde von einem Richter niedergeschlagen, der entschied, der Student habe keine kriminelle Handlung begangen. Der Copyright-Schutz für Software bezog sich nicht ausdrücklich auf Teddys angebliches Vergehen, denn er hatte eindeutig keine finanziellen Vorteile aus seinen Manipulationen gezogen.
Da die Staatsanwaltschaft jedoch glaubte, ihn irgendwie bestrafen zu müssen, warf man ihm Mißbrauch von Telefonanlagen vor. Als auch das nicht zu dem erwünschten Erfolg führte, meldete sich unerwartet Miles Havers zu Wort. Er überraschte die Öffentlichkeit, indem er dem jungen Mann großzügig alles verzieh und erklärte: ›Wir haben alle einmal gegen das System rebelliert. Es ist kein Geheimnis, daß ich in meiner Jugend im Computer-Bereich auch illegale Dinge ausprobiert habe. Die Gesetze sind bis heute nicht klar und eindeutig.‹
Mit dieser Äußerung war er schlagartig zum Liebling aller Computer-Freaks geworden.
Das Millionenspiel mit den Medien, mit der Staatsanwaltschaft und den Gerichten hatte jedoch einen Hintergrund, von dem die

Öffentlichkeit nie etwas erfahren würde. Teddy hatte über Internet das neueste Computer-Spiel verbreitet, das Dianuba Technologies damals gerade produzierte. Teddy hatte es gestohlen und illegal kopiert, noch bevor es auf den Markt kam. Darin lag die besondere Bedeutung, denn die Medien sprachen von *dem* neuen Spiel, das alle Konkurrenzprodukte überflügeln werde. Das Publikum fieberte dem Hit entgegen. Kein Wunder, daß mindestens zwei Millionen Anwender das Spiel kostenlos kopierten, weil Teddy, der Held der Hacker, auf seine Weise dem Kommerz zuvorkam und seinen Erfolg mit allen teilte, die wie er dachten. Auf diese Weise brachte er Havers um mehrere Millionen Dollar Gewinn. Die anderen Software-Hersteller verurteilten Miles Havers, weil er Teddy Yamaguchi verzieh und auf diese Weise den ›Piraten‹ auch noch in Schutz nahm.
Aber Havers schrieb nicht lange Verluste.
Als ein halbes Jahr später die zweite Version des Spiels angeboten wurde, setzte es sich sofort an die Spitze und überflügelte selbst Erfolge wie *Myst* oder *Doom*. Finanzexperten errechneten, daß Havers damit nicht nur die früheren Verluste wettgemacht hatte, sondern mittlerweile mehr Gewinn erzielte, als wenn die ursprüngliche Version über legale Kanäle auf den Markt gekommen wäre.
Teddy hatte noch einen Grund mehr, sich darüber zu freuen, denn das Justizministerium hatte sich an der Nase herumführen lassen. Niemand ahnte etwas davon, aber Miles Havers hatte die Sache von Anfang an so geplant. Er hatte mit Teddy Yamaguchi ein Abkommen getroffen. Dazu gehörte es, die Ursprungsversion zu ›stehlen‹.
Als Havers mit ihm über diese unglaubliche Sache verhandelte, war Teddy mißtrauisch gewesen. Aber als Super-Hacker, der er tatsächlich war, begriff er sehr schnell, worauf Havers hinauswollte. Dianuba Technologies hätte das Spiel auch kostenlos im Internet anbieten können, wie andere Gesellschaften es mit ihren Produkten taten. Ständig waren ›Vorläufer‹ von Computerspielen im Netz, um Spieler zu werben. Man muß die Leute

nur süchtig machen, hieß es in der Software-Industrie, und der Rubel rollt.
Miles Havers, ein Kenner der menschlichen Natur, hatte diese Philosophie noch verfeinert. Er sagte sich, *gestohlene* Software sei wie der verbotene Apfel im Paradies die süßeste aller Früchte. Sein beispielloser Erfolg führte dazu, daß er inzwischen im Kreis seiner Manager laut darüber nachdachte, ob man das manipulierte ›Stehlen‹ von Software als Marketing-Strategie nicht routinemäßig einsetzen sollte. Man sprach von *Shareware* oder *Crackware* – ein Suchtmittel, das so wirksam zu sein schien wie Crack, aber zehnmal höhere Gewinne brachte.
Havers bot dem jungen Asiaten noch vor dem College-Abschluß an, nach Santa Fe zu kommen und für ihn zu arbeiten. Teddy zögerte nicht lange, und seit er zu Havers' Team gehörte, stiegen die Gewinne der Gesellschaft jährlich in Millionenhöhe.
Nein, das war kein schlechtes Leben, besonders wenn Teddy an die Aktienbeteiligungen dachte, die zu seinem monatlichen Einkommen hinzukamen. In fünf Jahren würde er seine Millionen abheben, auf Maui oder auf Hawaii einen Laden für Angler aufmachen und nie mehr einen Computer anrühren.
Teddy warf einen Blick auf das Bildtelefon, wo er über Standleitung mit Havers verbunden war. Sein Boß befand sich im Tropenhaus. Er saß vor einer Grotte mit seltenen und schwierig zu ziehenden Pflanzen an einem künstlichen Felsenteich mit einem Wasserfall. Wie alles bei Havers war auch diese ›Landschaft‹ vollkommen.
Teddys Kommunikationszentrum wurde von Computern, Bildschirmen, Druckern und der aufwendigen und komplizierten Elektronik beherrscht. Hier gab es keine Pflanzen, nur ein Riesenfenster mit einem atemberaubenden Blick auf die Sangre de Cristo-Berge und eine verschneite Wüste.
Teddy vergaß manchmal, daß dieser Blick nur eine Projektion war, denn das Computerzentrum befand sich in einem unterirdischen Betonbunker.
Havers ist ein kluger Kopf, dachte Teddy bewundernd und nahm

sich noch eine reichliche Handvoll von seiner Zucker-Koffein-Nahrung.

Havers lebte nach dem Motto: ›Computer bedeuten Macht. Die Kontrolle über Computer bedeutet die absolute Macht.‹

Und Havers besaß zweifellos Macht. 85% aller Computer der Welt arbeiteten mit seiner Software. 1995 hatte er seinen größten Coup gelandet, als er ein neues Betriebssystem auf den Markt brachte, das den Zugang zum Internet für alle Anwender leichtmachte. Die großen Konkurrenten wie AOL und Prodigy wollten das verhindern, aber das Justizministerium lenkte schließlich ein, und Dianuba konnte mit seinem neuen Produkt auf den Markt. Man schätzte, daß inzwischen 70% aller Online-Anwender mit Hilfe von Havers' PC-Software Scimitar auf Internet zugreifen konnten.

Teddy richtete seine Aufmerksamkeit wieder auf die Bildschirme und schob den Gedanken an die großen Erfolge von Havers beiseite. Er dachte auch nicht weiter über die Gründe für das Interesse von Havers an Catherine Alexander nach. Er interessierte sich nur für die Jagd durch die Computersysteme. Kaffee und Zucker taten ihre Wirkung. Teddy war hellwach und holte alle Daten von Dr. Alexander auf den Bildschirm: Ihre Vorlesungen, ihre Konferenzen, ihre Veröffentlichungen und die Telefonnummern der Organisationen, mit denen sie etwas zu tun hatte – Teddy betrachtete aufmerksam die lange Liste ihrer Aktivitäten während der vergangenen fünf Jahre. Irgendwo unter diesen Daten befand sich der goldene Schlüssel zu ihrem Versteck. Er würde sie in dem Labyrinth finden, bevor die Zeit für das ›Spiel‹ abgelaufen war.

Miles saß in seinem Tropenhaus inmitten von Farnen und Kletterpflanzen, die er besonders liebte. Hier, am Wasserfall, konnte ihn niemand stören. Noch einmal hörte er sich in aller Ruhe das Gespräch zwischen Catherine Alexander und Daniel Stevenson an. Er achtete besonders auf die Erwähnung des Tagebuchs und die Absicht, die Verbindung zum Institut in Houston wiederaufzunehmen. Dabei blickte er auf die handschriftlichen Notizen seines Telefonats mit Zeke.

»Sie hatte bei der Flucht einen Koffer, eine blaue Tasche über der Schulter und eine schwarze Tragetasche.«

Eine schwarze Tragetasche.

Miles trommelte mit den Fingern auf die Steinbank.

War es die Tragetasche eines Computers?

Vielleicht handelte es sich bei dem Tagebuch überhaupt nicht um ein ›Buch‹, vielleicht benutzte dieser Stevenson einen Computer für seine Tagebucheintragungen, vielleicht hatte Catherine Alexander diesen Computer mitgenommen, als sie aus der Wohnung ihres ermordeten Freundes floh …

Miles wurde in seinen Überlegungen durch das Leuchtsignal seines Telefons unterbrochen. Teddy meldete sich.

»Mr. Havers, ich habe einen Namen. Der Mann wohnt in Malibu und ist Leiter des Freers Instituts. Er heißt ›Dr. Julius Voss‹. Ich glaube, er ist mit der Alexander liiert.«

Ihr Liebhaber, dachte Miles und lächelte. *Das war eigentlich zu einfach.*

Er trennte die Verbindung und wählte eine Nummer mit der Vorwahl von Beverly Hills, West Los Angeles und Malibu. Als sich der Teilnehmer meldete, sagte er: »Hier spricht Havers. Ich habe einen Auftrag für Sie. Die Sache ist dringend und muß sofort erledigt werden.«

Santa Ynes-Berge, Kalifornien

»Ich muß Julius anrufen!«

»Einen Augenblick«, sagte Garibaldi. »Ich begreife das nicht. Wie konnte Ihr Freund Daniel den Mann mit der Narbe im Gesicht mit Miles Havers in Verbindung bringen?«

»Das weiß ich auch nicht«, antwortete Catherine. »Aber Danno hat sich das bestimmt nicht ausgedacht.« Sie blickte auf den

Laptop-Monitor und las noch einmal die betreffende Stelle im Tagebuch: ›Natürlich, da steht er direkt vor meinen Augen!‹

Plötzlich fiel es ihr ein! Danno meinte damit das alte vergilbte Zeitungsphoto an seinem Kühlschrank. Es stammte noch aus der Zeit, als Havers die Kopernikus-Tagebücher von den Russen gekauft hatte. Das war 1997 gewesen. Catherine kannte das Photo gut, denn sie hatte es jedesmal gesehen, wenn sie bei Danno in der Wohnung war – ein UPI-Photo des gutaussehenden und reichen Miles Havers neben einem lächelnden Russen im Vordergrund, und im Halbkreis hinter ihnen dicht gedrängt andere Herren im Anzug. Unter dem Bild stand: ›Computer-Mogul Miles Havers erwirbt Tagebücher aus dem fünfzehnten Jahrhundert.‹ Neben diesem Bild klebte an Dannos Kühlschrank ein anderes mit der Unterschrift: ›Miles Havers verspricht, daß die Kopernikus-Tagebücher der Öffentlichkeit zugänglich gemacht werden.‹

Danno hatte zu den Stimmen gehört, die Protest dagegen erhoben, daß die Kopernikus-Tagebücher in einer Privatsammlung verschwanden. Die Zeitungsausschnitte schmückten seinen Kühlschrank als Erinnerung an einen der wenigen Siege in seinem Leben.

Auf beiden Photos befand sich im Hintergrund ein Mann mit kurz geschnittenen Haaren und einer Narbe im Gesicht.

»Ich habe den Mann deutlich gesehen, der Danno umgebracht hat«, sagte sie. »Und ich weiß jetzt mit Sicherheit, daß er für Miles Havers arbeitet.«

»Wieso das?«

»Ich kenne zwei Photos von ihm mit Havers. Das bedeutet allerdings …«, Catherine stützte den Kopf in beide Hände, »ich kann nicht zur Polizei gehen. Niemand würde mir glauben! Havers ist der reichste Mann der USA. In der Öffentlichkeit ist er nicht nur geachtet, sondern wird wie ein Idol verehrt. Wenn ich behaupte, daß er mich umbringen will …«

Catherine stand auf. »Ich muß Julius benachrichtigen und ihn wissen lassen, daß es mir gutgeht. Vielleicht erfährt er, daß Danno tot ist, dann macht er sich bestimmt Sorgen um mich.«

Catherine setzte sich auf das Bett und nahm den Telefonhörer ab, aber Garibaldi unterbrach sie: »Warten Sie. Ich kann das alles immer noch nicht so recht glauben. Nun gut, Havers ist ein gerissener Geschäftsmann, und bestimmt greift er auch zu fragwürdigen Taktiken, um seine Ziele zu erreichen. Aber *Mord*? Das klingt nicht nach ihm. Ich meine, man weiß doch, daß er für die Rettung der Regenwälder eintritt! Er ist immer einer der Wortführer, wenn es darum geht, die Umwelt zu schützen und vom Aussterben bedrohte Pflanzenarten zu retten. Denken Sie an seinen Feldzug gegen die taiwanesischen Importeure von Orchideen.«

»Das weiß ich alles«, sagte Catherine ungeduldig. »Aber Miles Havers ist auch als Sammler der teuersten und seltensten Objekte bekannt. Denken Sie nur an die Kopernikus-Tagebücher.«

»Sie meinen also, er ist hinter dem her, was Sie haben, um es seiner Privatsammlung einzuverleiben?«

»Die Vorstellung, daß den Killern die Photos in die Hände gefallen sind, die Danno bei sich hatte, macht mir wirklich Angst. Wenn Havers diese Photos sieht, dann wird er mir mit Sicherheit das abjagen wollen, was ich habe.« Als sie Garibaldis skeptisches Gesicht sah, gab sie den Versuch auf, ihn zu überzeugen. »Vergessen Sie alles. Ich leide unter Wahnvorstellungen. Natürlich ist Miles Havers nicht hinter mir her. Und Sie müssen wirklich nichts mit all dem Wahnsinn zu tun haben. Nehmen Sie den Wagen, und genießen Sie die letzten Tage Ihres Urlaubs. Ich komme allein zurecht.«

»Ich habe nicht behauptet, daß Sie sich das alles einbilden. Es ist nur schwer zu glauben.«

»Können Sie mir verraten, weshalb mein Freund Danno sonst so brutal ermordet worden ist?« rief sie erstickt.

Garibaldi senkte betroffen den Kopf. Tränen liefen ihr über die Wangen. »Es ist mir gleichgültig, ob Sie mir glauben oder nicht, Vater Garibaldi. Ich weiß, daß Havers zwei Killer damit beauftragt hat, Danno die Kehle durchzuschneiden. Und wenn Havers weiß, daß ich mit Danno befreundet war, dann wird er auch bald herausfinden, daß Julius mein Freund ist.« Sie wischte sich mit dem Handrücken die Tränen ab und sagte traurig: »Nochmals vielen Dank, daß Sie mir Dannos Päckchen gebracht haben. Aber es besteht für Sie wirklich kein Grund mehr, hierzubleiben. Mir wäre es lieber, Sie würden gehen. Ich muß so schnell wie möglich weg, und zwar allein!«

»Wirklich? Bei diesem Wetter und ohne einen Wagen?« Seine Worte hatten nicht ironisch klingen sollen, aber es ließ sich nicht vermeiden. Deshalb lächelte er entschuldigend und nickte: »Sie haben recht. Der Mörder von Dr. Stevenson wird bald herausfinden, daß Julius Ihr Freund ist. Sie sollten ihn anrufen.«

»Ich werde ihm nicht sagen, wo ich bin oder was ich über Danno weiß«, sagte sie, während sie mit zitternden Händen wählte. »Je weniger Julius von all dem weiß, desto besser für ihn.«

Danno ist meinetwegen umgebracht worden. Wenn Julius etwas zustoßen sollte ...

Aber Julius war nicht zu Hause. Sein Anrufbeantworter meldete sich.

Hatte er ihre Nachricht gefunden und war allein ausgegangen?

O mein Gott, hoffentlich ist ihm nichts passiert!

Catherine verstellte ihre Stimme und sagte: »Dr. Voss, hier spricht Mrs. Meritites. Sie haben mir im vergangenen Jahr die Gallenblase entfernt. Ich wollte Ihnen nur sagen, daß es mir gesundheitlich ausgezeichnet geht. Sie müssen nicht zurückrufen, denn ich verreise und mache einen lange überfälligen Urlaub. Ich werde Sie von unterwegs anrufen. Ich hoffe ...«, sie holte Luft und sagte dann: »Ich hoffe, es geht Ihnen gut.«

Als Catherine auflegte, sah Garibaldi sie verblüfft an. »Sie haben nicht mit Ihrer normalen Stimme gesprochen. Wie soll er wissen, daß Sie es sind?«

»Er weiß es.«

»Sie haben ihn nicht vor Havers gewarnt.«

»Doch«, sagte sie.

»›Mrs. Meritites‹?«
»Eine ägyptische Königin, die vor viertausend Jahren vermutlich an einem Gallenblasenleiden gestorben ist. Julius hat ihre Mumie untersucht. Es gab damals eine Art Skandal … Konkurrenzneid im Institut. Julius stellte später fest, daß sein Telefon abgehört worden war und daß man seine Aufzeichnungen ohne sein Wissen photokopiert hatte. Sein Bericht wurde von einem anderen Wissenschaftler veröffentlicht, bevor Julius seine Ergebnisse bekanntgeben konnte. Julius wird sich bestimmt an den Fall erinnern und wissen, daß sein Telefon wieder einmal abgehört wird.«
»Ich verstehe.« Garibaldi schwieg. Er sah sie erwartungsvoll an, und das gefiel Catherine überhaupt nicht. Es erinnerte sie an schwüle Nachmittage im dunklen Beichtstuhl, während sie nervös darauf gewartet hatte, daß die Klappe hinter dem Sprechgitter zur Seite geschoben wurde.
»Was wollen Sie wissen?« fragte sie schließlich.
»Wollen Sie mir nicht sagen, was Havers so unbedingt haben möchte?«
Catherine stand auf, ging zum Fenster und öffnete den Vorhang einen Spalt. Draußen näherten sich Scheinwerfer. Unwillkürlich hielt sie die Luft an. Aber dann sah sie, daß es ein Lkw war, der auf dem Parkplatz wendete und in der entgegengesetzten Richtung weiterfuhr.
»Es ist besser für Sie, wenn Sie es nicht wissen«, sagte sie schließlich leise. Das kalte Glas beschlug unter ihrem Atem. Sie sah ihn hinter sich. Er war groß und hatte breite Schultern. Das schwarze Hemd und die Jeans erinnerten sie an ihre erste Reaktion, als sie ihm im Hotel Isis begegnet war.
»Dr. Alexander«, er war ebenfalls aufgestanden und kam näher, »man hat mich angeschossen, und zwar aus einem Grund, den Sie mir nicht nennen wollen. Wenn die beiden Männer uns finden, werden sie wieder schießen. Ich würde zumindest gerne wissen, weshalb ich plötzlich als Zielscheibe diene.«
»Nehmen Sie den Wagen«, sagte sie und drehte sich um. »Bitte,

fliegen Sie nach Chicago zurück. Vergessen Sie mich und alles, was geschehen ist.«

»Tut mir leid, das kann ich nicht.«

In seiner Hartnäckigkeit glich er irgendwie Danno. Sie seufzte, schüttelte den Kopf und lächelte dann. »Also gut. Aber Sie müssen mir versprechen, keinem Menschen etwas von dem zu sagen, was ich Ihnen jetzt zeigen werde.«

Etwas zuckte in seinem Gesicht. War es Zorn oder vielleicht nur Mißtrauen?

»Ich gebe Ihnen mein Wort«, sagte er ernst.

Catherine griff nach der blauen Tasche, ging damit zum Tisch, schob den Laptop zur Seite und öffnete den Reißverschluß.

Kurz darauf blickte Garibaldi ungläubig auf sechs zusammengefaltete alte Papyri.

Sie berichtete ihm kurz von der Sprengung und dem ersten Fragment, der Entdeckung des unterirdischen Gangs, von dem Korb, den sie gefunden hatte, und schließlich von der Flucht mit den Schriftrollen aus Ägypten.

»Die Beduinenfrau, die Sie beschützen wollten, das war Danno. Ihr Eingreifen hätte uns beinahe verraten.«

Seine Augen hingen an den sechs Büchern. »Und dafür setzen Sie Ihr Leben aufs Spiel?«

»Ja.«

»Warum? Was steht in diesen Texten?«

»Ich weiß es noch nicht genau, obwohl ich etwas vermute.«

»Und was?«

Sie suchte in der Tasche und nahm einen Notizblock heraus. »Hier ist das, was ich bisher übersetzt habe. Ich nenne es ›Sabinas Brief‹.«

Garibaldi las schweigend die Übersetzung. Der Sturm nahm an Heftigkeit zu. Das Licht begann zu zucken, und in der Ferne donnerte es. Catherine sah auf der Digiataluhr des Radioweckers neben dem Bett, daß Mitternacht gerade vorüber war.

»Aus persönlichen Gründen, über die ich im Augenblick nicht sprechen möchte«, sagte sie leise, »kann ich diese Schriftrollen

nicht der Polizei übergeben und auch nicht riskieren, daß sie Havers in die Hände fallen. Er würde sie in seiner Sammlung verschwinden lassen, und die Welt würde nie etwas davon erfahren.«
»Diese Frau, diese Sabina, spricht von Jesus!« Er sah Catherine an. »In welchem Jahr wurde dieser Brief geschrieben?«
»Ich habe eine Papyrusprobe in ein Institut in der Schweiz geschickt, damit man dort eine genaue Datierung vornimmt. Aber nach dem Griechisch zu urteilen, stammt der Brief aus dem zweiten Jahrhundert.«
»Zweites Jahrhundert? Sind Sie sicher?«
»Die Geschichte, die in den Büchern erzählt wird, ist vielleicht älter. Möglicherweise erstes Jahrhundert. Sabina, die Perpetua die Geschichte diktiert, spricht von dem ›Gerechten‹. Ich glaube, damit könnte sie Jesus meinen.«
»Dann ist das hier ...«, sagte er ehrfürchtig, »ein Bericht über das Leben unseres Herrn?«
Sie nickte. »Schon möglich. Und genau das muß ich herausfinden. Deshalb darf Havers die Schriftrollen nicht bekommen, denn sonst werden wir es nie erfahren.«
»Wie können Sie feststellen, in welcher Zeit sich die Geschichte ereignet hat?«
»Ich hoffe, in dem Text auf einen Anhaltspunkt zu stoßen, der eine genaue Datierung ermöglicht, etwa den Namen eines Kaisers oder eines Herrschers, einer historischen Gestalt, deren Lebensdaten bekannt sind. Wenn Sabina zum Beispiel sagen würde, daß sie während der Herrschaft des Augustus geboren wurde, dann wäre sie eine Zeitgenossin von Jesus. Verstehen Sie jetzt, warum ich keine Zeit verlieren darf?«
Garibaldi berührte mit dem Zeigefinger behutsam das erste Buch. »Warum dürfen Sie keine Zeit verlieren?«
»Wegen der Photos, die Danno hatte. Wenn Havers sie inzwischen übersetzen läßt, dann weiß er bald genug, um die siebte Schriftrolle zu finden!«
»Einen Augenblick! Es gibt eine *siebte* Schriftrolle?«

»Diese sechs erzählen nicht die ganze Geschichte. Es fehlt ein Buch.«
Catherine berichtete von der Stelle, die sich auf den Weltuntergang und das Jüngste Gericht bezog.
»Sabina sagt in ihrem Brief, daß sie den genauen Zeitpunkt der Wiederkehr Christi erfahren hat. Diese Informationen befinden sich wahrscheinlich in der siebten Schriftrolle. Deshalb hat man damals, im zweiten Jahrhundert, die siebte Rolle aus Sicherheitsgründen an einem anderen Ort versteckt.«
»Die Wiederkehr Jesu Christi«, murmelte er, und Catherine sah, wie seine Augen leuchteten. »Haben Sie eine Vorstellung, wo sich das siebte Buch befinden könnte?«
»Sabina rät Amelia, die Texte ›König Tymbos‹ zu übergeben. Haben Sie den Namen schon einmal gehört?«
Er schüttelte den Kopf.
»Dann mache ich mich wohl besser an die Arbeit«, sagte sie und griff nach dem gelben Notizblock und einem Kugelschreiber. »Verstehen Sie, das alles ist inzwischen ein Wettlauf mit der Zeit, den entweder wir gewinnen oder Miles Havers.«
»Wir werden beide arbeiten«, sagte Garibaldi, nahm einen Stuhl und setzte sich an den Computer.
»›Wir‹?« fragte sie.
»Während Sie übersetzen, werde ich versuchen, eine Verbindung zum Internet herzustellen. Ich nehme an, der Computer hat ein Modem, denn Ihr Freund hat Online gearbeitet.«
»Danno hat viel über Internet gemacht.«
Garibaldi startete den Computer, aber Catherine unterbrach ihn: »Das müssen Sie nicht. Ich weiß, wie man mit dem Web arbeitet.«
»Daran zweifle ich nicht, aber wir können doppelt soviel erreichen, wenn wir uns die Arbeit teilen. Mein Altgriechisch ist nicht mehr das beste, ich kann besser mit einem Computer umgehen.« Er sah sie an. »Soll ich nicht?«
Ein Donnerschlag ließ das Motel erbeben. Catherine erschrak. Ein kalter Schauer lief ihr über den Rücken. Sie blickte mit blei-

chem Gesicht auf Sabinas Geschichte und dachte plötzlich an ihre Mutter. Je nachdem, was Sabina in den Texten sagte, konnte sich alles ändern – auch ihr eigenes Leben. Sie dachte an Danno und an den reichen und mächtigen Havers. Sie hörte die Warnung von Julius noch einmal. Mit ihm konnte sie nicht mehr rechnen, auch wenn sie gehofft hatte, er werde ihr helfen. Das Schicksal hatte einen Priester als ihren Begleiter ausgewählt.
»Ich danke Ihnen«, sagte sie zu Garibaldi. »Ich bin froh über alles, was Sie tun können.«
Er drehte sich um und klickte auf ›TCP Manager‹. Als das Trumpet Winsock-Logo auf dem Bildschirm erschien, murmelte er: »Hoffen wir, daß Ihr Freund ein Login Script benutzt hat und daß das Modem funktioniert.«
Garibaldi klickte im Menü auf ›Wählen‹, und Catherine hielt den Atem an. Hatte das Modem die Flucht unbeschädigt überstanden?
Kurz darauf hörten sie das beruhigende Wählgeräusch. Dann erschien die Meldung:

Willkommen bei OmegaNets Santa Barbara, CA POP

Darunter stand das Wort ›Login‹, und hinter dem Doppelpunkt blinkte der Cursor.
»Danno hat kein Login Script benutzt«, sagte Catherine.
»Das bedeutet, wir brauchen wieder ein Paßwort. Diesmal können wir uns nicht mit einer Überbrückung helfen, denn der Server in Santa Barbara verlangt ein Paßwort. Was schlagen Sie vor?«
Catherine überlegte einen Augenblick. Nachdenklich wanderte ihr Blick durch das Zimmer. Plötzlich entdeckte sie etwas, das ihr bisher nicht aufgefallen war. Sie runzelte die Stirn und fragte: »Was ist das?«
Garibaldi sah, daß sie auf seine schwarze Reisetasche deutete, auf die zwei fingerdicke, schwarz lackierte Bambusstäbe geschnallt waren. »Das sind Pangamot-Stöcke.«

»Wie bitte?«
»Pangamot. Ein philippinischer Kampfsport.«
»Man kämpft mit Stöcken?«
»Manchmal ...«
Catherine sah ihn staunend an. »*Sie* praktizieren einen Kampfsport?«
Er nickte.
Ihr Blick fiel auf seine muskulösen Arme, und plötzlich verstand sie sein sportliches Aussehen. Sie wies auf die Stöcke und fragte: »Sind sie echt?«
Er nickte.
»Sie kämpfen damit?« Ein Schauer lief ihr über den Rücken. Sie verstand die Welt nicht mehr. Zuerst stellte sie fest, daß Danno eine Pistole hatte, und nun besaß dieser Priester Kampfstöcke als Waffe.
»Dr. Alexander«, sagte Garibaldi, »das Paßwort.«
Sie konzentrierte sich und dachte nach. Daniel machte sich stets Notizen. Manchmal hatte er sogar die eigene Telefonnummer vergessen. Wohin würde er seinen Anwendernamen und das Paßwort geschrieben haben? Spontan griff sie nach dem Photo an der Innenseite des Laptops und löste es vorsichtig ab. Sie drehte es um und las: ›Cathy, Schulentlassung, 15. Juni 1979‹. Darunter stand mit einem anderen Stift geschrieben: ›dstevens, Klaatu‹.
Garibaldi tippte die beiden Namen ein, während Catherine auf den Bildschirm blickte. Es erschien die Meldung:

PPP
Script completed
PPP aktiviert

»Wir haben es geschafft!« rief Garibaldi und klickte auf das Symbol für ›Mosaic NetScape‹. Dabei sagte er zufrieden: »Bitte anschnallen. Wir sind auf der Datenautobahn ...«

Santa Fe, New Mexico

»Perpetua«, hörte man Daniel Stevenson auf dem Band. »Sabina … Amelia … König, wie war sein Name …«

Miles hielt das Band an.

Wer sind diese Leute?

Er rieb sich die Augen. Er hatte die ganze Nacht nicht geschlafen. Als es immer später geworden war, hatte er Teddy Yamaguchi ins Bett geschickt. Auch er verließ das Tropenhaus und zog sich in sein Büro im Turm zurück.

Jetzt trat er mit einem halb unterdrückten Gähnen an ein Fenster und öffnete die Vorhänge. Über der Wüste brach der Morgen an. Die Berge wirkten vor dem blaßblauen Himmel wie ein Scherenschnitt. Alles schien so still und regungslos, daß bereits ein einziger Laut die Ruhe zerstört hätte wie ein Stein, der Glas zerbricht. Aber der Anblick schenkte Miles keinen Frieden. In seinem Inneren knurrte der Tiger. Die Jagdlust war vor vier Tagen durch einen Telefonanruf aus Kairo erwacht. Je mehr er über den Papyrus-Fund dieser Catherine Alexander erfuhr, desto größer wurde seine Gier.

Er mußte die Schriftrollen bekommen.

Miles betrachte die Photos auf der schwarzen Granitplatte seines Schreibtischs, die vor einer Stunde aus Santa Barbara eingetroffen waren. Sie erinnerten an die Schriftrollen vom Toten Meer, waren aber sehr viel besser erhalten. Ihr Wert? Es kam darauf an. Stammten sie aus dem Frühchristentum? Handelte es sich um ein bisher unbekanntes Evangelium? Hungerford hatte Zeke gegenüber behauptet, in dem Fragment, das nach der Sprengung entdeckt worden war, stehe der Name ›Jesus‹.

Was war das für eine siebte Schriftrolle, von der Stevenson auf dem Band sprach? Warum war sie so wichtig? Überhaupt, warum veranlaßten die anderen sechs ›Bücher‹ eine Archäologin wie Dr. Alexander ihren Ruf, sogar ihr Leben aufs Spiel zu setzen?

Miles beugte sich über den Schreibtisch und betrachtete eines der Bilder genauer. Er konnte kein Griechisch, aber er kannte in etwa das griechische Alphabet. Einige Worte schienen öfter vorzukommen als andere – Αηελια, Σαβινα, Περπετνα. Buchstabe für Buchstabe übersetzte er die drei Worte: Amelia, Sabina, Perpetua.

Vornamen ... Frauennamen?

Im Gegensatz zu vielen der in den Qumran-Höhlen gefundenen Schriftrollen handelte es sich hier nicht um das Inventar des Tempelschatzes oder um Bücher des Alten Testaments oder um die Gesetze eines Geheimbundes. Hungerford hatte Zeke berichtet, daß Catherine Alexander das ›Jesus-Fragment‹ als eine Art Brief identifiziert habe.

Handelte es sich um Briefe der Frühchristen? Bestimmt war da noch etwas. Das sagte ihm seine Intuition. Er mußte unbedingt herausfinden, was es war! Und eines wußte er mit Sicherheit: Es blieb ihm nicht viel Zeit. Wenn diese Archäologin die Idealistin war, die er in ihr vermutete, dann konnte er sich ihren Plan bereits gut vorstellen. Dr. Alexander wollte die Schriftrollen übersetzen und den Inhalt aller Welt zugänglich machen. Vermutlich würde sie die Papyri einem Museum oder einer Universität übergeben, damit die Wissenschaftler und alle Interessenten sie in Augenschein nehmen konnten.

Dieser Gedanke ließ ihn erschauern.

Die Kopernikus-Tagebücher waren jahrzehntelang in einem Archiv verschollen gewesen, die Sonnenwend-Kachina hatte sich in der Obhut weniger ausgewählter Priester befunden, und diese Schriftrollen vom Sinai hatten in beinahe zweitausend Jahren nur zwei Menschen gesehen. Genau das machte sie für Miles so begehrenswert.

Etwas, das alle kannten, mit dem sich zahllose andere befassen konnten, besaß für ihn keinen Wert. Miles erschien nicht auf Auktionen, interessierte sich nicht für die Kataloge von Christie's oder Sotheby's. Etwas Verkäufliches wollte er nicht. Wenn andere diese Dinge kaufen, begutachten oder untersuchen konnten, verschwendete er keine Zeit damit. Aber etwas wie die eine

Orchidee, die niemand zu Gesicht bekam, die niemand kaufen konnte oder von deren Vorhandensein kaum jemand etwas ahnte, so etwas löste in ihm das Verlangen aus, es zu besitzen. Je seltener, je fragiler, je älter und – wie offenbar auch in diesem Fall – je *heiliger* etwas war, desto stärker wurde seine Besitzgier.

Im Augenblick erfüllten die geheimnisvollen sechs Schriftrollen aus dem Sinai alle diese Kriterien. Aber wenn diese idealistische Archäologin sie der Öffentlichkeit zugänglich machte, dann würden sie für Miles verloren sein.

Sein Entschluß stand fest: Er mußte die Schriftrollen haben, bevor Dr. Alexander sie für ihn entwerten konnte.

Aber wie sollte er sie finden?

Teddy Yamaguchi hatte seine elektronischen Überwacher aufgestellt. Deshalb kannten sie bereits die Leihwagenfirma, von der das Fluchtauto stammte. Dr. Alexander hatte ihrem Freund Stevenson gesagt, sie werde sich wie ein Kaninchen in einem Bau verstecken und die Schriftrollen übersetzen.

Was würde geschehen, wenn sie schlau genug war, *keine* Kreditkarte zu benutzen?

Er ballte die rechte Hand zur Faust. Es mußte noch einen anderen Weg geben, sie zu finden.

Welchen?

Was hatte er übersehen?

Der Summer der Bürotür riß ihn aus seinen Gedanken. Auf dem Monitor der Überwachungsanlage sah er seine Frau im Fahrstuhl.

Erika trug einen pfirsischfarbenen Seidenmantel über einem weißen Spitzennachthemd. Ihr sonnengebräuntes Gesicht wirkte verschlafen. Die aschblonden Haare, so stellte Miles fest, trug sie offen über der Schulter. Das machte sie noch attraktiver und begehrenswerter.

»Ich bin aufgewacht, und du warst nicht da«, sagte sie, als er sie an der Tür begrüßte.

Er nahm sie in die Arme und küßte sie liebevoll.

»Entschuldige, mein Schatz, ich wollte dich nicht beunruhigen.«

Miles erledigte seine Geschäfte auf der ganzen Welt und rund um die Uhr, denn er hatte es oft mit anderen Zeitzonen zu tun. Trotzdem vergewisserte sich Erika immer, daß alles in Ordnung war.

»Ich habe wieder einmal unruhig geschlafen«, sagte sie.

»Schlaflosigkeit? Möchtest du nicht vielleicht doch mit Dr. Sanford darüber sprechen?«

»Nein, ich glaube, es liegt einfach daran, daß die Kinder über die Feiertage hier sind. Und ...«, sie zögerte einen Augenblick, »und da ist die Sache mit Kojote.«

Miles runzelte die Stirn, als sie den Schamanen erwähnte.

»Soll ich ihn auffordern zu gehen?«

»O nein! Ich möchte, daß er hier ist! Er wird mich morgen zu einem heiligen Platz auf der Cloud Mesa führen.«

»Ich wußte nicht, daß sich dort oben überhaupt etwas befindet.«

»Da ist nichts, zumindest nichts für das menschliche Auge. Aber Kojote sagt, wenn man weiß, wie man sehen muß, dann kann man dort die unsichtbaren Wege der Götter und Ahnen sehen. Verstehst du, das ist etwas Ähnliches wie die Traumpfade der Aborigines in Australien.«

»›Die unsichtbaren Wege der Götter‹«, wiederholte Miles und lächelte. »Das klingt schön.« Er küßte sie noch einmal. »Ich komme bald nach.«

Nachdem Erika den Turm verlassen hatte, ging Miles zum Schreibtisch zurück, wo noch immer die Photos lagen, die Zeke aus Stevensons Wohnung mitgenommen hatte.

Wie sollte er das Kaninchen finden, das sich in seinem Bau in Sicherheit gebracht hatte? Wie sollte er Catherine Alexander aus ihrem Versteck locken?

Miles betrachtete die Abzüge in aller Ruhe. Ihm fiel auf, daß nicht alle Textstellen gut lesbar waren. Es gab sogar Lücken, wo sich vermutlich der Papyrus aufgelöst hatte. Auf einer Aufnahme entdeckte er, daß ein ganzer Satz fehlte.

Nervös trommelte er mit dem Finger auf den Granit.

Was hatte Stevenson gesagt, als er den P245-Papyrus im Britischen Museum fand?
Catherine Alexander brauche Kopien ähnlicher Schriftrollen, um ihre Übersetzung zu vereinfachen ...
Wie hatte Stevenson das ausgedrückt: ›Überlaß das Suchen den elektronischen Fingern, dann mußt du dein sicheres Versteck nicht verlassen.‹
Unvermittelt hörte er Erikas Worte wie ein Echo: ›Die unsichtbaren Wege der Götter...‹
Miles richtete sich auf.
Das ist es!
Der Tiger duckte sich zum Sprung. Miles drückte auf seinem Handsprechgerät eine Nummer und weckte Teddy Yamaguchi.
Catherine Alexander würde nicht wagen, auf *richtigen* Straßen zu fahren. Dort würde man sie früher oder später entdecken. Aber es gab andere Wege, denen sie auf der Suche nach Kopien folgen konnte.
Die ›unsichtbaren Wege‹ unserer Zeit sind die Datenautobahnen!
»Teddy, es gibt Arbeit«, sagte Miles, und alle Müdigkeit war schlagartig verschwunden. Der Gedanke, daß das Kaninchen durch *sein* Reich rannte, versetzte ihm einen Adrenalinstoß.
Cyberspace!
Dort würde er sie zur Strecke bringen, denn im Internet war er, Miles Havers, der unangefochtene Herrscher.

Der fünfte Tag

Samstag,
18. Dezember 1999

Santa Ynes-Berge, Kalifornien

Catherine wachte auf und versuchte, sich daran zu erinnern, wo sie war. Sie lauschte auf die vertrauten Lagergeräusche, wartete auf den Ruf des Muezzin vom hohen Minarett in der Ferne, aber sie hörte etwas, das sie zuerst nicht einordnen konnte. Dann wußte sie es.

Regen …

Regen im Sinai?

Sie stellte fest, daß sie nicht wie üblich ein übergroßes T-Shirt anstelle eines Schlafanzugs trug. Sie lag auch nicht in ihrem Feldbett. Sie spürte etwas Kaltes, Hartes an ihrem Hals. Sie tastete danach, hielt es vor die Augen und sah, daß es ein kleiner Jadeanhänger war – ein Jaguar an einem Lederriemen.

Plötzlich fiel es ihr wieder ein: Die Killer hatten Danno ermordet … ihre Flucht durch den Regen mit Garibaldi.

Catherine setzte sich auf. Sie erinnerte sich nicht daran, im Sessel eingeschlafen zu sein. Irgendwann mußte sie Garibaldi ins Bett getragen haben. Er hatte ihr die Sandalen ausgezogen und sie mit der Decke zugedeckt. Sie blickte zum anderen Bett. Die Decke war nicht zurückgeschlagen, aber zerdrückt. Offenbar hatte er sich nicht zugedeckt. Auf dem Tisch vor dem Fenster stand Dannos geöffneter Laptop. Garibaldi hatte gesagt, er werde sich ins Internet einloggen.

Die Tür zum Bad war geschlossen. Licht drang durch den Türspalt. Sie hörte das Wasser der Dusche. Langsam setzte sie sich auf, seufzte und umfaßte den Kopf mit beiden Händen …

Danno!

Sie stand auf und ging zu ihrem Gepäck.

Als erstes vergewisserte sie sich, daß die Schriftrollen noch da waren. Sie lagen unversehrt zwischen den Einbanddeckeln des paläobotanischen Handbuchs. Alles schien so, wie sie es in der Nacht zurückgelassen hatte. Sie blickte noch einmal zum Bad. Garibaldi hätte die sechs Bücher an sich nehmen und davonfahren können, während sie schlief. Aber das hatte er nicht getan.

Kann ich ihm vertrauen?

Sie sah seine schwarze Reisetasche. Da die Dusche noch lief, öffnete sie die Tasche und warf einen Blick hinein. Sie sah eine Stola, eine kleine Flasche Öl, eine andere, die offenbar Weihwasser enthielt, ein Buch – *Die Stundengebete* – und den neuen Roman von Tony Hillerman.

»Ich bin wirklich ein Priester.«

Sie zuckte zusammen. Garibaldi stand in der Badezimmertür. Er trug eine schwarze Baumwollhose und ein schwarzes T-Shirt mit dem Aufdruck ›Dong Meyong Pangamot‹.

»Entschuldigen Sie«, sagte Catherine. »Ich wollte nicht neugierig sein, aber ich mußte mich vergewissern, daß Sie die Wahrheit gesagt haben.«

»Ich verstehe.«

Sie blickte auf sein T-Shirt und sah dann, daß die Stöcke an der Wand lehnten. »Ist Pangamot etwas Ähnliches wie Karate?«

»Es ist auch ein Kampfsport.« Er betrachtete sie aufmerksam und fragte: »Wie geht es Ihnen?«

»Mein inneres Uhrwerk ist überdreht, und meine Wut kennt keine Grenzen. Wenn Sie nichts dagegen haben, möchte ich jetzt duschen und dann so schnell wie möglich von hier weg.«

Catherine bürstete ihre langen kastanienbraunen Haare, die vom Duschen noch feucht waren. Sie unterdrückte den Wunsch, Julius anzurufen, denn sie wollte kein Risiko eingehen. Havers ließ inzwischen bestimmt alle Anrufe abhören. Ihr wurde klar, daß sie weder mit Julius noch mit einem anderen Menschen Kontakt aufnehmen durfte, bis die Arbeit getan war.

Aber sie sehnte sich verzweifelt nach Julius. Sie wollte sich in seinen Armen ausweinen, sich von ihm trösten lassen. Er würde ihr beistehen und helfen, den Schock von Dannos Tod zu überwinden.

Sie dachte an Garibaldi, der im Augenblick nicht im Zimmer war. Ein katholischer Priester, der ihr Trost bringen sollte, aber genau das nicht konnte.

Wieder einmal erinnerte sie sich an Dannos Worte vor dreizehn Jahren. Er war am Abend nach der Beerdigung ihrer Mutter zu ihr gekommen, als sie sich mit Schlaftabletten das Leben nehmen wollte.

›Das ist keine Lösung‹, hatte Daniel gesagt. Er hatte sie vor diesem unsinnigen Schritt zurückhalten können, obwohl die Last auf ihrer Seele unerträglich schien. Aber an jenem Abend hatte sie ihren Glauben verloren. Daran hatte sich bis heute nichts geändert. Sie würde nie vergessen, wie die Kirche ihre Mutter verfolgt und noch im Sterben gequält und bestraft hatte. Daniel war damals ein gläubiger Katholik gewesen. Er ging zur Kirche, betete und beichtete. Sie wußte, für ihn war es von großer Bedeutung, daß ihm vor dem Tod ein Priester die Letzte Ölung geben würde. Ein Priester hätte Daniel seelischen Trost schenken können …

Sie hörte Schritte auf dem Kies, und im nächsten Augenblick kam Garibaldi ins Zimmer. »Die Tankstelle ist offen, ich habe schon getankt, und der Regen hat nachgelassen.« Er brachte außer Kaffee und belegten Brötchen auch eine Zeitung.

Das war jedoch nicht der Grund dafür, daß sie augenblicklich erstarrte …

Nachdem Garibaldi aus dem Bad gekommen war, ging Chatherine schnell unter die Dusche und überließ ihm das Zimmer zum Ankleiden. Als sie kurze Zeit später das Bad verließ, war er nicht mehr da. Auf dem Tisch lag eine Notiz, er werde sich nach Benzin erkundigen und Frühstück besorgen.

Deshalb war sie auf sein Aussehen nicht vorbereitet.

Er trug nicht mehr die schwarze Baumwollhose und das Pangamot T-Shirt, sondern eine lange, schwarze zugeknöpfte Soutane,

eine schwarze Schärpe um die Hüfte und ein kleines goldenes Kruzifix an einer Goldkette um den Hals.
Blitzartig stellte sich bei diesem Anblick die Erinnerung an den Abend vor dem Tod ihrer Mutter ein. Vater McKinney war in der Soutane im Krankenhaus erschienen. Catherine hatte ihm vorgeworfen, mit der sichtbaren Autorität seiner kirchlichen Macht ihre Mutter beeinflussen und einschüchtern zu wollen.
Was hatte sie ihm an jenem Abend nicht alles vorgeworfen – ihm, dem Priester und der Kirche und natürlich auch Gott!
»Weshalb tragen Sie das?«
Er reichte ihr die Zeitung. »Deshalb. Seite drei, letzte Spalte.«
Sie sah die Meldung: ›Der Archäologe Dr. Daniel Stevenson wurde gestern abend in seiner Wohnung in Santa Barbara tot aufgefunden. Die Polizei hat bisher noch keine Einzelheiten bekanntgegeben, aber man vermutet ein Verbrechen. Nach Aussagen von Zeugen wurde eine Frau gesehen, die aus dem Haus floh ...‹
»Es wird nicht erwähnt, daß Ihnen ein Mann bei der Flucht geholfen hat«, sagte Garibaldi, stellte die Kaffeebecher auf den Tisch und legte die noch warmen Brötchen daneben. »Ich vermute, die Polizei weiß nichts von mir. Ich bin auch der Meinung, daß mich die beiden Killer in der Dunkelheit und bei dem Regen nur undeutlich sehen konnten. Sie werden bestimmt nicht wissen, daß ich Priester bin. Wenn ich die Soutane trage, gewinnen wir vermutlich etwas Zeit. Die Leute werden einen Priester sehen und der Frau in seiner Begleitung weniger Aufmerksamkeit schenken.«
Catherine ließ die Zeitung sinken. Sie kämpfte mit den Tränen.
Verzeih mir, Danno, dachte sie verzweifelt. *Aber ich kann der Polizei nicht sagen, unter welchen Umständen du gestorben bist. Wenn ich mich anonym melde und sage, daß Miles Havers hinter dem Mord steckt, werden sie es nicht glauben. Wenn ich mich als Zeugin bei der Polizei melde, wird man mich verhaften, man wird mir die Schriftrollen abnehmen, und dann war dein Tod völlig sinnlos.*

Noch nie im Leben hatte sich Catherine so hilflos gefühlt.
»Wir sollten so schnell wie möglich losfahren«, sagte Garibaldi leise. »Sind Sie fertig?«
Catherine sah den großen Mann in der schwarzen Soutane an und fragte: »Warum bleiben Sie bei mir?« Eine gewisse Bitterkeit lag in ihrer Stimme, als sie hinzufügte: »Sie glauben nicht, daß Miles Havers hinter mir her ist.«
»Sie irren sich, jetzt glaube ich Ihnen.« Er verschloß die Reisetasche. »Während Sie schliefen, habe ich im Internet nach Zeitungsphotos von Havers gesucht. Auf den Photos ist im Hintergrund ein Mann zu sehen, auf den Ihre Beschreibung des Killers paßt, der Ihren Freund ermordet hat.«
»Sie glauben mir wirklich?«
Er nickte. »Wir sollten so schnell wie möglich hier weg.«
»Wird man sich in Ihrer Gemeinde nicht Gedanken machen? Werden Sie nicht erwartet?«
»Ich habe noch ein paar Tage Urlaub.«
»Und dann?«
»Dann werde ich mir etwas einfallen lassen.«
Sie sahen sich zuerst vorsichtig auf dem Parkplatz um. Abgesehen von ein paar verschlafenen Gästen und einem Lkw-Fahrer, der den Luftdruck der Reifen überprüfte, war an diesem grauen Morgen wenig los. Garibaldi hatte bereits die Rechnung bezahlt. Deshalb mußte Catherine nicht noch einmal in das Büro. Sie stiegen ungesehen in den Wagen. Als Garibaldi den Motor anließ, fragte er Catherine: »In welche Richtung fahren wir?«
Aber sie hörte seine Frage nicht. Sie hielt die Zeitung in den Händen und dachte an die kleine, unauffällige Meldung auf Seite drei.
Danno, der Einzelgänger, der sich von nichts entmutigen ließ, lag kalt und starr in einer Leichenhalle.
Er hatte nicht einmal mehr Gelegenheit, mir etwas von seinen neuesten Erkenntnissen über die Maya-Wandbilder zu erzählen …

Eine Hand legte sich auf ihren Arm. Sie hörte Garibaldis Stimme: »Ist alles in Ordnung?«
Catherine stellte fest, daß ihr die Tränen über die Wangen liefen. »Entschuldigen Sie«, flüsterte sie. »Ich habe an Danno gedacht. Er dürfte nicht so allein sein.«
»Er ist nicht allein. Daniel ist in Gottes Hand.«
Sie wischte sich die Tränen vom Gesicht. »Wenn ich das nur glauben könnte …«
»Hören Sie, Daniel war nach Ihren eigenen Worten ein gläubiger Katholik. Sein Glaube führt ihn zu Gott. Das sollte auch Sie trösten.«
»Er ist ohne die Letzte Ölung gestorben. Was bedeutet das für seine Seele?«
»Entscheidend ist der Entwicklungsstand seiner Seele im Augenblick des Todes. Glauben Sie an ein Leben nach dem Tod?«
»Ich … ich weiß nicht«, murmelte Catherine. »Es gab einmal eine Zeit, da habe ich nicht daran gezweifelt. Heute bin ich nicht so sicher. Manchmal glaube ich, was nach dem Tod mit uns geschieht, muß schrecklich und beängstigend sein.«
»Haben Sie Angst vor dem Tod?«
Sie ließ den Kopf sinken und flüsterte kaum hörbar: »Ja …«
Er wartete geduldig, ob sie noch etwas sagen würde, aber als er feststellte, daß sie die Augen schloß, als verschließe sie ihm ihre Gedanken, sagte er: »Wir sollten losfahren. Wir müssen einen Platz finden, an dem wir bleiben können, damit Sie die Schriftrollen übersetzen und ich wieder eine Online-Verbindung bekomme. Ich hoffe, daß uns das Internet auf eine heiße Spur zur siebten Schriftrolle führt. In welche Richtung fahren wir?«
Catherine hob den Kopf und starrte durch die Windschutzscheibe in den grauen Tag. Sie drehte sich um und blickte in Richtung Süden, wo Santa Barbara und Malibu lagen und wo Julius lebte – dorthin, wo es Sicherheit und Wärme für sie gab.
»Die Killer, die Danno ermordet haben«, sagte sie mit kaum unterdrücktem Zorn, »werden nicht ungeschoren davonkommen. Als Miles Havers beschlossen hat, den Kampf mit mir aufzuneh-

men, hat er einen Fehler gemacht, denn er handelt sich damit mehr ein, als er zu gewinnen hofft.«

»Also, in welche Richtung fahren wir?«

»Nach Norden«, sagte sie entschlossen.

»Gut, nach Norden.«

Während Garibaldi den Mustang zur Auffahrt des Highway fuhr, griff Catherine in die blaue Tasche und holte die sechs Bücher in dem dicken Umschlag heraus. Vorsichtig schlug sie das paläobotanische Handbuch auf und entfaltete die erste vergilbte Papyrus-Seite.

Dann begann sie zu lesen ...

Seltsame Vorzeichen ereigneten sich in der Nacht meiner Geburt.

Meine Mutter erzählte mir später von einer Wahrsagerin, die in unserem Haus erschien. Meine Familie kannte sie nicht, aber die Frau sagte, sie habe eine wichtige Nachricht von den Priesterinnen der Hekate. Es gehe um das Schicksal des Kindes, das unter diesem Dach zur Welt kommen werde. Ich verstand die ganze Tragweite der Prophezeiung erst viele Jahre später.

Aber verzeih mir, liebe Amelia, ich greife vor. Zuerst sende ich Dir und meinen Schwestern auf dem Weg des Gerechten meine Grüße. Euch gilt mein Friedenskuß, und ihr sollt wissen, daß meine Mutter ein Diakon war, was auch ich werden sollte, ehe das Schicksal eingriff und den Weg meines Lebens für immer veränderte.

Das Schicksal hielt Wundersames für mich bereit. In den acht Jahrzehnten meines Lebens begegnete ich Königen und Bauern, Staatsmännern und Dieben. Ich habe die Kunst des Heilens gelernt, ich brachte Kinder zur Welt und spendete Sterbenden Trost. Ich bin bis an die entferntesten Grenzen des Reichs gereist und habe die erstaunlichsten und auch schrecklichsten Dinge erlebt. Doch an allen Orten, in den Städten und Dörfern, bei weisen Männern und Frauen, bei den Unwissenden und Schlechten, den Gebildeten und Ungebildeten, den Hoffenden und Verzwei-

felten habe ich eine weltumspannende Wahrheit gelernt. Trotz der unendlich vielen Unterschiede, die uns voneinander trennen, bewegt uns alle die eine Frage: Was geschieht mit uns, wenn wir sterben?

Liebe Schwestern, in den vielen Jahren, unterwegs auf fernen Straßen, bei den Begegnungen auf den Marktplätzen und in den Karawansereien der Welt habe ich schließlich die Antwort gefunden.

Aber bevor ich mein Wissen mit euch teile, muß ich die Geschichte am Anfang beginnen.

Ich wurde in Antiochia, in Syrien, als einzige Tochter einer reichen und angesehenen Familie geboren.

In ihrer Jugend war meine Mutter in die Mysterien des Hermes Logos eingeweiht worden. Jedes Jahr feierte meine Familie mit den anderen Bürgern von Antiochia die Wiedergeburt des Hermes. Wir gingen zum Fluß und hielten am nächtlichen Himmel Ausschau nach dem Stern Sirius. Sein Erscheinen am Horizont wurde von den drei Sternen im Gürtel des Orion angekündigt, die man die ›Drei Könige‹ nannte. An diesem heiligen Tag blickten wir am frühen Morgen auf die Stelle am Horizont, zu der die Drei Könige wiesen, denn dort würde der Stern erscheinen. Wenn er dann aufging, war der Jubel groß, denn das bedeutete, Hermes war wiedergeboren, und wir sangen das Lied:

Leben, rette uns mit deiner Kraft!
Gott mache uns zu geistigen Wesen.
Die Ewigkeit schenkt uns den Segen.
Nur bei Dir finden wir Frieden ...

Mein Vater gehörte zu den Anhängern des Mithras. In jeder Woche nahm er am Tag der Sonne an geheimen Ritualen im Tempel teil. Mithras war damals ein mächtiger Gott in Antiochia. Er stand sogar über Isis, der Himmelskönigin. Liebe Amelia, ich frage mich, ob Mithras immer noch diese Macht besitzt.

Meine Mutter glaubte an die Kraft von Amuletten. Sie legte mir

am Tag meiner Geburt das Hermeskreuz um den Hals, und bis auf den heutigen Tag, liebe Schwestern, trage ich es über meinem Herzen.
Sie glaubte wie alle Anhänger des Hermes Logos an die Magie des Wortes, denn der Gott ist das sichtbar gewordene Wort. Hermes sprach das Wort, und die Welt wurde erschaffen. Er ist ein verständnisvoller Gott, und alle seine Anhänger sind glücklich. Doch trotz ihres Glaubens war meine Mutter keine glückliche Frau.
Ich hatte einen Bruder, der als kleines Kind starb. Als Dreijähriger erkrankte er am Fieber und überlebte es nicht. Meine Eltern waren untröstlich. Mein Vater brachte es später nie über sich, von seinem toten Sohn zu sprechen. Ich wuchs in einem stillen Haus heran. Die Erinnerung an meinen Bruder stand immer zwischen mir und meinen Eltern. Es gehörte zu unserem wöchentlichen Ritual, zum Totenfeld zu gehen und das Grab meines Bruders zu pflegen. Meine Großmutter, die Tanten und Nichten begleiteten meine Mutter dorthin. An seinem Grab fand dann ein rituelles Mahl statt. Die Frauen sprachen zu ihm, sie gaben ihm durch ein Rohr, das in seinen Sarg führte, Milch und Honig, so wie alle Angehörigen durch ähnliche Röhren ihren Toten Wein geben.
Die Frauen meiner Familie sprachen mit meinem verstorbenen Bruder und berichteten ihm von den Ereignissen in der Familie. Sie brachten ihm manchmal sogar Spielzeug.
So war das. Ich hatte einen Bruder, der als Toter mein Leben überschattete.
Trotz des wöchentlichen Rituals schien meine Mutter mehr zu wollen. Sie suchte nach ihm im Reich der Toten. Sie saß an seinem Grab, rief seinen Namen und wollte wissen, wo er sich befand. Ich deutete mit dem Finger auf die Erde und sagte: ›Da ist er, Mutter! Er schläft in der Erde.‹
Als ich älter wurde, verstand ich sie besser. Sie suchte nicht den kleinen Jungen, sondern seine Seele.
Mein Vater ging nicht mit uns zu dem Grab. Er sprach nie über

den verlorenen Sohn. Meine Mutter hüllte sich in ihre Trauer wie in einen Mantel, mein Vater errichtete eine kalte und stumme Fassade, die ihn im Laufe der Jahre immer abweisender und schweigsamer machte. Es kam so weit, daß meine Eltern wie Fremde zueinander waren, denn sie gaben sich gegenseitig die Schuld am Tod meines Bruders.

Eine Art seelische Krankheit lastete über unserem Haus. Manchmal dachte ich, es sei das Fieber, das meinen Bruder getötet hatte. Ich glaubte, es sei noch nicht überwunden und verbreite Tag für Tag sein tödliches Gift.

Als ich acht wurde, machten wir uns auf eine lange Reise. Der Arzt meines Vaters riet dazu, denn er konnte ein schweres Rückenleiden meines Vaters nicht kurieren und empfahl ihm das berühmte Heilwasser des Salzmeeres. Dort, in der Wüste von Judäa, hörten wir einen Mann predigen.

Er sprach in seiner Sprache, und ein anderer übersetzte seine Worte ins Griechische, damit auch die Fremden unter den Zuhörern den Mann verstanden.

Jener Tag an dem Ufer das Salzmeeres liegt zwar schon viele Jahre zurück, aber ich kann mich noch deutlich an das Gesicht des Mannes in der Wüste erinnern, ich höre noch den Klang seiner Stimme und sehe den Kreis der Zuhörer, die ihm Fragen stellten und ihn ›Rabbi‹ nannten.

Mein Vater entfernte sich von der Versammlung und ging zu den Bädern und Ärzten. Aber meine Mutter wollte dem Mann zuhören, und ich blieb bei ihr, obwohl ich nichts von dem verstand, was er sagte. Selbst heute kann ich mich an kein einziges Wort erinnern.

Wir kehrten nach Antiochia zurück, und mein Vater sagte, das Meersalz habe seinen Rücken geheilt. Er hatte nie wieder Schmerzen.

Als ich sechzehn war, besuchte meine Mutter auf unserem wöchentlichen Weg durch die Stadt zum Grab meines Bruders wie immer den Astrologen. Nachdem wir die Hauptstraße erreicht hatten, die durch das Epiphania-Viertel zur Stadtmitte führte, sagte sie: ›Heute nehmen wir einen anderen Weg.‹ Es dauerte nicht lange, und wir gelangten an einen Platz, wo Kamele und Schweine, Sklaven und Esel verkauft wurden. Eine Gruppe Menschen stand in der Mitte, und ein Mann redete zu ihnen.

Damals, liebe Schwestern, herrschte große Unruhe unter den Menschen. Es war eine Zeit der Unsicherheit, in der viele in ihrer Verzweiflung und Angst Antworten auf spirituelle Fragen suchten. In der Stadt gab es die Anhänger der unterschiedlichsten Religionen. Jedes Viertel hatte seinen eigenen Tempel, in jeder Straße gab es einen Schrein, an jeder Kreuzung stand die Statue eines Gottes. Man sagte uns, sogar der Kaiser in Rom werde als lebender Gott verehrt. Auf die Plätze kamen viele Prediger, die zu den Menschen sprachen. Man sah dort die Boten des Hermes und die Anhänger von Zoroaster.

Mein Vater nannte das den ›Marktplatz der Religionen‹, wo jeder einen Gott oder einen Glauben verkaufe. Man trieb Handel mit dem Segen der Götter und schacherte mit der Hoffnung auf die Gunst der Unsterblichen.

Der Mann, der zu den wenigen sprach, die sich dort eingefunden hatten, war ein Fremder. Normalerweise ging meine Mutter an solchen Versammlungen achtlos vorüber, aber an diesem Tag blieben wir stehen und hörten zu. Der Mann sprach von Vergebung und davon, daß jeder durch Verzeihen das Tor aufstoße und so zum Weg des Lichts finde.

Dieser Tag veränderte meine Mutter von Grund auf.

Später konnte sie nie sagen, weshalb sie den anderen Weg gewählt oder weshalb sie dem Mann zugehört hatte. Aber anschließend gingen wir nach Hause zurück, sie verzieh meinem Vater und warf ihm nicht länger vor, daß er zu einem kalten, unnahbaren und lieblosen Mann geworden war. Die Worte des Predigers schienen die Saat der Bitterkeit abgetötet zu haben, die so viele Jahre im Herzen meiner Mutter lag. Von da an strahlte aus ihr ein neues Licht. Sie wurde wieder glücklich und jung.

Der Mann auf dem Platz hatte über viele Dinge gesprochen, die wir nicht verstanden. Er sagte: »Rache steht nur Gott zu«, und man fragte ihn: ›Welchem Gott?‹ Er antwortete: ›Es gibt nur einen Gott.‹

Er sagte: ›Wir müssen verzeihen‹, und man fragte ihn: ›Warum sollen wir verzeihen?‹ Er antwortete: ›Nur so könnt ihr euch retten. Wer diesen Glauben annimmt, wird zu einem Wanderer auf dem Weg.‹

Der Mann sprach dann von einem Königreich, das in uns allen ist. Man fragte ihn: ›Was ist das für ein Königreich?‹ und er antwortete: ›Das Königreich des Himmels.‹

Man fragte ihn: ›Was ist das für ein Himmel?‹ und er antwortete: ›Dorthin werdet ihr gehen, nachdem ihr gestorben seid.‹

Man fragte ihn: ›Sprichst du vom Leben nach dem Tod?‹ und er antwortete: ›Ja.‹

Einige machten sich über ihn lustig und riefen: ›Du sagst, das Leben nach dem Tod sei in uns. Soll das heißen, wir sind bereits tot?‹

Die einen lachten, aber die anderen hörten schweigend zu. Und der Mann sagte: ›Wir sind nicht tot, aber wir werden sterben. Wir stehen im Augenblick der Geburt auf der Schwelle des Todes.‹

Man fragte ihn: ›Wie gelangen wir in dieses Königreich?‹ und er erinnerte sie daran, jeder möge dem Nächsten in seinem Herzen vergeben.

Jemand in der Menge fragte: ›Was geschieht, wenn man vergibt?‹ und er antwortete: ›Man findet die Einsicht, denn nichts geschieht zufällig. Alles ist Teil eines größeren Ganzen. Was geschehen soll, wird geschehen. Durch Verzeihen und Einsicht werdet ihr Freiheit und Frieden finden. Und mit dem Frieden kommt das Licht.‹

Ich stellte fest, daß dies der Wahrheit entsprach, denn ich sah, wie sich meine Mutter veränderte.

Danach gingen wir jeden Tag zu diesem Platz, und schließlich luden wir den Mann ein, in unser Haus zu kommen. Wir versam-

melten unsere Dienstboten und Sklaven, unsere Freunde und Nachbarn, und wir lauschten seinen Worten. Wir stellten Fragen über alles, was unsere Herzen beschwerte, denn damals war das Leben im ganzen Reich von vielen Gefahren bedroht. Und er ermahnte uns: ›Der Gerechte sagt: Suchet, und ihr werdet finden. Klopfet an und euch wird aufgetan.‹

Das Wichtigste, was der Mann uns sagte, war jedoch dies: ›Der Gerechte hat den Tod überwunden.‹

Der Mann blieb als Gast in unserem Haus und lehrte uns das Wissen des Gerechten.

Er heilte die Kranken und half den Bekümmerten, so wie er es bei seinem Lehrer gelernt hatte, und mir wurde bewußt, daß der Gerechte, von dem er so oft sprach, der Mann war, den wir in der Wüste Judäas gehört hatten.

Wir fragten unseren Gast: ›Wann wird das Ende der Welt kommen? Heute? Morgen? Noch zu unseren Lebzeiten?‹, denn im Reich gab es viele Kriege, an den Grenzen brachen Seuchen aus, und in den Kolonien rebellierten die Stämme gegen ihre Herren. Die Menschen in den Städten waren unzufrieden, und sie hatten Angst. Jeder verriegelte nachts die Tore, und keiner schenkte dem anderen Vertrauen. Unser Gast antwortete: ›Ihr werdet das Ende an den Zeichen erkennen. Ich verspreche euch, einem jeden werden die Zeichen offenbart werden.‹

Meine Mutter sagte zu mir: ›Das ist der richtige Glaube, Sabina, denn der Gerechte ist Gottes Sohn. Wir müssen die Botschaft so weit wie möglich verbreiten, damit viele den Weg finden.‹

Und so entstand eine Gemeinschaft von Brüdern und Schwestern, die dem Weg des Gerechten folgten. Die Versammlungen fanden in unserem Haus statt. Von Perpetua erfahre ich, daß sich das inzwischen wegen der Verfolgungen geändert hat. Aber damals wurden wir nicht angegriffen. Wir konnten uns ungehindert treffen. Wer wie meine Mutter die wöchentliche Lesung der Botschaft übernahm und das Liebesmahl vorbereitete, erhielt die Würde eines Diakons.

Die Menschen kamen aus allen Teilen der Stadt, denn sie wollten die Botschaft hören. Die Zahl unserer Mitglieder wuchs, und bald mußten die Versammlungen im Freien stattfinden. Meine Mutter übertrug immer mehr Mitgliedern die Diakonswürde, damit sie ebenfalls Versammlungen abhalten konnten. Auf diese Weise wuchs die Gemeinschaft weiter und zählte immer mehr Mitglieder.

Mein Vater ließ sich jedoch nicht zum Weg des Gerechten bekehren.

Erst Jahre später fand ich in meinem Leben die Lösung für einen anderen Teil des Rätsels ... Ja, ich spreche bewußt von einem ›Rätsel‹ und meine damit das große Mysterium, das wir Tod nennen, denn wir alle haben die Teile in uns, die zusammengefügt die klare Antwort geben. In Alexandria hörte ich zum ersten Mal von dem neuen Zeitalter ...

Ich bitte Dich um Verständnis, Amelia, aber ich werde müde. Perpetua sagt mir, daß man damals, als die Männer mich fanden und in das Kastell brachten, geglaubt hat, ich sei tot. Vielleicht war ich tot.

Meine Schwestern, ich überbringe euch die gute Nachricht, daß mir offenbart worden ist, wie und wann der Gerechte zurückkehren wird.

Ich weiß um das Ende aller Dinge und um die Wiederkunft des Gerechten.

Ich weiß auch, daß sich meine Mutter in ihrer Vorstellung vom Tod geirrt hat.

(Perpetua schreibt: ›Liebe Amelia, Sabina wurde von den Erinnerungen so überwältigt, daß sie nicht weitersprechen konnte. Ich befürchtete, sie werde sterben. Aber wie durch ein Wunder hat sie sich wieder erholt, sitzt im Bett und sagt, daß sie ewig leben wird. Sie möchte den Bericht in ein paar Tagen fortsetzen.‹)

Santa Monica, Kalifornien

Die Mitteilung auf dem Anrufbeantworter war so eigenartig, daß Julius zuerst dachte, jemand habe sich einen Scherz mit ihm erlaubt. Doch dann fiel ihm auf, daß sich die geheimnisvolle Anruferin unter dem Namen ›Meritites‹ meldete – der Name der Königin, deren Mumie er vor einem Jahr untersucht hatte. Er hörte sich das Band mehrmals an, bis ihm schließlich dämmerte, daß die Frau Catherine war, die mit verstellter Stimme sprach. Sie wollte ihm offenbar mitteilen, daß sie in Sicherheit war und sich verstecken würde. Niemand sollte wissen, wo sie sich befand – auch er nicht.

Warum diese Vorsicht? Warum ›Meritites‹ und die verstellte Stimme? Vor allem, warum die Betonung darauf, daß es ihr gutgehe?

Jetzt machte er sich noch größere Vorwürfe, nach ihrem Streit ins Institut gegangen zu sein. Er hätte bei ihr bleiben müssen. Bei seiner Rückkehr war das Haus leer gewesen, und als er die Nachricht fand: ›Ich muß für ein paar Tage weg!‹ hatte er bei Daniel Stevenson angerufen, weil er hoffte, sie sei dort. Aber Daniel hatte sich nicht gemeldet.

Deshalb fuhr Julius zu ihrer Wohnung in der Fifth Street in Santa Monica.

Er schloß die Wohnungstür mit seinem Schlüssel auf und hoffte, ja rechnete fast damit, sie über die Schriftrollen gebeugt zu finden. Versunken in die Übersetzung würden ihr die langen kastanienbraunen Haare über die Schultern fallen – immer, wenn sie sehr konzentriert arbeitete, vergaß sie ihre Haare und machte sich nicht die Mühe, sie zu frisieren oder mit einer Spange zusammenzuhalten.

Aber Catherine war nicht in der Wohnung. Die Kaffeekanne stand im Küchenschrank, das Bett war unbenutzt, und auf dem Eßtisch lagen ein Stapel Post und Zeitungen, die ihre Nachbarin in die Wohnung brachte.

Im Schlafzimmer sah er auf der Kommode ein gerahmtes Photo

von ihnen beiden am Strand von Honolulu. Sie hatten damals zusammen an einer Konferenz teilgenommen und im Halekulani Hotel zum ersten Mal miteinander geschlafen.
Julius schloß die Augen. Er glaubte, noch immer die Brandung vor der Terrasse hören zu können. Er sah das Mondlicht, das auf das Bett schien, spürte Cathys zarte Haut und roch den Duft von Kokosnußsonnenöl und frisch gewaschenen Haaren. Ihre dichten, langen kastanienbraunen Haare hatten ihn sofort um den Verstand gebracht. Cathy trug sie am liebsten offen. Das fand er sexy und sehr herausfordernd.
Hätte ich dich doch nicht allein gelassen.
»Cathy«, flüsterte er, »wo immer du auch sein magst, bitte ruf mich an. Komm zurück. Wir werden zusammen eine Lösung finden.«
Er tröstete sich damit, daß Catherine unabhängig war und für sich sorgen konnte. Wo immer sie sein mochte, sie befand sich in Sicherheit. Ihre Tollkühnheit würde ein Geheimnis bleiben, bis sie die Schriftrollen übersetzt hatte …

»Lange rotbraune Haare«, sagte die Zeugin zu dem Porträtzeichner auf der Polizeiwache. »Nein, nicht rot, eher kastanienrot. Ja, das ist schon besser.«
Der Zusammenstoß war so überraschend gewesen. Die Fremde rannte aus Dr. Stevensons Wohnung, dann lagen alle Lebensmittel auf dem Boden, und die Frau war bereits auf der Treppe. Trotzdem konnte die Nachbarin die Fliehende genau beschreiben. Jetzt bestätigte sie dem Zeichner, das Bild sehe ihr wirklich sehr ähnlich.
»Haben Sie eine Ahnung, wer diese Frau gewesen sein könnte?« fragte der Inspektor, der auf dem Schreibtisch saß und Kaugummi kaute.
Die Nachbarin schüttelte den Kopf. »In diesem Haus ist jeder mit sich beschäftigt. Außerdem war Dr. Stevenson nur sehr selten da. Er war ständig unterwegs bei Ausgrabungen. Wissen Sie, so eine Art Indiana Jones.«

»Und die beiden bewaffneten Männer, die die Frau verfolgt haben?«
»Ich habe sie nicht richtig gesehen, weil ich meine Lebensmittel aufsammeln mußte. Der tiefgefrorene Truthahn ist durch den Gang gerollt und wäre beinahe ...«
»Draußen hat ein Mann auf die fliehende Frau gewartet«, unterbrach der Inspektor sie ungeduldig und stand auf.
Die Polizeistation glich an diesem Dezembermorgen, eine Woche vor Weihnachten, einem Irrenhaus – Einbrüche, gestohlene Fahrzeuge, Raubüberfälle und betrunkene Autofahrer ließen den Beamten keine ruhige Minute. Außerdem waren sie unterbesetzt. Der Inspektor konnte sich nicht den Luxus erlauben, diesem Fall so nachzugehen, wie er es eigentlich für richtig gehalten hätte. Er mußte unbedingt noch die Beweisstücke ins Institut bringen.
»Haben Sie den Mann gesehen, mit dem die Frau dann geflohen ist?«
»Glauben Sie, ich kann durch Hauswände blicken, junger Mann?«
»Sie wissen also nicht, wer sie war, und Sie wissen nicht, mit wem sie davongefahren ist?«
»Richtig. Kann ich jetzt gehen?«
»Sind Sie sicher, daß dieses Bild ihr gleicht?«
Die Nachbarin warf noch einmal einen Blick auf das fertige Porträt. In diesem Augenblick erschien ein anderer Mann in der Wache, blickte ihr über die Schulter und fand, daß der Porträtist eine hübsche Frau mit großen Augen und sinnlichen Lippen gezeichnet hatte. Auf dem Bild hatte sie eine senkrechte Falte zwischen den Augenbrauen, als mache sie sich viele Gedanken oder sei oft zornig. Vielleicht war sie auch nur temperamentvoll. Wer mochte diese schöne Unbekannte sein?
Der Chefredakteur hatte Maloney auf die Wache geschickt, um herauszufinden, ob aus dem Mord an dem Archäologen vielleicht eine Geschichte zu machen sei. Bislang hatte Maloney jedoch nur erfahren, daß Stevenson ein Einzelgänger und Idealist

gewesen war, der verrückte Sachen geglaubt hatte, etwa, daß es auf dem Mars Pyramiden gab. Jedenfalls hatte er keinen großen Beitrag zur Wissenschaft geleistet.

Ein Spinner, dachte Maloney gelangweilt.

Trotzdem schien dieser Stevenson wichtig genug zu sein, um auf so seltsame Weise ermordet zu werden.

»Ist etwas gestohlen worden?« fragte Maloney den Kaugummi kauenden Inspektor und folgte ihm durch die Wache mit den klingelnden Telefonen, klappernden Schreibmaschinen und lauten Druckern. Alle schienen plötzlich gleichzeitig zu reden, und es entstand ein ohrenbetäubender Lärm. Darunter mischten sich aus dem Radio die süßlichen Töne von ›Stille Nacht, heilige Nacht‹.

»Uns ist nichts aufgefallen«, sagte der Inspektor gereizt und nickte seinem Vorgesetzten zu, der ihn zu sich in sein Büro winkte. »Stevensons Wohnung war das reinste Chaos – nichts aufgeräumt, keine ersichtliche Ordnung, ein Science Fiction-Fan. So ein Typ, der mit sechsunddreißig noch immer nicht erwachsen ist. Wie soll da jemand sagen, ob etwas fehlt?«

»Gibt es Spuren? Weiß man schon, wer die Mörder sind?« fragte Maloney.

»Mein lieber Baloney, haben Sie nichts Besseres zu tun, als mir hier Fragen zu stellen?«

Maloney hatte nichts dagegen, daß ihn die Beamten ›Baloney‹ nannten. Seine Spitznamen für sie waren noch weniger schmeichelhaft. »Ich möchte nur ein paar ...«

Aber der Inspektor ging weiter und verschwand im Büro seines Vorgesetzten.

Maloney blieb stehen und dachte, er werde wohl am besten in aller Ruhe frühstücken gehen. Er drehte sich um und schlenderte durch den Raum in Richtung Ausgang. Er mußte noch einmal stehenbleiben, weil gerade vier ›Weihnachtsmänner‹ in Handschellen hereingebracht wurden. Sein Blick fiel auf den Schreibtisch des Inspektors, und er sah einen Stapel Umschläge, wie man sie für die Aufbewahrung von Beweisen benutzt. Auf den Umschlägen stand: *Stevenson, 17. 12. 99; Inspekt. Schapiro.* Aus einem der Umschläge ragte in einer Plastikhülle ein glänzendes Photo.

Maloney ließ die Tür von Schapiros Vorgesetztem nicht aus dem Auge, schob sich rückwärts unauffällig an den Schreibtisch heran und zog geschickt das Photo aus dem Umschlag. Er überzeugte sich schnell, daß niemand auf ihn achtete, drehte sich um und steckte die Hände in die Hosentaschen. Dann blickte er auf den Schreibtisch.

Verblüfft sah er genauer hin.

Was zum Teufel ist das?

Maloney runzelte die Stirn. So etwas hatte er schon einmal gesehen. Aber wo?

Sein Gehirn begann, auf Hochtouren zu laufen.

Frage: *Warum dringen zwei Männer in die Wohnung eines unbedeutenden Archäologen ein, schneiden ihm die Kehle durch, jagen einer Frau hinterher und schießen sogar auf sie?*

Antwort: *Das sind sehr schwere Geschütze für einen harmlosen Diebstahl.*

Maloney kniff die Augen zusammen und musterte aufmerksam das Photo. Es sah wie ein Papyrus mit altertümlichen Schriftzeichen aus.

Papyrus-Schriftrollen?

Noch einmal: *Zwei Killer, ein ermordeter Archäologe, eine fliehende Frau, Schriftrollen.*

Der Inspektor kam erfreulicherweise noch immer nicht zurück. Maloney beugte sich über das Photo. Auf den ersten Blick schien es sich bei dem Papyrus um ein Einzelblatt zu handeln. In der unteren Hälfte entdeckte er eine weiße, gezackte Linie. Es sah aus, als habe man zwei Teile gefunden, zusammengefügt und dann photographiert.

Was für ein Dokument ist das?

Noch interessanter war die Frage: *Wo befindet es sich?*

›Wenn man wirklich etwas erfahren will‹, hatte ihm sein Chefredakteur einmal gesagt, ›dann sieht man sich in den Großstädten um, wo wirklich etwas passiert. Also, was willst du in Santa Barbara? Kannst du mir erklären, was du über dieses verschlafene Nest schreiben willst?‹

Die aufregendste Geschichte, an die sich Maloney erinnern konnte, war, daß die Bewohner von Santa Barbara ihre Rasen während der großen Trockenheit 1993 grün gefärbt hatten.

Maloney hatte etwas gegen Großstädte. Ihm gefiel Santa Barbara. Wenn die Wirklichkeit langweilig war, dann mußte man eben etwas daraus machen. Deshalb suchte er immer nach einem besonderen Aspekt. Man nehme eine ganz gewöhnliche Geschichte, stelle sie in einen neuen Zusammenhang, und plötzlich ist die Sache nicht länger langweilig.

Das Porträt der geflohenen Frau zum Beispiel würde ungefähr eine Woche lang in den U-Bahnhöfen ausgehängt werden und dann verschwinden.

Frage: *Durch welchen Zusammenhang kann ich Interesse für das Photo wecken? Steckt hinter dem Mord vielleicht eine Affäre? Ein Verbrechen aus Leidenschaft? War die Mafia dabei im Spiel?*

Plötzlich tönte eine Stimme durch den Lärm: »Warum wollt ihr nicht auf mich hören? Ich bin der Erlöser!«

Der Mann war hager und wirkte verwahrlost, hatte lange strähnige Haare und Augen wie Charles Manson.

»Das Ende der Welt ist nahe!« rief er. »Nur durch mich werdet ihr gerettet werden. Wer nicht an mich glaubt, wird in der Hölle brennen!«

Drei Polizisten stürzten sich auf ihn, und als er sich wehrte, warfen sie ihn zu Boden.

Maloney blickte noch einmal auf das Photo.

Schriftrollen …

Hatte dieser Stevenson vielleicht einen sensationellen Fund gemacht?

Schnell drehte er das Photo um und sah auf der Rückseite den Vermerk: ›Jesus-Fragment, gefunden am 14. 12. 99, Scharm el Scheich, Golf von Akkaba‹.

Maloney lief ein Schauer über den Rücken.
Ein Jesus-Fragment!
Seine Gedanken überschlugen sich. Blitzschnell rekapitulierte er: *Ein ermordeter Archäologe, ein geheimnisvolles Jesus-Fragment und eine schöne Frau, die vom Schauplatz des Verbrechens flieht.*
Maloney hätte am liebsten laut gejubelt.
Er mußte nicht lange darüber nachdenken, was er als nächstes zu tun hatte. Nach einem schnellen Blick durch die Wachstube verschwand das Photo in der Tasche seines Regenmantels. Kurz darauf verließ er lächelnd die Polizeiwache und wünschte jedem, der ihn ansah, fröhliche Weihnachten.
Maloney hatte seine Geschichte!

Albuquerque, New Mexico

»Es gibt große Schwierigkeiten«, sagte Torrez. »Ich glaube, wir sollten einen Rückzieher machen.«
Miles hatte die außerplanmäßige Konferenz in der Hauptverwaltung seines Konzerns angesetzt, um die Vorwürfe des Kartellamtes zu diskutieren. Die Behörde hatte an diesem Tag offiziell Einspruch dagegen erhoben, daß Dianuba einen weiteren großen Software-Hersteller übernahm. Dadurch, so erklärte man, würde Miles Havers den Markt beherrschen, den Wettbewerb verzerren und früher oder später von den Verbrauchern überhöhte Preise fordern.
Mike Torrez, der stellvertretende Aufsichtsratsvorsitzende des Konzerns und Mitglied des aus drei Personen bestehenden Präsidiums von Dianuba, machte sich Sorgen. »Das kann einen Prozeß zur Folge haben«, erklärte er mit ernster Miene.
Aber Miles lachte. »Was soll bei einer solchen Untersuchung herauskommen? Warum die Leichenbittermiene? Wir sind nicht durch Ängstlichkeit das geworden, was wir heute sind.«

Miles beendete sein Übungsprogramm in dem privaten Fitneß-Raum neben seinem Büro. Zwölf elektronisch gesteuerte Trainingsmaschinen zum Preis von jeweils siebentausend Dollar waren von Experten darauf abgestimmt worden, jeden Teil des Körpers zu kräftigen, beweglich zu halten und zu konditionieren. Das Übungsprogramm gehörte zum Tagesablauf von Miles. In seinem Haus befand sich genau der gleiche Fitneß-Raum.
Er verließ seinen Platz am Bauchmuskelstimulator und begrüßte die Anwesenden – die Führungskräfte seines Konzerns und den Leiter der Rechtsabteilung.
»Sie alle wissen«, sagte er und trocknete sich den Schweiß von Gesicht und Hals, »daß für mich die Interessen und Wünsche der Anwender immer an erster Stelle stehen. Das Kartellamt wirft mir maßlose Gewinnabsichten vor. Offen gesagt, das gefällt mir nicht. Wir werden vor Gericht die Vorwürfe in aller Schärfe zurückweisen, die Behörde bei ihren Untersuchungen rückhaltlos unterstützen und unsere Interessen klar und deutlich vor aller Welt vertreten, wie wir das immer tun. Ein Prozeß ist kostenlose Werbung, meine Herren!«
Miles trat ans Fenster und blickte hinaus. Von seiner Chefetage im dreiundzwanzigsten Stock hatte er einen guten Blick auf die dreißig Gebäude, in denen zwölftausendneunhundert Angestellte arbeiteten. Hier befand sich auch das Dianuba ›Forschungs- und Entwicklungszentrum‹.
Aus der Vogelperspektive wirkten die grünen Rasenflächen so makellos gepflegt wie in einem Fußballstadion. Miles sah auch den großen Parkplatz für die Mitarbeiter. An diesem Samstag war er natürlich voll besetzt, aber auch am Sonntag würde kein Platz frei sein. Der Parkplatz führte Miles jederzeit anschaulich den Erfolg seines Unternehmens vor Augen. Wenn der Betriebsparkplatz an Sonn- und Feiertagen besetzt war, bedeutete das, die Produktion war ausgelastet, das Unternehmen blühte. Ein leerer Parkplatz war ein Indikator für schlechte Geschäfte.
Zufrieden mit dem ermutigenden Anblick, drehte er sich um und

ging zur Saft-Bar, wählte frisch gepreßten Granatapfelsaft und setzte sich an die Tastatur des Computerterminals, die auf der Bartheke lag. Er tippte eine Nummernkombination, und auf dem Monitor erschien der neueste Börsenüberblick. Die Dianuba-Aktie war am Vortag um zwei Dollar gestiegen. Das bedeutete, Miles mit seinen 79.000.000 Aktien war um einhundertachtundfünfzig Millionen Dollar reicher.

Miles lächelte, trat neben Torrez und legte seinem Vize freundschaftlich die Hand auf die Schulter.

»Alles wird reibungslos verlaufen, Mike. Wir werden auch diesmal siegen.«

Torrez gab keine Antwort. In seinen Geschäftsbereich fiel die weltweite Vermarktung der Dianuba-Produkte. Er stand nur eine Stufe unter dem Aufsichtsratsvorsitzenden und Konzerngründer und war nur Miles persönlich Rechenschaft schuldig, aber er wußte aus langer Erfahrung, wann es klüger war zu schweigen.

Miles ging weiter und redete dabei zu den Herren am Konferenztisch. Er wirkte zuversichtlich und schien alles völlig unter Kontrolle zu haben, aber sein innerer Tiger knurrte ungeduldig. Kurz vor Beginn der Konferenz hatte er einen Anruf aus Malibu erhalten, einen ersten Bericht über die vierundzwanzigstündige Überwachung von Dr. Julius Voss. Sein Mann hatte allerdings nichts Wichtiges zu sagen.

›Fuhr zur Arbeit ins Institut, aß dort mit einem Kollegen zu Mittag …‹

›Lassen Sie ihn nicht aus den Augen‹, hatte Miles befohlen. ›Früher oder später wird die Alexander sich bei ihm melden … entweder sie sich bei ihm oder er sich bei ihr. Dann möchte ich wissen, worum es geht und wo sie sich befindet.‹

Miles sprach zuversichtliche Worte und flößte der Führungsspitze dasselbe Vertrauen ein, das auch ihn erfüllte. Schließlich erreichte er wieder die Bar und betrachtete sich im Spiegel.

Er gab sich keine Mühe, vor anderen zu verbergen, daß er mit seinem Aussehen zufrieden war. Miles war attraktiv und zog überall die Blicke auf sich. Warum sollte er sich nicht selbst im Spiegel betrachten dürfen? Sogar der Schweiß auf der Stirn nach den Übungen unterstrich seine ausgezeichnete körperliche Verfassung. Selbstverständlich erschien sein Name regelmäßig ganz oben auf der Liste der ›am besten gekleideten Männer‹. Miles freute sich über die Bewunderung, die ihm alle bei seinem Anblick zollten.

Als die Herren eine Stunde später das Büro verließen, hatte Miles sie wieder einmal mit seiner ansteckenden Kraft und seiner visionären Begeisterung überzeugt.

Miles warf einen unruhigen Blick auf den Kalender. Seit dem Fund des Jesus-Fragments waren fünf Tage vergangen. Jeder weitere Tag vergrößerte die Wahrscheinlichkeit, daß ein anderer von den Schriftrollen erfuhr und sich auf die Jagd danach machte. Im stillen verwünschte er Teddy Yamaguchi, obwohl es nicht Teddys Schuld war, daß sie die Frau noch nicht gefunden hatten. Auch Zeke machte er bittere Vorwürfe. Er hätte sie im Sinai nicht entkommen lassen dürfen.

Seine Sekretärin meldete sich. »Mr. Havers, Sie haben ein Gespräch auf Ihrem persönlichen Apparat.«

Es war Teddy Yamaguchi.

»Ich möchte von Ihnen nur eine gute Nachricht hören«, sagte Miles.

Teddy hatte in der Tat gute Nachrichten. Es war ihm gelungen, Daniel Stevensons Internet Server zu lokalisieren, und noch wichtiger, er besaß Stevensons elektronische Adresse. »Ich muß jetzt nur noch das Internet überwachen und nach jemandem Ausschau halten, der Stevensons IP-Adresse benutzt.«

Miles wußte, wie Teddy das anstellen würde. Für einen cleveren Hacker war das ein Kinderspiel. Wenn Catherine Alexander mit Stevensons Laptop im Internet auf Online ging, würde Teddy die Verbindung sehen und OmegaNet, Stevensons Zugangsvermittler, täuschen, der glaubte, er selbst sei diese Alexander. Dann würde Teddy auf seinem Bildschirm sehen, was sie im Netz suchte. Gleichzeitig konnte er die Verbindung überprüfen und herausfinden, wo sich die Alexander in diesem Augenblick befand.

»Wenn sie sich das nächste Mal ins Netz wagt, Mr. Havers«, sagte Teddy zuversichtlich, »dann haben wir sie.«

Sacramento, Kalifornien

»Wir werden Daniels Zugangsverbindung benutzen, um uns ins Internet einzuwählen«, sagte Catherine, als sie an dem vermutlich hundertsten geschlossenen Obststand am Straßenrand vorbeikamen. Sie und Garibaldi fuhren auf dem Highway 99. Die Straße war älter und langsamer als die Interstate 5. Aber auf dieser Strecke würde man sie nicht vermuten. »Zuerst sollten wir Informationen über Antiochia suchen«, fügte sie hinzu. »Sabina ist dort geboren worden. Ihr Vater war offenbar ein geachteter Einwohner der Stadt. Vielleicht finden wir irgendwo einen Hinweis auf die Familie.«

»Stellen Sie sich vor«, sagte Garibaldi und setzte zum Überholen an, weil ein vollbeladener Lkw mit stinkendem Dieselqualm die Luft verpestete, »es stellt sich heraus, daß der Prediger, von dem Sabina spricht, der heilige Paulus ist. Antiochia war die erste Stadt, in der er zu den Menschen gesprochen hat. Dort hat man zum ersten Mal die Anhänger der neuen Lehre als ›Christen‹ bezeichnet.«

Catherine erwiderte nichts. Sie wußte, Garibaldi dachte in den Begriffen der Männer, die dazu beigetragen hatten, die christliche Kirche zu prägen. Catherine hatte ihm noch nichts von ihrer Hoffnung gesagt, in den Schriftrollen etwas zu finden, was mehr Licht auf die Rolle der *Frauen* werfen würde. Sie blickte ihn verstohlen von der Seite an. Er trug immer noch die schwarze Soutane, das Symbol der männlichen Macht, die sich die katholische Kirche angemaßt hatte. Catherine fragte sich, was Garibaldi zu Frauen sagen würde, denen man das Priesteramt übertrug.

Würde er mich auch dann noch unterstützen, wenn er wüßte, daß ich den Beweis dafür suche, daß die Männer nicht das Recht haben, sich als Stellvertreter Christi zum Papst wählen zu lassen?
Catherine massierte sich den Nacken. Sie waren seit beinahe zehn Stunden unterwegs, wechselten sich beim Fahren ab und machten nur Pausen, um zu tanken und Essen zu kaufen. Sie hielten ständig Ausschau nach Fahrzeugen, die sie möglicherweise verfolgten. In Fresno wechselten sie vorsichtshalber den Leihwagen. Jetzt fuhren sie nicht mehr den blauen Mustang, sondern einen roten Ford Escort. Es war spät am Nachmittag, als sie bei grauem Himmel das Weinanbaugebiet um Sacramento erreichten.
Catherine hatte lange in dem ersten Buch gelesen. Aber schließlich hatte sie es aufgegeben. Das Lesen während der Fahrt war einfach zu mühsam, außerdem mußte sie vorsichtig sein, damit der empfindliche Papyrus keinen Schaden nahm. Ein so wertvolles Dokument hätte sie normalerweise nur unter Institutsbedingungen angefaßt.
Immer wieder kreisten ihre Gedanken um den einen Satz: *»... daß mir offenbart worden ist, wie und wann der Gerechte zurückkehren wird.«*
Sie war neugierg, wie Sabinas Geschichte weiterging, aber sie mußte sich gedulden, bis sie ein Motel gefunden hatten. Dann wollte Catherine nach einem heißen Bad und einer vernünftigen Mahlzeit mit der Übersetzung der Schriftrollen fortfahren.
Würde sie im Text einen Hinweis finden, der eine Datierung der Bücher ermöglichte? Würde es wirklich so einfach sein?
›Der heilige Paulus war 40 n. Chr. in Antiochia‹, sagte Garibaldi, als Catherine ihm berichtete, was sie bisher gelesen hatte. ›Vielleicht ist er der Mann, den Sabina mit ihrer Mutter auf dem Vieh- und Sklavenmarkt zu den Menschen reden hört und den sie später einladen, die Versammlungen im Haus von Sabinas Familie abzuhalten. Bei den wöchentlichen Lesungen der Botschaft und dem Liebesmahl handelt es sich vielleicht um das Evange-

lium und die Kommunion. Trotzdem verstehe ich nicht alles ...‹ Damit wollte Garibaldi sagen, daß einiges an die Worte von Jesus erinnerte, anderes jedoch nicht.

Vielleicht wird es nicht so einfach sein, das Rätsel der Schriftrollen zu lösen, dachte Catherine und stöhnte leise, weil ihr Nacken und die Schultern immer noch schmerzten.

Während sie in der einsetzenden Dämmerung nach einem Motel Ausschau hielt, hoffte sie, auch ein Einkaufszentrum zu finden. Sie brauchte etwas zum Anziehen. Nach dem Telefonat mit Danno hatte sie sich nicht die Zeit genommen, Kleider zum Wechseln mitzunehmen. Wie hätte sie eine so dramatische Flucht voraussehen können? Die Bluse konnte sie im Waschbecken waschen, aber die Wollhose mußte in die Reinigung. Sie hatte nur einen Bademantel, zwei T-Shirts und Khaki-Shorts, die bei diesem Wetter nicht warm genug waren.

Aber Catherine beschäftigten nicht nur das Kleiderproblem und die Schriftrollen. Sie hatte während der langen Fahrt immer wieder darüber nachgedacht, wie sie Garibaldi dazu bringen könnte, sie allein zu lassen und nach Chicago zurückzukehren.

Seine Anwesenheit machte ihr zu schaffen, und ihr Unbehagen wuchs von Stunde zu Stunde.

Es liegt an der Soutane, dachte Catherine, *sie erinnert mich ständig an Vater McKinney und an Mutters Tod.*

Wenn sie am Steuer saß, hatte Garibaldi einige Male sein Brevier, das Buch mit den Stundengebeten, aufgeschlagen und darin gelesen. Während sie an Artischockenfeldern und Kleewiesen vorüberfuhren, flüsterte er lautlos seine Gebete. Catherine wußte, daß sie ihm deshalb keinen Vorwurf machen durfte, schließlich war er Priester, und zu seinen Pflichten gehörte das ›ständige Gebet‹. Trotzdem fühlte sie sich jedesmal erleichtert, wenn er das Brevier schließlich zuklappte und in die Reisetasche legte.

»Schon wieder ein geschlossenes Motel!« sagte Garibaldi plötzlich.

Im Autoradio hatten sie gehört, daß zu gewissen Orten der Welt ganze Völkerwanderungen unterwegs waren. Deshalb hatten sie die Küste verlassen und fuhren ins Landesinnere von Kalifornien, um den endlosen Wagenkolonnen zu entgehen, die in Richtung Big Sur unterwegs waren. Die Menschen verließen ihre Häuser und Wohnungen und fuhren zu den Stellen, wo sie glaubten, in Sicherheit zu sein, wenn die sündigen Städte wie Sodom und Gomorrha in Flammen aufgehen, von Erdbeben oder Naturkatstrophen vernichtet werden würden. Andere, die nicht an die Apokalypse und die düsteren Prophezeiungen glaubten, waren jedoch ebenfalls unterwegs. Sie wollten mit Ritualen oder aufwendigen Festen das neue Jahrtausend beginnen.

Offenbar hatten die kleinen Motels entlang des Highway geschlossen, weil ihre Besitzer wußten, daß die 99 nicht zu den Routen gehörte, auf denen sich die Menschen zur Jahrtausendwende drängten.

Was erwartet Garibaldi von der Jahrtausendwende? dachte Catherine plötzlich. *Glaubt auch er, daß Jesus inmitten der himmlischen Heerscharen wieder auf die Erde kommen wird? Glaubt er an das Jüngste Gericht und daran, daß der Weltuntergang nahe ist?*

Die Wiederkehr Jesu …

War Sabina wirklich dieses Wissen offenbart worden? Wußte sie, was geschieht, wenn wir sterben?

›*Und alle die Jahre und Wege … haben mich zu der Antwort geführt.*‹

Catherine lief ein Schauer über den Rücken.

Würden sie und Garibaldi das Mysterium aller Mysterien entdecken?

»Zimmer frei!« rief er plötzlich und fuhr auf den Parkplatz eines größeren Motels. Catherine ging in das Büro, aber sie kam kurz darauf wieder zum Wagen zurück. Es war nur noch ein einziges Zimmer zu haben.

Garibaldi fuhr seufzend auf den Highway zurück, und die Suche ging weiter.

Sie ließen die Weinberge und die reizvolle Landschaft hinter sich und erreichten die dicht besiedelte Gegend um Stockton. Inzwischen war eine sternenlose Nacht angebrochen. Neonlichter halfen ihnen, sich zu orientieren, aber sie sahen nur die roten ›Kein Zimmer frei‹-Leuchttafeln der Motels. Als sie endlich wieder ein grünes Schild mit ›Zimmer frei‹ erreichten, stellte sich heraus, daß es auch in diesem Motel nur noch ein Zimmer gab. Beim dritten Versuch, bei einem Dew Drop Inn, das sehr sauber aussah und aus kleinen, durch Kieswege miteinander verbundenen Bungalows bestand, beschlossen Catherine und Garibaldi, den letzten freien Einzimmer-Bungalow zu nehmen. Die lange Fahrt setzte ihnen beiden zu. Catherine hatte nicht nur einen steifen Rücken, sondern auch Kopfschmerzen, und Garibaldis Wunde machte ihm zu schaffen.

Als sie in dem Zimmer waren und die Tür abgeschlossen hatten, verschwand Garibaldi mit seiner Tasche im Bad und kam in Jeans und einem Sweatshirt mit dem verblaßten Aufdruck ›Loyola University‹ wieder zurück. Er hatte auch den Verband von der Wunde entfernt.

Catherine betrachtete sich seinen Arm. Der Streifschuß war verkrustet, aber die Wunde sah entzündet aus. Deutete das auf eine Infektion hin?

»Ich bin der Meinung, Sie sollten schnellstens nach Chicago fahren«, sagte sie. »Ein Arzt müßte die Wunde behandeln.«

Sie legte ihm einen neuen Verband an, und er rollte den Hemdsärmel darüber.

»Der Arm ist in Ordnung.«

»Vater Garibaldi, in Ihrer Pfarrei wird man sich fragen, wo Sie sind. Und was ist überhaupt mit Ihren Angehörigen?«

Er drehte ihr den Rücken zu und griff nach dem Laptop. »Ich habe keine Angehörigen«, murmelte er.

Sie staunte über die sichtliche Spannung, die ihre Bemerkung ausgelöst hatte, und erinnerte sich daran, wie sie mitten in der Nacht aufgewacht war und gesehen hatte, daß er am Fenster betete. Er hatte sich über die gefalteten Hände gebeugt und den Kopf auf die Arme gelegt. Es war mehr die Geste eines Flehenden gewesen als die eines Priesters, der einfach ein Gebet sprach.

»Sollen wir uns eine Pizza bringen lassen und sofort mit der Arbeit anfangen?« fragte er.

Sie blickte in seine klaren blauen Augen, die wieder offen und freundlich und nicht mehr so verschlossen und dunkel wirkten wie noch kurz zuvor.

Was hat ihn letzte Nacht so sehr beschäftigt, als er leidenschaftlich betete?

»Vergessen Sie die Pizza«, er griff nach den Wagenschlüsseln, »ich habe nicht weit von hier ein Restaurant gesehen. Schließen Sie hinter mir ab und lassen Sie niemanden herein.«

Als er zurückkam, trug Catherine ihren Bademantel. Sie hatte geduscht und ihre Sachen im Waschbecken gewaschen. Jetzt saß sie vor dem Fernseher und suchte einen Sender mit Nachrichten.

»Haben Sie etwas über Daniel Stevenson gebracht?« fragte Garibaldi und stellte die weißen Kartons auf den Tisch.

In den Nachrichten war nichts über Daniel zu erfahren, alle Berichte kreisten um die bevorstehende Jahrtausendwende – wachsende Hysterie, Selbstmorde, exzessive Parties, noch nie dagewesene Großzügigkeit und Spenden. Bedrohlicher klangen Meldungen von paramilitärischen Gruppen, die offenbar glaubten, der apokalyptische Weltuntergang werde ein Kampf zwischen ihnen und der Polizei sein. Terror-Anschläge und ein Wettlauf des FBI mit Massenvernichtungsdrohungen, die seit 1995, nach der Bombenexplosion in Oklahoma, die Regierung und die Geheimdienste in Atem hielten, waren aus den Nachrichten schon lange nicht mehr wegzudenken.

»Die Welt scheint wirklich am Rande des Wahnsinns zu stehen«, sagte Garibaldi und schüttelte den Kopf.

»In dieser Welt scheint es nur noch Terror und sinnlose Gewalt zu geben«, antwortete sie bitter. Sie kämpfte schon den ganzen Tag gegen ihre ohnmächtige Wut an. Am liebsten hätte sie sich längst auf die Suche von Dannos Mördern gemacht. Aber im Augenblick mußte sie sich in ihr Schicksal fügen. »Wie soll das alles enden?« Die qualvolle Hilflosigkeit machte sich in ihren Worten Luft. »Wann wird das Kämpfen und Töten endlich aufhören?« Sie schaltete den Fernsehapparat aus, zog den Gürtel des Bademantels enger und dachte wieder daran, daß sie unbedingt etwas zum Anziehen brauchte. Als sie den Reis, die Shrimps, Frühlingsrollen und die anderen verführerisch duftenden Gerichte sah, bekam sie Hunger.

»Sie waren lange weg«, sagte sie. »Ich hatte mir schon Sorgen gemacht.«

»Ich war noch kurz in der katholische Kirche im Ort.«

Garibaldi suchte in der Tragetüte nach den Eßstäbchen und Servietten.

»Vater Garibaldi«, sagte Catherine, denn er hatte ihr das richtige Stichwort gegeben, »Sie sollten nach Chicago zurückkehren. Sie sind Priester und wollen bestimmt bei Ihrer Gemeinde sein. Ein Priester gehört in eine Kirche ...«

»Deshalb bin ich nicht dorthin gegangen«, erwiderte er und reichte ihr die Soja-Sauce. »Ich habe den Priester gebeten, für Daniel eine Messe zu lesen.«

Catherine sah ihn sprachlos an. Tränen traten ihr in die Augen. *Eine Messe für Daniel ...*

Sie zog einen Stuhl heran und setzte sich neben ihn. »Danke«, sagte sie leise. »Danke, daß Sie das für Danno getan haben.«

»So etwas ist schließlich meine Aufgabe«, erwiderte er und lächelte sie an.

Dreimal mußte er den Laptop starten. Während sich Garibaldi um den Computer bemühte, sagte er: »Ich denke, wir sollten vor allem versuchen, die Schriftrollen zu datieren.«

Catherine konnte nicht so schnell essen wie er und saß noch über den reichlichen Portionen. »Man sagt, daß Jesus seine Botschaft in den drei Jahren vor der Kreuzigung im Jahr 32 oder 33 unserer Zeitrechnung verkündet hat. Wenn Sabina ihn als Zehnjährige in der Nähe des Toten Meeres hat predigen hören, dann muß sie um 20 n. Chr. geboren sein. Im Text steht, daß sie Amelia ihre Geschichte als Achtzigjährige erzählt. Das wäre demnach im Jahr 100 n. Chr.«

»Am Anfang des zweiten Jahrhunderts.« Michael nickte nachdenklich. »Und Sie glauben, daß die Handschrift aus dem zweiten Jahrhundert stammt?«

»Eindeutig. Meine Mutter hat viele Jahre damit zugebracht, Pinselstriche, die Schwärzung von Tinte und die Form der Buchstaben zu katalogisieren. So wie wir eine Handschrift aus dem achtzehnten von einer aus dem neunzehnten Jahrhundert unterscheiden können, zum Beispiel die Unabhängigkeitserklärung im Vergleich zu einem Brief von Charles Dickens, so ist ein guter Paläograph in der Lage, Handschriften des Altertums genau zu identifizieren und zu datieren.«

Garibaldi ließ den Monitor des Computers nicht aus den Augen, während Catherine noch einen Schluck grünen Tee aus dem Plastikbecher trank.

»Vater Garibaldi, ich wünschte wirklich, Sie würden auf mich hören«, sagte sie. »Ihr Leben ist in Gefahr. Die beiden Männer waren nicht in Dannos Wohnung, um sich mit uns zu unterhalten. Sie haben keine Fragen gestellt, sondern sind in die Wohnung eingedrungen und haben Danno blitzschnell ermordet. Das bedeutet, sie wußten bereits, wo sich die Schriftrollen befanden. Das wiederum konnten sie nur durch Abhören herausgefunden haben.«

Garibaldi tippte auf der Tastur. »Sie meinen, die Wohnung wurde überwacht, und man hat alles mitgehört, was dort gesprochen wurde?«

»So muß es gewesen sein. Ich habe es mir immer wieder überlegt. Ganz zum Schluß hatte ich Danno gesagt, daß ich die Schriftrollen in der blauen Tasche bei mir habe. Zwei Minuten später sind diese Männer aufgetaucht.« Sie lehnte sich zurück und seufzte. »Aber mir macht etwas anderes große Sorgen. Danno hat gesagt, er hätte herausgefunden, wer hinter mir her ist. Das bedeutet, Miles Havers weiß, daß ich erfahren habe, wer hinter dem Mord steckt! Vater Garibaldi, dieser Havers ist entschlossen, mich zu finden. Wenn Sie nicht nach Chicago zurückkehren, sind Sie in großer Gefahr. Verstehen Sie mich?«

»Ich verstehe jetzt, weshalb das alte DOS vom Markt verschwunden ist«, murmelte Garibaldi, während er ungerührt auf der Tastatur Befehle eingab. »Auch ich bin inzwischen völlig auf die Maus angewiesen.« Er sah sie an und lächelte entwaffnend. »Tut mir leid, aber so einfach werden Sie mich nicht los.«

»Vater Garibaldi, allein kann ich mich leichter verstecken.«

Er gab keine Antwort und tippte weiter. Sie lauschte unwillkürlich auf die Geräusche der Straße. Autos rasten vorbei, die Dieselmotoren der Lkws dröhnten laut wie Panzer; hin und wieder hämmerten die Bässe eines Autoradios durch die Nacht. Auf dem Highway hatten alle ein Ziel …

»So, ich bin satt«, sagte sie nach kurzem Schweigen. »Wollen Sie nicht noch etwas essen?« Sie deutete auf zwei Portionen Reis und einen gemischten Salat.

Er nickte und griff nach seinen Eßstäbchen. Catherine stellte sich vor die Tastatur, klickte zweimal auf das OmegaNet-Logo, und auf dem Bildschirm erschien die Homepage.

Während Garibaldi geschickt mit den Stäbchen die Reste der Portionen aß, klickte Catherine zweimal auf den TCP-Manager. Das Trumpet Winsock-Fenster wurde geöffnet:

INTERNAL SLIP DRIVER COM1 BAUD RATE = 547600 COMPRESSION
IP BUFFERS = 32

Auf dem Menü aktivierte sie die ›Anwahl‹-Option und klickte auf ›Login‹.

Auf dem Bildschirm erschien:

USERNAME

Sie tippte: *dstevens.*

Dann kam die Aufforderung:

PASSWORD

Aber als sie zu tippen begann: »*klaat …*«, warf Garibaldi plötzlich die Eßstäbchen auf den Tisch und hielt ihr Handgelenk fest.
»Halt!« rief er. »Schließen Sie das Programm.«
»Warum?«
»Schließen Sie es, schnell!«
Sie klickte auf ›Exit‹, dann auf ›Anwahl‹ und klickte auf ›Bye.‹
Auf dem Bildschirm erschien die Meldung:

NO CARRIER

»Was soll das?« fragte sie verblüfft.
»Wo ist nur mein Verstand geblieben!« rief er kopfschüttelnd. »Havers hat in Daniel Stevensons Wohnung eine Mithöranlage installieren lassen und vermutlich auch sein Telefon angezapft, sagen Sie.«
»Ja, und …?«
»Würde er nicht auch Daniels Computer in sein Überwachungssystem einbeziehen?«
»O mein Gott …«, flüsterte sie. »Daran habe ich überhaupt nicht gedacht. Natürlich! Jemand wie Havers hat natürlich Hacker, die wie Spinnen das OmegaNet überwachen und nur darauf warten, daß ich Online gehe. In dem Augenblick, in dem Daniels Identifikation erscheint, ist er in der Lage, die Verbindung bis hierher zum Motel zurückzuverfolgen!« Catherine schlug mit der Faust auf den Tisch. »Kaum zu glauben. Ich sitze in der Falle!«
»Immer mit der Ruhe«, erwiderte Garibaldi. »Wir sitzen nicht in der Falle, wenn wir ihm einen Schritt voraus sind. Wir müssen uns alles, was wir tun, ganz genau überlegen, und wir müssen schnell sein, aber wir können ihm entwischen.« Er warf einen Blick auf die Uhr. »Jetzt ist es zu spät, aber morgen früh werden wir als erstes eine neue Zugangsberechtigung kaufen.«
Catherine schloß den Deckel des Laptop und blickte auf den gelben Microsoft-Aufkleber. Daniel hatte ihn mit einem Schnurr-

bart versehen und einem fehlenden Zahn. »Dann sollten wir uns ausruhen. Ich bin müde und kann nicht mehr klar denken. Mein Fehler hätte uns das Leben kosten können.«

Garibaldi nickte. Er legte sich in Jeans und T-Shirt auf das eine Bett, schob einen Arm unter den Kopf und den anderen über die Brust. Catherine öffnete die blaue Tasche, nahm den Notizblock heraus, ihre vielbenutzte Ausgabe von Strongs *Griechisch im Neuen Testament* und die gefalteten Papyri. Sie legte die Kissen im zweiten Bett aufeinander und schaltete die Leselampe ein.

Bevor sie mit der Arbeit begann, blickte sie noch einmal auf Garibaldi. Sein inzwischen schon vertrautes Gesicht lag im Dunkel. Die Goldkette an seinem Hals glänzte. Das kleine Kreuz hob und senkte sich langsam und regelmäßig mit seinen Atemzügen.

Catherine hatte den Schreck über ihre Nachlässigkeit noch nicht überwunden. Garibaldi hatte recht. Havers ließ das Internet überwachen. Wenn sie das Paßwort eingab, dann wußte er im nächsten Moment, von welcher Telefonnummer sie sich in das Net eingewählt hatte.

Beinahe wäre alles zu Ende gewesen.

Michael Garibaldi schlief jetzt, aber er hatte sie gerettet. In Jeans wirkte er keineswegs so autoritär und bedrohlich wie in der schwarzen Soutane.

›Ich habe keine Angehörigen‹, hatte er gesagt.

Catherine dachte an die Wunde an seinem Arm. Beim Anlegen des neuen Verbands hatte sie die harten Muskeln gespürt. Wahrscheinlich fragten die Kinder im Ghetto, mit denen er Basketball spielte, bereits ungeduldig, ob ›Mike‹ rechtzeitig zum Weihnachtsfest wieder zurück sein werde.

Vor dem Essen hatte er sich schnell bekreuzigt. Ja, er war Priester, und er fühlte sich für sie verantwortlich.

Catherine seufzte stumm. Sie wußte in diesem Augenblick, was sie zu tun hatte, auch wenn sie es nicht gern tat.

Da er sie offenbar nicht freiwillig allein ließ, mußte sie ihn verlassen. Morgen war Sonntag. Er würde bestimmt in die Kirche gehen. Sie würde heimlich verschwinden und den ersten Bus nehmen, der sie von hier wegbrachte, ehe er überhaupt ahnte, daß sie nicht mehr da war.

Meine Mutter war Hebamme. Ihr Können hatte sie von ihrer Mutter gelernt, und ich lernte es von ihr in dem Sommer, als ich sechzehn wurde.

Eines Nachts wurden wir zu einer Frau gerufen, die ein Kind bekam. Sie lag bereits seit einem Tag und einer Nacht in den Wehen, und die alte Hebamme, die sie betreute, griff aus Unwissenheit zu grausamen Methoden. Sie ließ die arme Frau niesen und flößte ihr Brechmittel ein, um die Geburt vielleicht auf diese Weise einzuleiten. Als meine Mutter eintraf, war die junge Frau in einen erschöpften Schlaf gefallen. Wir brachten das Kind zur Welt, während sie schlief. Es war tot.

Meine Mutter wickelte das Baby in ein Tuch und eilte damit in die Stadt. Sie ging zum Tempel der Juno, wo man unerwünschte Neugeborene auf die Tempelstufen legte. Dort fand sie ein Kind, das jemand ausgesetzt hatte, und tauschte es gegen das tote Kind aus. Sie kehrte mit dem lebenden Baby zurück und legte es der jungen Mutter an die Brust. Als die Frau erwachte, sah sie überglücklich ›ihr‹ Kind.

Bevor meine Mutter eine Anhängerin des Weges wurde, hätte sie niemals so etwas aus Mitleid getan.

Aber Mitgefühl und Verständnis waren damals dringend notwendig, denn viele Zeichen wiesen darauf hin, daß vor dem Ende der Welt eine lange und schwere Zeit der Verwirrung kommen werde.

Eines Abends erschien ein Mann mit einer Botschaft aus Rom in unserem Haus. Mein Vater zog sich mit ihm in sein Arbeitszimmer zurück, und sie sprachen lange und leise miteinander. Am nächsten Tag verbreitete sich in Antiochia die Nachricht von einer großen Niederlage der kaiserlichen Truppen in Germanien. Ich hörte, daß der Kaiser meinen Vater in das Rheinland schicken wollte, und wir waren entsetzt. Schon als kleines Kind hatte ich viele schreckliche Geschichten über die Wilden im kal-

ten Norden gehört. Man drohte den ungehorsamen Kindern mit den grausamen Barbaren und erzählte ihnen, die Wilden am Rhein äßen kleine Kinder bei lebendigem Leib. Und ich glaubte diese Geschichten.

In den nächsten Tagen kamen Freunde meines Vaters in unser Haus. Ich hörte sie reden. Alle waren der Ansicht, daß der endlose Krieg gegen Germanien wenig mit dem Schutz der Reichsgrenze zu tun habe, sondern dem Kaiser nur dazu diene, von den Schwierigkeiten im Reich abzulenken.

Meine Mutter ging jeden Tag zum Tempel der Vesta. Sie opferte der Göttin und betete. Als sich am Ende der Woche die Gemeinde zur Lesung der Botschaft und zum Liebesmahl in unserem Haus versammelte, bat meine Mutter die Anwesenden um ihre Gebete und Segenswünsche.

Wir sollten nie erfahren, ob mein Vater wirklich in das Rheinland hätte ziehen müssen, denn eines Abends in den Kalenden des Mai wurde er vor dem Haus überfallen, ausgeraubt und zusammengeschlagen.

Ein bekannter Heiler wurde gerufen, der meinen Vater untersuchte. Er stellte fest, daß ihm ein Schlag auf den Kopf das Bewußtsein geraubt hatte. Vermutlich würde er nicht mehr aus der Ohnmacht erwachen. Meine Mutter gab dem Mann die Erlaubnis, den Schädel meines Vaters zu öffnen. Während der Heiler versuchte, das Leben meines Vaters zu retten, beteten wir für ihn.

Philos, so hieß der Mann, war eine angenehme Erscheinung. Er hatte schöne Augen und ein scharf geschnittenes Gesicht. Er war zehn Jahre älter als ich. Mich beeindruckten seine Ruhe, sein Wissen und seine Tatkraft. Aber in den Tagen und Nächten, in denen er meinen Vater behandelte, faszinierte mich am meisten, was er sagte. Sein Leben, so erklärte er, stehe unter dem Motto ›cito tuto jucunde‹ – schnell, sicher, behutsam. Er hielt sich wirklich an sein Motto, denn er war ein sehr guter Heiler. Das Verbrechen an meinem Vater kommentierte er mit den Worten: ›Schlangen beißen keine Schlangen. Doch einem

Menschen widerfährt das größte Unheil durch seine Mitmenschen.‹

Philos wollte nicht nur Krankheiten heilen. Sein eigentlicher Traum war es, den Tod zu besiegen. Er gehörte zu den Stoikern, die glauben, daß am Tag des Weltuntergangs ein Meer die Erde verschlingen wird. Was die Natur auseinandergebrochen hat, sagte er, wird wieder zu einer einzigen Masse zusammengefügt, und wir werden im Chaos versinken. Aber er sagte auch, dieser Tag sei noch fern und werde nicht zu unseren Lebzeiten kommen.

Philos stammte aus Griechenland. Sein Aufenthalt in Antiochia war nur eine Etappe auf seiner Suche. Er erzählte mir, er habe von einer wundersamen Medizin der Götter gehört, die alles heile – Schmerz, Fieber, Angst, Impotenz, Unfruchtbarkeit. Diese Medizin vertreibe sogar den Tod. In allen Städten und Dörfern, in allen Kulturen und bei allen Völkern, in Legenden und Mythen werde von diesem Wundertrank gesprochen. Die Zusammensetzung sei vor langer, langer Zeit in Vergessenheit geraten, aber Philos glaubte, er werde das Wundermittel wiederfinden, wenn er nur die Suche danach nicht aufgab.

Als mein Vater starb – niemand gab Philos die Schuld daran, denn er hatte getan, was in seinen Kräften stand –, tröstete er mich mit den Worten: ›Seine Zeit war gekommen. Der größte Segen der Natur ist es, wenn ein Mensch stirbt, nachdem seine Aufgabe auf Erden erfüllt ist.‹

Meine Mutter ließ sich von diesen Worten nicht trösten, denn sie fand, mein Vater sei viel zu früh gestorben. Sie war verzweifelt, aber nicht über seinen Tod, denn auch sie sah im Tod nur einen natürlichen Schritt auf der Seelenwanderung, sondern weil er nicht zum Glauben an den Weg des Gerechten gefunden hatte.

Auch mich bekümmerte das, denn meine Mutter sagte immer, unser Glaube sei der einzige Weg, um den Tod zu besiegen. Der Gerechte hatte uns gelehrt, daß wir nur durch den Glauben an seine Botschaft den Tod überwinden könnten.

Und was war mit denen, die die Botschaft des Gerechten nie hörten? Wie konnten sie den Weg finden?
Damals begriff ich plötzlich den Sinn meines Lebens. Als ich die tiefe Verzweiflung meiner Mutter sah, die ihren Sohn und ihren Mann verloren hatte, die beide ins Nichts sanken, weil sie die Botschaft des Gerechten nicht kannten, wußte ich, daß ich Antiochia und meine Mutter verlassen mußte, um aller Welt die Botschaft zu bringen.
Aber eine Frau kann nicht allein durch die Welt reisen. Am Vorabend der Abreise von Philos ging ich zu ihm in sein Zimmer in dem Gasthaus, in dem er wohnte, und bat ihn, mich mitzunehmen. Ich wollte ihn unter allen Umständen dazu überreden.
Ich war damals achtzehn. Es war das vierte Jahr der Herrschaft des Kaisers …

Der sechste Tag

Sonntag,
19. Dezember 1999

Sacramento, Kalifornien

Catherine sah schon von weitem, daß am frühen Sonntagmorgen nur wenige Fahrgäste am Busbahnhof warteten.

Garibaldi war wie erwartet zur Kirche gefahren. Während er im Bad unter der Dusche stand, hatte sie sich telefonisch nach den Abfahrtszeiten der Busse erkundigt. In Kürze würde sie unterwegs nach Seattle sein, ohne daß er etwas davon ahnte. Sie ließ den Taxifahrer direkt gegenüber dem Busbahnhof halten, zahlte mit ihrer Kreditkarte, hängte sich die blaue Tasche über die Schulter, nahm den Laptop in der Tragetasche in die eine Hand und faßte mit der anderen kurz an den Jade-Jaguar, bevor sie die Straße überquerte. Der Anhänger ließ sie an Danno denken und erinnerte sie daran, was sie tun mußte.

Catherine schlich sich nur ungern heimlich davon, aber es blieb ihr keine andere Wahl. Garibaldi wollte sie nicht ihrem Schicksal überlassen. Und sie fürchtete, ihn könne dasselbe Schicksal ereilen wie Danno. Sie wollte nichts anderes, als ein paar Tage ungestört sein, um die Schriftrollen in aller Ruhe zu übersetzen …

Vor den Zeitungsständern am Straßenrand blieb Catherine plötzlich wie angewurzelt stehen.

Sie sah auf der Titelseite der Sonntagszeitung ihr Gesicht. Unter ihrem Porträt entdeckte sie ein Photo des Jesus-Fragments.

Neben ihr hielt mit quietschenden Bremsen ein Wagen. Sie fuhr zusammen, aber als sie sah, daß Garibaldi ihr die Wagentür aufhielt, sprang sie ohne Zögern hinein.

»Ich dachte, Sie seien in der Kirche …«, murmelte sie mit hochrotem Kopf.

»Ich hatte mein Brevier vergessen und mußte zurück ins Motel.«

Er deutete auf das Buch, das auf der Ablage neben dem Lenkrad lag. »Sie waren nicht mehr da, und mit Ihnen waren alle Ihre Dinge verschwunden ... die blaue Tasche, der Laptop ... alles!«

»Tut mir leid«, sagte sie und spürte, daß ihr Herz heftig schlug. Das Porträt auf dem Titelblatt der Zeitung sah ihr sehr ähnlich. »Ich dachte, es sei das beste für uns beide, wenn ich die Sache allein zu Ende bringe.«

»Du meine Güte! Zuerst dachte ich, Ihnen sei etwas zugestoßen.« Er seufzte laut. »Haben Sie wirklich geglaubt, ich würde einfach sagen: ›Also gut, sie ist weg. Dann fliege ich nach Chicago‹?«

»Vater Garibaldi, ich bin in großen Schwierigkeiten. Bitte machen Sie mir keine Vorwürfe.«

Er bog in den Parkplatz des Motels ein, und als er anhielt, griff sie nach dem Brevier und reichte es ihm mit den Worten: »Seite einundfünfzig, 19. Dezember.«

Er schlug das Buch auf, und ein gefaltetes Blatt Papier fiel heraus. Sie hatte nicht viel geschrieben.

›Verzeihen Sie mir, Vater Garibaldi, aber ich glaube, es ist für uns beide das beste, wenn wir uns trennen. Da ich Sie nicht davon überzeugen kann, mich allein weiterfahren zu lassen, gehe ich, ohne mich von Ihnen zu verabschieden. Vielen Dank für Ihre Hilfe. C. A.‹

Er legte das Blatt zurück in das Buch und räusperte sich. Als sie wieder in ihrem Motelzimmer standen, sagte er: »Tut mir leid. Ich bin auch nur ein Mensch, und manchmal reagiere ich unüberlegt. Verzeihen Sie mir, ich hätte Ihnen keine Vorwürfe machen dürfen. Aber als ich auf dem Tisch die Abfahrtszeiten der Busse sah, war ich empört und ...«

»Vater Garibaldi«, unterbrach sie ihn. »Ich bin wirklich in großen Schwierigkeiten.« Sie reichte ihm die Zeitung.

Er blickte verblüfft auf das Porträt, das Jesus-Fragment und auf die Schlagzeile:

›VERRÄT DAS JESUS-FRAGMENT DAS GENAUE DATUM DES JÜNGSTEN GERICHTS?‹

»In dem Artikel steht, daß die Polizei mich in Verbindung mit Dannos Ermordung sucht. Sehen Sie sich das Bild an. Man hätte mich im Bus erkannt und verhaftet! Mein Gott, ich habe zum ersten Mal im Leben richtig Angst.«

Er deutete auf das Photo des Papyrus. »Ist das die Kopie einer Schriftrolle?«

»Es ist das Photo, das ich gemacht habe, als ich das Fragment und die erste Seite der ersten Rolle zusammenfügte – Sabinas Brief. Ich habe das Fragment nicht behalten, sondern in meinem Zelt im Sinai zurückgelassen. Das ist ein Hinweis darauf, daß Havers nicht alle Photos hat. Hier steht, bei Dannos Leiche seien ›ein paar‹ Photographien gefunden worden, und ich habe über hundert Aufnahmen gemacht! Die beiden Killer haben bestimmt die meisten mitgenommen, aber doch nicht alle. Das ist immerhin ein gewisser Vorteil!«

Garibaldi legte die Zeitung auf den Tisch und griff nach seiner Reisetasche. »Aber Miles Havers wird nicht in Zusammenhang mit dem Mord gesucht, und er ist ein Milliardär.«

»Die Polizei weiß noch nicht, wer ich bin«, sagte Catherine und deutete auf den Text:

›Haben Sie diese Frau gesehen? Jeder, der Hinweise über ihre Identität und ihren Aufenthaltsort geben kann, wird gebeten, sich bei der Polizei von Santa Barbara unter der Telefonnummer 1-805-897-2300 (Inspektor Shapiro) zu melden. Auch jede andere Polizeidienststelle nimmt Informationen entgegen.‹

»Es ist nur eine Frage der Zeit, bis einer meiner Bekannten oder Kollegen das Bild sieht«, sagte Catherine. Sie dachte an Julius und seufzte.

Garibaldi ging ins Bad, um seine Toilettentasche zu holen. Catherine griff wieder nach der Zeitung. »Der Artikel wurde nicht von einem Journalisten in Sacramento geschrieben. Hier steht, er stammt von ›Associated Press‹, das heißt, er kommt von einer Nachrichtenagentur.«

»Und das bedeutet«, erwiderte Garibaldi, legte seine restlichen Dinge in die Reisetasche und zog den Reißverschluß zu, »dieser

Artikel mit den beiden Bildern wird von den Zeitungen im ganzen Land übernommen. Vielleicht erscheint er sogar überall auf der Welt.«

Catherine dachte an Hans Schüller im Institut für Radiologie in Zürich. Sie hatte ihn anrufen wollen, um zu erfahren, ob es ihm bereits möglich gewesen war, die Papyrusprobe vom Sinai zu datieren. Aber jetzt waren ihr die Hände gebunden. Wenn er den Artikel las, würde er sich vermutlich weigern, ihr zu helfen. Möglicherweise würde er sogar die Polizei benachrichtigen.

Catherine setzte sich auf das Bett und griff nach dem Telefon.

»Was haben Sie vor?«

»Ich habe Danno nicht umgebracht. Ich bin keine Mörderin. Ich werde bei der Zeitung hier in Sacramento anrufen und es ihnen sagen.« Aber als sie begann, die Nummer zu wählen, legte sie plötzlich wieder auf. »Ich kann die Redaktion nicht anrufen«, murmelte sie. »Ich kann überhaupt nicht telefonieren. Wenn sie eine Rufnummernidentifikation haben, wissen sie, von wo ich anrufe.«

Garibaldi öffnete die Zimmertür einen Spalt und blickte hinaus. »Wir müssen hier weg. Wenn die Frau im Büro des Motels die Zeitung liest und sich daran erinnert, Sie heute morgen gesehen zu haben ...«

»Und die Zimmerrechnung?«

Garibaldi stellte die schwarze Reisetasche auf den Tisch, nahm seine Brieftasche heraus, füllte einen Reisescheck aus und legte ihn unter den Lampenfuß.

»Auch das wäre erledigt. Fahren wir.«

Sie eilten zum Wagen, und Garibaldi fuhr vorsichtig vom Parkplatz. Als sie wieder auf der Straße waren, sagte er: »Wir haben einen Vorteil. Weder Havers noch die Polizei wissen, daß der Mann in Ihrer Begleitung ein Priester ist. Wenn ich die Soutane trage, gewinnen wir Zeit, um uns in Sicherheit zu bringen.«

Fresno, Kalifornien

»Ein Priester?« wiederholte Zeke. »Sie meinen, ein katholischer Priester? Sind Sie sicher?«

»Aber ja«, erwiderte der Angestellte in dem Leihwagenbüro. »Der Mann trug eines dieser langen schwarzen Gewänder. Wie heißen die noch? Sultanen ... ja, er trug eine Sultane.«

Zeke kniff die Augen zusammen. »Sie meinen eine Soutane?«

»Auf jeden Fall war es ein Priester«, beteuerte der Mann. »Ich kann Ihnen versichern, es kommt nicht oft vor, daß ein Priester bei uns einen Wagen leiht.«

»Können Sie ihn etwas näher beschreiben?«

»Ein großer Mann, wirkte sportlich und hatte kurz geschnittene Haare.«

Zeke erinnerte sich. Das klang sehr nach dem Priester, der versucht hatte, die Beduinenfrau zu beschützen, als Dr. Alexander das Lager im Sinai verließ.

»War diese Frau bei ihm?« fragte er und zeigte dem Mann ihr Photo.

Er betrachtete das Bild nachdenklich, dann rief er: »He! Das ist doch die Frau in der Zeitung. Nein, der Priester war allein. Ich habe niemanden in seiner Begleitung gesehen. Wollen Sie behaupten, daß ein Priester mit einer Mörderin durch Kalifornien flieht?«

Zeke starrte ausdruckslos durch die große Glasscheibe, vor der sich der Parkplatz der Leihwagenfirma befand. Das Büro lag direkt hinter der Ausfahrt am Highway 99 zwischen einem Restaurant und einer Tankstelle. Er hatte den blauen Mustang gesehen, als er mit seinem Partner vom Highway abgefahren war. Das Nummernschild bestätigte seinen Verdacht. Es war der Wagen, mit dem Dr. Alexander aus Santa Barbara geflohen war.

Nachdem Zeke die Zulassungsnummer überprüft hatte, war es nicht allzu schwer gewesen, herauszufinden, von welcher Leihwagenfirma der Mustang stammte. Der einzige Haken bei der Sache war gewesen, daß das Unternehmen Niederlassungen in ganz Kalifornien hatte. Es galt zu überlegen, wie viele Meilen die Alexander mit ihrem Begleiter an einem Tag hatte zurücklegen können. Außerdem vermutete er, daß sie das Fluchtfahrzeug gegen einen anderen Wagen austauschen würden. Und so war er mit seinem Partner hierhergekommen.

Zeke lächelte. Er war mit sich zufrieden. Die Spur dieser Alexander hatte ins Nichts geführt, aber jetzt war er ihr wieder auf den Fersen.

»Wissen Sie zufällig, in welche Richtung der Priester gefahren ist?«

»Nach Norden. Er hat eine Straßenkarte gekauft«, antwortete der Mann und deutete auf den Kartenständer auf der Theke. »Eine der am meisten gekauften – *Gold Country.* Dann hat er gefragt, wie weit es bis Sacramento ist.«

Zeke griff in die Hosentasche und zog ein Bündel Dollarscheine heraus, die er dem Mann gab. »Können Sie mir noch etwas sagen?«

»Nein, aber es dürfte Ihnen nicht schwerfallen, sie zu finden. Schließlich ist der Mann ein Priester und fällt jedem auf.«

Zeke lächelte. »Da haben Sie recht.«

»Man stelle sich das vor!« sagte der Mann kopfschüttelnd. »Diese Frau stiehlt geheime Schriftrollen und flieht mit einem Priester! Weiß das die Polizei schon ... ich meine, die Sache mit dem Priester?«

»Ich glaube nicht«, erwiderte Zeke. »Warum?«

»Warum? Können Sie sich vorstellen, was eine Zeitung wie der *National Enquirer* zum Beispiel für eine solche Geschichte zahlen würde? Ich habe von Ihnen schon mehr bekommen, als ich heute verdienen kann, und der Tag ist noch nicht zu Ende!« Er zählte das Geld und sagte dann: »Erlauben Sie mir eine persönliche Frage ... die Narbe in Ihrem Gesicht ... woher stammt die? Waren Sie in Vietnam?«

»Nach Sacramento«, sagte Zeke zu seinem Partner, als er in den schwarzen Pontiac stieg.

Sie fuhren auf die 99 in Richtung Norden, und er griff nach dem Autotelefon. Er wollte seinem Auftraggeber berichten, daß sie die Spur der Archäologin wiedergefunden hatten und daß sie mit einem Priester auf der Flucht war. Aber etwas ließ ihn zögern, und schließlich legte er den Hörer auf.
Zeke fand es plötzlich besser, Miles Havers diese neue Information vorzuenthalten. Aus demselben Grund hatte er auch den Mann in der Leihwagenfirma zum Schweigen gebracht. Er lag jetzt mit durchschnittener Kehle hinter der Theke und starrte mit leeren Augen an die Decke.
Zeke wollte nicht, daß Havers oder die Polizei oder übereifrige Journalisten Catherine Alexander aufspürten, bevor er sie gefunden hatte.
Das Kaninchen gehörte ihm.

Freers Institut, West Los Angeles

Das Gesicht war so schön, daß Julius zögerte, es zu zerstören. Julius mußte sich daran erinnern, daß sein Skalpell sie nicht mehr entstellen würde, als es die Natur bereits getan hatte. Die Schönheit dieser Königin beruhte nicht mehr auf ihrem Gesicht aus Haut und Knochen, denn er hatte eine Totenmaske vor sich, die das Gesicht bedeckte. Jedesmal, wenn er eine Autopsie an einer Mumie vornahm, legte er Wert darauf, die Totenmaske oder eine Statue oder eine Darstellung der Toten vor Augen zu haben, um nicht zu vergessen, daß vor ihm auf dem Seziertisch ein Mensch lag, der einmal gelebt hatte und die gleiche Behutsamkeit und Achtung verdiente wie jemand, der gerade erst gestorben war.
Für Julius war das Leben etwas Heiliges, und der Körper eines anderen verlangte von ihm Ehrerbietung. Er war ein Tempel Gottes, der nicht mißbraucht oder entweiht werden durfte. Bei jedem Schnitt in die brüchige Mumie betete er stumm: »*Baruch Dajan ha-Emet* – Gesegnet bist DU, der gerechte Richter ...«

An diesem ruhigen Sonntagmorgen war Julius allein im Institut – abgesehen von einer Technischen Assistentin, einer Adventistin, die wie Julius den Sabbat am Vortag gefeiert hatte. Trotzdem fiel es ihm ungewöhnlich schwer, sich auf seine Arbeit zu konzentrieren. Zwei Tage waren vergangen, seit Catherine ihn verlassen hatte. Außer der eigenartigen Nachricht von ›Mrs. Merites‹ auf dem Anrufbeantworter hatte er nichts von ihr gehört. Er machte sich Sorgen.

»Die Zeitung liegt in Ihrem Büro, Dr. Voss«, sagte die Assistentin und lächelte ihn an. Als er freundlich nickte, fügte sie hinzu: »Ich habe Ihnen auch Kaffee und ein Hörnchen gebracht. Ich bin den Rest des Tages nicht mehr da. Ich muß Weihnachtseinkäufe machen!«

»Danke, Tracy«, erwiderte er. Tracy war zwanzig, und Julius hatte den Eindruck, daß sie ihn anhimmelte. »Bitte sagen Sie den Leuten vom Wachdienst, daß ich noch hier bin«, rief er ihr nach. »In der letzten Woche haben sie mich eingeschlossen!«

Als Tracys Schritte in dem langen Gang verhallten, unterbrach Julius die Arbeit an der Mumie. Er streifte die Gummihandschuhe ab und ging in sein Büro. Durch die offenen Fenster drang frische salzige Meeresluft herein. Graue Dunstschleier tanzten über den Wellen. Es würde Nebel geben.

Er schloß das Fenster und sah dabei sein Spiegelbild im Glas. Unverständlicherweise schien die junge Technische Assistentin seine schwarzen Haare und den Bart attraktiv zu finden. Auch Catherine hatte ihm einmal gesagt, ein Wissenschaftler mit dichten lockigen Haaren sei irgendwie sexy.

Aber offenbar reichte das Catherine nicht, um ihn zu heiraten. Er seufzte und drehte dem Fenster den Rücken zu. Vielleicht sollte er noch einmal versuchen, Daniel anzurufen, um zu hören, ob er etwas von Catherine wußte. Oder sollte er sich bei der Stiftung nach ihr erkundigen, die ihre Ausgrabung finanzierte …?

Der Becher mit Kaffee fiel ihm plötzlich aus der Hand, und das Hörnchen rollte über den Fußboden.

›JESUS-FRAGMENT GEFUNDEN!‹

Unter der Schlagzeile befand sich das Photo eines Papyrus mit einem griechischen Text. Daneben ... Julius glaubte, seinen Augen nicht trauen zu können.
›Kennen Sie diese Frau?‹ stand unter Catherines Porträt.
Er überflog schnell den Artikel. Daniel Stevenson war ermordet worden, eine Zeugin hatte gesehen, wie eine Frau aus der Wohnung des Archäologen rannte. Julius sank auf den Stuhl, denn er bekam plötzlich weiche Knie. Fassungslos las er den Artikel noch einmal Wort für Wort und hörte dabei nicht, daß sein Telefon klingelte.
Nach Aussagen von Zeugen gelang es der Frau, mit einem Mann in einem Auto zu fliehen.
Was für ein Mann war das? Hatte er Daniel ermordet? Hatte er Catherine entführt? War ihr Leben in Gefahr?
War sie womöglich bereits tot?
Mein Gott, Cathy, warum habe ich das alles nicht verhindert?
Das Telefon hörte auf zu klingeln. Kurz darauf klingelte es wieder. Julius blickte wie gebannt auf den Apparat.
Catherine!
Aber der Anrufer wollte nur die Anfangszeiten der Kinos wissen. Eine falsche Verbindung. Die Telefonnummer des Instituts unterschied sich nur in der letzten Zahl vom Kinocenter in der Pico Street.
Julius legte auf und starrte auf das Porträt. Der Polizeizeichner hatte nichts von ihrem Wesen wiedergegeben, dem scharfen Intellekt und den funkelnden grünen Augen. Aber so sah sie aus. Das Bild zeigte eindeutig sie.
Cathy, warum bin ich nicht bei dir geblieben? Warum war ich nur so überheblich und anmaßend?
Der Mord war in Santa Barbara geschehen, stand in dem Artikel. Aber das war vor zwei Tagen. Inzwischen konnte Catherine überall sein.
Sie ist mit einem unbekannten Mann davongefahren ...
Julius sprang auf. Er hatte keine andere Wahl, er mußte auf der Stelle zur Polizei gehen. Er mußte den Beamten erklären, wer

diese Frau war, und ihnen über die Hintergründe alles sagen, was er wußte. Er mußte der Polizei helfen, Catherine zu finden.
Fünf Minuten später fuhr er vom Parkplatz, ohne den weißen Wagen zu bemerken, der am Straßenrand stand und ihm folgte.

Der Vatikan, Rom

Die Wachhunde Gottes ... ja, das stimmt. So nennt man uns. Ein Wortspiel mit dem Namen unseres Ordens – Dominikaner. So heißen wir nach dem Ordensgründer, dem heiligen Dominic. Wenn man will, kann man den Namen als Domini Cane *lesen, und das heißt: die Wachhunde Gottes. Aber warum haßt man uns so?*
Pierre Lefèvre führte stumme Selbstgespräche, während er vor dem Arbeitszimmer des Papstes im apostolischen Palast auf und ab ging. Auch von hier hatte man einen Blick auf den Petersplatz, wo die Wachen nur mit Mühe die Menschen unter Kontrolle halten konnten, die sich dort drängten.
Der Kardinal fühlte sich angegriffen und rechtfertigte sich stumm.
Wir haben doch nur versucht, die Kirche vor Häretikern und Teufelsanbetern zu schützen. Man hat uns beschimpft, anstatt uns Beifall zu zollen ...
Lefèvre zwang sich, dem Strom seiner Gedanken Einhalt zu gebieten. In letzter Zeit, das wurde ihm plötzlich bewußt, verselbständigten sich seine Gedanken immer öfter. Er überließ sich abstrakten Erörterungen oder Erinnerungen, anstatt sich auf die Alltagspflichten zu konzentrieren. Während er sich den unberechenbaren Windungen seiner Gedanken überließ, unbekannte Wege beschritt und sich im Labyrinth seiner Innenwelt verirrte, war der Zeitungsartikel vergessen. Aber die Schlagzeile, das Porträt einer Frau und die Photographie des Jesus-Fragments mit dem beunruhigenden Inhalt waren der Anlaß für die außerplan-

mäßige und dringende Audienz beim Papst. Die Angelegenheit mit dem geheimnisvollen Fund auf der Sinaihalbinsel, der ihn in Alarmbereitschaft versetzt hatte, nahm eine unvorhergesehene und gefährliche Wendung.
Der alte Kardinal richtete sich auf. Er war mit seinen fünfundsiebzig Jahren noch immer groß und im Vollbesitz seiner geistigen Kräfte. Freundlich lächelnd sah er die anderen an, die ebenfalls darauf warteten, den Papst zu sehen. Er wollte auf jeden Fall verhindern, daß man ihm seine Sorgen ansah.
Aber alle Anwesenden, die um eine Audienz nachgesucht hatten, kamen mit Sorgen zu seiner Heiligkeit. Kardinal Lefèvre nickte Bischof Monduzzi zu, dem Präfekten des päpstlichen Haushalts, der sich angeregt mit dem Präfekten der Heiligen Kongregation für katholische Erziehung unterhielt. Unter dem Caravaggio stand Vater Bailey vom Vatikansender, den die Jesuiten betrieben. Der Mönch in der braunen Kutte, der nachdenklich eine alte römische Büste betrachtete und ein Manuskript unter dem Arm trug, kam zweifellos von der Libreria Editrice Vaticana, dem Verlag des Vatikans. Auch Besucher in dunklen Anzügen, katholische Laien aus verschiedenen Ländern, saßen auf den mit rotem Brokat bezogenen Sesseln oder gingen unruhig auf und ab. Die Besucher waren fast ausschließlich Männer. Nur wenige Frauen baten um eine Audienz beim Papst. Die Nonne in der grauen Tracht, das wußte Lefèvre, kam wegen ihrer Missionsstation in Angola, und die Schwester in Weiß arbeitete im Gesundheitsdienst des Vatikans. Hin und wieder erschien auch eine Delegation, um eine Bittschrift zu übergeben, in der man Seiner Heiligkeit nahelegte, Frauen die Priesterweihe zu gestatten, aber Seine Heiligkeit machte den Frauen niemals falsche Hoffnungen.
Kardinal Lefèvre nahm seinen Gang durch das Vorzimmer wieder auf. Die hagere Gestalt warf lange Schatten auf die alten Möbel und kostbaren Gemälde. Er war schon immer einen Kopf größer als seine Mitmenschen gewesen.
›Du bist für Paraden wie geschaffen!‹ pflegte sein Vater im Scherz zu sagen.

Lefèvre lächelte bei der Erinnerung.
Papa ...
Es wäre schön, Papa wiederzusehen. Ein langer Weg schien ihn von den Tagen der Kindheit in dem kleinen Dorf in der Provence zu trennen. Wie viele Jahre war es eigentlich her, daß ... Unmöglich! Die Zeit verging wie im Flug. Hatte er die geliebten Eltern tatsächlich vor einem halben Jahrhundert beerdigt?
»Eminenz?«
Lefèvre kniff die Augen zusammen und sah den jungen Priester an, der ihn offenbar angesprochen hatte. »Seine Heiligkeit lassen bitten«, sagte der junge Mann und führte ihn zur Tür.
Der Kardinal richtete sich noch einmal energisch auf und konzentrierte sich ganz auf seine Aufgabe. Die Angelegenheit war zu wichtig, um sich von nostalgischen Erinnerungen ablenken zu lassen.
Wachhunde Gottes! So hatte man vor einigen hundert Jahren die Dominikaner bezeichnet, weil sie die Kirche verteidigten.
Die Zeichen deuten auf Gefahr. Es ist wieder soweit. Die Kirche muß geschützt werden. Möglicherweise steht uns der letzte und entscheidende Kampf bevor.
Lautlos fiel die Tür hinter ihm zu.

Goshen, Kalifornien

»Ich hoffe, daß es klappt«, sagte Garibaldi und tippte auf der Tastatur des Laptop eine Telefonnummer.
Catherine saß am Tisch und entfaltete behutsam den zweiten Papyrus. Der erste war von Anfang bis Ende übersetzt und lag in der Pappschachtel, in der ihre neuen Jeans und die Bluse verpackt gewesen waren. Sie hatte diese notwendigen Dinge bei einem kurzen Einkauf in einem billigen Einkaufscenter am Stadtrand erstanden. Die Faltstellen der zweiten Schriftrolle erwiesen sich jedoch als weniger haltbar als die der ersten. Manche schienen

bereits bei der leisesten Berührung zu reißen. Catherine fehlten in diesem Augenblick ein richtiger Arbeitsplatz und die notwendigen Instrumente. Garibaldi hatte ihr den Tisch überlassen, damit sie die Rolle glatt ausbreiten konnte. Der Laptop stand auf einem Stuhl, und er saß auf dem Bett. Aber Catherine hätte eine bessere Beleuchtung gebraucht, eine starke Lupe und Pinzetten, um die winzigen abgelösten Fragmente behutsam wie ein Puzzle zusammenfügen zu können.

›Das war im vierten Jahr der Herrschaft des Kaisers ...‹

Verdammt, wie heißt er?

Catherine kamen vor Enttäuschung beinahe die Tränen. An dieser Stelle war ein Stück Papyrus abgebrochen und für immer verloren. Sie konnte nur hoffen, daß Sabina diesen römischen Kaiser noch einmal erwähnte.

»Sobald wir uns ins Netz eingewählt haben«, sagte Garibaldi und blickte auf den Monitor, »müssen wir schnell sein. Wenn Havers die Nummer Ihrer Kreditkarte hat, wird er damit bald das Konto Ihrer Zugangsgenehmigung finden. Aber um zu erfahren, wo Sie sich aufhalten, muß er das Zugangssystem knacken. Deshalb habe ich einen Server in Orange County gewählt. Das wird ihn auf die falsche Spur setzen.«

Sie befanden sich nicht in Orange County. Nachdem sie Sacramento verlassen hatten, waren sie nach Süden gefahren. Aus Vorsicht wählten sie kleine Landstraßen, die durch Farmland führten. Beim Sonnenuntergang hielten sie Ausschau nach einem Motel. Die ersten, an denen sie vorüberkamen, waren für ihre Zwecke nicht geeignet, denn sie hatten Telefonanlagen. Für das Laptop-Modem benötigten sie jedoch einen direkten Anschluß, der mit der Vorwahl ›9‹ eine Verbindung herstellte. Schließlich fanden sie in einer kleinen Stadt am Fuß der Sierras ein geeignetes Motel. Die Stadt hieß ›Goshen Junction‹. Catherine mußte lächeln, denn ›Goshen‹ lag nach den Worten der Bibel an dem Weg, auf dem Mirjam und Moses ihr Volk aus Ägypten herausgeführt hatten.

Mirjam, die Prophetin, ...

Während Catherine mit angehaltenem Atem den spröden Papyrus auseinanderfaltete und immer wieder verzweifelt feststellte, daß die Ränder abbrachen und sich manche Bruchstücke sofort in Staub auflösten, dachte sie an ihre Ausgrabung.
Hatten die Behörden die Arbeiten unterbunden? Wurde womöglich in der Nähe wieder gesprengt? War Hungerford ersetzt worden und der Hotelneubau ging zielstrebig voran? Oder hatten ägyptische Archäologen damit begonnen, den Brunnen freizulegen und das Skelett zu bergen?
»Ich habe noch keinen Zugang«, murmelte Garibaldi, und Catherine hörte, wie er die Nummer erneut anwählen ließ.
Ein Internet-Konto konnte man nur mit einer Kreditkarte eröffnen. Sie hatten es zuerst mit Garibaldis Karte versucht, aber festgestellt, daß er sein Limit überschritten hatte. LinkNet lehnte die Karte ab. Deshalb benutzten sie Catherines Karte, auch wenn sie wußten, daß Havers jeden Vorgang auf dem Kreditkartenkonto ›sah‹. Ab jetzt mußten sie schneller als ihr Verfolger sein. Der Wettlauf hatte eine neue Dimension angenommen.
Garibaldi hatte an der Rezeption die Formalitäten erledigt. Dabei trug er wie immer seine Soutane. Catherine blieb im Auto sitzen, das außer Sichtweite stand.
Bei jedem Aufenthalt, sei es um zu tanken oder um etwas zu essen, ja selbst im Einkaufszentrum hatten sie sich die Zeitungen angesehen – die lokalen, aber auch die *Fresno Bee*, die *Sacramento Bee*, die *Los Angeles Times* und sogar die *San Diego Union*. In allen Ausgaben entdeckten sie Catherines Porträt.
Im Motel hatten sie sofort den Fernseher eingeschaltet, um die Nachrichten zu sehen. Garibaldi regelte den Ton herunter, während er darauf wartete, daß LinkNet in Orange County die Verbindung freischaltete.
»Noch immer nicht«, sagte er kopfschüttelnd und ließ das Modem neu wählen. »Dabei werben sie damit, daß der Zugang innerhalb von zwei Stunden nach dem Kauf aktiviert wird. Ich hoffe, das steht nicht nur auf dem Papier!« Er hatte sich um ver-

schiedene Server bemüht. Die meisten boten ihren Service nicht an Sonntagen an, und man mußte vor fünf Uhr nachmittags kaufen, um am nächsten Tag ab zwölf Uhr mittags den Zugang zu bekommen. Nur wenige, wie zum Beispiel LinkNet, nutzten die Ungeduld vieler Anwender und boten einen schnellen Zugang. In der Praxis schien das allerdings nicht immer zu funktionieren.

Zwischen Catherines Fingern zerbröckelte wieder ein winziges Papyrusstückchen. »Verdammt ...«, murmelte sie.

Garibaldi hob den Kopf. »Ist alles in Ordnung?«

»Für die Schriftrollen ist diese Flucht eine Katastrophe! Man muß sie unbedingt an einen sicheren Ort bringen, wo sie unter Glas liegen und die Luftfeuchtigkeit ständig überwacht wird. Ich hoffe nur, es ist nicht meine Schuld, wenn sie zu Staub zerfallen!«

Er stand hinter ihr und lächelte. Sie blickte zu ihm auf, und plötzlich stieg ihr der Duft seines Rasierwassers in die Nase. Er trug ein neues Leinenhemd und neue Jeans, die er ebenfalls bei ihrem Einkauf erstanden hatte. Das brachte sie wie schon mehrmals innerlich aus dem Gleichgewicht. Die Soutane erinnerte sie ständig – leider auf bedrohliche Weise – daran, daß er Priester war, aber in Jeans und Hemd wurde er auf einmal nur ein Mann, noch dazu ein gutaussehender Mann. Mit der Soutane hatte sie wenigstens dieses Problem nicht.

»Versuchen Sie es noch einmal«, sagte sie schnell und deutete auf den Computer.

Er setzte sich auf das Bett und tippte die Telefonnummer. Während sie auf das Wählgeräusch des Modems lauschten, fragte Catherine: »Und was ist, wenn es nicht funktioniert?«

»Wir werden uns etwas einfallen lassen. Ich muß allerdings gestehen, daß ich bisher nur ein einziges Mal vor einer ähnlichen Herausforderung stand, als sich nämlich Schwester Agnes versehentlich in die Kammer mit den Sportgeräten eingeschlossen hatte. Ich mußte die Zahlenkombination des Schlosses herausfinden, während Vater Murphy neben mir stand und mir zehn

Dollar versprach, wenn ich sie bis zum nächsten Morgen dort schmoren lassen würde.«

Da sie schwieg, fragte er aufrichtig besorgt: »Wie geht es Ihnen wirklich?«

Catherine rieb sich die Augen. »Ich bin einfach übermüdet. Ich müßte unbedingt ein paar Stunden schlafen.«

Sie beschloß, mit der Übersetzung später weiterzumachen, und ging ins Bad. Kurz darauf erschien sie mit einem Handtuch um die Schultern. Die Haare waren klatschnaß. Sie hatte eine Schere in der Hand und sagte: »Wir sollten das so schnell wie möglich hinter uns bringen.«

Garibaldi stand auf und fragte: »Wollen Sie es wirklich tun?«

Mit einem Blick auf die Zeitung und ihrem Bild auf dem Titelblatt erwiderte sie: »Mir bleibt keine andere Wahl. Werden Sie mir helfen? Wenn ich es selbst mache, ist das Ergebnis bestimmt eine Katastrophe.«

»Ich schneide Haare immer nur mit Hilfe einer Suppenschüssel«, sagte er und nahm ihr die Schere aus der Hand. »Wie kurz soll es werden?« fragte er, als Catherine auf dem Stuhl saß.

»Kurz, aber nicht so kurz wie Ihre Haare.«

»Verstehe …« Er lachte. »Kurz geschnittene Haare sind gerade nicht Mode, aber bei mir hat das praktische Gründe.«

»Welche?«

Er zögerte und sagte dann: »Pangamot …«

Garibaldi schwieg, und da Catherine ihm keine weiteren Fragen stellte, verzichtete er auf eine Erklärung. Nachdenklich blickte er auf die langen kastanienbraunen Haare und fragte: »Soll ich sie wirklich abschneiden?«

»Keine Angst, ich wollte mir die Haare schon lange kürzer schneiden lassen.«

»Soll ich sie nur kürzen?«

»Sagen wir bis zum Nacken.«

Als er die erste Haarsträhne abschnitt, hörte Catherine vom Parkplatz ›O du Fröhliche …‹

»Kaum zu glauben«, murmelte sie und zwang sich, nicht auf die

Haare zu achten, die im Papierkorb landeten. »In fünf Tagen ist Weihnachten. Julius wollte, daß ich die Grabungen unterbreche, um mit ihm die Feiertage zu verbringen. Wenn ich auf ihn gehört hätte, wäre ich nicht mehr dort gewesen, als Hungerford die Sprengung anordnete. Nichts von all dem wäre geschehen, und Danno würde noch leben.« Sie legte die Hand auf den Jadeanhänger. »Ich hatte nicht einmal Zeit, ihm ein Weihnachtsgeschenk zu kaufen.«

»Julius ist Ihr Verlobter?«

Schnipp. Schnipp. Wieder landete eine Strähne im Papierkorb. »Wann wollen Sie heiraten?«

»Wir sind nicht offiziell verlobt. Und die Hochzeit ... mein Gott, ich würde ihn so gerne anrufen. Ich möchte wenigstens mit ihm *reden.*«

»Mit etwas Glück und Ausdauer«, sagte Garibaldi und bewegte sich etwas zur Seite, um die Haare gleichmäßig schneiden zu können, »finden wir alle Antworten, die Sie brauchen, im Internet. Dann sind Sie schneller wieder bei Ihrer Familie und Ihren Freunden, als Sie es jetzt für möglich halten.«

Familie und Freunde ... Ich habe keine Familie, nicht einmal entfernte Verwandte. Und Freunde?

Julius war ein Freund und Danno, aber ihn hatte sie verloren.

Gibt es wirklich so wenige Menschen, die mir nahestehen?

Garibaldi hatte gesagt, er habe keine Familie. Gab es für ihn Freunde? Hatte ein Priester überhaupt Freunde, wirkliche *Freunde?*

»Sie waren in Israel«, sagte sie leise und spürte immer deutlicher seine Nähe, seine Hände. Es war ihr noch nie aufgefallen, daß Haareschneiden etwas so Intimes sein konnte. »Warum sind Sie vor Weihnachten abgereist?«

Er lachte. »Waren Sie einmal während der Weihnachtszeit in Jerusalem? Selbst eine Ratte bekäme dort Platzangst. Und dieses Jahr war alles noch schlimmer. Es gab im Hotel kein einziges freies Zimmer mehr. Ich habe fünf Stunden gebraucht, um auch nur die halbe Länge der Via Dolorosa zurückzulegen.«

»Dann sind Sie also in die Weite des Sinai geflohen?«
Er schwieg und hörte auf zu schneiden. Sie spürte seinen Atem im Nacken.
»Ja«, erwiderte er nachdenklich und schnitt weiter. »Die Weite der Wüste ... Was haben Sie eigentlich im Sinai gesucht? Der Besitzer des Hotels Isis sagte etwas vom Zug der Israeliten durch die Wüste.«
»Ich suche Mirjam.«
Er nickte. »Die Prophetin.«
Sie fragte überrascht: »Sie kennen die Geschichte?«
»Nun ja, ich bin Priester. Ich kenne die Worte der Bibel: ›Hat etwa der Herr nur durch Moses gesprochen? Hat er nicht auch durch uns gesprochen?‹«
»Richtig, Das Buch Numeri, Kapitel zwölf. Ich glaube, Mirjam war zusammen mit Moses eine Anführerin der Israeliten, aber meine Theorie ist bei den Bibelforschern nicht sehr beliebt.«
»Natürlich nicht. Wie sollten wir die Frauen davon überzeugen, sich mit ihrer Rolle abzufinden, wenn wir zugeben würden, daß sie in biblischen Zeiten gleichberechtigt waren?«
Das Gefühl der Intimität wurde noch stärker. Sie spürte seine Berührung nicht nur am Kopf und im Nacken. Seine Nähe schien von ihr Besitz zu ergreifen. Sie wußte, daß auch er solche Empfindungen hatte. Er bemühte sich auffällig darum, nur ihre Haare zu berühren, und zuckte bei jedem zufälligen Kontakt mit ihrer Haut zusammen.
Ein Blick in den Papierkorb ließ sie schaudern. Er schnitt wirklich sehr viel Haar ab, aber sie konnte ihm keinen Vorwurf machen, denn darum hatte sie ihn gebeten. Schließlich wollte sie dem Zeitungsporträt so wenig ähnlich sehen wie möglich.
»Ist es so in Ordnung?« fragte er schließlich und trat einen Schritt zurück.
Catherine betastete die Haare. Sie waren sehr kurz. Der Nacken lag völlig frei, und das rief bei ihr ein seltsames Gefühl von Nacktheit hervor. Sie trug die Haare immer lang. Der neue Haarschnitt schien sie beunruhigend verwundbar zu machen.

»Wie wäre es mit einem Pony?« fragte sie schließlich.
Er hob die Augenbrauen. »Ein Pony? Sind Sie sicher?«
Der Einfall überraschte sie selbst, denn die Idee war ihr spontan gekommen. »Ja, bitte.«
Als Garibaldi vor ihr stand, die Haare nach vorne kämmte und eine Hand über ihre Augen hielt, holte Catherine tief Luft. Seine Knie berührten ihre Beine. Der Gürtel seiner Jeans war direkt vor ihrem Gesicht. Plötzlich wußte sie, weshalb sie ihn aufgefordert hatte, ihr einen Pony zu schneiden.
Er tat es schnell und mit sichtlichem Unbehagen. Sie schloß die Augen und überließ sich dem Gefühl seiner Hand über den Lidern.
Er hielt inne, kämmte die Haare noch einmal nach vorne und löste eine Strähne hinter dem linken Ohr. Es war wie eine flüchtige Liebkosung, und Catherine spürte, daß sie vor Verlegenheit rot wurde.
»Fertig!« verkündete er schließlich, und es klang erleichtert.
Catherine trat vor den Spiegel, um sein Werk zu begutachten. »So, jetzt kommt der nächste Schritt.« Sie wollte aus der Tragetasche die Tönung holen, aber Garibaldi kam ihr zuvor und reichte ihr die Packung ›Ultra Weißblond‹.
»Hier steht, man soll achtundvierzig Stunden vor dem Färben einen Allergietest machen.«
»Dazu habe ich keine Zeit.«
Er sah sie kopfschüttelnd an. »Wollen Sie das wirklich tun?«
»Ich muß mein Aussehen drastisch verändern. Außerdem gibt mir das endlich einmal die Möglichkeit herauszufinden, ob Blondinen wirklich mehr Spaß im Leben haben. Aber keine Angst, zum Haarefärben brauche ich Ihre Hilfe nicht.«
Er nickte und ging zur Tür. »Dann gehe ich inzwischen eine Abendzeitung kaufen.«
Catherine verschwand im Bad. Im Spiegel sah sie verblüfft, daß ihre Wangen immer noch glühten. Als sie die Plastikhandschuhe anzog, erinnerte sie sich an das Gefühl von Garibaldis Fingern in ihrem Nacken. Sie nahm die Verschlußkappe der Flasche ab und

füllte das Farbgel in die Flasche mit dem Entwickler. Der Gedanke an seinen Körper in ihrer Nähe, das Geräusch der Schere und das Gefühl seiner Kraft stellte sich wieder ein. Sie schüttelte die Flasche, um die Flüssigkeiten zu mischen, und massierte sie dann in die Haare. Sie mußte sich in diesem Augenblick eingestehen, daß Garibaldi sie nicht nur auf der Verstandesebene beeinflußte. Der Geruch von Ammoniak verbreitete sich im Bad, und ihre Augen begannen zu brennen. Im Spiegel sah sie hinter sich die lackierten Stöcke, die er im Gepäck hatte.
Wer ist er wirklich? Was für eine Vergangenheit hat er? Aus welcher Familie kommt er? Warum ist er Priester geworden?
Als die Flüssigkeit auf dem Kopf gleichmäßig verteilt war, zog sie eine Plastikhaube über die Haare. In der Gebrauchsanweisung stand, daß das Gel fünfundvierzig Minuten einwirken mußte.
Sie ging ins Zimmer und setzte sich an den Computer, tippte die Zahlenfolge, und das Modem wählte. Als die Meldung:

BENUTZER

erschien, tippte sie ›Phantom‹, das Paßwort, das sie sich ausgedacht hatten.
Kurz daruf erschien die Meldung:

Ungültiges Paßwort.

Das bedeutete, der Zugang war noch nicht aktiviert.
Catherine ließ das Modem noch einmal wählen und gab das Paßwort ein.

Ungültiges Paßwort.

Inzwischen hätte der Zugang freigeschaltet sein müssen. Das Konto war schon seit über zwei Stunden eröffnet. Was mochte der Grund für die Verzögerung sein?

Sie tippte noch einmal die Zahlenfolge, hörte das Modem wählen und den Signalton ... Sie wartete mit angehaltenem Atem. Dann kam ein neues Geräusch. Es klang wie das Öffnen einer rostigen Tür – der Computer machte seinen ›Handshake‹. Sie lachte und flüsterte: »Wir haben die Zugangsberechtigung!«
Sie klickte auf ›NetScape‹ und danach auf ›NetSearch‹. Bei welcher Datenbank sollte sie die Suche beginnen?
Bei Lycos, beschloß sie. Carnegie-Mellon Universität.
Sie klickte auf ›Search Large Data Base‹.
Das Such-Menü erschien. Der Cursor blinkte auf:

SUCHBEGRIFF.

»Okay«, murmelte Catherine. »Was suche ich als erstes? Antiochia?«
Ihr Blick fiel auf die lackierten Stöcke. Wie hieß dieser Kampfsport?
Pangamot!
Sie tippte das Wort und drückte dann auf Eingabe.
Lycos meldete ihr neunundzwanzig Einträge. Sie wählte einen kürzlich im *Soldier of Fortune* erschienenen Artikel und las: ›Für den Pangamot-Kämpfer ist Selbstverteidigung passiv. Pangamot ist aggressiv. Es ist ein Kampf um Leben oder Tod. Es gibt keine Regeln. Der Sieger erhält als Preis keine Siegestrophäe, sondern nur sein Leben.‹
Ein Textverweis öffnete ihr die Netz-Seite über den philippinischen Kampfsport. Dort befanden sich Zeichnungen von Kampfstellungen mit den gleichen lackierten Stöcken, wie Garibaldi sie benutzte. Sie wurden eindeutig als todbringende Waffe eingesetzt.
Sie hörte nicht, daß die Tür aufging und Garibaldi wieder zurück war.
Plötzlich stand er hinter ihr und sagte: »Sie hätten mich fragen können.« Er deutete auf den Bildschirm. »Ich hätte alles beantwortet, was Sie wissen wollen.«

Catherine sah ihn nicht an. »Sie haben gesagt, Pangamot sei eine Art Selbstverteidigung.«

»Das habe ich nicht gesagt.«

»Es ist ein aggressiver Kampfsport. Sie setzen auf Gewalt.«

»Nein, ich übe Kontrolle über die Gewalt aus.«

Sie sah ihn an. »Wollen Sie damit sagen, daß Sie die Gewalt Ihres Gegners unter Kontrolle halten?«

Er schüttelte den Kopf. »Nein, meine eigene.«

Ihr wurde plötzlich kalt. Widerwillig, aber wie unter einem Zwang fragte sie: »Warum lassen Sie sich die Haare so kurz schneiden? Sagen Sie es mir!«

»Zu den Techniken beim Pangamot gehört es, den Gegner bei den Haaren zu packen und ihn ...«

Sie starrte auf den Boden. »Ich hätte die Frage nicht stellen sollen.«

»Warum sind Sie so schockiert?«

»Ich hasse Gewalt in jeder Form, und ...«

»Und?«

Und Sie sind Priester, hatte sie sagen wollen. *Ich kann nicht gutheißen, daß ein Priester einen Kampfsport ausübt..*

Er musterte sie, drehte sich um, löste die Riemen seiner Reisetasche und nahm die lackierten Stöcke in die Hand. Er streckte sie aus. »Hier, nehmen Sie die Stöcke ...«

»Nein.«

»Es sind nur zwei lackierte Bambusstöcke. Vielleicht können Sie Ihre Angst besser überwinden, wenn Sie sie in die Hand nehmen.«

Catherine blickte stumm auf die langen, glänzenden Stöcke. »Ich habe keine Angst vor dem *Bambus*«, sagte sie und sah ihm direkt in die Augen.

Als er nichts erwiderte, stand sie auf und murmelte: »Tut mir leid, ich möchte wirklich nicht mehr darüber reden. Ich muß ins Bad und die Haare ausspülen.«

Er stellte die Stöcke an die Wand. »Ich werde die Suche beginnen. Womit soll ich anfangen?«

Sie überlegte. *Diakon, der Weg, der Gerechte …*
Was war das Wichtigste, das sie über die Papyri wissen mußte?
Ihr Alter, dachte sie. »Wir müssen herausfinden, wann sie geschrieben wurden. Sabina sagt, die Nachricht von der Niederlage der römischen Legionen in Germanien löste großen Schrecken aus …«
Ihr Blick fiel auf die Schlagzeile der Abendzeitung.
›PROPHEZEIT DAS JESUS-FRAGMENT DEN WELTUNTERGANG?‹
Und Catherine dachte: *Das siebte Buch. Das müssen wir als erstes finden …*
»Tymbos«, sagte sie. »Suchen Sie nach ›König Tymbos‹.«
Garibaldi tippte ›König Tymbos‹ und klickte auf:

SUCHE BEGINNT …

Santa Fe, New Mexico

Das Telefon klingelte achtmal, bevor sich eine Männerstimme mit ›Städtisches Leichenschauhaus‹ meldete.
Erika Havers murmelte: »Entschuldigung, ich muß mich verwählt haben«, und legte auf. Sie blickte kopfschüttelnd auf das Telefon, dann drehte sie sich um und verließ den Raum. Sie überquerte den Innenhof und eilte durch die verglasten Bögen, wo riesige Kakteen in großen Töpfen im kalten Mondlicht standen.
Sie fand Miles im Tropenhaus bei seinen Orchideen.
»Schon wieder«, sagte sie anklagend. »Den ganzen Tag über habe ich auf meiner Nummer keinen einzigen Anruf bekommen. Schließlich habe ich die Sache überprüft und mit einer deiner Nummern meine Nummer angewählt. Wie es aussieht, haben uns diese Hacker wieder einmal aufs Korn genommen.«
Miles legte die Gartenschere auf den Stein. »Tut mir leid, mein Schatz. Wer hat sich diesmal gemeldet?«

»Das Städtische Leichenschauhaus! Ich finde das wirklich nicht komisch. Miles, kannst du nicht dafür sorgen, daß so etwas in Zukunft unterbleibt?«

»Leider scheint das der Preis zu sein, den ich zu zahlen habe.«

»Aber sollte man nicht denken, daß diese infantilen Leute inzwischen genug davon haben, uns so zu ärgern?«

Miles wußte, es gab keine Möglichkeit, dem Spiel ein Ende zu setzen. Jeder neue Hacker versuchte früher oder später, die Computersysteme von Miles Havers zu knacken. Damit konnte er sich einen Namen machen. Meist war alles völlig harmlos, und die Gespräche wurden wie auch diesmal nur zu einer anderen Nummer umgeleitet.

Erika hatte dafür kein Verständnis und klagte: »Inzwischen werden meine Anrufe jede Woche mindestens einmal einfach weitergeleitet ...«

»Also gut, Liebling«, erwiderte er lächelnd. »Ich werde mich darum kümmern.«

»Ach, übrigens, Miles, Senator Fowler und seine Frau haben abgesagt. Sie kommen nicht zur Silvesterparty, denn sie wollen die Jahrtausendwende mit ihren Kindern auf Fidschi feiern und über die Datumsgrenze nach Tonga fliegen, um sie vierundzwanzig Stunden später noch einmal zu erleben.«

»Mach dir nichts daraus, Liebling. Wir haben trotzdem mehr als tausend Gäste.«

»Gewiß, nur darf mein Telefon nicht immer wieder gestört sein.«

Miles nickte, begleitete sie ins Haus bis zum Fahrstuhl und fuhr auf der Stelle hinunter in den Kommunikationsbunker, wo Teddy Yamaguchi vor der Bildschirmwand saß.

»Wissen wir etwas über den Leihwagen?« fragte Miles.

»So etwas habe ich noch nicht erlebt ...«, erwiderte Teddy kopfschüttelnd. »Es ist nichts einfacher, als in das System dieser Leihwagenkette zu kommen. Sie haben ein richtiges Mickey-Maus-Sicherheitsprogramm. Es fehlt sogar ein Schutzschild. Ich habe nur einen Paßwortsucher eingesetzt und im Handumdrehen alles überspielt, was ich brauche. Sie ahnen nicht einmal, daß ich am Werk war.«

Miles blickte mit zusammengekniffenen Augen auf die Liste der Namen und Zulassungsnummern auf dem Bildschirm. »Und?«

»Zuerst habe ich die Zulassungsnummer für den Wagen nicht gefunden. Also habe ich nach der Marke und dem Modell suchen lassen.«

»Ist der Wagen da?«

»Er ist da, aber die Kreditkarten-Nummer des Kunden ist gelöscht worden.«

Miles hob die Augenbrauen. »Kann man sie zurückholen?«

Teddy schüttelte den Kopf. »Wer die Nummer gelöscht hat, wußte genau, was er damit bezwecken wollte. Er hat sie nicht nur gelöscht, sondern die Daten zerstört.«

»Soll das heißen, jemand ist uns zuvorgekommen und hat die Daten absichtlich unlesbar gemacht?«

Teddy gab dem Drehhocker einen Schubs und sah seinen Boß an. »Dieser ›Jemand‹ wußte, daß wir die Kreditkarten-Nummer haben wollen.«

Miles starrte verärgert auf den Bildschirm. Er mußte diese Frau finden. Es ging inzwischen nicht nur um die Schriftrollen. Dr. Alexander hatte Stevensons Computer mit dem Tagebuch. Dort stand der Name seines Mörders ...

Sein Blick wanderte die Reihe der Bildschirme entlang bis zum Ende, wo das Videobild einer Straße zu sehen war. Die Videokamera überwachte die Wohnung von Dr. Catherine Alexander. Miles bezweifelte, daß die Archäologin so töricht sein würde, zu ihrer Wohnung zurückzukehren. Aber er ging auf Nummer Sicher und ließ alle erdenklichen Stellen überwachen.

Miles ging zu der Wand, wo die Fax-Bildschirme standen und Geschäftsnachrichten aus aller Welt eingingen. Aber sein Interesse galt im Augenblick nur einem Faxgerät, dessen Nummer außer einem einzigen Mann niemand kannte. Doch dieser Monitor blieb leer und stumm. Warum dauerte alles so lange?

Nachdem Zeke die Photos der Schriftrollen aus Santa Barbara

geschickt hatte, ließ Miles sie reproduzieren und mit der Anweisung nach Ägypten fliegen, sie sofort zu übersetzen. Das war vor sechsunddreißig Stunden gewesen. Die ersten übersetzten Seiten hätten inzwischen längst hier eingetroffen sein müssen.

Mit Entsetzen dachte er an den Morgen dieses Tages. Auf der ersten Seite der Zeitung hatte er die allererste Seite der Schriftrollen gesehen, die Zeke und sein Partner bedauerlicherweise in Stevensons Wohnung zurückgelassen hatten. Die Zeitung hatte sogar eine Übersetzung abgedruckt, die Miles begierig las, bis zu dem abrupten Ende: ›… nimm sie mit zu König‹

Miles hatte sofort seine Photos nach der Fortsetzung überprüft. Es stellte sich jedoch heraus, daß er auch die zweite Seite nicht besaß. Sie mußte bei der Polizei liegen, wie alle anderen, die Zeke zurückgelassen hatte.

Nimm sie mit zu König …

Jetzt verstand Miles die Frage von Daniel Stevenson: »Wie heißt der König noch?« Dr. Alexander glaubte, dieser König sei im Besitz der siebten Schriftrolle. Sie würde natürlich nach ihm suchen.

Wie hieß der König?

Die Archäologin kannte nicht nur den Namen, sie befand sich ihm gegenüber auch noch in anderer Hinsicht im Vorteil. Während Miles untätig auf ein Fax wartete, konnte sie den Originaltext nach Hinweisen auf das Versteck der siebten Schriftrolle durchsuchen. Miles war sehr unzufrieden mit der augenblicklichen Lage.

Er würde für eine grundlegende Änderung sorgen.

»Mr. Havers!« rief Teddy plötzlich. »Wir haben wieder etwas!«

Miles ging sofort zu ihm zurück und blickte auf den Bildschirm. Verblüfft sagte er: »Sie hat ihre Kreditkarte noch einmal benutzt? Ich kann nicht glauben, daß sie so dumm ist.«

Teddy tippte wie rasend auf der Tastatur und murmelte: »Vielleicht ist sie nicht so dumm. Diesmal hat Dr. Alexander mit ihrer Karte eine Zugangsberechtigung gekauft.«

»Welche hat sie?«

»Einen Augenblick. Es wird gleich auf dem Bildschirm angezeigt werden.«.

»LinkNet ...«, sagte Miles. »Orange County. Ich wette, sie ist nicht in Orange County. Also los, verfolgen Sie die Spur.«

»Bin schon dabei, Mr. Havers.« Teddy schob sich lachend eine Handvoll seiner Lieblingssnacks in den Mund. Zucker und Koffein verschafften ihm einen Adrenalinstoß, der ihn in die richtige Hacker-Laune versetzte.

Es war soweit! Die Archäologin hatte sich ins Internet eingewählt. Das Spiel lief auf vollen Touren.

Goshen, Kalifornien

»Tut mir leid, es gibt keinen ›Tymbos‹«, sagte Garibaldi. »Es gibt weder einen König noch sonst jemanden mit diesem Namen. Sind Sie sicher, daß die Schreibweise richtig ist?«

Catherine kam aus dem Bad und bürstete sich die kurz geschnittenen und gebleichten Haare. Garibaldi bekam große Augen. »Sie sehen so anders aus.«

»Genau das wollte ich.« Sie blickte auf den Monitor, dann drehte sie sich um und holte die Pappschachtel mit der ersten Schriftrolle. Oben auf der zweiten Seite stand: ›*ΤΥΜΒΟΣ*.‹

»Stimmt«, murmelte Garibaldi, als sie ihm das Wort zeigte. »Daran gibt es keinen Zweifel. Könnte es ein Anagramm sein? Die frühen Christen hatten eine ausgeprägte Vorliebe für solche Spielereien. Wissen Sie, wie zum Beispiel ›Ichthus‹.«

»Möglich«, stimmte ihm Catherine zu. Das Anagramm ›Ichthus‹ entstand aus den ersten Buchstaben des Satzes: Iesous Christos Theou Uios Soter – Jesus Christus, Sohn Gottes, Retter – und ergab das lateinische Wort für ›Fisch‹. Auf diese Weise war eines der ersten Symbole des christlichen Glaubens entstanden. Benutzte Sabina eine ähnliche Verschlüsselungstechnik?

Garibaldi blickte auf die digitale Zeitanzeige des Monitors. »Ich glaube, wir haben Zeit für einen weiteren Suchbegriff, dann sollten wir uns besser wieder aus dem Internet verabschieden. Sie dürfen es noch einmal probieren. Ich wünsche Ihnen diesmal mehr Glück.«

Catherine ging in Gedanken die Liste ihrer Stichwörter durch: Amelia, Perpetua, Sabina, der Weg, der Gerechte …

Ohne die Familiennamen der Frauen war es schwer, wenn nicht sogar unmöglich, etwas über sie zu finden. ›Der Weg‹ und ›der Gerechte‹, waren zu allgemein. Lycos würde ihr bei diesen Begriffen unzählige Verweise anbieten.

Sie trat wieder an den Tisch, wo die zweite Schriftrolle bereits teilweise entfaltet lag, und las die erste Zeile:

›*Philos war Arzt. Aber er war noch mehr. Er war ein Alchimist, der nach den geheimnisvollen Mysterien von Leben und Tod suchte …*‹

Wie ich bereits gesagt habe, Philos war Arzt. Aber er war noch mehr. Er war ein Alchimist, der nach den geheimnisvollen Mysterien von Leben und Tod suchte.

Er war bei den großen Zauberern und Eingeweihten von Persien gewesen. Sein Leben war eine einzige Suche. Philos wollte das uralte Mittel finden, das ewiges Leben schenkt. Er sagte mir, daß die Welt vor langer, langer Zeit von Riesen bewohnt war. Man nannte diese Zeit das Goldene Zeitalter. Damals lebten die Menschen sehr, sehr lange. Hinweise darauf zeigte er mir in den Schriften von Platon, Sokrates und auch in den Schriften der Juden, wo steht, daß Adam, Seth und Methusalem beinahe tausend Jahre gelebt haben.

Ich habe erwähnt, daß Philos ein Stoiker war, doch er glaubte auch an die Unsterblichen, von denen, wie er sagte, die Menschen das Geheimnis des langen Lebens gelernt hatten. Allerdings geriet dieses Geheimnis vor sehr langer Zeit wieder in Vergessenheit. Aber, so behauptete er, man konnte es wiederfinden, wenn man nur danach forschte.

Um auf der Suche nach diesem Geheimnis durch die Welt rei-

sen zu können, schloß er sich dem Gefolge des kaiserlichen Gesandten an, der bis zu den entferntesten Grenzen des Reichs reiste, um die Grenzposten zu kontrollieren und sich davon zu überzeugen, daß die Befehle Roms befolgt wurden. Der kaiserliche Gesandte war ein Römer und hieß Cornelius Severus ...

http://home.mcom./home/internet-search.html

SEARCH ENGINES
INFOSEEK SEARCH

InfoSeek ist ein umfassendes und genaues WWW-Suchprogramm. Sie können Suchwünsche in normaler Sprache oder als Suchbegriffe und Sätze eingeben. Sie können auch besondere Such-Operatoren einsetzen:

EINGEBEN: *Cornelius Severus*

SUCHE BEGINNT SUCH-TEXT

http://www2.infoseek.com/Titel?qt=Cornelius+Severus

INFOSEEK SUCHERGEBNIS:

SIE SUCHEN: *Cornelius Severus*
Keine WWW-Einträge unter Ihrem Suchbegriff.

File»Exit
Dialer»Bye
PPP DEAKTIVIERT
NO CARRIER

Santa Fe, New Mexico

»Und?« fragte Miles.

Teddy schüttelte den Kopf. »Die Zugangsberechtigung wurde vor fünf Stunden erteilt. Wenn sie sich eingewählt hat, ist sie jetzt schon nicht mehr Online. Ich möchte wetten, daß sie nicht mehr ans Internet geht.«

»Soll das heißen, sie kann sich einwählen und verabschieden, bevor wir sie festnageln können?«

»Es sieht so aus. Dr. Alexander hat ihre Kreditkarte nur für diesen einen Vorgang benutzt. Das heißt, sie vermutet, daß wir ihr Kartenkonto überwachen. Sie hat die Zugangsberechtigung bei LinkNet damit bezahlt, weil wir keine Möglichkeit haben, den Einsatz der Karte zurückzuverfolgen. Sie hat bei Internet ihre Adresse in Santa Monica angegeben.«

»Sie kann also immer neue Zugangsberechtigungen kaufen, sich ins Internet einwählen und wieder verabschieden, während wir zu spät sehen, was sie gemacht hat?«

Teddy nickte. »Es würde helfen, wenn wir wüßten, wonach sie sucht. Vielleicht wären wir dann schneller und könnten sie fassen, während sie die Suche laufen läßt.«

Miles blickte ungeduldig auf die Uhr. Dazu, so dachte er gereizt, müßte er die überfällige Übersetzung haben. Warum kam das Fax nicht an?

»Wenn sie glaubt, mit mir Katze und Maus spielen zu können«, sagte er drohend, »wird sie eine Überraschung erleben. Diese Frau hat den großen Fehler begangen, sich auf ein Spielfeld zu wagen, das *ich* erfunden habe.«

»Was haben Sie vor, Mr. Havers?«

»Wir locken sie in eine Falle, Teddy. Diese Falle wird unsere kluge kleine Archäologin nicht vermuten und sich deshalb schneller darin fangen, als sie es für möglich hält.«

Sacramento, Kalifornien

»Haben Sie diese Frau gesehen?«

Die Frau an der Rezeption im Dew Drop Motel blickte auf das Photo. »Sieht fast wie eine Frau aus, die gestern abend hier ein Zimmer gemietet hat«, antwortete sie.

»Können Sie mir vielleicht sagen, unter welchem Namen sie sich eingetragen hat?«

Diesmal stellte nicht Zeke die Fragen, sondern sein Partner Raphael. Zeke wußte schon seit langem, daß sein entstelltes Gesicht bei Männern und Frauen unterschiedliche Reaktionen auslöste. Männer reagierten wohlwollend auf die Narbe, die durch Augenbraue, Wange und Lippen schnitt. Sie schienen zu glauben, Zeke habe ein männliches Ritual bestanden, was sie beeindruckte und ihm ihre unbewußte Anerkennung verschaffte. Frauen dagegen waren unberechenbar in ihren Reaktionen. Meist fanden jüngere die Narbe faszinierend, vielleicht sogar aufreizend. Ältere Frauen dagegen reagierten abweisend, vermutlich weil die Narbe etwas Gefährliches andeutete.

Als Zeke vor dem Büro des Motels angehalten und durch das Fenster eine grauhaarige Frau an der Rezeption gesehen hatte, schickte er seinen jungenhaften Partner hinein, denn er wußte, Raphael mit der Hornbrille und dem Lockenkopf wirkte harmlos wie ein Chorknabe.

Die Frau ahnte bestimmt nicht, daß Raphael bereits zwölf Morde auf dem Gewissen hatte.

»Ich darf Ihnen den Namen nicht nennen«, sagte die Frau jetzt, aber er lächelte charmant, legte den Kopf schief und sah sie mit seinen feuchten Hundeaugen bittend an.

Sie schob ihm das Gästebuch über die Theke.

Er überflog die Einträge.

Jane Smith.

Das mußte sie sein!

»War sie in Begleitung?« fragte er.

»Angeblich nicht, aber beide Betten waren benutzt. Die Putzkolonne hat beim Saubermachen einen Reisescheck unter der Tischlampe gefunden. Miss Smith hat sich also nicht einfach davongeschlichen.«

»Einen Reisescheck?«

Sie zeigte ihm den Scheck – American Express, ausgestellt und unterschrieben von ›Michael Garibaldi‹.

Das war der Priester.

Raphael hätte beinahe laut gelacht. Zeke würde sich über die Ironie des Schicksals freuen.

Die Jahrtausendwende half ihnen bei der Suche. Wenn die Menschen nicht den Weltuntergang gefürchtet hätten, dann wären alle Motels und Hotels in Kalifornien geöffnet gewesen, und sie hätten tausend Leute gebraucht, um nach der Frau in Begleitung eines Priesters zu suchen.

»Wissen Sie zufällig, in welche Richtung die beiden gefahren sind?«

»Tut mir leid.«

Als er sich umdrehen wollte, sagte die Frau:

»Warten Sie! Ich werde Lucinda fragen ...« Sie wählte bereits eine Nummer.

»Wer ist Lucinda?«

»Sie hat das Zimmer saubergemacht. Vielleicht hat sie die beiden noch gesehen ...«

Fünf Minuten später stieg Raphael zufrieden in den Wagen. »Läßt du unseren Boß wissen, daß wir der Dame auf der Spur sind?«

Zeke erwiderte abschätzig: »Sollen seine teuren Computer sie doch finden!«

Santa Fe, New Mexico

Teddys T-Shirt hatte den vielsagenden Aufdruck: ›Informationen wollen frei sein‹.

Das Faszinierende an der Jagd nach Informationen, so fand er, war die Herausforderung, sich unbemerkt an sie heranzupirschen. Das war das Meisterstück. Die gewonnene Information war für den Hacker eigentlich zweitrangig, und die Jagd auf einen Menschen anstelle einer Spielfigur war noch besser – eine Archäologin floh mit alten Schriftrollen. Diesmal hatte es Teddy mit dem Verstand eines wirklichen Menschen zu tun und nicht nur mit einer Kodierung. Aber für Teddy galt auch das Motto der Hacker: Man darf alles tun, aber niemand darf dabei körperlich Schaden nehmen.

Miles wußte das. Er wußte, daß Teddy sich am liebsten als eine Art Ritter sah. Auch er hielt sich an Regeln und Moralgesetze. Deshalb achtete Miles darauf, daß Teddy nichts von Zeke erfuhr oder von dem Zusammenhang mit dem Mord an Daniel Stevenson.

Teddy Yamaguchi war der Beste auf seinem Gebiet, und Miles brauchte ihn. Aber heute hatte er es vorgezogen, allein im Kommunikationszentrum zu bleiben. Deshalb hatte er Teddy den Abend freigegeben. Miles rechnete jeden Augenblick mit dem Eintreffen wichtiger Informationen. Er durfte nicht riskieren, daß Teddy etwas davon erfuhr.

Die rechte Hand darf nicht wissen, was die linke tut. Miles hielt sich an dieses Motto. Damit verhinderte er, daß es einen Menschen gab, der zuviel über ihn wußte. Aus diesem Grund ahnte Teddy auch nichts von den drei Computerfachleuten, die Miles bei Dianuba Technologies eingesetzt hatte, und die nur darauf warteten, unabhängig voneinander für ihn zu suchen.

Miles stand vor dem Problem, daß es noch nichts zu suchen gab. Während die Alexander auf der Flucht war, übersetzte sie die Schriftrollen. Damit stiegen ihre Chancen, die siebte Rolle zu finden. Ohne eine Übersetzung konnte Miles die Suche auch ganz aufgeben.

Mitternacht war bereits vorüber. Das Fax hätte schon vor Stunden eingehen müssen.

Er überlegte gerade, ob er sich telefonisch nach dem Grund der Verzögerung erkundigen sollte, als auf dem Monitor endlich die

ersehnte Meldung erschien und gleichzeitig der Drucker zu laufen begann. Miles griff erregt nach der ersten Seite.
Das Fax kam aus Kairo.
›Ich brachte Philos durch eine List dazu, mich zu heiraten …‹

Ich brachte Philos durch eine List dazu, mich zu heiraten.
Meine Mutter hatte einen Vorrat an Kräutern und Heilmitteln, die sie bei Geburten verwendete. Ich fand darunter auch zerstoßenes Haschisch, mit dem man einen Blutsturz behandelte, aber jeder wußte, daß es auch als Aphrodisiakum wirkte. Am Abend ging ich zu dem Gasthaus. Das war ein kühner und waghalsiger Schritt, denn ich war die unverheiratete Tochter einer angesehenen Familie, und es war undenkbar, daß ich abends ohne Begleitung das Haus verließ. Außerdem wollte ich einen Mann besuchen, der nicht verwandt mit mir war. Aber Philos würde Antiochia am nächsten Tag verlassen, und ich wollte unter allen Umständen mit ihm reisen.
Ich nahm einen Krug Wein mit, in den ich das Haschisch geschüttet hatte. Philos empfing mich freundlich, aber er forderte mich auf, nach Hause zu gehen. Da ich das ablehnte, bot er an, mich nach Hause zu begleiten. Als ich auch das ablehnte, sagte er: ›Wenn ich von deinem Wein trinke, wirst du dann gehen?‹
Ich stimmte zu.
Er trank nur einen einzigen Schluck.
Ich verließ das Gasthaus, wie ich es versprochen hatte, und Philos erschien am nächsten Morgen in unserem Haus und hielt bei meiner Mutter um meine Hand an.
Ich dachte, der Trank habe seine Wirkung getan. Ich wußte damals nicht, daß das Haschisch keine Wirkung auf Philos haben konnte, denn ich hatte die Stengel und nicht die Blätter zerstoßen und in den Wein gemischt. Philos erzählte mir später, es sei seine Absicht gewesen, mich zu heiraten. Er habe das seit der ersten Begegnung gewollt.
Und so heiratete ich Philos. Wir wählten den Juni, den glückverheißendsten aller Monate, für die Hochzeit. Ich trug den flam-

mendroten Brautschleier und sprach das uralte Ehegelöbnis: ›Ubi tu Gaius, ego Gaia‹. *Philos trug mich in der Hochzeitsnacht über die Schwelle des Zimmers, damit keine bösen Geister, die sich an meine Sandalen klammern mochten, das neue Leben mit uns beginnen konnten.*

Für Philos war ich eine gute Partie, denn seine Braut stammte aus der vornehmen Sippe des Fabianus. Und ich? Ich, liebe Amelia, sollte mit ihm die Welt kennenlernen. Es war deshalb nicht wichtig, daß ich ihn nicht liebte …

Unser erstes Reiseziel war Indien, ein Land der Götter und Geister, der Dämonen und überirdischen Wesen. In diesem uralten Land weilen die Ahnen noch unter den Lebenden. Dort befragt man vor jeder wichtigen Entscheidung die Sterne, ein Fluß gilt als heilig, und Kühe werden nicht geschlachtet. Ich erfuhr, daß sich Männer und Frauen die Ohrläppchen durchstechen lassen als Schutz gegen den unheilvollen Einfluß gefährlicher Sterne und böser Geister.

Stellt Euch vor, liebe Schwestern, was für ein Abenteuer das für uns war! Ich war jung und wollte unbedingt die Botschaft des Gerechten verbreiten. Ich liebte Philos zwar nicht, aber er war ein gütiger und geduldiger Lehrer, obwohl ich glaube, daß ich ihn manchmal verwirrte.

Wir schätzten uns glücklich, damals zu leben, denn wir waren in einer besonderen Zeit geboren worden. Die Tempel wurden besser gepflegt als je zuvor, und auf den Altären der Götter häuften sich die Opfergaben. Überall lag eine erwartungsvolle Hoffnung in der Luft, denn alle sahen die Zeichen. Das Reich wird zerfallen, sagten die Menschen. Eine neue Ordnung wird kommen.

Und ich wußte, der Gerechte würde wiederkommen, wie er es versprochen hatte. Ich erzählte allen, so gut ich es konnte, von seiner Botschaft des Friedens. In meiner jugendlichen Begeisterung und Unschuld glaubte ich, die Welt ändern zu können.

Wohin wir auch kamen, lernten wir neue Menschen kennen. Auf der Suche nach dem Wundermittel tauschte Philos sein Wissen mit Ärzten aus. Er lernte neue und wirkungsvolle Heil-

mittel kennen. Dafür gab er ihnen das Geheimrezept der Hekate, ein uraltes Mittel gegen Kopfschmerzen, Fieber, Entzündungen und Gliederschmerzen. Man braucht dazu die Rinde von Weiden. Die Menschen im Osten kannten dieses Mittel damals noch nicht.

Auf dem Weg nach Indien mußten wir Arabien durchqueren. Dort stellten wir fest, daß man eine Möglichkeit gefunden hatte, ›Honig‹ anzubauen. Man gewinnt den ›Honig‹ aus einer Art Schilfrohr, das so groß wird wie ein Mann. Der ›Honig‹ ist körnig und wird nur zum Süßen von Medizin verwandt. In Arabien erfuhren wir auch, daß es in Persien Bäume gibt, die Wolle tragen. Wir reisten entlang einer Straße mit sehr alten Türmen, die vor langer, langer Zeit ein Kaiser errichten ließ, an dessen Namen sich niemand mehr erinnert. Der Führer unserer Karawane erzählte, daß die Türme in Sichtweite voneinander stehen. Früher stand auf jedem Turm ein Mann Wache, der ein Feuer unterhielt. Der Kaiser ließ Botschaften durch Leuchtsignale von Turm zu Turm übermitteln. Auf diese Weise erreichte eine Botschaft das nächste Königreich in wenigen Tagen, anstelle von Wochen.

Überall, wohin wir kamen, suchte Philos nach Hinweisen auf die Riesen der Vergangenheit. Er sagte mir, daß er einmal einen ihrer Knochen gesehen hatte. Der Knochen stammte aus Europa, wo römische Soldaten beim Ausheben der Fundamente für eine Brücke einen versteinerten Oberschenkelknochen gefunden hatten. Er war fast zwei Beinlängen lang, aber alle sagten, er stamme von einem Menschen.

Philos diente auf den Reisen treu Cornelius Severus und seinen Offizieren. Die einfachen Legionäre hatten ihren eigenen Militärarzt. Als Allheilmittel gab Philos den Kranken die zerstoßenen Zähne von Haien in Wein zu trinken. Bei schweren Blutungen, bei Asthma und Husten mischte er mit verblüffendem Erfolg einen Trunk aus der Ephedrapflanze.

In den vielen Wochen und Monaten der Reise zum Indus, während Cornelius Severus im Namen des Kaisers Recht sprach, und Philos das Wundermittel gegen den Tod suchte, sprach ich mit den Frauen in ihren Zelten und an den Lagerfeuern. Ich erzählte ihnen von dem Gerechten und der Botschaft, die er den Menschen gebracht hatte.

Philos war ein behutsamer und geduldiger Ehemann, aber es fehlte die Leidenschaft, und ich begann mich zu fragen, ob ich je die glühende Liebe kennenlernen würde, von der Catull in seinen Gedichten spricht.

Ich war jung, und ich sehnte mich nach Liebe.

Der siebte Tag

Montag,
20. Dezember 1999

Goshen, Kalifornien

»Frau Doktor? Frau Doktor!«

Catherine hörte ihn nicht, denn sie hatte die Dusche voll aufgedreht. Das Wasser war so heiß, daß sie es gerade noch ertragen konnte. Garibaldi klopfte an die Tür, und dann spürte sie einen kalten Luftzug.

Seine laute Stimme in dem kleinen Bad ließ sie zusammenschrecken. »Dr. Alexander, wir müssen *sofort* hier weg!«

Garibaldi schlug die Tür zu, und der Luftzug hörte auf.

Catherine trocknete sich hastig ab, zog die Jeans und das T-Shirt an und eilte mit nassen Haaren aus dem Bad. Sie suchte ihre Socken und stellte verblüfft fest, daß Garibaldi ihre Sachen bereits gepackt und neben seine Reisetasche gestellt hatte.

»Was ist denn los?« fragte sie und griff nach ihren Schuhen.

»Man weiß jetzt, wer Sie sind«, erwiderte er und zeigte ihr eine Zeitung. »Kollegen von Ihnen haben die Polizei benachrichtigt, als sie Ihr Bild in der Zeitung sahen. Eine Motelangestellte hat ebenfalls die Polizei angerufen.«

Wieder sah sie ihr Bild auf der ersten Seite. Aber diesmal war es nicht das Porträt des Polizeizeichners, sondern ein Photo neueren Datums. Darunter stand ihr Name: ›Dr. Catherine Alexander aus Santa Monica, Kalifornien. Diese Frau wird in Verbindung mit zwei Morden, Diebstahl und Schmuggel von nationalen Kulturgütern gesucht.‹

Catherine glaubte, der Boden unter ihren Füßen werde sich auftun und sie verschlingen.

Garibaldi öffnete die Tür einen Spalt, und ein Sonnenstrahl fiel in das abgedunkelte Zimmer. »Von mir wissen sie immer noch nichts«, sagte er mit einem Blick auf den Parkplatz. »Man bringt Sie nicht mit dem Priester in Zusammenhang, der gleichzeitig mit Ihnen im vorigen Motel war. Ich hoffe, daß ich die Leute weiter von Ihnen ablenken kann.« Er trug die Soutane. »Aber wir können nicht mehr mit dem Wagen fahren«, sagte er. »Deshalb lasse ich ein Taxi kommen.«

Benommen überflog Catherine den Artikel:

›Es besteht Grund zur Annahme, daß Dr. Alexander am Samstagabend unter dem Namen Jane Smith in einem Motel in Sacramento abgestiegen ist. Sie wurde zuletzt in einem roten Ford gesehen und fuhr in Richtung Süden.‹

Es war ein langer Artikel. Offenbar hatte man jeden, der etwas über sie wußte, nach ihr gefragt: die Stiftung, Mr. Mylonas im Hotel Isis, Samir, sogar die amerikanische Einreisebehörde. Catherine erwartete, daß auch Julius erwähnt werden würde. Aber sein Name tauchte nicht auf.

»Das Taxi ist da«, sagte Garibaldi an der Tür. »Ich nehme das Gepäck.«

Er hatte dem Taxifahrer gesagt, daß sie zum Greyhound-Busbahnhof wollten. Auf der Fahrt flüsterte er so leise, daß der Mann ihn nicht hörte: »Wir sind etwa dreihundert Meilen von Mexiko entfernt. Wir können es noch heute nacht über die Grenze schaffen …«

Aber sie schüttelte den Kopf. »Wenn ich nach Mexiko fliehen würde, wäre das wie ein Eingeständnis meiner Schuld. Wir fahren nach Südosten.«

»Was ist dort?«

»Die Wüste«, antwortete Catherine.

West Los Angeles

»Dr. Voss, ist Ihnen bewußt, daß die Einfuhr von fremden Kulturgütern in dieses Land ein Vergehen ist? Haben Sie vergessen,

daß Frau Dr. Alexander unter dem Verdacht steht, genau das getan zu haben? Wo befindet sie sich jetzt? Welcher Zusammenhang besteht zu dem Mord an Daniel Stevenson?«
Julius stand vom Schreibtisch auf und rieb sich die Schläfen. Das imaginäre Verhör wollte ihm nicht aus dem Kopf. Es quälte ihn, seit er vor der Polizeiwache im Auto gesessen hatte und eine Aussage über Catherine machen wollte. Nach längerem Überlegen war er dann doch nicht ausgestiegen.
»Sie sagen, daß diese Frau Catherine Alexander ist?« hätte man ihn gefragt. »Und Sie wissen mit Sicherheit, daß sie bei Ausgrabungen in Ägypten gefundene Schriftrollen ins Land geschmuggelt hat?«
Er hätte Catherine an den Pranger gestellt.
Bis gestern abend hatte die Polizei Catherines Identität noch nicht gekannt und weder etwas von ihrer Beziehung zu Daniel gewußt noch davon, daß sich die Papyri in ihrem Besitz befanden.
Als sich Julius nach dem stummen Selbstgespräch schließlich entschieden hatte und vom Parkplatz der Polizeiwache gefahren war, beschloß er, die Polizei werde von ihm nichts erfahren. Bis gestern abend hatte Catherine noch die Möglichkeit gehabt, selbst alle Anschuldigungen zurückzuweisen.
Aber das war gestern abend gewesen. Der neblige Morgen brachte in Form der *Los Angeles Times* ein böses Erwachen, denn auf der Titelseite befand sich Catherines Bild, ein richtiges Photo von ihr mit Namensangabe.
Julius war jedoch erleichtert, als er las, daß sie noch lebte. Der Mann, mit dem Catherine angeblich aus Daniels Wohnung geflohen war, wurde nicht erwähnt. Das bedeutete, sie war nicht entführt worden. Sie befand sich auf der Flucht.
Julius wußte, wie eigensinnig Cathy sein konnte. Er erinnerte sich noch gut an die Entschlossenheit in ihren Augen, als sie erklärt hatte, sie werde sich die Schriftrollen nicht abnehmen lassen. Natürlich würde sie so lange untertauchen, bis sie die Übersetzung abgeschlossen hatte.

Julius griff nach der Zeitung und las den Artikel noch einmal. Dort hieß es, die Polizei habe neunzehn Photos der Schriftrollen gefunden. Aber von Catherine wußte er, daß sie jede Seite der Bücher photographiert hatte, und das waren mehr als hundert Bilder. Hatten Daniels Mörder die anderen Photos an sich genommen? Wer immer sie auch sein mochten, sie wollten die Schriftrollen unbedingt in ihren Besitz bringen und schreckten selbst vor einem Mord nicht zurück. Julius vermutete, sie würden wieder töten, um die siebte Schriftrolle zu bekommen. Solange die Suche danach weiterging, war Catherines Leben in Gefahr.

Er warf die Zeitung auf den Schreibtisch und schob die Hände in die Hosentaschen. Seine Hilflosigkeit empfand er wie eine Folter. Er wollte etwas für sie tun. Aber was?

Dann kam ihm ein Gedanke.

Ich muß die siebte Schriftrolle finden.

Und wie sollte das geschehen? Bestimmt suchte Catherine bereits danach. Auf Grund der Berichte in den Zeitungen über den sensationellen Fund in Ägypten würden sich natürlich alle möglichen Leute an dieser verrückten Schatzsuche beteiligen. Die anderen sechs Rollen enthielten vermutlich Hinweise darauf, wo der ›Schatz‹ vergraben war. Die Photos und die Originale halfen den anderen, das Versteck aufzuspüren. Julius dagegen stand mit leeren Händen da.

Er ging unruhig in seinem Büro auf und ab und rief sich den regnerischen Nachmittag ins Gedächtnis, als Catherine unerwartet aus Ägypten zurückgekommen war und ihm die alten Papyri gezeigt hatte. Plötzlich fielen ihm wieder ihre Worte ein: ›Sabina rät Amelia, die siebte Schriftrolle einem König zu geben, falls man sie verfolgen würde …‹

Julius rieb sich die Stirn und den Nacken, um das Blut besser zirkulieren zu lassen. Er hoffte, seine Erinnerung werde sich bei ruhiger Konzentration lückenloser einstellen. Er schloß die Augen und stellte sich die alten Bücher vor, so wie er sie auf dem Sofatisch in seinem Haus gesehen hatte. Catherine entfaltete einen

Papyrus und beugte sich über den Text, der an manchen Stellen kaum lesbar, an anderen jedoch wieder verblüffend deutlich war. Ihm war ein Name aufgefallen.
Wessen Name? Es war nicht der Name des Königs ...
Er griff nach der Zeitung und las noch einmal die Übersetzung. Dabei achtete er auf die Namen: Amelia, Perpetua, Sabina. Natürlich wäre es einfach, die Kataloge der Archive nach Schriftrollen zu durchsuchen und zu überprüfen, ob er die Namen in griechischen Texten dieser Zeit fand. Allerdings würde selbst ein Computer für diese Art Suche viel Zeit brauchen. Julius fürchtete, daß Catherine nicht viel Zeit blieb.
Wenn er sich doch nur an den Namen erinnern könnte, den er im Originaltext gelesen hatte. Das wäre wenigstens ein Anfang ...
Julius ging zur Tür seines Büros und wollte sie öffnen. Aber er blieb unsicher stehen. Wohin sollte er gehen? Er konnte unmöglich so tun, als beginne ein ganz normaler Arbeitstag. Inzwischen trafen die Mitarbeiter des Instituts ein. Alle hatten die Zeitung gelesen. Jeder von ihnen wußte, daß Julius und Catherine verlobt waren. Man brauchte nicht viel Phantasie, um sich das Gerede und die Fragen vorzustellen. Möglicherweise mußte er auch mit höflichem, aber peinlichem Schweigen rechnen, und das wäre noch schlimmer.
Er hätte nicht ins Institut kommen dürfen, und er sollte schnellstens etwas unternehmen, um Catherine zu helfen.
Aber was, um alles in der Welt?
Julius verfluchte im stillen die Lage, in die er geraten war. Seufzend trat er ans Fenster und blickte hinaus. Die Weihnachtsbeleuchtung auf dem Wilshire Boulevard brannte schon am frühen Morgen. Normalerweise schaltete sich die Beleuchtung erst bei Einbruch der Dunkelheit ein. Der Nebel täuschte offenbar die Sensoren ...
Fabianus ...
Julius holte tief Luft. Das war der Name! ›Fabianus‹.
Er drehte sich um und ging zu der Bücherwand gegenüber. Wer war ›Fabianus‹? fragte er sich und überflog die Titel der Bücher.

War es Sabinas Vater oder ein Mann, den sie geheiratet hatte? Vielleicht war er der König, dem man die siebte Rolle anvertraut hatte ...

Julius schüttelte den Kopf. Er hatte nicht die Zeit, alle diese Bücher durchzusehen. Er setzte sich an den Schreibtisch, startete den Computer und dachte dabei an die verfügbaren Suchprogramme: Lycos, InfoSeek, OmniSearch ...

Mrs. Meritites ...

Er kniff die Augen zusammen und nickte. Natürlich hatte Cathy *deshalb* den Namen der Mumie gewählt, als sie ihm auf dem Anrufbeanworter die seltsame Nachricht hinterließ. Der Name sollte ihn an die Intrigen im vergangenen Jahr erinnern und an den Konkurrenzkampf, den die Untersuchung der Königin ausgelöst hatte, als ein Kollege das Telefon von Julius angezapft hatte!

Er runzelte die Stirn. Weshalb glaubte Catherine, jemand überwache sein Telefon und seinen Computer? Wer würde so etwas tun und aus welchem Grund?

Verwirrt blickte er auf den blinkenden Cursor und schaltete den PC wieder aus. Er seufzte und dachte gereizt: *Wie soll ich ohne Computer nach der siebten Schriftrolle suchen?*

Die Zeitung auf dem Schreibtisch erinnerte ihn daran, daß es nur eine Frage der Zeit war, bis die Journalisten oder die Polizei bei ihren Nachforschungen auch auf ihn stoßen würden. Aber er wollte zum jetzigen Zeitpunkt unter keinen Umständen eine Aussage machen. Er wollte nicht lügen. Und dazu würde man ihn mit direkten Fragen zwingen. Wie konnte er das zumindest so lange hinauszögern, bis er Zeit gehabt hatte, alles noch einmal in Ruhe durchzudenken?

Er stand auf, zog sein Jackett an und verließ entschlossen das Büro. Eilig ging er durch die langen Gänge und hinterließ am Empfang die Nachricht, er sei den ganzen Tag nicht im Institut und auch zu Hause nicht zu erreichen. Dann trat er in den grauen Morgen hinaus. Die feuchte, salzige Meeresluft schlug ihm entgegen. Es roch nach Regen.

Er hatte sich gerade entschieden, zum Strandhaus zu fahren, als er die Übertragungswagen der Fernsehsender sah, die Kameras, die Journalisten und die Polizeibeamten …

Über dem Pazifik

Miles spürte den Druck in den Ohren, als sein Jet die Reiseflughöhe verließ. Er warf einen Blick auf die Uhr. Der Flug hatte etwas über sechs Stunden gedauert.

Eigentlich hätte er nicht persönlich fliegen müssen. Miles hätte seinen Anwalt damit beauftragen können, die Transaktion durchzuführen. Aber die Schriftrollen waren ihm zu wichtig, um einem anderen die Verantwortung dafür zu überlassen.

Da Catherine Alexander die Photos klugerweise numeriert hatte, wußte Miles, daß er die meisten besaß. Die Polizei hatte nur einen Bruchteil. Leider, so vermutete Miles, enthielten die Texte, die ihm nicht zur Verfügung standen, wichtige Informationen. Wenn die Zeit nicht so gedrängt hätte, wäre es natürlich kein Problem gewesen, sich mit Hilfe der richtigen Leute auch die Photos zu beschaffen, die bei der Polizei in Santa Barbara lagen. Aber Zeit hatte er nicht. Jeder Tag brachte diese Alexander ihrem Ziel näher, die siebte Rolle zu finden.

Miles mußte deshalb andere Wege einschlagen.

Die Polizei besaß offenbar neunzehn Photos. Eines davon war in den Zeitungen abgebildet worden. Miles war zu dem Schluß gekommen, es müsse irgendwo auf der Welt Kopien der anderen achtzehn Seiten geben, denn der Text der Schriftrollen war bestimmt wie die Evangelien immer wieder abgeschrieben worden. Also brauchte er nur in Archiven und Bibliotheken zu suchen.

Bisher hatte er allerdings nur drei Schriftrollen ausfindig gemacht. Ein Papyrus befand sich im Archiv der Duke University, der zweite im British Museum. Es handelte sich dabei um kleine, kaum entzifferbare Fragmente, die kein Licht auf das Leben von

Sabina Fabiana warfen. Ein dritter Papyrus befand sich im Privatbesitz eines gewissen Aki Matsumoto, eines reichen japanischen Geschäftsmannes. Den Hinweis auf dieses Fabiana-Fragment fand Miles in der Zeitschrift *Archaeology*, die berichtete, das Dokument befinde sich in einem ausgezeichneten Zustand. Es stammte aus dem sechsten Jahrhundert und war die Kopie eines Papyrus aus dem zweiten Jahrhundert.

Miles wollte dieses Dokument haben.

Das gelbe Leuchtsignal der Sprechanlage neben seinem Sitz blinkte mehrmals. Der Pilot ließ ihn damit wissen, daß sie sich im Landeanflug befanden. Miles sah unter sich das dunkelblaue Meer, in dem die Inseln wie wahllos verstreute Edelsteine leuchteten.

Die Entscheidung zu diesem Flug nach Hawaii war ihm nicht leichtgefallen, denn er ließ Erika nur ungern allein zurück. Das Haus füllte sich bereits mit Gästen, und die Vorbereitungen für die große Silvesterfeier waren in vollem Gang. Das Fest sollte alles übertreffen, die Oscarverleihung, den Debütantinnenball und das Film-Festival von Cannes.

Miles lächelte. Niemand ahnte den eigentlichen Grund für die Jahrtausendfeier. Er hatte wie immer seine eigenen Absichten. Gewiß, in diesem Augenblick hätte er Erika zur Seite stehen müssen, um dafür zu sorgen, daß alles nach Plan verlief.

Aber das ganze Fest wäre für ihn bedeutungslos, wenn es nicht zum Höhepunkt seiner Ambitionen werden würde.

Der Tiger in Miles war hungrig. Er brauchte Beute. Miles wollte seine Gäste in dem Bewußtsein begrüßen, daß er im neuen Jahrtausend alle seine Ziele erreicht hatte. Die mehr als tausend Menschen aus aller Welt kamen, um ihm in der *Casa Havers* zu huldigen, denn in seiner Vorstellung war das Anwesen sein Palast, der Konzern war der Thron, sein Computerzentrum Zepter und Schwert, im Tropenhaus hütete er die Perlen, und im unterirdischen Museum, seiner Schatzkammer, sammelte er das Wertvollste, was Menschen geschaffen hatten. Wenn er die Gäste mit dem Wissen begrüßte, daß sich dort die Schriftrollen befanden, die zum Tagesgespräch geworden waren, weil alle sich davon Aufschlüsse über die Vergangenheit und die Zukunft erhofften, dann konnte er an Silvester triumphieren. Mochten die Regierungen, die Medien und alle Menschen spekulieren, er, Miles, würde als einziger *wissen*, was darin stand. Dieser Triumph würde das Fest zu seiner persönlichen Siegesfeier machen. Das neue Jahrtausend würde ihm unbegrenzte Macht bringen, denn er hatte den Zugriff auf *alle* Informationen. Das Wissen bestimmte seine Entscheidungen. Es war der Schlüssel für seine Stärke, seine Überzeugungskraft, seinen Weitblick. Er würde auf seine Weise Herrscher der Welt sein.

Der Jet landete, rollte zum Ende des Flughafens, wo Privatflugzeuge und die Maschinen der kleinen Frachtfluglinien abgefertigt wurden, und erreichte die Parkposition. Der Flugbegleiter öffnete die Kabinentür und ließ die feuchte Brise in das Flugzeug. Kurz darauf meldete er, daß die Kontaktperson eingetroffen sei.

Miles blickte aus dem Fenster und sah einen glänzenden schwarzen Mercedes mit geschlossenen getönten Scheiben.

Der unsichtbare Fahrgast auf dem Rücksitz war, wie Miles wußte, Aki Matsumoto – ein reicher Mann mit blasser Haut und traurigen Augen. Er trug immer schlecht sitzende Anzüge, die nichts von den vielen Millionen verrieten, die er in der Elektronikbranche verdiente. Matsumoto seinerseits ahnte nicht, wer ihn hierher gebeten hatte. Bei solchen Geschäften wahrte Miles stets seine Anonymität. Sein Anwalt hatte die Begegnung mit Matsumoto vorbereitet. Miles war aus diesem Grund auch nicht mit dem Firmenjet mit dem Logo des Konzerns an der Seite gekommen, sondern mit seiner weißen Privatmaschine, die keine Identifikationsmerkmale trug.

Miles reichte wie abgesprochen dem Flugbegleiter einen Briefumschlag. Der Mann ahnte nicht, daß sich in dem Umschlag Aktphotos von Aki Matsumotos vierzehnjähriger Tochter befanden. Der Flugbegleiter verließ das Flugzeug, näherte sich der Limousine und überreichte dem Chauffeur den Umschlag.

Miles hatte Aki Matsumoto vergeblich eine großzügige Summe für das Fabiana-Dokument angeboten. Deshalb griff er jetzt zu einer anderen Art Währung, die Matsumoto, wie er vermutete, für sein Angebot zugänglicher machen würde. Er sah, wie der Chauffeur das Wagenfenster öffnete und den Umschlag entgegennahm. Kurz darauf wurde dem Flugbegleiter im Austausch ein anderer Umschlag herausgereicht, den er sofort ins Flugzeug brachte.

Miles saß noch in dem bequemen taubengrauen Ledersitz und zog aus dem steifen Umschlag das Dokument und das Echtheitszertifikat, das bestätigte, daß das Pergament aus dem Jahr 586 n. Chr. stammte. Nach einem kurzen prüfenden Blick reichte er dem Flugbegleiter einen zweiten versiegelten Umschlag, der die Negative der Photos enthielt, die in dem ersten Umschlag gewesen waren.

Während die Übergabe an der Limousine schweigend stattfand, suchte Miles in dem Dokument bereits nach den wichtigen Worten, die er inzwischen gelernt hatte zu erkennen – Amelia, Perpetua, Sabina, Philos …

Er entdeckte keinen der Namen. Das Wort ›Fabiana‹ dagegen stand deutlich lesbar unten auf der ersten Seite, wo der Text mitten im Satz abbrach. Mit großer Behutsamkeit legte er den brüchigen Papyrus auf den Scanner und faxte den Text mit dem handschriftlichen Zusatz nach Kairo, wenn er wieder zu Hause sei, werde eine besser lesbare Photokopie folgen.

Der Mercedes rollte davon, und der Flugbegleiter kam zurück an Bord. Da die Maschine noch aufgetankt wurde, beschloß Miles, sich draußen etwas Bewegung zu gönnen. Er blickte in die Tropensonne und freute sich über die gelungene Transaktion. Er fand wieder Gefallen an der Jagd nach den Schriftrollen.

Die Polizei hatte Catherine Alexander identifiziert, und die Zeitungen sorgten dafür, daß sie jetzt praktisch eine Gefangene war, denn sie konnte kaum etwas tun, ohne Gefahr zu laufen, daß man sie erkannte. Damit hatte Miles sie dort, wo er sie haben wollte – ihr blieb nur noch das Internet für ihre Suche.

Das Blatt hatte sich gewendet. Seine Chancen, die siebte Rolle vor ihr zu finden, waren eindeutig wieder besser.
Als Miles zwei junge Einheimische in der Nähe des Hangars sah, in dem die Maschinen gewartet wurden, winkte er den Flugbegleiter zu sich. Er gab dem Mann hundert Dollar mit den entsprechenden Anweisungen und ging in die Maschine zurück.
Der Flugbegleiter erschien genau in dem Augenblick, als der Pilot Miles meldete, daß sie abflugbereit seien. Miles schnallte sich zum Start an, dann betrachete er, was der Mann für ihn gekauft hatte. Beim Anblick des Zehn-Dollar-Preisschilds lächelte Miles.
Die beiden Jungs hatten sich das Taschengeld verdient, denn sie waren zu dem Souvenirladen in der Abflughalle des Flughafens gerannt, um für ihn etwas zu besorgen.
Miles hob das Muschelhalsband ans Fenster und freute sich.
Niemals kam er von einer Reise ohne ein Geschenk für Erika zurück.

Mojave-Wüste, Kalifornien

›*Ich begegnete Satvinder auf einem Fischzug …*‹
Catherine zog die Augenbrauen zusammen. Dann las sie den Satz, den sie gerade übersetzt hatte, noch einmal. Er ergab keinen Sinn.
Sie griff nach der Lupe, richtete die Lampe auf das Papyrus und betrachtete sich genau das letzte Wort.
Αγρα … eindeutig: αγρα.
Sie schlug in Strongs *Griechisch im Neuen Testament* das Wort #0061-GSN nach: ›*agra* – ein (Fisch)Zug. KJV: Fischfang.‹
Catherine blickte wieder auf den Papyrus, zog die Lampe so nahe heran, daß durch die Hitze der Glühbirne ihr Haar heiß zu werden begann, veränderte langsam den Abstand der Lupe zur Papyrusseite und hielt den Blick auf das fragliche Wort gerichtet.

Dann sah sie es. Zwischen dem ›γ‹ und dem ›ρ‹ befand sich ein winziges ›o‹.

»›*Agora*‹!« rief sie erleichtert so laut, daß Garibaldi, der am Computer saß, erstaunt den Kopf hob.

»Du meine Güte, wie kann man nur so dumm sein! Sabina begegnet Satvinder natürlich auf dem ›Markt‹ und nicht auf einem ›Fischzug‹!« Sie griff nach dem Kugelschreiber und warf ihn quer durch das Zimmer.

»He!« rief Garibaldi und zog schnell den Kopf ein, so daß der Kugelschreiber ihn nicht traf. »Sagen Sie es rechtzeitig, wenn Sie demnächst mit Messern nach mir werfen.«

Sie lachte. »So war es nicht gemeint. Das sind die Nerven. Der Zeitdruck ist unerträglich. Havers hat zwar nicht alle Photos, aber die meisten. Ich sitze über dem brüchigen Papyrus und kann nur langsam und vorsichtig an einem kaum lesbaren Text arbeiten. Er dagegen hat Reproduktionen, die er vergrößern, vervielfältigen und jedem geben kann, der sich ihm als nützlich erweist. Vermutlich läßt er mehrere Leute gleichzeitig übersetzen, oder ein paar fangen von rückwärts an. Das bedeutet, Havers hat die wichtigen Hinweise bereits gefunden, nach denen ich noch suche. Vielleicht kennt er schon die Stadt oder das Land, in dem König Tymbos regierte. Stellen Sie sich vor, er ist bereits auf dem Weg zu dem Platz, wo die siebte Schriftrolle liegt, während wir hier wie Gefangene sitzen, ich wie eine Schnecke übersetze und Sie sich wie ein Dieb ins Internet schleichen, um es schnell und unerkannt wieder zu verlassen!«

Garibaldi stand auf und streckte sich. »Ja, wir haben Probleme. Wir haben zwar von dem neuen Service Provider die Zugangsberechtigung, aber das Konto ist noch nicht aktiviert.«

Sie warf einen Blick auf den Bildschirm. »Glauben Sie, man ist uns auf der Spur?«

»Ich weiß es nicht«, erwiderte er und trat ans Fenster. »Es ist bestimmt riskant, noch einmal Online zu gehen.«

Sie befanden sich inzwischen mitten in der Wüste in einem Motel, das aus einer Reihe rosa verputzter Bungalows bestand. Auf dem Nachttisch zwischen den beiden Betten lagen für die Besucher Hinweise auf die Sehenswürdigkeiten der Umgebung: die Geisterstadt Calico, Edwards Air Force Base – Landeplatz der US Space-Shuttle; Death Valley: der tiefste Punkt der westlichen Hemisphäre; Indianerhöhlen.

Auf der endlosen Busfahrt nach der überstürzten Abreise aus Goshen hielt Catherine Ausschau nach allem, was es auf der Straße an Lebenszeichen zu sehen gab. Aber außer Plakaten mit Klapperschlangen und Hinweisschildern auf Indianergräber und Dinosaurierskelette war es wirklich wenig.

Sie fuhr sich mit den Fingern durch die kurzen weißblonden Haare. »Es wäre eine große Hilfe, wenn wir wüßten, im Auftrag welches römischen Kaisers Cornelius Severus durch das Reich reiste.«

»Es wäre auch nicht schlecht«, sagte Garibaldi und schob den Vorhang etwas beiseite, um ins Freie blicken zu können, »wenn wir wenigstens einen der Familiennamen dieser Frauen kennen würden.«

Die Suche im Netz hatte viele Hinweise auf ›Amelias‹ und sogar auf ein paar ›Perpetuas‹ gebracht. Aber die Suche nach ›Philos‹ ergab unzählige Verweise auf Worte mit der Silbe ›*philos*‹.

Catherine wandte sich seufzend wieder dem ausgebreiteten Dokument zu. »Die Lücken im Papyrus sorgen natürlich dafür, daß uns wesentliche Informationen vorenthalten bleiben.«

»Leider ist Papyrus keine Festplatte. Löscht man etwas auf der Festplatte, kann man es später trotzdem wieder zurückholen, wenn es nicht mit anderen Informationen überschrieben ist. Aber fehlendes Papier? Wenn es fehlt, dann fehlt es eben.«

Garibaldis prüfender Blick aus dem Fenster war nur Routine, denn er glaubte nicht, daß ihnen jemand am Busbahnhof von Goshen oder in Mojave besondere Beachtung geschenkt hatte. Auch der Mann an der Rezeption des Motels hatte vermutlich nicht gesehen, wie Catherine den Bungalow betrat. Trotzdem mußten sie wachsam sein.

»Wenn Sabina doch nur den Namen des Kaisers noch einmal erwähnen würde«, seufzte Catherine. »Angenommen, sie hat Philos zur Zeit des Kaisers Augustus geheiratet, dann wüßten wir, daß sie vor Jesus lebte und daß diese Schriftrollen nicht von Augenzeugen stammen. Aber wenn es Kaiser Tiberius war, dann wäre es schon möglich, Caligula wäre noch besser, und Claudius natürlich am besten. Nero hätte sie verfolgen können, aber Vespasian, das wäre zu spät.«

»Also!« sagte Garibaldi und verließ das Fenster, setzte sich wieder an den Computer und tippte die Zugangsnummer ein. »Ich bin für Claudius.«

»Hören Sie …«, sagte Catherine und hob die Hand. »Was ist das für ein Geräusch?«

Garibaldi lauschte. »Das klingt nach einer Katze.«

Er öffnete die Tür, und ein schwarzweißes Kätzchen sprang herein. »Ja, wen haben wir denn hier?« rief er und nahm das Kätzchen hoch. »Woher kommst du denn?«

»Vermutlich hat sie keinen Besitzer«, sagte Catherine und sah verblüfft, wie das winzige flauschige Tier zutraulich in Garibaldis großen Händen verschwand.

Er schüttelte den Kopf. »Das Fell ist sauber, und das Kätzchen sieht gesund aus. Außerdem hat es keine Angst. Vermutlich gehört es dem Mann an der Rezeption.«

»Sie scheinen sich mit Katzen auszukennen«, sagte Catherine und staunte, wie wohl sich das Tier bei Garibaldi zu fühlen schien. Es schnurrte und schmiegte sich an seine Brust und leckte an seinem kleinen Finger.

»Ich liebe Katzen«, erwiderte er. »Wir hatten immer viele Katzen zu Hause.«

Catherine sagte lachend: »Sie will etwas trinken.«

Er setzte das Kätzchen vorsichtig auf den Tisch, wo noch die Reste ihres mexikanischen Essens lagen. Catherine staunte über seine Behutsamkeit. Er öffnete die Plastikbecher mit der Kaffeesahne und gab dem Kätzchen auf einem Plastikdeckel die Milch zu trinken, die es gierig aufleckte, während er es sanft streichelte. Catherine riß sich von dem Anblick los und schaltete den Fernse-

her ein. Sie suchte auf den Kanälen nach einem Sender in Los Angeles.
Schließlich fand sie einen. Eine Blondine mit professionellem Lächeln und sanfter Stimme las die Meldungen des Tages.
›... die Einreisebehörde hat heute bestätigt, daß Dr. Catherine Alexander vor vier Tagen, also am 16. Dezember, in die USA zurückgekehrt ist. Sie reiste über den John F. Kennedy-Flughafen ein. Nach Auskunft der Zollbeamten weiß man nicht, wie die Schriftrollen vom Sinai in die USA gekommen sind. Man braucht dazu die Aussage von Dr. Alexander. Bislang ist gegen die Archäologin jedoch nicht offiziell Anklage erhoben worden.‹
Garibaldi setzte sich neben Catherine auf das Bett.
Man zeigte das Photo, das Catherine von dem Jesus-Fragment gemacht hatte, und anschließend das Original, das im Zelt zurückgeblieben war und sich mittlerweile in den Händen der ägyptischen Behörden befand. Kulturminister Achmed Sayed erklärte als Sprecher der ägyptischen Regierung: ›Die gezackte Linie hier deutet darauf hin, daß die untere Hälfte der Seite von Dr. Alexander am Fundort entfernt wurde. Wir haben Grund zu der Annahme, daß dieses Fragment nur Teil von mehreren Schriftrollen ist.‹
Verblüfft sah Catherine, daß als nächstes die Leiterin der Stiftung eine offizielle Erklärung verlas.
›Wir haben Dr. Alexanders Grabungen im Sinai im vergangenen Jahr finanziert. Wir haben seit dem ersten Dezember nichts mehr von ihr gehört. Wir wissen nicht, wo sie sich befindet. Wir wissen nichts darüber, was sie gefunden hat. Wir können weder den Fund von Schriftrollen bestätigen noch dementieren.‹
Danach wurde Inspektor Shapiro von der Polizei in Santa Barbara nach Hinweisen auf den Aufenthaltsort von Dr. Alexander befragt, aber der Beamte lehnte jede Stellungnahme ab. Als man ihn nach dem Mörder von Daniel Stevenson fragte, sagte der Inspektor: ›Wir haben die Information erhalten, daß Dr. Stevenson am Tag seiner Ermordung aus Ägypten in die Vereinigten Staaten eingereist ist, und wir haben zuverlässige Hinweise darauf,

daß er sich zwei Tage vorher auf der Sinaihalbinsel aufgehalten hat.‹

›Inspektor Shapiro‹, fragte der Reporter, ›es wurde der Verdacht geäußert, daß es zwischen den beiden Archäologen zu Meinungsverschiedenheiten über den Fund gekommen ist und daß Catherine Alexander ihren Kollegen Dr. Stevenson ermordet hat, um die Schriftrollen in ihren Besitz zu bringen. Können Sie dazu etwas sagen, Herr Inspektor?‹

›Tut mir leid, kein Kommentar.‹

»Ich habe Danno nicht ermordet«, murmelte Catherine und schüttelte den Kopf. »Ich wünschte ... Nein!« Auf dem Bildschirm erschien das Freers Institut in West Los Angeles. Julius stand vor dem Haupteingang inmitten von Reportern. Er erklärte laut und deutlich, daß er sich nicht äußern werde. Die Stimme der Nachrichtensprecherin war wieder zu hören.

›Dr. Julius Voss behauptet, nicht zu wissen, wo sich seine Verlobte aufhält. Außerdem behauptet er, nicht zu wissen, was in den Schriftrollen steht, die sie angeblich aus Ägypten geschmuggelt hat. Untersuchungsbeamte in Ägypten und in den USA glauben, daß die beiden Morde, der eine an dem amerikanischen Ingenieur J. J. Hungerford und der andere an dem Archäologen Dr. Daniel Stevenson, in Zusammenhang mit den verschwundenen Schriftrollen und der untergetauchten Dr. Catherine Alexander stehen, die, wie man vermutet, nach Südkalifornien geflohen ist.‹

»Julius ...«, seufzte Catherine, als sie sah, wie er sich zornig und empört vor den Journalisten in das Institutsgebäude rettete, »es tut mir so leid.« Sie stand auf und lief unruhig im Zimmer auf und ab. »Julius hat mich gewarnt. Er hat mir gesagt, mein eigenmächtiges Vorgehen würde uns alle in Gefahr bringen. Deshalb haben wir uns zum ersten Mal gestritten.«

Die Sendung ging mit einem Live-Bericht aus dem Vatikan weiter. Ein großer, würdevoller Mann, der als Kardinal Lefèvre vorgestellt wurde, erwiderte auf die Frage des Reporters, ob der Vatikan Interesse an den sogenannten ›Sinai-Schriftrollen‹ habe:

›Wir sind stets an allem interessiert, was mit der Kirche zu tun hat. Wenn es diese Schriftrollen wirklich gibt und wenn sie echt sind, dann können sie möglicherweise Licht auf die frühen Jahre des Christentums werfen. Ich möchte deshalb die junge Frau auffordern, ihre Flucht abzubrechen und die Schriftrollen den zuständigen Behörden zu übergeben.‹

»Das würde den Herren im Vatikan gefallen!« rief Catherine. »Ich soll wie die sündige Maria Magdalena als Büßerin zu ihnen gehen. Sie haben natürlich Angst, das ist alles!«

Garibaldi sah sie überrascht an. »Wie kommen Sie darauf?«

»Weil man im Vatikan vielleicht nicht zu Unrecht glaubt, daß ich die Führungsspitze der Kirche mit einem sehr viel älteren Rechtsanspruch konfrontieren werde, der sie zwingen könnte, ihren Platz zu räumen.«

»Wie bitte?«

»Das hat meine Mutter immer gesagt«, erwiderte Catherine und streichelte das Kätzchen, das zufrieden schnurrte. »Meine Mutter war Paläographin und Bibelforscherin und vertrat einige sehr unbeliebte Theorien. Sie wurde 1920 geboren und hat in den vierziger Jahren studiert. Damals war es für eine Frau unmöglich, an den führenden Universitäten einen Studienplatz zu bekommen. Sie mußte sich mit einem privaten Frauen-College begnügen. 1965, als ich gerade zwei Jahre alt war, bewarb sich meine Mutter um einen Lehrauftrag in Yale und wurde abgewiesen, weil man keine Frau im Kollegium haben wollte. Deshalb kam sie mit meinem Vater nach Kalifornien, wo sie beide am katholischen College in Pasadena unterrichten konnten.«

Das Kätzchen war eingeschlafen, und Catherine lächelte über das zufriedene kleine Wollknäuel mit den winzigen Pfötchen.

»Meine Mutter lehrte nicht nur Theologie«, erzählte sie. »Ihre eigentliche Aufgabe sah sie in der Forschung und dem Veröffentlichen ihrer Arbeiten. Ihre Bücher und Artikel lösten stets heftige Kontroversen aus.«

Ein Wagen näherte sich langsam dem Motel. Garibaldi ging zum Fenster, teilte den Vorhang einen Spalt und blickte vorsichtig

hinaus. Als er einen schwarzen Ford sah, in dem zwei Männer saßen, hielt er unwillkürlich die Luft an. Aber nein, es waren ein Mann und eine Frau, und auf dem Rücksitz entdeckte er außerdem ein Kind. Er atmete erleichtert auf, ließ den Vorhang wieder fallen und nickte Catherine zu.
»Meine Mutter war zum Beispiel nicht mit der Interpretation einverstanden, daß Eva als Gehilfin Adams geschaffen worden war. Sie wies darauf hin, daß das hebräische Wort in der Genesis nicht ›Gehilfin‹, sondern ›Partnerin‹ bedeutet.«
Sie hörten, wie der Wagen vor dem Nachbar-Bungalow hielt. Die Tür wurde aufgeschlossen, und die Ankömmlinge trugen ihre Sachen hinein.
Garibaldi hob die Augenbrauen. »Sie zweifeln also an den Worten der Bibel?«
»Meine Mutter glaubte an das *Wort*, aber sie mißtraute den *Übersetzungen*.« Catherine zog die Schublade des Nachttischs auf und nahm die Gideon-Bibel heraus. Sie schlug ›Deuteronomium, 32/18‹ auf: »›An den Fels, der dich gezeugt hat, dachtest du nicht mehr, du vergaßest den Gott, der dich geschaffen hat.‹ Vater Garibaldi, das ursprüngliche hebräische Wort für ›geschaffen hat‹ bedeutet ›in den Wehen liegen‹. Ich glaube, die Männer, die diese Stelle übersetzt haben, fanden die Vorstellung, daß Gott wie eine Frau in den Wehen liegt, nicht ganz richtig. So wurde die ursprüngliche Bedeutung durch Interpretation verändert.«
Garibaldi sagte nichts, aber er nickte nachdenklich.
»Ähnliche Beispiele finden sich auch im Neuen Testament«, fuhr Catherine fort. »Paulus wurde als ›Diakonos‹ bezeichnet, das hier als ›Diakon‹ übersetzt wird. Phoebe war auch ein ›Diakonos‹, aber in den meisten Übersetzungen wird sie zu einer ›Gehilfin‹. Meiner Meinung nach ist es offensichtlich, daß die von Männern stammenden Übersetzungen aus späterer Zeit der wachsenden männlichen Dominanz in der Kirche Rechnung getragen haben.«
»Könnte sein«, räumte Garibaldi ein, »aber ich bin der Ansicht, daß unsere katholische Kirche die Frauen nicht schlecht behan-

delt. Vergessen Sie nicht, daß die Katholiken die Mutter Gottes verehren.«

»Die Verehrung von Maria und die Behandlung von Frauen sind zwei ganz verschiedene Dinge, Vater Garibaldi. Ich weiß noch sehr gut, daß ich auf der katholischen Schule zu hören bekam, als Mädchen könne ich nicht alle sieben Sakramente empfangen. Ich wollte es nicht glauben und lief weinend nach Hause. Aber meine Mutter erklärte mir, daß die Priesterweihe ein Sakrament sei und daß Mädchen nicht zu Priestern geweiht werden können.«

»Nun ja, das ist ...«

»Vater Garibaldi, ich war eine überzeugte Katholikin und hatte den sehnlichen Wunsch, als Meßdiener am Altar zu stehen. Aber nur die Jungen durften das, obwohl ich wußte, daß einige hinter dem Rücken des Priesters den Abendmahlwein tranken und andere wenig fromme Späße trieben. Ich hätte so etwas nie getan, aber als Mädchen durfte ich ja keine Meßdienerin sein!«

»Ich habe diese Vorschriften nicht gemacht«, erwiderte Garibaldi.

»Bei der Kreuzigung umstanden nur Frauen das Kreuz, Vater Garibaldi! *Frauen* nahmen den Gekreuzigten ab und sorgten für ein würdiges Begräbnis, Frauen hielten die Totenwache, während sich die Apostel aus Angst um ihr Leben versteckten. Als Jesus auferstanden war, erschien er als erstes einer Frau. Ich frage Sie: Warum haben die Männer später alles an sich gerissen?«

Garibaldi hob die Hände. »Bitte lassen Sie mich wiederholen, ich stehe auf Ihrer Seite.«

»Das können Sie nicht. Wenn es um das katholische Dogma geht, dann befinden wir uns in unterschiedlichen Lagern.«

»Das sehe ich nicht so. Alles, was Sie gesagt haben, klingt für mich nicht bedrohlich. Ich habe mich zum Beispiel auch nie gegen die Priesterweihe von Frauen ausgesprochen.«

»Erinnern Sie sich, daß ich von einem alten Rechtsanspruch gesprochen habe? Ich will etwas deutlicher werden. In den sechziger Jahren konzentrierte sich meine Mutter bei ihren Untersuchungen auf das Neue Testament. 1970 veröffentlichte sie einen Artikel mit der Frage: ›War Maria Magdalena die Frau von Jesus?‹ Ihre Gedanken riefen ein paar Wellen hervor, aber noch keinen Sturm. Die Theologen fanden nichts dabei, die Forschungen meiner Mutter weiterhin zu ignorieren. Dann, 1973, veröffentlichte sie eine wissenschaftliche Arbeit mit dem Titel: *Maria Magdalena, die erste der Apostel.* Da brach die Hölle los.«

Garibaldi nickte. »Ich kenne das Buch. Es stand auf dem Index.«

»Sie haben es also nie gelesen.«

»Im Gegenteil, ich habe es sehr aufmerksam gelesen.« Er lächelte. »Damals war ich im Priesterseminar und mußte noch viel über Gehorsam lernen.«

»Der Grund für die Aufregung liegt auf der Hand«, sagte Catherine. »In den früheren Arbeiten hatte sich meine Mutter mit Frauen und ihren Rollen als Frau beschäftigt. Auch der Gedanke, daß Maria Magdalena die Frau von Jesus gewesen sei, erregte die Gemüter nicht sonderlich, denn meine Mutter gab Magdalena eine traditionell weibliche Rolle. Mit dem ›Apostelbuch‹ überschritt sie jedoch die Grenze des Erlaubten. Sie hatte gewagt, einer Frau die Aufgabe eines Mannes zuzuweisen. Das wurde nicht hingenommen.«

Catherine blickte auf den Laptop, als erwarte sie, daß dort eine Meldung erscheinen werde. »Vater Garibaldi, an keiner Stelle im Neuen Testament steht, daß Maria Magdalena eine Prostituierte war. Die Interpretation, die Maria Magdalena zur Prostituierten macht, läßt sich mehrere Jahrhunderte zurückverfolgen. Damals kämpften viele unterschiedliche Kräfte um die Macht in der Kirche. So wissen wir zum Beispiel, daß Maria Magdalena bis ins Mittelalter viele Anhänger hatte.«

»Die Tempelritter zum Beispiel«, sagte Garibaldi und nickte.

»Richtig. Aber dadurch, daß der Klerus Maria Magdalena zur Prostituierten machte, nahm er ihr alle Würde und Macht. Man entriß ihr den wahren Status, der *erste* Apostel zu sein.«

Garibaldi wiegte zweifelnd den Kopf. Catherine fuhr fort: »Das ursprüngliche griechische Wort ›Apostel‹ bedeutet, daß der Betreffende ein ›Augenzeuge‹ war und den Auftrag erhielt, die Botschaft zu verkünden. Auf Maria Magdalena trafen diese Kriterien zu, denn sie sah mit eigenen Augen das leere Grab und als erste den wiederauferstandenen Christus. Sie überbrachte den anderen die Nachricht von der Auferstehung.«

Er seufzte. »Gut, Sie haben mich überzeugt. Aber was hat das mit dem alten Rechtsanspruch und einer Abdankung des Papstes zu tun?«

»Geduld! Ich wiederhole: Maria Magdalena hat als erste den auferstandenen Jesus gesehen. Er ist ihr als erstem Menschen erschienen, und sie wußte als erste, daß er wirklich von den Toten auferstanden war. Streiten Sie das ab?«

»Nein.«

»Später hat allerdings *Petrus* Anspruch auf die Nachfolge Christi erhoben und sich an die Spitze der neuen Kirche gestellt. Er tat das mit der Begründung, er sei der erste gewesen, der den auferstandenen Jesus gesehen habe. Zweitausend Jahre lang haben Männer die Nachfolge Petri als Oberhaupt der katholischen Kirche angetreten. Ihre päpstliche Autorität basiert auf der Behauptung von Petrus. Aber in Wirklichkeit war diese Autorität gestohlen! Vater Garibaldi, können Sie sich vorstellen, was geschieht, wenn Schriftrollen gefunden werden, die beweisen, daß Maria Magdalena die Nachfolgerin von Jesus war, Schriftrollen, die älter sind als der Paulus-Brief an die Korinther? Und wenn in diesen Schriftrollen außerdem dokumentiert wird, daß Frauen unter den Frühchristen als ›Diakone‹, als richtige Priesterinnen, gewirkt haben? Dann wissen Sie, was für eine Wirkung diese Schriftrollen *heute* auf die Gläubigen in aller Welt haben werden. Meine Mutter sagte, das wäre nicht anders, als wenn jemand an die Haustür klopfen und sagen würde: ›Können Sie mir die Besitzurkunde für Ihr Haus zeigen?‹ Der Betreffende sieht sich die Urkunde an und zeigt dem ›Besitzer‹ eine Urkunde älteren Datums: ›Wie Sie sehen, gehört das Haus in Wirklichkeit mir. Ich habe einen älteren Anspruch darauf. Es tut mir leid, aber Sie müssen ausziehen.‹«

Catherine holte tief Luft und sah Garibaldi durchdringend an. »Deshalb glaube ich, daß Kardinal Lefèvre und alle im Vatikan vor den Schriftrollen Angst haben.«
Lange Zeit blieb es still im Zimmer. Man hörte nur den Wüstenwind pfeifen. Schließlich sagte Garibaldi: »Ich verstehe jetzt, warum Sie die Schriftrollen um keinen Preis aus der Hand geben wollen. Sie sehen es als Ihre Aufgabe an, das Werk Ihrer Mutter zu beenden.«
Ein Bild drängte sich ihr plötzlich auf, ein Zeitungsphoto ihres Vaters, der neben anderen vor Soldaten auf den Knien lag. Dieses Bild war seinerzeit in den Tageszeitungen um die ganze Welt gegangen.
»Meine Mutter brachte man zum Schweigen. Ich werde mir Gehör verschaffen, und mich wird man nicht zum Schweigen bringen. Ja, ich habe mich in diesem Fall über die Gesetze hinweggesetzt. Ich habe archäologische Funde aus Ägypten gestohlen und illegal ins Land gebracht. Aber ich bin der Meinung, das verantworten zu können. Manchmal muß man ein Gesetz übertreten, um das Richtige tun zu können. Wenn Sabina uns eine wichtige Botschaft übermitteln will, dann hat die Welt ein Recht, sie zu hören. Hätte ich diese Texte nicht an mich genommen, wären sie vielleicht in einem Archiv verschwunden wie damals die Schriftrollen vom Toten Meer, oder es hätte einen Kampf um die Berechtigung zu ihrer Übersetzung gegeben. Fälle, die vor den Internationalen Gerichtshof kommen, werden erst nach vielen Jahren entschieden. Aber die Menschheit hat das Recht, Sabinas Worte *jetzt* zu hören.«
Catherine schwieg, als erwarte sie seinen Widerspruch. Da er nichts sagte, fragte sie: »Vater Garibaldi, was werden Sie tun, wenn der Vatikan erfährt, daß Sie mir helfen? Was werden Sie tun, wenn man Ihnen befiehlt, mich den Behörden auszuliefern oder mir die Schriftrollen wegzunehmen?«
»Ich bin der Kirche zu uneingeschränktem Gehorsam verpflichtet.«
»Sie haben meine Frage nicht beantwortet. Würden Sie zulassen,

daß Sabinas Geschichte in den Archiven des Vatikans verschwindet und niemand etwas davon erfährt?«
»Sie können nicht voraussagen, daß dies der Fall sein wird.«
»O doch, genau das befürchte ich. Kardinal Lefèvre, den man um eine Stellungnahme gebeten hat, traue ich nicht. Wenn Sie an seiner Stelle wären, und es würden Schriftrollen gefunden, die Maria Magdalenas Anspruch auf die rechtmäßige Nachfolge Jesu erhärten, würden Sie dann zulassen, daß diese Schriftrollen der Öffentlichkeit zugänglich gemacht werden?«
»Wenn die Schriftrollen die Worte und Wünsche unseres Herrn Jesus Christus wiedergeben, dann würde ich das tun.«
»Dann gehören Sie zu den wenigen Ausnahmen, die es im Klerus gibt.«
»Dr. Alexander, was ist der Grund für die Bitterkeit, mit der Sie über die katholische Kirche sprechen?«
»Das ist eine lange Geschichte.«
»Glauben Sie noch an Gott?«
»Wie viele Menschen verwechseln ein Lippenbekenntnis mit ›Glauben‹, Vater Garibaldi?«
»Ich kann nur für mich sprechen«, erwiderte er.
»Und glauben Sie?«
»Ja.«
»Wissen Sie, ich bin der Meinung, die Menschen klammern sich an die Kirche, weil sie auf Wunder hoffen.«
»Was ist daran so falsch?«
Sie blickte in seine klaren blauen Augen, aus denen so viel Ruhe und Seelenfrieden sprachen, obwohl sie in den vergangenen Stunden und Tagen auch überraschende Verwirrung darin gesehen hatte. Es waren die Augen eines widersprüchlichen Mannes, der darüber hinaus einen gefährlichen Kampfsport betrieb.
»Ich glaube, ich sollte mich der Polizei stellen«, sagte Catherine plötzlich.
»Wie bitte? Nach allem, was Sie mir gerade erzählt haben?«
Catherine trat an das Fenster und zog den Vorhang zurück. Der Wüstenhimmel war mit Sternen übersät.

So war es auch im Sinai, dachte Catherine. *Die Wüste ist rein, nichts steht zwischen den Menschen und dem Himmel.*
Sie griff nach dem Jadeanhänger an ihrem Hals, denn er war eine Art Verbindung zu Daniel. Als sich ihre Finger darum schlossen, fielen ihr Sabinas Worte wieder ein:
›*Meine Mutter glaubte an die Kraft eines Amuletts. Das Hermes-Kreuz wurde mir am Tag meiner Geburt um den Hals gelegt, und, liebe Perpetua, ich trage es noch heute über meinem Herzen.*‹
Vielleicht, dachte Catherine, *hat ein Amulett wirklich eine besondere Kraft ...*
Sie glaubte, in der Jade Dannos Entschlossenheit zu spüren. Er hatte nie aufgegeben. Er schien sie auch jetzt anzuspornen, trotz allem weiterzumachen.
›Sünderin stand dort, Cathy‹, hatte ihr Danno sehr viel später einmal gesagt, als Catherine wissen wollte, was auf dem Schild stand, das Schwester Immaculata ihr um den Hals gehängt hatte, um sie vor der ganzen Klasse zu demütigen.
Sünderin ... Keinem der Kinder war die eigentliche Bedeutung dieses Wortes bewußt gewesen.
Catherine spürte Garibaldis Augen auf sich gerichtet. Er trug Jeans und ein kariertes Hemd. Das goldene Kreuz hing um seinen Hals. Neben dem Laptop lag das Brevier, in dem er in regelmäßigen Abständen las. Auf dem *Stundenbuch* sah sie den Rosenkranz. Sie mußte unwillkürlich daran denken, wie Garibaldi mitten in der Nacht auf den Knien gelegen und gebetet hatte. Aber dabei entsprach seine Haltung nicht einem friedlichen Priester, der in glücklicher Harmonie zu seinem Gott sprach. Garibaldi schien mit Dämonen zu ringen.
Sind es die Dämonen in den Pangamot-Stöcken?
Sie zog den Vorhang zu und verließ das Fenster. »Ich fürchte, je länger ich auf der Flucht bin, desto mehr Menschen werden darunter zu leiden haben ... zum Beispiel Julius. Er ist Wissenschaftler und ein friedfertiger Mann. Jetzt ist auch sein Leben in Gefahr. Und ...«

Sie brach plötzlich ab, denn im Fernsehen zeigte man ihren Grabungsplatz in der Wüste. Die Kamera schwenkte über Beduinenzelte und dicht gedrängte Menschen hinter einer Absperrung, die von Soldaten bewacht wurde. Jemand deutete auf einen Tunnel. Sie sah Samir und Mr. Mylonas. Schnell schaltete sie den Ton ein.

»Der Brunnen!« rief sie. »Sie legen den Brunnen frei!«

›Bisher haben wir die Überreste eines Skeletts gefunden‹, sagte Achmed Sayed, der ägyptische Kulturminister. ›Der Boden hier ist salzhaltig, und das Klima ist trocken. Deshalb sind Haare und Stoff noch erhalten. Wir sind der Meinung, es handelt sich um eine Frau. Eine erste Untersuchung des Skeletts läßt darauf schließen, daß die Frau lebend in den Brunnen hinabgelassen wurde. Man hatte ihr die Hände mit Lederriemen gefesselt.‹

›Wollen Sie damit sagen‹, fragte der Reporter, ›daß man die Frau lebend begraben hat?‹

›Es sieht so aus.‹

»Lebend begraben ...«, wiederholte Garibaldi und bekreuzigte sich. »*Dona nobis pacem.*«

›Herr Minister, glauben Sie, daß die Schriftrollen, die Dr. Alexander gestohlen hat, in diesem Brunnen gefunden wurden?‹

›Ja, das nehmen wir an. Der Korb, den Dr. Alexander hier gefunden hat, und der später mit Steinen gefüllt wurde, ist mit rötlichbraunen Fasern bedeckt, die wir auch auf dem Skelett festgestellt haben. Wir haben die Fasern untersuchen lassen. Sie waren ursprünglich purpurrot und sind mit Murexid gefärbt, das aus Schnecken gewonnen wird. Es war das kaiserliche Purpur des römischen Reiches.‹

Catherines Herz schlug schneller. Eine Frau, die man lebend begraben hatte! War es Amelia, Perpetua oder vielleicht sogar Sabina?

»Eine christliche Märtyrerin«, hörte sie Garibaldi murmeln.

›Wir werden vermutlich mehr wissen, wenn der Brunnen völlig freigelegt ist‹, sagte Minister Sayed. ›Vielleicht finden wir unter den Steinen den Rest des Skeletts und Hinweise auf die Schriftrollen, beziehungsweise Anhaltspunkte für das, was Dr. Alexander hier gefunden hat.‹

»Du meine Güte«, sagte Garibaldi. »Was um alles in der Welt haben Sie gefunden?«

Catherine griff nach der blauen Tasche und holte den Notizblock heraus. »Wir müssen uns an die Arbeit machen«, sagte sie. »Bitte überprüfen Sie, ob wir uns ins Internet einloggen können.«

»Ich dachte, Sie wollten sich der Polizei stellen.«

»Ich habe es mir anders überlegt«, erwiderte sie wie in Trance. »Es gibt einen neuen Namen, nach dem wir suchen müssen – Satvinder. Das ist jemand, den Sabina in Indien kennengelernt hat. Eine neue Spur.«

»Aber ...«

Sie deutete stumm auf den Fernsehapparat. Man zeigte die Skelettknochen mit den Lederfesseln in Großaufnahme.

Garibaldi nickte und ließ das Computermodem die neue Nummer wählen. Die Verbindung kam diesmal zustande. »Wir sind Online!« rief er.

»Darf ich?« fragte sie, und er überließ ihr seinen Platz an der Tastatur.

»Was haben Sie vor?«

»Ich möchte etwas Neues probieren.« Sie tippte und blickte gespannt auf den Monitor.

FTP ERROR
KÖNNEN NICHT MIT FTP SERVER VERBINDEN.
SORRY! ALLE LEITUNGEN (75) SIND BESETZT. BITTE SPÄTER VERSUCHEN.

Catherine suchte im Notizbuch nach einer Nummer und tippte dann: *ftp.uni-stuttgart.de*

KEIN ZUGANG UNTER DIESER NUMMER

»Versuchen Sie es mit dem WAIS-Verzeichnis«, sagte Garibaldi, der hinter ihr stand und mit der Maus klickte.

KEIN WAIS-ZUGANG KONFIGURIERT!

»Wir machen etwas falsch«, sagte Catherine ungeduldig und klickte auf ÖFFNEN und tippte dann: ›*Http://sipparorinst.uchicago.edu/OI/DEPT/RA/ABZU.htlm.*‹

»Was ist das?« fragte Garibaldi.

»Ein Inhaltsverzeichnis aller Arbeiten über archäologische Quellen im Nahen Osten, die auf Internet verfügbar sind. Ach du meine Güte. Auch diese Nummer ist besetzt!«

Catherine tippte: ›http:/odyssey.lib.duke.edu/papyrus/‹ und klickte ›ENTER‹.

ALLE LEITUNGEN BESETZT

»Wir sind offenbar nicht die einzigen, die heute abend Informationen über alte Schriftrollen suchen«, sagte Garibaldi.

»Die Medien sorgen dafür, daß sich jeder, der einen Computer und ein Modem besitzt, im Internet über ›Schriftrollen‹ informiert.«

»Versuchen Sie es noch einmal«, riet Garibaldi, und Catherine tippte: ›*http:www.umich.edu/papyrology/home.html*‹

Papyrologie Home Page

»Geschafft!« rief Catherine und ließ sich das Inhaltsverzeichnis anzeigen.

Garibaldi pfiff leise: »Das sind ganz schön viele Papyri ...«

Sie klickte auf die blau unterlegte Überschrift: INSTITUTIONEN ›SPEZIALSAMMLUNGEN‹

»Es sind nicht so überwältigend viele, wie es aussieht. Man hat die Texte in Unterverzeichnissen aufgelistet. Wir suchen die griechischen.« Sie klickte auf ein Symbol. »Dann wollen wir die Jahre 100 v. Chr. bis 300 n. Chr.« Sie klickte.

Garibaldi runzelte die Stirn. »Das wird trotzdem eine Weile dauern. Wir können uns nicht leisten, so lange Online zu bleiben. Havers darf uns nicht finden.«
Sie sah ihn verzweifelt an. »Sie sind der Computerexperte. Was sollen wir tun?«
Er griff nach einer der Werbebroschüren, die neben dem Bett auf dem Fußboden lagen, und überflog sie. »Ich glaube, es gibt eine Möglichkeit, im Internet zu bleiben«, murmelte er. »Aber es ist riskant.«
Catherine hörte ihn nicht. Wie in einem Alptraum, aus dem es kein Entrinnen gab, glaubte sie, in einem tiefen schwarzen Brunnen zu liegen. Der Himmel war unendlich hoch über ihr. Sie war gefesselt und konnte sich nicht bewegen. Sie konnte nicht fliehen. Dann glaubte sie, ihre Mutter kurz vor deren Tod zu sehen. Vor ihren Augen wurde alles rot ... Danno sank blutend zu Boden.
Er will mir helfen, dachte sie und glaubte zu ersticken. *Verzeih mir, Julius, aber ich muß weitermachen ...*

Ich begegnete Satvinder auf dem Markt in einer Stadt, die so seltsam und so voller Wunder war, daß ich mich heute nach so vielen Jahren frage, ob ich das alles nur geträumt habe. Jedenfalls lernte ich Satvinder unter den merkwürdigsten Umständen kennen.
Eine Frau war auf dem Markt auf einen zerbrochenen Krug getreten. Die Scherben zerschnitten ihr die Fußsohle. Man trug sie zu einem Heiler, den sie ›Vaidya‹ nannten, was in Sanskrit, ihrer Sprache, soviel bedeutet wie: ›Er, der weiß‹. Aber der Mann wollte die Frau nicht behandeln. Als ich mich nach dem Grund erkundigte, sagte man mir, die Frau sei eine Prostituierte, und ein Heiler dürfe eine Sünderin nicht berühren.
Ich dachte daran, Philos zu holen, aber das hätte eine Weile gedauert. In diesem Augenblick löste sich aus den Umstehenden eine in weiße Gewänder gehüllte Gestalt. Ich wußte zuerst nicht, ob es eine Frau oder ein Mann war. Aber an den Bewegungen

und an den Augen erkannte ich, daß es sich um eine Frau handeln mußte. Sie beugte sich über die Wunde der Prostituierten und half der Frau so ruhig und gelassen, wie ich es von Philos kannte. Aus ihrem Gewand holte sie einen Beutel hervor, in dem sich drei kleine Krüge und ein in Leinen gewickelter Gegenstand befanden.

Die Menschen sahen ihr schweigend zu. Die Frau reinigte zuerst die Wunde mit einer Flüssigkeit aus einem der kleinen Krüge, dann murmelte sie etwas und schrieb geheimnisvolle Zeichen in die Luft. Danach wickelte sie den Gegenstand aus dem Leinen, und ich sah, daß es eine Pinzette aus einem Reiherschnabel war, wie die Hindu-Heiler sie oft benutzen. Mit dem Instrument entfernte sie die eingetretenen Tonsplitter. In dem zweiten Krug befand sich eine Salbe aus Myrrhe und Aloe, die ich am Duft erkannte. Aber im dritten Krug war das Erstaunlichste von allem. Die weißgekleidete Frau öffnete die Hand und ließ aus dem Krug vier große schwarze Ameisen kriechen. Die Umstehenden wichen ängstlich zurück, und ich hörte, wie sie sagten, die Bisse dieser Ameisen seien gefährlich und schmerzhaft.

Die Ameisen taten der Frau in Weiß jedoch nichts, die unter rituellen Worten eine nach der anderen an die klaffende Fußwunde hielt. Die Ameisen packten mit den Greifzangen zu und verschlossen die Wunde wie Klammern. Nachdem alle vier auf diese Weise den Schnitt geschlossen hatten, trennte die Frau die Köpfe der Ameisen vom Leib ab und erklärte der Prostituierten, sie müsse die Greifzangen so lange an der Wunde lassen, bis sie verheilt sei. Dann könne man sie mühelos aus der Haut entfernen.

Die Umstehenden und auch ich staunten über die geschickte Behandlung der Wunde. Die junge Prostituierte dankte der Frau und lächelte glücklich über soviel Anteilnahme. Noch ehe man Fragen an die weißgekleidete Frau richten konnte, war sie wie ein Geist verschwunden.

Der achte Tag

Dienstag,
21. Dezember 1999

Las Vegas, Nevada

»Wie sind Sie zu der Narbe gekommen?«

Zeke sah die Kellnerin an, die ihn mit dieser Mischung aus Faszination und Abscheu musterte, die er inzwischen oft genug erlebt hatte.

»Ich habe sie bekommen«, erwiderte er kalt lächelnd, »weil ich meine Nase dorthin gesteckt habe, wo sie nichts zu suchen hatte.«

Raphael lachte und biß hungrig in seinen Riesen-Hamburger. Mit vollem Mund sagte er: »Jedesmal, wenn man dir diese Frage stellt, gibt du eine andere Antwort.«

Zeke sah der Kellnerin in dem hautengen Kleid nach und schnitt sich ein Stück von dem dicken blutigen Steak ab.

Woher kommt diese Narbe? Das sollte heißen: *Was ist geschehen, daß Sie so häßlich sind?*

Niemand wußte, daß die Narbe Zeke erst zu dem gemacht hatte, was er heute war. Vor dem Unfall war Zeke ganz einfach der hagere Tim Johnson gewesen, ein Schwächling, der in früher Jugend von zu Hause weglief und sich ziellos herumtrieb. Er wußte nicht, weshalb er überhaupt auf der Welt war oder was er mit seinem Leben anfangen sollte. Irgendwann wollte es jedoch das Schicksal, daß Tim in einer Bar am Straßenrand des McKinley Highway in Alaska saß. Er hatte wie so oft zuviel getrunken und wollte sich aus dem Staub machen, weil es in der Bar zu einer Rauferei kam. Er war schon immer ein Feigling gewesen. Aber diesmal lief er nicht schnell genug.

In der Ambulanz kam er wieder zu Bewußtsein. Er wußte nicht mehr, wer er war oder wer ihn zusammengeschlagen hatte. Er bemerkte nur, daß ihn eine Krankenschwester nach den Funkanweisungen eines Arztes verband. Eine Woche später erschien der Arzt, der seine Visite mit einem kleinen Flugzeug machte. Er erklärte, nur ein Chirurg könne Tims Gesicht wieder menschliche Züge verleihen.

Tims Erinnerung stellte sich erst dann wieder richtig ein, als er in den Spiegel blickte. Der Schock war groß. Wer war dieser Frankenstein? Das konnte unmöglich Tim Johnson sein, der als notorischer Feigling von allen verlacht wurde.

Es dauerte nicht lange, bis er feststellte, daß die lange rote Narbe auf andere ebenso abschreckend wirkte – selbst auf die Krankenschwester, die ihn gepflegt hatte. Sie erschien stets mit einem Lächeln in der Tür, aber er merkte, daß sein Anblick ihr Angst einjagte.

Nach seiner Entlassung aus dem Krankenhaus zog es ihn wieder in den Süden, und schließlich erreichte er Kalifornien. Er fand inzwischen Gefallen daran, in den Bars die Reaktionen der Leute zu beobachten. Die Frauen wichen ihm entweder aus oder sie kamen zu ihm. Harte Burschen erwiesen ihm erstaunlicherweise so etwas wie Achtung. Die Narbe schien Macht zu bedeuten. Auf jeden Fall wagte niemand mehr, sich mit ihm anzulegen.

Da spürte Tim, wie etwas in ihm zu wachsen begann, als würde ein Samenkorn, das schon lange dort wartete, endlich keimen.

Er dachte nicht daran, sich operieren zu lassen, sondern beschloß, eine Persönlichkeit zu werden, die dem neuen Gesicht entsprach. Er schnitt sich die jungenhaften, langen braunen Haare ab, rasierte und bleichte sie. Dann begann er, seine Muskeln zu trainieren, um sein gefährliches Aussehen durch einen entsprechenden Körper zu unterstreichen. Bald hatte er genug Kraft, um es mit allen aufzunehmen. Er wurde stark und schweigsam. Er faszinierte oder schüchterte ein. Aus Tim wurde Zeke.

Irgendwann fiel ihm eine Ausgabe von *Der Söldner* in die Hand, und er wußte, welche Richtung er seinem Leben geben würde.

»Noch mehr Kaffee?« fragte die Kellnerin, aber diesmal verschwendete sie keinen Blick an Zeke, sondern sah nur Raphael an. Zeke war das gleichgültig. Die Kellnerin hatte es sich überlegt und ihre Entscheidung getroffen. Sie zog das Engelsgesicht von Raphael vor.

Sie wußte allerdings nicht, daß es die falsche Entscheidung war. Zeke beobachtete, wie sie mit Raphael flirtete, den er in Südamerika kennengelernt hatte, wo sie beide eine gefährliche Fracht bewachen mußten.

Als Zeke sah, wie die Kellnerin den Mörder mit den unschuldigen blauen Augen und dem blonden Lockenkopf ahnungslos anlächelte, schüttelte er sich beinahe. Wie konnten Frauen nur so dumm sein? Er, Zeke, war inzwischen hart und gefühllos. Aber das war nichts im Vergleich zu dem völligen Mangel an Menschlichkeit, mit dem Raphael zur Welt gekommen war.

›Raphael‹ war natürlich nicht sein richtiger Name. Er hatte Zeke einmal gesagt, er habe beschlossen, ein Killer mit dem Namen eines Engels zu sein.

Zeke richtete seine Aufmerksamkeit auf das geschäftige Treiben auf der Straße hinter dem Fenster.

Las Vegas, dachte er. *Eine Stadt, die heißer ist als die Hölle.*

Hier war alles und jeder verrückt und unberechenbar. Und in diesem Monat schien sich Las Vegas selbst zu überbieten. Zeke hatte es bei ihrer Ankunft in der Stadt sofort gemerkt. In den letzten Tagen von 1999 lag eine besondere Spannung in der Luft. Die allgemeine Hektik verriet Angst, Unsicherheit und verzweifelte Hoffnung. Vielleicht stand wirklich der Weltuntergang bevor. Niemand wußte, wie und ob das Leben im neuen Jahrtausend weitergehen würde. Zeke hatte den Eindruck, daß alle, die nach Las Vegas gekommen waren, in diesem Sodom der Neuzeit noch einmal richtig feiern wollten. Die kleinen und großen Spieler schienen ihren letzten Einsatz zu wagen. Sie hofften wie immer auf den großen Gewinn, aber diesmal für ein Morgen, das möglicherweise nicht mehr kommen würde.

Vielleicht hofften sie auch auf eine Affäre mit einem der Showgirls oder sie wollten Sünden begehen, die sie sich nur im Angesicht des nahen Endes zu erlauben wagten.

Warum auch nicht? Entweder kam das Jüngste Gericht oder das eintönige Leben ging weiter wie bisher …
»Also«, sagte Raphael und wischte sich Fett und Ketchup vom Kinn. »Wie wollen wir in dem Gewühl einen Priester finden, der sich wie eine Nadel im Heuhaufen der Sünde versteckt?«
Zeke hatte Mr. Havers noch immer nicht darüber informiert, daß sie eine heiße Spur verfolgten. Ihr Boß dachte zu kompliziert und nur in weltumspannenden Computer-Dimensionen. Er hielt nichts von der bewährten Methode, einer Spur mit Ausdauer zu folgen.
»Wir werden sie mit unseren Computern finden«, hatte er das letzte Mal zu Zeke gesagt. »Haltet euch einsatzbereit. Wenn wir sie ausfindig gemacht haben, dann müßt ihr sofort zur Stelle sein.«
Einsatzbereit, dachte Zeke und lächelte bitter. *Wir sind bereits im Einsatz!*
Er hatte erfahren, daß die Polizei den roten Ford Escort im Motel in Goshen sichergestellt hatte. Diese Information brachte Zeke auf die Idee, die Archäologin und der Priester könnten mit dem Bus weitergefahren sein. Mit gefälschten FBI-Ausweisen erkundigten sich Zeke und Raphael im Busbahnhof und erfuhren, daß ein Priester zwei Fahrkarten nach Mojave gekauft hatte. Auch die Fragen im dortigen Busbahnhof erbrachten nützliche Antworten: Ein Priester in Begleitung einer Frau hatte Fahrkarten nach Las Vegas gekauft.
Leider hatte im Busbahnhof von Las Vegas niemand einen Priester gesehen. Das bedeutete, Zeke und Raphael mußten sich wie Spürhunde auf die Suche machen. Zeke zweifelte jedoch nicht daran, daß der Priester und die Frau hier in der Stadt waren. Er glaubte, sie zu spüren. Es blieb die Frage, wie man die beiden in der Spielhölle Las Vegas, einer Stadt, die fast nur aus Hotels bestand, finden sollte.
Waren die beiden in einem billigen oder in einem teuren Hotel abgestiegen?

Die Menge schrie vor Entsetzen, als der Stier auf die halbnackte Frau zuraste. Dann jubelten die Zuschauer, als sie den Stier geschickt bei den Hörnern packte, auf seinen Rücken sprang und nach einem Salto hinter dem Tier mit beiden Füßen auf dem Boden landete. Das, so erklärte das Atlantis-Hotel stolz, sei die Wiederbelebung eines alten minoischen Sports: das sogenannte ›Stierspringen‹, wie es auf Kreta als sportliche Disziplin schon vor dreitausend Jahren ausgeübt wurde.

Stierspringen war jedoch nicht das aufsehenerregendste Abenteuer im neuesten und teuersten Luxushotel von Las Vegas. Das wußte Garibaldi bereits, als er sich durch die Menschenmenge einen Weg zur Rezeption bahnte. Erbaut auf einer Insel mitten in einem See, bot das Hotel allerhand verrückte und seltsame Amüsements. Doch sie wurden alle von der Tatsache übertroffen, daß das zwanzig Stockwerk hohe Atlantis keine Fahrstühle hatte.

Der Luxusbau stand gegenüber dem Beau Rivage am Las Vegas Boulevard. ›Mars rettet Atlantis‹, hatte ein Journalist bei der Einweihung treffend geschrieben, denn zu den großen Attraktionen gehörte der tägliche Untergang von ›Atlantis‹. Fresken, Säulen und Statuen des ›Altertums‹ konkurrierten mit der superfuturistischen Architektur. Die Hotelhalle war das größte Atrium der Welt, und schwerelose ›Raumschiffe‹ beförderten die Gäste zu den mehr als viertausend Zimmern. In den Raumschiffen hatte man in der Tat den Eindruck zu ›fliegen‹, aber diese Illusion entstand durch Lichteffekte, Laserstrahlen und die *trompe l'œil*-Architektur, hinter der die sehr zuverlässigen Schienen verschwanden, auf denen die ›Mars-Raumschiffe‹ schwebten.

Das Atlantis war von Anfang an ein Riesenerfolg und ständig ausgebucht. Touristen strömten in Scharen hierher, um die Wunder der Illusion zu bestaunen, die das Hotel bot.

»Im Atlantis sind wir sicher«, hatte Garibaldi in Mojave zu Catherine gesagt. »Niemand wird uns in der Menschenmenge finden.« Er hatte in ihrem Zimmer eine Werbebroschüre gefunden, die das Hotel mit seinen Attraktionen ausführlich beschrieb.

Als Garibaldi die Rezeption erreichte, stellte er jedoch fest, daß die Leute ihn anstarrten. Er fiel auf, denn ein Priester in Soutane war ein seltener Anblick im Atlantis von Las Vegas.

Zeke und Raphael fuhren langsam den breiten Boulevard entlang und betrachteten die riesigen Hotels – das MGM Grand, das Luxor, Excalibur, Atlantis … Wie unwirkliche Visionen einer fremden Welt ragten die Bauten aus der Wüste unter Nevadas gleißender Sonne in den Himmel.
Zeke durchschaute die Absicht des Priesters und der Frau. Die beiden Flüchtlinge suchten Schutz in der Menge. Zeke wußte, daß er sie hier in einem der Mammutpaläste finden würde.
»Nicht zu fassen!« rief Raphael. »Schlösser! Sphinxe! Piratenschiffe! Wir sind auf einem fremden Stern gelandet.« Seine Jagdlust erwachte. »Wo fangen wir an zu suchen?«

»Das ist für Sie, Vater«, sagte die Frau an der Rezeption und reichte Garibaldi die Internet-Zugangskarte. »Anwendername und Paßwort sind nur Ihnen bekannt. Sie können sich jederzeit in das Net einloggen.«
Zu den neuesten Dienstleistungen des Hotels gehörte die Internet-Zugangsberechtigung über das hoteleigene System. Der Gast zahlte nur eine geringe Gebühr für die Online-Verbindung. Geschäftsreisende nutzten den Service für Konferenzschaltungen und verwandelten ihre Suiten in virtuelle Büros. Eltern mit Kindern wußten das Angebot ebenfalls zu schätzen; sie konnten die Kinder mit gutem Gewissen an den Monitoren im Zimmer zurücklassen, während sie selbst an den Spieltischen ihr Glück versuchten.
Garibaldi durchquerte noch einmal die Hotelhalle und ging durch das Sonnenlicht, das sich wie ein goldener Wasserfall durch die riesigen Glastüren ergoß. An einem Kiosk, der wie ein minoischer Sarkophag aussah, kaufte er eine Zeitung. Er drehte dem Hoteleingang den Rücken zu, als ein schwarzer Pontiac langsam auf der Auffahrt vorbeirollte.

Zeke blickte auf die Uhr und sagte zu Raphael: »Hier fangen wir an. Du gehst ins MGM Grand, und ich in Caesar's Palace.«

West Los Angeles, Kalifornien

Als Julius das Institut durch den Hinterausgang verließ, ging er nicht geradewegs zu seinem Wagen. Er überquerte die Straße, wo ein weißer Honda am Bordstein stand, klopfte an das Wagenfenster und nickte dem überraschten Fahrer freundlich zu.

»Ich werde bei *Johnny's* etwas essen«, sagte er, als der Mann das Fenster geöffnet hatte. »Wissen Sie, wo das ist? Fahren Sie die Pico Street entlang und biegen Sie rechts in den Sepulveda Boulevard in Richtung Culver City. Danach werde ich im Santa Monica-Einkaufszentrum Weihnachtseinkäufe machen. Wenn ich das erledigt habe, besuche ich meinen Rabbi in der Synagoge in San Vincente. Ich werde langsam fahren, damit Sie mich nicht aus den Augen verlieren.«

Julius wußte nicht, wer dieser Mann war oder für wen er arbeitete, ob für die Polizei oder einen privaten Auftraggeber. Vielleicht war es auch ein Reporter. Aber der Mann folgte ihm schon seit zwei Tagen. Julius ärgerte sich über die ständige Überwachung und hatte beschlossen, dem Mann zu zeigen, daß er sich seiner Anwesenheit sehr wohl bewußt war.

Als er etwas später in seinem Wagen den Parkplatz verließ, folgte ihm der weiße Honda. Der Mann wartete geduldig, als Julius eine Kleinigkeit aß, blieb ihm auch beim Einkaufsbummel auf den Fersen, während Julius Geschenke für seine Ex-Frau und die beiden Kinder und auch ein Geschenk für Catherine kaufte. Als sie am späten Nachmittag die Synagoge erreicht hatten, winkte Julius dem Mann zu und fragte sich, wann er Zeit zum Essen fand oder auch nur, um auf die Toilette zu gehen.

Rabbi Goldmann war schon so lange in der Synagoge, daß auch die ältesten Mitglieder der Gemeinde sich an keinen anderen

Rabbi erinnern konnten. Niemand wußte, wie alt er war, aber sein Körper hatte nach so vielen Jahren der Beschäftigung mit Büchern, religiösen Handschriften und alten Dokumenten die Form eines Fragezeichens angenommen. Er begrüßte Julius lächelnd und musterte ihn mit seinen klaren und lebhaften Augen.

»Welch eine Freude, dich zu sehen, Julius!« sagte er und schüttelte ihm die Hand.

»Vielen Dank, daß Sie mich ohne weitere Umstände empfangen, Rabbi Goldmann.«

»Was kann ich für dich tun?«

»Ich wollte fragen, Rabbi«, sagte Julius und sah sich suchend in dem abgedunkelten Haus des Rabbi um, dessen überquellende Regale und Bücherschränke verrieten, daß hier ein großer Liebhaber von Büchern lebte, »ob ich vielleicht Ihren Computer für etwa eine Stunde benutzen kann.«

Santa Fe, New Mexico

›Man nennt es das Methusalem-Syndrom‹, erklärte der Gast in der Talkshow. ›Die Sehnsucht nach dem ewigen Leben oder die Illusion, daß man ewig leben wird.‹

›Also sagen Sie mir bitte, Herr Doktor‹, unterbrach ihn der Moderator mit einem professionellen Lächeln. ›Glauben Sie, daß die Schriftrollen das geheimnisvolle Rezept enthalten, das es den Menschen ermöglicht, ewig zu leben? Viele unserer Zuschauer hoffen das.‹

Der Experte räusperte sich und sagte mit dem ganzen Nachdruck seiner fachlichen Autorität: ›Bedauerlicherweise, John, wissen wir nicht, was in den Schriftrollen steht, oder ob es diese Schriftrollen überhaupt gibt. Genaugenommen wissen wir nicht einmal, ob Catherine Alexander noch am Leben ist! Erinnern wir uns, die allgemeine Hysterie wurde durch die Spekulation ausgelöst, in den Schriftrollen werde das Geheimnis des ewigen Lebens offenbart. All das hat seinen Ausgangspunkt in dem einen Satz, besser gesagt, in zwei Worten, die in dem Fragment vorkommen, das die Zeitungen veröffentlicht haben: *Zoe aionios.*‹ Er machte eine bedeutungsvolle Pause und übersetzte dann: ›Das bedeutet ewiges Leben.‹

›Aber beziehen sich diese Worte auf ein ewiges Leben hier auf Erden oder im Himmel nach dem Tod?‹

Miles schaltete den Fernseher aus und füllte ein Glas mit eisgekühltem Wasser. Er saß in seinem Büro.

Die Wiederkehr des Messias und das ewige Leben!

Die Öffentlichkeit hatte sich auf diese beiden Begriffe in dem Fragment gestürzt: *Parousia* und *Zoe aionios.*

Was würden die Leute tun, dachte Miles, wenn sie erfahren sollten, daß die Frau, deren Geschichte in den Schriftrollen erzählt wird, in der Tat einen Alchimisten geheiratet hatte, der tatsächlich nach dem Geheimnis des ewigen Lebens suchte?

Die Menschen würden in ihrer Hysterie nicht vor Mord und Totschlag zurückschrecken, nur um in den Besitz der Schriftrollen zu kommen.

Er trat an ein Fenster und blickte auf den grünen Rasen hinunter, wo einige seiner Gäste Golf spielten. Miles seufzte. Dieser ›Schwachsinn‹, wie sein Vater sagen würde, hatte scheinbar die ganze Welt erfaßt. Alles drehte sich nur noch um das bevorstehende neue Jahrtausend. Astrologen in Montana hatten das ›Neue Jerusalem‹ gesichtet. Sie behaupteten, es bewege sich auf die Erde zu und werde nach ihren Berechnungen am Neujahrstag die Reise durch den Weltraum hinter sich gebracht haben. Astro-Futurologen behaupteten, die NASA habe ein Schwarzes Loch über dem Nordpol entdeckt. Die Sache sei streng geheim, weil es für alle, die von der Erde fliehen wollten, das Sternentor zum Himmel sei. In England häuften sich Meldungen, nach denen beobachtet worden sei, wie sich die Megalithen in Stonehenge aus eigener Kraft bewegten.

Miles schüttelte unwillig den Kopf. Dann lächelte er, denn eine

Schar Kinder lief lachend und aufgeregt über den Hof. Sie versammelten sich vor dem Haus, um den Weihnachtsmann zu begrüßen, der bald mit einem Schlitten und vielen Geschenken eintreffen sollte. Der Weihnachtsmann gehörte zu Erikas Weihnachtsfeier für die Kinder der indianischen Mission.

Einmal im Jahr erleben sie die Wunderwelt des Reichtums, und dann müssen sie wieder zurück in die Armut ...

Miles staunte über den plötzlichen Anflug von Zynismus und wandte sich vom Fenster ab. Was war nur mit ihm los? Schon beim Aufwachen war er schlechter Laune gewesen, und daran hatte sich nichts geändert. Der erste Anruf am frühen Morgen hatte auch nicht gerade dazu beigetragen, seine Stimmung zu bessern. Seine Berater, die immer zu übertriebener Vorsicht rieten und ständig den Teufel an die Wand malten, beschworen Miles noch einmal, auf den Kauf der Software-Firma zu verzichten, da der Justizminister persönlich dem Antrag zur Bildung eines Ausschusses zugestimmt hatte, der den Konzern und seine Versuche, den Markt zu monopolisieren, untersuchen sollte. Außerdem geriet er inzwischen ins Kreuzfeuer der Filmindustrie. Man forderte ihn ultimativ auf, die Digitalisierung ehemaliger Filmstars und ihren Mißbrauch für billigste Unterhaltung zu stoppen. Das war ein Angriff auf die neue Software, die Anfang des nächsten Jahres auf den Markt kommen sollte. Innerhalb weniger Monate würde sich jeder, der einen Computer besaß, damit zum Partner von Marilyn Monroe oder zur Partnerin von Gary Cooper machen können.

Miles wußte, er sollte seine Gedanken auf diese ernsten Probleme richten, aber es wollte ihm einfach nicht gelingen.

Der Papyrus aus dem sechsten Jahrhundert, der Aki Matsumoto gehört hatte, erwies sich als nutzlos. Im Begleittext der Übersetzung aus Kairo hieß es, daß die ›Fabiana‹ dieses Textes in keinem Zusammenhang mit ›Sabina Fabiana‹ stehe. Der Dreizehn-Stunden-Flug nach Hawaii und zurück war demnach umsonst gewesen.

Miles haßte es, Zeit und Energie zu verschwenden.

Der Tiger in ihm wurde immer ungeduldiger und erinnerte ihn daran, daß ein Mann mit zweiundfünfzig keine Stunde zu verschwenden hatte.

›Das ist es eben‹, hatte sein Vater in einem der Gespräche zwischen Vater und Sohn erklärt, an die sich Miles aus seiner Kindheit erinnern konnte. ›Das ist es eben. Wir werden geboren, wir kämpfen um unser Überleben. Wir sterben. Dann kommt nichts. Keine Engel, kein Paradies im Himmel. Also nutze deine Zeit hier auf der Erde, bevor die Würmer dich fressen.‹

Miles glaubte seinem Vater, dem Stunden und Tage wertvoller als Diamanten und Perlen gewesen waren. Der Tiger in ihm brüllte. Schweißtropfen standen ihm auf der Stirn. Woher nur kamen die düsteren Gedanken?

Lag es vielleicht wirklich an dem bevorstehenden neuen Jahrtausend mit all seinen Unwägbarkeiten, oder lag es daran, daß er die Fünfzig überschritten hatte? Machte sich jeder Mann Gedanken über sein Leben, wenn er sich in der zweiten Hälfte des Lebens auf das Sterben und den Tod vorbereiten mußte?

Auch Erika hatte sich verändert. Ihm war nicht entgangen, daß sie in letzter Zeit beinahe wie in Panik nach etwas Unbestimmtem suchte, nach etwas Spirituellem. Miles mußte sich in diesem Augenblick eingestehen, daß Erikas Bemühen, die Indianerkinder glücklich zu machen, in diesem Jahr irgendwie verlogen und hilflos wirkte.

Und ihm wurde plötzlich klar, daß solche Hinweise auf eine innere Unsicherheit bei Erika nicht neu waren. Dafür gab es schon seit langem Anzeichen – Unruhe, Schlaflosigkeit, plötzliche Tränen, unverständlicher Ehrgeiz bei karitativen Projekten. Wie hatte er das alles nur übersehen können? Warum hatte er diese Hinweise nicht längst ernst genommen?

Ich war zu sehr mit mir selbst beschäftigt – mit mir und meinen Zielen.

Die vergangene Woche zeigte das deutlich. Er war so versessen, Catherine Alexander und die Schriftrollen zu finden, daß er kaum darauf achtete, was in seinem Haus geschah. Er überließ

Erika die Familie und die Gäste, die Vorbereitungen für das Fest, kurz alles, was mit seinem Privatleben zu tun hatte. Er wollte sich in der Illusion wiegen, alles sei in bester Ordnung. Erika zeigte ihm wie jeder in seiner unmittelbaren Umgebung immer nur die heitere Fassade. Niemand war ehrlich zu ihm oder brachte genug Vertrauen auf, offen mit ihm zu reden, geschweige denn, Unzufriedenheit und Ängste zu äußern. Und so wurde ihm auch Erika von Tag zu Tag fremder.

Lohnte sich das alles?

Es würde nicht mehr lange dauern, bis die Polizei Catherine Alexander fand – die Polizei, die Journalisten oder das FBI. Wenn das geschah, besaßen die Schriftrollen für Miles keinen Wert mehr. Von unten drang das Lachen und Singen der Kinder zu ihm herauf.

Lohnt es sich eigentlich wirklich, den Schriftrollen hinterherzujagen?

In Stevensons Computer-Tagebuch stand ein sehr belastender Hinweis. Aber Miles tröstete sich. Selbst wenn der Computer mit dem Tagebuch in die falschen Hände geriet, konnte er die Behauptung als Verfolgungswahn eines paranoiden, mißverstandenen Archäologen abtun. Das beantwortete allerdings nicht die eigentliche Frage: Sollte er Catherine Alexander vergessen? Sollte er die Jagd abbrechen und diese Frau ihrem Schicksal überlassen, das sie ohnehin in den Untergang treiben würde?

Miles mußte sich an diesem Morgen eingestehen, daß ihm die Vorstellung irgendwie gefiel.

Entschlossen verließ er das Büro. Er begab sich jedoch nicht sofort in das unterirdische Kommunikationszentrum, sondern verließ den Fahrstuhl im Erdgeschoß. Zu seiner Überraschung fand er Erika in einem der verglasten Bogengänge. Sie stand vor einem Kaktus und drückte ein Taschentuch an die Augen.

»Liebling«, sagte er bestürzt und trat neben sie. »Was hast du?«

»Tut mir leid, Miles«, erwiderte sie schluchzend. »Ich wollte nicht, daß du mich so siehst. Es ist nur ... die Kinder und alles. Es war einfach zuviel. Ich wollte allein sein, um meine Fassung wiederzufinden.« Sie trocknete sich die Augen. »Ich wünsche diesen Kindern so sehr, daß sie eine Zukunft haben.«

»Natürlich werden sie eine Zukunft haben«, sagte er beruhigend und drückte sie zärtlich an sich. »Warum denn nicht?«

»Kojote«, flüsterte sie erstickt.

Miles fragte leicht gereizt: »Wo ist er eigentlich? Ich habe ihn lange nicht gesehen.«

»Morgen ist die Wintersonnenwende, der Tag, an dem die Kachinas aus der Kiva kommen. Aber das wird diesmal nicht geschehen, denn die Sonnen-Kachina ist verschwunden.«

»Hm, und wo ist Kojote?«

»Ich weiß es nicht. Ich habe ihn auch nicht gesehen und mache mir große Sorgen.«

»Um ihn mußt du dir keine Sorgen machen. Vermutlich ist er damit beschäftigt, aus einem anderen Pueblo eine Kachina zu besorgen, damit die Kiva geöffnet werden kann. Ich glaube, das machen sie so.« Miles trat einen Schritt zurück und sah Erika an. Sie wirkte stets jünger, als sie war, immer gepflegt und attraktiv. Aber an diesem Tag entdeckte er verwundert Falten um Augen und Mund. »Liebste«, sagte er freundlich, »auf dir lastet noch etwas anderes. Was ist es?«

Sie sah ihn mit großen, verzweifelten Augen an. »Ich habe Angst.«

»Angst! Wovor?«

»Was geschieht mit uns, wenn wir sterben, Miles?« fragte sie plötzlich. »Kommt nach dem Leben einfach nichts? Werde ich dich oder die Kinder nie wiedersehen? Diesen Gedanken kann ich nicht ertragen. Ich habe Angst. Miles, halt mich fest ...«

Er nahm sie in die Arme. Seine Niedergeschlagenheit verwandelte sich in eine Mischung aus Verwirrung und Zorn. Hatte die allgemeine Hysterie der bevorstehenden Jahrtausendwende nun auch seine Frau erfaßt?

Wonach suchte Erika? Warum nur die Angst? Warum schien jedermann plötzlich Antworten zu wollen, die niemand geben konnte? Begriffen die Menschen nicht, daß das Dasein auf der

Erde alles war, was sie hatten, und daß sie das Beste daraus machen mußten, solange ihnen noch die Zeit dazu blieb?
Miles dachte an die Berichte im Fernsehen und an die Interviews mit dem ›Mann auf der Straße‹. Sie alle wurden von denselben Ängsten gequält wie Erika. Die Menschen dachten nur noch an den Tod, das Ende und was danach kommen würde. Miles wußte darauf nichts zu sagen. Wer konnte sich schon hinstellen und behaupten, wirklich etwas zu *wissen*? Auch wenn er Zugriff auf alle Informationen der Welt hatte, diese Fragen machten ihn hilflos, und das erfüllte ihn mit Empörung und Wut.
Plötzlich erinnerte er sich an einen Satz aus der Übersetzung der Schriftrollen. Ohne nachzudenken zitierte er: »›Satvinder glaubte, wenn wir sterben, kommen wir nach Schalimar, in das Land der Seelen, das man auch den Garten der Liebe nennt.‹«
Erika sah ihn überrascht an. »Miles, das ist wundervoll! Wo hast du das gehört?«
»Ich weiß nicht, ich habe es vermutlich irgendwo gelesen.«
»›Schalimar‹, wie schön das klingt! Wenn ich nur daran glauben könnte, dann wäre ich glücklich, denn ich wüßte, daß ich nie von dir und den Kindern getrennt sein werde!«
Miles sah verblüfft, daß Erika plötzlich strahlte. Die Tränen waren verschwunden, sogar die Falten und Fältchen schienen sich zu glätten, und sie sah wieder jung und bezaubernd aus. Er wollte ihr sagen: ›Es steht noch mehr dort, wo ich das gelesen habe, sehr viel mehr!‹
In diesem Augenblick setzte der Tiger wieder zum Sprung an. Miles spürte, wie ihn das Adrenalin aus den Tiefen seiner Zweifel riß. Wie konnte er nur so dumm sein und sich wie eine kranke Katze in eine Ecke verkriechen, alte Wunden lecken, über die zweite Lebenshälfte nachdenken und sogar mit dem Gedanken spielen, die Jagd nach den Schriftrollen aufzugeben? Wenn nicht er, wer sonst auf der Welt sollte gegen den apokalyptischen Unsinn der Menschheit immun sein?
Er nahm Erika am Arm und sagte fröhlich: »Komm, gehen wir zu

den Kindern. Wir sollten dabeisein, wenn sie die Geschenke auspacken!«

Die Unsicherheit, die ihn schon beim Aufwachen überfallen hatte, war verschwunden. Er hielt die Zügel wieder fest in der Hand. Er würde dieser Archäologin die Schriftrollen abjagen. Aber von jetzt an ging es nicht darum, sie in seinem Museum zu verstecken. Er würde nie vergessen, wie Erikas Augen plötzlich geleuchtet hatten …

Ja, die Schriftrollen würden ein Geschenk für Erika sein, mit dem er sie glücklich machen konnte.

Las Vegas, Nevada

»›Satvinder glaubte, wenn wir sterben, kommen wir nach Schalimar, in das Land der Seelen, das man auch den Garten der Liebe nennt.‹«

Garten der Liebe …

Catherine hob den Kopf und dachte nach.

Sie und Garibaldi hatten im Atlantis eine Suite für Geschäftsleute. Das bedeutete zwei Schlafzimmer mit getrennten Bädern, ein Büro mit zwei Schreibtischen, ein Fax und einen Drucker, zwei Modemanschlüsse, zwei Telefonnummern und all die praktischen Dinge, die man in einem Büro braucht – Büroklammern, Radiergummi, Notizblöcke, Locher usw. Catherine arbeitete an dem Schreibtisch, der am Fenster stand. Von dort hatte sie den eindrucksvollen Blick auf den See und die ›alten‹ Tempel. Michael saß mit dem Rücken zu ihr an der anderen Seite des Raums vor dem Laptop und suchte im Internet nach Papyri.

Der Anblick seiner breiten Schultern, die verläßliche Hilfsbereitschaft, sein Durchhaltevermögen und seine Liebenswürdigkeit gehörten inzwischen wie selbstverständlich in ihr Leben. Er konnte auch zärtlich sein, wie am Abend zuvor in dem Motel, als er das Kätzchen gestreichelt und mit Milch gefüttert hatte …

Er drehte sich um, als spüre er ihre Augen auf sich gerichtet, und sagte lächelnd: »Ich habe hier vermutlich die genaueste Aufstellung aller Könige im ersten und zweiten Jahrhundert nach Christus. Die Könige von Parthien, Armenien und Trakien, von Phraates bis Vardenes, Artivastes bis Romotacles. Es gibt sogar einen Morwan, der, wie ich feststelle, eine Königin war. Aber unter ihnen ist kein einziger Tymbos zu finden!«

»Ich habe einen neuen Suchbegriff«, sagte Catherine. »Schalimar.«

»Wie das Parfüm?«

Sie stand auf und massierte sich den Nacken. Es war inzwischen dunkel geworden. Sie erinnerte sich nicht daran, den Sonnenuntergang bemerkt zu haben. »Es ist ein Land im Leben nach dem Tod. Vielleicht finden wir etwas darüber. Vielleicht gibt es irgendwo eine Kopie dieses Kapitels. Es könnte möglicherweise ›Schalimar-Fragment‹ heißen. Vielleicht bringt es uns weiter.«

Sie nahm aus der Minibar eine Flasche kaltes Mineralwasser und füllte zwei Gläser.

»Gut, suchen wir nach *Schalimar.*« Er klickte und tippte inzwischen schon geübt auf die einzelnen Menüpunkte, um sich in das richtige Programm einzuwählen. Catherine trat neben ihn und stellte das Glas Wasser auf seinen Schreibtisch. Neugierig blickte sie auf den Bildschirm.

RELIGION

Eine Liste mit über zweitausend Einträgen erschien, von ›Aristoteles‹ bis ›Zoroaster‹. Es gab auch Stichwörter wie: ›Der Gottesbeweis in Cyberspace‹ und ›Der Beichtstuhl‹. Garibaldi klickte auf ›Hinduismus‹ und dann wieder auf ›alt.Hindu archives‹. Auf der Home Page stand: ›Global Hindu Electronic Network, sponsored by Hindu Students Council.‹ Garibaldi öffnete das Unterverzeichnis: ›alt.hindu.archives, November 1999‹, und wieder erschien eine Liste mit tausend Einträgen.

»Also, verehrte Frau Doktor«, sagte Garibaldi. »Ihre Wahl?«

Catherine überflog die Liste, schüttelte den Kopf und seufzte. Es waren einfach viel zu viele Verweise.
»Fangen wir noch einmal an«, sagte Garibaldi und öffnete

YAHOO: RELIGION
VIRTUAL LIBRARY.

Die elektronische Adresse verriet, daß sie die Universität von Freiburg angewählt hatten. Das Laden der Datei würde ein paar Minuten in Anspruch nehmen, denn die Meldung auf dem Bildschirm lautete: *empfangen: 3347 Bytes von 149622 Bytes.*
»Dazu fehlt mir die Geduld«, murmelte Catherine. Sie hatte das Gefühl, die Schmerzen in Nacken und Schultern würden nie verschwinden. Ihr fehlten Schlaf und ein normales Leben.
»Gut, suchen wir auf Lycos«, sagte Garibaldi. »Das geht am schnellsten und ist auch sehr umfassend.« Es dauerte nicht lange, und er rief: »Vierhundert Einträge!« Er ließ die Liste abrollen und fand unter ›Schalimar‹: Designer-Mode, den Geburtsort eines Astronauten in Florida und ein Hotel in Las Vegas. Nach fünf Minuten Suche deutete immer noch nichts auf eine alte Schriftrolle oder auf die Kopie einer solchen hin.
»Tut mir leid«, murmelte er und drehte sich um. »Ich hatte wirklich geglaubt, wenn wir ungestört Online bleiben können, würden wir etwas finden. Noch dazu, wo uns in diesem Hotel ein hochkarätiges System und eine sehr schnelle Software zur Verfügung stehen.« Mit einem schiefen Lächeln fügte er hinzu: »Wissen Sie eigentlich, daß man hier im Atlantis Dianuba Technologies Software und auch das schnelle neue Scimitar benutzt, das Miles Havers für das Internet hat entwickeln lassen …«
»Das wundert mich nicht«, erwiderte sie und ging langsam zu ihrem Arbeitsplatz zurück. »Aber es würde mir eine gewisse Befriedigung verschaffen, Havers mit seiner eigenen Software zu schlagen.« Vor dem Fernseher blieb sie zögernd stehen. Sie hatten bewußt den ganzen Tag keine Nachrichten gesehen, um nicht durch neue Meldungen abgelenkt zu werden.

»Der Tag war nicht völlig umsonst«, meinte Garibaldi aufmunternd. »Wir haben immerhin den mysteriösen ›Hekatetrank‹ gefunden, den Philos seinen Patienten verordnet hat!«
Das Wunderheilmittel aus Weidenrinde war zweitausend Jahre später als ›Aspirin‹ bekannt.
Mit einem Blick auf die Uhr sagte Catherine: »Wir müssen uns wohl doch die Nachrichten ansehen, um auf dem laufenden zu bleiben«, und griff zur Fernbedienung.
Die Nachrichtensprecherin sagte gerade: ›... ein Sprecher des FBI erklärte heute, daß man damit rechnet, Dr. Catherine Alexander in Kürze festnehmen zu können.‹
Garibaldi griff sich an den Kopf. »Du meine Güte, geschieht denn auf der Welt überhaupt nichts mehr, daß sie nur noch über diesen Fall berichten ...?«
›Die ägyptische Regierung hat die Polizei in Santa Barbara offiziell aufgefordert, ihr die sichergestellten Photos der Schriftrollen zu übergeben. Aber ein Polizeisprecher erklärte, die Photos seien Beweismaterial in einem Mordfall und könnten nicht Dritten überlassen werden. Der ägyptische Außenminister will gegen diese Entscheidung bei seinem Amtskollegen im Weißen Haus Protest einlegen.‹
»Der reinste Zirkus!« sagte Garibaldi. »Der Fall beginnt zu einer Lawine zu werden, die niemand mehr aufhalten kann.«
»Ich verstehe das nicht. Warum machen sie aus mir so eine große Sache? Es gibt doch wichtigere Dinge, über die sie berichten könnten!«
»Es liegt am neuen Jahrtausend«, erwiderte Garibaldi. »Man glaubt, Sie hätten Informationen über die Zukunft. Wenn Sie die Schriftrollen in zwei oder drei Monaten gefunden hätten, würde sich kein Mensch darum kümmern.«
Es folgte ein aufgezeichnetes Interview mit einem Theologen. ›Ich halte das Vorgehen dieser Frau für äußerst fragwürdig. Wieso glaubt Catherine Alexander, daß sie sich über alle Gesetze hinwegsetzen kann?‹
Ein Professor aus Harvard gab folgende Erklärung ab: ›Ich wende

mich persönlich an Sie, Dr. Alexander. Bitte übergeben Sie die Schriftrollen einer wissenschaftlichen Institution oder einer kirchlichen Organisation. Beenden Sie die törichte Flucht. Sie können nicht gewinnen.‹

Im Studio wurde ein weiterer Experte befragt. ›Dr. Cochran, können Sie uns die Gründe dafür nennen, daß im ganzen Land das Bewußtsein für spirituelle Fragen wächst?‹

›Die Zeit der Materialisten geht zu Ende, Steve. Deshalb sind wir gezwungen, unsere Sterblichkeit ernstzunehmen. Wir müssen uns fragen: Was kommt nach dem Tod?‹

›Warum verzeichnen die traditionellen Kirchen dann nicht einen Zuwachs an Gläubigen?‹

›Nun ja, Steve, ich war früher Katholik, aber heute bin ich wie viele meiner Freunde ein Anhänger von New Age. Ich denke, ich spreche für alle von uns, wenn ich sage, daß wir uns vom Glauben unserer Eltern losgesagt haben, weil die Kirchen den Bedürfnissen unserer Zeit nicht mehr gerecht werden. Kurz gesagt, viele meinen, der Katholizismus zum Beispiel sei einfach zu alt.‹

Garibaldi schüttelte den Kopf und murmelte: »›Eine Religion, die unter dem Staub der Jahrhunderte begraben liegt.‹«

Als Catherine ihn überrascht ansah, fügte er lächelnd hinzu: »Das ist nicht von mir. Ich habe es irgendwo einmal gelesen. Aber es ist wirklich komisch, eine Religion abzulehnen, nur weil sie alt ist!«

»Dieser Mann«, sagte Catherine und wechselte mit der Fernbedienung den Kanal, »hat den Rosenkranz und die Heiligen gegen Kristalle und Engel ausgetauscht.« Da keines der Fernsehprogramme ihr zusagte, schaltete sie auf Radioempfang. Im Klassik-Sender endete gerade eine Konzertübertragung, dann hörten sie den Sprecher: ›Wir haben heute Dr. Raymond Pearson bei uns im Studio. Er ist der Gründer der historisch orientierten Jesus-Gesellschaft. Was können Sie uns über das Papyrus-Fragment sagen, Dr. Pearson?‹

Garibaldi ging zu seinem Schreibtisch zurück und trank einen Schluck Wasser.

›Nun ja‹, erwiderte Dr. Pearson. ›Erstens, die paläographische Untersuchung datiert den Text in das erste oder zweite Jahrhundert unserer Zeitrechnung. Wir wissen auch, daß der Text von einer Frau stammt und daß diese Frau sich sehr wahrscheinlich an die frühen Christen wendet ... das Wort ‹Diakonos› läßt darauf schließen. Natürlich kommt in dem Text auch das Wort ‹Jesus› vor. Wenn diese Schriftrollen von Frühchristen geschrieben wurden, dann können sie uns vielleicht Aufschluß über die Anfänge des Christentums geben.‹

›Dr. Pearson, einige Vertreter der Kirchen haben erklärt, die Schriftrollen seien blasphemisch und ketzerisch.‹

Pearson erwiderte leise lachend: ›Nun ja, die etablierten Kirchen sollten sich von den Schriftrollen nicht bedroht fühlen, sondern aufmerksam zur Kenntnis nehmen, was uns dieser Text über die Anfänge unserer Kirchen sagen kann, denn er ist frei von den Geschichten, Legenden und Märchen, die im Laufe der vielen Jahrhunderte mit dem Christentum in Verbindung gebracht worden sind. Das, was wir dort erfahren, könnte sehr befreiend wirken.‹

›Wollen Sie damit andeuten, Dr. Pearson, daß uns das Neue Testament nicht sagt, wie die ursprüngliche christliche Kirche aussah?‹

Catherine setzte sich auf einen Stuhl, denn sie wollte sich das Gespräch anhören.

›Möglicherweise nicht‹, antwortete Dr. Pearson. ›Das Markus-Evangelium wurde um das Jahr 65 geschrieben, das Matthäus- und Lukas-Evangelium, so glaubt man, etwa zwanzig Jahre später, und das Johannes-Evangelium um das Jahr 95. Wir dürfen nicht vergessen, trotz intensiver Forschungen sind die Originalhandschriften der vier Evangelien nie gefunden worden. Sie sind im Laufe der Zeit verlorengegangen.‹

›Wie können wir dann dem Neuen Testament überhaupt vertrauen?‹

›Wir haben Kopien. 1925 wurde zum Beispiel ein Papyrus-Fragment in der ägyptischen Wüste gefunden und an Archäologen in

Kairo verkauft. Nach wissenschaftlicher Prüfung stellte man fest, daß es sich um einen griechischen Text handelte, um eine Stelle aus dem Johannes-Evangelium, aber er wurde hundert Jahre *nach* der Kreuzigung geschrieben. Es ist in der Tat das älteste Textfragment des Neuen Testaments, das wir besitzen. Die ersten Ausschnitte, die uns aus dem Lukas- und Matthäus-Evangelium vorliegen, stammen aus dem Jahr 200 n. Chr. Das heißt, die Kreuzigung lag zu diesem Zeitpunkt bereits einhundertsiebzig Jahre zurück. Außerdem gibt es ein Fragment des Markus-Evangeliums aus dem Jahr 225.‹

›Sie sagen, das Markus-Evangelium wurde um das Jahr 65 geschrieben, aber ein Fragment der ersten Kopie, die wir haben, stammt erst aus dem Jahr 225?‹

›Richtig. Damit stellt sich natürlich die brisante Frage, welche Veränderungen die Evangelien in all den vielen Jahren erfahren haben.‹

›Danke!‹ sagte der Moderator. ›Liebe Zuhörer, Sie können jetzt im Studio anrufen. Sie kennen die Nummer, und Dr. Pearson wird Ihre Fragen beantworten. Und hier ist bereits die erste.‹

›Herr Doktor, wie immer Sie auch heißen mögen, für Ihre Worte werden Sie in der Hölle brennen ...‹

›Danke. Nächster Anruf, bitte.‹

›Dr. Pearson, wollen Sie behaupten, das Neue Testament ist nicht das von Gott offenbarte Wort?‹

›Verstehen Sie mich nicht falsch. Die Evangelien sind die Worte Gottes. Aber wir kennen nicht die ursprünglichen Worte.‹

Catherine spürte Garibaldi, der hinter ihr stand. Die Spannung im Raum stieg merklich, aber er schwieg.

›Wir wissen, es kam nach dem Tod von Jesus zu einem Machtkampf‹, sagte Pearson. ›Das ist in Urkunden dokumentiert. In den ersten hundert Jahren gab es im Römischen Reich eine große Zahl christlicher Sekten mit unterschiedlichen Glaubensvorstellungen, Regeln und so weiter. Die Frühchristen stritten darüber, was der *richtige* Glaube sei. Es zirkulierten viele Evangelien und Briefe. Einige Gruppen hielten sich an die Lehren von Petrus, andere an die von Paulus. Erinnern wir uns, Petrus zum Beispiel bestand darauf, daß alle Männer, die sich zum christlichen Glauben bekehrten, beschnitten wurden. Paulus war anderer Meinung. Die Auseinandersetzungen um den richtigen Glauben dauerten noch zweihundert Jahre an. Splittergruppen gründeten eigene Kirchen, und alle behaupteten, den wahren Glauben zu vertreten, aber sie taten es mit unterschiedlichen Ritualen, Gebeten und Vorstellungen von der Persönlichkeit Jesu und seiner Worte. Erst im vierten Jahrhundert setzte sich das mächtigste ‹Lager› durch. Diese Christen stellten zusammen, was sie das Neue Testament nannten. Sie entschieden sich für nur vier Evangelien von den vielen, die damals allgemein verbreitet waren, und erklärten alle anderen für ketzerisch. Wenn die Schriftrollen, die Dr. Alexander aus Ägypten geschmuggelt hat, tatsächlich Berichte von Augenzeugen der Mission des Herrn hier auf Erden sind, dann werden wir durch diese Texte vielleicht zum ersten Mal einen wirklichen Einblick in die Ursprünge des Christentums und seiner Intentionen vor den inneren Kämpfen und Auseinandersetzungen bekommen. Vielleicht werden wir dann eine Kirche sehen, die sich sehr von der unterscheidet, wie wir sie heute kennen.‹

›Danke, Dr. Pearson. Der nächste Anrufer ist zugeschaltet. Wie heißt Ihre Frage?‹

›Zuerst einmal, Sie erzählen eine Menge Lügen, Herr Professor. Ich weiß, Dr. Alexander ist der Antichrist, der auf die Erde gekommen ist, um die guten Christen vom Weg der Erlösung abzubringen, denn das Jüngste Gericht steht uns bevor. Und wenn Sie …‹

Catherine murmelte: »Der Antichrist! Er behauptet, ich sei der Antichrist …«

›Danke. Das nächste Gespräch, bitte.‹

›Jesus wird kommen, das wissen wir, und er wird seine tausendjährige Herrschaft auf Erden gründen. Meine Frage ist, wenn in diesen Schriftrollen, mit denen diese Frau auf der Flucht ist, der Tag und die Stunde genannt werden, warum unternehmen die zuständigen Stellen nichts, um ihr die Schriftrollen abzunehmen, damit wir uns auf den Tag und die Stunde der Wiederkehr des Messias vorbereiten können?‹

›Ich bin sicher, die Behörden tun alles, was in ihren Kräften steht, um Dr. Alexander zu finden. So, hier ist jemand aus San Francisco.‹

›Ich habe Dr. Alexander etwas zu sagen. Sie werden für Ihre Frevel büßen! Sie sind eine …‹

›Leute!‹ rief der Moderator. ›Das klingt ja, als würde die Öffentlichkeit klar und deutlich ihre Meinung kundtun! Liebe Zuhörer, ich weiß, die meisten von Ihnen hören nur das Besetztzeichen, wenn sie bei uns anrufen. Unsere Damen in der Zentrale haben alle Hände voll zu tun. Aber lassen Sie sich nicht entmutigen, wir beantworten so viele Anrufe wie möglich. Ja, wer ist jetzt am Apparat?‹

›Sagen Sie dem Weib …‹

Garibaldi griff nach der Fernbedienung und schaltete ab. Besorgt sah er Catherine an. »Alles in Ordnung?« fragte er leise.

Catherine stützte den Kopf in beide Hände. »Warum beschimpfen sie mich? Warum sind alle gegen mich?«

»Vermutlich deshalb, weil Sie schweigen. Man deutet Ihr Schweigen als ein Eingeständnis von Schuld. Verstehen Sie, mir gefällt das alles überhaupt nicht. Das Jahrtausendfieber scheint den Menschen den Verstand zu rauben. Es könnte für Sie gefährlich werden, wenn man Sie erkennen sollte. Fanatiker werden möglicherweise versuchen, Sie in ihre Gewalt zu bekommen. Wie es aussieht, könnte Ihnen nicht einmal die Polizei Schutz bieten, selbst wenn Sie sich stellen würden. Offenbar sind bereits zu viele Menschen davon überzeugt, daß sowohl Sie als auch die Schriftrollen das ›Böse‹ sind.«

»Dann muß ich allen die Wahrheit sagen! Sie müssen meine Beweggründe kennenlernen!«

»Gut, aber wie? Sie können nicht telefonieren. Man würde Sie sofort aufspüren.«

»Dann werde ich es über Internet versuchen. Ich werde die

Nachricht dort an einem Schwarzen Brett deponieren und darum bitten, sie weiterzuleiten.«

Er überlegte und nickte dann. »Das könnte gehen. Sie müssen Ihre Nachricht an eine Stelle schicken, wo viele sie lesen. Dann besteht die größte Wahrscheinlichkeit, daß einer die Nachricht weiterleitet.«

Catherine setzte sich vor den Computer und dachte nach. »Ich kann sie nicht WELL oder ECHO schicken«, sagte sie. »Dort muß man angemeldet sein. UniCom wäre das beste, denn beinahe jeder hat das, aber auch dort muß man sich anmelden. Das gilt auch für Dianuba Network.«

»Sie können die Nachricht keiner Anwendergruppe zuleiten, denn sonst läßt sich wie beim Telefonieren der Absender ausfindig machen. Das ist schade, denn durch den Einwahlknoten würden Sie mehr Menschen erreichen.«

»Wie wäre es mit IRC? Im Internet Relay Chat gibt es viele sehr populäre Kanäle.«

»Havers hat vermutlich vorausgesehen, daß Sie daran denken würden, und jemanden beauftragt, dort nach Ihnen Ausschau zu halten. Sobald Sie Ihre Nachricht senden, ermittelt der Spion die Adresse der Zugangslizenz und weiß, daß Sie hier im Hotel sind.«

»Er kann nicht alle Kanäle überwachen«, erwiderte Catherine. »Es gibt viele tausend IRC-Kanäle!«

»Richtig, aber in den meisten sind nur drei oder vier Anwender gleichzeitig Online. Wenn Sie sich in diese Gespräche einwählen, besteht kaum die Chance, daß man Ihnen glaubt. Noch weniger wird man die Nachricht weiterleiten.«

Es muß einen Weg geben, dachte Catherine und starrte trübsinnig auf Dannos Computertasche. Sie griff danach, öffnete sie und holte die vergilbte Ausgabe von *Hawksbill Station* heraus. »Das war sein Lieblingsbuch«, murmelte sie. »Es handelt von einer Gruppe Männer, die von ihrer Welt und ihrer Zeit abgeschnitten worden sind, Ausgestoßene ...«

Plötzlich fiel ihr etwas ein, und sie begann zu tippen.

Garibaldi zog sich einen Stuhl heran und setzte sich neben sie. »Was haben Sie vor?«

»Ich habe mit Danno einen Sommer lang in Mexiko gearbeitet. Er suchte einen Maya-Tempel. Danno war regelmäßig morgens und abends eine Stunde im Internet. Ich glaube, er benutzte Internet Relay Chat.« Sie klickte auf das Symbol

IRC MANAGER.

»Wenn ich mich recht erinnere, hieß der Kanal ›Hawksbill‹.«

»Was wollen Sie mitteilen, wenn Sie den Kanal finden?«

»Ich werde ihnen sagen, wer ich bin. Ich werde ihnen sagen, daß ich unschuldig bin, und sie bitten, das so weit und so schnell wie möglich zu verbreiten.«

Catherine tippte eilig weiter: ›*pasadena.ca.us.undernet.org*‹ und drückte:

ENTER.

»Wie groß ist die Gruppe?«

Sie klickte auf das Symbol

CONNECT.

»Vor zwei Jahren hatten sie zehn Mitglieder.« Auf dem Monitor erschien die Meldung: ›*Ihr Host ist pasadena.ca.us.undernet.org. Server created 7/23/96 um 16:43 PST. 2.000 Anwender, 1500 unsichtbar auf 127 Servern.*‹

»Ich weiß, das sind nicht viele«, sagte Catherine, »doch wenn ich das, was ich sagen will, anonym in einem BBS hinterlasse, wo es hundert Leute lesen, dann habe ich keine Garantie, daß sie die Nachricht verbreiten. Aber auf die Loyalität der Mitglieder von Dannos Gruppe kann ich setzen.«

Auf dem Monitor erschien die Meldung:

MOTD: FAKE USER @HOST IS NOT ALLOWED ON THIS SERVER. PERSISTENT ABUSERS OF THIS RULE WILL HAVE THEIR HOST BANNED FROM THIS SERVER.
BOTS ARE ALLOWED ON THIS SERVER ONLY WITH SERVER OP APPROVAL. ABSOLUTELY NO CLONE BOTS ALLOWED.
END OF/MOTD COMMAND

»Hoffen wir, daß der Kanal noch da ist«, murmelte Catherine und tippte: ›*/list -min 4.*‹
Auf der rechten Seite des geteilten Bildschirms begannen Namen und Nummern zu erscheinen:

#altair 4
#boychat 7
#dogs 5
#doomsday 9
#england 12
#friendly 32
#german 6
#hawksbill 4

»Da ist er!« rief Garibaldi. »›Hawksbill‹!«
Sie markierte *#hawksbill* und klickte zweimal. Sofort erschien die Meldung:

YOU HAVE JOINED HAWKSBILL

In einem Kasten wurden die ›handles‹, die Spitznamen der im Augenblick im Netz befindlichen Teilnehmer angezeigt: BENHUR, DOGbert, spaCeman. Der vierte, Jean-Luc, hatte das @- Zeichen vor dem Namen, ein Hinweis darauf, daß er oder sie der Kanal-Operator war.
»Es gibt sie noch!« rief Catherine.
»Kennen Sie die Leute?« fragte Garibaldi.
»Nein.« Aber Catherine erinnerte sich deutlich daran, wie sie im

schwülen heißen Regenwald von Yucatán Danno über die Schulter geblickt hatte, wenn er sich bei der morgendlichen Plauderstunde mit seinen Freunden unterhielt. Über die seltsamen Namen hatte sie sich schon damals gewundert.
Kaum hatte sie sich in den Kanal eingewählt, begann ein Symbol links oben am Bildschirm zu blinken, und ein Piepton war zu hören. Es erschien die Meldung:

IRC Kein Zutritt HAWKSBILLBOT

»O je!« sagte Garibaldi. »Sie sagen Ihnen, daß Sie sich nicht einwählen dürfen. Sie sind eine Fremde. Man wird Sie hinauswerfen, wenn Sie im Kanal bleiben.«
Catherine verließ den Kanal und ließ sich in ›SERVER/CONNECTION‹ den Spitznamen von Daniel anzeigen. Er hieß ›Klaatu‹.
»Versuchen Sie es noch einmal unter diesem Namen.«
Catherine wählte sich wieder in den Kanal, beachtete das blinkende Symbol nicht und ließ sich den Dialog anzeigen.

[spaCeman] Ich sage euch, es ist eine Verschwörung. Seine Atlantis-Theorie und alle seine Beweise sind zu unbequem gewesen. Jemand wollte ihn endgültig zum Schweigen bringen.
«SERVER» HASENFUß! johnjay@mach1.wlu.ca
[@Jean-Luc] Hallo, Hasenfuß! Du bist wirklich ein Hase. Lange nichts von Dir gehört:-))
[Hasenfuß] Habt Ihr die Meldungen in den Zeitungen gelesen? Wenn das alles stimmt, ist Hawksbill am Ende.
[BENHUR] Eine Verschwörung? Quatsch! Da steckt etwas anderes dahinter.

»Wissen Sie etwas über diese Leute?« fragte Garibaldi und verfolgte kopfschüttelnd den Dialog im nicht lokalisierbaren Cyberspace.
»Danno wußte nicht einmal, ob es Männer oder Frauen sind. Das ist eine der Regeln auf dem Hawksbill-Kanal. Sie sind alle in der

einen oder anderen Form Außenseiter und sprechen prinzipiell nicht über ihr Leben.«

»Wenn sie die Identität der anderen nicht kennen, dann können sie auch nicht ahnen, daß Daniel Stevenson, über den soviel in den Medien berichtet wurde, zu ihrer Gruppe gehört hat.«

»Danno ist eine Ausnahme, denn er hat den Kanal eingerichtet. Er war der Gründer … er und noch ein Freund … ich glaube, dieser Jean-Luc. Sehen Sie, sie sprechen eindeutig über Dannos Tod.«

Kurz darauf erschien folgender Text:

[@Jean-Luc] Klaatu: Sorry, das hier ist ein privater Kanal. Du mußt dich verabschieden.

»Nicht schon wieder ein Paßwort-Problem«, stöhnte Garibaldi. »Wir haben nicht viel Zeit. Wenn Havers IRC überwachen läßt, oder das FBI …«

Catherine dachte nach, dann griff sie wieder nach dem Roman *Hawksbill Station*. Sie schlug die erste Seite auf und las den Anfang: ›Barrett war der ungekrönte König auf Hawksbill Station. Niemand bestritt das. Er war schon länger hier als alle anderen, er hatte am meisten gelitten und er besaß die größten inneren Kraftreserven.‹

Catherine klickte auf: ›SERVER/CONNECTION‹, löschte ›*Klaatu*‹ und tippte einen neuen Spitznamen. Zu Garibaldi sagte sie: »Danno hat vermutlich nicht nur einen Kanal benutzt und in jeder Gruppe einen anderen Namen verwendet. Aber ich glaube, ich weiß, welchen er für ›seine‹ Gruppe hatte.«

Sie klickte auf ›*#hawksbill*‹ und tippte:

›Barrett‹ Hallo, ich bin es, Mitexilanten.
[spaCeman] Was soll das?!!!
[BENHUR] Barrett ist tot :-(
[@Jean-Luc] Verlaß den Kanal!

Catherine tippte: ›Ich bin Barrett.‹

[@Jean-Luc] Das kann nicht sein!
*Hasenfuß ist empört
*DOGbert sinkt beim Anblick eines Geistes in Ohnmacht.
[spaCeman] Werft den Hochstapler raus!
[@Jean-Luc] Du bist gewarnt!
«Barrett» Wartet bitte. Ich brauche euch!
*DOGbert kommt wieder zu Bewußtsein.
[@Jean-Luc] Tote reden nicht!
[DOGbert] Das finde ich nicht komisch. Wir trauern ...
DOGbert trauert
«Barrett» Ich brauche eure Hilfe. Dr. Catherine Alexander hat mich nicht ermordet. Sie ist unschuldig. Sie war meine beste Freundin.
[spaCeman] Du machst die Sache nur noch schlimmer. Wir haben Barrett verlooooooooooren, Du Schwachkopf!
«Barrett» Catherine Alexander war meine Freundin. Sie braucht unbedingt eure Hilfe!
[@Jean-Luc] BEWEISE!!!!!!!

»Die glauben Ihnen nicht!« sagte Garibaldi und blickte unruhig auf die Uhr. Sie waren bereits fünfzehn Minuten im IRC. »Sie müssen die Gruppe überzeugen, daß Sie wirklich Daniels Freundin sind und nicht ein Schwindler. Aber das muß schnell geschehen.«
Catherine dachte einen Augenblick nach, dann tippte sie: ›Im Universum gibt es eine Quelle des Lebens, und niemand kann lange ohne diese Quelle leben.‹
Sie drückte ›Enter‹ und wartete.
Als keine Antwort kam, tippte sie:

*Barrett bittet euch, mir zu glauben.
[spaCeman] Wer ist Catherine Alexander?
[DOGbert] Warum sollen wir ihr helfen?
[BENHUR] Tod allen Hochstaplern!

[@Jean-Luc] Bist Du Janet?

Catherine zuckte zusammen. Garibaldi runzelte die Stirn. »Wer ist nun wieder ›Janet‹?«
»Keine Ahnung.«
»Hatte Daniel eine Freundin?«
»Das hätte er mir gesagt.«

[@Jean-Luc] Ich wiederhole: Bist Du Janet?

»Sie warten auf eine Antwort.«
Catherine biß sich auf die Lippen. Daniel hatte nie eine Janet erwähnt. Verzweifelt murmelte sie: »Ich bin auf ihre Hilfe angewiesen. Wenn sie mir nicht vertrauen, ist alles verloren. Aber wenn sie mich auf die Probe stellen, wenn ich mit Ja antwortete und das ist falsch. Was dann?«
Garibaldis Blick fiel auf das Photo von Catherine, das Daniel auf die Innenseite des Laptop geklebt hatte. »Ich glaube, Daniel muß Sie erwähnt haben, aber er hat von ›Janet‹ gesprochen. Die Gruppe vermeidet doch offensichtlich, die richtigen Namen preiszugeben.«
»Aber warum gerade ›Janet‹?«
Er griff nach dem Roman und blätterte darin. »Hier«, sagte er und deutete auf die Stelle. »Janet war Barretts Geliebte.«
»Seine Geliebte!«
»Ich glaube, Daniel hat Sie geliebt.«
Catherine sah Garibaldi verwirrt an und tippte:

«Barrett» Ja, ich bin Janet.

Auf dem Bildschirm bewegte sich nichts, aber dann kamen die Sätze in schneller Folge:

[@Jean-Luc] Barrett fehlt uns.
[BENHUR] Janet, bist Du es wirklich?? «:-)

[DOGbert] Die Station ist nicht mehr das, was sie einmal war, seit Barrett nicht mehr da ist. Wer hat ihn umgebracht? Warum hat die Polizei den Mörder noch nicht gefaßt?
[BENHUR] BRB
[Server] BENHUR hat sich verabschiedet.
[@Jean-Luc] Janet, warum hat man Barrett umgebracht?
[spaCeman] Der Mord ist ein Skandal! Was können wir für Dich tun, Janet?
«Barrett»Der Grund: Ich besitze etwas.
[Server] Sugar! ~kharvey@scgrad.demon.co.uk ist auf diesem Kanal.
[DOGbert] Wer hat ihn umgebracht?
[Server] Trilogy! ^tombak@ix-or1-22.ix.vetcom ist da.
«Sugar» BENHUR hat mich aufgestöbert und meint, ich soll mich einwählen. +Was soll das heißen, Barrett ist wieder da?
«Barrett» Ein Killer hat ihn umgebracht.
[Server] Maynard!~rismith@alice.brad.ac.us
*Trilogy schüttelt den Kopf und sagt: unmöglich. Barrett ist doch tot!!!!
[spaCeman] Sei still und hör zu!
[Maynard] Hallo Leute! Hat jemand in letzter Zeit einen Orgasmus gehabt?
[Server] Zipcode!zelinksi@ouray.cudenver.edu
[Sugar] Mayn-Man! Willkommen im Bett!
[DOGbert] Keine Sexgespräche auf diesem Kanal!
[Maynard] Entschuldigung …
[@Jean-Luc] He Maynard, Barrett ist wieder da!
[Server] Benhur!~George@Sebaka-1.DialUp.PolarisTel.Net grüßt die Runde.
[Maynard] Unmöglich!
[Sugar] möglich
[@Jean-Luc] Barrett bist Du noch da?
[Maynard] Ich habe es in der Zeitung gelesen. Eine Frau hat ihn umgebracht, die dann aus der Wohnung geflohen ist.
«Barrett»Catherine Alexander hat mich nicht umgebracht. Sie ist un-

schuldig. Sie braucht eure Hilfe. Der Killer ist hinter ihr her und will auch sie umbringen. Sie war Barretts beste Freundin und sie braucht die Hilfe seiner Freunde.
[Server] Carlos!mmongo@dianuba.com ist auf diesem Kanal
[Trilogy] He, Carlos.
[Carlos] Was gibt es? Benhur hat mich aus einer Gruppe rausgeholt.
[@Jean-Luc] Es ist Barrett ...
[Sugar] Exilanten halten zusammen. Barrett, sag uns, was wir tun sollen.
[Carlos] Barrett war in Ordnung. Er hat sich gewehrt.
«Barrett» Benachrichtigt Dr. Julius Voss jlvoss@freers.org. Sagt ihm, Catherine Alexander ist in Sicherheit und gesund. Meldet allen im Net, daß Dr. Alexander UNSCHULDIG ist. Sie wird verfolgt. Sagt der Polizei, sie weiß NICHT, wer Barrett umgebracht hat. Sein Mörder verfolgt Janet, und sie muß beschützt werden.
[Trilogy] Ist sie die Kleine mit den Schriftrollen?

»Vorsicht, vielleicht ist das eine Falle!« rief Garibaldi.
Catherine massierte sich den Nacken und überlegte, was sie antworten sollte. Dann tippte sie:

«Barrett» Helft Dr. Alexander. Sie muß Tymbos finden. Es ist ein Ort, eine Person oder ein Anagramm. Ich melde mich wieder, um zu sehen, ob ihr Tymbos gefunden habt. Aber ich werde einen anderen Namen benutzen, weil der Bösewicht mich überwacht. SAGT KEINEM ETWAS VON TYMBOS.

»War das klug?« fragte Garibaldi. »Wenn die Gruppe das Wort ›Tymbos‹ im Internet verbreitet, kommt Havers Ihnen möglicherweise auf die Spur.«
»Ich weiß von Danno, daß diese Leute sehr geschickt sind. Ich glaube, mich zu erinnern, daß einer von ihnen Astrophysiker ist. Vielleicht findet er oder sie heraus, ob ›Tymbos‹ ein Code ist und was sich dahinter verbirgt.«

[Sugar] Barrett: Was ist tymbos?
[Trilogy)] s. o.
«Barrett» Eine Person, ein Ort, möglicherweise auch ein Anagramm.
[@Jean-Luc] Ein Anagramm? Was zum Beispiel?
«Barrett» Ist jemand von euch katholisch?

Eine Weile bliebt der Bildschirm leer. Dann:

[Carlos] Johannes 3:16

»›Denn Gott hat die Welt so sehr geliebt, daß er seinen einzigen Sohn hingab, damit jeder, der an ihn glaubt, nicht zugrunde geht, sondern das ewige Leben hat‹«, zitierte Garibaldi.
Catherine tippte: ›*ichthus*‹

[Carlos] Iesous Christos, theou uios soter
[Sugar] Barrett, ist ›Tymbos‹ griechisch oder lateinisch?
«Barrett» Weiß nicht, glaube aber griechisch. Helft mir, denn Tymbos kann mich vielleicht zur siebten Schriftrolle führen.
[Sugar] Barrett/Janet, hat Dr. Alexander die Schriftrollen?
[@Jean-Luc] Sagen sie den Weltuntergang voraus, wie alle behaupten?
[Carlos] die Wiederkehr von Jesus?
«Barrett» Dr. Alexander arbeitet an etwas, das der ganzen Menschheit gehört. Wenn sie ihr Werk getan hat, wird sie es der Welt zum Geschenk machen. Sie ist eine von uns. Ihr Leben ist in Gefahr. Sie wird verfolgt, auch im Internet. Die Jagd muß aufhören. Die Killer müssen gefunden werden, bevor sie noch einmal morden. Bitte sorgt für die Verbreitung dieser Botschaft im Namen der Quelle des Lebens im Universum.

Catherine blickte gespannt auf den Bildschirm. Aber ihre Worte blieben dort stehen. »Sie schweigen«, flüsterte sie.
»Vielleicht verständigen sie sich untereinander, um sich klar darüber zu werden, ob sie Ihnen trauen sollen.«

Der Dialog schien zu Ende. Auf dem Monitor erschien nichts Neues.

»Das gefällt mir nicht«, sagte Garibaldi. »Verlassen Sie den Kanal.«

»Einen Moment noch«, sagte Catherine. »Ich bin sicher, wir können ihnen trauen.«

»Ich weiß nicht recht.«

Nach kurzem Zögern tippte Catherine ihre letzten Sätze:

«Barrett» Ich kann mich auf diesem Kanal nicht mehr melden, sonst wird man mich vielleicht entdecken. Aber ich werde euch in ein paar Tagen anwählen. Beobachtet IRC. Ich werde einen Kanal schaffen. *Bitte glaubt mir* Haltet die Augen offen …

Dann trennte sie die Verbindung:

FILE»EXIT
DIALER»BYE
NO CARRIER

Es wird erzählt, daß der vorige König befürchtete, vergiftet zu werden. Deshalb ließ er jeden Tag alles untersuchen – seine Speisen, seine Gewänder, seinen Wein, seinen Turban, seine Girlanden, sein Parfüm, seine Schminke. Aber bei der Liebe war er nicht so vorsichtig. Eine Konkubine gewöhnte sich langsam an ein tödliches Gift. Als der König sie eines Tages aufsuchte und sich mit ihr vereinte, drang das Gift, das sich in ihren Körpersäften befand, in sein Blut, und er starb.

Satvinder hat mir diese Geschichte erzählt.

Satvinder war auch die weißgekleidete geheimnisvolle Frau auf dem Marktplatz. Das nächste Mal begegneten wir uns unter anderen Vorzeichen. Als Philos und ich Cornelius Severus zu einem Festmahl in den Palast begleiteten, stellte ich fest, daß Satvinder die älteste Tochter des Königs war. Sie erzählte mir, daß es in Indien den Frauen verboten ist, Sanskrit zu lernen, eine der Wis-

senschaften zu studieren oder die Heilkünste auszuüben. Aber Satvinder besaß einen starken Willen. Sie war die Lieblingstochter ihres Vaters, und er erlaubte ihr, in der Verborgenheit des Palastes zu studieren und zu lernen, als sei sie ein Mann. Satvinder gab sich mit dem Wissen allein nicht zufrieden, sie wollte es auch anwenden.
Sie sagte, ihrem Vater sei nicht bekannt, daß sie ihre Heilkünste in der Stadt zum Nutzen der Kranken verkleidet praktizierte. Aber als ich den König kennenlernte, dachte ich, er müsse wissen, daß seine Tochter sich nicht an die ungerechten Gesetze der Männer hielt.
Satvinder praktizierte Ayurveda, das heißt ›Wissen des Lebens‹. Von ihr lernte ich, daß am Indus die medizinische Behandlung auf vier Säulen ruht: Arzt, Medikamente, Pflege, Patient. Eine Krankheit wird immer auf dreierlei Weise behandelt. Zuerst werden Zaubersprüche gesprochen. Wenn sie nicht helfen, benutzt man Medikamente, und wenn das nicht hilft, dann operiert man.
Satvinder war eine Anhängerin der Göttin Shakti. Ihr Name bedeutet kosmische Kraft. Als ich Satvinder bat, mir zu erklären, wer Shakti sei, antwortete sie: ›Sie ist die Mutter, die erschafft. Sie ist die höchste Gottheit, die im Lotus des Herzens sitzt.‹
Ich erzählte vom Gerechten und von seiner Botschaft, die er uns am Salzmeer verkündet hatte.
Satvinder sprach von ihrem Glauben, zu dem das Wissen um das zyklische Weltdrama von Erschaffen, Erhalten und Zerstören, auf das wieder das Erschaffen folgt, gehört. Als ich sie fragte: ›Wer bin ich?‹ sagte sie: ›Du bist das Eine und das Viele!‹ Als ich fragte: ›Und Gott?‹ gab sie dieselbe Antwort. Als ich wissen wollte, was mit dem Kreislauf von Erschaffen, Zerstören und Wiedererschaffen gemeint sei, sagte sie, daß wir alle viele Male geboren werden und sterben. Etwas in ihren Worten kam mir bekannt vor. Ich erinnerte mich an den Prediger in Antiochia, der gesagt hatte: ›Der Gerechte hat uns verheißen, daß wir wiedergeboren werden …‹ Meinte er damit dasselbe wie Satvinder?

Meinte er, daß wir als Mensch mit Fleisch und Blut ins Leben zurückkehren? Hatte der Gerechte in Indien gelehrt, bevor er in die Wüste von Judäa ging, wo ich ihn als Kind predigen hörte? Der Kummer, der auf meiner Seele lastete, blieb, denn ich glaubte noch immer, daß der Weg der wahre Glaube sei, und daß man den Menschen die Augen öffnen müsse, damit sie das Licht sahen. Ich war traurig, daß Satvinder, diese fromme, aber unwissende Anhängerin der Göttin Shakti, nicht in das ewige Königreich gelangen würde, weil die Botschaft des Gerechten nicht in ihr Herz drang.

Während wir am Indus waren, sah ich wenig von Philos, denn er begleitete Cornelius Severus. Sie reisten in den Osten bis zum Ganges und in den Süden bis zu den Tamilen. Sie waren viele Monate unterwegs. Ich fand Freundinnen unter Satvinders Gefolge und auch bei den Frauen der römischen Offiziere. Die Gemahlin von Cornelius Severus war mit den Kindern in Rom geblieben, aber die Frauen der anderen Offiziere begleiteten ihre Männer. Wir waren fast alle gleichaltrig und blieben zusammen. Auch sie sahen ihre Männer nicht, aber sie hatten Kinder zu versorgen. Ich hatte von Philos noch kein Kind. Die Frauen gaben mir viele Ratschläge, was ich tun sollte, wenn Philos mit Cornelius Severus zurückkommen würde.

Aber ich wollte nicht nur ein Kind, noch mehr sehnte ich mich nach Liebe.

An meinem zwanzigsten Geburtstag trafen zwei Briefe ein. Der eine war an Cornelius Severus gerichtet und enthielt Befehle, den Indus zu verlassen und weiterzureisen. Der zweite war für mich und kam von zu Hause. Meine Großmutter teilte mir mit, daß meine Mutter gestorben war. Die Nachricht machte mich traurig, denn ich hatte meine Mutter zwei lange Jahre nicht gesehen und gehofft, vor der nächsten großen Reise einen Besuch in Antiochia machen zu können.

Zusammen mit dem Schreiben meiner Großmutter bekam ich ein bemerkenswertes Geschenk. Es war der Brief einer Frau aus Rom, den sie an die Gemeinde in Antiochia gerichtet hatte. Die

Mitglieder der Gemeinde fertigten Kopien dieses Briefes an und schickten sie an andere Orte, wo Gläubige sich wie bei uns in Antiochia versammelten. Auf diese Weise bekehrten sich viele zu unserem Glauben. Es tröstete mich, daß mir mit der traurigen Nachricht vom Tod meiner Mutter neue Worte des Gerechten von denen überbracht wurden, die ihn gekannt hatten. Mein Glaube wurde gefestigt, und ich wußte, daß meine Mutter in das Königreich des Gerechten eingegangen war.
Und dies sind die Worte von Maria in dem Brief:
›Eure Schwester grüßt die Gemeinschaft in Antiochia mit dem Friedenskuß. Wer durstig ist, der soll kommen und das Wasser des Lebens trinken, es ist ein Geschenk für alle, die es begehren. Verehrt den Schöpfer der Erde und des Himmels, des Meeres und jeder Quelle.
Gesegnet sind die Worte des Gerechten, der gesagt hat: Ich bin die Stimme in allen. Ich bewege jedes Wesen. Ich bin der Gedanke. Ich bin der Erste und der Letzte, der Verehrte und der Verachtete. Und ich bin auf alle Zeiten bei euch.
Vergeßt nicht die Worte Salomos, der gesagt hat, der Tod des Gerechten ist nur eine Täuschung. Wer da glaubt, der wird das ewige Leben haben.
Die Macht Gottes rettet alle im Glauben. Findet das Leben durch den Glauben.‹
Liebe Perpetua, die folgenden Worte Marias nahm ich mir am meisten zu Herzen: ›Der Weg ist Frieden und Vergeben. So finden wir eine Gnade, die uns Erfüllung schenkt. In dieser Gnade werden wir nicht vergehen und niemals sterben. Das bedrückte Herz, das Herz aus Stein, das falsche Herz – sie alle werden den Tod finden. Das Herz, das sich der Liebe öffnet, wird den Tod überwinden. Denn die Liebe ist das, worauf sich der Glaube gründet. Ohne Liebe kann der Glaube keine Berge versetzen. Deshalb, Brüder und Schwestern, folgt dem Weg der Liebe.‹
Ich schrieb den Brief ab und gab die Abschrift Satvinder. Sie schenkte mir ein Zaubermittel, das, wie sie sagte, meinen Leib

fruchtbar machen werde. Wir umarmten uns als Schwestern, auch wenn wir aus unterschiedlichen Welten kamen und einen unterschiedlichen Glauben hatten. Beim Abschied betete ich, daß Satvinder die Worte Marias lesen und das Licht sehen werde, damit auch sie das ewige Leben fand.

Wir verließen den Indus vor den jährlichen Regenfällen. Ich reiste mit einem stillen Gebet im Herzen ab. Ich hoffte, daß ich mich in Philos verlieben würde und er sich in mich.

Der neunte Tag

Mittwoch,
22. Dezember 1999

Las Vegas, Nevada

»Nicht schon wieder!« rief Garibaldi und schlug mit der Faust auf den Schreibtisch.
Catherine, die in Sabinas Geschichte vertieft war, zuckte zusammen. »Was ist los?« fragte sie und reckte sich gähnend, dann stand sie mit steifen Gliedern auf. Sie hatte stundenlang über die Schriftrollen gebeugt gelesen und übersetzt. Ihr Nacken und die Schultern schmerzten. Überrascht stellte sie fest, daß sich der Himmel vor dem Fenster bereits orange färbte. Der Tag war wie im Flug vergangen.
»Alle Welt will dasselbe wie ich«, erwiderte Garibaldi gereizt und wies ungeduldig auf den Monitor.
Catherine setzte sich neben ihn und las auf dem Bildschirm die Meldung:

ZUR ZEIT KEINE VERBINDUNG MÖGLICH.

Dann sah sie, wen er zu erreichen versucht hatte: ›*http://christusrex/archivo.vaticano/html.*‹
»Die Vatikanbibliothek?« fragte sie.
»Ja, dort liegen Tausende von Manuskripten und Dokumenten, von denen viele nicht übersetzt oder katalogisiert sind. Ich dachte, das sei eine gute Adresse für ein so ausgefallenes Thema. Aber ich habe kein Glück. Es ist ständig besetzt.«
Er lehnte sich auf dem Stuhl zurück, hob die Arme und ließ den Kopf nach hinten sinken. Als Catherine sah, wie sich das schwarze Priesterhemd über den Muskeln seines Oberkörpers spannte, drehte sie sich schnell um, denn sie fand es unverfäng-

licher, die letzten Sonnenstrahlen zu bewundern, die wie flüssiges Gold durch das Fenster fielen und dem Teppichboden einen schimmernden Glanz verliehen. Sie wollte an Julius denken und daran, wie sehr sie ihn vermißte.

Was macht er gerade? Was fühlt er? Was denkt er?

»Wenn ich bei dieser verrückten Sache mitmache, wird dir das nicht helfen, Catherine.«

An diese Worte, die er an jenem verregneten Nachmittag vor fünf Tagen in Malibu zu ihr gesagt hatte, erinnerte sie sich noch sehr gut. Vermutlich fühlte er sich angesichts der Medien, die den Fall auf ihre Weise aufgegriffen hatten, in seiner Meinung bestärkt, er werde ihr eher schaden, wenn er sie unterstützte. Schließlich war sie genau in die Schwierigkeiten geraten, vor denen er sie gewarnt hatte.

Catherine hoffte jedoch, daß die Leute von Hawksbill ihn erreicht hatten. Wenn ja, half ihm ihre Nachricht vielleicht, sie zu verstehen. Sie wollte ihm klarmachen, daß sie jetzt nicht aufgeben durfte, sondern die Schriftrollen übersetzen mußte.

Könnte ich doch nur über das Internet herausfinden, ob meine Bitte dazu geführt hat, daß Dannos Freunde mir helfen.

Aber Catherine und Garibaldi wagten es nicht, sich in die Nachrichtendienste oder IRC-Kanäle einzuwählen, weil sie fürchteten, Havers könnte durch seine Wachhunde ihre IP-Adresse bis zum Hotel Atlantis zurückverfolgen. Im Web waren sie sicher, weil es anonym war – zumindest hofften sie es. Havers konnte unmöglich die vielen tausend Teilnehmer in aller Welt überwachen.

Garibaldi betrachtete Catherine aufmerksam. »Warum machen Sie so ein besorgtes Gesicht?« fragte er schließlich.

»Ich habe nachgedacht. Das ewige Leben, von dem Sabina spricht: Was bedeutet es Ihrer Meinung nach? Glauben Sie, daß Sabina oder Philos möglicherweise das Mittel für ein unvorstellbar langes Leben gefunden haben?«

»Ich glaube, sie spricht vom ewigen Leben nach dem Tod.«

Catherine blickte auf den Text. »Ich weiß nicht«, murmelte sie,

»was sie sagt, klingt christlich, aber nicht ganz. Bei ihrer Botschaft handelt es sich um die Worte von Jesus, aber nicht ganz.«
Catherine dachte an den hundertneunundzwanzigjährigen Ibn Hassan, der behauptet hatte, daß er ewig leben werde. Sabina war über achtzig und schien sich keine Sorgen über das Sterben gemacht zu haben. Catherine erinnerte sich daran, was Daniel über die Essener gesagt hatte, ob sie möglicherweise die geheime Formel für die Verlängerung des Erdenlebens entdeckt hatten.
»Vater Garibaldi«, sagte sie, »falls diese Schriftrollen nun kein religiöses Dokument sind, sondern ein Buch über Metaphysik, über Alchimie?«
»Was dann?«
»Dann müssen wir uns sehr genau überlegen, wer etwas davon erfährt, denn alle werden die Formel für ein ewiges Leben haben wollen.«
Er zog die Augenbrauen hoch. »Dann würde eine Welt entstehen, in der niemand stirbt? Es fällt mir schwer, das zu glauben.«
Doch Catherine überging seinen Einwand, denn sie beschäftigte sich in Gedanken bereits wieder mit Ibn Hassan. Wie lange hatte er nach der Niederschrift seiner Erinnerungen noch gelebt?
Und wenn er noch immer am Leben ist? Sie rieb sich den schmerzenden Nacken. *Was für ein verrückter Gedanke ...*
»Ich komme mir vor wie ein Tier im Käfig«, murmelte sie schließlich frustriert.
Garibaldi sah sie an und lächelte. »Wie können Sie so etwas sagen?« Er deutete auf den Bildschirm. »In den letzten Tagen sind wir auf diesen unsichtbaren Datenautobahnen viele tausend Meilen gereist. Ich habe vor kurzem der Duke University einen Besuch abgestattet und bin von dort nach Beijing gesaust, zurück zum Oriental Institute in Chicago, und solange der Vatikan besetzt ist, werde ich mich in der Universität Stuttgart umsehen. Da kann man wohl kaum von einem ›Käfig‹ sprechen. Sind Sie mit dabei?«

Er tippte bereits, doch Catherine fiel auf, daß der Teilnehmer, den er anwählte, nicht @*uni.stutt.edu.* hieß.

»Wohin wollen Sie diesmal?«

»Beim Suchen in San Francisco habe ich einen Hinweis auf ein Verzeichnis privater Antiquitätensammlungen entdeckt. Es handelte sich allerdings nicht um eine Hypertext-Verbindung. Deshalb versuche ich, dem Hinweis auf einem anderen Weg nachzugehen.«

Catherines Blick fiel auf den Notizblock neben dem Computer, und sie sah, daß Garibaldi seine Suchbegriffe um ›Maria-Brief‹ erweitert hatte.

Sie überlegte: *Was wäre, wenn sich herausstellen sollte, daß es sich bei der Maria im Text um Maria Magdalena handelt?*

Maria war damals zwar ein sehr verbreiteter Name gewesen, doch Sabina sagte, diese Maria habe den Gerechten gekannt. Wäre es nicht denkbar, daß noch eine Kopie des Briefes existierte? Sabina berichtete, die Gemeinde in Antiochia habe Abschriften angefertigt, und Sabina selbst hatte ebenfalls eine gemacht. Gab es vielleicht irgendwo auf der Welt einen Maria Magdalena-Brief?

Wie würde die Kirche reagieren, wenn sie davon erfuhr?

»He!« sagte Michael. »Da ist sie! Die Liste der Privatsammlungen.«

Catherine beugte sich vor und fragte stirnrunzelnd: »Fred's Seite?«

Michael klickte die farbig unterlegte Hypertext-Verbindung an, und plötzlich erschien eine *Web*-Seite, die aus unerfindlichen Gründen das Photo eines häßlichen kleinen Hundes zeigte, der Nudel hieß.

»Sehen Sie«, sagte Michael und rollte im Text nach unten. Sie lasen die Angaben – Alter, Gewicht, Geburtsdatum, Zeitpunkt, an dem Nudel den ersten Haarball ausgespuckt hatte – und erreichten schließlich: Besitzer des Hundes. Michael klickte den Begriff an, und *Fred's Seite* erschien.

»Er bietet den Zugriff auf private Sammlungen!« sagte Cathe-

rine und blickte verblüfft auf das Photo eines jungen Mannes, der mit bewußt dümmlichem Gesichtausdruck einen aufgeblasenen Gummisaurier umarmte.
Michael durchsuchte die Liste. Beim Stichwort: ›Historisch‹ klickte er. ›Altertum‹, klick. ›Artefakte‹, klick. ›Texte‹, klick.
Eine neue Liste erschien, und Catherine überflog sie schnell. »Von manchen habe ich noch nie etwas gehört! Sehen Sie, hier ist das Freers Institut aufgeführt. Soweit ich weiß, gibt es dort nur vier ägyptische Begräbnis-Papyri. Es muß sich um kleine Sammlungen handeln.«
Garibaldi ließ die Liste langsam weiter abrollen. Catherine rief: »Halt, warten Sie!« Sie hatte den Eintrag: ›Aki Matsumoto, privat‹ entdeckt. »Den Namen habe ich auch schon einmal gehört. Ich glaube, er ist ein reicher japanischer Sammler. Öffnen Sie die Datei. Wir wollen uns einmal ansehen, was er besitzt.«

!!!THIS LOCATION [URL] IS NOT RECOGNIZED:
aki.matsumoto.com.san.html
Check Location And Try Again

Catherine zog die Stirn in Falten. »Eigenartig.«
»Moment mal!« sagte Michael. »Matsumoto ... Den Namen habe ich irgendwo gelesen.« Er griff nach der Zeitung, die auf dem Schreibtisch lag, und suchte die E-Adresse. Er klickte auf das ›Go‹-Symbol, danach auf ›Netsearch‹ und gab die elektronische Anschrift des *Las Vegas Herald* ein. Als die Verbindung hergestellt war, klickte er auf ›Suchbegriff‹, tippte *Aki Matsumoto* und drückte die Eingabetaste.
Einen Augenblick später erschien ein Zeitungsartikel auf dem Bildschirm.
Catherine überflog ihn. »Er ist tot!«
»Selbstmord ...«
»Sehen Sie sich das Datum an!«
Er blickte ungläubig auf den Text. »Aki Matsumoto hat gestern morgen Selbstmord begangen!«

»Das *muß* ein Zufall sein!«
»Es sei denn, Matsumoto war im Besitz eines Papyrus, den jemand unter allen Umständen haben wollte.«
»Aber weshalb sollte er dann Selbstmord begehen?«
Garibaldi brach die Verbindung ab. Einen Augenblick lang saßen sie schweigend da und nahmen kaum das gedämpfte Klappern eines Servierwagens wahr, der im Flur vorbeigeschoben wurde. Das Sonnenlicht verblaßte, und das Zimmer lag im Dämmerlicht. Garibaldi blickte fragend auf Catherine: »Und jetzt?«
»Sehen wir uns noch einmal *Fred's Seite* an.«
Er rollte den Trackball, bis der Cursor auf ›Langford‹ wies. Er wollte gerade klicken, als Catherine ihm die Hand auf den Arm legte. »Warten Sie. Ich habe ein ungutes Gefühl. Meine Intuition warnt mich. In dem Artikel über Matsumoto heißt es, er hat *Seppuku* begangen. Ist das nicht ein zeremonieller Selbstmord, zu dem das Familienoberhaupt verpflichtet ist, weil die Ehre der Familie verletzt wurde?«
»Ich glaube, ja. Warum?«
»Wenn er eine Schriftrolle besessen hat, die Havers unbedingt haben und die Matsumoto aber nicht verkaufen wollte? Wenn also ...«
»Erpressung?«
»Ich weiß nicht. Vielleicht geht meine Phantasie mit mir durch, aber mir gefällt das alles nicht. Brechen wir ab.«
»Wir sollten die Verbindung so lange wie möglich halten. Hier sind wir sicher.«
»Irgend etwas stimmt nicht.«
»Wollen Sie nicht wenigstens sehen, was die Sammlung Langford enthält?«
Sie starrte auf die leuchtenden Buchstaben. »Brechen Sie bitte ab.«
Die Anzeige auf dem Bildschirm verschwand. Sie saßen im Dunkeln und lauschten auf das leise Flüstern der Klimaanlage, die in der kalten Wüste für eine Raumtemperatur von 23 Grad sorgte. Catherine blickte gedankenverloren auf die Reste ihres Mittag-

essens, das der Zimmerservice gebracht hatte – Spinatsalat, Clubsandwich, Mineralwasser. Sie hatten vor vielen Stunden das letzte Mal etwas gegessen, aber sie war nicht hungrig.
Sie hörte, wie Garibaldi seufzte, und sagte: »Warum gehen Sie nicht spazieren? Sie haben den ganzen Tag am Computer gesessen. Sie können sich unter die Leute wagen. Ich muß hierbleiben.«
»Ich weiß nicht recht«, erwiderte er und lachte leise. »Für mich ist Las Vegas ein gefährlicher Ort.«
»Wieso?«
»Ich bin ein geborener Spieler. Ich habe diese Schwäche nie völlig überwinden können. Als ich jung war, habe ich bei jeder Gelegenheit gewettet ... auf Pferde, auf alle möglichen Dinge, sogar darauf, welche Farbe das Kleid von Mrs. Nußbaum von der Bäckerei an einem bestimmten Tag haben würde!« Er blickte auf Catherines Hand, die auf seinem Arm lag.
Catherine zog sie zurück, als hätte sie sich verbrannt. Sie sahen sich an. Catherine glaubte, immer noch die glatte Haut und die Muskeln seines Unterarms zu spüren.
»Catherine«, sagte er schnell, »ich muß Ihnen etwas sagen.«
Aber bevor er weitersprechen konnte, spürten sie plötzlich, wie die Sessel vibrierten. Dann schien das Zimmer zu schwanken.
»Was zum ...?« rief Garibaldi und sprang auf.
»Ein Erdbeben!«
Sie rannten zum Fenster und blickten hinaus. Zunächst sahen sie nur die strahlenden Lichter von Las Vegas vor dem dunklen Himmel. Andere Gebäude schienen nicht zu schwanken, und keines stürzte ein. Das Beben wurde stärker, und nun hörten sie auch ein leises drohendes Grollen. Plötzlich wußten sie, was es war: Atlantis versank.
Wieder einmal.
Auf einer der Inseln in dem 20 Hektar großen See, der das Hotel umgab, war das untergegangene Atlantis mit Tempeln, Säulen und riesigen Götterstatuen nach den Vorstellungen eines Architekten wieder erstanden. Und zweimal täglich, pünktlich auf die

Minute, versank Atlantis – die Insel, die Tempel und die Götter. Bei Tag war das Spektakel weniger dramatisch als abends, wenn die Tempel von Fackeln beleuchtet wurden und aus scheinbar vulkanischen Erdspalten die Flammen schlugen. Es gab sogar Geräuscheffekte – herabfallende Steine, schreiende Menschen.
Während Catherine das apokalyptische Ereignis beobachtete, nahm sie auch die Menschenmenge wahr, die sich um den See drängte und die Katastrophe bestaunte. Ihr Verstand sagte ihr zwar, daß es sich um eine Illusion handelte, wie man sie von Disneyland und anderen Freizeitparks kannte – mit versteckten Mechanismen, Räderwerken, Winden und einem Computer, der das Ganze steuerte. Doch der Realismus der Schau ängstigte sie plötzlich, als sei das ein Vorgeschmack dessen, was in der Nacht des 31. Dezember, also in acht Tagen, geschehen würde. Ihr Herz schlug schneller, und ihr Mund wurde trocken. Flammen loderten in den Himmel, als wollten sie die Sterne verschlingen; eine Säule, die aussah, als sei sie aus Granit, schwankte, barst und stürzte unter lautem Getöse zusammen. Meterhohe Flutwellen türmten sich auf und begruben Atlantis unter sich. Die riesige Statue einer Göttin auf dem höchsten Punkt der Insel schwankte und drehte sich um die eigene Achse, bis auch sie ins Wasser stürzte und wie ein Baumstamm rollte, bevor auch sie versank.
Plötzlich war alles verschwunden: Atlantis, eine ganze Zivilisation, war untergegangen, und im glatten, stillen Wasser des Sees blieb keine Spur von den Werken der Menschen zurück.
Catherine und Michael schwiegen. Dann sagte Catherine: »Wie kann man aus einer solchen Katastrophe Unterhaltung machen? Haben Sie die Zuschauer da unten gehört? Über das Schauspiel einer gewaltigen Zerstörung, die sehr realistisch mit den Schreien von Menschen in Todesangst unterlegt war, haben diese Leute gejohlt und *gelacht*!«
»Es ist doch nur eine Show. Es ist nichts Wirkliches.«
»Und gegen eine Show darf man nichts einwenden? Wie oft müssen wir solche Dinge in dem Bewußtsein sehen, daß es sich um Illusionen handelt, bevor uns echte Gewalt und Zerstörung

völlig gleichgültig ist?« Sie drehte dem Fenster den Rücken zu. »Ich glaube, ich nehme ein heißes Bad, um meinen steifen Hals und die Schultern zu lockern.«

Er sah sie an, als überlege er, ob er darauf etwas erwidern solle. Aber dann sagte er nur: »Ich werde feststellen, was das Fitneß-Zentrum des Hotels zu bieten hat. Bei sechs Swimmingpools müßte ich eigentlich ein paar Bahnen schwimmen können.«

Er verschwand in seinem Zimmer und schloß die Tür hinter sich. Catherine blickte wieder aus dem Fenster und sah zu, wie die Insel langsam aus dem Wasser auftauchte und für den nächsten Untergang vorbereitet wurde. Sie versuchte, ihre Gefühle zu erforschen und die seltsame Angst zu identifizieren, die sich wie eine eiserne Klammer um ihr Herz legte. Es war nicht nur die Angst vor Havers oder die Angst, die siebte Schriftrolle vielleicht nicht rechtzeitig zu finden. Sie fühlte, wie sich in ihr etwas Unbekanntes und Unwillkommenes ausbreitete, das sie mehr erschreckte als alle Gefahren, die ihr drohten. Es hatte etwas mit Garibaldi zu tun.

Sie schloß die Augen und sah ihn vor sich. Sie sah ihn ganz deutlich, in allen Einzelheiten, bis hin zu dem kleinen schwarzen Leberfleck hinter dem rechten Ohr, dem ausrasierten Haaransatz im Nacken und den vereinzelten grauen Haaren an den Schläfen. Dann versuchte sie, sich Julius vorzustellen – die sanften schwarzen Augen, die scharf geschnittenen semitischen Gesichtszüge. Aber sein Bild stand ihr nicht so klar vor Augen wie das von Garibaldi. Sie wollte sich an den Duft des Rasierwassers erinnern, das Julius benutzte. Aber es gelang nicht richtig; ihr fiel nur ein, daß sie diesen Duft einmal erregend gefunden hatte. Garibaldi benutzte *Old Spice*, den traditionellen und maskulinen ›Männerduft‹. Sie hatte nun fünf Tage und fünf Nächte, also über hundert Stunden ohne Unterbrechung in seiner Gesellschaft verbracht. War das gleichbedeutend mit fünf Wochen, vielleicht sogar mit fünf Monaten in einer normalen Beziehung? Catherine staunte darüber, wie sehr sich ihr sein Äußeres eingeprägt hatte. Doch sie wußte immer noch kaum etwas über ihn – weder

über seine Herkunft noch darüber, warum er Priester geworden war.
In zwei Tagen war Weihnachten. Würde er nach Hause fahren wollen? Mußten Priester an Weihnachten nicht die Messe lesen? Sie hatte zwar anfangs versucht, Garibaldi loszuwerden, doch jetzt beunruhigte sie der Gedanke, möglicherweise ohne ihn weitermachen zu müssen.
Sie hörte, wie er aus seinem Schlafzimmer kam, und sah sein Spiegelbild in der Fensterscheibe. Er blieb mitten im Zimmer stehen. In der einen Hand hielt er seine schwarze Tasche und in der anderen etwas, das sie nicht erkennen konnte. Obwohl er inzwischen nur noch das schwarze Hemd mit dem Priesterkragen trug, fiel es ihr immer schwerer, in ihm einen Priester zu sehen.
»Vater Garibaldi«, sagte sie, ohne sich umzudrehen, »glauben Sie, die Hawksbill-Leute haben meine Nachricht weitergegeben?«
»Wollen Sie den Computer starten, um es festzustellen?«
Sie drehte sich um und sah ihn an. »Nein, ich möchte mich noch nicht bei Hawksbill melden. Wenn Havers herausgefunden hat, daß ich Kontakt zu diesen Leuten aufgenommen habe, und mich auf diesem Kanal erwartet, dann werde ich zum letzten Mal dort auftauchen können, und wir beide müssen weiter. Ich lasse ihnen ein paar Tage Zeit, bevor ich mich erkundige.«
»Wer weiß«, sagte Garibaldi und lächelte, »vielleicht ist Jean-Luc der Chefarchivar der Kongreßbibliothek.«
Catherine lachte. Ihre Blicke trafen sich über das Zimmer hinweg. Sie schwiegen beide.
Er stand schon an der Tür zum Flur, als Catherine sagte: »Vater Garibaldi, in zwei Tagen ist Weihnachten. Wollen Sie nicht nach Hause fahren?«
Erschrocken stellte sie fest, daß sich sein Gesicht verfinsterte und sich die Muskeln an seinem Hals spannten. Ihr fiel ein, daß er im Begriff gewesen war, ihr etwas zu sagen, als das ›Erdbeben‹ eingesetzt hatte.
Er schüttelte stumm den Kopf, drehte sich abrupt um und ging

hinaus. Während sich die Tür hinter ihm schloß, sah Catherine flüchtig, was er in der anderen Hand trug.
Die philippinischen Kampfstöcke.

Las Vegas, Nevada

»Ich bin dafür, daß wir es bei den billigeren Hotels versuchen«, sagte Raphael und spießte mit der Gabel ein paar Fettucini auf. »Bis jetzt haben sie immer billige Unterkünfte gehabt.« Er lachte mit vollem Mund.
»Wahrscheinlich hast du recht«, stimmte ihm Zeke zu. Er stützte die Ellbogen auf den Tisch und starrte auf den Teller. Er hatte seine gegrillten Rippchen nicht angerührt. Er war zu angespannt, um etwas essen zu können. Sie hatten seit ihrer Ankunft in den großen Hotels diskret und für viel Geld Erkundigungen eingezogen. Nirgends war ein Priester zu finden gewesen.
»Morgen früh«, sagte er, »nimmst du dir als erstes die eine Seite der Fremont Street vor und ich die andere.«
Es blieb noch ein letztes Hotel, in dem sie sich erkundigen mußten, bevor sie für diesen Abend Schluß machen konnten. Es stand mitten in einem See und war auch sonst ein Beispiel exzessiver Geschmacklosigkeit: das Atlantis.

Catherine legte den Kugelschreiber beiseite. Es hatte keinen Sinn. Sie konnte sich nicht konzentrieren.
Sie warf einen Blick auf die Uhr. Es war schon eine Weile her, seit sie den Untergang von Atlantis beobachtet hatten. Warum war Garibaldi noch nicht vom Fitneß-Zentrum zurück?
Sie stand vom Schreibtisch auf und ging im Zimmer hin und her. Ein Name beschäftigte sie, und sie versuchte vergeblich, ihn einer Person zuzuordnen. Auf dem anderen Schreibtisch stand der dunkle Laptop.
Plötzlich hatte sie das dringende Bedürfnis, etwas zu tun. Sie

setzte sich, startete den Computer, wählte die Zugangsnummer des Hotels für das Internet und gab den temporären Teilnehmernamen sowie das Paßwort ein. Bevor sie sich ins Web einklickte, zögerte sie, dachte nach und klickte aus einer plötzlichen Eingebung heraus auf *NewsReader.*

Wünschen Sie die letzte Gruppenliste?

Sie klickte auf ›Ja‹.

DATEI WIRD GELADEN ...

Catherine wußte, daß sie sich ungefährdet bei den einzelnen Gruppen umsehen konnte, denn sie wollte sich nicht an den Diskussionen dort beteiligen, sondern nur die Nachrichten lesen.
Als die Liste der Gruppen erschien, begann sie zu rollen, und hielt bei *alt.bibel.prophez.* an.
Sie klickte, geriet in eine Diskussion über die Endzeit und klickte noch einmal.

Organisation: University of Cambridgc, England
Zeilen: 26
Nachricht-ID: «4pvrpd~50q@favor.csx.cam.ac.uk
MNTP-Posting Host: usen.chu.cam.a-uk
Thema: Endzeit

»»»Die Apokryphen stützen Bibelprophezeiungen über die Letzten Tage.»»»Steve
»»»Du irrst dich, Steve. Die Apocryphen sind nicht das Wort Gottes. Wo sind deine Beweise? »»»Ray
»»»Sorry, daß es so lange dauert. Habe den Beweis für dich gesucht. Siehe P245 British Museum, P14 Broderick Archiv, Duke University u.a. Nach Aussage der Schriften nicht autorisierter Bücher steht uns das Paradies auf Erden bevor, Junge. »»»Steve

Catherine holte die angegebenen Texte auf den Bildschirm, stellte jedoch fest, daß sie beide Quellen bereits kannte – sie enthielten nichts, was Licht auf Sabinas Schriftrollen geworfen hätte. Sie wechselte zur Hauptliste und suchte weiter, bis sie *alt.archäologie* entdeckte. Sie klickte und sah sich die Einträge an. Plötzlich bekam sie große Augen.

1999 II/30 Daniel Stevenson ›Atlantis‹

Sie klickte.

Xref: newsomeganet.com sci.archaelogy
25. Nov. 1999 18:44:37 +0100, stan@moonbeam.vamp.co.aus
schreibt:
»»»Stevenson! Du hast deine absurden Theorien schon vor ein paar Monaten geschickt, und dir ist damals von uns gesagt worden, daß das alles unhaltbar ist. Warum verursachst du uns die Kosten, den ganzen Unsinn noch einmal einzufahren? »»»Atlanter-Mayas

Catherine wurde zornig. Man griff Danno wie üblich an. So war es schon immer gewesen: Daniel, der Benachteiligte, Daniel, der die Rechte eines anderen verteidigte oder für eine unpopuläre Sache eintrat. Danno, der auf seinem Platz in ihrer Schulklasse saß und dem die Tränen über die Wangen liefen, weil sie neben dem Pult von Schwester Immaculata auf einem Hocker stand und vor Scham weinte, während alle anderen lachten und kicherten.

Plötzlich hatte Catherine den unwiderstehlichen Drang, diesem aufgeblasenen Kerl in Australien am Schwarzen Brett ordentlich die Meinung zu sagen. Doch das durfte sie nicht tun, sonst wurde ihre IP-Adresse sichtbar, und jeder, der die Nachricht las, konnte selbst noch nach einiger Zeit herausfinden, daß sie sich in diesem Hotel befand.

Sie schaltete den Laptop aus. Als der Bildschirm dunkel wurde, betrachtete sie noch einen Moment lang das Photo von ihr auf der Innenseite des Deckels. Wieso hatte Danno es dorthin geklebt?

»Ich glaube, Daniel hat Sie geliebt«, hatte Garibaldi gesagt.

Garibaldi ...

Ihre Unruhe schien etwas mit Garibaldi zu tun zu haben. Seit er gegangen war, beschäftigte sie sich beinahe ununterbrochen mit ihm.

Catherines Nervosität wuchs, und sie schaltete den Fernseher ein, weil sie hoffte, eine tröstende menschliche Stimme zu hören. Statt dessen wurden die Spätnachrichten mit der Schlagzeile angekündigt, die für sie wie eine Ohrfeige war: ›Gestohlene Schriftrollen als ein Werk des Antichrist bezeichnet!‹

Catherine wechselte den Sender. Ein Interview mit einem bekannten Physiker kam auf den Schirm. »Wir erleben den Anfang vom Ende. Synchronizität ist real. Wie viele von uns bemerken immer häufiger scheinbare Zufälle? Das Bewußtsein erfaßt inzwischen besser die eigentlichen Zusammenhänge. Das wiederum ist ein Hinweis darauf, daß die Dinge in eine ganz bestimmte Richtung laufen. Die Fäden, die Bereiche, die Ebenen, die Strömungen des Universums beginnen seit einiger Zeit, miteinander in Berührung zu kommen, und das Ergebnis ist eine Koinzidenz. Die Ebenen und Strömungen und unsichtbaren Sphären werden sich von jetzt an immer öfter berühren, bis schließlich jeder Punkt des Universums mit dem anderen in Kontakt steht, und der Kosmos implodiert, das heißt, in sich zusammenbricht, und wie wir wissen, wieder in das Chaos vor der Ordnung zurückkehrt. Ich habe es mathematisch berechnet. Der Schlußpunkt wird genau um Mitternacht am 31. Dezember 1999 erreicht sein.«

Catherine schaltete den Fernseher aus und ging unruhig im Zimmer auf und ab.

Auf dem Sofatisch sah sie das Brevier mit dem geprägten goldenen *Chi-ro* – das große P mit dem X über dem Abstrich, die ersten beiden Buchstaben des Wortes *Christos* – auf dem dunkelgrünen Ledereinband.

In den vergangenen fünf Tagen hatte sie Garibaldi öfter dabei beobachtet, wenn er darin las. Manchmal bewegte er die Lippen und flüsterte stumm die rituellen Worte. Gegen ihren Willen war sie neugierig geworden. Waren es lateinische Texte? Handelte es sich um Gebete oder nur um Aussprüche, tröstende Worte oder vielleicht um Lieder? Catherine hatte das Brevier noch nie gelesen. In ihrer Jugendzeit hatte sie sich an das katholische Gesangbuch gehalten.

Sie griff nach dem Brevier und schlug es auf. Es war, wie sie wußte, in Tage und Stunden gegliedert. Sie suchte das Abendgebet für den 22. Dezember.

Gott ist Licht! Wenn wir mehr und mehr
im Licht leben, herrscht Liebe zwischen uns.
Ohne Liebe kann es auf der Welt keinen
Frieden geben:
Herr, befreie unsere Welt von
Haß und Furcht.
Herr, hilf den Männern und Frauen,
Trost im Leid und Stärke in den Prüfungen
zu finden. Gewähre ihnen beständige Liebe.
Herr, nimm all die Toten in deine Obhut:
Jene, die wir geliebt haben und auch jene,
an die sich niemand erinnert.

Catherine schloß die Augen.

»Nimm all die Toten … jene, die wir geliebt haben …«

Einen Augenblick lang empfand sie so etwas wie Frieden.

Aber plötzlich fiel ihr ein Gespräch ein, das vor langer Zeit stattgefunden hatte. In der elften Klasse erklärte ihr ein Mitschüler, wie er sich das Leben nach dem Tode vorstelle.

»Ich glaube, es ist genauso wie das Leben davor.«

»Du meinst, bevor wir geboren wurden?« hatte Catherine ihn gefragt.

»Erinnerst du dich an etwas aus dieser Zeit?«

»Natürlich nicht.«
»Na bitte.«
Catherine dachte: *Ist es das? Ein Nicht-Sein? Ist Danno dort im Nichts? Ist meine Mutter auch dort?*
Sie klappte das Buch zu und legte es auf den Tisch.
Nimm alle Toten ...
Es war ein schönes Gebet, aber es war katholisch, und sie konnte das Gebet nicht von der Kirche trennen, in deren Kontext es entstanden war.
Ihre Gedanken kehrten wieder zu Garibaldi zurück. Plötzlich wußte sie, was sie beunruhigte.
»Bei sechs Swimmingpools«, hatte er gesagt, »sollte ich eigentlich ein paar Bahnen schwimmen können.«
Aber er hatte die Pangamot-Stöcke mitgenommen!
Catherine setzte sich wieder an den Laptop, startete, klickte auf *Lycos*, gab den Suchbegriff ›Pangamot‹ ein und gelangte über die Hypertext-Verbindung in das Web und zu dem Stichwort: ›Philippinischer Kampfsport.‹
Sie hatte die Homepage an jenem Abend aufgerufen, als Garibaldi ihr die Haare abschnitt. Als die Seite mit dem Symbol – ein Schwert und ein Rohrstock, die sich kreuzten – auf dem Bildschirm erschien, fragte sich Catherine, ob sie dort etwas finden würde, das ihr den Menschen Garibaldi vielleicht verständlicher machte.
Beim ersten Mal hatte sie nur kurz die Einleitung überflogen. Nun sprang sie von Stichwort zu Stichwort, bis sie die Überschrift ›Häufig auftauchende Fragen‹ erreichte. Dort begann sie, nach Antworten zu suchen.

Ein Swimmingpool befand sich im fünfzehnten Stock neben dem Fitneß-Zentrum. Aber Catherine sah Garibaldi nicht. Als ihr der Bademeister sagte, niemand habe sich unter der Nummer ihrer Suite im Fitneß-Zentrum eingetragen, bestätigte er nur Catherines Vermutung.
Trotzdem warf sie einen Blick auf die Gewichtheber und die da-

nebenliegende Laufhalle. Sie suchte Garibaldi in der Saftbar, im Boxring und erkundigte sich sogar bei den Masseuren nach ihm. Schließlich erreichte sie einen Gang, wo Anschlagtafeln auf Tanz-, Yoga- und Aerobic-Unterricht hinwiesen. In zwei Räumen sah Catherine Gruppen beim Üben, doch die anderen waren alle dunkel und leer.

Als sie den Notausgang erreichte, wollte sie umkehren, doch plötzlich glaubte sie, etwas zu hören.

Sie warf einen Blick in den letzten Raum am Ende des Gangs. Zuerst sah sie ihn nicht, denn es brannte kein Licht. Er war nur ein schwarzer Schatten in einer weiten Hose und einem T-Shirt. Er schien zu tanzen. Catherine blieb im Dunkeln stehen und sah zu.

»Es ist ein allgemein verbreiteter Irrtum«, hatte Catherine auf dem Monitor gelesen, »daß sich der philippinische Kampfsport auf den Gebrauch von Stöcken beschränkt. Er erfordert daneben auch die Beherrschung von Kicken, Boxen und Ringen.«

Garibaldi stand breitbeinig und mit leicht gebeugten Knien mitten im Raum und bewegte sich wie in Zeitlupe. Seine rechte Hand glitt geschmeidig vor dem Körper nach oben und nach unten. Catherine mußte an die eleganten Bewegungen einer Frau beim Nähen denken. Garibaldi hatte offenbar jeden Muskel, jede Sehne seines Körpers unter Kontrolle. Er bewegte sich sehr langsam, ausgewogen und harmonisch.

»Im Vergleich zu anderen Kampfsportarten, etwa dem zirkulären, innerlich geführten und sanften Tai Chi ist Pangamot direkt, wahrnehmbar und hart.«

Garibaldis Körperhaltung, federnd und mit etwas gebeugtem, vorgestelltem Bein, ließ Catherine aber trotzdem an Tai Chi denken, jedoch manche seiner Bewegungen endeten abrupt, als sei er gegen eine gläserne Wand gestoßen. Catherine vermutete, daß es sich dabei um das Abwehren von Angriffen eines unsichtbaren Gegners handelte.

»Bei Wettkämpfen auf den Philippinen halten sich die teilnehmenden Kämpfer nicht zurück. Es ist deshalb nicht ungewöhnlich, daß jemand schwer verwundet oder sogar getötet wird.«

Auf den verspiegelten Wänden verfielfältigte sich sein Spiegelbild. Catherine sah hundert Garibaldis aus jedem erdenklichen Blickwinkel. Zu ihrer Überraschung wirkte er immer anders: In einem Spiegel schien er beinahe zu lächeln, in einem anderen glaubte Catherine, einen gewissen Spott in seinem Gesicht zu erkennen. Doch im nächsten sah sie das Gesicht eines zornigen Mannes. Während sich seine Gestalt langsam im Schattentanz der todbringenden Bewegungen drehte, sah sie auch seine Erregung.

Der Anblick stieß Catherine ab – und zog sie paradoxerweise gleichzeitig in seinen Bann. Sie konnte den Blick nicht von Garibaldis Körper wenden und dachte daran, wie er mit dieser absolut beherrschten Kraft im Bett sein würde.

Direkt und hart …

»Die zwölf Angriffsmethoden …«

Wie konnte es ein Priester mit seinem Amt vereinbaren, sich in einer Kampfmethode zu üben, die nur das eine Ziel hatte, den Gegner zu töten? Wie konnte er es rechtfertigen, daß er Diener der Kirche und gleichzeitig ein gefährlicher Kämpfer war?

»Manchmal werden die Rohre oder Stäbe aus Bambus auch als Todesstöcke bezeichnet …«

Catherine fand es brutal und angsteinflößend, was sich vor ihren Augen abspielte, trotzdem hatte sie plötzlich den Wunsch, mitzumachen. Sie wollte hinter Garibaldi stehen, ihren Körper an seinen Körper drücken, ihre Arme neben seine Arme legen und sich mit ihm bewegen. Sie wollte spüren, wie diese gewalttätige, kontrollierte Energie von seinem Körper auf ihren überging und sich mit ihr vereinte. Der Gedanke, sie könnte das tatsächlich tun, könnte sich ihm spontan bei diesem Schattenkampf anschließen, könnte einem Drang nachgeben, der allem widersprach, woran sie glaubte, dieser Gedanke erschreckte sie mehr als alles andere. Garibaldi brachte einen Aspekt von ihr zum Vorschein, von dessen Vorhandensein sie bis zu diesem Augenblick nichts geahnt hatte und der ihrer Kontrolle entglitt.

Schließlich kam er zum Ende, faltete die Hände unter dem Kinn und verneigte sich leicht vor seinem unsichtbaren Gegner. Dann stand er einen Augenblick bewegungslos da, bevor er nach den lackierten Stöcken griff und sie so schnell herumwirbelte, als bereite er sich darauf vor, eine Parade anzuführen. Er ging in Kampfstellung, setzte einen Fuß vor den anderen, spreizte die Beine und beugte die Knie. Die Stöcke glitten langsam in einer Folge komplizierter Bewegungen durch die Luft. Zuerst drehte er den rechten Stock hinter dem Kopf, während er den linken wie ein Schwert vor sich schwang; dann stieß der erste Stock nach vorne, der zweite hob sich, wurde zurückgezogen, legte sich schräg vor den anderen, und beide bildeten ein X in der Luft. Das alles wirkte wie ein Mechanismus, der von verborgenen Zahnrädern und Gewichten in Gang gehalten wurde – zuerst langsam, dann schneller und immer schneller, zorniger und kraftvoller, bis Catherine hörte, wie die Stöcke pfeifend durch die Luft sausten und sie in unblutige Scheiben schnitten.

Garibaldi bedrängte seinen unsichtbaren Gegner mit den Stöcken. Sein Atem ging rauh und stoßweise, während er blitzschnelle, tödliche Schläge austeilte. Er sprang zur Seite, fing einen imaginären Hieb ab, sank auf ein Knie und schlug dem Feind mit beiden Stäben über die Beine. Dann sprang er auf, tänzelte wie ein Boxer auf den Fußballen, schlug hierhin, dorthin, steigerte das Tempo, wobei auch die Brutalität zunahm. Der Raum war erfüllt von seiner Kampfeswut, so daß Catherine den Atem anhielt und spürte, wie ihr Körper vor Spannung und Angst erstarrte.

Er übt diesen aggressiven Kampfsport, er hält sich fit, um zu töten. Warum? Wen will er töten?

Garibaldi schien einen Kampf gegen unsichtbare Mächte zu führen. Seine Übungen wirkten wie die Probe für ein persönliches Armageddon. Was gab ihm der Kampfsport, das ihm sein Katholizismus nicht geben konnte?

Wenn Gebete nicht wirken, werden es die Pangamot-Stöcke tun?

Catherine wich von der Tür zurück und riß sich von einer Szene los, die sie früher einmal empört hätte, jetzt aber …

Sie hatte sich auf die Suche nach Antworten gemacht und war dabei auf noch größere Rätsel gestoßen. Außerdem hatte sie etwas entdeckt, das sie in seiner Tragweite entsetzte.
Ich hätte mich vor Abscheu abwenden sollen, statt dessen glühe ich vor sexueller Erregung.

Der Schrei drang in ihr Unterbewußtsein.
Catherine schreckte aus dem Schlaf auf und starrte verwirrt an die dunkle Zimmerdecke. Sie wußte nicht sofort, wo sie war. Dann warf sie einen Blick auf die Uhr neben dem Bett. Es war kurz nach Mitternacht. Sie hatte nur ein paar Minuten geschlafen.
Sie lauschte in die Stille. Was hatte sie geweckt?
Wieder ein Schrei. Ein gequälter Schrei.
Sie setzte sich auf. War das Garibaldi?
Catherine lag schon im Bett, als er vor etwa einer Stunde aus dem Trainingsraum zurückgekommen war. Sie hatte gehört, wie er leise in sein Zimmer ging und die Tür schloß. War jemand bei ihm?
»Laß mich in Ruhe! Warum verfolgst du mich?«
Catherine sprang aus dem Bett und lief durch das Wohnzimmer, das die beiden Schlafzimmer der Suite trennte. An Garibaldis Schlafzimmertür blieb sie stehen und lauschte. Er keuchte und stöhnte, als sei er krank.
»Vater Garibaldi!« rief Catherine. »Fehlt Ihnen etwas?« Sie legte das Ohr an die Tür und glaubte, Schluchzen zu hören.
»Vater?« Sie klopfte. »Vater Garibaldi?«
Catherine öffnete die Tür einen Spalt und blickte ins Zimmer. Mondlicht fiel durch das Fenster. Die Bettdecken lagen auf dem Fußboden. Garibaldi hatte offenbar einen Alptraum. Schweiß stand auf seiner Stirn. Er warf den Kopf unruhig hin und her. Catherine sah sein gequältes Gesicht und trat ins Zimmer.
»Vater Garibaldi?«
Er hatte die Augen geschlossen und biß die Zähne so fest zusammen, daß die Adern an seinem Hals hervortraten. Er trug kein

Hemd. Die Muskeln an Armen und Oberkörper waren verkrampft. Er schien wieder einmal mit unsichtbaren Dämonen zu ringen.

Catherine trat an das Bett. Sie legte Garibaldi die Hand auf die Schulter und schüttelte ihn sanft.

»Vater Garibaldi, Sie träumen. Wachen Sie auf.«

»Nein«, murmelte er. »Nein, nicht ...«

Sie setzte sich auf den Bettrand. »Wachen Sie auf«, sagte sie laut. »Sie haben einen Alptraum. Vater Garibaldi, bitte wachen Sie auf!«

»O mein Gott!«

Er schlug die Augen auf.

»Sie haben geträumt«, sagte Catherine beruhigend. »Es ist alles gut. Es war nur ein Traum.«

Er holte tief Luft. Als er ausatmete, überlief ihn ein Schauer. Dann stützte er sich mit den Händen ab, setzte sich auf und blinzelte benommen, bis er sie sah. Er streckte die Arme nach ihr aus, zog sie an sich und vergrub sein Gesicht an ihrem Hals. Catherine hielt ihn fest. Sie spürte, wie sein Körper vor krampfartigem Schluchzen zuckte.

Er klammerte sich stumm einen langen Moment an sie. Dann atmete er etwas ruhiger und löste sich von ihr.

Catherine sah, daß seine Wangen feucht waren, und trocknete sie mit der Hand ab. »Ist alles in Ordnung?« fragte sie.

»Sie haben mich von einem sehr dunklen Ort zurückgeholt«, flüsterte er.

Catherine blickte erstaunt in seine Augen. Sie sah Angst darin und eine Verletzlichkeit, die sie erschreckte. »Möchten Sie darüber sprechen?«

Er nickte.

Catherine ging zurück in ihr Schlafzimmer und zog den Bademantel über. Instinktiv griff sie nach dem Jaguaranhänger und schloß die Finger darum. Ein Bild tauchte vor ihrem inneren Auge auf und verschwand sofort wieder. Sie sah das Goldkreuz, das Garibaldi immer trug, auf seinem nackten Oberkörper.

Im Wohnzimmer schaltete sie die Lichter ein. Es dauerte nicht lange, und er kam aus seinem Zimmer. Sie stellte fest, daß er sich angezogen hatte. Er trug ein kariertes Hemd, Jeans und, wie ihr auffiel, sogar Socken.

Er sah sie an. Als ihre Blicke sich trafen, war die Spannung im Raum spürbar. Catherine hatte den Eindruck, als habe sich sogar das Licht verändert. Wieder glaubte sie, seine Arme um ihren Hals zu spüren. Ihre Hände hatten gezittert, als sie sich auf die glatten Muskeln seines Rückens legten. Seine Hand hatte ihre Haare berührt, und der Abdruck seiner Lippen auf ihrem Ohr schien noch zu brennen.

»Es tut mir leid, daß ich Sie geweckt habe«, sagte er und räusperte sich.

»Ich hatte nicht geschlafen. Möchten Sie mir Ihren Traum erzählen?«

Er ging zur Minibar und nahm eine kleine Flasche Mineralwasser heraus. »Es war schlimm. Ich bin froh, daß Sie mich geweckt haben.«

»Haben Sie oft Alpträume?«

Er trank lange und leerte beinahe die ganze Flasche, bevor er sie absetzte und Luft holte. Dann trat er ans Fenster, schob die Vorhänge zurück und ließ das kalte, platinfarbene Mondlicht ins Zimmer. Catherine blickte stumm auf seine Silhouette, die wie ein Scherenschnitt, wie ein schwarzes Fenster im Sternenhimmel über der Wüste wirkte.

Da er nicht antwortete, sagte sie: »Ich hatte mich auf die Suche nach Ihnen gemacht und Sie in einem der Übungsräume entdeckt. Ich habe Sie beobachtet. Pangamot ist nicht zur Selbstverteidigung gedacht, sondern zum Töten. Warum machen sie es?«

»Aus vielen Gründen«, erwiderte er leise.

»Haben Sie jemals … einen Menschen getötet?«

»Mit Pangamot? Nein.«

Er kam vom Fenster zurück, setzte sich in einen Sessel gegenüber dem Sofa. In seinen Augen tanzten unruhige Schatten, während er blicklos auf die Flasche in seinen Händen starrte.

»Haben Sie die Kraft, die Sie mit dem Trainieren in sich kultivieren, unter Kontrolle?« fragte sie. »Ich meine, angenommen, ich würde Sie schlagen …«
Er hob mit einem Ruck den Kopf. »Ich würde Ihnen nie in meinem ganzen Leben weh tun. Das müssen Sie mir glauben. Bitte haben Sie keine Angst vor mir.«
Sie hob in einer Geste der Hilflosigkeit die Hände. »Vielleicht hätte ich keine Angst, wenn ich verstehen würde, weshalb Sie es tun. Zuerst dachte ich, Pangamot sei wie Karate reine Selbstverteidigung. Ich konnte es akzeptieren. Ich sagte mir, Sie tun es als eine Art geistige Disziplin, um sich fit zu halten. Aber jetzt bin ich völlig verwirrt.«
»Sie wollen wissen, wie ich Priester sein und eine Kampfmethode ausüben kann?«
»Ja«, erwiderte sie.
Und ich möchte verstehen, warum mein Körper von etwas erregt wird, von dem mir mein Verstand und mein Herz sagen, daß es falsch ist.
Garibaldi, wollte sie sagen, *es gefällt mir nicht, was ich über Sie herausgefunden habe. Aber noch weniger gefällt mir, was ich dadurch über mich weiß.*
Er schien über seine nächsten Worte nachzudenken, bevor er schließlich antwortete: »Ich bin in einem Haus aufgewachsen, in dem Prügel die normale Form der Verständigung waren. Mein Vater hat immer zuerst geschlagen und später Fragen gestellt, gleichgültig, ob er betrunken oder nüchtern war. Das hat mich hart und gefühllos gemacht. Ich wurde danach mit meiner Brutalität zum Schrecken des ganzen Viertels. Eines Abends habe ich mich mit ein paar Freunden betrunken, und wir beschlossen, der Kirche in unserer Gegend einen Besuch abzustatten. Der Pfarrer hat nicht die Polizei gerufen, sondern Vater Pulaski kommen lassen. Er war ein riesiger Pole vom anderen Ende der Stadt. Vater Pulaski ging mit mir hinter die Kirche und hat mich windelweich geschlagen. Dann meldete er mich im CVJM für einen Karatekurs an. Damals entdeckte ich …«

»Was haben Sie entdeckt?«
Er sah sie mit seinen klaren Augen an. »Daß es in mir etwas gibt, das ich ständig unter Kontrolle halten muß. Ich kann es nicht beschreiben, aber diese Kraft macht mir Angst.«
»Hängt der Alptraum damit zusammen?«
»In unserer Gegend gab es einen Laden, einen altmodischen kleinen Laden. Er gehörte einem alten Mann, ich weiß nicht mehr, wie er hieß. Er stammte aus Europa und sprach mit einem starken Akzent. Seine Frau war vor ein paar Jahren gestorben. Er war ein netter alter Mann, der den Kindern immer Bonbons schenkte.
Als Sechzehnjähriger war ich einmal noch spät in seinem Laden. Er wollte gerade schließen. Er nannte mich immer Mickey. Da ich nicht von der Stelle wich, sagte er: ›Such dir was aus, Mickey, ich will die Spätnachrichten nicht verpassen.‹ In diesem Augenblick kam einer dieser Junkies herein. Er war älter als ich, aber dünn, und er sah wie ein Schwächling aus. Er ging an die Kasse, zog eine Pistole und wollte Geld. Er wußte nicht, daß ich im Laden war. Der alte Mann stand hinter der Theke und sagte: ›He, Junge, das wirst du doch nicht machen! Damit ruinierst du dir das Leben.‹ Der alte Mann sah, wie ich mit meinem Sechserpack Bier oder Coke oder was immer es war durch den Gang kam. Ich blieb stehen. Der Junkie bemerkte mich nicht, denn ich befand mich hinter ihm. In diesem Augenblick schien plötzlich alles zu erstarren. Eine Weile schien es keine Geräusche zu geben, als sei die Welt zum Stillstand gekommen. Die Augen des alten Mannes richteten sich unverwandt auf mich. Er wartete darauf, daß ich etwas tun würde. Aber ich war wie gelähmt. Ich stand einfach da. Dann hörte ich die Schüsse. Sie trafen den alten Mann dreimal in die Brust. Der Junkie sprang über die Theke, nahm das Geld aus der Kasse und rannte davon ...«
Garibaldi ließ den Kopf sinken. Er zitterte. Es dauerte eine Weile, bis er sich wieder unter Kontrolle hatte.
»Und das«, sagte er schließlich tonlos, »erlebe ich im Traum immer wieder. Ich stehe in dem Laden. Ich stehe untätig in dem La-

den, während dieser Junkie einem unschuldigen Mann das Leben nimmt.«

»Das war nicht Ihre Schuld. Sie waren erst sechzehn ...«

»Ich war sehr viel stärker als der Typ und habe dem alten Mann doch nicht geholfen. Ich habe es noch nicht einmal versucht ...«

»Er hatte eine Waffe.«

»Aber er wußte nicht, daß ich hinter ihm stand.« Garibaldi seufzte tief und stand auf. »Wie auch immer, danach bin ich regelrecht ausgeflippt. Ich machte völlig verrückte Sachen. Ich fand es zum Beispiel cool, in einer Kirche Graffitti zu sprühen.«

»Und wie sind Sie Priester geworden?«

»Vater Pulaski hat mich auf den Weg gebracht.«

Garibaldi ging wortlos in sein Schlafzimmer und kam kurz darauf mit einer Taschenuhr zurück. Catherine hatte bereits beobachtet, daß er sie regelmäßig hervorholte und aufzog. Es war eine alte Uhr an einer Kette von der Art, wie sie sich in Catherines Vorstellung im letzten Jahrhundert über den runden Bäuchen wohlhabender Geschäftsmänner spannten.

»Er hat sie mir an dem Tag geschenkt, als er starb«, sagte Garibaldi und gab ihr die Uhr. »Sie stammte von seinem Lehrer, der sie, wie ich glaube, von *seinem* Lehrer bekommen hat. Sie ist sehr alt, man kann die Gravur kaum lesen ...«

Catherine nahm die Uhr bewundernd in die Hand.

Garibaldi ging im Zimmer auf und ab. »Vater Pulaski war ein großer, lauter, lärmender Pole. Als ich ihm gestand, daß ich überlegte, ob ich nicht Priester werden sollte, erklärte er: ›Du bist zum Dienst des Herrn berufen worden, Junge!‹ Ich fragte: ›Und was soll ich jetzt machen?‹ Da rief er mit Donnerstimme: ›Was für eine dumme Frage? Selbstverständlich folgst du dem Ruf!‹« Garibaldi blieb am Fenster stehen, berührte mit den Fingern die Glasscheibe und zuckte zurück, als habe ihn ein Schlag getroffen. Nach einer Weile fuhr er fort: »Vater Pulaski war entschieden gegen die neue Messe und las bis zu seinem Tod die alte lateinische Messe, obwohl es ihm verboten worden war. Ich erinnere mich, daß der Bischof kam, um mit ihm zu sprechen. Vater Pulaski brummte: ›Also gut, die Messe muß jetzt auf Englisch gelesen werden! Man hätte wenigstens ein bißchen Latein beibehalten können! Wenigstens das *Kyrie* hätte man beibehalten sollen!‹ Keiner von uns brachte es übers Herz, ihn daran zu erinnern, daß das *Kyrie* der einzige griechische Teil der Messe war.« Garibaldi sah Catherine an. »Vater Pulaski veranstaltete eine Kollekte und schickte mich zur Schule. Dort entdeckte ich meine Begabung für Mathematik und mein Talent für den Umgang mit Computern. Als ich 1984 schließlich das Examen in Computerwissenschaft ablegte, war ich siebenundzwanzig und bereits seit sechs Jahren ein geweihter Priester.«

Catherine legte die Uhr vorsichtig auf den Tisch. »Warum sind Sie immer noch bei mir, Vater Garibaldi? Warum sind Sie nicht in Ihrem Pfarrhaus oder an der Universität, wo Sie unterrichten?«

Er gab keine Antwort, sondern drehte sich um und blickte schweigend in die Dunkelheit.

Catherine starrte auf ihre Handflächen, als wollte sie die Zukunft darin lesen. Dann sagte sie: »Ich habe Ihnen von meiner Mutter und von ihrer Arbeit erzählt. Sie war eine liebenswerte, sanfte Frau und sehr religiös. Das letzte, was sie wollte, war, jemanden wegen seines Glaubens anzugreifen. Wenn überhaupt, dann hoffte sie, den Glauben zu erhellen. Doch die Kirche sah in ihr eine Bedrohung. Und weil sie an einem katholischen College unterrichtete, machte die Kirche ihren Einfluß geltend. Anfangs widersetzte sie sich. Schließlich schickte man jemanden aus Rom. Der Mann aus dem Vatikan war ein Dominikaner und gehörte zum Offizium der Inquisition.«

»Seit 1965 heißt es nicht mehr Inquisition.«

»Ich weiß. Man hat sich einen unverfänglicheren Namen einfallen lassen: ›Die Kongregation für Glaubensdoktrin.‹ Aber sie hieß sechshundert Jahre lang Inquisition, und diese Einrichtung ändert sich nicht dadurch, daß man sie seit vierunddreißig Jahren anders nennt. Ich weiß, was die Kongregation tut, Vater Garibaldi. Ihre Aufgabe ist es, alles zu untersuchen, was der Kirche

gefährlich werden könnte. Und ich weiß, daß diese Untersuchungen unter strenger Geheimhaltung durchgeführt werden.«
Sie ballte die Fäuste und fuhr dann mit schneidender Stimme fort: »Ja, ich weiß über die Kongregation Bescheid: Wie das Tribunal eingesetzt wird, mit einem Richter, dem Assessor, und einem Beisitzer, dem Kommissar. Ich weiß, daß sie jeden unter die Lupe nehmen, der eine Gefahr für die Einheit der Kirche darstellen könnte. Am Anfang haben sie versucht, über Vater McKinney, unseren Gemeindepfarrer, etwas zu erreichen. Vater McKinney kam zu uns nach Hause und verlangte von meiner Mutter, ihre Angriffe gegen die Kirche einzustellen. Aber sie verwickelte ihn immer in leidenschaftliche Diskussionen und erklärte, die Kirche müsse sich im Einklang mit den Bedürfnissen ihrer Mitglieder entwickeln. Ich nehme an, als schließlich der Vertreter des Vatikan erschien, empfand Vater McKinney das als eine persönliche Niederlage. Er hatte das Gefühl, von meiner Mutter gedemütigt worden zu sein. Er hatte sie nicht überzeugen können. Und es war ihm nicht gelungen, ihre Argumente zu widerlegen.«
»Was ist geschehen?«
»Die Inquisition hat dem Papst empfohlen, meine Mutter ihrer Stellung zu entheben und ihr die Befähigung abzuerkennen, die römisch-katholische Glaubenslehre zu unterrichten. Man teilte ihr sogar mit, sie sei keine katholische Theologin mehr und verbot ihr, weiterhin zu schreiben oder zu veröffentlichen. Meine Mutter fügte sich. Aber«, Catherine seufzte, »Vater McKinney genügte das nicht. Ich werde den Sonntag nie vergessen ... damals war ich zehn. Vater McKinney stand auf der Kanzel, sprach in seiner Predigt über Ketzerei und blickte dabei auf meine Mutter. Es war schrecklich. Die ganze Gemeinde starrte uns an. Meine Mutter stand auf und verließ mit hoch erhobenem Kopf die Kirche. Sie ist nie mehr zum Gottesdienst gegangen.
Danach besuchten nur noch mein Vater und ich die Sonntagsmesse. Ich spürte jedesmal, wie die Leute uns anstarrten. Die anderen Kinder in der Schule gaben meiner Mutter Schimpfnamen und sagten, wir würden für unsere Sünden in der Hölle büßen.«

Catherine schloß die Augen, als plötzlich ungebeten ein Bild vor ihr auftauchte. Die fünfte Klasse kicherte und flüsterte, während sie neben dem Pult der Lehrerin auf einem Hocker stand. Ihr Gesicht glühte vor Scham, weil etwas Feuchtes an ihren Beinen hinunterlief.

»Die Leute wußten nicht, daß meine Mutter jeden Sonntagmorgen ihren eigenen Gottesdienst hielt. Sie blieb eine gläubige Katholikin, weigerte sich aber, die Sakramente zu empfangen. Deshalb wurde sie schließlich exkommuniziert.«

»Sind Sie deshalb aus der Kirche ausgetreten?«

»Nein, das war später, nach dem Tod meines Vaters.« Catherine stand vom Sofa auf und trat neben Garibaldi ans Fenster. Sie blickte mit zusammengekniffenen Augen auf den Laser-Lichtstrahl, der von der Spitze der Pyramide des Luxor Hotels wie ein Weg in eine andere Galaxis in den Himmel stieg.

»Mein Vater fuhr in einer Friedensmission nach Afrika«, fuhr sie fort, »mit Medikamenten und Bibeln. Es kam in dem Land zu einem Umsturz, ein Stamm kämpfte gegen einen anderen. Mein Vater und seine Begleiter gerieten in Gefangenschaft. Man hat sie als *Spione* hingerichtet – meinen Vater, einen Priester und drei Nonnen. In den Nachrichten wurde darüber berichtet. Man zeigte immer wieder die Photos der Hingerichteten ...«

»Ich kann mich an den Fall erinnern. Ich wußte nicht, daß es Ihr Vater war.«

»Man brachte seine Leiche zurück. Er bekam ein großes katholisches Begräbnis und wurde auf einem katholischen Friedhof begraben. Meine Mutter starb ein paar Monate später – an Lungenentzündung, wie die Ärzte sagten. Aber ich weiß, sie ist an gebrochenem Herzen gestorben. Meine Eltern hatten sich sehr geliebt. Sie hingen aneinander, und ohne meinen Vater gab es für meine Mutter keinen Grund mehr, weiterzuleben.«

Catherine sah Vater Garibaldi an. »An dem Abend, als meine Mutter starb, sagte sie mir, es sei ihr größter Wunsch, an der Seite meines Vaters begraben zu werden, damit sie in alle Ewigkeit zusammensein könnten. Aber das war nur möglich, wenn meine Mutter beichtete und die Absolution erhielt. Kurz vor ihrem Tod erklärte sie sich nach all den Jahren der Abkehr von der Kirche dazu bereit ...«

Catherine holte tief Luft und stieß sie langsam wieder aus. Sie spürte Garibaldis Blick. »Meine Mutter bat mich, einen Priester zu holen. Ich rief im Pfarramt an, und ausgerechnet Vater McKinney kam. Ich weiß noch, als er in das Krankenzimmer trat, lag etwas Gefährliches in seinen Augen, eine Art Triumph. Es war, als sei er gekommen, um endgültig mit meiner Mutter abzurechnen, als sei das der Höhepunkt der vergangenen Auseinandersetzungen, aus denen nur einer als Sieger hervorgehen konnte. Meine Mutter wollte nur in Frieden sterben und neben meinem Vater begraben werden. Aber Vater McKinney ...«

Catherine mußte sich zwingen, weiterzusprechen. Die Stimme klang tonlos, als es ihr nach einer kurzen Pause gelang. »Ich ging aus dem Zimmer. Ich hätte es nicht tun sollen, aber ich dachte, meine Mutter wollte ungestört sein. Ich weiß nicht genau, was dann geschah. Es dauerte nicht lange, da kam Vater McKinney mit hochrotem Kopf heraus und stürmte wütend, ohne ein Wort zu sagen, an mir vorbei. Ich ging ins Zimmer zurück. Meine Mutter weinte. Ich wußte, sie hatte keine Absolution und keine Sterbesakramente erhalten. Sie würde nicht im Schoß der katholischen Kirche sterben. Ich versuchte, einen anderen Priester zu finden. Aber es war zu spät.«

Sie hörte, wie Garibaldi etwas murmelte. Sie verstand die Worte nicht genau, doch es klang wie ›*Ora pro nobis,* bitte für uns‹.

»Meine Mutter wurde nicht neben meinem Vater begraben, nicht einmal in geweihter Erde, sondern auf dem städtischen Friedhof. Sie hatte auf ewig mit dem Mann zusammensein wollen, den sie liebte.« Catherine wandte den Kopf und sah ihn an. »Vater Garibaldi, hat die Kirche, hat ein einfacher Pfarrer das Recht, meine Mutter in alle Ewigkeit zu verdammen?«

»Diese Frage kann ich nicht beantworten«, erwiderte Garibaldi, »wenn ich nicht weiß, was zwischen Ihrer Mutter und diesem

Vater McKinney vorgefallen ist. Wenn Ihre Mutter allerdings Gott direkt um Vergebung gebeten hat«, fügte er sanft hinzu, »dann ist ihr verziehen worden.«

Catherine sah ihre Mutter in dem einfachen Krankenhausbett vor sich. Sie hörte ihre letzten Worte, mit denen sie ihre Tochter tröstete, anstatt von ihr getröstet zu werden.

»Du mußt nicht traurig sein«, hatte Nina geflüstert. »Ich gehe zu deinem Vater.«

War sie tatsächlich zu ihm gegangen?

»Wohin ist meine Mutter nach ihrem Tod gegangen? Wo ist ihre Seele jetzt, wenn sie eine Seele hatte?«

»Wir haben keine Seelen, wir *sind* Seelen. *Haben* tun wir den Körper ... vorübergehend.«

»Und was geschieht, wenn wir sterben?«

»Wenn wir sterben, kehren wir zu Gott zurück.«

»Was ist mit Menschen, die sterben, ohne von ihren Sünden losgesprochen zu sein? Was ist mit der Hölle?«

»Als Priester glaube ich an die Strafen der Hölle, und das muß ich auch predigen. In meinem Herzen kann ich nicht glauben, daß der himmlische Vater uns geschaffen hat, damit er uns nach dem Erdenleben zu ewigen Qualen verdammen kann.«

»Und das Fegefeuer?«

»Ich glaube an das Fegefeuer und daran, daß wir dort bleiben, bis jemand für unsere Erlösung betet.«

»Dann hilft es, wenn die Hinterbliebenen für die Seelen der Toten beten?«

»Ja.«

»Werden Sie für meine Mutter beten?«

»Ja. Aber auch Sie können beten.«

Sie wandte sich von ihm ab und vom Anblick der verführerischen Stadt der Spieler.

»Meine Gebete würden nichts nützen.«

»Warum nicht?«

»Weil ich keine gläubige Christin bin.«

»Sie wollen also, daß ich für Sie glaube?«

Sie sah ihn wieder an. »Vater Garibaldi, ich möchte glauben. Ich wünschte, ich könnte so gläubig sein wie meine Mutter.«
»Jeder wird mit der Sehnsucht nach dem verlorenen Himmel geboren. Das Problem ist, den Weg dorthin zurückzufinden.«
Wie, wollte sie fragen. *Wie?*
Garibaldi drehte sich um und ging zur Minibar. »Vater McKinney ist also der Grund dafür, daß Sie mich bei unserer ersten Begegnung abgelehnt haben.«
Catherine sah zu, wie er austrank und die leere Flasche auf die Minibar stellte. »Nicht nur Vater McKinney«, sagte sie. »Ich fühle mich in der Nähe von gläubigen Menschen nicht wohl.«
»Wollen Sie Julius deshalb nicht heiraten?«
Sie zog die Augenbrauen hoch. »Wie kommen Sie darauf, ich würde ihn nicht heiraten!«
»Ich weiß nicht. Vielleicht liegt es an etwas, das Sie gesagt haben.« Er lächelte. »Oder nicht gesagt haben.«
»Julius ist ein sehr religiöser Mensch. Er hält sich an die Regeln und Gesetze seiner Religion. Mit einem solchen Mann könnte ich nicht zusammenleben. Er würde mich ständig an das erinnern, was mir fehlt.«
Er sah sie an. »Hassen Sie den katholischen Glauben so sehr?«
»O nein. Ich liebe ihn. Es ist eine wunderbare Religion. Obwohl ich nicht länger gläubig bin, fehlen mir der Weihrauch, die Heiligen, die Beichte und die Tröstungen. Deshalb bin ich so wütend. Ich fühle mich bestraft, weil mir das alles genommen worden ist.«
»Sie können es zurückbekommen.«
»Nein, das kann ich nicht.«
Sie sah Garibaldi an und mußte daran denken, wie die Schüler der katholischen Schule beim Anblick einer hübschen Nonne oder eines gutaussehenden Priesters immer sagten, welche Verschwendung das sei. Wie viele junge Mädchen in Vater Garibaldis Gemeinde waren wohl heimlich in ihn verliebt?
»Vater Garibaldi, ist der katholische Glaube der wahre Glaube?«
»Ich glaube, ja.«

»Aber denken Sie an die Menschen, denen Sabina begegnet ist«, erwiderte Catherine. »Denken Sie an alle Religionen, die es in der Geschichte der Menschheit gegeben hat. Wie kann da nur eine Religion richtig sein und alle anderen falsch?«

»Ich glaube, die Antwort darauf finden Sie nur in sich selbst.«

Es gab noch eine Frage, die sie unbedingt stellen wollte, obwohl sie sich beinahe davor fürchtete. »Vater Garibaldi«, begann sie, »was hätten Sie am Sterbebett meiner Mutter getan?«

»Ich hätte Ihre Mutter gefragt, ob sie ihre Sünden bereut, und sie dann losgesprochen. In der Beichte hatten Vater McKinneys persönliche Meinungsunterschiede mit Ihrer Mutter und die Aussagen in den umstrittenen Büchern nichts zu suchen.«

»Ist sie jetzt bei meinem Vater? Sind sie zusammen?«

»Darauf kann ich Ihnen keine Antwort geben. Aber ich kann Ihnen versichern, daß Beten hilft.«

Catherine nickte. Dann räusperte sie sich und sagte: »Wie auch immer, jetzt wissen Sie, warum ich Pangamot ablehne. Ich bin immer noch entsetzt über die sinnlose Gewalt, durch die mein Vater gestorben ist.« Sie sah ihn an. »Jede Form von Gewalt stößt mich ab. Es verwirrt mich, daß Sie ...«

»Ich verstehe«, unterbrach er sie. Doch Catherine hörte eine gewisse Härte in seiner Stimme, und sie sah, wie er auf die Uhr blickte. Er schien plötzlich unruhig zu werden. Das überraschte sie.

»Ich gehe an die frische Luft«, sagte er unvermittelt.

»Ich komme mit.«

Er ging mit großen Schritten zur Tür. »Ich würde lieber allein gehen. Warten Sie nicht auf mich.« Damit verschwand er.

Catherine blickte auf die Tür und überlegte, was gerade geschehen war. Seine Reaktion war unverständlich. Sie mußte ihn zur Rede stellen, deshalb zog sie sich an und folgte ihm.

Im Flur entdeckte sie einen Zimmerkellner, der ihr sagte, der Mann, der gerade aus ihrer Suite gekommen war, habe ihn nach dem Fahrstuhl zur Dachterrasse gefragt. Dort oben sei ein Garten mit Springbrunnen und Tempeln.

Auf dem Dach waren nur wenige Gäste. Der Wüstenwind wehte so kalt und scharf, daß Catherine auf ihrem Weg zwischen den Farnen und Palmen unwillkürlich an Winter und Schnee dachte. Garibaldi stand am Geländer und blickte auf die Wüste, die hinter der hell erleuchteten Stadt wie ein endloses drohendes Reich der Dunkelheit begann. Ohne etwas zu sagen, stellte sie sich neben ihn.

Garibaldi brach das Schweigen. »Können Sie sich vorstellen, wie ich mich fühle, seit ich weiß, daß Sie das abstößt, was ich tue? Daß Pangamot Ihnen Angst macht? Daß *ich* Ihnen Angst mache?«

Unvermittelt sah er sie an. »Sie haben mich gefragt, warum ich bei Ihnen bleibe und nicht zu meinen Aufgaben zurückkehre. Ich werde Ihnen etwas sagen, das ich noch keinem Menschen gesagt habe, nicht einmal Vater Pulaski.« Seine Worte kamen schnell, als fürchte er, der Mut werde ihn verlassen. »Ich glaubte lange Zeit, der Vorfall in dem Laden sei Gottes Art gewesen, mich in seinen Dienst zu rufen. Ich dachte, er habe mich in diesem Augenblick dorthin gestellt, damit ich einen anderen Weg einschlagen würde, der mich zu ihm führt. Deshalb wurde ich Priester. Inzwischen kommen mir jedoch Zweifel, aber nicht an meinem Glauben, sondern an meiner Berufung.«

Er schwieg, als wollte er warten, wie sie darauf reagierte. Dann fuhr er fort: »Ich hatte den Alptraum jahrelang nicht mehr, aber dann kam er wieder. Er läßt mich nicht mehr zur Ruhe kommen. Ich bin gezwungen, den Vorfall immer neu zu erleben. Selbst bei Tag verfolgt mich inzwischen das anklagende Gesicht des alten Mannes. Ich habe wie besessen versucht zu verstehen, was das zu bedeuten hat.«

»Ist es Ihnen gelungen?«

»Ich glaube, es ist mein Gewissen, das mich nach all den Jahren wieder quält.«

»Aber warum, Vater Garibaldi? Sie wissen nicht, ob Sie ihn hätten retten können.«

Der Wind wurde noch heftiger. Catherine legte schützend die

Arme vor den Oberkörper. Ihr war kalt, obwohl sie eine Jacke trug. Garibaldi in seinem kurzärmligen Hemd schien die Kälte überhaupt nicht zu spüren.

»Darum geht es nicht! Wissen Sie, was ich am Tag meiner Priesterweihe empfand? Ich will es Ihnen sagen. Ich empfand keine Freude oder religiösen Hochgefühle. Ich fühlte mich nur erleichtert. Ich hatte das Gefühl, mir sei endlich verziehen worden, daß ich an jenem Abend dem alten Mann nicht geholfen hatte. Aber du liebe Zeit, das ist kein Grund, Priester zu werden! Man wird Priester, weil man Gott dienen will, und nicht, weil man sich auf diese Weise vor seinen Schuldgefühlen verstecken kann! Ich versuchte, mir einzureden, indem ich Gott diene, mache ich mein Versagen an jenem Abend wieder gut. Aber das stimmt nicht! So einfach ist das nicht. Ich habe die Gelübde abgelegt, um meine Seele zu retten. Ich bin aus egoistischen Motiven Priester geworden, und deshalb bin ich ein Betrüger.«

»Vater Garibaldi ...«

»Ich habe Ihnen gesagt, ich hätte in Israel Urlaub gemacht. Das stimmt nicht. Ich befand mich auf einer persönlichen Pilgerreise. Ich bin nach Israel gegangen, um mein Gewissen zu erforschen und herauszufinden, ob ich geeignet sei, Priester zu bleiben. Ich kam in den Sinai und wurde in die Sache mit den neu entdeckten Schriftrollen hineingezogen, die möglicherweise Gottes Botschaft erhellen können. Und *deshalb* bin ich bei Ihnen geblieben. Ich wollte herausfinden, ob die Schriftrollen die Antwort auf meine Fragen enthalten.«

»Welche Antwort, Vater Garibaldi? Sollen die Schriftrollen Ihnen sagen, ob Sie Priester bleiben oder nicht?«

Er erwiderte nichts.

»Wenn es das nicht ist«, rief sie, und der Wind trug ihre Stimme hinaus in die Wüste. »Was dann? Sagen Sie es mir!«

»Ich kann es nicht sagen, noch nicht. Vielleicht werde ich es nie können.«

»Vater Garibaldi, bitte lassen Sie mich Ihnen helfen.«

Er faßte sie plötzlich an den Schultern. Sie zuckte unter der Berührung zusammen, und er ließ sie wieder los.

»Sie wollen mir wirklich helfen? Sie hassen Priester, und doch möchten Sie mir helfen?« Er blickte in den Himmel, betrachtete lange die Sterne und sah sie dann wieder an. »Wissen Sie, daß Sie ein Widerspruch in sich selbst sind? Sie behaupten, Gewalt zu verabscheuen, und doch kämpfen Sie, wenn Sie allem Anschein nach keine Chancen haben zu gewinnen. Irgendwo dort draußen gibt es Männer, die Sie töten wollen, aber Sie geben nicht auf.« Er lachte leise. »Wir sind uns sehr ähnlich, Sie und ich. Wir ringen mit Dämonen, aber jeder kämpft in einer anderen Arena.« Er ließ die Arme sinken und lächelte. Es klang beinahe anerkennend, als er hinzufügte: »Beim Pangamot wären Sie eine ernstzunehmende Gegnerin.«

»Es ist leicht zu kämpfen«, sagte sie. »Das Schwere ist ...«

»Ist was?«

»Ich habe meinen Vater geliebt. Ja, ich habe ihn angebetet.« Aber genau aus diesem Grund hatte sich ihr Konflikt bis ins Unerträgliche gesteigert.

»Du bist ein schmutziges kleines Ungeheuer«, hatte Schwester Immaculata gesagt und Catherine vom Hocker gezerrt. »Ich habe deinen Vater rufen lassen. Vielleicht kann er dir etwas Achtung vor deiner Lehrerin einbleuen, die eine Nonne und keine Sünderin ist, wie du es bist.«

»Der Bruch meiner Mutter mit der Kirche hat dazu geführt, daß er die Friedensmissionen in alle Welt unternahm. Jedem war klar, daß sich mein Vater getrieben fühlte, ihre angebliche Sünde gutzumachen. Als er erschossen wurde, habe ich zu meiner Mutter schreckliche Dinge gesagt. Ich habe sie für seinen Tod verantwortlich gemacht. Nichts davon war wirklich so gemeint. So wahr mir Gott helfe, das ist die Wahrheit. Ein paar Monate später starb meine Mutter, und ich konnte ihr nicht mehr sagen, daß ich meine Worte bereute.«

Catherine liefen die Tränen über die Wangen. Ärgerlich wischte sie sich das Gesicht und murmelte verlegen: »Ach verdammt!«

Garibaldi nahm sie wortlos in die Arme. Er hielt sie fest, während sie mit den Tränen kämpfte und um die Beherrschung rang, und flüsterte leise ein Gebet.
Als er schwieg, verharrte sie noch einen Augenblick in seinen schützenden Armen, bevor sie sich von ihm löste und ein paar Schritte zurücktrat. Sie hatte plötzlich das Bedürfnis, den kalten Wind zu spüren.
»Wir gehen besser nach unten«, sagte sie mit belegter Stimme und drehte sich um, weil sie sich ihrer Gefühle schämte. »Morgen wartet eine Menge Arbeit auf uns«, fügte sie betont energisch hinzu.
»Ach, übrigens«, sagte er. »Wegen morgen ...«
Sie drehte sich um. »Was ist mit morgen?«
»Ich fürchte, wir werden ausziehen müssen.«
»Wie meinen Sie das?«
»Als ich vom Fitneß-Zentrum zurückkam, dachte ich, sie schliefen, und beschloß, bis morgen früh zu warten, um es Ihnen zu sagen.« Er machte eine Pause. »Ich war nach dem Training im Dampfbad, und als ich herauskam, stand die Tür meines Schranks im Umkleideraum offen. Meine Brieftasche ist weg.«
»Weg! Sie meinen gestohlen?«
»Ich habe es der Hotelleitung gemeldet, aber man macht mir keine großen Hoffnungen, daß ich sie wiederbekomme. Abgesehen von den zwanzig Dollar, die Sie noch haben, sind wir völlig pleite. Es tut mir leid.«
»Na gut«, sagte sie, »dann müssen wir uns etwas einfallen lassen, wie wir wieder zu Geld kommen.«

Santa Fe, New Mexico

»Sie sollten herunterkommen, Mr. Havers«, sagte Teddy. »Da ist wirklich etwas Verrücktes ...«

Miles legte den Hörer auf und wollte aufstehen, als sich Erika neben ihm im Bett bewegte. »Liebling ...?«
»Ich muß nur rasch etwas erledigen. Schlaf weiter.«
Er griff nach seinem Hausmantel aus kastanienbrauner Rohseide und zog ihn an. Er vergewisserte sich, daß Erika wieder schlief. Ihre aschblonden Haare auf den Kissen machten sie noch zerbrechlicher und zarter.
Für dich ....
Das hatte er am Tag zuvor entschieden. Die Schriftrollen waren für Erika bestimmt.
Als er die unterirdische Computer-Zentrale betrat, wo Teddy Yamaguchi allein vor den elektronischen Geräten im Wert von mehreren Millionen saß, warf Miles schnell einen Blick auf den Bildschirm, der ihn im Moment am meisten interessierte. Er wollte sehen, ob aus Kairo weitere Übersetzungen angekommen seien. Der Korb für die E-Mail war leer. Es war auch keine neue Datei ausgedruckt. Von den drei Technikern bei Dianuba, die er mit der Suche nach allem beauftragt hatte, was auch nur entfernt mit den Sabina-Schriftrollen in Zusammenhang stand, hatte er keine guten Nachrichten erhalten.
»Was gibt es?« fragte er. »Hat Voss wieder Post bekommen?«
Es war Teddy mühelos gelungen, den Computercode des Freers Instituts zu knacken und die für Julius Voss bestimmte Post zu lesen. Das Institut hatte zum Schutz der E-Mail zwar ein Verschlüsselungsprogramm installiert, doch es handelte sich dabei um *Keep Out*, ein Produkt von Dianuba. Teddy konnte sich einwählen, aber nicht verhindern, daß die Computer die Benutzer im Freers Institut darauf hinwiesen, daß ihr System geknackt worden war und jemand die Unterlagen las. Das machte nichts. Teddy gab sich keine Mühe, bei Voss diskret vorzugehen. In diesem Spiel wußten inzwischen alle Beteiligten, daß jeder jeden überwachte.
Teddy hatte aber einen Grund, wirklich zu staunen.
Die erste Nachricht für Voss war am Abend zuvor eingegangen, ein knapper Satz von einem Computer in England: ›Catherine

lebt, es geht ihr gut.‹ Teddy und Miles hatten noch darüber gerätselt und sich gefragt, ob Dr. Alexander das Land verlassen habe, als Voss eine weitere Nachricht desselben Inhalts, diesmal aus Denver, erhielt. Die dritte Nachricht kam wenige Minuten später aus Seattle. Es war eine Wiederholung der ersten beiden, allerdings mit dem Zusatz: ›Sie hat Daniel Stevenson nicht umgebracht.‹ Eine vierte lautete: ›Sie hat die Schriftrollen und wird sie der ganzen Menschheit zum Geschenk machen, sobald sie mit der Übersetzung fertig ist.‹

Teddy verfolgte die Nachrichten sofort zu den Absendern zurück, ohne jedoch eine Verbindung zwischen ihnen und Dr. Alexander feststellen zu können.

Seitdem waren ständig eigenartige Nachrichten eingegangen, aber keine von Bedeutung. Bis jetzt!

»Nein, keine E-Mail für Voss«, sagte Teddy. »Es ist etwas wirklich Seltsames. Sehen Sie sich das an.«

Er saß in seiner gewohnten Haltung am Computer: Der Stuhl war zurückgekippt, die Tastatur hatte er auf dem Schoß, die Arme lagen eng am Körper, und die Finger trommelten flink auf den Tasten. Teddy warf niemals einen Blick auf die Tastatur. Seine Augen klebten geradezu am Bildschirm, als bilde ein Netz von Neuronen und Dendronen eine unsichtbare Brücke zwischen dem Monitor, seinem Hirn und seinen Fingern, während der übrige Körper völlig passiv blieb.

Als er sagte: »Ich habe mich in einen Kanal eingeschaltet, der *Felines* heißt«, wußte Havers, daß Teddy von einem *Internet Relay* Kanal sprach, der eigentlich ›Echtzeit-*Chat*‹ hieß. Teddy entspannte sich, wenn er die *Chat*-Kanäle durchging und sich ein- und auswählte, um zu sehen, was in Cyberland im Augenblick alles vor sich ging. Dabei stopfte er sich seine Lieblingssnacks aus Tüten in den Mund und spülte sie mit *Snapple*, dem Mode-Drink seiner Generation, hinunter. »Sie haben über Baseball geredet«, erklärte Teddy. »Als plötzlich …, na ja, sehen Sie selbst.«

Havers blickte auf den Bildschirm. Nach dem üblichen MOTD und einigem Hin und Her erschien der Dialog:

[Catbox] Was plant ihr denn alle so für Sylvester?
[CelsiuS] Mike, der Unterschied ist Zwei.
«SERVER» Francie!~fjames@kendaco.telebyte.com, hallo.

»Was kümmert uns das?« fragte Havers irritiert. Soweit er sehen konnte, handelte es sich nur um den üblichen Schwachsinn. Internet-Unterhaltungen hatten die Kneipen ersetzt, in die man früher gegangen war, um Leute kennenzulernen. Die Gespräche waren genauso oberflächlich geblieben.
»Warten Sie«, erwiderte Teddy.

[Mike] Hi, Francie!
[Catbox] Willkommen, Francie. Woher bist du?
[Francie] Dr. Catherine Alexander läuft um ihr Leben. Sie ist unschuldig. Sie wird von Killern verfolgt. Gib das weiter.
«SERVER» Francie hat sich verabschiedet.

»Was soll das bedeuten?« fragte Havers.
»So geht es schon die ganze Zeit. Leute wählen sich in eine Gruppe ein, sagen, daß Dr. Alexander unschuldig ist, und verschwinden wieder.«
»Seit wann?«
»Nach meiner Berechnung schon die ganze Nacht.«
Miles zog einen Hocker heran und setzte sich an den nächsten Monitor. Als ›Rächer‹, der Deckname aus seiner Zeit als Hacker, loggte er sich im IRC ein und sprang von einem Forum zum anderen, als suche er etwas.

«SERVER» Willkommen bei #Planeten
[figgy2] Hi, Rächer! Hier hast du ein Coke.
*figgy2 gibt Rächer ein Coke.
«SERVER»Moondoggy!phil@atcom.co.il, hallo,
[bOzO] figgy2, beantworte meine Fragen.
[MoonDoggy]Hallo, hier bin ich. Jemand versucht, Catherine Alexan-

der umzubringen. Sie hat die Schriftrollen und beschützt sie für uns alle vor den Killern.
«SERVER» MoonDoggy hat sich verabschiedet.

»Es sieht ganz so aus, als jage unsere kluge Dr. Alexander von einer Kneipe zur anderen. Und offenbar springt sie willkürlich in den Kanälen herum. Wenn wir es schaffen, ihr irgendwie zuvorzukommen, bereits in einem Kanal zu warten, bevor sie sich einwählt, könnten wir ihre Adresse feststellen …«, sagte Miles nachdenklich.

«SERVER» Einundvierzig plus. Bleib cool. Für meine Dienste /msg Foxy
[cream] Weihnachtseinkäufe Ähhhhh!!!!
[ToTo] Größe sechs, glaube ich. Nein, vielleicht acht.
«SERVER» Maynard! ~rismith@alice.brad.ac.us, hallo,.
[Cream] Hi, Maynard. Bist du F oder M?
[Gollee] ToTo: mußte die Katze hereinlassen. Wovon haben wir geredet?
[Maynard] Sag allen, die du kennst, Dr. Catherine Alexander hat Daniel Stevenson NICHT ermordet. Sie ist U.N.S.C.H.U.L.D.I.G, und die Bullen werden sie NICHT fassen.
«SERVER» Maynard hat sich verabschiedet.

»Ich glaube nicht, daß das Dr. Alexander ist, Mr. Havers«, sagte Teddy. Er hatte seine Haltung verändert und saß inzwischen wie eine sprungbereite Katze vor zwei Bildschirmen, die er gleichzeitig beobachtete. »Diese vielen Adressen … das sind verschiedene Leute!« Teddys Augen funkelten und blitzten, während er gebannt auf die Bildschirme starrte. »Außerdem sind sie überall auf der Welt«, fügte er hinzu und hüpfte ebenso schnell durch die Kanäle wie die Leute, die sich zu Catherine Alexanders Verteidigern gemacht hatten.
»Aber was sind das für Leute?« fragte Havers und klickte sich gerade rechtzeitig in #Geologie ein, um zu sehen:

[Carlos] Sagt den Bullen, sie sollen Dr. Alexander in Ruhe lassen.
«SERVER» Carlos hat sich verabschiedet.

Teddy gab achselzuckend #Zippers ein, drückte die ENTER-Taste und wurde mit *Hallo Maus* – seinem IRC-Namen – begrüßt. Man hatte den Eindruck, er sei direkt mit den Computern verdrahtet. Im nächsten Augenblick erschien auf dem Bildschirm:

«SERVER» Carlos!mongo@dianuba.com, hallo,.

»Schon wieder Carlos!« rief Teddy. Carlos hatte sich gerade erst im letzten *Kanal* verabschiedet.
Teddy wechselte zu #German.

[LadyGray] Olé, Mouse. Sorry. Wie geht's? Ich bin in Spanien. Wo bist du?
[CorVette] Jetzt haben wir fünf Länder, Mann!
«SERVER» Figgy2!ashame@ppp26.cac.psu.edu, hallo,.
[Troy] Hallo Figgy2. Hallo Maus, sorry, mouse.
[Figgy2]Sagt allen in Deutschland, Catherine Alexander hat Daniel Stevenson nicht umgebracht, sie hat niemandem irgendwelche Schriftrollen gestohlen, sie will in Ruhe gelassen werden, und sie hat geheimes Wissen über das neue Jahrtausend. Gebt es weiter.
«SERVER» figgy2 hat sich verabschiedet.

Teddy faßte sich mit beiden Händen an den Kopf. »Unglaublich! Die Drähte glühen! Die kleine Alexander hat bald die ganze Welt auf ihrer Seite!«
Havers sagte nichts; auch er klickte von einem Kanal zum anderen und stellte staunend fest, daß eine Welle zu einer gewaltigen Woge anschwoll, weil die Leute in allen möglichen Foren dieselbe Nachricht lasen, den Kanal wechselten und sie weitergaben.
Er stand unvermittelt auf, schob die Hände in die Taschen seines

Hausmantels und blickte zu Teddy hinüber, dessen Augen noch immer an den Monitoren hingen.

Das Summen der Klimaanlage und das blitzschnelle *Klack Klack* der Tasten von zwei Tastaturen unter Teddys Händen waren die einzigen Geräusche im Raum. In seinen Augen spiegelte sich das Leuchten der beiden Bildschirme, auf denen die Informationen mit der Geschwindigkeit von Kamerablenden wechselten. Die unzähligen Gespräche, Live-Diskussionen am Bildschirm und der ständige Fluß der Nachrichten über alle Entfernungen hinweg, die nur dank Online und ISDN-Verbindungen möglich waren – Namen ohne Menschen, Worte ohne Stimmen, Räume ohne Wände –, schienen jedoch nicht mehr von dieser Welt zu sein. Die Menschen hatten sich eine neue Dimension erobert: Cyberspace. Im neuen Jahrtausend würde Cyberspace bereits zum Alltag gehören wie Wasser, Erde und Luft. Miles stand einen Augenblick wie gebannt da und sah zu.

Das ist mein Reich. Ich bin der ungekrönte Herrscher dieser neuen Welt! Rebellen hat es schon immer gegeben. Ich werde sie wie lästige Fliegen vernichten. In Cyberspace werden alle von mir manipuliert.

»Wo hat es angefangen?« fragte Havers stirnrunzelnd. Vor vierundzwanzig Stunden hatte Catherine Alexander noch als der Antichrist gegolten. Jetzt war sie plötzlich eine Heldin.

Teddy schüttelte den Kopf. »Unmöglich, das herauszufinden. Es kann überall gewesen sein, in einem IRC-Forum, einer News-Gruppe, einfach überall. Und die Information verbreitet sich so schnell wie ein Virus. Sehen Sie, gerade haben sich drei neue Leute zugeschaltet, denen ich bereits auf anderen Kanälen begegnet bin. Jeder greift die Meldung auf und wechselt so schnell den Kanal, daß ich nicht mithalten kann. Das ganze Internet scheint verseucht! Die Leute wissen nicht einmal, wer Catherine Alexander ist, aber sie stellen sich auf ihre Seite. Mann, Mr. Havers, im Augenblick gehört *ihr* das Internet!«

Hatte Teddy seine Gedanken erraten? Miles lächelte kaum merklich. Der junge Mann mochte recht haben, doch Havers ließ sich nicht aus der Ruhe bringen. Teddy hatte nicht den Überblick wie Miles, denn er war nur einer der vielen Millionen, die mit und durch Cyberspace lebten. Miles kannte die Psychologie des Internet. Catherine Alexander war nicht nur im IRC; diese Foren waren nur die Spitze eines sehr viel größeren Eisbergs. News-Gruppen sprachen im Augenblick über sie, bei jeder Unterhaltung im Web tauchte ihr Name auf, E-Mail flog auf dem ganzen Globus hin und her, von Island nach Neuseeland, von Johannesburg nach Deutschland, und jeder redete über diese Frau, die keiner kannte. Miles zweifelte nicht daran, daß sogar ihr Photo in Form von Millionen Bytes um die Welt ging.

Sie hatte die Frechheit besessen, der Cyberspace-Öffentlichkeit zu erklären: »Ich werde die Schriftrollen der ganzen Menschheit zum Geschenk machen.« Deshalb hatten seine zahllosen Untertanen, die Süchtigen der neuen Dimension, die nichts anderes vom Leben zu erwarten hatten, als Server, Transmitter, Message-Übermittler zu sein, sich eine Sache zu eigen gemacht, von der sie nichts verstanden. Vielleicht ahnten sie in dieser Nacht, daß ihnen die Freiheit genommen war, die jemand wie Catherine Alexander noch für sich und ihr Leben beanspruchte. »Lauf, Cathy, lauf!« Das war der Schlachtruf der Verdammten, obwohl sie ›Cathy‹ nicht einmal kannten.

Havers ging an der Reihe von Bildschirmen entlang zu einem, auf dem eine Home Page mit dem Titel PAPYRUS-SAMMLUNG LONGFORD zu sehen war. »Hat sich jemand hier gemeldet?« fragte er lauernd.

»Nein, niemand.«

Sie hatten diese Datenbank vor drei Tagen installiert, nachdem es ihnen nicht gelungen war, Catherine Alexander im LinkNet von Orange County ausfindig zu machen. Havers hatte sich ausgerechnet, daß sie Lycos und InfoSeek bald ausgeschöpft haben und ihre Suche auf weniger bekannte Datenbanken ausdehnen würde. Er richtete das Angebot einer nicht existierenden Papyrus-Sammlung ein und setzte sie auf ›Fred´s Seite‹, ein Clearing-

haus für alle möglichen Bereiche, das im Augenblick bei Online-Amerika sehr beliebt war.
Die kluge Archäologin hatte den Köder jedoch nicht geschluckt.
Während er Teddy beobachtete, der durch die IRC wie ein Weltmeister auf einer haushohen Flutwelle surfte, wurde Miles klar, was er tun mußte. Er hatte gehofft, nicht soweit gehen zu müssen, aber nun blieb ihm keine andere Wahl, wenn er der Sieger sein wollte.
Und ich werde siegen, brüllte der Tiger in ihm.

Wir kamen nach Alexandria, dem größten Zentrum der Wissenschaft und Gelehrsamkeit. Philos wußte, hier würde er die Antworten finden, die er suchte.
Alexandria ist eine Stadt der Erfinder und ihrer Maschinen. Philos und ich bewunderten mechanische Vögel; wir saßen in einem Theater, das sich drehte; wir hörten dampfgetriebene Nebelhörner, und wir sahen ein Gerät, aus dem Süßigkeiten herauskamen, wenn man eine Münze in einen Schlitz steckte.
Alexandria ist auch das bedeutendste Zentrum der Welt für anatomische Forschungen. Die Ärzte kommen aus den fernsten Gegenden des Reiches, um die Körper von Tieren und Menschen zu studieren, denn anders als in Indien sind Autopsien hier erlaubt.
Aber mehr als alles andere ist Alexandria eine Stadt der geistigen Freiheit und Aufgeklärtheit.
Ich kam in diese Stadt auf der Suche nach Herzen und Seelen, die für die Worte des Gerechten offen waren. Ich traf andere Anhänger des Weges, die bereits früher hierhergekommen waren. Ich nahm an ihren wöchentlichen Zusammenkünften teil, und wir hörten Lesungen der Briefe seiner Jünger und der Worte des Gerechten. Ich las den Brüdern und Schwestern aus dem Brief der Maria vor, und wir feierten gemeinsam das Liebesmahl. Aber ich stellte fest, daß die Gemeinschaft hier Glaubensvorstellungen vertrat, von denen ich noch nie etwas gehört hatte. Sie sprachen von Gott, wie der Gerechte es getan hat. Doch sie sprachen vom Schöpfer, als sei er getrennt von Gott. Sie verehrten

auch die Unsterblichen, von denen, wie sie glaubten, der Gerechte als Sohn Gottes abstamme. Sie nannten sich Gnostiker, was ›Wissende‹ bedeutet. Trotzdem waren sie eine Gemeinschaft, wie ich sie aus Antiochia kannte. Sie glaubten an Frieden und Vergebung, sie begrüßten sich mit dem Friedenskuß, und ihre Symbole waren der Anker, der Fisch und das Kreuz. Doch ihre Vorstellungen vom Kosmos unterschieden sich sehr von dem, was man mich gelehrt hatte. Für sie war das Universum sehr viel vielschichtiger und größer.

»Der Gerechte hat von vielen Wohnungen gesprochen«, sagten sie als Erklärung. »Und das hat er damit gemeint.«

Ich traf Priscilla, den Diakon der Gemeinde, und sie sprach davon, daß der Gerechte uns gesagt habe, der Tod sei eine Illusion, und das Leben könne ewig dauern, wenn wir nur glauben. In der Gemeinde hörte ich auch zum ersten Mal von der Prophezeiung der tausend Jahre. Man sagte, sie seien der Beginn eines neuen goldenen Zeitalters auf Erden. Andere behaupteten, es handle sich um die tausendjährige Herrschaft Satans, während wieder andere erklärten, damit seien die tausend Jahre der Herrschaft des Gerechten auf Erden gemeint.

In diesem Punkt herrschte keine Einigkeit. Es gab sogar einige, die sagten, die tausend Jahre würden erst dann beginnen, nachdem wir gestorben sind: »Wir schlafen ein Jahrtausend, dann kommt das Jüngste Gericht, und wir erwachen aus dem Schlaf und gelangen zu unserem Schöpfer«, erklärte mir Priscilla.

Ich traf die Jünger eines Mannes, den sie Buddha nennen. In ihrer Sprache bedeutet das ›der Erleuchtete‹. Er wurde von einer jungfräulichen Mutter namens Maja geboren. Er sagte: »Sei dir selbst Zuflucht und halte an der Wahrheit als Licht fest.« Die Buddhisten von Alexandria sind Missionare und versuchen, neue Anhänger ihres Glaubens zu gewinnen. Sie gehen auf den Marktplatz und fragen die Vorübergehenden: »Suchst du nicht ein Licht, du, der du von Dunkelheit umgeben bist?« Sie glauben an ein Weltgericht. Dann wird Buddha auf die Erde zurückkommen, und das bedeutet das Ende aller Dinge. Er wird die Guten belohnen, die Bösen bestrafen, und es wird eine neue Schöpfung geben.

Wenn Buddha sagt, er wird wiederkehren, und der Gerechte sagt, er wird wiederkehren, bedeutet das, so fragte ich mich, daß der Gerechte auch in Indien gelehrt hat?

Wir machten eine Reise, um Ägypten zu sehen, und fuhren nilaufwärts. In der alten Stadt Sais besuchten wir den Tempel der Göttin Isis, der Himmelskönigin, um ihr zu huldigen. An den Wänden des Tempels lasen wir die Worte, die vor tausend Jahren dort eingeritzt worden waren.

»Ich bin alles, was war, was ist und was sein wird. Ich bin der Anfang und das Ende.«

Ich war damit beschäftigt, die Botschaft vom Weg des Gerechten zu verbreiten, mein Wissen und mein Können bei der Geburtshilfe weiterzugeben und unbekannte Heilmethoden zu erläutern, die ich in Indien gelernt hatte (in Alexandria hatte noch niemand davon gehört, daß man bei Schlangenbissen die behandelte Wunde mit Klemmen verschließt, und die Leute staunten über die Erfolge, die man damit erzielt).

Philos sah sich in der Stadt um. Er hoffte, eine Spur zu finden, die ihm den Weg zu der uralten Formel weisen würde, die das ewige Leben schenkt. Er sprach mit gelehrten Männern und verbrachte Wochen und Monate in der großen Bibliothek; er beriet sich mit Priestern und Priesterinnen, frommen Männern und weisen Frauen, mit Sehern und Seherinnen.

Aber, meine liebe Amelia, ich werde Alexandria vor allem deshalb nicht vergessen, weil ich in dieser Stadt endlich die Liebe kennenlernte.

Der zehnte Tag

Donnerstag,
23. Dezember 1999

Las Vegas, Nevada

»Jemand wie ich muß nur nach Las Vegas kommen, und schon gewinnt er den Jackpot«, sagte Zeke, als er Raphael wie besprochen in der *Minos Taverne* im Hotel Atlantis traf.

Raphael mußte sich vom Anblick der spärlich bekleideten Kellnerinnen losreißen, die an diesem sonnigen Morgen den durstigen Gästen bereits die ersten Bloody Marys und Screwdrivers servierten. »Du hast also den Priester gefunden?« fragte er. Zeke lächelte vielsagend.

Nachdem seine Erkundigungen an der Rezeption erfolglos geblieben waren, hatte Zeke beschlossen, sich mit Zimmerkellnern und Zimmermädchen zu unterhalten, denn er sagte sich, sie wüßten ohnehin am besten über die Gäste Bescheid.

»Und ob ich ihn gefunden habe«, erwiderte Zeke. »Ein Kellner vom Zimmer-Service sagt, es gibt einen Pfarrer, der immer Essen für zwei bestellt. Aber er hat die andere Person noch nie gesehen. Er meint, es könnte eine Frau sein. Ich habe ihm ein gutes Trinkgeld gegeben. Wenn der Pfarrer heute Frühstück bestellt, wird sich der Kellner die Zimmernummer merken ...«

Raphael griff nach der Schale mit den gesalzenen Nüssen, schob sich eine in den Mund, steckte die anderen in die Jackentasche und sagte: »Schnappen wir sie uns.«

Catherine machte sich Sorgen. Sie hatte das Hotel nach Garibaldi abgesucht, ohne ihn zu finden.

Beim Aufwachen am frühen Morgen war er nicht in seinem Zimmer gewesen. Möglicherweise war er im Casino, um das Geld ›zu beschaffen‹, das ihm am Abend zuvor im Umkleideraum gestohlen worden war. Aber auch an den Spieltischen hatte sie ihn nicht entdeckt.

Catherine trug die große Sonnenbrille, die sie mit den Kleidern gekauft hatte, und die Polizei wußte noch nichts von ihren blonden kurzen Haaren, trotzdem fürchtete sie, erkannt zu werden.

»Diese Fanatiker könnten Sie entführen oder Schlimmeres ...«, hatte Garibaldi gesagt.

Aber das war an dem Abend gewesen, als die ganze Welt gegen sie zu sein schien. Inzwischen hatte sich die öffentliche Meinung um hundertachtzig Grad gedreht. An einem Zeitungskiosk fiel ihr Blick auf die Schlagzeile.

»LASST MICH IN RUHE!« stand da neben einem Photo von ihr.

Sie wußte, der Artikel würde berichten, daß Catherine Alexander überall im Internet zum Thema Nummer eins geworden war.

Catherine hatte sich lange gegen die Computertechnik gewehrt und ihren Widerstand erst aufgegeben, als Danno sie schließlich davon überzeugte, daß ein Computer ein höchst wirksames Instrument der Forschung sein konnte. Jetzt fühlte sie sich in der Welt von Cyberspace sicherer als in der wirklichen.

Ihre Bitte um Weitergabe der Information hatte einen ungeheuren Erfolg gehabt. Am frühen Morgen war im Radio Kriminalkommissar Shapiro aus Santa Barbara zitiert worden, der gesagt hatte: »Wir haben keine Anklage gegen sie erhoben. Wir wollen ihr nur einige Fragen stellen. Zeugen sagen aus, sie sei von bewaffneten Männern verfolgt worden. Deshalb bezweifeln wir, daß sie Dr. Stevenson ermordet hat.«

Dann äußerte sich ein Theologe: »Catherine Alexander hütet einen Schatz, der uns allen gehört. Man sollte sie nicht verfolgen. Sie erweist der Menschheit einen Dienst. Denken Sie daran, was mit den Schriftrollen vom Toten Meer geschehen ist. Beinahe fünfzig Jahre lang hat sie niemand zu sehen bekommen. Ich finde es bemerkenswert und sehr mutig, was Dr. Alexander tut.«

Selbst Kardinal Lefèvre im Vatikan schien seine Haltung geändert zu haben. »Ich weiß nicht, weshalb alle diese bedauernswerte Frau verfolgen. Sie ist weder von der Polizei noch von der amerikanischen Regierung offiziell eines Verbrechens beschuldigt worden. Das ägyptische Kulturministerium kann nicht genau sagen, was sie angeblich gestohlen hat. Ich finde, wir sollten sie in Frieden lassen und beten, daß sie diese schwere Prüfung übersteht.«

Trotzdem blieb Catherine vorsichtig. Während sie die Zeitungen am Kiosk überflog und überlegte, wohin Garibaldi gegangen sein mochte, behielt sie die Leute im Auge. Aber die Hotelgäste interessierten sich mehr für andere Dinge. Sie wollten Unterhaltung, Frühstück, Geld gewinnen, Freunde sehen, kurz gesagt, im Atlantis das Leben genießen …

Catherine war gerade im Begriff weiterzugehen, als ihr Blick auf die ausgestellten Musik-Kassetten fiel. Darunter befand sich eine mit gregorianischen Chorälen, die in einem spanischen Kloster aufgenommen worden waren.

Catherine fiel ein, daß sich in ihrer Suite ein Kassettenrecorder befand, und kaufte die Kassette. Sie freute sich über den Fund. Es sollte eine Überraschung für Garibaldi werden. Die Musik würde entspannend und beruhigend wirken, während sie beide arbeiteten.

Und das fehlende Geld?

Garibaldi konnte sich über den Kreditkarten-Service entweder Reiseschecks oder eine Ersatzkarte ausstellen lassen. Wenn das nicht möglich war, würde sie es tun. Dann mußten sie Las Vegas natürlich sofort verlassen, um ihre Spur zu verwischen.

Bevor sie sich zu den Hotelgästen stellte, die darauf warteten, von einem der Raumschiffe in die oberen Stockwerke befördert zu werden, hielt sie noch einmal nach Garibaldi Ausschau. Sie überlegte, ob er möglicherweise in einem anderen Spielcasino sei.

Sie machte sich Sorgen. Was mochte Garibaldi unternommen haben, um Geld aufzutreiben?

Sie war so in Gedanken versunken, daß sie ihn beinahe nicht gesehen hätte, als er plötzlich am anderen Ende der Halle auftauchte.

Catherine drängte sich durch die Leute, die einsteigen wollten, lief quer durch die Halle und erreichte ihn atemlos vor der drei Stockwerke hohen Statue der Göttin Athene, in der sich ein Videoladen befand.

»Catherine«, sagte er erstaunt und griff nach ihrem Arm. »Warum sind Sie nicht oben im Zimmer?«

»Ich habe Sie gesucht, weil ich mir Sorgen mache.«

»In meiner Nachricht stand doch, daß ich nicht lange weg sein würde.« Er lächelte sie an. »Ich habe neue Batterien für den Laptop besorgt.«

Er legte ihr freundschaftlich den Arm um die Schulter. Die Berührung durchzuckte Catherine wie ein Blitzstrahl und erinnerte sie an die Umarmung gestern nacht. Sie hatte danach unruhig geschlafen und im Traum den Priester gesehen, den immer noch Selbstvorwürfe quälten und der in seiner Verzweiflung versuchte, mit zwei blutigen Stöcken die Furien zu besiegen, die ihn verfolgten.

Sie hatte jedoch auch von seinen Küssen geträumt.

Garibaldi sah sich um und sagte etwas leiser: »Ich habe gute Neuigkeiten. Wir müssen nicht ausziehen. Es ist mir gelungen, Geld aufzutreiben – genug, um eine Weile damit auszukommen.« Als sie ihn fragend ansah, fügte er schnell hinzu: »Keine Sorge. Ich stand am Eingang des Spielcasinos und wäre beinahe hineingegangen. Aber dann habe ich es doch nicht getan.«

»Und wie …?«

»Das erkläre ich Ihnen später«, sagte er, nahm ihren Arm und ging mit ihr zu den Raumschiffen. »Wir fahren besser nach oben. Ich weiß nicht, ob ich allmählich an Verfolgungswahn leide, aber ich hatte das Gefühl, einer der Portiers habe bei meinem Anblick merkwürdig reagiert.«

»Was erwarten Sie in diesem Aufzug anderes?« Garibaldi trug die Soutane. Catherine merkte, daß ihre Bemerkung leicht spöttisch und beinahe kokett geklungen hatte, und entschuldigte sich sofort. »Tut mir leid, so war es nicht gemeint.«

Er lächelte. »Schon gut. Ich weiß, ich falle sogar in diesem verrückten Hotel auf. Trotzdem glaube ich, daß es der beste Schutz für Sie ist. Wenn die Leute mich anstarren, sehen sie den Priester, nicht den Mann. Und ganz besonders sehen sie nicht die Frau an meiner Seite.«

Als sie die Zahlenkombination für ihre Suite eingaben, ahnten sie nicht, daß sie erwartet wurden.

Catherine wollte sofort zur Stereoanlage, um die Kassette einzulegen, aber sie blieb erschrocken stehen, denn sie hörte, wie hinter ihr die Tür der Suite mit einem lauten Knall ins Schloß fiel.

»Was …?«

Das Licht ging plötzlich aus.

Schemenhaft sah sie in dem Vorraum neben Garibaldi eine Gestalt an der Tür. Sie erstarrte.

»Wir haben nicht viel Zeit, aber mein Partner möchte unbedingt persönlich mit Ihnen sprechen«, hörte Catherine eine zynische Stimme. »Bitte, heben Sie die Hände hoch und gehen Sie hinein. Den Weg kennen Sie ja.«

Garibaldi wich einen Schritt rückwärts und hob scheinbar gehorsam die Hände. Aber dann schlug er dem Mann die Waffe aus der Hand, ließ sich blitzschnell fallen und packte ihn an den Beinen. Der Mann schwankte, verlor das Gleichgewicht und stürzte zur Seite. Noch ehe er am Boden lag, hatte ihn Garibaldi bereits an den Haaren gepackt. »Machen Sie die Zimmertür auf!« rief er Catherine zu.

Sie gehorchte mechanisch wie eine Marionette. Kaum war die Tür offen, riß er den Mann hoch und warf ihn in das Zimmer. Er fiel mit einem dumpfen Schlag gegen den Tisch. Sein Kopf traf die Kante, und er blieb leblos liegen. Catherine sah, wie die blonden lockigen Haare sich blutig färbten.

Garibaldi stieß keuchend hervor: »Schnell, wir müssen hier weg!« und griff nach ihrer Hand. Aber sie riß sich los.

»Nein!«

Es klang fast wie ein Schrei.

»Die Schriftrollen«, fügte sie tonlos hinzu.

Ehe Garibaldi etwas erwidern konnte, ging das Licht wieder an.

»Richtig, Frau Doktor. Sagen Sie Ihrem frommen Leibwächter, daß er die Schriftrollen bei mir abholen kann! Ich habe noch ein Wörtchen mit ihm zu reden.«
Der Killer mit der Narbe stand mit der blauen Tasche im Zimmer.

Die beiden Männer umkreisten sich wie Raubtiere. Zeke war im Vorteil, denn er kämpfte mit dem Messer. Garibaldi dagegen hatte keine Waffe, und der Killer trieb ihn durch den Raum in eine Ecke. Zeke glaubte schon, ihm den Todesstoß versetzen zu können, als Garibaldi nach einer Tischlampe griff und sie nach ihm schleuderte. Geschickt wich der Killer aus, und die Lampe zerbrach mit einem lauten Knall an der gegenüberliegenden Wand. Garibaldi rettete sich auf die andere Seite des Tischs, wo Zekes Partner noch immer bewußtlos lag.
»Los, laufen Sie in mein Zimmer!« rief er Catherine zu und sprang auf den Tisch. Als Zeke mit dem Messer nach ihm stieß, trat er ihm mit voller Wucht gegen den Arm. Der Killer taumelte rückwärts und drehte sich einmal um sich selbst.
»Laufen Sie!« rief Garibaldi noch einmal.
Catherine glaubte, die Beine würden ihr den Dienst versagen. Sie wußte, was Garibaldi von ihr wollte. Der Kampf würde nicht mehr lange dauern. Zeke hatte außer dem Messer noch eine Pistole. Wenn er feststellte, daß Garibaldi ihm überlegen war, würde er ihn kaltblütig erschießen und dann …
Sie bewegte sich wie in Trance, kniete vor Garibaldis Reisetasche. Als sie den lackierten Stock in die Hand nahm, durchlief sie ein Schauer. Von nebenan hörte sie einen wütenden Aufschrei.
»Das wirst du mir büßen!« knurrte der Killer.
Catherine stand an der Tür. Zekes Hand blutete. Er hatte die blaue Tasche fallen lassen und richtete sich wütend auf. Garibaldi stand mit dem Rücken zu ihr.
»Hier …«, flüsterte sie.
Ohne sich umzudrehen, griff er nach dem Stock, den sie ihm reichte. In diesem Augenblick warf Zeke das Messer. Garibaldi riß geistesgegenwärtig den Stock hoch.

Sie wußte später nicht mehr, wie es wirklich geschehen war, aber es gelang Garibaldi, das Messer abzuwehren. Sie hörte, wie es klirrend auf die Tischplatte fiel.
Dann ging alles sehr schnell. Garibaldi sprang aus dem Stand über den Tisch. Der Stock traf Zeke wie ein Pfeil. Der Killer stürzte rücklings zu Boden und riß Garibaldi mit sich. Aber im nächsten Augenblick stand Garibaldi wieder und hob den Stock zum tödlichen Schlag.
»Nein!«
Garibaldi hielt inne, sah sie über den Raum hinweg für den Bruchteil einer Sekunde an. Er sah ihr Flehen, ihre Verzweiflung, ihre Panik und verstand. Mit einem Fußtritt machte er Zeke bewußtlos, griff nach der blauen Tasche und nickte ihr zu.

In das Raumschiff drängte sich eine Gruppe Engländer, ein Club auf Erlebnisreise. Die Männer waren selbstsicher und ausgelassen und benahmen sich beinahe kindisch, ihre Frauen dagegen wirkten spröde und waren maskenhaft geschminkt. Die Engländer wollten zum Stierspringen, der Attraktion am Vormittag in der riesigen Hotelhalle.
Catherine schloß die Augen. Sie umklammerte die blaue Tasche und versuchte, das laute Lachen und die anzüglichen Bemerkungen über Stiere und Frauen zu überhören.
Sie dachte an die Killer, die bewußtlos im Zimmer lagen. Garibaldi hatte nach dem Kampf nur flüchtig einen Blick auf die beiden Männer geworfen und gesagt: ›Sie werden keine schönen Träume haben, und wenn sie aufwachen, sind wir nicht mehr in Las Vegas.‹
Catherine biß die Zähne zusammen. Das Blut, die Brutalität und Gewalt, die sie bei dem Kampf erlebt hatte, ließen sie jetzt noch zittern. Als das Raumschiff in der Hotelhalle anhielt und sie aussteigen wollten, wurde ihr übel. Sie konnte sich nicht von der Stelle rühren. Garibaldi sah sie besorgt an, reichte ihr schließlich die Hand und zog sie vom Sitz.
»Wir dürfen kein Aufsehen erregen«, flüsterte er. »Kommen Sie,

wir haben es gleich geschafft. Wenn wir aus dem Hotel sind, kann uns nichts mehr passieren …«

Er griff nach der blauen Tasche, drückte Catherine an sich und legte ihr den Arm um die Schulter. Der Brechreiz ließ nach. Sie staunte über das tröstliche Gefühl, sich ihm vertrauensvoll überlassen zu können. In diesem Augenblick der Schwäche wußte Catherine, daß sie Garibaldi auf eine neue Art respektierte.

Er ist mein Beschützer. Er läßt mich nicht im Stich!

»Wohin gehen wir?« fragte sie leise, als er sie an der Rezeption vorbeiführte.

»Ich habe mir gestern das Hotel etwas genauer angesehen und einen Seitenausgang entdeckt.« Sie hatten eine verspiegelte Pendeltür erreicht. Garibaldi deutete auf einen Sessel. »Warten Sie hier, bis ich die Rechnung bezahlt habe.« Da Catherine sich ängstlich an ihn drückte, fügte er beruhigend hinzu: »Es ist besser so. Nehmen Sie die blaue Tasche.«

Catherine nickte, blieb jedoch unentschlossen stehen. Als er sich umdrehte und gehen wollte, fragte sie erschrocken: »Wo ist der Laptop?«

»In meiner Reisetasche. Setzen Sie sich, es kann einige Zeit dauern. An der Rezeption ist immer viel los, aber keine Angst, Sie können mich von hier sehen.«

Garibaldi hatte recht, er mußte warten.

Catherine setzte sich in den weich gepolsterten Sessel und versuchte, sich zu entspannen. Es gelang ihr nicht. Die Unruhe wuchs. Am liebsten wäre sie aufgesprungen und einfach davongerannt. Fanfaren und dumpfe Trommelwirbel kündigten den Stier an. Die Menge verstummte. Der Wettkampf zwischen der Frau und dem Tier begann …

Catherine war froh, daß Garibaldi sie an das entfernte Ende der Empfangshalle geführt hatte. Hier sah sie wenigstens nichts von dem aufreizenden Spektakel, doch das Geschrei und Gejohle der Zuschauer zerrte trotzdem an ihren Nerven. Ihre Hände waren naß vom Schweiß. Ihr Herz schlug laut, sie atmete flach. Endlich war Garibaldi an der Reihe.

Wann wird die Flucht zu Ende sein?
Catherine drehte sich unruhig um und erstarrte. Der Killer mit der Narbe trat aus einem Raumschiff, die verletzte Hand in der Hosentasche. Er blieb stehen und blickte sich suchend in der Halle um. Catherine wagte nicht, sich zu bewegen. Schließlich ging er in Richtung Rezeption, und sie sprang in Panik auf. Als sei sie mit ihm durch unsichtbare Fäden verbunden, drehte sich sein Kopf in ihre Richtung. Für den Bruchteil einer Sekunde sah Catherine seine kalten Augen auf sich gerichtet.
Ihre Hand berührte den Bronzegriff der verspiegelten Pendeltür, und sie zuckte wie unter einem Schlag zusammen. Plötzlich war sie hellwach. Schnell ging sie durch die Tür und befand sich in einem Gang. Am Ende sah sie einen Lastenaufzug mit dem Hinweis: ›Nur für Angestellte!‹ Daneben befand sich hinter einer Glastür eine Treppe.
Catherine blieb atemlos vor dem Aufzug stehen und drehte sich um. Der Killer war nicht zu sehen. Hatter er sie vielleicht doch nicht bemerkt? Sie mußte Garibaldi warnen!
Die Pendeltür bewegte sich. Catherine war mit einem Satz im Aufzug und drückte auf den Knopf. Als sich die schwere Eisentür des Aufzugs langsam schloß, sah sie den Killer. Er verfolgte sie.
Der Aufzug fuhr nach unten. Catherine hatte das Gefühl zu fallen und klammerte sich an einen Haltegriff. Der Fahrstuhl blieb mit einem Ruck stehen, die Tür glitt zur Seite, aber sie war wie gelähmt und rührte sich nicht von der Stelle. Als sich die Aufzugstür jedoch wieder schloß, drückte sie schnell den roten Knopf mit der Aufschrift: ›STOP‹. Auf der Leuchtanzeige sah sie, daß jemand den Aufzug nach oben holen wollte – der Killer!
Sie saß in der Falle. Auch wenn sie den Aufzug blockierte, gab es für ihn immer noch die Treppe. Ihr blieb nicht viel Zeit.
Catherine nahm die blaue Tasche über die Schulter und verließ den Aufzug. Sie befand sich in einem breiten, grün gekachelten Tunnel. In regelmäßigen Abständen brannten blauweiße Deckenlampen. In den Boden war ein Gleis eingelassen. An der Seite sah sie ein Schienenfahrzeug mit einem kleinen Kran.

Wo befand sie sich, und wohin führte der Gang?
Sie blieb verwirrt stehen. Zurück konnte sie nicht. Sie lief los.
Der Tunnel machte eine leichte Kurve. Vielleicht gab es dahinter einen Aufzug, der sie wieder nach oben bringen würde.
Ihre Schritte hallten dumpf in der seltsam unnatürlichen Stille. Ihr Keuchen klang überlaut. Ein bedrohliches Brummen oder Summen lag in der Luft. Catherine rannte weiter, aber heftiges Seitenstechen zwang sie schließlich stehenzubleiben. Der Gang war sehr viel länger, als sie vermutet hatte. Die Kurve schien kein Ende zu nehmen. Sollte sie vielleicht doch umkehren?
Der dumpfe Knall einer Eisentür, die ins Schloß fiel, ließ sie zusammenzucken. Sie war nicht mehr allein.
Der Killer schien sich seiner Sache sicher und trieb sie vor sich her. Ihre Angst nahm zu, als plötzlich Neonlichter aufflammten. Die grünen Fliesen wirkten im blauen Licht kalt und lebensfeindlich.
Catherine rannte weiter, blieb dann aber wie angewurzelt stehen. Hinter der Biegung war alles dunkel. Der Gang wurde eng und bot nur Platz für die Schienen. Auf einer Tafel neben einer grünen und roten Ampel stand: ›ACHTUNG SCHLEUSE! BETRETEN VERBOTEN! LEBENSGEFAHR!‹
Catherine wußte jetzt, wo sie war. Garibaldi hatte ihr erzählt, daß sich unter dem Hotel und dem See ein Tunnel befand, der zur Insel führte, zu Atlantis, dessen ›Untergang‹ zweimal täglich den Hotelgästen vorgeführt wurde.
Sie konnte sich nicht weiter vorwagen. Der Killer würde sie einholen und hier unten leichtes Spiel mit ihr haben. Havers hatte gewonnen. Er würde die Schriftrollen bekommen.
Catherine hörte hinter sich das Hallen von Schritten. Sie stand gut sichtbar im Licht. Er konnte sie einfach erschießen.
Warum habe ich Garibaldi daran gehindert, den Killer umzubringen?
In ihrer Verzweiflung wollte Catherine durch das offene Schleusentor in die Dunkelheit fliehen, als sie unter der Ampel einen großen Hebel mit der Aufschrift: ›Lichtschranke‹ bemerkte. Sie

schob den Hebel, der sich leicht bewegte, in die Stellung ›A‹, und eine Warnlampe begann zu blinken. Die Ampel wechselte auf Rot. Sie trat durch das Tor und sah mit angehaltenem Atem zu, wie die Schleuse den Tunnel verschloß. Dann stand sie in völliger Dunkelheit.

Catherine mußte gegen ihre aufsteigende Panik ankämpfen. Die Beine versagten ihr den Dienst. Sie sank auf die Knie. Sobald ihr Atem wieder etwas ruhiger ging, betastete sie den Boden. Der Beton war feucht und glitschig. Nur das kalte Eisen der Schienen war trocken. Als sie sich aufrichtete und vorsichtig einen Schritt zur Seite machte und dann noch einen, stieß sie gegen die Wand. Von der Decke tropfte Wasser.

Der Killer würde nicht lange zögern und das Schleusentor wieder öffnen. So schrecklich die Dunkelheit auch war, sie bot ihr im Augenblick den einzigen Schutz. Trotzdem mußte sie weiter. Er durfte sie auf keinen Fall direkt hinter der Schleuse einholen.

Als Catherine zum dritten Mal auf dem glitschigen Boden ausrutschte und beinahe stürzte, kamen ihr die Tränen, und sie lehnte sich mit unterdrücktem Schluchzen an die Wand. Falls der Killer sie nicht fand und umbrachte, würde sie ertrinken, wenn der Tunnel geflutet wurde und Atlantis wieder einmal im Wasser versank. Sollte sie aufgeben? Mit der Insel würden auch die Schriftrollen untergehen und Sabinas Geheimnis …

Garibaldi!

Sie konzentrierte sich auf ihn und wurde ruhiger. Bestimmt war ihm nicht entgangen, daß sie aus der Halle fliehen mußte.

Sie holte tief Luft und empfand wieder etwas Zuversicht. Sie wußte, er würde sie nicht im Stich lassen.

Entschlossen eilte sie weiter.

Es muß einen Ausweg geben!

Catherine stieß einen durchdringenden Schrei aus und stürzte ins Leere. Die Wand hörte plötzlich auf, und sie fiel der Länge nach auf den Boden. Instinktiv hielt sie schützend die freie Hand vor den Kopf. Als sie sich aufrichtete, sah sie in einiger Entfernung schwaches Tageslicht. Sie stand auf und rannte weiter. Der

Gang endete in einem Schacht, der senkrecht nach oben führte. Catherine entdeckte jedoch Eisensprossen. Ohne zu zögern, kletterte sie hinauf. Dabei war ihr die blaue Tasche im Weg. Als sie sie auf den Rücken schieben wollte, hätte sie fast das Gleichgewicht verloren. Sie biß die Zähne zusammen und kletterte weiter.

Das Sonnenlicht war so grell, daß sie die Augen schließen mußte. Aber die frische Luft war wie eine Erlösung. Sie stand im Freien. Ein dumpfes Grollen ließ sie zusammenzucken. Erschrocken sah sie sich um. Sie befand sich in einer Stadt mit bizarren Säulen, Tempeln, Statuen und den gespenstischen Fassaden unwirklicher Häuser. Am anderen Ende der Insel erhob sich ein niedriger Hügel, dessen Gipfel in diesem Augenblick auseinanderbrach und sich in einen feuerspeienden Vulkan verwandelte.

Atlantis …

Catherine hatte das Spektakel bereits mehrmals vom Hotelzimmer aus gesehen. Aber hier auf der Insel schien alles anders zu sein. Sie konnte sich nicht orientieren und wußte nur: Am Ende versank Atlantis in den Fluten.

Unschlüssig stand sie neben dem Schacht. Aus den Lautsprechern des Hotels hallte die ›Atlantis-Symphonie‹ herüber, mit der das Schauspiel des Untergangs eingeleitet wurde. Am liebsten wäre sie wieder hinuntergestiegen. Als sie jedoch in dem dunklen Loch das Licht einer Taschenlampe sah, lief sie los.

Der Killer!

Die Phantomstadt hatte keine richtigen Straßen und Plätze. Sie war nur eine große Kulisse mit Winden und mechanischen Greifarmen, die wie ein gigantisches Uhrwerk langsam in Bewegung gerieten. Schreie, Explosionen und Sturmgeräusche untermalten das Inferno. Wie von Furien gejagt rannte, stolperte und kletterte Catherine über die seltsamsten Hindernisse. Sie näherte sich dem großen weißen Tempel in der Mitte der Insel. Am Fuß der breiten Marmortreppe bleib sie atemlos stehen und drehte sich um.

Als sie den Killer mit der Narbe in der Nähe des Schachts ent-

deckte, fing die Erde an zu beben. Eine Fassade stürzte ein. Der Mann wich im letzten Moment aus. Aber auch die hohe Säule vor dem Tempel mit der vergoldeten Statue einer Göttin schwankte.
Catherine kniff die Augen zusammen. Sie wußte, die Säule würde erst gegen Ende des Schauspiels auf die Stufen stürzen. Da begann das Wasser die Insel zu überfluten.
Sie rannte seitlich am Tempel vorbei und den Hang an der anderen Seite hinunter.
Die Fontänen!
Catherine erinnerte sich. Wenn Atlantis auseinanderbrach, stiegen Fontänen aus unsichtbaren Kratern auf. Es gab also noch mehr Schächte auf der Insel. Sie mußte einen davon erreichen, bevor der Killer sie fand und die Insel im See versank. Sie rannte weiter.
Vorsicht!
Sie schien den Schuß und das Einschlagen der Kugel vor sich gleichzeitig wahrzunehmen. Der Kopf einer Statue zersprang auf dem Boden. Verblüfft drehte sich Catherine um.
Wer hat gerufen? Dann hörte sie einen Schrei, der nicht aus den Lautsprechern kam. Der Killer, der auf sie geschossen hatte, lag unter einem umgestürzten Plasikbaum.
»*Schnell weg hier!*«
Eine Hand legte sich auf Catherines Schulter. Sie zuckte erschrocken zusammen, aber es war Garibaldi. Er packte sie am Arm und zog sie weiter.
Vor einem Springbrunnen befand sich der nächste Schacht. Garibaldi nahm die blaue Tasche und half ihr beim Einstieg.
Dampf und Rauchwolken wirbelten durch die Luft, künstliche Lava strömte den Hügel herab, und ein Funkenregen ging auf die Insel nieder. Garibaldi folgte ihr hustend in die Dunkelheit.
Noch bevor sie den Tunnel erreicht hatten, heulte schrill eine Sirene.
»Schnell! Kommen Sie!«
Er zog sie mit sich. Im dunklen Gang brannte Licht. Es waren die

Scheinwerfer eines Schienenfahrzeugs. Garibaldi half Catherine auf den Beifahrersitz und fuhr los. Als sie sich der Schleuse näherten, blinkte bereits die gelbe Warnleuchte. Hinter ihnen schloß sich fast lautlos das schwere Schleusentor. Nicht lange, und über ihnen würde Atlantis versinken.
»Was ist mit dem Mann?« fragte Catherine.
»Er kann bestimmt schwimmen, und wenn nicht, muß er es lernen.«

Malibu, Kalifornien

Julius traute seinen Augen nicht. Er hatte es gefunden. Er war zufällig darauf gestoßen, während er etwas anderes suchte. Hier auf dieser Seite stand, was alle wissen wollten.
Das Ende der Geschichte. Sabina Fabianas Schicksal.
Er hatte das alte Buch von Rabbi Goldman ausgeliehen. Es war ein dickes, vor hundert Jahren erschienenes Werk. Zur damaligen Zeit war es vermutlich der umfassendste Katalog alter Dokumente, Schriftrollen, Kodizes, Handschriften und Briefe gewesen, die sich in Privatsammlungen befanden. Julius wußte, daß manche dieser Sammlungen so klein waren, daß es sich nicht gelohnt hatte, sie in die weltweiten Datenbanken aufzunehmen. Während er die Einträge studiert hatte, weil er hoffte, auf die Titel alter Papyri zu stoßen, war ihm eine lateinische Handschrift aus dem Mittelalter mit dem Hinweis: ›Thomas von Monmouth zugeschrieben, XII. Jahrhundert‹ aufgefallen. Im reproduzierten Text sprang ihm sofort der Name Sabina Fabiana ins Auge.
Er war sicher, daß Catherine nichts von der Existenz dieses Pergaments wußte. Sie konnte es nicht über Internet ausfindig machen.
Er blickte ehrfürchtig auf die Buchseite mit dem Dokument. Sein Latein war schlecht, doch es reichte aus, um ihm zu verraten, daß er schließlich einen Weg gefunden hatte, Catherine zu helfen.

Doch anstatt erleichtert zu sein, war er plötzlich beunruhigt. Er fragte sich, ob er ihr überhaupt etwas von der Handschrift sagen sollte. Sein der Wissenschaft verpflichtetes Gewissen lag im Widerstreit mit seiner Liebe. Er hatte sich stets an strenge Prinzipien gehalten, und die wollte er nicht aufgeben. Aber ebensowenig wollte er Catherine im Stich lassen. Er billigte nicht, was sie tat; wenn er sie unterstützte, indem er ihr von diesem Dokument berichtete, widersprach das allen seinen Grundsätzen.

Das Telefon klingelte zweimal, und er hörte, wie sich sein Anrufbeantworter in der Küche einschaltete. Nach dem Pfeifton meldete sich eine Frauenstimme: »Herr Dr. Voss, hier spricht Camilla Williams von der Nachrichtensendung *Augenzeugen*. Wir wüßten gerne, ob wir ein *Live*-Interview mit Ihnen in unsere Sendung einplanen dürfen ...«

Julius ging in die Küche und schaltete das Gerät ab. Er dachte kurz daran, den Stecker zu ziehen, tat es aber doch nicht. Es bestand immer die Möglichkeit, daß Catherine anrufen würde.

Er wollte gerade ins Wohnzimmer und zu dem beunruhigenden Dokument zurückgehen, als er in der Glastür des Mikrowellenherds sein Spiegelbild sah. Es wunderte ihn nicht, daß er erschöpft aussah, aber über die dunklen Ringe unter den Augen und das leichenblasse Gesicht staunte er doch. Er hatte in den letzten vierundzwanzig Stunden kaum geschlafen, wenig gegessen und war wie von bösen Geistern gejagt von einem Computer zum anderen gefahren – zuerst zu Rabbi Goldman, danach zur Öffentlichen Bibliothek, in das Archäologische Institut der Universität und von dort zurück zu Rabbi Goldman –, und er hatte sich den Kopf darüber zerbrochen, wie er Catherine helfen könnte. Seine Versuche, im Internet einen Hinweis auf Fabianus, Fabiana oder etwas, das mit Sabina und den Schriftrollen in Zusammenhang stand, waren alle gescheitert.

Erst, als er Rabbi Goldman die ganze Sache erzählt hatte, nahm der geduldige alte Gelehrte ein verstaubtes Buch mit brüchigen Seiten aus dem Regal, drückte es Julius in die Hand und sagte

lächelnd: »Es ist vielleicht nicht so schnell wie ein Computer, aber dafür stürzt der Text nie ab.«
Julius fuhr sich nervös mit den Fingern durch die dichten schwarzen Haare, ging zur Glasschiebetür, die auf die verwitterte Holzterrasse führte, und trat hinaus in die frische Meeresluft. Die Terrasse lag im Schatten; sein Blick fiel auf die bequeme Zedernholzsitzgruppe, die Töpfe mit den roten und rosa Geranien und auf den getrockneten Seestern, den er und Catherine eines Nachts im Sand gefunden hatten.
Damals hatten sie sich zum zweiten Mal geliebt – am Strand unter den Sternen. Kurz danach waren sie vor fünf verrückten Motorradfahrern geflohen, die dicht am Wasser ein Rennen fuhren. Er lächelte bei diesem Gedanken. Dann hätte er am liebsten geweint.
Catherine ...
Er hatte der Polizei schließlich sagen müssen, was er wußte. »Ja, Dr. Alexander ist im Besitz von Schriftrollen. Nein, ich weiß nicht genau, wie sie in die Vereinigten Staaten gebracht wurden. Nein, ich weiß nichts über die genaue Fundstelle.« Er hatte Halbwahrheiten zu Protokoll gegeben und versucht, nicht zu lügen, gleichzeitig aber auch, Catherine zu schützen. Er fühlte sich innerlich zerrissen. Wo, so fragte er sich, war die Trennungslinie zwischen dem Gewissen eines Mannes und seiner Liebe zu einer Frau? Mußte das eine das andere ausschließen? In diesem Fall, dachte er bitter, war es so.
Sein Blick glitt über den perlmuttfarbenen Pazifik, der sich am fernen Horizont verlor, wo tiefe Wolken hingen und einzelne Sonnenstrahlen dazwischen das Wasser küßten. Hinter diesem Horizont, auf der anderen Seite der großen runden Erde lag Hawaii mit dem Halekulani Hotel, wo er und Catherine sich ihre Liebe gestanden hatten.
Wenn es nur möglich wäre, die Uhr zurückzudrehen, die Tage und Monate ungeschehen zu machen, noch einmal neu zu beginnen in einer Zeit der Unschuld und in dem Wissen, was kommen würde, und der Möglichkeit, es zu vermeiden.

Das Telefon im Haus klingelte wieder, und er lauschte, weil er hoffte, es sei Catherine.
Doch es war nur wieder ein Sensationsreporter, der Julius Geld für seine Geschichte anbot.
Julius hoffte, Catherine werde anrufen, obwohl er wußte, daß sie es nicht wagen konnte. Als die E-Mail-Nachrichten von fremden Menschen auf der ganzen Welt eingegangen waren, die ihm versicherten, Catherine gehe es gut, hatte ihn der Computer mit einem Warnsignal darauf aufmerksam gemacht, daß sein Kodierungsprogramm geknackt war und seine Post gelesen wurde. Catherine hatte recht gehabt.
Wütend auf sich und auf seine Hilflosigkeit ging Julius ins Haus zurück und zog die Sachen aus, die er einen Tag und eine Nacht lang getragen hatte. Dann duschte er und stellte das Wasser so heiß, daß seine Haut krebsrot wurde. Doch das Duschen half nicht. Er fühlte sich anschließend immer noch so zerschlagen wie zuvor. Wenn er Catherine etwas von dem Manuskript des Thomas von Monmoth sagte, unterstützte er sie in einer Sache, die er für falsch hielt. Wenn er ihr nichts sagte, dauerte ihre Suche Wochen, vielleicht sogar Monate, und die Gefahr für sie wuchs.
Beim Anziehen dachte er an das Telefongespräch mit seiner Mutter an diesem Morgen. Sie hatte ihn sehr aufgeregt angerufen, nachdem sie gehört hatte, was in den Nachrichten über Catherine berichtet wurde.
»Julius, du trägst eine schwere Last«, sagte seine Mutter. »Trag sie nicht allein. Gib dich in Gottes Hand. Bitte ihn, dich zu führen.«
Plötzlich dachte Julius an die tröstliche Atmosphäre der Synagoge, an die Lade mit den Thora-Rollen, an die brennende Lampe, die symbolisierte, daß das Licht der Thora nie erlöschen werde, und an die hebräische Inschrift über der Lade: »Wisse, vor wem du stehst.«
Er dachte: *Ich werde zur Synagoge gehen und beten.*
Doch als er im Geist die Stimme seines längst verstorbenen Va-

ters hörte, der sagte: »Baal Schem-Tow hat uns gesagt: ›Er ist überall dort zu finden, wo man ihn einläßt‹«, legte Julius die Autoschlüssel wieder beiseite, zog die oberste Schublade der Kommode im Schlafzimmer auf und holte den *Tallit* und die *Tefillin* heraus – den Gebetsschal und die Gebetsriemen. Zwar verrichtete Julius regelmäßig das Morgengebet, doch er wußte sehr wohl, daß er es oberflächlich tat und mit seinen Gedanken bereits bei dem bevorstehenden Tag war.

An diesem Morgen würde er sich die Zeit für ein richtiges, bewußtes Gebet nehmen.

Als er nach langer tiefer Versunkenheit den Blick vom Gebetbuch hob, sah er, daß die Sonne den Kampf gegen die Wolken gewonnen hatte. Der Himmel über Malibu war strahlend blau. Julius fühlte sich so erfrischt, als hätte er gut gegessen und tief geschlafen.

Sein Geist war klar; alle Verwirrung und Unsicherheit schienen verschwunden.

Er ging ins Wohnzimmer, blickte auf die Wiedergabe der mit Malereien verzierten Handschrift in Rabbi Goldmans Katalog und sah seinen Weg deutlich vor sich. Er wußte jetzt, was er zu tun hatte.

In der Küche wählte er die Nummer der Redaktion von *Augenzeugen* und fragte nach Camilla Williams. Während er auf die Verbindung wartete, wanderte sein Blick zurück ins Wohnzimmer und zu dem bemerkenswerten Buch, das eine Darstellung der letzten Tage der Sabina Fabiana enthielt – die Umstände und den Ort ihres Todes, sowie die Tatsache, daß sie gestorben war, bevor sie ihre Geschichte zu Ende erzählen konnte.

»Sie hinterließ sechs Schriftrollen über Alchimie und Zauberei«, hieß es in der Handschrift. »Über die siebte, von der die Legende berichtet, ist nichts bekannt, denn sie wurde nie geschrieben.«

Washington, D.C.

»Ich weiß, Sie haben mich nicht darum gebeten«, sagte der Taxifahrer. »Aber ich nehme bei Besuchern, die zum ersten Mal hier sind, am liebsten diesen Weg, besonders in der Weihnachtszeit. Dann sind alle Denkmäler angestrahlt, und die Kerzen am Weihnachtsbaum auf dem Rasen vor dem Weißen Haus brennen. Das kostet nichts extra«, fügte er freundlich hinzu.

Catherine nahm kaum etwas von den berühmten Bauwerken und Denkmälern wahr, die in der kalten Dezembernacht im Lichterglanz strahlten, als das Taxi langsam durch die verstopften Straßen rollte. Sie war sich nur der Wärme der Finger bewußt, die ihre Hand umschlossen. Sie blickte auf Garibaldis Hand hinunter, der ihre Hand hielt.

»Alles in Ordnung?« flüsterte er.

Sie nickte, schloß die Augen und dachte sofort wieder an den Kampf und die Flucht aus dem Hotel Atlantis. Ein Schauer lief ihr über den Rücken. Sie waren um Haaresbreite mit dem Leben davongekommen.

Bei ihrer Ankunft auf dem Flughafen hatten sie festgestellt, daß es minus 5 Grad waren und das Thermometer weiter fiel. Tagsüber, so sagte man ihnen, seien es gerade null Grad gewesen; jetzt am Abend war die Luft schneidend kalt.

Bei ihrer Flucht aus Las Vegas hatten sie nur ihre persönlichen Dinge mitgenommen – Catherine die blaue Sporttasche, Garibaldi seine Reisetasche und den Laptop –, die gekauften Kleidungsstücke hatten sie zurückgelassen.

Wie sich herausstellte, hatte Garibaldi Reiseschecks besorgt. Sie nahmen den nächsten Flug, der Las Vegas verließ. Die Maschine brachte sie nach Washington, D. C. Nach der Ankunft hatten sie sich auf dem Flughafen getrennt. Garibaldi ging zum Zimmernachweis-Schalter, um eine Unterkunft zu finden, Catherine machte sich auf die Suche nach einem Geschäft für Winterkleidung.

Eine halbe Stunde später trafen sie sich wieder: Catherine mit

Einkaufstüten, in denen sich Daunenjacken, Schals, Handschuhe und Strickmützen befanden, und Garibaldi mit der Nachricht, daß er etwas für sie gefunden hatte.

»Übernachtung und Frühstück«, sagte er. »Zwei separate Zimmer.«

Catherine wußte, ›separate Zimmer‹ bedeutete, es bestand keine Gefahr einer Wiederholung der Episode der Nacht im Atlantis, als sie Garibaldi aus seinem Alptraum geweckt und er sie in die Arme genommen hatte.

»Im Radio sagen sie, es wird wahrscheinlich schneien«, berichtete der Taxifahrer, als sie am Washington-Denkmal vorbeifuhren, das wie ein anklagender, geisterhafter Finger in den Himmel ragte. »Also«, fuhr er fort und blickte fragend in den Rückspiegel, »was glauben Sie? Was wird an Silvester geschehen? Kommt der Weltuntergang oder eine schreckliche Katastrophe?« Er lachte leise.

Catherine sah Garibaldi nachdenklich an. Er hatte ihr bewiesen, daß es im Leben Situationen gab, in denen sich auch ein friedfertiger Mann blitzschnell in einen Kämpfer verwandeln mußte. Ohne sein Pangamot wären sie beide nicht mehr am Leben. Garibaldi hätte seine beiden Gegner im Handumdrehen töten können. Er hätte den Killer mit dem lackierten Stock umgebracht, wenn sie ihn nicht daran gehindert hätte. Als er darauf verzichtete, stellte er unter Beweis, daß er die tödliche Kraft, die er kultivierte, wirklich unter Kontrolle hatte. Seitdem fiel es ihr sehr viel leichter, ihm wirklich zu vertrauen …

»Wir müssen so schnell wie möglich wieder ins Internet«, sagte sie leise mit einem Blick auf den Laptop und schob die Erinnerung beiseite.

Er nickte und drückte ihre Hand.

Catherine schloß die Augen. War das alles nur ein böser Traum, aus dem sie nicht erwachen konnte?

»Es ist alles meine Schuld«, murmelte Garibaldi kaum hörbar, als sie am Jefferson-Denkmal vorbeifuhren. »Ihr Freund Daniel hatte Ihnen gesagt, daß der Mann von Havers unter den Schaulustigen stand, als Sie beide das Lager im Sinai verlassen haben. Ich war ebenfalls dort. Der Killer muß mich in Santa Barbara wiedererkannt haben. Seitdem verfolgt er uns.« Er seufzte und schüttelte den Kopf. »Ich dachte, es wäre ein Schutz für Sie, wenn ich meine Soutane trage. Statt dessen habe ich eine klar sichtbare Spur hinterlassen.«

Sie sah ihn an. »Woher haben Sie eigentlich das ganze Geld?«

Er lachte verlegen. »Sie scheinen zu vergessen, daß die katholische Kirche unbegrenzten Kredit hat.«

»Wo haben Sie Ihre Uhr?«

Er räusperte sich und blickte stumm aus dem Wagenfenster.

»Sie haben Vater Pulaskis Uhr verkauft, nicht wahr?«

»Bei unserer Ankunft im Atlantis habe ich in der Halle das Firmenschild eines Antiquitätengeschäfts gesehen, das rund um die Uhr geöffnet ist. Die Kunden sind natürlich vor allem Spieler, die Geld brauchen. An dem Abend, als man mir die Brieftasche gestohlen hat, habe ich die Uhr verkauft.«

»Aber sie hat Ihnen so viel bedeutet …«

»Ich gestehe, ich habe etwas voreilig gehandelt. Aber ich war in Panik und dachte, wir brauchten das Geld.« Er zögerte. »Verstehen Sie, für alle Fälle. Außerdem glaube ich, daß Vater Pulaski nichts dagegen gehabt hätte.«

Sie nickte und sagte dann lächelnd: »Haben Sie vielleicht daran gezweifelt, daß die Kirche *Ihnen* unbegrenzten Kredit einräumt?«

Er lachte. »Sie sind wirklich mit Komplimenten nicht sparsam.«

Catherine legte verstohlen die Hand an ihre Brust, wo das Jaguar-Amulett gehangen hatte. Auf der Suche nach Garibaldi war sie ebenfalls in dem Antiquitätengeschäft gewesen. Der Besitzer hatte ihr für den Maya-Anhänger nicht annähernd soviel bezahlt, wie er ihrer Meinung nach wert war. Aber sie wußte, daß Danno sie ebenfalls verstanden hätte. Das war immer so gewesen …

Danno …

Wieder stellten sich die Erinnerungen ungerufen ein.

Sie steht während des Unterrichts auf einem Hocker vor der Klasse. Sie sieht, wie einem Jungen vor Mitgefühl die Tränen über die Wangen laufen. Sie spürt etwas Nasses an ihren Beinen. Der Junge ist Danno, und er wird sie später vor ein paar Raufbolden beschützen. Die anderen Kinder fangen an zu kichern und zu lachen. Catherine Alexander, die Neue, steht auf dem Hocker und macht in die Hose. Dann hört das Gelächter auf. Die Kinder verstummen, die Sache ist ihnen peinlich. Die Stille ist schlimmer als das Gelächter, denn Catherine weiß, die anderen wissen, daß sie sich schämt.

Das Gästehaus befand sich in der N Street, ein paar Kreuzungen von der Georgetown-Universität entfernt. »Eine sehr gute Gegend«, sagte der Fahrer beruhigend, als er vor einem Reihenhaus im Föderationsstil anhielt. »Dort wird die eigentliche Politik gemacht!« Er deutete zum Ende der Straße, wo an einem Eckhaus teure Wagen und Limousinen vorfuhren, denen Damen in Abendkleidern und Herren im Frack entstiegen. »Hier, in dieser Gegend wohnt die Prominenz«, fügte er hinzu.
In dem Prospekt, den Garibaldi vom Zimmernachweis am Flughafen mitgebracht hatte, stand, das Gästehaus gehöre zwei verwitweten Schwestern. Sie lebten im Untergeschoß, das zu einer Wohnung umgebaut worden war. Das Haus stammte aus dem Jahr 1790 und hatte eine interessante Geschichte. Im Erdgeschoß befanden sich ein elegantes Eßzimmer, ein ruhiges Spiel- und Lesezimmer und ein geräumiges Wohnzimmer. Alle diese Räume standen den Gästen zur Verfügung. Im ersten Stockwerk gab es drei Zimmer mit Bädern. Im obersten Stock konnten bis zu acht Gäste wohnen, die sich ein Bad am Ende des Flurs teilten. Garibaldis Zimmer lag im zweiten Stock, Catherines im ersten.
»Hierher können sie unsere Spur nicht verfolgen«, sagte er leise zu Catherine, als der Fahrer ausstieg und ihre Sachen aus dem Kofferraum nahm. »Auch wenn sie herausfinden, welchen Flug wir genommen haben, werden sie uns hier verlieren. Selbst die

Frau beim Zimmernachweis weiß nicht, daß ich ein Priester bin. Darauf habe ich diesmal geachtet.« Auf dem Flug von Las Vegas nach Washington hatte Garibaldi den Priesterkragen abgenommen.

Catherine blickte auf den weiß lackierten Holzzaun, den gepflegten Vorgarten, die schindelgedeckten Dachgauben und die schönen weißen Rahmen von Fenstern und Türen, die das Rot des Backsteinmauerwerks gliederten. Es sah alles so einladend und wohnlich aus, daß sie plötzlich den Wunsch hatte, länger hier zu bleiben.

»Treten Sie ein, treten Sie ein«, sagte eine freundliche Frau, die sie an der Tür begrüßte. »Ich nehme an, Sie sind der Herr, der vom Flughafen angerufen hat«, fuhr sie fort und bat Catherine und Garibaldi, ihr ins Wohnzimmer zu folgen.

Im offenen Kamin brannte ein Feuer. Die Flammen vervielfältigten sich als Spiegelbilder im glänzenden Schmuck des Weihnachtsbaums. »Es ist wirklich sehr kalt heute abend! Bitte geben Sie mir Ihre Jacken. Ich bin Mrs. O'Toole.«

»Wenn es möglich ist, würde ich gern gleich auf mein Zimmer gehen«, sagte Catherine. Sie hielt sich den leuchtend roten Schal vor das Gesicht und hatte die passende Strickmütze so tief in die Stirn gezogen, daß man nur ihre Augen sah.

»Natürlich!« erwiderte Mrs. O'Toole. »Lucy wird Sie hinaufbringen, und ich komme in ein paar Minuten mit einem Glas Sherry nach. In meinem Haus bekommt jeder Gast zur Begrüßung einen Sherry!« Sie wandte sich an Garibaldi. »Ich hoffe, Ihrer Schwester fehlt nichts.«

Er sah Catherine nach, als sie die Treppe hinaufstieg. »Sie hat vor kurzem einen sehr guten Freund verloren ...«

»Ach, wie schrecklich. Ja, ich verstehe. Wir werden Sie nicht belästigen. Sie wird darüber hinwegkommen müssen. Warum setzen Sie sich nicht ans Feuer, Mr. Garibaldi, und ...«

»Genaugenommen«, sagte er und zog die schwarze Jacke aus, die Catherine am Flughafen für ihn gekauft hatte. »Bin ich Vater Garibaldi.«

Als Mrs. O'Toole das schwarze Priesterhemd und das kleine Goldkreuz sah, strahlten ihre Augen.
»Ich nehme beim Fliegen den Kragen immer ab«, sagte Garibaldi und lächelte verlegen. »Sonst kann ich mich im Flugzeug nicht entspannen.«
»Natürlich«, erwiderte sie. »Also, Vater Garibaldi, darf ich Ihnen einen Sherry anbieten? Die meisten Gäste sind ausgegangen, aber …«
»Eigentlich, Mrs. O'Toole, überlege ich …«
Sie sah ihn mit großen erwartungsvollen Augen an. »Ja?«
»Ich habe etwas Dringendes für meinen Monsignore zu erledigen, und leider ist mit meiner Festplatte etwas nicht in Ordnung.«
Ihr Lächeln gefror. »Wie bitte?«
Er hielt den Laptop hoch. »Mein Computer muß repariert werden.«
»Oh.«
»Ich überlege, ob Sie möglicherweise einen Computer haben, den ich mir kurz ausleihen könnte. Vielleicht ist ja auch unter Ihren Gästen jemand mit einem Computer.«
»Computer?« sagte sie. »Wissen Sie, ich habe ganz bestimmt keinen. Und meine Gäste … Ich weiß nicht. Niemand hat etwas von einem Computer gesagt.« Als sie sein enttäuschtes Gesicht sah, fügte sie schnell hinzu: »Warten Sie. Mein Enkel benutzt einen Computer, wenn er zu Besuch kommt. Er ist in diesem Alter, wissen Sie, und kann über nichts anderes als Computer reden. Im Augenblick ist er nicht da, aber er hat den Computer hier gelassen. Ich bin sicher, er hätte nichts dagegen, daß Sie ihn benutzen, Vater. Bitte kommen Sie mit.«
Garibaldi folgte ihr ins Nebenzimmer, wo vor einem Fernseher drei Sessel standen. An der Wand sah er ein Klavier. »Wollen wir mal sehen …« Sie drehte sich langsam um. »Wo stellt er ihn immer hin? Ach ja, hier neben dem Fernseher ist er. Benutzen Sie ihn, solange sie wollen.«
»Vielen Dank«, sagte Garibaldi. Dann sah er, worauf sie deutete. Es war ein Spielcomputer für Kinder.

Las Vegas, Nevada

Raphael kam zurück zum Wagen, in dem Zeke vor dem Flughafengebäude auf ihn wartete.

»Ich habe sie gefunden«, sagte er, stieg ein und steckte seinen falschen FBI-Ausweis in die Jackentasche. »Die Frau am Schalter von Delta sagt, ein Priester hat zwei Tickets gekauft.«

»Wohin?«

»Zum Besuch beim Präsidenten«, erwiderte Raphael und grinste.

Der elfte Tag

Freitag,
24. Dezember 1999

Die Liebe kam auf völlig unerwartete Weise.

Als Grieche hielt Philos nichts davon, daß sich Frauen in Geschäften, im Handel oder in einem Beruf betätigen. Der Platz einer Frau sei im Haus, sagte er, am Herd und bei der Familie. Da ich keine Familie hatte, um die ich mich hätte kümmern müssen, und da mein Ehemann nur selten zu Hause war, konnte ich mir meinen Traum erfüllen und die Botschaft des Gerechten verbreiten.

Philos war den ganzen Tag bei den Männern in der Stadt. Er kam abends nach Hause und erzählte mir, wie er den Tag verbracht und was er gelernt hatte. Doch wenn ich anfing, ihm von meinem Tag zu erzählen und davon, was ich gelernt hatte, hörte er mir nicht zu, verschwand nach kurzer Zeit unter irgendeinem Vorwand in seinem Arbeitszimmer und schloß die Tür. Ich weiß, er war der Meinung, die täglichen Ereignisse einer Frau seien für ihn nicht wichtig.

Philos ahnte nicht, was ich während meiner Freundschaft mit Satvinder gelernt hatte. Ebensowenig wußte er, daß ich regelmäßig in das Hospital im Isistempel ging und den Schwestern half, die Kranken und Sterbenden zu pflegen. Ich konnte etwas medizinischen Beistand leisten, aber meist saß ich nur an den Betten der Sterbenden und versuchte, ihnen den Weg in die nächste Welt zu erleichtern.

Und so kam es, daß ich beobachten konnte, auf welch unterschiedliche Weise die Menschen sterben.

Ich sah, daß es Menschen gibt, die den Tod in Würde und Ruhe erwarten, und daß andere unruhig werden und Angst bekommen. Für manche Menschen ist der Tod wie ein langer Schlaf, andere fürchten sich nach dem Übergang in die Geisterwelt vor

schrecklichen Foltern und großen Qualen, und wieder andere haben viele Fragen.
Ich erlebte oft, wie die Kranken die Augen schlossen und ihren letzten Atemzug taten. Ich hielt Ausschau nach der davonfliegenden Seele, aber ich habe sie nie gesehen. Die Ägypter glauben, die Seele verlasse den Körper durch die Nase in Gestalt eines Vogels. Viele behaupten, das gesehen zu haben. Ich habe es nie beobachtet.
Während der Wochen und Monate im Isistempel wurde ich Zeugin einer universellen Wahrheit: Wir sterben alle, aber wir sterben auf unterschiedliche Weise und jeder zu einem anderen Zeitpunkt in seinem Leben. Doch der Weg lehrt, daß nur jenen, die der Botschaft des Gerechten folgen, ein Leben nach dem Tode bestimmt ist. Alle anderen werden zugrunde gehen.
Wenn ich an den Betten der Menschen mit einem starken Glauben saß und bei anderen, die sich ohne jeden Glauben auf den Weg in das Jenseits vorbereiten mußten, sprach ich zu ihnen von der Botschaft des Gerechten, der zu uns gesagt hat: »Ich bin vor der Zeit von allem, das da ist, ich bin am Ende aller Dinge, die da sind und kommen, und ich lebe. Ich habe den Tod erlitten und das Leben gefunden. Ich halte die Schlüssel des Todes und des Lebens in meiner Hand. Fürchtet euch nicht, sondern glaubt.«
Jene, die diese Botschaft annahmen, starben in Frieden. Doch es gab andere, die nichts davon hören wollten. Anhänger anderer Religionen glaubten, daß sie sich auf die Reise an einen neuen Ort begaben.
»Wir werden dort einen neuen Körper bekommen«, sagten die einen. »Mein Geist wird dorthin gehen, wo meine Ahnen sind«, sagten die anderen.
Manche waren davon überzeugt, als Wind über die Welt zu wehen oder auf alle Ewigkeit in dunkle Höhlen hinabzusteigen.
Ich hörte ihnen zu und lernte etwas über die vielen Vorstellungen vom Leben nach dem Tod. Aber meine Verzweiflung wuchs, weil wir, die Anhänger des Gerechten, niemals alle rechtzeitig mit seiner Botschaft erreichen können.

Ich wollte mit Philos darüber sprechen. Aber er war mit seiner Alchimie beschäftigt und mit der Suche nach einem Elixier, das ewiges Leben schenkt. Er zog sich in sein Arbeitszimmer zurück, schloß die Tür und arbeitete bis spät in die Nacht. Er las und führte Experimente durch, denn ihn trieb der Wunsch, die Wahrheit der alten Überlieferungen zu beweisen, über die andere spotteten. So kam es, daß er nicht länger mein Mann war, sondern ein Fremder, in dessen Haus ich lebte.
Eines Abends brachte man einen Verletzten zu uns, in dessen Bein eine Pfeilspitze steckte. Philos untersuchte ihn und erklärte, der Pfeil könne nicht herausgezogen werden. Er wollte den Mann in einen künstlichen Schlaf versetzen und den Pfeil dann mit einem Skalpell herausschneiden. Philos warnte den Verletzten aber vor der Infektionsgefahr, vor dem Wundbrand und der Möglichkeit, daß er das Bein verlieren werde. Als ich das hörte, faßte ich mir ein Herz und sagte, es gebe eine andere Möglichkeit.
Wir brachten den Verletzten auf meine Anweisung in den Garten zu einem Baum. Ich zog einen starken Zweig nach unten, befestigte eine Schnur daran und verknotete das andere Ende am Pfeilschaft. Als ich den Ast losließ, und er zurückschnellte, zog er den Pfeil mit sich. Es ging so schnell, daß der Mann staunend erklärte, er habe überhaupt nichts gespürt. Philos säuberte und verband die Wunde, und der Mann ging davon. Er würde sein Bein nicht verlieren.
An diesem Abend kam Philos in mein Zimmer – denn wir hatten damals getrennte Schlafzimmer – und fragte mich, wo ich diese Methode gelernt hätte. Ich erzählte ihm von Satvinder. Wir blieben die ganze Nacht wach und redeten zum ersten Mal in unserer Ehe wirklich miteinander. Wir erzählten uns gegenseitig von den wunderbaren Dingen, die wir in Indien gesehen und erlebt hatten. Als der Morgen graute, liebten wir uns mit unseren Körpern und den Herzen.
Unser Sohn wurde neun Monate später geboren. Und er war das schönste Kind, das es jemals unter den Menschen gegeben hat. (Perpetua schreibt: »Sabina lacht.«)

Wir nannten ihn Pindar, nach dem Dichter. Ich brachte ihn zum Diakon der Gemeinde, und sie taufte ihn. Danach trugen wir ihn in den Tempel des Hermes Logos, wo die Priesterinnen unseren Sohn segneten und noch einmal tauften. Obwohl ich eine Anhängerin des Gerechten war, glaubte ich, wie viele andere der Gemeinde, immer auch noch an die Macht des Hermes und seiner Worte.
Der Tag kam, an dem Cornelius Severus einen neuen Auftrag erhielt. Ich hoffte, er werde vielleicht zurück nach Antiochia versetzt werden, und ich würde endlich meine Heimat wiedersehen. Aber es sollte nicht sein. Als ich hörte, daß Britannien unser Ziel war, bekam ich Angst.
Ich sagte zu Philos: »Britannien ist nahe der Rheingrenze. Wir haben jetzt ein Kind, an das wir denken müssen. Können wir Cornelius Severus nicht verlassen und nach Hause reisen?«
Doch Philos hatte von riesigen Steinen gehört, die während des Goldenen Zeitalters, als die Menschen unter den Unsterblichen lebten, in Britannien aufgerichtet worden waren. Er sagte, wir hätten nichts zu befürchten, denn wir stünden unter dem Schutz des römischen Adlers.
Und so schifften wir uns nach Britannien ein. Ich behielt Pindar, das Kind unserer Liebe, bei mir.

Santa Fe, New Mexico

»Jahrtausendtollheit und der Wahnsinn im Internet!«
Erika unterbrach das Einpacken der Weihnachtsgeschenke, um die Fernsehnachrichten zu sehen.
Die Sprecherin verriet durch ihr Lächeln, daß eine heitere Meldung folgen würde.
»Die untergetauchte Dr. Catherine Alexander, nach der die Polizei bisher ergebnislos fahndet, wäre heute beinahe vom FBI festgenommen worden. Es stellte sich allerdings heraus, daß

es sich nicht um die flüchtige Archäologin handelte, sondern um eine Hausfrau aus Seattle. Das FBI wurde heute morgen auf eine falsche Fährte gelockt, als die Behörde erfuhr, Dr. Alexander habe sich auf einem Kanal im Internet zu Wort gemeldet.«
Der Kollege der Sprecherin fügte lachend hinzu. »Wie das FBI den Aufenthaltsort der Verdächtigen ausfindig gemacht hat, wollen wir kurz für alle jene erklären, bei denen das Computer-Zeitalter noch nicht begonnen hat. Was Sie im Augenblick auf Ihrem Bildschirm sehen, ist eine Wiedergabe des Textes, der heute morgen auf den Monitoren der Beamten erschien, die Internet überwachen.«

«@CaAlex» Die Schriftrollen sagen den Weltuntergang voraus. Sie sagen auch, wann Jesus zurückkommen wird. Und wenn die Bullen mich nicht in Ruhe lassen, WERDE ICH DIE SCHRIFTROLLEN VERBRENNEN!»»»

Es folgten Aufnahmen eines Hauses am See, das zwischen hohen Bäumen stand. Der Sprecher fuhr fort: »Das FBI verfolgte die Spur des Teilnehmers bis zu diesem abgelegenen Haus auf der Bainbridge-Insel. Die computerbegeisterte Besitzerin, Gastwirtin Barbara Young, erklärte, sie habe sich nur einen Spaß erlaubt.«
Die Sprecherin wurde wieder eingeblendet. »Die Beamten des FBI fanden das nicht sehr lustig. Weitere Nachrichten zum Thema Jahrtausendwende ...«
Erika stellte den Ton ab und griff nach dem Geschenk für Miles. Dafür brauchte sie ganz besonderes Papier.
Aber wie verpackt man den Titel eines Lords?
Sie hatte Miles zum letzten Weihnachtsfest des Jahrtausends ein ganz besonderes, ein einmaliges Geschenk machen wollen. Als sie las, daß in England ungefähr zwanzigtausend Adelstitel zum Verkauf standen, hatte sie sich nach Einzelheiten erkundigt. Wer einen solchen Titel kaufte, hatte das Recht, sich zum Beispiel Lord oder Lady of the Manor zu nennen. Obwohl bereits das sehr

reizvoll klang, wußte Erika, daß sie sich für Miles nicht mit einem beliebigen Titel zufriedengeben konnte.

Es gab nur einen, den sie haben wollte.

Als Miles 1990 erfahren hatte, daß der Titel des Lords von Stratford-upon-Avon für die Rekordsumme von 228 000 Dollar verkauft worden war, erwähnte er, daß er diesen Titel gern selbst gehabt hätte. Erika hatte sich das gemerkt und auf eine Gelegenheit gehofft, ihn zu erwerben. Tatsächlich stand der Titel in diesem Jahr wieder zum Verkauf.

Als sie jetzt nach dem richtigen Papier für die polierte Schatulle aus Wurzelholz suchte – das wertvolle Dokument war erst an diesem Morgen aus London eingetroffen –, hob sie den Kopf und blickte hinaus auf die schneebedeckten Sangre de Cristo-Berge. Erika dachte daran, wie unbekümmert sie inzwischen mit Geld umging. Es war schwer, nicht zu vergessen, daß es einmal eine Zeit gegeben hatte, in der sie manchmal nicht genug Geld für einen halben Liter Milch besaß.

Ihre Finger strichen über das goldgehämmerte Geschenkpapier in ihren Händen, und plötzlich erfaßte sie eine überwältigende Sehnsucht nach einem einfacheren Leben.

Damals, als Miles noch nicht den Durchbruch geschafft hatte …

Sie erinnerte sich an die Worte von Miles. Er hatte heute morgen beim gemeinsamen Frühstück den Satz aus einem Buch zitiert: »›Suchst du nicht ein Licht, du, der du von Dunkelheit umgeben bist? Suchst du nicht den Weg nach Hause?‹«

In letzter Zeit überraschte er sie häufig mit solchen Zitaten. Erika wußte nicht, wo er sie fand, vermutete jedoch, daß sie aus einem Werk stammten, das er ihr zu Weihnachten schenken wollte. Es würde Miles ähnlich sehen, auf diese Weise ihre Neugier zu wecken. Manches, was er zitierte, klang biblisch, anderes nicht, doch es gefiel ihr alles.

Während ihr der Satz immer wieder durch den Kopf ging, blickte sie auf die vielen Geschenke, die ein anschaulicher Beweis ihres Reichtums waren.

Ja, ich suche das Licht. Ich suche den Weg nach Hause.

Plötzlich begriff Erika etwas, als sei ein Schleier von ihren Augen gezogen worden.

»Ich suche tatsächlich den Weg nach Hause«, flüsterte sie, erstaunt über diese schlichte, aber wahre Erkenntnis, die sie wie eine Offenbarung empfand.

Und wo war ihr Zuhause?

Nicht hier, in all diesem Reichtum.

Wo dann?

Zu Hause ist die Vergangenheit, die Zeit vor vielen Jahren, bevor …

Bevor?

Erika hatte noch eine Offenbarung, die so klar und überwältigend war, daß ihr der Atem stockte und das Geschenkpapier ihren Händen entglitt.

Vor dem Krieg …

Nun war es heraus. Das war die eigentliche Ursache ihrer Unzufriedenheit in letzter Zeit.

Erika erkannte, daß sie den Keim dieser Erkenntnis schon lange in sich getragen hatte – genaugenommen seit drei Jahrzehnten, in denen sie ihre Kinder großgezogen hatte und die Ehefrau des inzwischen beinahe legendären Miles Havers gewesen war. Sie hatte es sich nur nie eingestehen wollen.

Der Mann, den sie 1968 einen Tag vor seiner Abfahrt nach Vietnam geheiratet hatte, war ein anderer Mann als der, der zurückgekommen war.

Erika wußte, daß dieser Krieg das Leben Tausender zerstört hatte. Aber sie hatte geahnt, daß es in ihrem Fall irgendwie anders war. Die Erlebnisse in Vietnam hatten Miles anders geschädigt. Er war ohne einen Kratzer zurückgekommen. Es hatte keine Alpträume gegeben, aus denen er schreiend aufwachte, wie andere Ehefrauen es von ihren Männern berichteten. Miles hatte nach dem Krieg wie ein kleines Kind geschlafen. Er brauchte keine psychologische Beratung, keine Selbsthilfegruppen, er litt nicht unter Depressionen oder an Schuldgefühlen. Miles war mit einem seltsamen neuen Ehrgeiz zurückgekommen, den sie vor-

her nie an ihm bemerkt hatte, und mit einem eigenartigen Optimismus, der sie irgendwie verwirrte.
Er sprach nicht über seine Kriegserlebnisse. Er lächelte nur und sagte, er habe die Kraft des Tigers in sich. Aber nun, nach dreißig Jahren, in denen Erika es nicht hatte wahrhaben wollen, zwang sie sich, der Tatsache ins Auge zu sehen, daß Miles sich in Vietnam auf beunruhigende Weise verändert hatte – er war *fröhlich* zurückgekommen. Zum ersten Mal seit dem Ende des Krieges stellte sie sich wieder die Frage: *Was hat ihn so verändert?*

»In Vietnam gibt es keine Tiger, Mann!«
Perez, Unteroffizier Manuel Perez, widersprach seinem Vorgesetzten. Aber er tat das nicht in Hörweite des Oberst. Perez mochte tollkühn sein, aber ein Selbstmörder war er nicht.
Es war Sommer 1968. Es hatte tagelang nicht aufgehört zu regnen. Während die Sintflut das Land in einen Sumpf zu verwandeln schien, hockten die Männer in einem stinkenden Zelt und fragten sich, in welche neue Hölle sie diesmal geraten waren.
Vor zwei Tagen hatten sie die letzten Essensrationen aufgebraucht. Sie mußten weiter, schlugen das Zelt ab und waren jetzt, als sie im Gänsemarsch durch den dampfenden Dschungel marschierten, völlig ausgehungert.
Gefreiter Miles Havers, zwanzig Jahre alt, hatte noch nie in seinem ganzen Leben einen solchen Hunger gehabt. Im Basislager, wo sie genug zu essen hatten, überließ er sich sexuellen Phantasien. Jetzt gab es keine Verpflegung mehr, und seine Phantasien kreisten um das Essen. Der Hunger, so erkannte er, veränderte die Prioriäten eines Menschen.
Doch es gab etwas Schlimmeres als den Hunger. Die Männer der kleinen Kampfeinheit ahnten zwei schreckliche Dinge. Erstens: Sie waren so weit von ihrem Regiment entfernt, daß sie sich wahrscheinlich bereits hoffnungslos verirrt hatten. Sie hatten seit langem weder ein Dorf noch ein Reisfeld gesehen. Befanden sie sich überhaupt noch auf südvietnamesischem Gebiet?

Zweitens, und das machte ihnen noch mehr angst, ihr Oberst war offensichtlich verrückt geworden.
»Hört mal her, Jungs!« rief er ihnen von der Spitze des desolaten, bunt zusammengewürfelten Trupps her zu, »die gelben Teufel sind in der Gegend. Sie haben es auf uns abgesehen.«
Daran mußte er seine Männer nicht erinnern. Sie waren sich der Allgegenwart der Vietkong so sehr bewußt, daß ihre Nerven unter der Anspannung zu zerreißen drohten. Selbst das Sonnenlicht auf ihren Gesichtern schien sie wie Sandpapier wundzuscheuern. Alle lauschten auf das metallische Klicken von Patronen, die in die Kammer einer AK-47 gedrückt wurden, denn das wäre das Signal gewesen, mit einem Kugelhagel von 350 Geschossen in der Minute den Dschungel in einen Fleischwolf zu verwandeln.
Aber noch schlimmer war die Bedrohung durch *Pungi*-Pflöcke – angespitzte grüne Bambusrohre, die überall auf den Dschungelpfaden in getarnten Fallgruben steckten. Sie machten das Gehen zu einer ganz neuen Herausforderung.
Der Oberst hackte sich einen Weg durch das dichte Unterholz und rief fröhlich: »Denkt immer daran, was der große Sun Tse gesagt hat: ›Was dich nicht umbringt, macht dich stärker.‹«
Der Oberst hatte sich verändert. Miles glaubte, das stehe irgendwie in einem Zusammenhang mit dem Hubschrauber, der den Major und den Leutnant abgeholt hatte – oder das, was von ihnen übriggeblieben war. Der Oberst hatte danebengestanden und eingehend das Blut des Majors an seiner Hose betrachtet. Dabei hatte er gelächelt und gesagt: »Ich werde den Tiger finden ...«
Deshalb konnte Miles nicht aufhören, an das Funkgerät zu denken. Der Oberst hatte ihnen gesagt, es sei im Schlamm begraben worden, als sie der sintflutartige Regen überraschte. Aber weshalb hatte der Oberst dabei den Hörer in der Hand gehalten?
Sag es nicht!
Der Oberst hatte den Hörer in der Hand, weil er das Funkgerät absichtlich zerstört hat.

Aber wieso, um Himmels willen?
Damit er auf seine verrückte Tigerjagd gehen kann.

»Tiger jagen allein, Jungs«, sagte der Oberst und zog einen aufgeweichten Zigarrenstummel aus der Tasche seines Tarnanzugs. »Der Tiger legt auf der Suche nach Beute bis zu zwölf Meilen zurück und verläßt sich mehr auf seine Augen als auf den Geruchssinn. Sobald er die Beute erspäht, verkriecht er sich in das Unterholz und wartet auf den richtigen Augenblick, um sie anzuspringen.«

Er steckte die angerauchte Zigarre in den Mund und sprach zwischen den Zähnen weiter, während seine ausgehungerten, erschöpften Männer hinter ihm hertrotteten, ohne auf ihn zu hören.

»Die eigentliche Jagd ist sehr eindrucksvoll, Jungs. Der Tiger bewegt sich geduckt und mit erhobenem Kopf sehr langsam und vorsichtig. Dabei setzt er die Pfoten behutsam auf und verharrt immer wieder regungslos. Wenn er die Beute anfällt, erreicht er sie mit wenigen Sätzen. Ein Tiger greift von der Seite oder von hinten an, und, Jungs, denkt immer daran, ein Tiger springt niemals hoch in die Luft oder macht zu große Sätze. Beim Reißen der Beute befinden sich seine Hinterbeine fest auf der Erde.«

Der Trupp überquerte unter den üblichen Vorsichtsmaßnahmen einen kleinen Bach.

Der Oberst fuhr in seinem Vortrag fort: »Die Beute wird am Hals gepackt und umgeworfen. Dann schleppt der Tiger sie ins dichte Unterholz und frißt sie über einen Zeitraum von mehreren Tagen auf. Dabei beginnt er immer«, sagte der Oberst grinsend, »hinten. Und er hört erst auf, wenn von dem Opfer nur noch Haut und Knochen übrig sind.« Er lachte zufrieden. »Der Tiger, den wir suchen, Jungs, ist ein Menschenfresser. Es ist eine Tigerin, und sie hat einen Dorfbewohner getötet, um ihre Jungen zu schützen. Offenbar fand sie mehr Geschmack an Menschenfleisch als an ihrer üblichen Beute, nämlich Hirsch und Wildschwein. Inzwischen hat sie dreizehn Menschen getötet und gefressen. Die Leute in der Gegend nennen sie Seelendiebin, weil sie vierzehn Seelen gestohlen hat.«

Perez schloß auf und murmelte Miles zu: »Wenn du mich fragst, der Oberst hat nicht mehr alle Tassen im Schrank.«

Goldstein brachte eine Schachtel Camel zum Vorschein und reichte sie herum, aber sie waren alle zu nervös, um die Zigaretten anzuzünden. Mit den Augen des Oberst stimmte etwas nicht. In der Mitte der Pupillen befand sich ein beängstigender schwarzer Fleck, der immer größer zu werden schien. Wenn er sich umdrehte und seine Männer ansah, überlief es Miles jedesmal eiskalt. Plötzlich war ihm der Oberst unheimlicher als die Vietkong oder die ganze nordvietnamesische Armee.

Miles mußte immer wieder an die Kompasse denken. Es war sonderbar, daß er und alle anderen es geschafft hatten, ihren Kompaß zu verlieren. Nur der Oberst besaß noch einen, und er blickte hin und wieder darauf, ohne den Männern irgendwelche Erklärungen zu geben.

Wohin zum Teufel führte er sie?

»Sperrt eure Augen und Ohren auf, Jungs«, sagte er. »In der Gegend ist eine Vietkong-Patrouille gemeldet worden.«

»›Patrouille‹, was für ein Scheiß«, sagte Jackson, der einzige Schwarze des Trupps. »Ich habe gehört, es ist eine Brigade, Mann. Eine Brigade der nordvietnamesischen Armee, die bis zu den Zähnen mit sowjetischen Panzern und Artillerie bewaffnet ist. Ich meine, was zum Teufel suchen wir hier überhaupt?«

»Wir jagen einen Tiger«, erwiderte der Oberst, der ihn gehört hatte, und grinste.

Perez sagte leise: »Der Oberst hat wirklich eine Macke. O Gott, hab ich einen Hunger.«

Miles überprüfte zum hundertsten Mal das Magazin seines automatischen Revolvers und schob ihn wieder in das Halfter zurück. Seine andere Waffe hing über der linken Schulter und schien mit jedem Schritt schwerer zu werden. Es war ein 37er Ithaka, ein Selbstladegewehr, und weil es die Kugeln horizontal streute, tötete man damit sehr schnell und wirkungsvoll. Es flößte Miles eine ungeheure Angst ein.

Vietkong sind in der Gegend. Sie haben es auf uns abgesehen.

»He, Feldwebel«, flüsterte der junge Smart, der achtzehn war, aber wie ein Zwölfjähriger aussah. »Was ist, wenn wir wirklich einen Tiger finden?«

Der Oberst hörte die Frage, obwohl er ein paar Schritte vor ihnen ging. »Hier *ist* ein Tiger, mein Junge. Ich habe im Ponderosa davon gehört.«

Das Ponderosa war eine ehemalige französische Villa im Hauptquartier in Saigon, die inzwischen als Bar diente.

»Ein großer Tiger, haben sie mir versichert. Es ist mit Sicherheit unsere Menschenfresserin.«

»Sir, glauben Sie nicht ...«

»Panthera tigris!« rief der Oberst fröhlich. »Die größte Spezies der Katzenfamilie. Er lebt überall, wo es ihm paßt. Man findet ihn im Schnee und im Bambus, im Regenwald und in der Wüste.« Er lachte leise. »Den Tigern gehört die Welt.«

»Darf ich fragen, Sir«, sagte Perez, »warum wir diesen Tiger jagen?«

Der Oberst blieb wie angewurzelt stehen, drehte sich um und warf einen erstaunten Blick auf seine Männer. »Man sollte glauben, Unteroffizier Perez, das liegt auf der Hand.« Er drehte sich wieder um und marschierte weiter.

»Jetzt«, murmelte der junge Smart mit klappernden Zähnen, »jetzt habe ich aber wirklich Angst.«

Auch Miles hatte Angst, zum ersten Mal in diesem absurden Alptraum von einem Krieg. Er hatte keine eigene Meinung über das Töten. Als er sich überlegte, ob er seinen Einberufungsbescheid verbrennen und nach Kanada flüchten sollte, machte er bereits Liegestützen in einer Kaserne. Jetzt richtete sich sein ganzer Ehrgeiz jedoch darauf, wieder lebend aus dem Gemetzel herauszukommen. Er wollte in die USA und zu Erika zurück.

»Sir«, sagte Perez, »habe ich die Erlaubnis, die Männer auf die Suche nach etwas Eßbarem zu schicken?«

»Das ist nicht nötig, mein Junge. Ihr werdet schlemmen, bevor die Nacht zu Ende ist.«
Die Augen der Männer in den hageren, verdreckten Gesichtern wurden groß.
Schlemmen?
Was?, hätten sie alle am liebsten gefragt.
»Hier ist eine kleine Vorspeise, um euch Appetit zu machen«, sagte der Oberst. Er blieb stehen und pflückte dunkelgrüne Blätter von einem großen Strauch, der mit ungewöhnlich roten Blüten übersät war. Er verteilte die Blätter wie Hostien und ermahnte die Männer: »Ihr müßt gut kauen. Der Saft ist das Wichtige daran.«
»He, Unteroffizier«, flüsterte Smart, dessen jungenhaftes Kinn große Pickel zierten, »sollen wir uns vielleicht von jetzt ab wie Pferde von Gras ernähren?«
Perez zog nachdenklich die Stirn in Falten und blickte in die ängstlichen Gesichter der anderen. Er wußte, was sie dachten. Es kam immer häufiger vor, daß sich Mannschaften von ihren Vorgesetzten ›trennten‹. Sie rollten Splittergranaten in die Zelte von Offizieren, die daraufhin in tausend Stücke zerrissen wurden.
»Bleibt cool«, sagte Perez.
Es stellte sich heraus, daß die Blätter nicht schlecht schmeckten – ähnlich wie Spinat, aber mit einer gewissen Schärfe, die an Coffein erinnerte. Da ihre Mägen knurrten, folgten sie dem Beispiel des Oberst, kauten herzhaft auf den Blättern herum und schluckten sie hinunter. Von plötzlichem Heißhunger gepackt, rissen sie immer mehr Blätter von dem Strauch und stopften sie sich gierig in den Mund.
Bald leuchtete der Dschungel in neuen Farben. Überall schienen Smaragde zu hängen. Die feuchte Erde schien unter ihren Stiefeln sanft zu seufzen, als wanderten sie über die Brüste einer Frau. Die Luft verfestigte sich und wurde zu Seide. Miles stellte fest, daß seine Ohren überempfindlich wurden. Er hätte schwören können, daß er den Nebel hörte, der sich auf

der anderen Seite der Welt in die Bucht von San Francisco wälzte.
»Wahnsinn, schön ...«, seufzte Jackson.
Miles spähte durch die dicken Lianen und Schlingpflanzen und sah in einiger Entfernung eine leuchtend rote Pagode aus dem Dunst aufsteigen. Ihre geschwungenen Dächer strahlten golden.
Er schloß die Augen und öffnete sie wieder.
Die Pagode verschwand. Es war nur ein abgestorbener Baum.
»Tiger jagen nachts«, erklärte der Oberst, als die Sonnenstrahlen im Dschungel verblaßten. Sie hörten Vogelrufe, die wie das Lachen kleiner Mädchen klangen, und einmal, als sie anhielten, um noch mehr Blätter zu pflücken, schwor Miles, er höre, wie sich die Blüte einer Orchidee entfaltete.
»Die Vorderbeine und Schultern eines Tigers«, fuhr der Oberst fort, »sind sehr muskulös, und an den Pfoten hat er lange, spitze einziehbare Krallen. Der Schädel ist kurz, um die Hebelwirkung der mächtigen Kiefer zu verstärken. Unsere Tigerin ist eine starke Mutter.«
Goldstein begann zu summen. Er lächelte glücklich.
Der junge Smart seufzte: »Waaauuuu ...«
Perez hielt sich eine Hand vor die Nase und schnupperte am Handgelenk.
Miles blieb stehen und betrachtete eine große glänzende Popcorn-Maschine, die zwischen den Farnen stand. Es war eine altmodische Maschine auf einem Karren mit großen Rädern und einem Aufbau, der wie ein Zirkuszelt aussah. Miles schmatzte in Erwartung der salzigen, gebutterten Popcorns.
Doch die Maschine löste sich auf und wurde wieder zu einem gewöhnlichen Steinhaufen.
»Da ist sie!« sagte der Oberst mit gedämpfter Stimme und blieb so unvermittelt stehen, daß Smart ihn anrempelte. »Was ihr da seht, Jungs«, fuhr er flüsternd fort und teilte Elefantenohr-Blätter, um auf eine Lichtung zu spähen, »ist der indochinesische Tiger. Er ist dunkler gefärbt als der indische und heller als der

südchinesische Tiger. Im letzten Jahrhundert wurde er nahezu ausgerottet. Ist sie nicht schön?«
Die Männer spähten durch das Laub. »Ich sehe keinen Tiger«, murmelte Goldstein.
Auch Miles sah nichts außer einer dunklen Lichtung, auf der das Gras wie Perlmutt schimmerte. Das Licht des gerade aufgegangenen Mondes trieb seine Spiele mit den Naturgesetzen: Formen veränderten sich, dehnten sich aus und nahmen die ursprüngliche Größe wieder an. Aber irgend etwas bewegte sich im Gras. Sie hörten es – weiche Pfoten auf dem modrigen Boden.
»Großer Gott«, hauchte der junge Smart. »Da ist sie!«
Wahrhaftig tauchte die Bestie auf der Lichtung auf. Es war eine schöne schlanke Tigerin mit elegant geformten Hinterbeinen. Ihr Fell wirkte im fahlen Mondlicht wie Schnee, durch den in dramatischen schwarzen Streifen die Erde zu sehen war. Sie war so schön, daß es den Männern den Atem verschlug.
Wieso wittert sie uns nicht, dachte Miles.
Die Bestie drehte den Kopf und blickte mit schräg geschnittenen, mandelförmigen Augen in die Richtung der Männer. Sie leckte sich mit einer überraschend rosafarbenen Zunge die Lippen. Plötzlich erstarrte sie jedoch, als wittere sie Gefahr.
Der Oberst richtete sich furchtlos auf, schoß und traf die sechshundert Pfund schwere Raubkatze mitten in die Brust. Sie sank mit einem lauten Gurgeln ins Gras.
Der Oberst rannte auf die Lichtung, zückte das Messer, der weiße Bauch blitzte auf. Er öffnete das Tier mit einem Schnitt von der Kehle bis zu den Lenden. Der Tiger stieß ein fürchterliches Gebrüll aus.
Dann war der Oberst auf den Knien, griff mit beiden Händen in den offenen Leib und begann, die Innereien herauszuholen – Nieren, Magen, Därme, die schwarzrote Leber. Das warme Blut tropfte, als er rief: »Greift zu, Jungs!«
Die ausgehungerten Männer zögerten nicht.
Perez tauchte als erster die Arme in den offenen Leib, und als er sie zurückzog, waren sie bis zu den Ellbogen rot. Er hielt etwas

Gelbes in den Fäusten. »Bries«, sagte er triumphierend und ging daran, es zu verschlingen.

Als Miles näher kam, warf er einen Blick auf das Gesicht der Tigerin. Ihre Augen standen offen, und flüchtig wirkten sie beinahe wie die einer Frau. Dann spürte er, wie sein Magen knurrte, und er stürzte sich ebenfalls auf das rohe Fleisch.

Die Männer bemalten sich mit roten Streifen und lachten wie Kinder unter dem Rasensprenger an einem heißen Sommertag. Sie stopften sich voll mit dem Tigergeist und prahlten damit, die Seele der Seelendiebin zu essen und vielleicht sogar die Seelen der Menschen, die sie gefressen hatte. Miles zog das Hemd aus, verrieb eine Handvoll klebriges Blut auf seiner weißen Haut.

Er hätte schwören können, daß das Herz der Tigerin noch schlug, als er es in zwei Teile schnitt und Jackson eine Portion zuwarf. Während er auf dem festen Herzmuskel kaute, schob er energisch einen Gedanken beiseite, der ihn verfolgte. Es war ein unangenehmer, häßlicher Gedanke.

Sie war noch nicht tot, als der Oberst sie aufgeschlitzt hat.

Der Gedanke verschwand, sie waren keine denkenden Männer mehr, sondern Kreaturen, die nur noch die nackte Lust am Überleben kannten. Sie hörten den Hubschrauber nicht kommen, und später wußte keiner von ihnen, wie sie die Lichtung verlassen hatten. Perez, Smart, Goldstein und Jackson behaupteten später, sie könnten sich nur daran erinnern, im Militärkrankenhaus von Saigon aufgewacht zu sein. Doch Miles hatte nicht vergessen, daß sie an Bord des Rettungshubschraubers gekommen waren, und er gehört hatte, wie jemand sagte: »Mein Gott, was haben die Kerle denn gemacht? Es sieht aus, als hätten sie in Blut gebadet, und dabei sind sie nicht einmal verwundet …«

»Sieh dir ihre Gesichter an. Sie haben etwas gegessen.«

»Aber was? Da war doch nichts.«

»Ich habe etwas gesehen …«

Jahre später hatte Miles aus heiterem Himmel einen Anruf erhalten. Unteroffizier Perez, der inzwischen als Anwalt in West

Virginia lebte, rief mitten in der Nacht an und sagte: »Ich habe nachgeschlagen. In Vietnam gibt es keine Tiger! He, Miles? Es war doch ein Tiger? Wir haben doch einen *Tiger* gegessen?«

Washington, D.C.

»Sind Sie sich der Ironie bewußt?« fragte Garibaldi, als sie durch die ruhige Straße gingen, während ihnen der kalte Wind ins Gesicht blies.

»Welcher Ironie?« Catherines Stimme drang gedämpft durch den dicken Wollschal, der beinahe ihr ganzes Gesicht bedeckte. Sie waren gezwungen, das sichere Haus zu verlassen, um an einen Computer heranzukommen. Drei Tage waren vergangen, seit sich Catherine mit der Bitte, nach Informationen über Tymbos zu suchen, an die Hawksbill-Gruppe gewandt hatte. Sie wollte herausfinden, ob jemand etwas entdeckt hatte.

»Wir sind hier in einer Stadt«, erwiderte Garibaldi, »wo alle Bibliotheken ihren Benutzern Zugang zum Internet anbieten. Hier ist der ideale Ort, um nach einer möglicherweise existierenden Kopie der Texte oder nach der siebten Schriftrolle zu suchen. Aber die Bibliotheken sind geschlossen, weil heute Heiligabend ist.«

Catherine warf verstohlen einen Blick über die Schulter zurück. Seit sie den Killern in Las Vegas so knapp entkommen waren, saß ihr die Angst im Nacken. Vor elf Tagen hatte Hungerford mit der Sprengung das Jesus-Fragment ans Tageslicht gebracht. Hinter ihr lagen elf fast schlaflose Nächte. Wann würde sich das ändern?

Mrs. O'Toole war sehr entgegenkommend und ließ Catherine die Mahlzeiten auf ihr Zimmer bringen. Garibaldi hatte an diesem Morgen mit ihr gefrühstückt: selbstgemachtes Gebäck, Omelett mit Käse, frisches Obst und starker Kaffee. Catherines Zimmer mit einem Himmelbett, dem handgenähten Quilt, frischen Blumen und der englischen Seife im Badezimmer gefiel ihr gut. Wenn sie nur nicht weiter fliehen müßten und sich hier eine Weile ausruhen könnten …

Sie bogen um die Ecke auf die Wisconsin Avenue, und Garibaldi rief: »Da!«

»Wie bitte?« Sie blickte über die Straße und wußte sofort, was er meinte.

Ein weihnachtlich dekorierter Computerladen. Drinnen drängten sich die Käufer, und im Schaufenster hing ein Plakat, auf dem stand:

TESTEN SIE UNSERE NEUESTE SOFTWARE
FÜR INTERNET
KOSTENLOS

Sie liefen über die Straße, betraten das Geschäft, und Catherine bekam einen Riesenschreck. Vor ihnen stand Miles Havers! Dann sah sie zu ihrer Beruhigung, daß es sich nur um einen lebensgroßen Aufsteller aus Pappe handelte.

Auf der Suche nach den Vorführ-Computern stießen sie überall auf den Pappmann ›Havers‹. Sein Konzern beherrschte den Markt. Er war zweifellos ein Idol und verkörperte die Zukunft, denn jeder kaufte sich mit seinen Produkten die Fahrkarte in das neue Jahrtausend. Niemand wollte zurückbleiben. Kein Wunder also, daß die Leute in langen Schlangen geduldig vor den Kassen standen. Computerspiele und Software-Pakete von Dianuba Technologies waren die großen Hits. Die Frauen kauften ›Butterfly 33‹, die neueste interaktive Romanze auf CD-ROM.

»Ich verstehe das nicht«, murmelte Garibaldi, während sie sich einen Weg durch die Menge bahnten. »Die Leute verehren diesen Verbrecher wie einen Helden. Er ist für sie eine Mischung aus Superman und Weihnachtsmann.«

Über dem Aufgang zur Dianuba-Software-Abteilung hing ein Transparent. Dort stand, daß beim Kauf jedes beliebigen Artikels ein bestimmter Anteil des Preises der privaten, gemeinnützigen Regenwald-Stiftung von Miles Havers zugute komme.

»So werden Massen manipuliert!« stieß Catherine wütend hervor.
Die Vorführ-Computer waren von Neugierigen umlagert. Vor allem Jugendliche standen an den Tastaturen, klickten sich durch die Angebote im Web, kämpften in virtuellen Welten und entdeckten den Spaß, an Live-Diskussionen teilzunehmen. Sie suchten in den Foren nach Angeboten auf den ›Schwarzen Brettern‹ und brachten die Drähte zu den Nachrichten der Welt zum Glühen.
Ein Verkäufer redete auf eine Frau ein, der man ansah, daß sie absolut nichts von all dem verstand, was ihr angeboten wurde.
»Dieses Feature ist kostenlos in das Dianuba-Sicherungsprogramm KeepOut installiert. Und das Besondere: Brauchen Sie eine große Datei, sagen wir, aus Anchorage, Alaska? Kein Problem. Auf dieses Symbol klicken, dann sind Sie im Ver- und Entpackungsprogramm, das heißt, in Ihrem Fall werden die komprimierten Daten nach dem File Transfer eingelesen und für Sie auf den Bildschirm gebracht ...«
Die junge Frau nickte unsicher, und der Verkäufer legte ihr strahlend das ›Komplettpaket für die Verbindung zum Daten-Highway‹ in den Einkaufswagen. Garibaldi warf einen Blick auf den ›Superpreis‹: dreihundert Dollar!
Als endlich ein Computer frei wurde, eroberte sich Catherine geistesgegenwärtig die Tastatur. Garibaldi hielt Wache, während sie arbeitete. Auf dem Computer war die sehr schnelle Scimitar Software installiert. Mit einem Mausklick war sie im IRC.
Erleichtert sah sie den Eintrag: #hawksbill. Das bedeutete, die Gruppe war Online. Natürlich würden sie staunen, daß sich Catherine über IRC meldete. Sie war versucht, sich einzuwählen, wagte es aber nicht. Wenn Havers die Sache mit ›Hawksbill‹ herausgefunden hatte, war es möglich, daß er sich einen Namen aus dem Roman zugelegt hatte und nur auf ihr Auftauchen wartete.
Deshalb tippte sie: */join #janet*, drückte die Eingabetaste, und auf der rechten Bildschirmhälfte erschien: *#janet 1*. Catherine wußte, das Sicherste wäre gewesen, einen unsichtbaren Kanal zu

schaffen. Aber dann hätte sie keiner aus der Hawksbill-Gruppe gefunden.
Jetzt mußte sie warten. Sie starrte auf den leeren Bildschirm mit ihrem Namen – *@janet* – und hoffte, daß einer der Hawksbill-Leute ihn entdeckte und Kontakt aufnahm.
Sie sah zu Garibaldi hinüber, der mit seinen Fragen einen Verkäufer ablenkte. Aber ein anderer des gut trainierten Verkäuferteams wurde auf sie aufmerksam.
Sie seufzte und blickte auf den Bildschirm. »Nun beeilt euch schon«, flüsterte sie. »Seht ihr mich denn nicht? Ich bin es, *Janet.*«
»Verzeihung«, hörte sie eine Stimme hinter sich.
Catherine blickte in ein lächelndes Gesicht. »Scheint nicht viel loszusein«, sagte der junge Mann und deutete auf den Bildschirm »Wenn Sie nichts dagegen haben, würde ich gerne die Software ausprobieren. Sie können mir ja dabei zusehen. Ich zeige Ihnen, wie ...«
Catherine bekam einen eindrucksvollen Hustenanfall. Der junge Mann wich zurück und verschwand in der Menge.
Aber der Verkäufer würde sie nicht mehr lange in Ruhe lassen. »Wacht endlich auf!« sagte sie etwas lauter.
Der Verkäufer hatte sie erreicht. »Guten Tag«, begrüßte er sie höflich. »Was kann ich Ihnen über die neue Scimitar Software erzählen? Eine Frage: Sind Sie bereits mit Internet vertraut?«
Er blickte auf den Monitor. »Ach, wissen Sie, auf IRC wird im Augenblick nicht viel los sein. Die Leute machen alle Weihnachtseinkäufe!« fügte er eine Spur herablassend hinzu. »Außerdem sind viele dieser Kanäle in Europa. Dort ist es bereits Abend und Zeit, die Weihnachtsgeschenke auszupacken.« Er griff nach der Tastatur und wollte etwas eingeben. »Was soll ich Ihnen zeigen? Haben Sie vielleicht Probleme mit UNIX? Ich werde Ihnen zeigen, wie es geht. Mit diesem verblüffenden neuen ...«
Catherine bekam wieder einen Hustenanfall. Er war lauter als der erste, und Garibaldi hörte sie. Er drängte sich durch die Umstehenden, faßte den Verkäufer am Arm und sagte: »Entschuldi-

gung, könnten Sie mir etwas über die nahtlose Integration von FTP in die WorkPlace-Shell von OS/2 sagen?«
Catherine senkte den Kopf und hustete in ihren Schal.
»Ja natürlich«, sagte der Verkäufer und war froh, die erkältete Kundin verlassen zu können. »Selbstverständlich. Bitte kommen Sie mit.«
Nachdem sie weg waren, hätte Catherine am liebsten Mütze und Schal beiseite gelegt. Aber sie durfte nicht riskieren, ihr Gesicht zu zeigen. Und so konzentrierte sie sich auf den Bildschirm, wo nur ihr Name stand und darauf wartete, daß sich jemand meldete.
Sie blickte auf die Uhr. Wie lange stand sie schon hier? Sie spürte, daß hinter ihr andere Leute unruhig auf eine Freifahrt durch das Internet warteten. Der leere Bildschirm mußte sie irgendwann ungeduldig oder argwöhnisch machen.

«SERVER» Jean-Luc!^mason@ouray.cudenver.edu, hallo,
«SERVER» Sugar!~kharvey@scgrad.demon.co.uk, hallo,

Catherine hätte vor Erleichterung beinahe laut gejubelt. Man hatte sie entdeckt!

«Janet» Hi, Leute!!!
«SERVER» Maynard! ~rismith@ alice.brad.ac.us, hallo,
[Jean-Luc] Janet, wir haben auf dich gewartet.
[Sugar] Hi! :)))
«Janet» Großartig, daß ihr mich entdeckt habt.
«SERVER» Benhur! ~George@Sebaka-1.Dial Up.Polaris.Telnet, hallo,

Catherine wollte sich gerade erkundigen, ob jemand Tymbos gefunden habe, als wieder ein Kunde kam und sich hinter sie stellte. Der nächste Hustenanfall vertrieb jedoch auch ihn.

[Jean-Luc] Janet, wir haben dein Bild in den Zeitungen gesehen. Du bist sehr hübsch. Hoffentlich schnappen sie dich nicht.

«SERVER» Carlos!mongo@dianuba.com, hallo,
[BENHUR] Janet: Fröhliche Weihnachten
[sugar] Was sagen die Schriftrollen??? Geht die Welt an Sylvester unter? Soll ich mich mit Frankie verabreden oder einfach zu Hause bleiben und sterben? Hahahaha
«SERVER» Trilogy!^tomba@ix-or1-22.ix.vetcom, hallo,
[DOGbert] Ich will nicht sterben.
[Jean-Luc] Janet, du kannst nicht mehr hierher kommen. Das FBI überwacht die IRC Kanäle.
[SpaCeman] Aber nicht uns, nicht Hawksbill.
[BENHUR] Noch nicht.
[Carlos] Wir glauben dir.
[sugar] Janet: hast du das mit der Frau aus Seattle gehört, die behauptet hat, sie wäre du?
[SpaCeman] Und das FBI hat sie aufgespürt:)))
«Janet» Ja. Seid ihr das gewesen?
[TrilogY» Wir dachten, das würde die Polizei und alle von deiner Spur abbringen):-p
[Jean-Luc]Wir geben falschen Alarm. Wir schaffen andere Kanäle, damit sie nicht so schnell agieren, falls Dr. Alexander wirklich selbst einen Kanal einrichtet. Sie werden es wieder für einen Witz halten; -)

Nach einem schnellen Blick über die Schulter tippte Catherine: »Habt ihr Tymbos gefunden?«

[Jean-Luc] Kein Tymbos.
[TrilogY] leider nein!!!!
[sugar] Wir haben es versucht. :(
[BENHUR] Überall ....

Catherine blickte enttäuscht auf den Bildschirm. Dann tippte sie:

«Janet» An alle: Es ist besser, ihr geht. Es ist hier nicht sicher.
[DOGbert] viel Glück!
*DOGbert umarmt Janet.

*TrilogY auch ich ... auch ich wünsche dir Glück.
«SERVER» Dogbert hat sich verabschiedet.
«SERVER» TrilogY hat sich verabschiedet.
[sugar] paß auf dich auf :-)
*sugar küßt Janet (((umarmt sie)))
«SERVER» sugar hat abgeschaltet.
[Jean-Luc] Wirst du jemals zu uns zurückkommen?

Catherine blickte auf den Monitor und las die Worte und Gesten von Menschen, die sie nie getroffen hatte und vermutlich auch nie treffen würde. Sie wußte nicht, ob ›sugar‹ eine Frau war oder ›spaCeman‹ ein Mann. Waren sie zwanzig oder siebzig? Lebten sie in den Vereinigten Staaten?

«Janet» Jean-Luc: wahrscheinlich nicht.
*Janet umarmt euch alle. Danke für eure Hilfe.
«SERVER» Maynard hat sich verabschiedet.
«SERVER» Benhur hat sich verabschiedet.
«SERVER» Carlos hat sich verabschiedet.
«SERVER» Spaceman hat sich verabschiedet.

Auf dem Bildschirm standen nur noch zwei Namen: «@Janet und Jean-Luc.

[Jean-Luc] Janet ...
«Janet» Ja?

Es dauerte eine Weile, bevor eine Antwort kam:

[Jean-Luc] Vielleicht treffen wir uns im neuen Jahrtausend ...
/leave
DISCONNECT SERVER
NO CARRIER

Der Vatikan, Rom

Kardinal Lefèvre sah die Schlagzeile: »FRAU BERÜHRT PHOTO EINER ALTEN SCHRIFTROLLE UND IST VOM KREBS GEHEILT!«
Die Tatsache, daß es nicht der Aufmacher der *New York Times* oder der italienischen *Oggi* war, sondern nur die Schlagzeile eines amerikanischen Sensationsblattes, nahm ihr in den Augen des Kardinals nichts von der Wirkung. Diese Schlagzeile machte nur deutlich, wie weit der Wahn der Verblendung um sich gegriffen hatte.
Die Telefone im Vatikan standen keinen Augenblick mehr still, und es ging eine Flut von Telegrammen aus aller Welt ein, in denen die Heilkräfte des sogenannten Jesus-Fragments bestätigt wurden.
Auf dem Weg zu der Tür, deren geprägte Bronzeplakette die Aufschrift *Archivio Secreto Vaticano* trug, nickte er dem diensthabenden Priester zu, der hinter einem Schreibtisch an einem Computer saß.
O ja, es hatte auch hier Veränderungen gegeben: Nun standen Computer im Archiv. Der Vatikan war 1995 an das Internet gegangen. Kardinal Lefèvre erinnerte sich an den denkwürdigen Augenblick vor vier Jahren, als zwanzigtausend Seiten Handschriften plötzlich in den Cyberspace entlassen wurden und auf diese Weise Menschen auf der ganzen Welt mit einem Klicken der Maus Bilder aus mittelalterlichen Miniaturen und illuminierten Handschriften auf ihren Bildschirm rufen konnten. Wer wollte da behaupten, die Kirche gehe nicht mit der Zeit? Der Vatikan hatte in den neunziger Jahren sehr umsichtig den Schritt in das Computer-Zeitalter gemacht und würde auch im nächsten Jahrtausend auf seine Weise die Massen in aller Welt beeinflussen.
Der Kardinal betrat einen der großen Räume, in dem ein kleiner Teil der fünfundvierzig laufenden Regalkilometer Archivmaterial aufbewahrt wurde. Lefèvre wußte, daß die Menschen den Namen der Bibliothek falsch deuteten. ›Geheim‹ bedeutete in

diesem Fall nicht versteckt und ganz sicher nicht verboten, sondern schlicht ›privat‹, Eigentum der Kirche. Das Geheimarchiv war natürlich Wissenschaftlern und Studenten zugänglich.

An diesem kalten Nachmittag des vierundzwanzigsten Dezember verließ Kardinal Lefèvre jedoch den öffentlichen Teil der Bibliothek und verschwand im hinteren Bereich, der tatsächlich geheim war. Dort lagerten in Gewölben mit dicken Mauern Tausende nicht erfaßter und katalogisierter Schriften.

Kurz zuvor hatte ihm ein Kurier einen Umschlag mit Photos überbracht. Sie waren auf der Rückseite mit Bleistift datiert – 15. 12. 99 –, numeriert und mit den Initialen ›C. A. – Catherine Alexander‹ versehen. Daneben gab es Anmerkungen in Tinte: das Datum des 17. Dezember 1999, eine Aktennummer und die Initialen eines Polizeibeamten. Es hatte Tage gedauert, die Verbindung herzustellen, nicht nur zu hohen Beamten, die inoffiziell aktiv geworden waren, sondern bis hinunter zu Angehörigen der Polizeibehörde von Santa Barbara, auf deren Loyalität die Kirche zählen konnte.

Natürlich waren es nicht alle Photos. Man hatte auf diesem Weg nur ein paar besorgen können. Doch sie genügten, um Seine Eminenz davon zu überzeugen, daß Catherine Alexander auf dem Sinai etwas gefunden hatte, das nicht ignoriert werden durfte – nicht von Kardinal Lefèvre, einem Mann, auf den der Entwurf eines Dokuments zurückging, das sich in aller Klarheit mit den Aufgaben und Pflichten von Theologen beschäftigte, Theologen im Fachbereich Archäologie waren davon nicht ausgenommen. Der Kardinal hatte im Namen der Inquisition oder der Kongregation für Glaubensdoktrin, wie diese Institution jetzt so schön hieß, in diesem Dokument unmißverständlich klargestellt, daß Theologen, die von der offiziellen Kirchenlehre abwichen, eine Sünde begingen. Das stand völlig im Einklang mit der 1990 erschienenen, überarbeiteten Version des Katechismus, der feststellt: »Die Aufgabe, eine authentische Interpretation des Wortes Gottes zu geben, wurde allein dem Lehramt der Kirche übertragen.«

In diesen Bereich gehörten auch Dokumente aus dem Altertum, bei denen es sich *möglicherweise* um christliche Texte handelte. Der Aufschrei von Bibelwissenschaftlern und Historikern beim Erscheinen des neuen Katechismus war zu erwarten gewesen. Auch Dr. Alexander hatte in einem Brief heftig gegen die Gleichsetzung von Dissens mit Sünde protestiert.

Aber was stellen diese Leute sich eigentlich vor, fragte Kardinal Lefèvre in ein stummes Selbstgespräch vertieft.

Wenn es jedermann erlaubt gewesen wäre, das Wort Gottes nach eigenem Gutdünken auszulegen, hätte das ein allgemeines Chaos und den Zerfall der kirchlichen Macht bedeutet. Man mußte Grenzen ziehen, Leitlinien festlegen und Strukturen vorgeben.

Das Büro des Kardinals in der Kongregation führte einen täglichen Kampf darum, daß die Fundamente der katholischen Kirche nicht von dissidierenden Theologen unterhöhlt wurden.

Vor allem nicht, dachte er mit gerunzelter Stirn, während er mit einem Spezialschlüssel die Tür des nächsten Gewölbes aufschloß, *von zornigen jungen Frauen, die widerrechtlich wertvolles Kircheneigentum an sich nehmen – falls es sich bei den Schriftrollen tatsächlich um christliche Dokumente handelt, um sie zu übersetzen, und sie aus ihrer voreingenommenen Sicht für alle Welt zu interpretieren!*

Seine Eminenz kannte Catherine Alexander. Der Beauftragte des Vatikans, der vor siebenundzwanzig Jahren Dr. Nina Alexander untersagt hatte, ihre Irrlehren weiter zu verbreiten, war von Kardinal Lefèvre nach Kalifornien geschickt worden.

Wie die Mutter so die Tochter, dachte er und griff nach einer Stahlkassette.

Ein Wort auf dem ersten Photo hatte seine Aufmerksamkeit erregt und ihn schließlich hinunter in dieses Gewölbe, in die tiefsten Regionen des Geheimarchivs geführt: *Tymbos.* Es war der Name des Königs, dem die Diakonin die Schriftrollen übergeben sollte, falls man sie verfolgen würde.

Er nahm ein Papyrusfragment aus der Kassette, das man 1932 bei

Ausgrabungen in Nordafrika in einer Ruine entdeckt, und das der Sand Algeriens beinahe zweitausend Jahre unzerstört bewahrt hatte. Es handelte sich offenbar um einen Brief, der im Griechisch des römischen Reiches geschrieben war.

»Nun, da Dir die genaue Stunde der Wiederkehr des Gerechten und der Tag des Endes aller Dinge gesagt worden ist, kann Dein Herz Frieden finden. Denn das Geschenk des ewigen Lebens ist Dein, wie der Gerechte prophezeit hat. Wir werden niemals sterben.«

Paläographie und die Radiokarbon-Untersuchung führten zu einer Datierung des Fragments zwischen 100 und 150 nach Christus. Da ›der Gerechte‹ in der Bibel ein Titel des Messias war, hatte der Vatikan vermutet, bei dem Dokument handle es sich möglicherweise um das Fragment eines verlorengegangenen Evangeliums, und es deshalb in seine Archive aufgenommen.

Gehört das Fragment zu den Schriftrollen der Sabina, fragte sich der Kardinal, und ein Schauer lief ihm über den Rücken. Hatte der Verfasser des Briefs Sabinas Text gelesen und eine Kopie angefertigt?

Oder stammte er von der Hand der Diakonin Amelia, vielleicht sogar der Perpetua? Das Fragment war in der Nähe der alten Stadt Timgad gefunden worden.

›*Timgad*‹ – ›*Tymbos*‹, überlegte der Kardinal. Ließ die Ähnlichkeit der Namen auf einen Zusammenhang schließen?

Im Internet kursierten Gerüchte, Dr. Alexander sei nicht im Besitz aller Schriftrollen der Sabina. Man sagte, sie sei auf der Suche nach einer siebten.

War die siebte Schriftrolle in Timgad versteckt worden? Lag sie vielleicht immer noch dort und wartete im Sand Nordafrikas darauf, entdeckt zu werden?

Washington, D.C.

»Das bringt nichts. Hier können wir weg«, sagte Raphael, als er in den Mietwagen stieg. Zeke hatte die Heizung nicht eingeschaltet, obwohl die Temperatur um den Gefrierpunkt lag. Er sagte, er wolle hellwach bleiben und einen klaren Kopf behalten. Raphael hatte nichts dagegen. Hitze, Kälte, ihm war das im Augenblick gleichgültig. Der Gedanke daran, was Mr. Havers dieser Auftrag kosten würde, hielt ihn warm.

»Kein Glück?« fragte Zeke, und sein Blick fiel auf die Reihe wartender Taxis vor der Ankunftshalle für Inlandflüge.

»Keiner hat einen Priester gesehen. Und alle, die letzte Nacht gearbeitet haben, sind heute wieder da. Wir haben jeden Fahrer zweimal gefragt.«

»Das heißt«, erwiderte Zeke und ließ den Wagen an, »ihr Begleiter reist neuerdings in Zivil.«

»Er hat uns in Las Vegas genau gesehen. Vielleicht kannte er uns schon vom Sinai.« Raphael schloß die blauen Augen, schüttelte den Lockenkopf und murmelte: »... und was jetzt?«

Zeke trommelte mit den behandschuhten Fingern auf das Steuerrad.

Ja, was jetzt?

»Raphael«, sagte er, »wenn du Priester wärst, wohin würdest du an Heiligabend gehen?«

»Ich werde nicht lange wegbleiben«, sagte Garibaldi, »die Kirche ist nur drei Straßen weiter.« Er wartete auf Catherines Antwort. Sie saß mit neuen Gummihandschuhen über eine Schriftrolle gebeugt und entfaltete sehr behutsam das erste Blatt der fünften Schriftrolle.

»Es bleiben noch zwei«, sagte sie. »Wie wir die siebte Rolle finden sollen, wissen wir so wenig wie am Anfang.« Catherine richtete sich auf und sah ihn an. »Ich weiß, Sie möchten, daß ich mit Ihnen gehe. Aber das kann ich nicht.«

Er runzelte die Stirn und zog die Lederhandschuhe an. »Ich

wollte, ich könnte Sie überzeugen ...« Er sprach den Satz nicht zu Ende.

»Was ist los?«

»Ist das nicht Miles Havers?« fragte er und deutete auf den Fernsehapparat, den Mrs. O'Toole heraufgebracht hatte, weil ihr Vater Garibaldis Schwester leid tat. Catherine ließ ihn mit abgeschaltetem Ton laufen.

»Ja, das ist er!« sagte sie und schaltete schnell den Ton ein.

Havers stellte sich vor seinem Haus in Santa Fe der Presse. »Ich weiß nicht, wie bekannt geworden ist, daß Dr. Alexander und ich in Verhandlungen über den Erwerb der Schriftrollen stehen«, sagte er in seiner gewohnt liebenswürdigen Art und lächelte gewinnend. »Aber ich kann Ihnen versichern, es lag nicht in meiner Absicht, etwas davon nach außen dringen zu lassen.«

»Was soll das nun wieder?« sagte Garibaldi kopfschüttelnd.

»Mr. Havers«, fragte der Reporter, »heißt das, es gibt diese Schriftrollen tatsächlich? Können Sie das bestätigen?«

»Ja, das kann ich. Der Versuch, sie von Dr. Alexander zu kaufen, entspringt meiner Sorge, sie könnte die Schriftrollen vernichten. Sie gehören der ganzen Menschheit und nicht einer Person. Ich dachte, fünfzig Millionen Dollar würden sie dazu bringen, die Schriftrollen mit der Welt zu teilen. Aber Dr. Alexander hat mein Angebot bisher abgelehnt.«

»Das glaube ich einfach nicht!« sagte Garibaldi.

Catherine wechselte den Sender. In einer anderen Nachrichtendung hieß es: »Der Milliardär Miles Havers, Besitzer von Dianuba Technologies, gab heute bekannt, daß er zur Zeit in privaten Verhandlungen mit Dr. Catherine Alexander steht, um die Jesus-Schriftrollen für die Summe von fünfzig Millionen Dollar zu erwerben ...«

»Das ist einfach verrückt«, murmelte Garibaldi. »Warum macht er das? Was hat er davon?«

Catherine schüttelte verwirrt den Kopf und schaltete mit der Fernbedienung auf einen Sender in Baltimore.

»... erst bestätigt nach einem anonymen Hinweis an die *New*

York Times, der angeblich aus der unmittelbaren Umgebung von Miles Havers kam. Er hat erklärt, die Schriftrollen stammen von der Sinai-Halbinsel, sie seien zweifelsfrei christlichen Ursprungs und illegal in die Vereinigten Staaten gelangt. Die Person, die diese Schriftrollen verkaufe, sei identisch mit der, die sie entdeckt habe, nämlich die flüchtige Dr. Catherine Alexander.«

»Den Tip muß Havers selbst inszeniert haben«, sagte Garibaldi. »Wenn der Informant nicht in seinem Auftrag an die Öffenlichkeit gegangen wäre, würde Havers alles leugnen. Also hat er sich die ganze Sache ausgedacht.«

»Aber warum?«

»Er glaubt vielleicht, er könnte Sie zwingen, etwas zu unternehmen. Er möchte vermutlich, daß Sie seiner Darstellung öffentlich widersprechen.«

Die Nachrichtensendung wurde durch Werbung unterbrochen, und Catherine schaltete den Fernseher aus. »Da täuscht er sich. Ich bleibe unauffindbar und schweige, und ich werde weiter an der Übersetzung der Schriftrollen arbeiten.« Sie sah Garibaldi an. »Sie gehen jetzt besser. In einer Stunde fängt die Mitternachtsmesse an.«

»Kann ich Sie wirklich nicht überreden, mit mir zu gehen?«

»Der fünfte Papyrus ist in einem schlechteren Zustand als die anderen«, erwiderte sie. »Ich muß mit der Arbeit daran anfangen.«

Doch Garibaldi blieb. Als sie seinen Blick auf sich gerichtet spürte, sagte sie: »Vater Garibaldi, ich kann wirklich nicht mitkommen.«

»Weshalb nicht?«

»In der Nacht, als meine Mutter starb, habe ich die Kirche und Gott verflucht. Ich kann nicht einfach zurück.«

»Natürlich können Sie das«, erwiderte er ruhig. »Es gibt immer einen Weg zurück.«

Sie schüttelte den Kopf. »Ich sehe keinen.«

»Lassen Sie ihn sich von mir zeigen.«

Sie blickte auf seine ausgestreckte Hand.

Es war eine bitterkalte Nacht, und es wehte ein schneidender Wind. Trotzdem strömte eine große Menschenmenge durch das offene Kirchenportal. Noch immer fuhren Wagen vor und verstopften die enge Straße.
So viele gläubige Menschen, dachte Catherine und blickte auf die gotischen Kirchtürme, die den dunklen, sternenlosen Himmel stützten. In der Kirche spielte die Orgel ›Stille Nacht, heilige Nacht‹, und das Licht schien wie flüssiges Gold hinter den offenen Türen zu schimmern.
Catherine beobachtete die Menschen, die in den Lichtschein traten. Manche wirkten ernst und feierlich, andere winkten fröhlich Freunden oder Bekannten zu; alte Männer und Frauen gingen langsam an ihren Stöcken, Kinder drängten sich um die hell erleuchtete Krippe.
Als sie und Garibaldi sich der Kirche näherten, bekam Catherine Herzklopfen. Trotz der Kälte begann sie zu schwitzen und hatte plötzlich das Bedürfnis, die Daunenjacke auszuziehen.
Am Fuß der Treppe blieb sie leichenblaß stehen.
Garibaldi sah sie fragend an.
»Ich kann nicht.«
»Es gibt nichts, wovor Sie sich fürchten müßten.«
»Vater Garibaldi, ich kann nicht.«
Er sah, wie blaß sie war, und ging mit ihr in den kleinen Park an der Seite der Kirche. Zwischen den von Rauhreif bedeckten Sträuchern stand eine Bank. Catherine setzte sich völlig erschöpft dorthin, nahm den Schal ab, hob das Gesicht in den kalten Wind und schloß die Augen.
»Warum sind Sie mitgekommen?« fragte Garibaldi und sah sie prüfend an. Da sie keine Antwort gab, sagte er: »Sie haben es für mich getan, nicht wahr?«
»Ich mache mir Sorgen«, flüsterte sie.
»Worüber?«
»Daß Sie den Priesterrock ausziehen werden.«
»Warum machen Sie sich deshalb Sorgen?«
»Weil das keine Lösung ist, Vater Garibaldi. Wenn Sie das tun,

werden Sie in Zukunft nur noch mehr Schuldgefühle wegen der Sache haben, die Sie jetzt schon belastet.«

»Sie haben also geglaubt, ich würde beschließen, Priester zu bleiben, wenn ich ein verirrtes Schaf zur Herde zurückführen könnte? Catherine, Sie können nicht meinetwegen zur Kirche gehen. Das müssen Sie Ihretwegen tun.« Nach einer kurzen Pause sagte er: »Was ist an der Treppe geschehen? Sie sind plötzlich leichenblaß geworden.«

»Ich habe mich erinnert«, erwiderte sie.

»Erinnert? Woran?«

Catherine zog die Handschuhe aus und überließ ihre feuchten Hände der kalten Luft. »Als kleines Mädchen habe ich gestottert«, sagte sie leise. »Wenn ich nervös war oder mich fürchtete, konnte ich nicht mehr richtig sprechen. Das hat sich gegeben, aber als Zehnjährige in der katholischen Schule hatte ich das Problem noch. Meine Mutter hatte die Schulleitung davon in Kenntnis gesetzt. Ich nehme an, man hat vergessen, es Schwester Immaculata zu sagen, die leider ebenfalls stotterte. Natürlich geschah das Unglück gleich am ersten Tag.«

Catherine fuhr sich mit den Fingern durch die kurzen, weißblonden Haare. Ihre Worte klangen schmerzlich. »Im Unterricht wurden die großen Entdecker behandelt, und ich hatte entsetzliche Angst, die Schwester könnte mich aufrufen.« Sie schüttelte bei der Erinnerung den Kopf. »Natürlich tat sie es. Sie wollte von mir etwas über Vasco da Gama wissen, aber sie brachte den Namen kaum über die Lippen. ›VV-Vasco dd-da GG-Gama‹, stottete sie. Ich versuchte zu antworten und erwiderte: ›VV-Vasco dd-da GG-Gama.‹ Die Klasse brüllte vor Lachen. Schwester Immaculata glaubte, ich würde mich über sie lustig machen. Zur Strafe mußte ich mich vor der Klasse auf einen Hocker stellen. Sie hängte mir ein Schild um den Hals, auf dem ›Sünderin‹ stand. Sie erklärte, ich müsse dort stehenbleiben, bis ich etwas Respekt gelernt hätte, und der Unterricht ging weiter.

Die Kinder kicherten und flüsterten miteinander. Ich fing an zu

weinen. Dann merkte ich, daß ich zur Toilette mußte, aber ich hatte schreckliche Angst, etwas zu sagen. Also versuchte ich, es zu halten. Nach einer Weile konnte ich nicht mehr, und es fing an, mir an den Beinen hinunterzulaufen. Die anderen Kinder hörten nicht mehr auf zu lachen. Plötzlich aber wurden sie still. Das machte die Sache für mich noch schlimmer.
Schwester Immaculata warf mir vor, das alles absichtlich getan zu haben. Sie zerrte mich vom Hocker, schimpfte mich aus und schleppte mich in das Zimmer der Oberin.«
Catherine schlug die Hände vor das Gesicht. Es dauerte eine Weile, bis sie weitersprechen konnte.
»Die Schulschwester kümmerte sich um mich, während die Oberin bei mir zu Hause anrief. Meine Mutter war auf einer Tagung, aber mein Vater war zu Hause, das heißt, in dem College, wo er unterrichtete. Er versprach, mich um die Mittagszeit abzuholen. Also saß ich mit dem ausgewaschenen Unterhöschen in einer Plastiktüte im Zimmer der Oberin und wartete auf meinen Vater.«
Catherine starrte blicklos vor sich hin. Ihre Stimme war kaum noch zu hören.
»Es wurde Mittag. Die Zeit verging, und er kam nicht. Nachmittags riefen sie meinen Vater noch einmal an und hinterließen eine Nachricht. Dann war die Schule aus. Die Kinder gingen nach Hause, die Schwestern verließen die Klassenräume, und die Frau des Hausmeisters fing an, den Fußboden zu putzen.
Die Schulschwester fuhr mich schließlich nach Hause. Mein Vater war da. Er sagte, er habe den Anruf vergessen. Er wollte nicht einmal wissen, was geschehen war. Er verschwand sofort wieder in seinem Arbeitszimmer, und damit war die Sache für ihn erledigt.«
Catherine stand auf und betrachtete die dünne Eisschicht im Vogelbad. In der Kirche begann die Messe.
»Die Kirche bedeutete meinem Vater alles«, sagte sie. »Er war eine Art Mönch. Er hätte nie ein Kind haben sollen. Er war nicht zum Vater geschaffen.«

»Die Kirche bedeutete Ihrem Vater mehr als Sie. Sind Sie deshalb böse auf ihn?« fragte Garibaldi, der hinter ihr stand.
Catherine drehte sich herum. »*Gott* bedeutete ihm mehr als ich. Vater Garibaldi, ich habe Gott nicht wegen Vater McKinney verflucht oder deshalb, weil meine Mutter ohne den Beistand eines Priesters sterben mußte. Ich habe Gott verflucht, weil mein Vater Gott mehr liebte als mich. Gott hätte er nicht mit einer nassen Unterhose im Zimmer der Oberin sitzenlassen!«
Sie stieß die Luft aus. Garibaldi schwieg, und Catherine sprach etwas ruhiger weiter.
»Die Kinder in der Schule waren danach schrecklich zu mir. Sie können sich vorstellen, welche Schimpfnamen sie für mich hatten. Wenn Danno nicht gewesen wäre ...«
»Haben Sie Ihrer Mutter nie etwas davon gesagt?«
Catherine stand auf. »Wie konnte ich? Sie betete meinen Vater an ... und als er starb, war ich voller Zorn, weil wir diese Sache nie bereinigt hatten. Ich wartete immer darauf, daß ich älter und reifer sein würde, um mit ihm darüber zu reden. Aber dann kam er ums Leben, und daran war meine Mutter schuld, weil sie trotz des Verbots Bücher schrieb, die die Kirche angriffen und meinen Vater aus dem Haus trieben!«
»Deshalb führen Sie die Arbeit Ihrer Mutter weiter – eine Arbeit, die Ihren Vater aus dem Haus und schließlich in den Tod getrieben hat?«
Catherine sah ihn erschrocken an. »Sie glauben, ich hätte die Schriftrollen an mich genommen, um meinen Vater auf eine hinterlistige Art zu bestrafen?«
»Auf *ihn* sind Sie doch böse, oder nicht? *Ihm* können Sie nicht vergeben.«
Catherine blickte auf ihre Hände und sagte leise: »Man hat ihn beschuldigt, ein Spion zu sein. Er hat es nicht einmal geleugnet. Er hat keinen Finger zu seiner Verteidigung gerührt. Er hat es hingenommen, daß man ihm eine Kapuze über den Kopf zog und ihn hinrichtete. Als man mir am Flughafen seine Leiche übergab, wollte ich den Sargdeckel abnehmen und von ihm eine Er-

klärung dafür verlangen, daß er mich an jenem Tag nicht abgeholt hatte. Ich wollte unbedingt wissen, ob er nicht gekommen war, weil ich ihm so wenig bedeutete.«

»Sie sind böse auf ihn, weil er hingerichtet worden ist?«

»Wir hatten noch etwas ins reine zu bringen«, erwiderte sie. »Dem hat er sich entzogen.« Catherine zog die Handschuhe wieder an. »Deshalb kann ich nicht mit Ihnen in die Kirche gehen, Vater Garibaldi. Es war *seine* Kirche und *sein* Gott. Damit will ich nichts mehr zu tun haben. Ich hätte nicht mitkommen sollen. Aber gehen Sie nur hinein, Vater Garibaldi. Sie gehören dorthin. Auf mich wartet noch Arbeit.«

Er sah ihr nach, als sie die Straße zurück zum Haus von Mrs. O'Toole und zur fünften Schriftrolle ging.

Der zwölfte Tag

Samstag,
25. Dezember 1999

»Hüte dich vor den Wesen, die ihre Gestalt verändern«, ermahnte mich Claudia, als wir unser Haus in Britannien bezogen. Sie sprach flüsternd von den Hyperboräern, die im Norden leben, und erzählte von den sagenumwobenen Arimaspi, die über ein wolkenverhangenes Reich auf dem Gipfel der Erde herrschen. Sie warnte mich vor ›dem kleinen Volk‹ und den Robbenfrauen und vor Katzen, die Neugeborenen den Lebensodem von den Lippen stehlen.

Claudia war die Frau des Centurio, dem dieser Vorposten als Befehlshaber unterstand. Ich fragte mich nach der ersten Begegnung, ob sie vielleicht schon zu lange nicht mehr in Rom gewesen war. Doch nach einer Weile stellte ich fest, daß sie sich in dieses seltsame, neblige Land verliebt hatte.

Ich war mit dunklen Vorahnungen gekommen, denn alles hier war uns so fremd. Doch ich mußte mir bald eingestehen, daß auch ich den Wind, den Regen und die Dunstschleier über den Tälern liebte. Nichts ist schöner als das wogende Grün, das sich, so weit das Auge reicht, vor den staunenden Blicken ausbreitet, und nichts ist erhabener als die uralten Eichenhaine, in denen Geister und Feen hausen.

Philos spürte den Zauber dieses Landes ebenfalls. Er beschäftigte sich wie besessen mit den Legenden und dem reichen Schatz an Überlieferungen, denn auch hier war die Erinnerung an Riesen lebendig. Man stellte ihm die Beweise dafür in Aussicht, daß es sie gegeben hatte.

Ich widmete mich mit ganzer Hingabe der Erziehung von Pindar und freute mich über seine Entwicklung. Und ich gründete eine kleine Gemeinde. Wir trafen uns einmal in der Woche in meinem Haus. Auf eine Lesung des Marienbriefes folgte eine An-

sprache über den Gerechten und seine Botschaft vom Frieden und dem Sieg über den Tod, bevor wir seinem Auftrag folgten, gemeinsam das Brot zu brechen und den Wein zu trinken. Ich bekehrte viele Menschen zum Weg, und sie waren wie ich davon überzeugt, daß dies der wahre Glaube ist.

Ich traf Druiden, die einen uralten Himmelsgott namens Myrddin verehren. Für die Druiden gibt es nichts Heiligeres als die Mistel, die sie in ihrer Sprache ›die Allheilende‹ nennen, denn sie glauben, daß diese Pflanze jede Krankheit besiegen kann. Die Druiden haben keine Tempel oder Heiligtümer, wie wir sie kennen. Ihre Rituale finden in der freien Natur statt, und sie verehren die Eiche, auf der die Mistel wächst.

Ich beobachtete nicht ohne Sorge, wie Claudia der Magie der Druiden verfiel. Aber ich hielt unbeirrt an meinem Glauben fest.

Washington, D.C.

»Miss Garibaldi? Hallo? Sind Sie wach, meine Liebe?«

Catherine ging zur Tür, öffnete sie allerdings nicht. »Ja, Mrs. O'Toole?«

»Ich wollte nur fragen, ob Sie später zum Weihnachtsessen zu uns herunterkommen. Ich muß wissen, wie viele Gedecke wir auflegen sollen.«

»Ich glaube nicht, Mrs. O'Toole«, erwiderte Catherine. Im Haus waren die Vorbereitungen für das Festessen voll im Gang. Catherine stieg schon beim Aufwachen der Duft einer bratenden Gans in die Nase. »Vielen Dank für die Einladung, aber ich glaube, ich bin nicht in der richtigen Stimmung, um zu feiern.«

»Schon gut, meine Liebe. Ich bringe Ihnen einen Teller herauf. Wird Ihr Bruder mit uns essen?«

Mein Bruder ...

Garibaldi war zur Mitternachtsmesse in der Kirche gewesen und zum ersten Morgengottesdienst. Jetzt war er gerade in der drit-

ten Weihnachtsmesse. »Ja«, sagte sie durch die Tür. »Er hat mir heute morgen gesagt, daß er sich schon darauf freut.«
Das waren nicht ganz seine Worte gewesen. ›Mrs. O'Toole wird es vielleicht verdächtig vorkommen, wenn wir auf unseren Zimmern bleiben und ihre Einladung nicht annehmen‹, hatte er erklärt.
Catherine wußte, daß Garibaldi ein schlechtes Gewissen hatte, weil er sich frei bewegen konnte, während sie in ihrem Zimmer gefangen war.
Mrs. O'Toole ging, und Catherine trat wieder an den Tisch, auf dem die fünfte Schriftrolle ausgebreitet lag. Der Zustand des Papyrus war besorgniserregend. Catherine blickte auf die Worte, die sie zuletzt gelesen hatte.
»Aber ich hielt unbeirrt an meinem Glauben fest.«
Catherine erinnerte sich kaum noch daran, diesen Satz gelesen zu haben. Sie hatte am Abend mit dem Übersetzen angefangen. Irgendwann im Laufe der Nacht, als Garibaldi in der Kirche war, hatte sie keine Worte mehr auf dem Papyrus gesehen, sondern Bilder, die so wirklichkeitsnah zu sein schienen, daß Catherine eine Zeitlang das Gefühl hatte, mit Sabina in Britannien zu sein.
Sie ging zum Fenster und blickte hinaus. Die Straße war ruhig. Am Abend zuvor hatten die Leute Weihnachtslieder gesungen, und alle Häuser waren festlich beleuchtet gewesen. Am Morgen hatte sie gehört, wie andere Gäste das Haus verließen, um zum Gottesdienst zu gehen. Alle feierten Weihnachten mit einem Gang in die Kirche. Mrs. O'Toole und ihre Schwester waren zusammen mit Garibaldi erst um halb zwei morgens von der Mitternachtsmesse zurückgekommen. Catherine hatte gehört, daß sie ihn zur Feier des Tages noch zu einem Sherry einluden.
Stimmen, die ich durch Wände höre, Bilder, die sich in eine quälend vertraute Wirklichkeit verwandeln, und Szenen, die ich durch Fenster sehe, wo keine Fenster sind …
Catherine kam es vor, als nehme sie nicht mehr am Leben teil, sondern sei nur noch eine Beobachterin. So, wie sie sich auf den Stationen ihrer Flucht in der virtuellen Welt der Computer si-

cherer gefühlt hatte als in der Wirklichkeit, so glaubte sie allmählich, in der Vergangenheit zu leben, Sabinas Leben zu führen und nicht ihr eigenes.
Sie entdeckte Garibaldi auf dem Gehweg. Er sah eindrucksvoll aus mit dem schwarzen Hut, dem schwarzen Schal und dem langen schwarzen Mantel, den er am Vortag in der Wisconsin Avenue gekauft hatte.
»Sie müssen Ihrem Vater verzeihen, daß er damals nicht zur Schule gekommen ist …«
Und was ist mit Ihnen, Vater Garibaldi? wollte sie fragen. *Warum vergeben Sie dem sechzehnjährigen Jungen nicht, daß er einem alten Mann nicht das Leben gerettet hat? Wie lange wollen wir beide uns noch selbst bestrafen und mit der Last unserer Schuldgefühle leben?*
»Wir sind uns ähnlich.« Das waren Garibaldis Worte auf dem Dach des Atlantis gewesen. »Sie und ich, wir sind beide Kämpfer, wenn auch in verschiedenen Arenen.«
Catherine wandte sich vom Fenster ab und betrachtete den brüchigen Papyrus auf dem Tisch. Sie hatte das Ende des fünften Buches beinahe erreicht. Danach blieb nur noch eine Schriftrolle übrig. Wenn Catherine auch diesen Text übersetzt hatte, und wenn er keine eindeutigen Hinweise über den Verbleib der siebten Rolle enthielt, war das Abenteuer zu Ende. Sie und Garibaldi würden Abschied voneinander nehmen …
Plötzlich klopfte jemand heftig an die Tür, und sie dachte, Mrs. O'Toole sei mit einer Kanne Tee zurückgekommen. Aber es war Garibaldi. Catherine ließ ihn ins Zimmer treten. Wie an jenem Tag, als sie sich zum ersten Mal im Hotel Isis begegnet waren, staunte sie auch jetzt darüber, daß er mit seiner Anwesenheit einen Raum auszufüllen schien.
»Schalten Sie den Fernseher ein«, sagte er und zog den Mantel aus. »Schnell!«
»Was …?«
»Ich habe die Ankündigung zufällig unten im Vorbeigehen gesehen. Vor den Nachrichten kommt aber noch die Werbung.«

Catherine wechselte die Kanäle, auf denen die üblichen Weihnachtssendungen zu sehen waren, und fand schließlich die Mittagsnachrichten. Wieder einmal sah sie ihr Photo auf dem Bildschirm. Erstaunlicherweise gewöhnte sie sich allmählich daran.
»Was gibt es diesmal?« fragte sie besorgt.
Garibaldi nahm den Hut ab, zog die Handschuhe aus und stellte den Ton lauter.
»... im Institut Technologique in Paris wurde eine Radiokarbon-Untersuchung durchgeführt, und gleichzeitig haben Paläographen in Deutschland und Großbritannien unabhängig voneinander eine Handschriftenanalyse, die sogenannte Paläographie, vorgenommen. Die Datierung des Papyrus nach der Radiokarbon-Methode verweist ungefähr auf das Jahr einhundert unserer Zeitrechnung, die Handschriftenanalyse bestätigt dieses Datum.«
»Wunderbar!« flüsterte Catherine.
Doch Garibaldi hob die Hand.
»Die Infrarot-Analyse des Fragments«, fuhr die Sprecherin fort, »hat ältere Schriftzeichen sichtbar gemacht, die gelöscht worden waren, die jedoch mit Hilfe von Infrarotstrahlen lesbar sind. Es handelt sich um eine Verkaufsrechnung aus der Regierungszeit des Kaisers Claudius ...«
»Das ist nichts Ungewöhnliches«, sagte Catherine. »Man hat Papyrus häufig mehrmals verwendet, weil das Material so teuer war.«
»Die Infrarot-Spektralanalyse enthüllte jedoch noch etwas anderes, was auf dem Fragment gelöscht worden ist: einen Stempel mit der Katalognummer eines Museums ...«
Auf dem Bildschirm erschien in Nahaufnahme ein blasser Kreis, in dem man gerade noch die Inschrift: ›*Musée d'Antiquités 4. 11. 45*‹ erkennen konnte.
»Laut Aussagen der Polizei ist damit der Beweis erbracht, daß das Jesus-Fragment Teil einer Sammlung ist, die vor drei Jahren aus dem ägyptischen Museum gestohlen wurde ...«
Catherine sah Garibaldi ungläubig an. »Wie bitte? Gestohlen?«

»Sie behaupten, die Schriftrollen seien Fälschungen.«
»Das kann nicht sein!«
Es folgte ein Filmausschnitt. Ein unglücklich wirkender Mann stand vor einer Reihe Mikrophone, und in der unteren rechten Ecke des Bildschirms war ein Balken mit dem Hinweis: ›KAIRO NATIONAL TELEVISION.‹
Der Mann sprach arabisch, und die Sprecherin fuhr fort: »Nicholas Papazian legte gestern am späten Abend ein Geständnis ab, das die ganze Welt in Staunen versetzt. Die Schriftrollen vom Sinai, so sagt er, seien sein Werk. Er habe sie in einem Hinterzimmer seines Antiquitätengeschäfts in Kairo hergestellt. Nach seiner Darstellung handelte es sich um eine Auftragsarbeit für Dr. Catherine Alexander.«
Catherine sprang auf. »In meinem Auftrag? Ich habe den Mann noch nie gesehen!«
»Papazian«, fuhr die Sprecherin fort, »hat bereits früher Handschriften gefälscht. Am bekanntesten ist sein sogenannter ›Brief des Pontius Pilatus‹, der vor fünfzehn Jahren auf einer Auktion zehn Millionen Dollar erzielte. Kurze Zeit später entdeckte man, daß es eine Fälschung war. Nach einem Geständnis wurde Papazian zu sechs Jahren Gefängnis verurteilt, und die ägyptische Regierung entzog ihm die Lizenz für den Verkauf und den Export von Antiquitäten.«
»Ich habe von ihm gehört«, sagte Catherine. »Es ist nicht nur Papazian. Seine ganze Sippe ist in diesem zwielichtigen Bereich tätig. Sie sind eine der bekanntesten Kontaktadressen der Welt für den illegalen Handel mit Altertümern. Der Mann ist geradezu unanständig reich und verbirgt seine kriminellen Machenschaften hinter der Fassade neu erworbener Ehrbarkeit.«
»Aber was steckt hinter dieser Geschichte?« fragte Garibaldi. »Warum sagt er, Sie hätten ihn bezahlt, damit er die Schriftrollen fälscht?«
»Ich weiß es nicht.«
»Aber der Stempel des Museums«, sagte Garibaldi, »und dann alle Experten, die das Fragment untersucht haben. Wenn es eine

abgekartete Sache ist, wie hat man die Leute dazu gebracht, bei so einem krummen Ding mitzuspielen?«

Catherine kaute auf ihrer Unterlippe.

Garibaldi ging nachdenklich im Zimmer auf und ab. »Ein noch größeres Rätsel ist das Motiv dafür. Wieso gesteht dieser Papazian eine kriminelle Tat, wenn er sie nicht begangen hat?«

»Für genug Geld würde er wahrscheinlich alles gestehen.« Catherine lachte kurz und bitter.

»Und riskieren, wieder im Gefängnis zu landen?« Garibaldi schüttelte den Kopf.

»Er würde ein paar Leute bestechen und nicht ins Gefängnis wandern.«

»Dazu wäre eine Menge Geld nötig, und ich kenne nur einen Mann, der so etwas inszenieren und finanzieren könnte ...«

»Havers ...«, sagte Catherine. »Er muß dahinterstecken. Aber wie hat er es gemacht? Ich war dort, als Hungerfords Arbeiter das Fragment gefunden haben. Und ich habe den Korb mit den Schriftrollen entdeckt. Glauben Sie mir, dieser Korb war nicht erst vor kurzem dorthin gebracht worden. Der Korb saß fest in dem unterirdischen Gang. Wie hätte Papazian die Schriftrollen oder das Fragment dorthin bringen können? Ich habe die Pflanzenreste am Korb analysiert. Sie sind eindeutig zweitausend Jahre alt!«

Im Fernsehen wurde gerade der Sprecher des ägyptischen Ministeriums interviewt. »... meine Regierung befindet sich deshalb in einer sehr peinlichen Lage.« Dann kam ein Archäologe zu Wort, der in betont sachlichem, zurückhaltendem Ton erklärte, daß er persönlich das Fragment sowie den, wie sich herausstellte, mit Steinen gefüllten Korb aus dem Zelt von Dr. Alexander entfernt habe. »Es kursierten Gerüchte von Schriftrollen, und es gibt Photos«, sagte er mit hochgezogenen Augenbrauen. »Aber Photographien lassen sich nicht analysieren, und bisher liegen keine Beweise für die Existenz von Schriftrollen vor. Was das Fragment betrifft, so war ich zunächst von seiner Echtheit überzeugt ...«

»Merkwürdig«, murmelte Catherine und ging näher an das Fernsehgerät heran. Sie betrachtete prüfend das in der rechten oberen Ecke eingeblendete Bild des Fragments und sagte: »Wenn ich das doch *gedruckt* sehen könnte …«

»Kein Problem«, rief Garibaldi. »Wenn die Neuigkeit gestern abend in Ägypten bekannt geworden ist, wird heute wahrscheinlich etwas darüber in den Morgenzeitungen stehen. Ich bin gleich wieder da.«

Garibaldi mußte nicht weit gehen. Die Samstagszeitung lag im Wohnzimmer, und alle sechs Gäste, die Weihnachten bei Mrs. O'Toole verbrachten, hatten sie bereits gelesen.

Als Garibaldi in Catherines Zimmer zurückkam, wurde gerade die Direktorin der Stiftung interviewt. Ein Reporter fragte: »Wir haben gehört, daß die Stiftung Dr. Alexander in einem Brief gedroht hat, ihr die Mittel zu streichen, falls die Grabung nicht bald Erfolge vorweisen würde. Stimmt das?«

»Dazu kann ich leider nichts sagen.«

Garibaldi sah Catherine an. »Ist das wahr?«

Sie machte ein finsteres Gesicht. »Ja.«

»Dann unterstellen sie …«

»Daß ich die Schriftrollen gefälscht habe, um mein Projekt weiterführen zu können.«

»Dahinter *muß* Havers stecken«, sagte Garibaldi und gab ihr die Zeitung. Der Artikel stand auf der ersten Seite. Dazu gab es Photos von Catherine, von Nicholas Papazian, der Fundstelle und dem Jesus-Fragment. Darüber stand als Schlagzeile: ›FÄLSCHUNG!‹

»Warum steht das auf dem Titelblatt?« fragte Catherine kopfschüttelnd. »Es gibt doch auch noch andere Neuigkeiten auf der Welt.«

»Ich nehme an, eine Menge Leute haben sich große Hoffnungen gemacht, daß in den Schriftrollen ein Hinweis auf die Zeitenwende zu finden ist. Oder daß sie vielleicht das Geheimnis enthüllen, wie die Menschen das ewige Leben finden können. Wer weiß, was unter dem Einfluß der Medien in den Köpfen der

Menschen auf aller Welt für Erwartungen geweckt worden sind? Die Nachricht heute wird für viele wie eine eiskalte Dusche sein. Insofern ist das mit der angeblichen Fälschung eine Sensation, die sich weder das Fernsehen noch die Zeitungen entgehen lassen.«

Im Fernsehen erklärte gerade eine Wissenschaftlerin aus Denver: »Unserem Institut wurde ein winziger Teil des Fragments zur Verfügung gestellt. Wir haben Tintenpartikel abgelöst und sie unter dem Elektronenmikroskop analysiert. Dabei hat sich gezeigt, daß die Tinte Anatas, also Titandioxyd enthält, das erst in den zwanziger Jahren dieses Jahrhunderts erfunden wurde. Da es jedoch möglich ist, daß ein altes Dokument winzige Spuren von Anatas aufweist, wurde die Tinte mit einem Röntgenverfahren untersucht, und dabei stellte sich heraus, daß sie eine ganze Menge Anatas aufweist. Das bedeutet, die Tinte stammt aus neuerer Zeit.«

Garibaldi warf einen Blick auf Catherine, die fassungslos vor dem Bildschirm stand. »Kein Mensch wird mir glauben«, sagte sie. »Nicholas Papazian bekommt plötzlich ein schlechtes Gewissen und beschließt zu gestehen, daß er die Handschrift gefälscht hat. Dann bestätigen alle namhaften Experten und angesehenen Wissenschaftler, daß es sich bei dem Dokument tatsächlich um eine Fälschung handelt. Trotzdem sind die Schriftrollen nicht gefälscht.«

»Hat jemand die Schriftrollen außer Ihnen und Daniel gesehen?«

»Julius«, erwiderte sie. »Er könnte bezeugen, daß sie echt sind. Aber ich werde ihn nicht in diesen Fall hineinziehen. Es tut mir schon leid, daß Sie ...« Catherine schlug die Hände vor das Gesicht. »Gott, was für ein Durcheinander habe ich angerichtet.«

Garibaldi beugte sich über sie. »Machen Sie sich jetzt keine Vorwürfe. Das hilft uns nicht weiter. Wir müssen herausfinden, was dieser Schachzug bewirken soll. Was gewinnt Havers, falls er dahintersteckt?«

Catherine sah ihn mit weit aufgerissenen Augen an. Sie war leichenblaß. Sie hatte Angst, und sie war verzweifelt. »Vielleicht glaubt er, ich werde die Schriftrollen herausgeben. Vielleicht rechnet er auch damit, daß er mich reizt, und daß ich aus meinem Versteck auftauche, um mich zu verteidigen. Aber wir sind nicht einmal sicher, daß sich Havers das Ganze ausgedacht hat.«

Sie überflog den Zeitungsartikel noch einmal. Offenbar war der ägyptischen Regierung die Sache peinlich, sie übte harte Kritik an Catherine. Das Ministerium in Kairo forderte sie ultimativ zu einem Gespräch auf und erklärte, die Behörde werde die Grabungen an der Stelle weiterführen, wo die sogenannten Schriftrollen gefunden worden seien.

Dann betrachtete Catherine die Abbildung des Jesus-Fragments. Im Fernsehen beendete die Wissenschaftlerin des Instituts in Denver ihre Ausführungen, und auf dem Bildschirm erschien die Auffahrt eines Anwesens irgendwo in den Bergen. Miles Havers stand auf dem gepflasterten Weg, der zu seinem Haus führte. »Offen gestanden, überrascht mich die Nachricht nicht, daß es sich bei dem Fragment um eine Fälschung handelt. Man muß schließlich den zweifelhaften Ruf dieser Archäologin in Betracht ziehen. Vergessen wir nicht, als sie den mysteriösen Korb geöffnet hat, war niemand anwesend.«

»Du Schwein!« Catherine ballte die Fäuste.

Havers' typisches Lächeln wich einem Ausdruck moralischer Besorgnis, als er fortfuhr. »Ich kann nur sagen, der Betrug bringt mich in große Verlegenheit, denn Catherine Alexander hat mich wie alle anderen hinters Licht geführt! Darüber hinaus fühle ich mich persönlich verantwortlich für die Hoffnungen, die in so vielen Menschen geweckt wurden, die Schriftrollen könnten bestimmte Informationen religiöser Art enthalten. Mein Angebot von fünfzig Millionen Dollar ließ sich als eine gewisse Bestätigung der Echtheit der Schriftrollen deuten, und es gab vielen Menschen das Gefühl, sie *seien* echt. Dafür entschuldige ich mich. Es war mein Fehler, es war meine Schwäche, und ich kann niemandem außer mir selbst einen Vorwurf machen.«

»Deshalb«, sagte Garibaldi, »hat Havers gestern angekündigt, er führe mit Ihnen geheime Verhandlungen über den Kauf der Schriftrollen. Dadurch war von vornherein klar, daß man ihn heute interviewen würde. Er hat alles so eingefädelt, daß er als Opfer dasteht und Sie als Betrügerin.«

»Natürlich hat er es geplant. Und jetzt wird mir kein Mensch auf der ganzen Welt mehr glauben.«

»Ich muß zugeben«, sagte Garibaldi ernst, »der Mann ist gut.«

»Bitte, verstehen Sie mich nicht falsch«, fuhr Havers fort, »ich erhebe keinerlei Anschuldigungen. Mir wäre nichts lieber, als von Dr. Alexanders Unschuld überzeugt sein zu können. Aber wir müssen uns fragen: Wo ist sie? Und warum geht sie nicht an die Öffentlichkeit, um sich zu verteidigen?«

»Da haben wir es! Er pokert. Er hat sich das alles einfallen lassen, um Sie aus dem Versteck zu locken«, sagte Garibaldi.

»Er hofft, ich werde mich über diese Verleumdungen so aufregen, daß ich unüberlegt handle und einen Fehler mache. Darauf wartet er jetzt.«

Der Reporter mit dem Mikrophon wandte sich an die Frau neben Havers. »Mrs. Havers, was sagen Sie dazu?«

Die schlanke, aschblonde Frau antwortete: »Ich bin sprachlos. Miles hatte mir nicht einmal gesagt, daß er heimlich verhandelt, um die Schriftrollen zu kaufen. Ich hatte natürlich von dem sensationellen Fund gehört. Wir hofften alle, sie würden eine bestimmte Botschaft enthalten. Und jetzt ...« Sie schüttelte fassungslos den Kopf. »Es ist eine große Enttäuschung.«

Catherine schaltete den Fernseher ab und griff nach der Zeitung. Sie betrachtete noch einmal aufmerksam die Abbildung des Fragments der Handschrift. Plötzlich sagte sie: »Moment mal ...« Sie ging mit der Zeitung zum Tisch und hielt sie unter das Licht.

»Was ist?«

Catherine öffnete die blaue Tasche und nahm behutsam den Buchdeckel heraus, der als Schutz der gefalteten Schriftrollen gedient hatte. Sie schlug den Buchdeckel auf. Darin lag die untere Hälfte des Jesus-Fragments. Catherine hielt die Zeitung daneben. »Sehen Sie sich das an«, sagte sie.

Garibaldi beugte sich darüber. »Was soll ich mir ansehen?«
»Das Fragment in der Zeitung. Achten Sie auf den unteren Rand. Vergleichen Sie ihn mit dem oberen Rand meines Papyrus.«
Er betrachtete beides. »Sie passen nicht zusammen«, erklärte er.
»Dieses Fragment«, sagte sie und wies auf die Zeitung, »ist nicht das Fragment, das ich im Zelt zurückgelassen habe.«
»Nein?«
»Die Wissenschaftler lügen nicht! Sie haben eine Fälschung begutachtet! Es handelt sich nicht um das Dokument, das ich zurückgelassen habe, nicht um den Papyrus, den Hungerfords Männer gefunden haben, sondern um eine Fäschung!«
»Sie meinen, Papazian hat das Fragment kopiert, bewußt eine Fälschung hergestellt und dann behauptet, Sie hätten ihn dafür bezahlt. Aber wo ist dann das echte Fragment?«
»Wer weiß? Der Austausch kann auf hoher Ebene veranlaßt worden sein – vielleicht hat auch mein Assistent Samir etwas damit zu tun. Möglicherweise ist der Regierung überhaupt nicht bewußt, daß der Papyrus vertauscht worden ist. Papazian hat vielleicht einen Beamten bestochen, damit er das Original durch die Fälschung ersetzt.«
»Sie meinen, im Auftrag von Havers?«
»Ja ...«
»Es wird schwer sein, das zu beweisen. Es sei denn, Sie melden sich zu Wort und kontern mit Ihrem Verdacht ...«
»Ich habe eine bessere Idee«, sagte Catherine, ging an die Tasche und holte ihr Adreßbuch heraus. »Bevor ich vom Sinai abgereist bin, habe ich einem Freund in Zürich ein kleines Stück des Papyrus geschickt. Er heißt Hans Schüller und arbeitet in einem Institut, das Altersbestimmungen nach der Radiokarbonmethode durchführt.« Sie blätterte die Seiten durch, bis sie die Telefonnummer gefunden hatte. »Nur Daniel wußte davon«, sagte sie und ging zum Telefon. »Ich habe Schüller gebeten, nichts zu sagen. Ich weiß, ich kann mich auf ihn verlassen ...«
»Wollen Sie ihn anrufen?«
»Ich versuche es im Institut.«

»Es ist Weihnachten.«

Der Apparat am anderen Ende klingelte ein paarmal, dann legte sie auf. »Sie haben recht.«

»Haben Sie seine Privatnummer?«

»Nein, aber die bekomme ich bestimmt bei der Auskunft.«

Ihr Gespräch mit Schüller fünf Minuten später war kurz. »Ja, Hans«, sagte sie, »so muß es wohl sein. Ich bin sicher, es ist unterwegs verlorengegangen. Das kommt vor. Wie bitte?« Sie sah Garibaldi an. »Wo ich bin?«

Sie legte schnell auf. »Havers hat ihn gekauft.«

»Aber wie kann er von Schüller gewußt haben?«

»Ich muß in Daniels Wohnung etwas über ihn gesagt haben. Die Männer von Havers haben damals in Santa Barbara alles abgehört.« Sie rieb sich den Nacken und lockerte Kopf und Schultern mit kreisenden Bewegungen. Plötzlich fühlte sie sich sehr müde. »So, Sie gehen jetzt hinunter zum Essen und feiern mit den anderen Weihnachten.«

»Nein, ich bleibe bei Ihnen.«

»Mrs. O'Toole wäre sehr enttäuscht, und es könnte jemand Verdacht schöpfen. Wir müssen sehr vorsichtig sein. Jeden Tag gibt es neue Sensationsmeldungen. Die Öffentlichkeit wird mit diesem Fall in Atem gehalten. Warum nur schießen alle auf mich …?«

»He«, sagte er sanft und legte ihr die Hände auf die Schultern. »Es wird schon gutgehen. Hier findet uns niemand. Und bald ist alles vorbei.«

Und dann werden wir uns trennen.

»Ich arbeite weiter an der Übersetzung. Je schneller wir zum Ende kommen, desto besser.«

»Sind Sie sicher, daß alles in Ordnung ist?«

»Keine Angst, Vater Garibaldi«, sagte sie. »Auch wenn ich noch so wütend bin, sind Miles Havers die Hände gebunden. Er kann nichts sagen, was mich dazu bringen würde, etwas Unüberlegtes zu tun.«

Malibu, Kalifornien

Julius suchte eine Telefonzelle in einem kleinen Einkaufszentrum an der Küstenstraße. Als er einen freien Apparat fand, wählte er schnell und griff nach seinem Zettel. Er hatte sich aufgeschrieben, was er sagen wollte. Die Zeit war knapp.

Es war ihm gelungen, den Mann im weißen Wagen abzuschütteln. Aber er wußte nicht, wie schnell der Aufpasser seine Spur wiederfinden und ihm hierher folgen würde. Während er darauf wartete, daß jemand am anderen Ende den Hörer abnahm, überlegte er, ob es möglich sei, einen Anruf aus einer öffentlichen Telefonzelle zu lokalisieren.

Auf alle Fälle behielt er die Straße im Auge, und als sich schließlich eine Frauenstimme meldete, sagte er klar und deutlich: »Ich möchte eine Nachricht für eine Besucherin hinterlassen, die bald zu Ihnen kommen wird. Hören Sie? Ja gut, ich buchstabiere den Namen ...«

Beim Sprechen nahm er die Zeitung, die er sich unter den Arm geklemmt hatte, und legte sie auf die kleine Ablage unter dem Apparat. Selbst jetzt, Stunden, nachdem er die Schlagzeile gesehen hatte, empfand er noch den Schock. Eine Fälschung! Wie konnten die Schriftrollen gefälscht sein? Er hatte sie mit eigenen Augen gesehen und hätte schwören können, daß sie echt waren. Catherine kannte sich auf ihrem Spezialgebiet aus. Sie hätte Fälschungen erkannt.

»Würden Sie es bitte wiederholen?« sagte er ins Telefon. Nachdem er sich vergewissert hatte, daß die Frau in der Zentrale am anderen Ende seine Nachricht richtig notiert hatte, legte Julius auf und blickte auf die Uhr. Camilla Williams von *Augenzeugen* hatte ihm zugesagt, daß das Interview am nächsten Tag gesendet werden würde – landesweit. Das war die einzige Bedingung gewesen, unter der er sich zu dem Gespräch bereit erklärt hatte.

Morgen um diese Zeit, so beruhigte er sich, wird die ganze schreckliche Sache vorbei sein. Er konnte und wollte Catherine die unangenehme Wahrheit nicht vorenthalten, daß Sabina ihre Geschichte nie zu Ende geschrieben hatte und daß es keine siebte Schriftrolle gab. Julius mußte jetzt dafür sorgen, daß alle Spekulationen aufhörten. Wenn erst einmal das Interesse der Medien erloschen war, wenn sich alle Mißverständnissse aufgeklärt hatten, dann würden sie daran denken können, wieder ein normales Leben zu führen.

Im Augenblick konnte er jedoch nichts anderes tun, als warten und darauf hoffen, daß Catherine in ihrem Versteck blieb und schwieg und daß sie nichts tun würde, was ihren Aufenthaltsort verriet.

Washington, D.C.

Cornelius Severus ritt nach Chichester, um sich mit dem Führer der Britonen zu treffen, und wie immer begleitete ihn Philos …

»Mit wem will er sich treffen?« fragte Catherine laut. Am liebsten hätte sie Sabina angeschrien: »Verrate mir den Namen des Führers der Britonen! War es Cunobelinus?« Denn in diesem Fall wäre Sabina während der Herrschaft des Claudius in Britannien gewesen, und das hätte eine sichere Datierung der Schriftrollen bedeutet.

Catherine sank enttäuscht auf dem Stuhl zusammen und warf den Kugelschreiber auf den Tisch. Sabina berichtete ihre Geschichte eindeutig jemandem, der die zeitgenössischen Begleitumstände kannte. So, wie heute jemand sagen würde: »Damals, Ende der sechziger Jahre, haben wir gegen den Krieg protestiert«, ohne ausdrücklich vom Vietnam-Krieg zu sprechen, so bestand auch für Sabina kein Grund zu sagen, auf *welchen* Kaiser, *welches* Jahr seiner Regierung oder auf *welchen* Führer der Britonen sie sich bezog.

Es war alles sehr frustrierend.

Aber noch schlimmer war, daß sich Catherine bereits dem Ende der fünften Schriftrolle näherte. Und nach allem, was sie sehen konnte, war die sechste Rolle nicht sehr lang. Es blieben Sabina nicht mehr viele Möglichkeiten, durch einen eindeutigen Hinweis klarzustellen, in welcher Zeit sie gelebt hatte.

Catherine stand vom Tisch auf, reckte sich und blickte aus dem Fenster. Es waren keine Sterne zu sehen. Der Wetterbericht hatte Schnee angekündigt. Sie warf einen Blick auf die Uhr. Es war elf Uhr abends. Im Haus von Mrs. O'Toole war es inzwischen still geworden. Alle schliefen nach einem langen Tag mit Sherry und Weihnachtsliedern, dem üppigen Abendessen mit gebratener Gans und vielen anderen Gängen. Mrs. O'Toole war so freundlich gewesen, Catherines Portionen auf einem Tablett heraufzubringen. Catherine hatte alles aufgegessen, nur das Dessert stand noch auf dem Nachttisch.

Sie hatte Garibaldi noch einmal kurz gesehen. Auf dem Weg in sein Zimmer war er hereingekommen, um sich nach ihrem Wohlbefinden zu erkundigen. Leider war am nächsten Tag Sonntag, und der Computerladen würde ebenso geschlossen sein wie die Bibliotheken und alle anderen Einrichtungen, die Zugang zum Internet hätten bieten können.

»Wir müssen bis Montag warten«, hatte er gesagt.

Ja, am Montag würden sie einen sicheren Weg finden, sich wieder ins Netz einzuloggen und nach den neuen Namen zu suchen, die Catherine in Sabinas Bericht über ihre Jahre in Britannien gefunden hatte.

Sie blickte noch einmal auf die Uhr und rechnete nach. In Kalifornien war es jetzt acht Uhr abends. Sie hätte gern Julius angerufen. Aber diesen Wunsch konnte sie sich nicht erfüllen.

Catherine rechnete damit, daß das Abenteuer bald vorüber sein werde, wenn Sabina keine weiteren Hinweise auf den Verbleib der siebten Schriftrolle gab. Und so beschloß sie, die Spätnachrichten einzuschalten, um festzustellen, welche neuen Entwicklungen es gab.

Es überraschte sie nicht, Miles Havers auf dem Bildschirm zu sehen. Er war der Star des Augenblicks, der Milliardär, der das unschuldige Opfer einer Betrügerin war. Doch als Catherine den

Ton lauter stellte, war sie doch überrascht, was sie aus seinem Mund zu hören bekam.

»... in bestimmten wissenschaftlichen Kreisen ist der Name Dr. Alexander natürlich bekannt. Ihre Mutter, Nina Alexander, wurde vom Vatikan wegen Verbreitung kirchenfeindlicher Lehren öffentlich getadelt. Und das nicht nur einmal ...«

Catherine sank in den Sessel und folgte fassungslos den beleidigenden Ausführungen von Havers.

»... sondern mehrmals, bis sie ihren Lehrauftrag an einem katholischen College verlor. Sie werden sich vielleicht erinnern«, sagte er und lächelte der Moderatorin zu, mit der er offenbar ein langes Studiogespräch führte, »daß Nina Alexander behauptete, den Beweis dafür gefunden zu haben, daß Frauen und nicht Männer auf dem apostolischen Stuhl im Vatikan sitzen müßten.« Er lachte leise, und auch die Moderatorin lächelte über diese absurde Vorstellung. »Ein befreundeter Psychologe vertritt die Theorie, daß Catherine Alexander mit der Fälschung ihre Mutter rehabilitieren möchte. Ich glaube, eine Bestätigung dafür ist die Tatsache, daß sie das Wort *Diakonos* in den Text eingefügt hat, um zu beweisen, daß Frauen das Priesteramt ausüben sollten.«

»Mein Gott«, flüsterte Catherine. »Er ist ja schlimmer als die Inquisition ...«

»Und natürlich«, fuhr Havers fort, »ist das Skelett, das angeblich zusammen mit den Schriftrollen gefunden wurde, ein weiterer Beweis dafür, daß Dr. Alexander die ganze Sache inszeniert hat.« Er lächelte triumphierend. »Ich meine, die Handgelenke waren mit Lederriemen gefesselt, und niemand zweifelt daran, daß es sich um das Skelett einer Frau handelt!« Er lachte. »Ich kann mir gut vorstellen, aus welchem Grund unsere Archäologin das alles getan hat. Die ganze Welt sollte glauben, es habe sich um eine Art Märtyrerin gehandelt. Aber soviel wissen wir über die Sitten und Gebräuche, um sagen zu können, daß es sich mit großer Wahrscheinlichkeit um eine Frau handelt, die vor zweitausend Jahren ihren Mann betrogen hatte und zur Strafe in den Brunnen geworfen wurde.«

Catherine umklammerte die Armlehnen des Sessels.
Wie kann er so lügen? Die Frau im Brunnen ist für ihren Glauben den Märtyrertod gestorben!
»Mr. Havers«, unterbrach ihn die Moderatorin. Havers lächelte unwiderstehlich: »Bitte nennen Sie mich Miles.«
»Miles, was halten Sie von der neuesten Entwicklung in dieser Angelegenheit? Nicholas Papazian in Kairo hat seine Aussage korrigiert.«
Catherine runzelte die Stirn. War ihr seit den Mittagsnachrichten etwas entgangen?
»Offen gestanden überrascht es mich nicht, daß eigentlich Daniel Stevenson den Weg für die Fälschung gebahnt hat. Schließlich haben wir es bei ihm mit einem Mann zu tun, der glaubte, die Azteken seien Nachfahren von Marsbewohnern gewesen!«
Catherine schaltete schnell den Fernseher aus und starrte auf den dunklen Bildschirm. Sie spürte, wie sich der Schock allmählich in kochende Wut verwandelte.
Danno! Er zieht auch noch Danno in den Schmutz!
Genügte es diesem Schwein nicht, daß er ihn umgebracht hatte? Mußte er Danno in den Augen der Welt auch noch zu einem Narren und zu einem Dummkopf machen? Danno war nicht mehr am Leben, um sich zu verteidigen! Catherine traten in ohnmächtiger Wut die Tränen in die Augen.
Sie ging in Richtung Tür. Das mußte sie Garibaldi sagen. Aber mitten im Zimmer blieb sie stehen. Garibaldi konnte nichts tun. Allerdings konnte und mußte *sie* etwas tun.
Sie hatte Dannos Laptop und mußte Online gehen. Nur noch einmal, ein einziges Mal ...
Sie trocknete sich die Augen, überflog den Wirtschaftsteil der Zeitung und suchte nach Inseraten von Online-Diensten. Es gab eine eigene Rubrik für Internet. Dort fand sie Galaxy BBS in Baltimore, das den Zugang innerhalb einer Stunde anbot. Catherine gab dem Unternehmen die Nummer ihrer Kreditkarte.
Wie versprochen war der Zugang eine Stunde später möglich. Als sie sich in den IRC befand, betete sie, daß *#hawksbill* offen

sein werde. Aber wenn alle aus der Gruppe Weihnachten mit ihren Familien verbrachten, würde *#hawksbill* nicht einmal angezeigt sein. Sie konnte *#janet* wieder öffnen, doch die Wahrscheinlichkeit war gering, daß es jemand von *#hawksbill* bemerkte. Sie wußte, ihr Vorgehen war sehr riskant. Aber das kümmerte sie im Augenblick nicht. Dieses Schwein hatte Danno und ihre Mutter in den Schmutz gezogen. Sie würde sich rächen! Sie tippte */list,* drückte die Eingabetaste und ballte die Fäuste.

Bitte ... bitte seid da ...

Da kam es: *#hawksbill.* Aber es war nur eine Person im Kanal: Jean Luc, der mit dem @ vor seinem Namen an diesem einsamen Weihnachtsabend auf Gesellschaft zu warten schien. Catherine meldete sich als Janet.

[Jean-Luc] Fröhliche Weihnachten, Janet.
«Janet» Fröhliche Weihnachten.
[Jean-Luc] Du hättest nicht hier auftauchen sollen – zu gefährlich.
«Janet» Hat sich heute schon jemand bei dir gemeldet?
[Jean-Luc] Nein, die sind alle mit ihren Familien beschäftigt.
«Janet» Bist du allein?

Catherine wartete.

«Janet» Jean Luc: Bist du allein?
[Jean-Luc] Ja.
«Janet» Wo bist du?
[Jean-Luc] Das ist gegen die Regeln von Hawskbill.
«Janet» Du weißt, wer ich bin. Ich muß wissen, wer du bist.

Sie wartete wieder auf Antwort.

[Jean-Luc] Einfach ein Freund ... Ja, glaub mir, ich bin dein FREUND!
«Janet» Bist du ein Mann oder eine Frau?

Während Catherine wartete, lauschte sie auf das stille Haus und die ruhige Nacht draußen. Dicke Schneewolken hingen am Himmel und hüllten die Welt in Stille und Frieden. Sie hatte das Gefühl, Jean-Luc und sie seien die einzigen Menschen auf der Welt – gesichtslos, alterslos, geschlechtslos, unbelastet von Körpern und den Vorurteilen des Sehens und Hörens. Sie waren reine Gedanken, Elektronen, zwei entmaterialisierte Menschen, die sich in einem nichtexistenten Raum trafen. Sie wußte nicht einmal, von welchem Ort auf der Welt sich ›Jean-Luc‹ meldete. Er oder sie konnte in China sein oder womöglich auf der anderen Straßenseite. Doch es war ein seltsam intimer Augenblick, und Catherine fühlte sich flüchtig enger mit Jean-Luc verbunden, als sie das je bei einem Menschen erlebt hatte.

[Jean-Luc] Du hättest dich nicht melden sollen – zu gefährlich.
«Janet» Ich mußte es – um Barrett zu verteidigen. Hast du ferngesehen?
[Jean-Luc] Ja »:-[
«Janet» Barrett hat die Schriftrollen NICHT gefälscht. Dr. Alexander hat sie auch nicht gefälscht. *Die Schriftrollen sind echt* Und sie hat NICHT mit Miles Havers um fünfzig Millionen Dollar verhandelt. Er hat nie Kontakt zu ihr aufgenommen.
[Jean-Luc] Ist Havers der Bösewicht?

Sie starrte auf den Monitor. »Ist Havers der Bösewicht?« Das hieß im Klartext: Hat Havers Daniel umgebracht?

«Janet» Havers beschuldigt Barrett, ein Fälscher zu sein, weil Daniel nicht mehr lebt, um sich verteidigen zu können. Das mußt du glauben. Du mußt es allen sagen.
[Jean-Luc] Janet: Ist Havers der Bösewicht?

Catherine zögerte.

[Jean-Luc] Wiederhole: Ist er der Bösewicht und hinter Dr. Alexander her?
«Janet» Darüber kann ich jetzt nicht sprechen.

[Jean-Luc] Du hast unser Mitgefühl, aber Miles Havers ist ein mächtiger Mann.
«Janet» Leider.

Catherine beobachtete den Bildschirm. Der Cursor blinkte, und die Zeit verging. Sie war versucht, Jean-Lucs wahre Identität herauszufinden. Sie wußte, sie konnte es tun, indem sie einen Befehl eingab, der seine IP-Adresse verriet. Ein bißchen Detektivarbeit würde sie direkt zu ihm oder ihr führen.
Catherine tippte */wer ist jean-luc/* und ließ die Hand über der Eingabetaste schweben.

[Jean-Luc] Janet: Wir werden tun, was wir können.
«SERVER» Jean-Luc hat sich verabschiedet.

Der dreizehnte Tag

Sonntag,
26. Dezember 1999

Santa Fe, New Mexico

Irgend etwas weckte Erika auf.

Zuerst wußte sie nicht, was es war. Sie lag im Bett, lauschte auf die Stille im Haus und versuchte, sich zurechtzufinden. Die Leuchtziffern ihres Weckers verrieten, daß es zwei Uhr morgens war. Sie wartete mit angehaltenem Atem. Dann drehte sie den Kopf auf dem Kissen und sah, daß Miles nicht im Bett lag.

Wieder einmal ...

Wenn eine wichtige Transaktion bevorstand oder wenn er sich mit einem neuen Software-Code herumschlug, hatte er in den vergangenen Jahren immer wenig geschlafen. Erika hatte jedoch das Gefühl, daß sie in letzter Zeit öfter als üblich feststellen mußte, daß er nicht im Bett war.

Sie dachte an die überraschende Presseerklärung zu den Schriftrollen, die er vor zwei Tagen abgegeben hatte. Erika war völlig ahnungslos gewesen. Sie hatte wirklich nichts davon gewußt, daß er die Schriftrollen kaufen wollte und mit der untergetauchten Dr. Alexander Geheimverhandlungen führte. Beamte des FBI waren bis in den späten Abend im Haus gewesen und hatten Miles befragt. Dann stellte sich heraus, daß es sich um Fälschungen handelte! Der arme Miles mußte öffentlich eingestehen, daß er getäuscht worden war.

Das ist Miles, dachte Erika, als sie aufstand und den Morgenmantel überzog, *er wollte die Schriftrollen für die Welt retten.*

Wahrscheinlich hatte er bereits ein Gebäude für sie geplant, wo die Öffentlichkeit sie hätte sehen und die Wissenschaftler sie hätten studieren können. Es mußte eine große Enttäuschung für ihn gewesen sein.

Während sie durch das dunkle, schlafende Haus ging, dachte Erika: *Er sollte jetzt nicht allein sein und sich über die Niederlage ärgern.*
Sie würde ihn trösten und dafür sorgen, daß er ins Bett zurückkam.

»Wir haben sie!« rief Teddy. »Sie hat sich bei Galaxy BBS, einem lokalen Server in Baltimore, angemeldet. Sie bieten einen besonders schnellen Zugang zum Internet.«
Havers kam herüber. Sie warteten schon ungeduldig, seit der Computer, der Catherine Alexanders Kreditkarte überwachte, sie vor ein paar Stunden durch einen Warnton darauf vorbereitet hatte, daß die Karte benutzt worden war.
»Baltimore«, sagte Havers mit einem Blick auf den Bildschirm. Zeke hatte also recht gehabt.
Als Zeke am Abend zuvor behauptete, daß die Spur von Dr. Alexander und ihrem Begleiter von Las Vegas zum Dulles-Flughafen in Washington führe, war Havers skeptisch gewesen. Warum um alles in der Welt sollte sie ausgerechnet dorthin geflogen sein?
»Wie schnell können Sie Zugang zu dem System in Baltimore bekommen?« fragte er Teddy.
»Hängt ganz davon ab. Ich muß ihre IP-Adresse ausfindig machen«, erwiderte Teddy, dessen Finger bereits über die Tastatur glitten. »Einen Merker anbringen, die Such-Software laden …«
»Sehen Sie sich die Teilnehmer-Dateien an. Vielleicht hat sie die Telefonnummer angegeben, über die sie sich einwählt.«
»Ja, das würde den Job sehr viel einfacher machen … He! Sehen Sie!«
Miles blickte auf den Monitor. Galaxy BBS in Baltimore benutzte Scimitar-Software von Dianuba Technologies in der Version von 1998. »Sag ich's doch!« Teddy stieß einen leisen Pfiff aus. Er hatte an der Entwicklung des Sicherheits-Codes für Scimitar mitgearbeitet.
Ein Blick auf die Armbanduhr verriet Havers, daß es in Washington fünf Uhr morgens war. »Hängen Sie sich dran! Wenn

wir Glück haben, meldet sie sich noch einmal, bevor die Verbindung wieder getrennt wird.«

Teddy machte sich daran, das System von Galaxy BBS zu knacken. Miles ging außer Hörweite des jungen Mannes. Er zog das Telefon aus der Tasche des Morgenmantels und wählte eine Nummer. Er konnte ein zufriedenes Lächeln nicht unterdrücken. Sein Plan funktionierte. Miles hatte damit gerechnet, daß es Catherine Alexander nicht schweigend hinnehmen werde, daß der Name ihrer Mutter durch den Schmutz gezogen oder ihr Freund Daniel als Fälscher bezeichnet wurde. Er setzte darauf, daß sie reagieren werde wie vor ein paar Tagen, als die negative öffentliche Meinung sie dazu getrieben hatte, über Internet Hilfe zu suchen. Miles hatte sie mit seiner Strategie sozusagen ›gezwungen‹, sich noch einmal unüberlegt ins Netz einzuwählen. Die Mühe hatte sich gelohnt. Er hatte sich von Papazian eine Fälschung des Fragments herstellen und sie gegen das echte austauschen lassen. Miles wußte jetzt, dieses Mal war ihm das Kaninchen in die Falle gegangen.

»Tut mir leid, Mr. Havers«, rief Teddy vom anderen Ende der langen Reihe von Monitoren, »Dr. Alexander hat keine Telefonnummer in Baltimore angegeben, sondern ihre eigene Nummer in Santa Monica. Dumm ist sie nicht ...«

Ja, dumm ist sie nicht, dachte Havers und nickte. Als sich Zeke meldete, ging er in die Nähe der Tür und drehte dem jungen Mann den Rücken zu, damit Teddy nicht hörte, was er sagte: »Sie sind in der Umgebung von Baltimore. Mir ist es gleich, wie Sie den Priester und diese Frau aus dem Weg räumen. Aber beschaffen Sie mir auf jeden Fall die Schriftrollen und vergessen Sie nicht den Computer. Ich brauche das Tagebuch von Stevenson.«

Erika hatte gerade anklopfen wollen, obwohl die Tür einen Spalt offenstand. Sie wußte, wie wichtig Miles seine Privatsphäre war und daß er es nicht schätzte, wenn man überraschend bei ihm in einem Zimmer auftauchte. Aber anstatt anzuklopfen, wich sie langsam von der Tür zurück. Sie konnte nicht glauben, was sie gerade gehört hatte ...

ÜBERWACHUNG GALAXY BBS
IP Adresse 204.16.78.101

»»Nbosc hat sich zugeschaltet, 8.02 Uhr
»»MrySpncer hat sich zugeschaltet, 8.03 Uhr
»»robertsoo7 hat sich zugeschaltet, 8.05 Uhr
»»Nbosc hat abgeschaltet, 8.07 Uhr
»»LtChab hat sich zugeschaltet, 8.07 Uhr
»»kharvey hat sich zugeschaltet, 8.10 Uhr

Miles drehte den Kopf zur Seite und blickte auf die Uhr. In Baltimore war es inzwischen acht Uhr morgens. Catherine Alexander hatte sich immer noch nicht gemeldet.

Washington, D.C.

»Wie können Leute nur so leben?« sagte Raphael, der versuchte, sich die Hände an seinem Kaffeebecher zu wärmen. »Immer auf der Flucht ...«

Er und Zeke saßen in ihrem Wagen und warteten gespannt darauf, daß sich Havers meldete. Es war ein eiskalter Morgen, und sie tranken Kaffee aus Styroporbechern.

Zeke haßte es, sich eine Niederlage eingestehen zu müssen. Aber als sie einen Tag lang in Washington gesucht und weder Dr. Alexander noch den Priester gefunden hatten – es erwies sich als unmöglich, alle Kirchen zu überwachen –, meldete er sich schließlich bei Havers und schilderte ihm die Lage. Jetzt mußte Zeke widerwillig die Computer bewundern. Sie hatten geschafft, was ihm trotz aller Anstrengungen nicht gelungen war.

Er starrte wie gebannt auf das Autotelefon, als könnte er es dadurch zwingen zu klingeln, und murmelte: »Nun komm schon, Mädchen, schalt noch einmal deinen Computer ein ...«

Catherine hörte es in der Ferne donnern. Ein Gewitter über dem Meer.

Soll ich den Sklaven befehlen, die Fensterläden vorzulegen? Philos! Ich muß Philos warnen …

»Catherine! Machen Sie auf, ich bin es.«

Sie fuhr hoch und schlug die Augen auf.

Wo bin ich?

Es klopfte. Das war kein Donner. Vor der Tür stand jemand.

Philos?

»Catherine? Sind Sie wach?«

Garibaldi …

Catherine ging unsicher zur Tür und öffnete sie einen Spalt. »Was ist …?«

»Schalten Sie den Fernseher ein. Schnell!«

»Was gibt es?« Sie ließ Garibaldi eintreten und war plötzlich hellwach. Dann eilte sie ins Bad und zog sich schnell den Bademantel über.

»Es ist Dr. Voss.« Garibaldi wählte den Nachrichtensender. »Er hat ein Interview gegeben. Vor der Werbung haben sie das Interview angekündigt. Es wird in den Nachrichten gesendet!«

Catherine glaubte, ihren Augen nicht zu trauen, als Julius auf dem Bildschirm erschien. Er saß in seinem Büro im Freers Institut. Am unteren Bildschirmrand war ein Schriftbalken eingeblendet: »Das Interview wurde um 7.08 Ortszeit in L.A. aufgezeichnet.«

Catherine blickte auf den Wecker neben ihrem Bett. Hier an der Ostküste war es beinahe elf Uhr. Wie konnte sie so lange geschlafen haben?

»Dr. Voss, weshalb haben Sie sich schließlich doch zu diesem Interview bereit erklärt? Bislang hatten Sie es abgelehnt, sich zu äußern.«

Julius wirkte erschöpft. Er hatte dunkle Ringe unter den Augen, aber in dem eher konservativen Jackett sah er wie immer gepflegt aus.

»Ich habe nicht viel zu sagen, sondern möchte Dr. Alexander bitten, ihr Vorgehen zu überdenken. Sie ist eine ausgezeichnete Wissenschaftlerin. Ich brauche sie hier dringend. Ich kann das Meritites-Projekt nicht allein durchführen. Wir haben immer gut zusammengearbeitet. Catherine, erinnerst du dich noch an das erste Mal?«

»Meritites«, sagte Garibaldi. »Ist das nicht die Mumie, an der er letztes Jahr gearbeitet hat? Was meint er mit ›das erste Mal‹? Haben Sie beide schon früher zusammengearbeitet?«

»Nein. Er versucht, mir etwas zu sagen. Warten Sie ...« Catherine griff zum Telefon und ließ sich von der Auskunft die Nummer des Halekulani Hotels in Honolulu geben. Dann rief sie dort an und erkundigte sich, ob jemand eine Nachricht für Mrs. Meritites hinterlassen habe.

Sie legte die Hand über den Hörer. »›Das erste Mal ...‹ Ich glaube nicht, daß er damit unsere Zusammenarbeit meint. Ja? Hier spricht Mrs. Meritites. Haben Sie eine Nachricht für mich?« Sie wartete. »Ja? Lesen Sie bitte vor.«

Catherine notierte etwas und legte auf. »Ich glaube, Julius hat mir verraten, wo die siebte Schriftrolle ist. Hier«, sagte sie und gab Garibaldi das Blatt.

»Thomas von Monmouth?« sagte er. »Wer ist das?«

Sie setzte sich an den Computer. »Ich lasse Julius nur wissen, daß ich die Nachricht bekommen habe.«

»Catherine, nicht den Computer ...«

»Vater Garibaldi, haben Sie denn keine Augen im Kopf? Ich hatte keine Ahnung, daß ihn das alles so mitnehmen würde. Er sieht schrecklich aus. Ich muß ihn wissen lassen, daß ich seine Nachricht bekommen habe und daß es mir gutgeht. Keine Sorge. Das geht ganz schnell.«

Sie startete den Computer, klickte zweimal auf das ›Galaxy‹-Symbol, rollte zu ›Dialer‹ und klickte auf ›Login.‹

Santa Fe, New Mexico

Miles Havers blickte unverwandt auf den Monitor mit der Meldung:

ÜBERWACHUNG GALAXY BBS
IP Adresse 204.16.78.101

»»george hat sich zugeschaltet, 8.15 Uhr
««MrySpncer hat abgeschaltet, 8.16 Uhr
»»joe hat sich zugeschaltet, 8.16 Uhr

Plötzlich zuckte es um seine Mundwinkel.
»Piep! Piep! Piep! Piep!«
Miles richtete sich langsam auf. Die Namen rollten nicht länger, aber auf dem Bildschirm erschien die Meldung:

****ANSCHLUSS-SUCHE BEGINNT****

Lächelnd griff er nach seinem Telefon. Catherine Alexander hatte gerade ihre Zugangsnummer bei Galaxy BBS gewählt.

Washington, D.C.

Das Autotelefon blinkte, und Zeke nahm sofort ab. »Ja«, sagte er in den Hörer. Er hörte zu, antwortete: »Jawohl, Mr. Havers«, und legte auf.
»Sie benutzt ihren Computer«, sagte er zu Raphael. »Sie suchen gerade den Telefonanschluß.«
»Brav, Baby«, erwiderte Raphael und rieb sich die Hände.

»Ich beeile mich«, sagte Catherine noch einmal. »Julius soll nur wissen, daß … Was ist das?«

Am unteren Rand des Bildschirms blinkte die Meldung: ***E-MAIL EINGANG***

»Jemand hat Ihnen eine Nachricht geschickt«, sagte Garibaldi.

»Das ist unmöglich. O Gott, das bedeutet doch nicht etwa ...« Sie klickte zuerst auf das Datei-Menü und dann auf ›Briefkasten‹.

Geben Sie das Paßwort ein für
joe@mail.galaxy.com

Catherine tippte *Batman*, das im Kästchen als ****** erschien, und klickte auf die Eingabetaste.

ANALYSIERE ADRESSE VON MAIL:GALAXY:COM
LOGGING INTO POP SERVER

Santa Fe, New Mexico

Miles Havers trommelte mit den Fingerspitzen nervös auf die Schreibtischplatte, ohne den Blick vom Bildschirm zu nehmen. Er war nicht länger im Kommunikationszentrum, sondern saß in seinem burgunderroten Büro an einem Computer, zu dem sich nicht einmal Teddy Yamaguchi Zugang verschaffen konnte.

ANSCHLUSS-SUCHE LÄUFT *

Miles hatte die Software zur Überwachung von Galaxy BBS selbst geschrieben und installiert. Das Suchprogramm war durch den Alarmton, den Catherines IP-Adresse ausgelöst hatte, aktiviert worden und verfolgte die Nummer zu ihrem Ausgangspunkt zurück.

»Also dann«, sagte er, als auf dem Bildschirm ein Stadtplan von Washington, D.C. erschien. Er beobachtete die blauen Linien, die

sekundenschnell Punkte miteinander verbanden – Signale, die wie Blitze über den Stadtplan zuckten.
Havers griff nach dem Telefon in seiner Tasche und wählte. Als sich Zeke meldete, sagte er: »In einer Minute habe ich die Adresse«, und sah zu, wie die Linien von einem Punkt zum anderen hüpften.
Miles lachte leise, denn er hörte, daß Zeke bereits den Wagen anließ, ohne das Telefon vom Ohr zu nehmen.

Washington, D.C.

Auf Catherines Monitor blinkte die Meldung ***E-MAIL EINGANG*** von neuem.
Sie klickte auf ›Briefkasten‹ und dann auf ›Neueingang‹. Garibaldi beugte sich über ihre Schulter, um besser zu sehen. »Woher kommt die Nachricht?« fragte er.
Catherine erwiderte leicht verwirrt: »Der Absender wird als ›Freund‹ identifiziert.« Nach einem Doppelklick flüsterte sie: »Mein Gott!«

Return-Pfad: «freund@dianuba.com»
Datum: Sonntag, 26. Dez. 1999, 6:15:47
Von: freund@dianuba.com
An: joe@galaxy.com
Betr: EILT
Er hat Sie gefunden.

»Hier ist die Adresse«, hörte Zeke seinen Auftraggeber sagen. »N Street 142 in Georgetown. Aber laßt sie diesmal unter keinen Umständen entkommen.«
»Nein, Mr. Havers«, sagte Zeke, der bereits mit quietschenden Reifen losfuhr.
»Wo ist sie?« fragte Raphael.

»Nicht weit von hier.«

Raphael ging daran, den Schalldämpfer an der Pistole anzubringen, und Zeke dachte sehr zufrieden: *Der Computer hat es vielleicht geschafft, diese Alexander zu finden. Aber kein Computer der Welt kann sie auf die altbewährte Weise ausschalten, so, wie wir das gleich tun werden …*

Der vierzehnte Tag

Montag,
27. Dezember 1999

Cornelius Severus ritt nach Chichester, um sich mit dem Führer der Britonen zu treffen, und wie immer begleitete ihn Philos. Während ihrer Abwesenheit gestand mir Claudia, die Frau des Centurio, daß sie an den geheimen Ritualen der Druiden teilnahm.

Ich hatte Geschichten von einer heiligen Stätte auf der Ebene im Süden gehört. Man nennt sie Myrddins Steine und sagt, diese Steine seien vom Himmel gefallen und hätten einen Kreis gebildet. Die Macht der ›Himmels‹-Steine ist unvorstellbar groß. Es heißt, sie bergen ein Geheimnis und besitzen die Kraft, jede Krankheit zu heilen. Eine andere Geschichte erzählt, daß die Riesen sie in alter Zeit vom fernen Afrika hierher auf diese Ebene gebracht hätten. Alle glauben, daß jeder einzelne der Steine besondere übernatürliche Kräfte besitzt.

Ich wollte den ›Ring der Kraft‹ sehen, denn vielleicht gab er einen Hinweis auf die Riesen, die Unsterblichkeit und immerwährende Jugend. Damit würde ich Philos helfen. Möglicherweise hatten die Druiden das Rätsel der Steine gelöst.

Greensville, Vermont

Als der Zug vor der Einfahrt in den Bahnhof langsamer wurde, öffnete Catherine die Augen, und ihren Blicken bot sich eine verzauberte und märchenhafte Winterlandschaft.

Sie war mit dem Kopf an Garibaldis Schulter eingeschlafen. Irgendwann im Laufe der Nacht hatte er schützend den Arm um sie gelegt, obwohl es in dem Abteil nichts mehr zu befürchten gab.

Catherine richtete sich auf und betrachtete das näherkommenden Bahnhofsgebäude von Greensville. Sogar auf dem Bahnsteig lag Schnee. Sie war froh, daß Garibaldi und sie daran gedacht hatten, in Washington Stiefel zu kaufen.
Es war ihnen gelungen, noch rechtzeitig aus Mrs. O'Tooles Gästehaus zu fliehen. Sie hatten die Computernachricht – ›Er hat Sie gefunden!‹ – gelesen und das Haus wenig später durch den rückwärtigen Ausgang verlassen. Ein überdachter Gang führte zum Nebenhaus, das gerade völlig renoviert wurde. Niemand, der Mrs. O'Tooles Haus beobachtete, konnte ihre Flucht bemerken. Garibaldi ließ sich die Rechnung geben, Catherine packte die blaue Tasche mit den Schriftrollen. Garibaldi nahm den Laptop und seine schwarze Reisetasche.
Im Schutz einer immergrünen Hecke warteten sie auf ein Taxi und sahen, daß ein Wagen vor dem Gästehaus anhielt. Der Fahrer stieg aus und verschwand im Haus – es war der Killer mit dem Narbengesicht.
Aus Vorsicht fuhren sie weder zum Flughafen noch zum Bahnhof, sondern ließen sich von dem Taxifahrer wie zwei neugierige Touristen die Stadt zeigen. Erst gegen Abend wagten sie sich in den Bahnhof und nahmen den Zug nach Vermont. Niemand folgte ihnen, kein Mensch achtete auf sie.
Jetzt hatten sie ihr Ziel erreicht und stapften erleichtert hinaus in die frostige Morgenluft. Der Schnee knirschte unter ihren Schritten. Alles hier war still und menschenleer. Catherine fragte sich, ob Havers sie auch hier ausfindig machen werde.
»Fahren Sie zum Kloster in Greensville in Vermont«, hatte die Frau an der Zentrale des Halekulani Hotels gesagt, nachdem sich Catherine als Mrs. Meritites gemeldet hatte. »Fragen Sie nach Thomas von Monmouth.«
Garibaldi machte sich auf die Suche nach einer Fahrgelegenheit, und Catherine kaufte eine Zeitung. Auf dem Titelblatt stand: ›GEFÄLSCHT ODER ECHT?‹ Darunter befanden sich nebeneinander zwei Photos des Jesus-Fragments: das Original, das seit dem Tag nach Daniels Tod immer wieder in den Zeitungen erschien, und

das andere, das am Tag zuvor veröffentlicht worden war und das der ägyptische Archäologe angeblich persönlich aus Dr. Alexanders Zelt entfernt hatte.

In dem Artikel wurde berichtet, daß sich unter den Experten Zweifel an der behaupteten Fälschung regten, da ein Vergleich der beiden Photos ergeben habe, daß es sich wahrscheinlich nicht um zwei Teile desselben Dokuments handelte. Also bestehe durchaus die Möglichkeit, daß Dr. Alexanders Schriftrollen echt seien.

Catherine zweifelte keinen Augenblick daran, daß Havers auch diese Wendung vorausgesehen hatte, die den Schriftrollen ihren Wert zurückgaben und sie wieder für seine Privatsammlung interessant machten. Der Vorwurf der Fälschung hatte nur dazu dienen sollen, sie aus ihrem Versteck zu locken. Er hatte diese Runde für sich verbuchen können.

Noch einmal wird er mich nicht überlisten.

»Wir haben Glück«, sagte Garibaldi, als er zurückkam. »Ein Mann, der auch hier ausgestiegen ist, wohnt in der Nähe des Klosters. Er war über Weihnachten in Washington und hat seinen Wagen am Bahnhof abgestellt. Er will uns mitnehmen.« Garibaldi lächelte scheinbar unbeschwert. »Wirklich nette Leute hier in Vermont.«

Doch Catherine sah die Anspannung in seinen Augen. Sie wußte, was er dachte: Sie waren zum dritten Mal um ihr Leben gelaufen. Würden sie auch ein viertes Mal Glück haben?

»Das muß man erleben, um es zu glauben«, sagte Garibaldi, als sie auf ihrem Weg zum Kloster durch den Schnee stapften. »Ich bin solche Winter nicht mehr gewöhnt.«

Catherine sah ihn erstaunt an und warf dann einen Blick zur Straße zurück. Der Mann aus Greensville hatte sie abgesetzt und gesagt, bis zum Kloster sei es nur noch ein kurzer Weg.

Die Straße war völlig leer, und niemand war ihnen gefolgt. Wieder einmal hatten sie überlebt, wenn auch nur dank der Hilfe des geheimnisvollen ›Freundes‹.

Catherine hatte keine Ahnung, von wem die Computernachricht gekommen war. Aber sie hatte auf ihre Art diesem Mann oder der Frau auf der langen Fahrt nach Vermont gedankt. Ohne den anonymen Hinweis wären sie und Garibaldi den Killern nicht entkommen.

War es Jean-Luc gewesen? Vor zwei Tagen hätte sie beinahe ›*/wer ist Jean-Luc*‹ eingegeben. Jetzt wünschte sie, es getan zu haben.

Das Kloster lag in den Bergen inmitten großer Wälder. Es gehörte Benediktinerinnen, die Gäste aufnahmen – allerdings nur Frauen, wie der Mann aus Greensville gesagt hatte. Es gab einfache Unterkünfte, und die Besucherinnen nahmen die Mahlzeiten entweder allein oder mit den Nonnen ein. Die Nonnen versammelten sich achtmal am Tag zum Gebet. Um zehn Uhr morgens wurde eine lateinische Messe gelesen, an der die Leute aus der Umgebung teilnehmen konnten. »Die Kapelle ist alt«, hatte der Mann ungefragt erklärt, während sie über die verlassene Landstraße fuhren. »Der Altar steht so, daß die Nonnen ein Schiff für sich allein haben. Sie sitzen hinter einem Eisengitter getrennt von der Gemeinde. Und ich kann Ihnen versichern, ihr Gesang ist so klar und rein, als sei er nicht von dieser Welt!«

Catherine hörte jetzt das Singen, das über eine hohe Steinmauer durch die Bäume zu ihnen drang.

Ja, wie die Stimmen von Engeln …

Catherine und Garibaldi erreichten kurz darauf das massive Holztor. In Augenhöhe befand sich eine kleine vergitterte Öffnung, die auf der anderen Seite durch eine Klappe verschlossen war. Seitlich der Pforte gab es eine Glocke, doch weder ein Name noch ein Schild verriet, daß es sich um ein Kloster handelte.

Catherine richtete den Blick auf die steinernen Türmchen und Giebel, die grau und streng über die Mauer ragten. Sie fragte sich, wer Thomas von Monmouth war, wie Julius ihn entdeckt hatte und welche Informationen er angeblich besaß. Catherine hatte natürlich darauf verzichten müssen, Julius anzurufen und

ihn nach Einzelheiten zu fragen. Ein Telefongespräch hätte ihre Verfolger mit Sicherheit auch hierher in diese Einsamkeit geführt.
Garibaldi blickte auf die Uhr. Es war Mittag. Sie mußten warten, bis die Nonnen die Sext, das vierte kanonische Stundengebet, beendet hatten. Als der Gesang schließlich verstummte, zog er am Klingelzug. Die altmodische Glocke schwang hin und her und läutete hell und laut.
Nach kurzem Warten erschien ein Gesicht hinter dem Gitter, und eine alte, gebückte Nonne öffnete die Pforte. Sie ging mit schnellen Schritten stumm vor den Besuchern her und führte sie über einen vereisten, gepflasterten Weg und ein paar Steinstufen in einen Empfangsraum. Dort war es so still wie in einer Kirche, und es roch nach Zitronenöl.
Die Nonne verschwand durch eine Tür unter einem gotischen Bogen. Einen Augenblick später kam eine andere herein.
Sie stellte sich als Mutter Elisabeth vor, und der Schlüsselbund sowie ein großer hölzerner Rosenkranz, dessen Perlen an ihrer Hüfte leise klackten, verrieten, daß sie die Äbtissin des Klosters war.
»Um diese Jahreszeit haben wir sehr selten Gäste«, sagte sie. »Die Leute verbringen Weihnachten bei ihren Familien. Wir nehmen niemals Männer auf, obwohl ...«, sie sah Garibaldi lächelnd an, »Priester selbstverständlich willkommen sind.«
Sie war eine ältere Frau, aber in gewisser Weise wirkte sie alterslos, fand Catherine. Ihr Gesicht hatte kaum Falten, die Augen blickten hell und klar die zwei Besucher an. Man sah unter der Haube nichts von den Haaren, und die Hände verschwanden in den langen weiten Ärmeln der schwarzen Ordenstracht. Auch das erschwerte es, ihr Alter zu erraten. Die Stimme schien einer jungen Frau zu gehören.
»Was kann ich für Sie tun?«
»Wir suchen jemanden«, erwiderte Garibaldi.
»Oder etwas«, fügte Catherine hinzu. »Wir vermuten, es könnte sich um ein Dokument oder um eine Handschrift handeln. Heut-

zutage heißt wohl niemand mehr Thomas von Monmouth, oder?«
»Bestimmt nicht«, erwiderte die Äbtissin und lächelte. »Sie kommen also, um Thomas zu sehen! Wir sind sehr stolz auf unsere Handschrift. Sie ist in einem hervorragenden Zustand und wunderbar illuminiert. Seit Jahren hat niemand mehr darum gebeten, sie sehen zu dürfen. Es wird mir eine Freude sein, sie Ihnen zu zeigen. Bitte folgen Sie mir.«
Sie gingen durch stille Gänge, wo Statuen von Heiligen mit traurigen Augen unergründlich ins Leere blickten, und erreichten schließlich die große Bibliothek mit einem gemütlichen Feuer im Kamin. Die Äbtissin schloß ein Kabinett auf, nahm eine große Ledermappe heraus, legte sie auf den Tisch und öffnete sie. Die Mappe enthielt ein vergilbtes, aber gut erhaltenes Blatt Pergament. Die Tinte war noch dunkel, und die Farben der Malereien und der Inkunabeln hatten nichts von ihrer Leuchtkraft und Lebendigkeit eingebüßt.
Offenbar handelte es sich um die Seite eines Buches. Ein maschinengeschriebener Hinweis auf einem beigelegten Blatt Papier verriet, daß es sich um ein Werk des Thomas von Monmouth aus dem zwölften Jahrhundert handelte.
»Bitte«, sagte sie, »sehen Sie es sich an.«
Catherine übersetzte den Text und las ihn dabei laut vor: »›… an den Kalenden des Juni, und als die Stunde gekommen war, überfielen die Römer die Stanhengues oder den Ring der Kraft, in der Hoffnung, König Uther gefangenzunehmen …‹« Sie bewegte den Zeigefinger unter dem lateinischen Text entlang: »›… dux bellorum …‹«
»Dux bellorum … Anführer der Krieger«, murmelte Garibaldi. »Uther?« Er sah die Äbtissin fragend an. »König Arthur?«
»So interpretieren wir es auch«, sagte sie und nickte. »Sie wissen ja, wie das mit Legenden ist. Im Laufe der vielen Generationen werden manche Tatsachen verdreht und mit Erfundenem vermischt. Aber wäre es nicht wunderbar, wenn sich das auf König Arthur beziehen würde?« Sie ging zur Tür. »Ich lasse Sie beide

allein, damit Sie die Handschrift in Ruhe lesen können. Und, Vater«, sie wies freundlich auf den Raum, »benutzen Sie alles, was Sie brauchen. Wir sind stolz auf unsere Bibliothek.«

Nachdem die Äbtissin gegangen war, fuhr Catherine mit der Übersetzung fort: »›... den Anführer der Britonen, und sie stürzten sich auf die Druiden, die sich dort versammelt hatten. Es gab ein schreckliches Gemetzel an jenem Tag im Ring der Steine. Die Römer schnitten allen die Kehle durch, es waren mehr als fünfhundert, darunter auch Kinder und Frauen.

Die Frau des römischen Kommandanten Cornelius Severus befand sich unter ihnen, und er stellte zu seinem großen Leidwesen fest, daß er durch den Angriff seine eigene Frau verloren hatte, die ohne sein Wissen an dem Ritual der Druiden teilnahm. Sie hieß Sabina Fabiana und hinterließ sechs Bücher über Zauberei und Alchimie, die später mit der Priesterin Valeria am heiligen Ort begraben wurden.‹«

»Wie bitte? Das kann nicht sein«, sagte Garibaldi. »Sabina war nicht mit Cornelius Severus verheiratet.«

»Nein«, sagte Catherine, »aber die Geschichte ist im Laufe der Jahrhunderte mit Sicherheit verändert worden. Thomas schreibt beinahe tausend Jahre nach dem Ereignis. Wir wissen, daß Sabina in Stonehenge war, um an einem Druidenritual teilzunehmen. Und ...« Sie seufzte, »wir haben leider nur sechs Bücher.«

»Wer ist Valeria?«

»Vielleicht eine Druidenpriesterin.«

»Könnte das Begrabenwerden etwas mit dem Brunnen auf dem Sinai zu tun haben? Handelt es sich bei dem Skelett um Valeria?«

»Vielleicht ...«

»Wie geht es weiter?«

Catherine las die letzte Zeile. »›Über das siebte Buch, von dem die Legende berichtet, ist nichts bekannt, denn es wurde nie geschrieben.‹« Sie sah Garibaldi nachdenklich an. »Glauben Sie, es stimmt, daß die siebte Schriftrolle nur eine Legende ist?«

»Der Bericht des Thomas von Monmouth ist, wie wir gerade festgestellt haben, in einem Punkt falsch. Also könnte er auch darin irren. Woher weiß er, daß das siebte Buch nie geschrieben worden ist? Wenn in der Legende davon gesprochen wird, muß es existiert haben.«

»Viele Legenden sind nichts als Märchen, und das, wovon sie berichten, ist reine Erfindung.«

»Catherine, glauben Sie wirklich, Sabina ist in Stonehenge getötet worden?«

»Ich weiß nicht«, sagte sie nachdenklich. »Ich muß immer noch eine Schriftrolle übersetzen.« Doch Catherine wußte bereits, daß das sechste ›Buch‹ sehr kurz war. Befand sich darin vielleicht eine Beschreibung des Druidenrituals? Hatte Perpetua in einer römischen Garnison in Britannien gelebt und Sabina nach dem Überfall gepflegt? Hatte sie erleben müssen, daß Sabina trotzdem an ihren Wunden gestorben war?

Aber die Sabina, die diese Rollen diktiert hatte, war über achtzig gewesen; die Sabina in Britannien war höchstens dreißig.

Garibaldi sah sie an und sagte ruhig: »Wo sollen wir als nächstes suchen? Wohin gehen wir von hier aus?«

Das hing ganz davon ab, was in der sechsten Rolle stand.

Es gab keine Fahrgelegenheit zum Bahnhof, und da am Himmel dunkle Schneewolken hingen, bot ihnen die Äbtissin an, die Nacht im Kloster zu verbringen.

Garibaldi ging zum Nachmittagsgebet der Nonnen in die Kapelle, Catherine machte auf dem großen Gelände einen Spaziergang. Sie ging langsam auf Kieswegen entlang, von denen der Schnee gefegt worden war, und betrachtete sich die gemauerten Gebäude und kleinen Häuser, die man vor zweihundert Jahren im gotischen Stil errichtet hatte.

Sie hörte das Singen aus der Kapelle. Die Töne stiegen in die Winterluft und klangen von weitem so zart und schwerelos, daß man tatsächlich an einen Chor der Engel hätte glauben können.

Catherine warf einen Blick durch das Schaufenster in den geschlossenen kleinen Laden, wo im Frühling und Sommer Ahornsirup von Bäumen des Klosters und schöne, von den Nonnen angefertigte Stickarbeiten verkauft wurden. Sie sah keine Bücher, nichts Gedrucktes. Die Äbtissin hatte gesagt, daß es im Kloster keine Zeitschriften oder Zeitungen gab. Das Kloster besaß nicht einmal ein Fernsehgerät. Im Büro der Äbtissin stand ein kleines Radio, das aber nur in Notfällen oder für den Wetterbericht eingeschaltet wurde. Ansonsten erlaubten die Schwestern der Welt weder mit Nachrichten noch auf eine andere Weise hinter ihre hohen Mauern vorzudringen.

Die Äbtissin hatte zweifellos noch nie etwas von Catherine Alexander oder den Schriftrollen vom Sinai gehört. Es schien sie nicht einmal zu kümmern, daß in vier Tagen ein neues Jahrtausend anbrechen sollte.

Der Himmel über dem Wald wurde allmählich dunkel, und die Nacht hüllte die Erde in eine schwarze Decke. Als Catherine zum Hauptgebäude zurückging, hörte sie die Nonnen bei der Andacht in der alten Kapelle und stellte sich vor, daß Garibaldi bei ihnen war. Es muß die Vesper sein, dachte sie und erinnerte sich wehmütig an ihre Jugend.

Das Abendessen gab es in einem Speisesaal, der für sehr viel mehr Menschen gebaut worden war. Catherine sah zum ersten Mal alle Bewohnerinnen des Klosters beisammen. Es waren erstaunlich wenige und meist ältere Nonnen in der Tracht einer vergangenen Zeit, die diszipliniert die Ordensregeln und Rituale befolgten, die vor vielen Jahrhunderten festgelegt worden waren. Während Catherine die herzhafte Suppe und das einfache Graubrot aß, versuchte sie so unauffällig wie möglich die Nonnen zu beobachten, die ihr scheu zulächelten. Die Mahlzeit verlief in tiefem Schweigen. Mit einer Geste wurde um Salz gebeten, ein leises Klopfen mit den Fingerknöcheln war die Bitte um den Wasserkrug. Was geht in ihren Köpfen wohl vor, fragte sich Catherine. Hatten sie noch Gedanken oder Interesse für die Welt jenseits der Klostermauern? Dachten sie manchmal an das Leben, das sie hinter sich gelassen hatten, als sie vor vielen Jahren alles aufgaben, um Gott zu dienen? Bedauerte vielleicht eine von ihnen diese Entscheidung?

Catherine erinnerte sich, gelesen zu haben, daß das Durch-

schnittsalter von Ordensschwestern bei fünfundsechzig Jahren lag.
Sie nahm nicht an der Komplet, dem Tagesschlußgebet, teil, sondern zog sich in die Bibliothek zurück, um noch einmal die Handschrift des Thomas von Monmouth zu betrachten. Danach wollte sie anfangen, die sechste Schriftrolle zu lesen, um herauszufinden, was Sabina in Stonehenge widerfahren war. Doch der Papyrus befand sich in einem schlechten Zustand. Sie würde sich viel Zeit dazu nehmen, das sechste ›Buch‹ zu öffnen und zum genauen Studium unter einer Lampe auszubreiten. Vor allem wollte sie nicht, daß jemand sie dabei überraschte. Sie und Garibaldi hatten der Äbtissin nichts über den wahren Grund ihres Besuchs gesagt, und bis jetzt hatte sich auch niemand danach erkundigt.
Catherine saß am Kamin und glaubte, noch immer den Gesang der Nonnen zu hören. Dabei stellte sie sich die alten Frauen vor, die sie im Speisesaal gesehen hatte, und versuchte, die Gesichter den reinen, engelhaften Stimmen zuzuordnen.
Die Nonnen verbrachten ihr ganzes Leben in klösterlicher Stille. Sie schienen von der Welt vergessen zu sein. Doch ihre Stimmen – es war, als seien Herz und Geist in dem Gesang zu höchster Vollkommenheit vereint.
Catherine konnte sich vorstellen, daß die Nonnen ihr Leben genau dieser Art Vollkommenheit weihten. Die kleine Gruppe hielt kompromißlos an den Prinzipien des Glaubens fest, die anderswo dem Fortschritt und der Verweltlichung zum Opfer gefallen waren. Kein Wunder, daß es keine Novizinnen gab, die nach dem Tod dieser gläubigen Schwestern die Tradition weiterführen würden. Trotzdem lebten die Nonnen für ihren Glauben – mehr brauchten sie nicht. Ihre Stimmen kündeten von der Reinheit des Glaubens, die, wie die Mystiker der unterschiedlichsten Religionen der Welt bewiesen hatten, zu der Ekstase führen konnte, durch die das irdische Dasein überwunden werden kann, um sich mit dem Göttlichen zu vereinen.
Ein Spitzenvorhang bewegte sich vor dem Fenster, und Cathe-

rine wurde klar, daß sie, ohne zu sehen, in die Nacht geblickt hatte. Aber was sich vor ihren Augen bewegte, waren nicht Spitzen, sondern tanzender Schnee. Die zarten, weichen Flocken schwebten durch die Luft und sanken durch die stille Nacht, um sich auf der kalten Erde niederzulassen. Manche landeten auf den rautenförmigen Fensterscheiben und schmolzen dort.

Schnee, dachte Catherine lächelnd, *Vater hat immer gesagt, zu einem richtigen Weihnachten gehört Schnee.*

Catherine zuckte zusammen, als sie draußen im Gang die Äbtissin und Vater Garibaldi hörte, und schob das sechste ›Buch‹ wieder in die blaue Nylontasche. Es war schon spät. Die Nonnen hatten sich bereits in ihre Zellen zurückgezogen. Sie würden mitten in der Nacht geweckt werden und sich in der Kapelle zur Matin versammeln.

»Die Gästezimmer stehen immer bereit«, sagte die Äbtissin, während sie Catherine und Garibaldi durch einen zugigen Gang führte, wo zu Füßen von Heiligenstatuen kleine Votivkerzen flackerten. »Aber im Augenblick sind Sie beide die einzigen Gäste. Ich hoffe, die Wasserleitungen sind nicht eingefroren. Ich lasse Ihnen für alle Fälle von einer Schwester heißes Wasser bringen. Wir frühstücken bei Tagesanbruch, gleich nach der Prim. Sie sind willkommen«, fügte sie hinzu und sah Catherine freundlich an, »zu unserem Gebet und beim Frühstück. Gute Nacht, schlafen Sie gut.«

»Gefrorene Wasserleitungen«, murmelte Garibaldi und stellte ihre Sachen ab. Es waren die wenigen Dinge, die sie auf der Flucht immer bei sich hatten – die blaue Tasche, der Laptop und Garibaldis schwarze Reisetasche. Er rieb sich die kalten Hände und schüttelte sich, als sie vor Catherines Zimmer standen. »Und Schnee! Wie können die Leute hier auch nur einen einzigen Winter überleben?« Er machte eine kurze Pause und sagte dann: »Catherine, machen Sie sich keine Sorgen wegen des alten Thomas von Monmouth. Sabina kann nicht in Stonehenge gestor-

ben sein. Es muß eine siebte Schriftrolle geben, und wir werden sie finden.«
»Vater Garibaldi«, erwiderte sie, ohne auf seine Worte zu achten, und sah ihn prüfend an, »an dem Abend, als Daniel ermordet wurde und wir aus Santa Barbara geflohen sind, haben Sie gesagt, Sie seien noch nie zuvor in Kalifornien gewesen.«
»Das stimmt, wieso?«
»In Las Vegas waren Sie auch noch nicht, und Sie kennen sich in Washington nicht aus.«
»Was wollen Sie damit sagen?«
»Sie haben einen Reisepaß, eine Kreditkarte und Reiseschecks. Sie scheinen viel unterwegs zu sein. Sie sind nach Israel und Ägypten gefahren, aber in den Vereinigten Staaten kommen Sie offenbar nicht viel herum. Stimmt das?«
Er nickte langsam.
»Vater Garibaldi, heute auf dem Weg zum Kloster haben Sie eine Bemerkung über den Schnee gemacht und gerade eben eine über gefrorene Wasserleitungen und den Winter im allgemeinen. Sie leben in Chicago und sind an dieses Wetter nicht gewöhnt?«
Er erwiderte kaum hörbar: »Nein, das bin ich nicht.«
»Aber Sie kommen aus Chicago?«
Nach einer Pause sagte er. »Ich bin dort aufgewachsen.«
»Ich verstehe nicht. Jetzt leben Sie nicht mehr dort?«
Nach einer weiteren Pause, antwortete er tonlos: »Nein.«
»Seit wann nicht mehr?«
»Seit achtzehn Jahren«, sagte er. »Ich bin 1981 von dort weggegangen.«
»Achtzehn Jahre! Aber warum haben Sie mir gesagt ... Vater Garibaldi, Sie sind doch Priester, nicht wahr?«
Er wirkte plötzlich sehr niedergeschlagen. »Ja, ich bin Priester.«
»Wo sind Sie dann gewesen?« Sie verstummte plötzlich, und ihre Augen wurden groß. »O mein Gott«, flüsterte sie. »O mein Gott, nein!«
»Catherine ...«
Sie wich einen Schritt zurück.

»Vater Garibaldi, es kann nicht sein. Sagen Sie mir, daß ich mich täusche.«
»Lassen Sie es mich erklären.«
»Sie kommen vom Vatikan.«
»Catherine, lassen Sie uns in Ihr Zimmer gehen und darüber reden.«
»Sagen Sie es mir! Kommen Sie vom Vatikan?«
Er setzte an, um etwas zu erwidern, dachte einen Augenblick nach und sagte dann: »Ja.«
Sie begann zu zittern. »Aber warum? Ich meine ...« Sie sank gegen die Tür. »Vater Garibaldi, als wir uns im Hotel Isis getroffen haben, war das doch Zufall, oder?«
»Catherine ...«
»Antworten Sie mir.«
»Nein, es war kein Zufall.«
Sie spürte, wie der Boden unter ihren Füßen nachgab. Sie hielt sich krampfhaft an der Türklinke fest. »Als ich Sie das erste Mal am Computer im Büro des Hotels gesehen habe ... da wußten Sie bereits, wer ich bin?«
»Ja.«
»Sie Schwein!« Catherine holte aus und schlug ihm ins Gesicht.

»Ich kann nicht glauben, daß ich darauf hereingefallen bin«, murmelte Catherine. Sie zitterte so heftig, daß sie die Arme um ihren Oberkörper schlingen mußte. »Die vielen Lügen ... und ich habe sie alle geglaubt.«
»Ich habe nie gelogen.«
»Nein ...« Sie kämpfte mit den Tränen. »Sie haben nur niemals die Wahrheit gesagt! Aber das ist natürlich keine Sünde, denn Sie hatten Ihre Anweisungen, nicht wahr? Und die erste Pflicht eines Priesters ist Gehorsam gegenüber seiner Kirche.«
»Bitte, lassen Sie es mich erklären«, sagte er und streckte die Hand nach ihr aus.
Sie wich zurück. »Rühren Sie mich nicht an. Als ich Sie zum ersten Mal gesehen habe, war ich gleich mißtrauisch. Ich hätte

mich auf meine Intuition verlassen sollen. Mein Gott, die Dinge, die ich Ihnen anvertraut habe! Mit keinem Menschen habe ich bis jetzt darüber gesprochen. Ich habe Ihnen mein Innerstes offenbart! Ja, ich hatte Angst, und das aus gutem Grund. Ich dachte, Sie seien der einzige Mensch, auf den ich mich verlassen kann. Als die ganze Welt gegen mich war, wußte ich, daß wenigstens ein Mensch zu mir hielt. Und jetzt habe ich nicht einmal mehr Sie!«

Ihre Stimme hallte durch den Gang. Garibaldi warf einen Blick in die Richtung, wo die Äbtissin verschwunden war. »Catherine, bitte, gehen wir in Ihr Zimmer und unterhalten wir uns dort.«

Sie beachtete ihn nicht. »Wer hat Sie geschickt?«

»Wer?«

»Im Vatikan. Wer hat Sie geschickt?«

»Das ist nicht ...«

»Sagen Sie es mir.« In ihren Augen standen Tränen. »*Wer?*«

»Ich finde, das ist nicht wichtig.«

Sie preßte die Lippen aufeinander und sah ihn mit zusammengekniffenen Augen an. »Es gibt einen Grund dafür, daß Sie es mir nicht sagen wollen, nicht wahr? Warum sagen Sie es mir nicht?«

Sie schloß die Augen und flüsterte: »Ich weiß es natürlich. Sie arbeiten für die Inquisition, für jene Leute, die auch meine Mutter vernichtet haben.«

»Catherine, ich habe nicht direkt mit der Kongregation ...«

»Mit der *Inquisition,* Vater Garibaldi. Reden Sie nicht länger darum herum! Die neue Bezeichnung ändert nichts an den Aufgaben und dem Vorgehen. Und Sie arbeiten für diese Leute!«

»Die Kongregation hat mich geschickt. Das ist richtig. Eigentlich sollte ein anderer Priester fahren, aber er wurde krank. Sie haben in den Unterlagen nachgesehen und festgestellt, daß ich meinen Urlaub in Israel verbrachte. Ich konnte in wenigen Stunden im Sinai sein. Das ist alles. Ich bin kein Inquisitor, Catherine. Ich bin nicht Torquemada. Ich bin nur ein Computerfachmann, den man beauftragt hatte, den veralteten Katalog der Vatikanbibliothek zu computerisieren. Ich bin kein Spion, Catherine. Ich war nur zufällig zum falschen Zeitpunkt am richtigen Ort.«

»Und deshalb soll ich glücklich und zufrieden sein?« rief sie.

»Ich mache Ihnen keinen Vorwurf, daß Sie wütend ...«

»Was sollten Sie tun? Mir die Schriftrollen abnehmen? Oder mich durch schöne Reden gesprächig machen, bis Sie mir alle Informationen entlockt hatten, die der Vatikan haben wollte?«

»Ursprünglich«, erwiderte er ruhig, obwohl es ihn sichtlich Mühe kostete, sich zu beherrschen, »hatte man mich nur geschickt, um den Gerüchten von einem möglicherweise christlichen Jesus-Fragment nachzugehen. Der Vatikan überprüft jede Nachricht über das Auftauchen von Schriftrollen, besonders in dieser Gegend. Die Araber verkaufen Funde an private Sammler. Es ist auch schon vorgekommen, daß die Beduinen Papyri zum Anzünden ihrer Lagerfeuer benutzt haben. Sobald meine Vorgesetzten hörten ...«

»Wie haben sie es erfahren?«

Er strich sich mit der Hand über die Haare. »Ich weiß es nicht. Vielleicht hat man den Vatikan informiert, als Hungerford sein Geschäft machen wollte. Ich glaube, er hat sich an jemanden in Kairo gewandt, der Kontakt zu Havers aufnahm. Wahrscheinlich hat dieser Mann danach oder auch davor Kardinal Lefèvre informiert, weil er hoffte, die Angebote in die Höhe treiben zu können. Ich kenne die Einzelheiten nicht, und es lag nicht in meiner Absicht, meinen Auftrag vor Ihnen geheimzuhalten. Als ich mich am ersten Abend aus dem Hotel Isis in Rom meldete, hat man mich gefragt, ob Sie gläubige Katholikin seien, und ich mußte das verneinen.«

»Und deshalb hat man Sie beauftragt zu spionieren.«

»Nein, ich sollte nach Rom zurückkehren. Ein anderer sollte geschickt werden, aber dann waren Sie plötzlich verschwunden. Der Hoteldirektor erzählte mir von dem Päckchen, das für Sie angekommen war.«

»Sie haben also Daniels Weihnachtsgeschenk zum Vorwand genommen ...«

»Ich bin Ihnen nachgereist, Catherine, weil ich wissen wollte, was in den Schriftrollen steht. Ich hatte ein persönliches Interesse daran, das habe ich Ihnen gesagt. Und ... glauben Sie mir, ich wollte Ihnen alles sagen. Ein paarmal war ich nahe daran, es zu tun. Aber in der ersten Nacht habe ich Kardinal Lefèvre angerufen und ihm berichtet, was geschehen war. Er hat mir aufgetragen, bei Ihnen zu bleiben, Ihnen aber nichts von den wahren Gründen zu sagen. Catherine, man hat es mir befohlen, es war nicht meine Idee.«

»Nein, Vater Garibaldi«, sagte sie bitter, »es war nicht Ihre Idee, aber Sie haben es getan.«

Sie sah Garibaldi an. Sie blickte in seine Augen, die sie für klar und ehrlich gehalten hatte, und begann wieder zu zittern. »Sie sind also die ganze Zeit bei mir geblieben, weil man es Ihnen befohlen hat?« fragte sie mit Tränen in den Augen.

»Weil ich bei Ihnen bleiben wollte«, sagte er leise.

»Und was wollte der Kardinal erreichen? Sollte ich Sie zur siebten Schriftrolle führen?«

»Nein. Ich sollte dafür sorgen, daß Ihnen nichts zustößt.«

Ihre Augen wurden groß. »Sie waren mein Leibwächter?«

»Ja.«

»Sie hätten mir oft genug die Schriftrollen wegnehmen können, während ich schlief. Warum haben Sie es nicht getan?«

»Weil wir keinen Beweis für den christlichen Ursprung der Schriftrollen hatten. Wenn dieser Text nicht christlicher Herkunft ist, hat die Kirche kein Anrecht darauf. Außerdem sind die sechs ›Bücher‹ nach geltendem Recht Eigentum des ägyptischen Staates.«

»Und wenn wir Beweise dafür finden, daß es sich um christliche Texte handelt? Was dann?«

»Ich weiß es nicht. Ich sollte lediglich Bericht erstatten.«

»Sie wissen, was dann mit den Schriftrollen geschehen würde, Vater Garibaldi. Die Kirche würde sie vernichten.«

»Das ist eine Behauptung.«

»Glauben Sie, die Kirche wird sich über Beweise freuen, daß

Frauen in frühchristlicher Zeit das Priesteramt ausgeübt haben?«
»Catherine, wir wissen bis jetzt nicht einmal mit absoluter Sicherheit, daß es sich um christliche Dokumente handelt.«
»Warum hat der allmächtige Vatikan uns nicht geholfen, als wir Hilfe brauchten?«
»Man hat uns geholfen, wo es möglich war. Aber offiziell hat der Vatikan nichts mit der Sache zu tun. Das ist eine Frage der Diplomatie und der Rücksichtnahme auf Empfindlichkeiten. Das Ganze wurde sehr heikel, als sich die ägyptische Regierung direkt an das Weiße Haus wandte. Der Vatikan mußte neutral erscheinen.«
»Wann hat man uns geholfen?«
»Zum Beispiel mit Reiseschecks. Mir war klargeworden, daß man uns durch den Leihwagen auf die Spur kommen konnte. Also habe ich Kardinal Lefèvre informiert. Er hat veranlaßt, daß die Unterlagen im Computer der Verleihfirma gelöscht wurden. Leider wurde damit auch meine Kreditkarte ungültig, und deshalb hatte ich danach keine mehr, um alle Rechnungen und auch die Server-Gebühren zu bezahlen. Aber man hat dafür gesorgt, daß ich in Las Vegas Reiseschecks bekam.«
»Wenn der Vatikan uns geholfen hat, wieso haben Sie die Informationen nicht weitergegeben und die Leute in Rom für uns suchen lassen? Sie hätten Tymbos wahrscheinlich gefunden.«
»Auch damit durfte der Vatikan nichts direkt zu tun haben. Sie hatten der ägyptischen Regierung etwas gestohlen. Es wäre für den Vatikan nicht klug gewesen, Ihnen zu helfen und Ihre Nachforschungen zu unterstützen.«
»Ja«, sagte sie bitter, »also hat man abgewartet, und ich durfte die Dreckarbeit machen.«
»Einiges davon habe ich übernommen«, sagte er ruhig.
Catherine kämpfte immer noch mit den Tränen. »Jetzt verstehe ich auch einige andere Dinge. Zum Beispiel die kleine Katze in Mojave. Sie haben gesagt: ›Wir sind für unsere Katzen berühmt.‹ Ich fand das komisch, weil ich noch nie gehört hatte, daß Chicago

für seine Katzen berühmt sein sollte. Rom ist natürlich für seine Katzen berühmt!«

»Es tut mir leid«, flüsterte er.

»Die ganze Zeit, die wir zusammen verbracht haben, Vater Garibaldi, all die Nächte, all diese Augenblicke, in denen wir uns nahe waren … Und Sie haben nie daran gedacht, mir die Wahrheit zu sagen?«

»Ich habe jede Minute daran gedacht. Und ich war wirklich oft nahe daran, es zu tun. Aber ich durfte es nicht. Ich hatte keine andere Wahl, als zu schweigen.«

»Was sollten Sie tun, nachdem ich die siebte Schriftrolle gefunden hatte? Sie mir wegnehmen?«

Er schüttelte den Kopf. »Nur Bericht darüber erstatten.«

»Haben Sie eine Vorstellung, wie mir im Augenblick zumute ist? Ich komme mir vor, als sei ich mißhandelt worden, benutzt und betrogen. Noch schlimmer, ich fühle mich verraten!«

»Es tut mir leid«, wiederholte er und sah sie traurig an.

»Geben Sie mir den Computer.«

»Catherine, ich möchte bei Ihnen bleiben.«

Sie streckte die Hand aus. »Er gehört mir. Geben Sie ihn mir.«

Als er ihr den Computer gab, sagte sie: »Sie werden nicht bei mir bleiben. Es ist mir egal, wohin Sie gehen – vielleicht zurück zu Ihrer Gemeinde in Chicago. Ich bin sicher, dort vermißt man Sie. Ich werde Sie jedenfalls nicht vermissen.«

Sie drehte sich um, ging in ihr Zimmer und schloß die Tür.

Es klopfte leise, und Catherine blickte auf die Uhr. Es war eine halbe Stunde her, seit sie Garibaldi die Tür vor der Nase zugeschlagen hatte – dreißig Minuten, in denen sie versucht hatte, nicht zu weinen und trotz der maßlosen Enttäuschung ihr Ziel nicht aus den Augen zu verlieren. »Bitte lassen Sie mich in Ruhe«, sagte sie.

Aber es war die Äbtissin. »Dr. Alexander, Sie haben einen Besucher.«

Catherine öffnete die Tür. Als sie Julius im Gang stehen sah, warf

sie sich weinend in seine Arme. »Julius! Du hast mir so gefehlt!« schluchzte sie und hielt ihn fest. »Garibaldi ... die Inquisition und ...«
Die Äbtissin räusperte sich diskret.
»Mutter Oberin«, sagte Catherine und trocknete sich mit dem Handrücken die Tränen, »das ist mein Verlobter, Dr. Voss.«
Die Äbtissin musterte ihn ruhig. »Ich nehme an, Sie werden ebenfalls ein Zimmer brauchen ...«
Catherine nickte. »Wenn es nicht zu große Mühe macht.«
»Vater Garibaldi ist an diesem Ende des Gangs, Dr. Voss kann das Zimmer am *anderen* Ende haben«, erwiderte die Äbtissin.

Catherine zog Julius in ihr Zimmer und schloß die Tür. »Du hast keine Vorstellung, wie glücklich ich bin, dich zu sehen!«
Er starrte sie an. »Wie siehst du denn aus?« Er berührte die kurzen weißblonden Haare.
»Findest du es so schrecklich?«
»Nein ... anders!«
Sie küßten sich lange, und als sie sich voneinander lösten, sagte Julius lächelnd: »Ich glaube, in einem Kloster schickt sich das nicht.«
»Wir bleiben nicht hier, aber ich bin so froh, daß du hier bist, Julius.«
Jetzt würde alles gut werden. Jetzt würde sie die Kraft haben weiterzumachen.
»Es war ein Alptraum, Catherine. Wenn ich die Bilder von dir in den Zeitungen und im Fernsehen gesehen habe ... ich dachte, ich würde verrückt werden.«
Er legte den Arm schützend um sie und drückte sie an sich.
»Julius, ich habe die Handschrift des Thomas von Monmouth gelesen. Wie hast du sie eigentlich gefunden?«
Er erzählte es ihr, und sie lachte. »Ich habe meine ganze Hoffnung auf das Internet gesetzt. Da sieht man es wieder. Die Technik hat ihre Grenzen, und am Ende ist das Wissen eines Gelehrten wie Rabbi Goldman zuverlässiger.«

Er sah sich in dem einfachen Zimmer um. Der Computer lag auf dem Bett, seine blaue Tasche stand auf dem Boden. Auf dem Tisch enteckte er sein Buch *Die Leiche im Moor*, aber er wußte, daß es sich in Wirklichkeit um die Schriftrollen handelte.
»Ich wünschte, wir könnten sofort gehen.« Er seufzte und schüttelte den Kopf beim Gedanken daran, wie Catherine in den vergangenen zwei Wochen gelebt haben mußte. »Aber wahrscheinlich ist es besser, wenn wir bis morgen früh bleiben.«
»Wir können nicht weg, Julius, zumindest so lange nicht, bis wir wissen, wohin Sabina uns als nächstes führt. Ich werde vielleicht ein paar Tage für die letzte Schriftrolle brauchen. Aber hier sind wir sicher, niemand wird uns finden.«
»Catherine, wir bleiben nicht hier«, sagte er mit gerunzelter Stirn. »Wir fliegen nach Kalifornien zurück.«
Sie sah ihn verständnislos an. »Nach Kalifornien? Warum sollte ich nach Kalifornien fliegen?«
»Weil Thomas schreibt, daß Sabina in Britannien gestorben ist, und daß es keine siebte Schriftrolle gibt. Es hat keinen Sinn, weiter danach zu suchen.«
»Aber ... ich dachte, du hättest mich hierher geschickt, damit ich meine Suche fortführen könnte, und nicht, damit ich sie abbreche. Thomas von Monmouth kann sich geirrt haben.«
»Ich verlange nicht, daß du deine Suche abbrichst. Hör zu«, sagte er und faßte sie an den Schultern, »ich habe dir geholfen, um dir zu zeigen, daß ich auf deiner Seite stehe.« Er lächelte sie an, und seine Stimme wurde weich. »Dieser letzte Abend bei mir zu Hause ..., es tut mir wirklich leid. Ich muß sehr selbstgerecht und überheblich geklungen haben.«
»Nein, du hast nur wie der gewissenhafte Mann gesprochen, den ich liebe.«
»Ich habe dich noch aus einem zweiten Grund auf die Handschrift hingewiesen. Du solltest mit eigenen Augen sehen, daß es keine siebte Schriftrolle gibt.«
»Das weiß ich erst, wenn ich mit der Übersetzung der sechs Bücher fertig bin.«

»Also gut«, sagte er lächelnd, »wenn du an das Vorhandensein eines siebten Buchs glauben willst, werde ich nicht mit dir streiten. Aber du kannst nach Hause kommen, du mußt dich nicht mehr verstecken. Ich habe alles in Ordnung gebracht.«
»In Ordnung gebracht?« Sie sah ihn verwundert an. »Was meinst du damit?«
»Du weißt, daß ich die Leute im Ministerium in Kairo kenne. Ich habe die Lage mit ihnen besprochen, und sie sind zu einer Lösung bereit, die es ihnen ermöglicht, die Anschuldigungen gegen dich fallenzulassen. Dann kannst du weiterhin an den Schriftrollen arbeiten. Das wird natürlich in Kairo und unter der Aufsicht ihrer Leute geschehen müssen. Aber dort bist du in Sicherheit; niemand wird versuchen, dir etwas zu tun.«
»Julius, dann kann es zu spät sein.«
»Es ist die einzige Möglichkeit für sie, die Vorwürfe zurückzuziehen.«
»Und wie hilft mir das, die siebte Schriftrolle zu finden?«
»Du wirst Hilfe bekommen. Andere Experten werden die Rollen analysieren.«
Andere Experten? Hilfe?
Sie setzte sich an den Tisch und dachte nach.
Vielleicht ist es Zeit, Hilfe anzunehmen. Dann hat das Fliehen und das Versteckspielen ein Ende, die Angst, von den Killern überrascht zu werden. Dann kann ich ungestört über Internet recherchieren. Ich muß mich nicht ständig fragen, wem ich vertrauen kann.
»Was ist mit meiner Grabung?« fragte sie. »Wird man mir erlauben weiterzumachen?«
»Tut mir leid, das ist unmöglich.«
»Warum?«
»Man hat deine Erlaubnis gesperrt.« Er zögerte einen Augenblick und fügte dann hinzu: »Zumindest so lange, bis alle Vorwürfe gegen dich entkräftet sind.«
Sie seufzte. »Das kann ich ihnen nicht verübeln. Ich habe ihre Gesetze übertreten.«

»Wirst du es tun? Wirst du die Schriftrollen der ägyptischen Regierung übergeben?«

»Ich werde es mir überlegen«, sagte sie nach kurzem Nachdenken. »Vielleicht werde ich es tun.«

»Gut.«

»Aber unter einer Bedingung.«

»Welcher?«

»Daß man mir eine neue Grabung genehmigt.«

»Eine neue Grabung?«

»Der Brunnen. Ich will wissen, wer darin begraben liegt, Julius. Und ich will feststellen, ob es weitere Schriftrollen gibt oder etwas anderes, was uns verrät –«

Er schüttelte den Kopf. »Das wird nicht möglich sein.«

»Warum nicht? Wenn ich den Ägyptern die Schriftrollen gebe …«

»Der Brunnen wird zugeschüttet.«

Sie sah ihn verständnislos an. »Warum?«

»Man hat erklärt, der Brunnen sei einsturzgefährdet und Anweisung gegeben, ihn aufzufüllen und zu versiegeln.«

»Nein!« rief sie entsetzt. »Nein, das dürfen sie nicht tun!«

»Catherine, man hat den freiliegenden Teil des Skeletts untersucht und erklärt, es sei nicht von historischer Bedeutung.«

»Nicht von historische Bedeutung? Julius, die Frau kann eine frühchristliche Priesterin gewesen sein! Es könnten Dinge von ungeheurem historischen Wert mit ihr dort unten im Brunnen liegen.« Catherine kniff die Augen zusammen, drehte sich abrupt um und trat ans Fenster. »Ich weiß, was hier gespielt wird. Die ägyptische Regierung wird unter Druck gesetzt. Sie wollen die ganze Sache vertuschen.«

Der Vatikan. Garibaldi …

»Catherine, das ist Unsinn.«

Sie schüttelte den Kopf. »Es ist kein Unsinn. Es ist genau das, was ich dir vorausgesagt habe. Sie schütten das Skelett der Frau zu, die mit den Schriftrollen begraben worden ist … lebendig begraben worden ist, Julius. Ihre Hände und Gelenke waren gefesselt, als man sie lebend in einen Brunnen hinabließ. Wenn ich die

Schriftrollen den Ägyptern überlasse oder dem Vatikan oder der Harvard University oder irgend jemandem sonst, dann verschwinden sie in einem Archiv, und man wird nie mehr etwas von ihnen hören. Dann wird diese arme Frau umsonst den Märtyrertod gestorben sein! Begreifst du das nicht, Julius?!«

Er sah sie erschrocken an. »Catherine ...«

Als er neben sie trat, wich sie vor ihm zurück. »Ich bin froh, daß du mir das alles gesagt hast, Julius«, sagte sie mit gepreßter Stimme. »Wenn ich auch nur einen Augenblick unsicher gewesen sein sollte, ob ich weitermache, dann gibt es jetzt keinen Zweifel mehr. Es ist meine Pflicht, nach der siebten Schriftrolle zu suchen! Ich tue es nicht nur für meine Mutter und für Daniel, sondern auch für diese bedauernswerte Frau, die man in den Brunnen gestoßen hat. Ich tue es für Sabina, Perpetua und Amelia und für jeden, der die Botschaft der Schriftrollen hören will. Ja, ich habe Regeln und Gesetze gebrochen. Ich habe es geschafft, alle Welt gegen mich aufzubringen, und wahrscheinlich habe ich auch dich verloren. Aber ich kann nicht aufgeben. Jetzt nicht!«

»Catherine, bitte, tu es nicht.«

»Flieg nach Kalifornien, Julius. Geh zurück in dein sicheres Institut, zu deinen Regeln und deinen moralischen Grundsätzen und laß mich in Ruhe.« Am liebsten hätte sie hinzugefügt: *Und nimm Garibaldi gleich mit.*

Julius wurde blaß. »Gut, wenn du es so haben willst. Aber wenn ich jetzt aus diesem Zimmer gehe, dann ist es für immer. Ich werde nie wieder in deinem Leben auftauchen, das verspreche ich dir.«

Sie hielt ihm die Tür auf, und als er hinausging, schloß sie hinter ihm ab. Sie schob jeden Gedanken an Julius und an Garibaldi beiseite und atmete bewußt langsam und tief. Dann setzte sie sich an den Tisch und bereitete sich darauf vor, die letzte Rolle zu lesen.

Der fünfzehnte Tag

Dienstag,
28. Dezember 1999

Santa Fe, New Mexico

Der Tag brach über der Wüste an und schenkte der kalten schlafenden Welt sein goldenes Licht. Im Westen war der Himmel noch nachtblau, und noch leuchteten dort ein paar Sterne. Aber der östliche Horizont strahlte in majestätischem Glanz, wie es eigentlich nur in Filmen zu sehen war.

Erika achtete nicht auf die Schönheit der Natur. Sie hielt auf dem holprigen Weg das Steuer des Landrover fest umklammert. Sie hatte keinen Beweis, daß Kojote da draußen sein würde, aber seine Familie und die Polizei hatten bisher vergeblich nach ihm gesucht. Als er vor ungefähr einer Woche Erika zur Cloud Mesa gebracht hatte, verriet er ihr, daß kaum jemand diesen geheimen Platz kannte.

Es hatte sie gerührt und beeindruckt, daß der alte Schamane, der Häuptling der Sippe, einer weißen Amerikanerin ein solches Geheimnis anvertraute. Aber als sie nun auf dem schmalen steilen Weg, der dicht an der rauhen Felswand entlangführte, immer weiter nach oben fuhr und die Ebene immer weiter unter ihr zurückblieb, fragte sie sich, ob hinter diesem unerwarteten Vertrauensbeweis vielleicht doch eine Absicht gestanden hatte.

Auf der Hochebene angekommen, stellte sie den Motor ab und blickte sich suchend um. Sie wußte intuitiv, daß Kojote hierher gekommen war, um zu beten, weil er hoffte, den Sonnwend-Kachina damit zur Rückkehr aus der Unterwelt zu bewegen.

Und tatsächlich entdeckte sie den Schamanen: Er saß mit dem Gesicht nach Osten und gekreuzten Beinen auf einem Felsvorsprung am Rand der Mesa. Seine langen weißen Haare waren

nicht geflochten, sondern wehten im Wind. Sein Körper war mit Lehm bestrichen.
Aber er betete nicht, er war tot.

Kloster Greensville, Vermont

Schwester Gabriele lief so schnell es ihre beinahe achtzig Jahre erlaubten und schüttelte verständnislos den Kopf. In der ganzen Geschichte des Klosters hatte die Glocke der Pforte bestimmt noch nie so stürmisch geläutet.
»Geduld, Geduld, ich komme ja schon.«
Wer immer da draußen stand, dem mußten die Höllenhunde auf den Fersen sein.
Eisige Morgenluft schlug ihr ins Gesicht, als sie in den verschneiten Hof hinauseilte. Der Besucher läutete so stürmisch, daß sich Schwester Gabriele nicht einmal die Zeit genommen hatte, den Umhang über die Schultern zu legen, und deshalb zitterte sie jetzt vor Kälte unter dem schwarzen Habit.
Sie schob die Holzklappe vor der vergitterten Öffnung zurück und spähte hinaus. Die Welt lag noch im Halbdunkel, und sie konnte nur mit Mühe die Gestalten von drei oder vier Männern erkennen, die im hohen Schnee standen.
»*Benedicte*«, murmelte sie. Einer der Männer hielt ihr etwas vor das Gesicht. »FBI, Schwester«, sagte er mit tiefer Stimme. »Bitte öffnen Sie. Wir müssen in das Kloster.«
Schwester Gabriele sah einen Polizei-Ausweis. Der Mann hieß Strickland.
»Worum handelt es sich?« fragte sie.
»Wir würden gern die Äbtissin sprechen, Schwester.«
»Es tut mir leid, aber Sie müssen mir schon sagen, worum es geht. Es ist gegen unsere Regeln ...«
»Wir haben Grund zu der Annahme, daß sich jemand bei Ihnen aufhält, der polizeilich gesucht wird.«

»Gütiger Himmel!« Schwester Gabriele hörte, daß der Schnee hinter ihr unter eiligen Schritten knirschte, und dann die Stimme der Äbtissin.
»Was gibt es, Schwester Gabriele? Wer hat geläutet?«
»Es ist die Polizei. Sie suchen jemanden.«
Die Äbtissin räusperte sich und nahm den Platz hinter dem Gitter ein. »Verzeihen Sie, mein Herr«, sagte sie. »Wen suchen Sie?«
Der Mann vor dem Tor hielt ein Photo hoch, das sie im Dämmerlicht kaum sah. »Haben Sie diese Frau gesehen?«
Die Äbtissin blickte lange und prüfend auf das Bild. Dann bekreuzigte sie sich und fragte: »Was hat sie getan?«
»Sie wird im Zusammenhang mit zwei Morden gesucht ...«
»Morde!« Die beiden Nonnen bekreuzigten sich.
»Möglicherweise sind es auch drei. Außerdem hat sie Eigentum einer fremden Regierung entwendet. Würden Sie bitte das Tor öffnen?«
Die beiden Frauen flüsterten kurz miteinander, dann sagte die Äbtissin. »Haben Sie einen Durchsuchungsbefehl?«
Die Männer vor der Pforte wurden ungeduldig. »Schwester«, sagte der Beamte, der Strickland hieß, »es ist sehr kalt hier draußen, und wir wollen Dr. Alexander nur ein paar Fragen stellen. Wir sind nicht gekommen, um sie zu verhaften.«
Nach erneutem Geflüster lief Schwester Gabriele eilig über den Hof zurück.
»Nun gut«, sagte die Äbtissin, schob den schweren Riegel zurück und öffnete die Pforte. »Aber bitte nur Sie, Mr. Strickland. Normalerweise haben Männer hier keinen Zutritt. Mehr als einer von Ihnen würde die Ruhe des Klosters stören.« Strickland bedeutete seinen Kollegen mit einer knappen Bewegung zurückzubleiben.
»Es tut mir wirklich leid, Schwester«, sagte er, als er ihr zum Hauptgebäude folgte. »Es ist mir unangenehm, Sie zu stören, aber ich habe meine Befehle. Wir suchen diese Frau schon seit zwei Wochen. Sie müssen in den Nachrichten davon gehört haben.«

»Wir hören hier kein Radio, und zu uns dringen auch sonst keine Nachrichten von draußen, Mr. Strickland.«
Sie traten in die warme Vorhalle, und die Äbtissin musterte den Beamten. Er war ein korpulenter Mann Mitte Fünfzig mit einem geröteten Gesicht und einem Ausdruck geduldigen Leidens, als sei er schon zu lange in seinem Beruf. Er duftete schwach nach Kaffee und Zigarettenrauch.
Sie streckte die Hand aus.
»Darf ich bitte Ihren Dienstausweis sehen?«
»Selbstverständlich.« Er gab ihr den Ausweis.
»Sie haben doch sicher nichts dagegen, Mr. Strickland, daß ich die FBI-Dienststelle in Montpelier anrufe, um Ihre Identität zu überprüfen.«
Er seufzte. »Das steht Ihnen frei.«
Fünf Minuten später führte die Äbtissin ihn durch den Gang des Gästeflügels, wo Vater Garibaldi, Catherine und Dr. Voss am Abend zuvor Zimmer bezogen hatten.
Vor Catherines Tür blieb sie stehen, klopfte leise und rief: »Frau Dr. Alexander? Sind Sie wach? Sie haben einen Besucher.«
Sie lauschten auf eine Antwort.
Die Äbtissin klopfte etwas energischer. »Frau Dr. Alexander? Sind Sie da?«
Strickland sah sich um. »Gibt es noch einen Ausgang?«
»Nein.«
»Könnte sie auf der Toilette, ich meine im Badezimmer sein?«
»Alle Zimmer haben in den fünfziger Jahren eigene Bäder bekommen.«
Er blickte über die Schulter zurück. »Und das ist der einzige Zugang?«
»Wenn Dr. Alexander weggegangen wäre, hätten wir sie gesehen.« Die Äbtissin klopfte noch einmal. »Frau Dr. Alexander, ist alles in Ordnung mit Ihnen?«
»Schließen Sie auf«, sagte Strickland und fügte mit einem Blick auf die Äbtissin hinzu: »Bitte ...«
Die Äbtissin griff nach dem Schlüsselbund an ihrer Hüfte und

schloß die Tür auf. Auf einem Stuhl lagen Kleider und Toilettenartikel; das zerknitterte Bettzeug wies darauf hin, daß jemand darin geschlafen hatte. Auf dem kleinen Tisch sahen sie einen Laptop mit dunklem Bildschirm. Das Fenster stand offen, der kalte Wind blies herein.

Die Äbtissin trat zum Fenster und blickte hinaus. »Frau Dr. Alexander muß diesen Weg benutzt haben. Sie wird da draußen erfrieren!«

»Sie hatte es offenbar eilig«, sagte Strickland und ging durch das kleine Zimmer. »Es sieht ganz so aus, als hätte sie jemand gewarnt.« Er musterte die Äbtissin mit zusammengekniffenen Augen. »Ist das alles, was sie bei sich hatte?«

Die Äbtissin seufzte und warf einen Blick auf die Sachen. Auf dem Boden unter dem Tisch entdeckten sie eine blaue Tasche.

»Ja«, sagte sie. »Ich glaube, das ist alles.«

Strickland blickte hinaus in den verschneiten Wald. »Ihre Kleider sind noch hier, sogar ihre Schuhe«, sagte er. »Sie wird nicht weit kommen. Wir finden sie.«

Es gab ein schreckliches Gemetzel im Ring der Steine.

Dabei war es eine friedliche Versammlung. Wir wollten nur der besonderen geistigen Kraft dieses Platzes unsere Ehrerbietung erweisen und das Wunder der Sommersonnenwende erleben, wenn die Sonne direkt auf dem Altar aufgeht.

Es waren Britonen, die uns angriffen, denn einige von uns waren Römer, wenn auch nur Frauen und Kinder. Viele starben an diesem Tag, und wir hätten alle das Leben verloren, wenn nicht Cornelius Severus rechtzeitig mit seiner Legion eingetroffen wäre. Meine Freundin Claudia fand durch einen britonischen Speer den Tod. Aber sie gehörte zu jenen, die inzwischen dem Weg des Gerechten folgten, und das war mir ein gewisser Trost.

Danach hielt ich mich von den Druiden fern.

Und dann, Amelia, dann kam schließlich der Tag, vor dem ich mich schon so lange gefürchtet hatte: Cornelius Severus wurde in die Kolonie Agrippina oder ›Colonia‹, wie sie auch genannt wird, an den Rhein versetzt. Das bedeutete: Wir mußten zu den wilden Barbaren.

Als wir Britannien verließen und uns auf die Reise über die Nordsee in das Land der Germanen begaben, erfüllte Furcht mein Herz. Ich trug das Kreuz des Hermes auf der Brust, und ich suchte Trost und Hoffnung in den Worten des Marienbriefes. Ich las ihn jeden Tag meinen Mitreisenden vor, die ebenfalls mit Angst der Zukunft entgegensahen.

Philos war ein vorsichtiger Mann. Deshalb waren wir bei Reisen durch kriegerisches Gebiet oder unter gefährlichen Umständen nie zusammen, damit wir nicht möglicherweise alle drei gleichzeitig ums Leben kommen würden. Und so befand ich mich auf einem der sechs Schiffe des Cornelius Severus, Philos auf einem anderen und unser Sohn mit seiner Amme auf einem dritten.

Tagelang hörten wir nur die Geräusche der Segel und der Ruder, die ins Wasser tauchten, und das Knarren der Planken. Alles war ruhig. Wir hielten Ausschau nach Seeräubern, die dieses Meer im Norden heimsuchen, die Küste Galliens überfallen und friedliche Siedlungen plündern. Doch wir begegneten keinem feindlichen Schiff. Statt dessen überfiel uns ein sehr viel mächtigerer Feind.

Wir sahen plötzlich, wie sich am Horizont riesige dunkle Wolken zusammenballten. Noch ehe wir uns richtig vorbereiten konnten, brach der Sturm über uns herein. Die Böen kamen von allen Seiten, die Wogen schlugen höher, immer höher und nahmen den Männern am Steuer jede Sicht. Das Gefolge von Cornelius Severus war nicht mit dem Meer vertraut. Die Leute an Bord gerieten in Panik und waren der Schiffsbesatzung nur im Weg. Bald trafen Meer und Himmel in einem gewaltigen Mahlstrom zusammen, und ein tobender Wind aus Süden trieb uns vom Kurs ab. Der Sturm jagte unsere schwachen Schiffe über das wogende Meer und zerstreute sie in alle Richtungen, so daß wir schließlich keines der anderen fünf mehr sahen. Vor uns tauchten schließlich Inseln mit zerklüfteten Klippen auf. Der Kapitän kannte die tückischen Untiefen in dieser Gegend, aber er wußte nicht, wie er das Unheil verhindern sollte. Wir sahen, wie Männer über Bord gespült wurden; die Masten splitterten, die Segel zerrissen, und wir wurden auf dem Deck hin und her geworfen. Viele lagen auf den Knien und beteten, während die Seeleute Wasser schöpften und alles taten, um zu verhindern, daß die Fluten über uns zusammenschlugen. Das Schiff war zu schwer. Vorräte, Lasten, Tiere und alles Gepäck wurden über Bord geworfen. Wir hörten bebend das laute Wiehern der Pferde, die in die Wogen stürzten.

Nun war das Schiff zwar leichter, doch der Laderaum stand unter Wasser. Unsere Schwesterschiffe hatten wir schon lange aus den Augen verloren, aber plötzlich tauchte eines wieder auf. Hohe Flammen schlugen daraus empor. Es trieb hilflos auf dem tobenden Meer. Die Wogen schleuderten es gegen ein Riff; es brach auseinander und ging mit der Besatzung und allen Reisenden unter.

Philos war auf diesem Schiff gewesen.

Dann trieb die böse Macht des Verderbens unser Schiff auf die felsige Landspitze zu. Ich sah, wie sich ein riesiger Wellenberg vor uns auftürmte und die Wassermassen über uns zusammenbrachen, um uns alle in das nasse Grab zu reißen. In diesem Augenblick der Verzweiflung erinnerte ich mich an die Prophezeiung der Hekate-Priesterin in der Nacht meiner Geburt. Sie hatte von einem ›Berg aus Wasser‹ gesprochen und gesagt: ›Wenn sich das Meer in den Himmel erhebt…‹

Als das Schiff sank, galt mein letzter Gedanke meinem Sohn und meinem Mann.

Der sechzehnte Tag

Mittwoch,
29. Dezember 1999

Ich weiß nicht, wie es kam, daß ich überlebte oder wie ich ans Ufer gelangte. Aber als ich aufwachte, lag ich auf einem felsigen Strand, und über mir schien schwach die Sonne.
Auf den Steinen lagen die Leichen von Menschen, mit denen ich gereist war. Ich sah tote Pferde, Schweine und Hunde. Ich suchte das schreckliche Ufer zwei Tage und eine Nacht lang ab, fand aber keine anderen Überlebenden. Ich blickte über die Inseln, die verstreut vor dieser Küste liegen, und fragte mich, wie viele meiner Mitreisenden sich in der gleichen Lage befinden mochten. Ich suchte nach Mitteln und Wegen, um ein Feuer zu entzünden und so ein Signal zu geben, und ich hielt Ausschau nach Rauchsignalen von den fernen Inseln.
Aber ich sah weder Rauch noch ein Feuer.
Als die Sippe mich fand, war ich völlig entkräftet und hatte hohes Fieber. Sie brauchten Monate, um mich gesundzupflegen, dann wurde es Winter. Die Sippe verläßt ihr Winterlager nie, und so mußte ich, eine Außenseiterin, mit der niemand sprach, im Lager bleiben. Aber ich bekam zu essen und lebte warm und trocken im Haus einer Frau, die sich über meine Gesellschaft zu freuen schien.
Ich hätte vor diesen Barbaren aus dem Norden entsetzliche Angst haben sollen, denn sie hatten die Alpträume meiner Kindheit bevölkert. Aber der Schock hatte mich so betäubt, daß ich keine Angst empfand. Es war, als sei alles in mir zusammen mit meinem Mann und meinem Sohn gestorben.
Als der Schnee schmolz, als gesät und gepflanzt wurde und die Männer auf die Jagd gingen, kam ich allmählich wieder zu Kräften, und meine Erinnerung kehrte zurück. Ich bat darum, zu den Römern gebracht zu werden. Aber sie gaben mir durch

Gesten und mit in die Erde geritzten Zeichnungen zu verstehen, daß wir uns weit entfernt von allen römischen Vorposten befanden, und daß feindliche Stämme das Gebiet zwischen uns und der römischen Grenze durchzogen. Die Sippe wollte ihre Sicherheit nicht meinetwegen gefährden, und man ließ mich auch nicht allein ziehen. Also konnte ich nur bleiben und abwarten.

Ich mußte immer wieder an die Geschichten denken, die mir meine Amme als Kind erzählt hatte, und an die Berichte über die schreckliche Grausamkeit der Barbaren. So blieb ich für mich. Aber ich war auch neugierig, denn diese freundlichen Menschen entsprachen nicht ganz den Ungeheuern meiner Vorstellung. Sie sind zwar groß, viele haben rotgoldene Haare und wilde blaue Augen, aber es sind ruhige Menschen. Sie reden und lachen, pflanzen Korn und ziehen ihre Kinder groß, und sie lauschen den Geistern der Winde.

Ich stellte fest, daß ihnen die Gastfreundschaft heilig war: Es galt als ein Verbrechen, jemandem, der zu ihnen kam, die Tür zu weisen. Alles wurde bereitwillig geteilt: der Herd, Nahrung, Besitz – und der Gast wurde mit wilden Früchten, frischem Wildbret und Sauermilch bewirtet. Bei seiner Abreise ließ der Gast ebenfalls Geschenke zurück.

Waren das wirklich die Barbaren, von denen ich gehört hatte?

Die Frau, die mich gesundpflegte, hieß Freida. Sie war die weise Frau der Sippe. Die Germanen schreiben den Frauen prophetische Kräfte zu. Die Männer suchen oft ihren Rat und befolgen ihn auch. Allmählich lernte ich Freidas Sprache, so wie ich einst Satvinders Sprache gelernt hatte, und Freida lehrte mich die Sitten und Bräuche ihres Volkes.

Die Gottheit, die sie besonders verehren, ist Odin, den die Römer Merkur nennen. Aber es gibt keine Bildnisse von ihm. Ich suchte vergeblich die Statuen ihrer Götter, denn sie besitzen keine. Statt dessen weihen sie den Göttern heilige Haine und besondere Plätze. Freida sagte mir, es stehe den Menschen nicht zu, den Gesichtern der Götter menschliche Züge zu geben. Sie sagte, ihr

Volk ehre im Namen der Gottheit das, was nur mit den Augen des Glaubens sichtbar sei.
Sie zählen bei ihrem Kalender nicht die Tage, sondern die Nächte des zunehmenden und abnehmenden Mondes. Vollmondnächte und Neumondnächte gelten als heilig. Sie bringen Glück und sind aus dem Alltag herausgehoben. Die Tage sind alle gleich.
Freida zeigte mir, wie man Blutungen nach der Geburt mit einem Aufguß von Misteln stillt. Als ich ihr sagte, daß die Britonen die Mistel verehren, erzählte sie mir die Geschichte von Baldur. Er war ein mächtiger Gott, dem ein Pfeil zum Verhängnis wurde, der aus der Mistel gefertigt war. Das geschah, sagte Freida, weil zu der Zeit, als alle Pflanzen und Tiere, alle Metalle und Krankheiten Frigga, der Großen Göttin, schwören mußten, Baldur niemals zu schaden, die bescheidene Mistel wegen ihres unauffälligen Aussehens übergangen wurde. Und so verehre man bei den Völkern im Norden die Mistel, weil sie einen Gott zu Fall bringen konnte.
Ich zeigte Freida und den anderen Frauen, wie sie mit Hilfe von Blättern und Wurzeln des schwarzen Nachtschattens, den Philos ›Belladonna‹ genannt hatte, Fieber senken und Schmerzen lindern konnten. So erwarb ich mir allmählich Achtung und die Anerkennung der Sippe.
Es vergingen Monate und schließlich ein zweites Jahr. Ich stand jeden Tag am Ufer und blickte sehnsüchtig über das Meer. Ich sah im Geist eine römische Trireme mit der Flagge des Cornelius Severus auftauchen. Ich hörte eine vertraute Stimme, die mich rief. Ich sah Philos an Deck und Pindar an der Hand seiner Amme. Mein Heimweh wuchs, denn ich wurde ständig an Rom erinnert, weil viele Germanen römische Speere trugen.
Ich mußte daran denken, daß Philos gestorben war, ohne zum Weg gefunden zu haben. Pindar hatte ich gelehrt, abends Gebete an den Gerechten zu sprechen, und so zog ich aus dem Wissen Trost, daß wenigstens mein Sohn in das Reich des Gerechten eingegangen war. Doch ich konnte nicht aufhören, daran zu denken, was für einen schrecklichen Tod er erlitten haben mußte.

Wenn Besucher in das Dorf kamen, erkundigte ich mich, ob sie gehört hätten, daß die Römer eine Frau suchten. Aber sie konnten mir nie etwas darüber sagen. Als die Zeit verging, fragte ich mich, ob zu Hause alle glaubten, auch ich sei tot. Philos war tot, das wußte ich, also war ich Witwe. Und Pindar konnte den Sturm mit Sicherheit nicht überlebt haben. Das bedeutete, ich war auch kinderlos.

Lange Zeit ließen mich mein Leid und mein Schmerz nicht los. Meine Trauer war so greifbar, daß es mir erschien, als sei sie ein Teil von mir, und ich dachte, ich würde nie mehr etwas anderes als Schmerz und Leid fühlen.

Doch die Jahreszeiten kamen und gingen, und ich blieb bei der Sippe. Die feindlichen Stämme in der Umgebung hinderten mich daran, das Dorf zu verlassen, und machten es unmöglich, daß mich jemand von Freidas Leuten zur Grenze brachte. Und allmählich setzte eine Art Heilung ein.

Ich war inzwischen überzeugt, mein Glaube habe mich gerettet. Der Beweis dafür schien zu sein, daß ich, der einzige Mensch auf dem Schiff, der an den Weg des Gerechten glaubte, überlebt hatte. Rückblickend, meine liebe Amelia, erkenne ich die Anmaßung dieser Vorstellung. Aber ich war jung und mußte noch vieles lernen.

Ich blieb meinem Glauben in diesem barbarischen Land treu, so wie ich ihn von Antiochia nach Indien und von Alexandria nach Britannien mit mir genommen hatte. Das gelang mir, indem ich andere am Glauben teilhaben ließ.

Freida war auch die Erzählerin der Sippe, und von ihr lernte ich, wie man eine Geschichte ausspinnt, die die Zuhörer viele Nächte lang in Bann hält. Ich sprach zu ihnen von dem Gerechten, von dem, was er gesagt hatte, und von seinen Gleichnissen. Ich berichtete von seinen Wundern, von den Heilungen und dem größten Wunder von allen: Er hatte den Tod überwunden.

»Wir, die wir an den Weg glauben, leben ewig«, sagte ich ihnen. Und ich erzählte von dem Sturm auf dem Meer und dem Schiffbruch, den nur ich überlebt hatte. Leider war der Brief der Maria

mit dem Schiff untergegangen. Aber ich hatte immer noch das Hermes-Kreuz. Ich zeigte es der Sippe und erklärte, daß Hermes, der jedes Jahr stirbt und wiedergeboren wird, eine Verkörperung des Höchsten ist, und daß sein Wort das Universum geschaffen hat. Ich lehrte sie, daß der Glaube an den Gerechten, daß Frieden und Vergebung die Heimkehr in sein Reich möglich machen werde.

Sie hörten mir zwar zu, aber in Wirklichkeit hörten sie mich nicht. Allerdings versuchten sie auch nicht, mich zu ihrem Glauben zu bekehren, obwohl mir gestattet wurde, bei ihren Ritualen in den heiligen Hainen anwesend zu sein. Wie Satvinder, wie die Buddhisten in Alexandria, wie Claudia und die Druiden, so hatte auch Freidas Volk eine eigene Art, den Göttern nahezukommen und die Ehrfurcht vor dem Unsichtbaren zu bezeugen. Ich erkannte zwar, daß sie alle fromme Menschen waren, doch ich wußte, sie waren irregeleitet. Und ich sagte mir, das Schicksal habe mich zu ihnen geführt, weil die Botschaft gerade hier gebraucht werde. So ging ich daran, Freidas Sippe zu bekehren, und gründete in der barbarischen Wildnis im Norden eine Gemeinde.

Es erreichten uns Nachrichten von heftigen Kämpfen zwischen den Stämmen im Westen. Die Feinde der Sippe, so hieß es, seien besiegt. Freida warf die heiligen Runenstäbe auf ein weißes Tuch und deutete die Zeichen. Endlich, so erklärte sie, konnten wir näher zur Grenze ziehen, wo die anderen Stammesangehörigen zurückgeblieben waren, nachdem die Streitigkeiten sie von der Sippe getrennt und eine Wiedervereinigung lange unmöglich gemacht hatten.

So erreichten wir schließlich den Wald, wo die Germanen von den Römern Land zurückgewonnen hatten. In diesem Wald gab es einen heiligen Platz, zu dem mich Freida führte, um mir die uralten Steine zu zeigen, die ihr Volk verehrte.

Freida war wieder mit ihrem Sohn zusammen. Und dort, in den dunklen Wäldern, war es mir bestimmt, Sigmund zu treffen – meinen schönen, tapferen, gottgleichen Sigmund …

Detmold, Deutschland

»Und dort, in den dunklen Wäldern, war es mir bestimmt, Sigmund zu treffen – meinen schönen, tapferen, gottgleichen Sigmund ...«

Catherine blickte auf die gewaltige, sechsundfünfzig Meter hohe Statue. Vor ihr auf einer Säule stand ein gottgleicher Mann mit langen Haaren und einem wilden Bart. Er trug ein kurzes Gewand, einen Lederumhang und auf dem Kopf einen geflügelten Helm. Mit einer Hand stützte er sich auf seinen Schild, mit der anderen hob er das Schwert hoch in die Luft wie einer der Helden von Wagner.

Ist das Sigmund? dachte Catherine.

Die Inschrift in einer gewölbten Nische am Fuß der Statue verriet, daß es sich um Hermann handelte, den die Römer unter dem Namen Arminius gekannt hatten. Dieser germanische Krieger hatte Cäsars Legionen in einer Schlacht besiegt, die den Lauf der Geschichte veränderte. Der Text der Inschrift war lateinisch und deutsch und lautete: ›Im Kriege nicht besiegt.‹

Außer ihr befand sich niemand am Denkmal. Catherine war die beinahe vier Kilometer vom nahe gelegenen Detmold hierher zu Fuß gegangen. Schilder mit der Aufschrift: *Vorsicht! Glatteis!* ermahnten die Besucher, auf den Weg zu achten. Nun stand sie unter dem dunkelgrauen Himmel und blickte über die sanft gewellten und dicht bewaldeten Hügel des Teutoburger Waldes. Unter ihr lag ein zugefrorener See.

Der Mann am Bahnhof hatte sie erstaunt angesehen, als sie sich nach dem Hermannsdenkmal erkundigte. Er sagte, nur wenige Amerikaner fragten jemals danach und mitten im Winter schon gar nicht. Den Rest sah sie in seinen Augen: Und vor allen keine Nonne im schwarzen Habit mit einer weißen Haube.

Er hatte ihr den Führer gegeben, sie vor dem tückischen Glatteis gewarnt und ihr geraten, vielleicht lieber in den Detmolder Hof zu gehen, wo es warm sei. Doch Catherine war in den Her-

mannswald gegangen, wo Sabina mit Freida gewesen war und wo sie Sigmund getroffen hatte.
Es war ein dichter Wald, an dessen Bäumen allerdings keine Blätter hingen. Nackte schwarze Strichfiguren ragten aus einer weißen Decke. Auf der Erde lag hoher Schnee, der den Ästen und Zweigen, den Picknick-Bänken und Tischen weiße Hauben aufsetzte. Außer Catherines Fußabdrücken gab es keine Spuren im Schnee.
Sie hörte ein Schweigen, das sich von allem unterschied, was sie jemals gehört hatte.
Nachdem Julius sie im Kloster gebeten hatte, mit ihm nach Kalifornien zurückzufahren, weil es keine siebte Schriftrolle gäbe, hatte Catherine das erste Blatt der sechsten Schriftrolle gelesen, wo Sabina von dem Aufbruch nach Germanien berichtete. Da wußte sie, daß die Geschichte weiterging, daß Sabina nicht in Britannien gestorben war.
Catherine sprach noch am selben Abend mit der Äbstissin über ihren Plan. Die ehrwürdige Mutter gab ihr einen Habit und den eigenen Reisepaß, den sie erst vor kurzem für eine Reise nach Rom hatte verlängern lassen. Da Catherine der älteren Frau überhaupt nicht ähnlich sah und auch nicht annähernd in ihrem Alter war, mußte sie sich nach ihrer Ankunft in Frankfurt bei der Paßkontrolle auf ein großes Taschentuch und einen verschlafenen deutschen Beamten verlassen. Die Äbtissin kannte nicht die ganze Geschichte. Catherine hatte ihre Schwierigkeiten nur angedeutet und sie um Hilfe gebeten. Dabei brauchte sie nicht viele Worte zu machen. Die kluge ältere Frau hörte Catherine ruhig zu und nickte: Ja, sie wolle helfen.
Catherine ließ die ersten fünf Schriftrollen, versteckt zwischen den Buchdeckeln, in ihrer Obhut zurück und nahm nur das sechste Buch mit, das sie jetzt sicher verpackt in einer schwarzen Tasche, wie Nonnen sie benutzen, bei sich trug.
Garibaldi hatte nichts von ihrem Plan erfahren.
Catherine stapfte durch den Schnee. Am Saum ihres schwarzen Rocks hingen kleine Eisklümpchen. Sie atmete tief die kalte Luft

ein. Ihr Blick glitt über die dunklen Wälder, und sie versuchte sich die friedlichen germanischen Dörfer vorzustellen, wo sich die Familien um das Feuer versammelt und den Geschichten ihres Volkes gelauscht hatten.

Vor zweitausend Jahren ist Sabina über diese Hügel gegangen und hat diese Luft geatmet, dachte Catherine. *Hier hat sie sich verliebt, und hier wurde ihr Glaube auf die Probe gestellt.*

Liebe und Glaube ...

Catherine beobachtete einen großen Raubvogel, der am grauen Himmel still seine Kreise zog. Sie dachte an Julius, der sie nur deshalb in das Kloster geschickt hatte, damit sie ihre Suche aufgab.

»Man sagt, das Skelett sei nicht von historischer Bedeutung«, hatte er berichtet.

Eine Frau war wegen der Schriftrollen lebendig begraben worden, und man fand das nicht von Bedeutung – auch Julius nicht. Catherine war tief enttäuscht gewesen. Sie wußte, nichts, was sie sagte oder tat, würde etwas an seiner Meinung ändern. Er hielt ihr Vorgehen für falsch. Zum zweiten Mal hatte sie das Gefühl, verraten zu werden.

Der Himmel wurde dunkler. Catherine spürte den scharfen Wind nicht, der durch ihre Nonnentracht drang, während sie zusah, wie Bodennebel die Täler füllte, sich über den gefrorenen See breitete und die Welt in eine unwirkliche Stille hüllte.

Garibaldi ...

Der Schmerz über seine Täuschung war immer noch unerträglich. Wenn sie auf ihre Gespräche in den vergangenen beiden Wochen zurückblickte, mußte sie sich eingestehen, daß er sie nie direkt belogen hatte. Wann immer sie Chicago oder seine Gemeinde erwähnte, hatte er entweder geschwiegen oder vage Antworten gegeben. Auf ihre Frage, warum er vor Weihnachten aus Israel abgereist sei, hatte er mit einer Gegenfrage reagiert.

»Wissen Sie, wie überfüllt Jerusalem an Weihnachten ist?«

Er hatte nicht gelogen, aber er hatte sie auch nicht daran gehin-

dert, die falschen Schlüsse zu ziehen. Das konnte sie ihm nie vergeben.
Catherine zog den Umgang enger um sich und folgte dem verschneiten Weg, der am Waldrand entlangführte, bis sie ein Schild erreichte: *Externsteine.* Ein Pfeil wies geradeaus.
Als sie sich den gespenstischen, hochaufragenden gezackten Steinen näherte, mußte sie an Menschen denken, die in einem bizarren Tanz erstarrt waren. Sabinas Worte fielen ihr wieder ein.
Alle sieben Jahre, im Sommer, trafen sich die Sippen des Stammes zu einer großen Versammlung bei den heiligen Steinen nahe dem Platz ihres großen Sieges über die Römer. Dort schlugen sie Lager auf und feierten die Sommersonnenwende, wenn die Sonne an einem bestimmten Punkt zwischen den Steinen aufging.
Hier, so hatte Sabina geschrieben, wurde Recht gesprochen, wurden Bekanntschaften erneuert, Versprechen erfüllt, Fehden beigelegt und Sippenbande gefestigt. Man tauschte Geschenke aus und stiftete Ehen. Der Stamm erinnerte sich an alle, die fehlten, weil sie zu den Göttern gegangen waren, erwies den Ahnen die gebührende Ehre, und neue Kinder wurden mit Freuden begrüßt und in den Sippenverbund aufgenommen. Abend für Abend setzten sich Krieger, Frauen und Kinder zum Festmahl zusammen und lauschten den Geschichten, die Freida und die anderen weisen Frauen erzählten.
Catherine entdeckte im heidnischen Stein ein eingemeißeltes christliches Basrelief.
Hier ist es nicht, dachte sie, *was ich suche. Nein, nicht hier ....*
Der Wind wurde stärker, und ihr Umhang flatterte. Inzwischen wurde es dunkel, und sie fror. Sie ging in das nahe gelegene Holzhausen und nahm dort ein Taxi, das sie nach Detmold zurückbrachte – und zurück zu der sechsten Schriftrolle. Endlich sollte sie erfahren, wohin Sabina sie als nächstes führen würde.

Santa Fe, New Mexico

Als Miles den Laptop von Daniel Stevenson aufklappte, dachte er, es sei doch sehr viel besser, reich als arm zu sein. Sonst wäre er nämlich niemals in der Lage gewesen, einem Beamten des FBI ein Angebot zu machen, das der Mann einfach nicht ablehnen konnte. Miles wußte, Strickland hatte sich nach dem fragwürdigen Geschäft abgesetzt und war inzwischen auf dem Weg nach Brasilien.

Reichtum brachte auch andere angenehme Dinge mit sich. Ohne Geld hätte Miles diesen Dr. Voss nicht von so vielen Männern überwachen lassen können. Einer hatte ihm sofort Meldung erstattet, als Voss einen schweren Fehler beging und ein Flugticket nach Montpelier, Vermont, kaufte und am Zielort einen Leihwagen bestellte. Voss war vermutlich so leichtsinnig gewesen, weil er glaubte, seine Spur werde nur bis zu dem Kloster führen, und dort sei alles vorüber. Warum sollte er noch vorsichtig sein? Vielleicht war er sogar in der Hoffnung zum Kloster gefahren, seine Verlobte nach Hause zurückzubringen. Wie auch immer, er hatte sich geirrt.

Etwas Gutes war bei der Dreitausend-Meilen-Reise von Dr. Voss allerdings herausgekommen: Havers hatte endlich Stevensons Computer.

Nun saß Miles in seinem Turm. Die Tür war gegen das Personal und andere unerwünschte Störenfriede gesichert, und die Kamera überwachte den Gang für den Fall, daß Erika zufällig vorbeikommen sollte.

Miles startete den Computer, und als der Bildschirm hell wurde, überprüfte er zunächst die Dateien im Desktop-Verzeichnis. Er öffnete ein paar und stellte fest, daß Stevenson den Laptop hauptsächlich für seine Forschungen benutzt hatte. Zur Software gehörte Virtual Imaging. Damit hatte Stevenson Videoaufnahmen, die von anderen Orten gesendet wurden, mit Grafiken überlagern können. Miles entdeckte Maya-Fresken über minoischen Darstellungen, und er mußte Stevenson widerwillig bewundern. Vielleicht war er doch kein Verrückter gewesen. Zu schade, daß dieser interessante Mann zu seinen Gegnern gehört hatte.

Miles blickte nachdenklich auf den vielbenutzten Computer. Strickland hatte gesagt, der Computer sei an eine Steckdose angeschlossen gewesen, als sie ihn gefunden hatten. Daneben stand eine halbleere Tasse Kaffee, und auf dem Tisch lagen ein Bleistift und ein Notizblock mit ein paar Aufzeichnungen. Catherine Alexander hatte eindeutig am Computer gesessen, bevor sie zu Bett gegangen war.

»Also gut«, murmelte Miles, »sehen wir uns an, woran unsere Archäologin gearbeitet hat, als wir sie unhöflicherweise stören wollten.«

Er hielt inne, als er das E-Mail-Symbol sah, und beschloß aus Neugier, das Verzeichnis zu öffnen. Überrascht stellte er fest, daß sich im Briefkasten eine Nachricht befand. Er hatte angenommen, die Alexander sei vorsichtig genug gewesen, nicht ans Netz zu gehen. Er klickte und las: »Er hat Sie gefunden!«

Havers runzelte die Stirn. Die Nachricht war drei Tage alt und morgens, kurz nachdem er Catherine durch Galaxy BBS ausfindig gemacht hatte, eingegangen. Zeke hatte gemeldet, sie sei nicht in dem angegebenen Haus in der N Street in Washington zu finden. Eine Mrs. O'Toole habe ihm gesagt, sie sei bereits ausgezogen. Miles starrte auf den Bildschirm und überlegte. Plötzlich wurde ihm klar, was geschehen war: Jemand hatte die beiden gewarnt!

Als er die elektronische Adresse sah – ›*freund@dianuba.com*‹ – schnaubte er. Der Trottel hatte die Warnung sogar über das Dianuba Network geschickt.

Er griff nach dem Haustelefon. »Teddy ...«

»Ich bin schon dabei, Mr. Havers«, sagte Teddy.

Das Dianuba Network hatte zwar zehn Millionen Benutzer, aber Miles wußte, es würde weniger als fünf Minuten dauern, die Angaben zu ›Freund‹ zu finden.

Miles wandte sich wieder dem Computer zu und sah sich die

Desktop-Symbole noch einmal an. Diesmal suchte er nach einem *Utilities*-Programm. Er doppelklickte auf ›*PCTools*‹ und stellte erleichtert fest, daß Stevenson ein *Undelete*-Programm installiert hatte. Miles hätte nicht riskieren wollen, ein solches Programm zu laden und dabei möglicherweise Dateien zu löschen.
Mit einem Klicken auf ›*Undelete*‹ und C:\» kam er in das Hauptverzeichnis und überprüfte durch schnelles Öffnen und Schließen die Unterverzeichnisse auf gelöschte Dateien. Er stellte fest, daß es sich hauptsächlich um Korrespondenz und Artikel handelte, die Stevenson zur Veröffentlichung weitergeleitet hatte. Alle Dateien waren mindestens mehrere Wochen alt. Aber Miles suchte eine Datei, die an einem bestimmten Datum und zu einem bestimmten Zeitpunkt gelöscht worden war.
Im Unterverzeichnis TMBX52 entdeckte er eine gelöschte Datei:
?YMBOS.EXE *gelöscht am: 28. Dez. 1999, Zeit: 6.48 Uhr.*
Etwa um diese Zeit hatte Strickland mit seinen Kollegen das Kloster erreicht.
Havers stellte sich die Szene vor: Eine Nonne warnt Catherine Alexander. Sie springt aus dem Bett, schaltet den Computer ein, löscht die wichtigste Datei und klettert rechtzeitig aus dem Fenster, bevor die Äbtissin und Strickland das Zimmer betreten.
»Schlaues Mädchen«, murmelte Miles und klickte auf die Datei. »Aber nicht schlau genug.«
Ein neues Kästchen erschien auf dem Bildschirm:

DATEINAME:	?YMBOS:EXE
DATEI **GR**ÖSSE:	94800 Bytes
PFAD:	D:\TMB**X**52
ERSTELLT AM:	21/12/1999 00.00
GELÖSCHT AM:	28/12/1999 06.48
ERSTER **CL**USTER:	30248
ZUSTAND:	gut
GESCHÜTZT DURCH	**DOS**

DER ERSTE BUCHSTABE DES DATEINAMENS WURDE ÜBER **DOS**

GELÖSCHT: BITTE GEBEN SIE DEN NEUEN ERSTEN BUCHSTABEN EIN: ?YMBOS:EXE

Miles hatte keine Ahnung, was ›–ymbos‹ bedeutete. Deshalb gab er den Buchstaben ›B‹ ein und klickte auf ›OK.‹
Auf dem Bildschirm war jetzt zu lesen:

BYMBOS.EXE **W**IEDERHERGESTELLT:

Er hatte die gelöschte Datei.
Zwei Minuten später war sie geladen, und Miles hielt einen Ausdruck in der Hand.
Er konnte wenig damit anfangen. Offenbar handelte es sich um eine Arbeitsunterlage, die täglich bei der Übersetzungsarbeit aufgerufen worden war, um neue Informationen hinzuzufügen, Notizen zu ordnen und griechische Buchstaben in einer unendlichen Vielzahl von Folgen aneinanderzureihen. Es sah aus, als habe die Archäologin versucht, ein Puzzle zu lösen. Nichts von all dem ergab einen Sinn.
Er studierte die nächsten Seiten. Wie es schien, hatte sie versucht herauszufinden, was ›Tymbos‹ war. Es gab Anmerkungen: ›Nicht gefunden über Lycos, Infoseek, UniCom, WebCrawler, Dianuba ...‹
Schließlich erreichte er das Ende: ›Tymbos, ein mystisches Land, das angeblich an der Handelsstraße nach Saba liegt. Anstatt König Tymbos sollte es heißen König von Tymbos.‹
Miles starrte auf die letzten Worte: *König von Tymbos.*
Das Jesus-Fragment endete mit den Worten: ›... bringe es zu König ...‹
Das war also der König!
Er las die letzte Notiz: ›Saba war der alte Name Äthiopiens. Liegt Tymbos in Afrika?‹
Miles griff schnell nach dem Telefon, um Teddy anzurufen. Es würde nicht schwer sein herauszufinden, ob in den letzten Tagen irgendwelche Amerikaner in Addis Abeba angekommen waren.

Ein Volltreffer, dachte Miles hocherfreut. *Das ist beinahe zu schön, um wahr zu sein!*
Seine Hand schwebte über dem Telefon.
»Beinahe zu schön, um wahr zu sein ...«
Er wandte sich stirnrunzelnd noch einmal dem Computer zu und legte im Textverarbeitungsprogramm eine neue Datei mit dem Namen *Havers* an. Dann speicherte er sie auf der Festplatte im Unterverzeichnis TMBX52 ab. Im Desktop klickte er auf ›*Datei-Manager*‹, betrachtete die Liste der Unterverzeichnisse, fand TMBX52, öffnete es unter *havers.exe,* klickte zuerst auf ›*Datei*‹ und dann auf ›*Löschen*‹.
Ein neues Menü erschien mit den Optionen:

NORMAL DELETE
WIPE DELETE
DOD WIPE DELETE

Havers kannte diese Funktionen: *Normal Delete* bedeutete Löschen im DOS. Dabei wurde die Datei gelöscht, die Daten blieben jedoch auf der Festplatte erhalten, so daß man die Datei später wiederherstellen konnte. Bei *Wipe Delete* wurden die Daten mit Nullen überschrieben, und die Datei ließ sich nicht mehr herstellen. Und *DOD* – Department of Defence – überschrieb die gelöschte Datei gleich dreifach, so daß es absolut unmöglich wurde, die Daten noch einmal herzustellen. Stevensons Software hatte die DOD-Funktion, doch aus irgendeinem Grund hatte Catherine Alexander sich für *Normal Delete* entschieden.
Weshalb?
Havers überlegte angestrengt. Er blickte noch einmal auf das Datum und die Zeit der gelöschten Tymbos-Datei – 6.48 Uhr. Plötzlich wurde ihm klar, daß das überhaupt nichts zu bedeuten hatte. Alexander hatte möglicherweise die Uhrzeit des Computers geändert, die Datei gelöscht und die Zeit wieder zurückgestellt. Also konnte sie die Datei jederzeit gelöscht haben – vermutlich lange vor Ankunft des FBI.

Wenn sie also die Zeit geändert und die Datei normal gelöscht hatte, so daß die Daten nicht verlorengingen, wenn sie die Flucht in letzter Minute vorgetäuscht und den Computer ›zufällig‹ zurückgelassen hatte, ließ das nur eine Deutung zu: Sie wollte, daß er die Datei fand! Er sollte glauben, daß ›Tymbos‹, wenn es überhaupt ein ›Tymbos‹ gab, in Afrika läge.
Er wurde wütend auf sich. Wie konnte er auf einen so durchsichtigen Trick hereinfallen? Er nahm sich die Dateien noch einmal vor. Er suchte das Tagebuch, das Stevenson erwähnt hatte, und das den Namen seines Mörders enthielt. Es war nicht zu finden. Miles war sicher, daß Catherine Alexander diese eine Datei über DOD gelöscht hatte. Natürlich erst, nachdem die Daten auf einer Diskette gesichert waren.
Sie hatte ihm also wieder ein Schnippchen geschlagen. Sie war immer noch im Besitz der Schriftrollen und des belastenden Tagebuchs, und er wußte nicht, wo er sie suchen sollte.
Strickland hatte die Äbtissin und Vater Garibaldi befragt. Beide behaupteten, nicht zu wissen, wohin die Alexander verschwunden war. Es gab keinerlei Anhaltspunkte außer dem Laptop, und der war, wie Miles nun wußte, nutzlos.
Er ging mit großen Schritten in seinem Büro auf und ab und überlegte, was als nächstes zu unternehmen sei. Plötzlich gab der Bildschirm ein Signal, das ihn auf eine Nachricht aufmerksam machte, die über einen bestimmten Computer im Untergeschoß einging. Als er im Kommunikationszentrum ankam, war die Übertragung gerade beendet. Miles sah, daß es sich um die letzte Übersetzung von Papazian in Kairo handelte, der mit einer kurzen Notiz mehr Geld verlangte.
Miles beachtete diesen Nachsatz nicht.
Die Übersetzung war nach dem einzigen Photo angefertigt worden, das Miles von der sechsten Schriftrolle besaß. Der Papyrus befand sich in einem schlechten Zustand, und die Aufnahme war unscharf. Deshalb hatte Papazian beim Übersetzen auch länger gebraucht. Catherine Alexander mußte es nach dem Aufnehmen so großer Textmengen eilig gehabt haben, zum Ende zu kom-

men, und war etwas nachlässig geworden. Auf der Rückseite des Photos stand der Hinweis: ›Sechste Rolle, Seite 12 von insgesamt 13 Seiten.‹

Es war die vorletzte Seite von Sabinas Geschichte. Das bedeutete, die Zeit war beinahe abgelaufen. Wenn der Text von Papazian diesmal keine Hinweise enthielt, hatte Catherine Alexander den Wettlauf gewonnen.

Havers überflog das Blatt. An zwei Wörtern in der Mitte der Seite blieb sein Blick hängen. Er konnte sein Glück kaum fassen: ›Aquae Grani.‹

Was war das? Eine Stadt? Vielleicht war Catherine Alexander dorthin gefahren.

Er ging zurück an den Computer in seinem Büro, fuhr die in der Scimitar Software enthaltene Enzyklopädie ein, klickte auf ›*Suche*‹, tippte *Aquae Grani* und drückte ›*Enter*‹.

»Wer sagt es denn …«, murmelte er einen Augenblick später lächelnd. Es gab sogar ein Bild.

Der siebzehnte Tag

Donnerstag,
30. Dezember 1999

Freida war die Matriarchin der Sippe. Eines Tages kam sie zu mir und sagte, ich sei noch jung und im gebärfähigen Alter. Um bei ihnen zu leben, müsse ich heiraten, denn ich brauche einen Beschützer. Aber da ich keine Jungfrau sei, so sagte sie, werde mich kein Mann haben wollen.

Sie hatte ihren Sohn Sigmund gefragt, ob er mich nehmen würde, denn er war verwitwet und kinderlos. Er hatte mich bisher kaum zur Kenntnis genommen, denn seine Gedanken kreisten um die Vereinigung der Stämme und die Wiedereroberung des Landes, das die Römer seinem Volk entrissen hatten. Doch da seine Mutter es wünschte, stimmte er zu.

Wie sollte ich darauf reagieren, liebe Amelia? Einerseits hoffte ich immer noch, gerettet zu werden. Andererseits hatte Freida recht. Eine unverheiratete Frau im gebärfähigen Alter konnte Probleme unter den Männern schaffen. Mein Überleben hing davon ab, daß ich bei der Sippe blieb. Da ich festgestellt hatte, daß Sigmund kaum jemals im Dorf war, stimmte ich der Heirat zu.

Bei den Germanen bringt nicht die Braut die Mitgift in die Ehe, sondern der Ehemann. Nach alter Tradition erhält sie ein Pferd und Zaumzeug, einen Schild und ein Schwert. Diese Dinge symbolisieren, daß sich die Frau das Heldentum ihres Mannes zu eigen macht, und erinnern sie daran, daß sie die harte Arbeit und die Gefahren des Mannes teilt. Der Schild und das Schwert, so sagte Freida, gehen nach dem Tode der Frau in den Besitz ihrer Töchter und danach ihrer Enkeltöchter über.

Aber ich hatte nicht die Absicht, Kinder zu bekommen, und wie es aussah, Sigmund auch nicht. An unserem Hochzeitstag gab es ein großes Festmahl, bei dem viel getrunken wurde. In der Hoch-

zeitsnacht wartete ich jedoch vergebens in dem eigens für uns errichteten Holzhaus auf meinen Bräutigam.
Fortan lebte ich wieder bei Freida und sah Sigmund nur selten.
Der Stamm war vom Land seiner Vorfahren vertrieben worden und lebte in der Rolle des heimatlosen Bittstellers auf fremdem Boden.
Sigmund war der Anführer. Ich beobachtete ihn bei Ratsversammlungen. Er konnte die Krieger mit seinen Taten und Worten begeistern. Er hielt mitreißende Reden. Er sagte: »So, wie der Himmel den Göttern gehört, so gehört die Erde den Menschen. Unbewohntes Land kann und wird von uns besiedelt werden!«
Er wagte sich durch gefährliches Gebiet, um den römischen Statthalter zu treffen und ihm die Bitte des Stammes um Siedlungsland zu unterbreiten. Der Statthalter, so bekamen wir zu hören, bot Sigmund einen Handel an, um den Frieden zu sichern. Er versprach nur Sigmund Land, niemandem sonst.
Sigmund ließ sich nicht bestechen. Er gab dem römischen Statthalter stolz zur Antwort: »Wir haben vielleicht keinen Platz zum Leben, aber wir werden einen Platz finden, um zu sterben!«
Er kam zu uns zurück und begann, die anderen Stämme für einen neuen Kampf gegen die Römer um sich zu scharen. Sigmund machte seinen Kriegern Mut, indem er sie in der Kunst unterwies, den Gegner einzuschüchtern, zu erschrecken und in Panik zu versetzen.
Ich hatte noch nie einen Krieg erlebt. Möge mir diese grauenhafte Erfahrung ein zweites Mal erspart bleiben, liebe Schwestern.
Sie kämpften im Wald, und es war schrecklich anzusehen, denn am Rande der Schlacht warteten die Frauen und Mütter und spornten ihre Männer an, tapfer zu bleiben. Ihre Rufe und die Schreie der Kinder erinnerten die Männer daran, daß mit dem Sieg oder der Niederlage das Schicksal aller auf dem Spiel stand, und sie griffen noch erbitterter und kühner die römischen Legionäre an.
Als ich die Tapferkeit von Sigmund und seinen Kriegern sah,

spürte ich eine seltsame Veränderung in meinem Herzen. Sie kämpften gegen die Römer, und doch wünschte ich plötzlich, Freidas Stamm würde siegen. Ich war inzwischen drei Jahre bei ihnen. Sie hatten mir das Leben gerettet und mich aufgenommen. Sigmund mit seinen langen rotgoldenen Haaren, den eisernen Muskeln und dem Mut eines Gottes bot in der Schlacht einen unvergeßlichen Anblick. Er überragte die kleinen Römer um Kopf- und Schulterlänge. Speere und Pfeile schienen wirkungslos an ihm abzuprallen, als sei er unverwundbar.

Der Kampf nahm eine gefährliche Wendung für seine Männer, weil es den Römern gelang, sie in ein Sumpfgebiet zu treiben. Da rissen sich die Frauen die Kleider vom Leib, um ihre Männer und Söhne daran zu erinnern, welches Schicksal sie nach einer verlorenen Schlacht erwartete: Vergewaltigung und die Sklaverei in Rom.

Auch ich beteiligte mich an den Klagen und den ohrenbetäubenden Kampfrufen, liebe Amelia. Meine verzweifelten Schreie waren laut genug, daß Sigmund sie hörte. Unsere Krieger faßten neuen Mut und stellten sich zum Sterben entschlossen den römischen Legionen.

Die Soldaten Roms schlugen sich tapfer. Aber sie wurden nicht von ihren Frauen in den Kampf begleitet und nicht von ihren Kindern daran erinnert, wofür sie kämpften. Es waren bezahlte Soldaten, keine Männer, die um ihre Heimat und um ihre Familienehre in die Schlacht zogen.

Und so siegten die Germanen wieder, wie in den Tagen des Arminius. Diesmal war Sigmund der große Held.

Nachdem die Römer in die Flucht geschlagen waren, eilten die Frauen auf das Schlachtfeld und trugen die Toten davon, um ihnen ein ehrenhaftes Begräbnis zu geben. Die verwundeten Männern kamen zu ihren Frauen und Müttern, zeigten ihnen die Wunden und ließen sich von ihnen behandeln.

Die Frauen schrecken beim Anblick von Blut nicht zurück, und die Männer verbergen nicht schamhaft ihre Verletzungen. Ich zeigte den Frauen, wie man bessere Verbände anlegt, als der

Stamm sie kannte. Mit Hilfe von Kräutern gelang es mir auch, Wundbrände zu verhindern, und so konnte ich viele vor Schmerzen und Fieber bewahren und bleibenden Verstümmelungen vorbeugen. Ich aber lernte von ihnen, wie man Wunden mit einem Dorn und Faden vernäht.

Natürlich behandelte ich auch Sigmunds Verletzungen, wie es als seine Frau mein Recht war. Er freute sich über meine Tapferkeit am Rande der Schlacht und war stolz über meine besonderen Fähigkeiten, den Verletzten zu helfen und Wunden schneller und schmerzlos zu heilen.

In dieser Nacht liebten wir uns zum ersten Mal.

Als ich einige Wochen später spürte, wie sich neues Leben in mir regte, da wußte ich, daß mein Leben in der zivilisierten Welt zu Ende gegangen war und ein neues begann.

Fortan sah ich in Sigmund und seiner Familie auch meine. Ich nahm den neuen Namen an, den sie mir gegeben, den ich aber immer abgelehnt hatte, und überließ mich völlig Sigmund und seiner Welt.

Im stillen erneuerte ich jedoch den Schwur, ihn und seine Sippe zum Weg des Gerechten zu bekehren.

Und so, liebe Schwestern, wurde ich eine Germanin. Seid bitte nicht entsetzt. Viele von euch sind Frauen römischer Offiziere. Ihr habt die gleichen falschen Vorstellungen und Vorurteile, wie ich sie vor langer Zeit hatte. Ja, es ist die Wahrheit: Ich lebte bei den Barbaren und wurde eine von ihnen.

Als ich viele Jahre nach dieser Schlacht das erste Mal in die Nähe eines Römers kam, überquerten wir während eines kurzen Friedens den Rhein, um die Bäder im Westen aufzusuchen, die man ›Aquae Grani‹ nennt. Der Römer sah mich seltsam an, denn ich war kleiner als meine germanische Sippe und hatte dunkle Haare. Doch dieser zierliche, dunkelhaarige Römer schien mir jetzt ein Fremder zu sein. Ich wollte nicht mit ihm sprechen. Ich hatte ihm nichts zu sagen.

Als wir in den Quellen von Aquae Grani badeten, und das Wasser die Leiden linderte, die das Leben in den Wäldern nach sich zog, dachte ich an meinen Sohn Pindar. Ich betete, daß er, falls er noch lebte, glücklich und ein Anhänger des Gerechten war. Dann dachte ich an Philos und wurde traurig, denn er hatte nie die unsterblichen Riesen gefunden oder der Menschheit das Wissen um das ewige Leben zurückgeben können.

Wenn er doch nur den Sturm überlebt hätte! Wenn er doch nur mit mir in den Wäldern gewesen wäre, denn dort, liebe Perpetua, fand ich endlich die Antworten auf alle meine Fragen …

Aachen, Deutschland

»›Aquae Grani‹?« hatte der Mann an der Rezeption im Detmolder Hof gesagt. »Römische Bäder im Westen? Das muß Aachen sein. Die Römer waren vor zweitausend Jahren dort.«

Und so war Catherine nach ihrem Besuch im Teutoburger Wald in die westlichste Stadt Deutschlands an der Grenze zu Belgien gefahren. Aachen, das Aix-la-Chapelle Karls des Großen, war eine moderne Großstadt mit einem mittelalterlichen Kern. In der Mitte der Stadt befand sich ein majestätischer Dom.

Catherine stand auf dem Kopfsteinpflaster einer Straße, die vor zwölfhundert Jahren gebaut worden war. Der Dezemberwind jagte durch die Häuserzeilen, als habe er es eilig, irgendwohin zu kommen. Sie blickte auf die gotischen Türme, die in den grauen Winterhimmel ragten, und betrachtete staunend die eigenartige karolingische Kuppel und die Buntglasfenster, die mehr als fünf Stockwerke hoch zu sein schienen. Es war ein altes, würdiges, zeitloses und einem wahrhaft erhabenen Gott geweihtes Monument.

Catherine fühlte sich gegen ihren Willen getrieben, über die Straße zu gehen und die Stufen hinaufzusteigen, die zu dem mächtigen Portal führten.

Als sie zögernd am Eingang des Doms stand und in das halbdunkle Innere blickte, wo zahllose Kerzen brannten, stellte sie

fröstelnd fest, daß auch die Luft alt war, als hätten sich die Steine Schicht um Schicht um ein Stück Zeit aufgetürmt und es umschlossen, damit sie nicht entfliehen konnte. Abgesehen von elektrischem Strom war die moderne Zeit bestimmt niemals in diesen sakralen Raum vorgedrungen.
Sie dachte an die Kirche in Washington, in die sie mit Garibaldi zur Mitternachtsmesse hatte gehen wollen. An den Stufen war sie wieder umgekehrt. Jetzt, das wußte sie, würde sie nicht umkehren.
Ist Sabina hier an dieser Stelle gewesen? Hat Freidas Sippe hier, an dieser Stelle, wo jetzt der Dom steht, ihr Lager aufgeschlagen? Liegen Freida, Sabina und Sigmund vielleicht hier in dieser geweihten Erde begraben?
Doch der Dom war Jahrhunderte später gebaut worden. Sabina berichtete von einer anderen Zeit.
Catherine fürchtete sich unbestimmt vor dem, was sie hier vielleicht finden, und vor dem, was sie vielleicht nicht finden würde. Aber ihre Beine hatten plötzlich einen eigenen Willen und trugen sie über die Schwelle. Mit klopfendem Herzen trat sie durch das hohe Portal.
Vor dreizehn Jahren hatte sie geschworen, nie mehr eine katholische Kirche zu betreten. Nun stand sie in diesem Dom, spürte, wie der Atem der alten und der neuen Zeit sie erfaßte und tiefer und tiefer in die Kathedrale zog, in der noch immer die Gebete, das Flehen, das Hoffen und das Vertrauen des Glaubens von zwölf Jahrhunderten wie ein Echo widerhallten.
Catherine ging zum Oktagon, und als sie nach oben blickte, überkam sie eine so überwältigende, kindliche Ehrfurcht, daß ihr der Atem stockte.
In der Mitte der Kuppel hing an einer langen Kette ein mächtiger vergoldeter Kupferleuchter. Über ihn neigten sich wie ehrfürchtige Betrachter endlose steinerne Bögen, die auf kunstvoll gearbeiteten Säulen standen, die wiederum auf anderen Säulen und Bögen ruhten und sich zu einer gewölbten Decke hinauf in eine himmlische Höhe schwangen, wo Heilige und

Apostel in erhabener Größe über einen goldenen Untergrund schritten.

Catherine war wie gebannt. Ihr plötzlich überwaches Bewußtsein nahm noch andere Einzelheiten wahr, die zu dem unvergleichlichen Zauber des Augenblicks beitrugen. Durch die hohen bunten Glasfenster fielen Regenbogenfarben in den Chor und tauchten den goldenen Schrein in ein überirdisches Licht.

Hier ruht Karl der Große, dachte Catherine voll Ehrfurcht.

Der große Kaiser gehörte fast schon in das Reich der Legende, aber er war auch eine historisch greifbare Gestalt. Sein Leben und Werk hatten das Land geeint, und er führte sein Volk aus den Wirren der Kriege und Glaubenskämpfe in eine neue Zeit. Der Dom zu Aachen, das Grab des fränkischen Kaisers, erinnerte jedoch auch an einen anderen Sieg. Der Dom war eine Manifestation des Triumphs nicht nur über Feinde, sondern über alles Irdische, das nach Vollendung strebt.

Von einem der gotischen Stützpfeiler blickte eine Madonna mit soviel Verständnis und Erbarmen auf die Menschen herab, daß Catherine von ihren Gefühlen überwältigt wurde. Ihre ganze innere Not brach sich plötzlich Bahn. Sie lehnte sich haltsuchend an einen Pfeiler. Alles stürmte in einem Kaleidoskop der Bilder, Empfindungen und Erinnerungen auf sie ein. Dreiundzwanzig Jahre gläubigen Katholikentums schlugen wie eine Flutwelle über ihr zusammen, bevor es ihr gelang, sich mit der Kraft ihrer Vernunft davor in Sicherheit zu bringen.

Es war weit schlimmer als das versinkende Atlantis, denn vor der Katastrophe in ihrem Inneren gab es kein Entrinnen. Catherine stand wie gelähmt an der Säule. Sie war ein hilfloses leeres Gefäß, in das sich der Glaube, die Passion, die Pein und der Kummer ergossen, die der Dom so lange in sich aufbewahrt hatte, während er darauf wartete, daß jemand hereinkommen und all das in sich aufnehmen werde. Catherine brach unter dieser Last beinahe zusammen.

Ihr Bewußtsein versuchte, sich gegen den Ansturm zu wehren. Sie rief sich die vielen Argumente und die berechtigten Anklagen ins Gedächtnis, um die Woge der Nostalgie und der emotionalen Schwäche zurückzudrängen. Aber die Erinnerungen kamen in immer neuen Wellen – das leichte und befreite Gefühl nach der Beichte, die Hostie im Mund und das naive Vertrauen darauf, daß diese heilige Handlung sie mit allen Katholiken auf der ganzen Welt und über alle Zeiten hinweg mit Jesus verband. Auch Erinnerungen, die nichts mit der Kirche zu tun hatten, drängten sich auf – Catherine saß an einem großen Schreibtisch und beobachtete ihre Mutter bei der Arbeit, die ihr geduldig zeigte, wie der Neigungswinkel eines Pinselstrichs Handschriften um Jahrhunderte voneinander trennte. Sie sah ihren Vater, der staunend auf seine Tochter blickte und sagte: »Wir hatten nicht mehr geglaubt, daß wir Kinder haben könnten. Du bist ein Segen Gottes, und es ist ein Segen, daß du noch so spät in unser Leben gekommen bist.«

Der Strom riß nicht ab. Catherine spürte, wie der harte Panzer, der so lange ihr Herz umschlossen hatte, dem inneren Sturm nicht länger standhalten konnte. Er zersprang und fiel wie eine alte, abgelegte Hülle von ihr ab.

Julius! rief sie stumm. *Es tut mir so leid. Du bist nur deinem Gewissen gefolgt. Du hast getan, was du für richtig hältst. Ich habe darin einen Verrat an mir gesehen. Ich habe mich geirrt.*

Danno, rief ihr Herz den Marmorwänden und stummen Statuen zu. *Du bist meinetwegen ermordet worden. Es war meine Schuld. Und ich bin nicht einmal bei dir geblieben, um deiner Seele beim Antritt ihrer letzten Reise zu helfen.*

Catherine glaubte zu ersticken. Sie klammerte sich an den kalten Stein. Sie kämpfte sich verzweifelt durch die Fluten ihrer Gefühle.

Mutter, ich hätte Vater McKinney wegschicken sollen, sobald ich ihn im Krankenhaus sah. Ich hätte auf einem anderen Priester bestehen müssen.

Zitternd richtete sie sich auf und schlug die Hände vor das Gesicht.

Garibaldi …

Sie löste sich entschlossen von dem Stein und den Erinnerungen. Als sie plötzlich über den weiten Raum hinweg eine Gestalt mit einem traurigen Gesicht sah, traute sie ihren Augen nicht. Sie hielt ihn für eine Erscheinung, für das Produkt ihres aus den Fugen geratenen Bewußtseins. Doch dann trat er aus dem Schatten eines Pfeilers, und sie wußte, daß es tatsächlich Garibaldi war.
Es überraschte sie nicht, daß er sie gefunden hatte. Sie war sicher, daß die Äbtissin ihm seine Fragen wahrheitsgemäß beantwortet hatte. Er war ein Priester, dem man die Wahrheit anvertrauen konnte, selbst wenn er jetzt nicht wie ein Priester gekleidet war. Auch Catherine trug nicht mehr das lange schwarze Gewand einer Nonne, sondern die unauffälligen Sachen, die sie in Detmold gekauft hatte.
Er kam auf sie zu und hob die Hände in einer Geste der Kapitulation.
»Keine Angst«, sagte er leise, »ich habe niemandem gesagt, wo Sie sind.«
Das hatte sie auch nicht erwartet. Sie wußte in ihrem Herzen, er hatte sich selbst zu dieser Reise entschlossen. Er war nicht auf Befehl des Vatikans hier, sondern weil ihn etwas in seinem Innern dazu trieb, so wie etwas in Catherine sie auf Sabinas Spuren hierher in diesen Dom geführt hatte.
Sie trafen sich unter einem Steinbogen mitten in dem langen hohen Gang. Garibaldi flüsterte unwillkürlich, als wage er nicht, die Stille mit profanen Worten zu stören.
»Sie haben uns vielleicht einen Schreck eingejagt, als die Beamten des FBI kamen, und es so aussah, als seien Sie im Nachthemd aus dem Fenster gestiegen, um durch den Schnee zu fliehen.«
Catherine konnte ihm nicht sofort antworten. Sie suchte noch immer ihre von Gefühlen zerrissene Seele in den dunklen Höhen der Kuppel. Es dauerte eine Weile, bis es ihr schließlich gelang, auf die Erde und in die Wirklichkeit zurückkehren.
»FBI ...?« murmelte sie. »Wie hat das FBI den Weg zum Kloster gefunden?«
»Wahrscheinlich durch einen Hinweis von Havers«, antwortete

Garibaldi und blickte sie besorgt an. »Es würde mich nicht überraschen, wenn er einen der Beamten bestochen hätte. Jedenfalls standen im Morgengrauen vier Männer vor der Pforte.«
Er legte ihr den Arm um die Schulter. Catherine wehrte sich nicht dagegen. In diesem Augenblick war sie für seinen Schutz und seine Kraft dankbar. Sie gingen langsam durch den Dom.
»Von der Äbtissin habe ich erfahren, daß Sie den Computer zurückgelassen haben ...«
»Ich war schon lange weg, bevor die Beamten gekommen sind.«
Sie senkte den Kopf. Hatte er es gesehen? War Garibaldi Zeuge ihres Augenblicks seelischer Ekstase gewesen?
»Ich dachte, wenn Havers der Computer in die Hände fällt, dann ist er eine Weile zufrieden.« Catherine zwang sich zu reden und beobachtete sich dabei wie eine Zuschauerin aus großer Höhe. »Ich habe sogar eine Datei angelegt, weil ich hoffte, er werde sie finden und sich auf eine falsche Fährte locken lassen. Mit etwas Glück sind seine Killer auf dem Weg nach Äthiopien ...«
»Sie sind also mitten in der Nacht geflohen, Catherine?« Er schüttelte den Kopf. Dann fragte er schuldbewußt: »Meinetwegen?«
Sie sah ihn an. »Es tut mir leid, Vater Garibaldi, daß ich Sie geschlagen habe. Das hätte ich nicht tun sollen. Aber ich war entsetzt, wütend und enttäuscht.«
»Ich nehme es Ihnen nicht übel. Es tut mir leid, und ich entschuldige mich. Du meine Güte, Sie waren meinetwegen so in Panik, daß Sie mitten in der Nach bei Eis und Schnee vor mir aus dem Kloster geflohen sind.«
»Das lag nicht an Ihnen – nun ja, nicht nur ...«
Ein Schauer lief ihr über den Rücken. Was immer unter der Kuppel mit ihr geschehen war, es würde tiefgreifende Folgen haben. Sollte sie es eine Epiphanie nennen, ein spirituelles Erlebnis? Catherine spürte die Nachwirkungen noch immer und bemühte sich darum, Garibaldi zuzuhören und ihm vernünftige Antworten zu geben.
»Es war vor allem diese Nachricht, die wir in Washington über

E-Mail bekommen hatten«, sagte sie leise. »Mir war klar, daß es nicht lange dauern würde, bis Havers uns wieder auf der Spur war. Als ich den Anfang der sechsten Rolle las und feststellte, daß Sabina nach Germanien gegangen war, beschloß ich, keine Zeit zu verlieren. Ich habe in meinem Zimmer alles so hingelegt, daß es aussah, als sei ich aus dem Kloster geflohen.«

»Wir müssen demjenigen, der die Nachricht geschickt hat, für immer dankbar sein. Er hat mit seiner Warnung viel riskiert.«

Catherine zuckte zusammen. »Ach du liebe Zeit ...«

»Was ist?«

»Die Nachricht. Daran habe ich nicht gedacht! Ich habe sie nicht gelöscht! Havers kann jetzt denjenigen ausfindig machen, der sie geschickt hat!«

»Ich bin sicher, wer immer es gewesen ist, er wußte, daß er vorsichtig sein muß. Er wird anonym im Internet gewesen sein.«

Catherine hätte das nur zu gerne geglaubt. Aber der Absender ließ sich ausfindig machen, wenn sich der Betreffende nicht unter einem falschen Namen und mit falscher Adresse gemeldet hatte. Wie auch immer, der ›Freund‹ mußte für die Zugangsberechtigung eine Kreditkarte benutzt haben. »Ich hoffe nur, es ist inzwischen nicht noch jemand meinetwegen umgebracht worden ...«

Sie näherten sich dem Portal. Catherine blieb stehen und fragte: »Vater Garibaldi, haben Sie Julius im Kloster gesehen?«

»Dr. Voss ist sehr früh am nächsten Morgen abgereist. Wohin, das weiß ich nicht. Wir haben nicht miteinander gesprochen. Er schien wütend zu sein. Ich nehme an, es hat einen Streit gegeben.« Garibaldi schwieg. Als Catherine sich nicht äußerte, fuhr er fort: »Die Äbtissin hat mir gesagt, daß Sie in der Klosterbibliothek herausgefunden haben, wo der große germanische Held lebte, der die Römer besiegt hat. Sie erzählte mir auch, wie sie Ihnen bei der Flucht geholfen hat. Ich hätte es nie für möglich gehalten, daß die Äbtissin Sie persönlich im Wagen der Schwestern zum Bahnhof gebracht hat. Ich meine, sie hat Sie offenbar wirklich ins Herz geschlossen, Catherine ...«

Seine Stimme klang bewundernd und beinahe zärtlich. Das tröstete und beunruhigte sie gleichermaßen. Ihre nächsten Worte klangen deshalb etwas unsicher.

»Ich habe ihr nur gesagt, daß ich mich in Gefahr befinde ...«

»Ich nehme an, mehr brauchte sie nicht zu wissen. Sie sieht die Menschen mit anderen Augen.«

Catherine wurde verlegen und wollte das Thema wechseln. Deshalb fragte sie schnell: »Wie kommen *Sie* eigentlich hierher?«

»Ich war in Detmold.« Er lächelte. »Es war einfach zu erfahren, daß eine amerikanische Nonne am Hermannsdenkmal war und sich anschließend nach ›Aquae Grani‹, den römischen Bädern, erkundigt hat.«

»Aber woher wußten Sie, daß Sie mich hier im Dom finden würden?«

»Das wußte ich nicht. Ich bin meinetwegen hergekommen.«

Er verstummte und betrachtete sie prüfend. Ihr fiel auf, daß das Blau seiner Augen hier im geheimnisvollen Dämmerlicht des sakralen Raums sehr viel dunkler zu sein schien.

Es ist ein schwermütiges Blau, dachte sie. *Dieses Blau paßt gut zu ihm, denn es macht ihn empfänglicher für das andere, nach dem er sich sehnt.*

Seine Augen schienen die melancholischen Schatten in sich aufzunehmen, die in den Ecken lauerten, wo die steinernen Bögen des Oktagons und das Kirchenschiff aufeinandertrafen. Vielleicht kam jeder in diesem gewaltigen Gotteshaus seinem eigentlichen Wesen näher. Der Gegensatz zwischen dem Erhabenen und dem einzelnen, scheinbar hilflosen Menschen wurde hier besonders deutlich.

Vielleicht wurde deshalb in diesem sakralen Raum auch die eigene Seele deutlicher erkennbar, so als sei sie bloßgelegt. Catherine konnte die verborgenen Leidenschaften sehen, die Vater Garibaldi ständig unter Kontrolle halten mußte.

Pangamot kann Ihnen hier nicht helfen, wollte sie sagen. *Hier müssen Sie sich der Vergangenheit stellen, die Sie verfolgt.*

»Warum sind Sie hier im Dom?« fragte er ernst.

Sie wollte es ihm sagen. Sie wollte erklären, was sich vor wenigen Augenblicken ereignet hatte. Hatte sich ihre katholische Erziehung wieder zu Wort gemeldet? War das alles nichts Übernatürliches oder Himmlisches gewesen, sondern nur eine unwillkürliche Reaktion?

»Gib mir ein Kind bis zum Alter von sieben Jahren, und ich werde dir einen Katholiken fürs Leben geben.«

Wer hatte das gesagt? Ignatius von Loyola?

»Ich dachte, vielleicht ...«, begann sie. Dann schüttelte sie den Kopf. Sie konnte nicht darüber sprechen, noch nicht. »Ich weiß nicht, warum ich hierhergekommen bin.«

Er schien ihre Antwort abzuwägen, als überlege er, ob er sich damit zufriedengeben oder widersprechen sollte. Dann sagte er: »Das verstehe ich.«

Catherine hatte das Gefühl, daß er es tatsächlich verstand und daß sie nicht versuchen mußte, Worte zu finden, um zu erklären, was geschehen war. Als ihr Garibaldi leicht mit dem Finger über die Wange fuhr, stellte sie fest, daß er eine Träne abgewischt hatte.

Bitte, frag mich nicht danach! Wenn ich jetzt darüber reden muß, fühle ich mich vielleicht gezwungen, alles zu leugnen, um mich davon zu überzeugen, daß ein Mensch wie ich, der keinen Glauben mehr hat, unmöglich dem Göttlichen begegnen kann.

»Haben Sie hier in Aachen etwas gefunden?« fragte er beiläufig, als spüre er ihren Widerstand.

Er wäre ein guter Psychologe, dachte sie erleichtert.

»In Hinblick auf Sabina, meine ich«, fügte er hinzu.

Sie schüttelte den Kopf. »Ich weiß nicht, wo ich als nächstes suchen soll.«

»Sind Sie mit der sechsten Rolle fertig?«

»Ich habe noch eine Seite zu übersetzen.«

Sie spürte seine Hand am Ellbogen. »Wollen wir sie zusammen lesen?«

Als Catherine am Morgen nach der Bahnfahrt von Detmold in Aachen angekommen war, hatte sie ein Zimmer im gutbürgerlichen Wilferterhof genommen.
Dorthin ging sie mit Garibaldi. Während sie bereits im Fahrstuhl nach oben fuhr, ließ er sich an der Rezeption ebenfalls ein Zimmer geben.
Das Hotel lag in der Stadtmitte am mittelalterlichen Stadttor. Vom Fenster konnte Catherine die engen Straßen mit dem alten Kopfsteinpflaster sehen, wo sich die Häuser aus dem dreizehnten Jahrhundert aneinanderzulehnen schienen. Es gab keinen Autoverkehr in der Innenstadt. Nur hin und wieder fuhr jemand auf dem Fahrrad vorbei. Wenn Catherine nicht auf die Jeans und die Windjacken achtete, konnte sie sich vorstellen, durch einen Zeitsprung zurück ins Mittelalter versetzt zu sein.
Ich eile durch die Zeit, dachte sie. *Deshalb bin ich abgeschnitten von dem, was mich in der Gegenwart gehalten hat ...*
Aber nun wollte sie noch weiter zurück, an den Anfang des Christentums. Endlich konnte sie daran denken, die letzten Seiten von Sabinas Geschichte zu übersetzen.
Garibaldi klopfte an und kam herein. Waren das ihre letzten gemeinsamen Stunden? Nach der sechsten Schriftrolle gab es nichts, was sie noch zusammenhielt. Garibaldi würde in den Vatikan zurückkehren, und sie ...
Wohin? Wohin werde ich danach gehen?
Catherine las laut die letzten Seiten der Schriftrolle vor, und Garibaldi hörte zu.

Es ist fünf Jahrzehnte her, liebe Amelia, daß ich Sigmund ein Kind gebar. Danach bekam ich noch acht weitere Söhne und Töchter, und ich erlebte die Geburt von sechsundzwanzig Enkelkindern und sieben Urenkeln. Wir begruben Freida vor vielen, vielen Ernten auf ihrer Lieblingswiese, und ich nahm ihren Platz an der Spitze der Sippe ein, denn Freida hatte mir die Geschichten ihres Volkes als Erbe hinterlassen. Ich erzählte sie abends an den Feuern zusammen mit der Geschichte meines Lebens, von

der alle sagten, sie sei wie ein Märchen. Und ich sprach zu ihnen über die Botschaft des Gerechten.
An dem Tag, als Ingomar, mein ältester Sohn, zum Zeichen seiner Mannbarkeit den ersten Schild und Speer erhielt, dachte ich an Pindar, meinen Sohn von Philos. Ich fragte mich, ob er am Leben sei, ob er die Toga erhalten habe, und ob er sich an seine Mutter und unsere Jahre in Alexandria und Britannien erinnern konnte.
Nur etwas bedauerte ich. In all den Jahren war es mir nie gelungen, meine Familie zum Weg des Gerechten zu bekehren. Die Absicht, mit der ich vor langer Zeit Antiochia verlassen hatte, nämlich seine Botschaft zu verbreiten, trug keine Früchte. Ich lebte viele Jahre in Freidas Sippe, aber ich führte niemanden zum Licht.
In dieser Hinsicht habe ich versagt.
Jetzt sind sie alle gegangen, liebe Schwestern. Sigmund, unsere Söhne und Töchter, die ganze Sippe. Sie wurde in einem einzigen Augenblick ausgelöscht. Wie lange bin ich jetzt schon hier bei meiner Gastgeberin Perpetua? Um das zu beantworten, muß ich die Zeit hinzuzählen, die ich durch die Wälder gezogen bin. Ich weiß aber selbst nicht, ob es ein Monat oder ein Jahr war – vielleicht auch sehr viel länger.
So lange ist es jedenfalls her, daß sie alle getötet wurden.
Es war ein Überraschungsangriff. Wir hatten keine Ahnung, daß die Feinde aus dem Norden kommen würden. Wir waren nicht darauf vorbereitet. Unsere Männer kämpften tapfer, doch die Angreifer waren in der Überzahl.
Ich floh in den Wald. Ich blieb nicht bei meiner Familie. Ich kämpfte nicht an ihrer Seite, und ich starb nicht mit ihnen. Ich versteckte mich wie ein Kind. Ich fürchtete mich vor …

»Ich fürchtete mich vor …«
Catherine verstummte. Die Stille des Winters breitete sich nach ihren Worten im Zimmer aus. Schließlich hob sie den Blick von dem Papyrus.

»Das ist es«, sagte sie leise. »Das ist alles, was wir von Sabinas Geschichte haben.«
Sie sah die Enttäuschung in Garibaldis Gesicht. Sie wußte, er hatte gehofft, Antworten auf seine Fragen zu bekommen.
Sie ging zu ihm und legte ihm die Hand auf den Arm.
»Schade ...«, flüsterte sie.
»Schade ...« Er seufzte. »Ich hätte Ihnen so sehr gewünscht, daß Sie die siebte Schriftrolle auch noch übersetzen können.« Er ließ den Kopf sinken und fügte hinzu: »Es tut mir wirklich leid, daß ich Sie getäuscht habe.«
»Schon gut«, sagte sie. »Ich bin Ihnen nicht mehr böse. Ich weiß, Sie haben getan, wozu Sie verpflichtet sind.«
Er nahm ihre Hand und drückte sie an seine Lippen. Catherine blickte in seine blauen Augen und tauchte in ihre Tiefen, um die dunkleren Ströme zu erforschen, die sie dort entdeckt hatte. Sie spürte seinen warmen Atem auf ihrer Handfläche. Sie sah, wie sich seine Pupillen weiteten, und sie sah den Konflikt, in dem er lebte. Seine Leidenschaft trieb ein böses Spiel mit ihm. Der Priester, der er sein wollte, konnte den Mann nicht unterdrücken, der er war.
»Im Dom«, sagte sie schließlich, »habe ich meinem Vater endlich vergeben. Sie hatten recht. Ich mußte es tun. Und das müssen Sie ebenfalls. Sie müssen dem Sechzehnjährigen, der Sie einmal waren, verzeihen, daß er einen sinnlosen Mord nicht verhindert hat.«
»Ach Catherine ...« Er seufzte und wandte sich ab. »Das ist es nicht. Ich muß nicht mir selbst verzeihen! Verstehen Sie das nicht? Ich bin nicht das Problem.« Er sah sie wieder an. »*Er* ist es! Auf ihn bin ich böse, und ich muß *ihm* verzeihen.«
Catherine wußte, von wem er sprach. Nicht von dem Junkie, der den Mord begangen hatte, sondern von dem alten Mann hinter der Ladentheke.
»Er stand einfach da«, sagte Garibaldi aufgewühlt. »Er stand da wie ein stummes Tier und flehte mich mit den Augen an, etwas zu unternehmen. Und als ich mich nicht von der Stelle

rührte, veränderte sich sein Ausdruck. Er sah, daß ich ein Feigling war. Und in seinen Augen stand Abscheu. Als die Kugeln den alten Mann in die Brust trafen, sah er mich mit so tiefer Verachtung an, daß ich ihn haßte. Ich haßte ihn, weil er wußte, daß ich ein Feigling bin. Ich haßte ihn, weil er mich mit seinen Augen anklagte. Und Gott helfe mir, ich hasse ihn immer noch.«

Seine Stimme stieg zu der Balkendecke empor und hallte dort lautlos wider. Dann wurde es still. Catherine flüsterte: »Vergeben Sie ihm, Vater Garibaldi …«

»Vergeben?« rief er. »Was soll ich ihm vergeben? Daß er die Wahrheit gesehen hat? Ich war ein Feigling. Ich versuche seit dieser Zeit, meine Feigheit wiedergutzumachen.«

»Sie wollen kein Priester mehr sein, weil Sie das für eine ehrliche Lösung halten? Sie wollen sich beweisen, daß Sie kein Feigling sind. Vielleicht ist das die zweite Chance, um die Sie gebetet haben. Es ist eine Prüfung. Ich meine, wenn Sie Ihr Priestertum aufgeben, haben Sie diese Prüfung nicht bestanden. Gott vergibt allen, die zu ihm zurückfinden. Das haben Sie mir gesagt.«

»Sie glauben nicht an Gott.«

»Nein, aber ich glaube an die Macht der Vergebung. Sabina hatte recht. Wenn wir vergeben, ist das wie eine Befreiung, und wir sehen wieder klar. Wir können Unsicherheit und alle Verwirrungen überwinden. Vergeben Sie dem alten Mann, Vater Garibaldi, und Sie werden erkennen, daß Sie Priester bleiben *müssen.*«

»Ich soll dem alten Mann vergeben, wie Sie Ihrem Vater vergeben haben?«

»Ja.«

»Das heißt, Sie haben zur Kirche zurückgefunden? Sind Sie wieder Katholikin?«

»Nun ja, nein …«

»Sehen Sie? So einfach ist das nicht. Es genügt nicht, einfach zu *vergeben.*«

»Vater Garibaldi, ich glaube nicht an Gott. Aber Sie sind ein gläubiger Mensch!«

»Ich zweifle jedoch daran, daß ich würdig bin, Gott zu dienen. Damit sind wir wieder am Ausgangspunkt des Problems.«

»Nein.« Sie lächelte. »Diesmal kämpfen wir in derselben Arena gegen denselben Gegner.«

Er faßte sie an den Schultern. »Sie würden für mich kämpfen?«

»Ja ...«

Plötzlich küßte er sie auf den Mund.

Catherine schlang die Arme um seinen Hals, während er sie an sich drückte und dabei wie ein Ertrinkender festhielt.

Der Kuß wurde leidenschaftlicher. Sie klammerten sich aneinander, als hätten sie Angst, wieder getrennt zu werden. Er legte die Hand auf ihren Nacken und fuhr mit den Fingern durch ihr kurzes, blondes Haar.

Catherine knöpfte sein Hemd auf und schob es über die Schultern, zog die Ärmel nach unten und ließ es zu Boden fallen. Zitternd legte sie die Hand auf seinen Oberkörper und überließ sich dem Gefühl seiner glatten Muskeln. Als sie die noch nicht ganz verheilte Wunde an seinem linken Arm berührte, dachte sie an den Tag in Santa Barbara.

»Tut es noch weh?« flüsterte sie.

»Nein.«

Sie küßte die Wunde, die der Streifschuß hinterlassen hatte. Das alles schien in einer anderen Welt, in einem anderen Leben gewesen zu sein.

Seine Fingerspitzen glitten zärtlich über ihr Gesicht. Er verschlang sie mit den Augen, atmete jede Rundung und Linie, jede Wimper und jede Pore, die er an ihrem Körper sah. Er küßte sie noch einmal. Es war der lange, langsame und schmerzlich zarte Kuß eines Mannes, der eine Ewigkeit auf diesen Augenblick gewartet hat, nun aber fürchtete, daß alles zu schnell ging.

Beide wollten nur im Hier und Jetzt bleiben, um das Leben in seiner schönsten und intensivsten Weise zu erleben. Es gab kein Fragen und kein Überlegen *ob*, kein Innehalten, um an die Folgen zu denken. Sie wußten, daß sie nicht mehr dieselben wie damals waren, als alles angefangen hatte. Sie waren Tausende von Mei-

len, über Jahrhunderte hinweg aus dem Sinai an diesen Ort gekommen, wo die Kirchtürme einer längst vergangenen Zeit, in der die Menschen noch so fromm und gläubig wie Kinder waren, vor ihrem Fenster aufragten und den Mond und die Sterne verdeckten.
Er trug Catherine zum Bett. Er küßte sie zärtlich, als er sie auf die Daunendecke legte. Ihr Herz klopfte wie rasend, doch ihre beiden Körper bewegten sich langsam. Sie suchten Antworten und fanden sie schließlich im anderen.

Catherine erwachte und blickte an die Zimmerdecke. Dann sah sie Michael an, der friedlich neben ihr lag und schlief. Der Himmel vor dem Fenster war dunkel, doch ein Hauch von Blässe verriet, daß der Morgen bald anbrechen würde.
Sie berührte Michaels Gesicht, und ihr traten Tränen in die Augen. Die Nacht mit ihm war so schön und so außergewöhnlich gewesen. Was danach auch kommen mochte, sie wußte, diese Nacht, Aachen und der Dom würden ihnen immer bleiben. Das alles gehörte von jetzt ab zu ihnen.
Ihr Blick wanderte wieder zur Decke, und ihr fiel ein eigenartiger bräunlicher Fleck im Gips auf, der verriet, daß irgendwann einmal ein Wasserrohr undicht gewesen sein mußte. Langsam bekam sie einen klaren Kopf und erinnerte sich …
Es hatte etwas … mit …
Sie spürte, daß ihr Herz plötzlich heftig klopfte.
Der Traum!
Catherine stockte der Atem.
Der Traum: Tymbos!
Sie wußte schlagartig, wo sich die siebte Schriftrolle befand.

Der letzte Tag

Freitag,
31. Dezember 1999

Aachen, Deutschland

Als Catherine ins Zimmer trat, verließ Michael seinen Platz am Fenster und sah sie aufmerksam an. Sie blieb stehen, ohne den Mantel auszuziehen, und hielt ein kleines Päckchen in der Hand.

»Hallo«, sagte sie.

»Hallo.«

Die leuchtenden Strahlen der Morgensonne streiften seine Schultern. Er trug ein hellblaues, gemustertes Baumwollhemd und neue Jeans – keine Soutane, keinen Priesterkragen.

»Ich war nicht sicher, dich hier zu finden«, sagte sie.

Er lächelte. »Warum? Wegen heute nacht?«

»Wie fühlst du dich?«

»Wie ich mich fühle?« Er kam zu ihr. »Ich liebe dich, Catherine.«

»Bitte, sag das nicht.«

»Warum nicht? Das bedeutet doch nicht, daß ich Gott weniger liebe. Wenn überhaupt, dann hilft mir die Liebe zu dir, meine Liebe zu ihm zu stärken.« Er stand dicht vor ihr und lächelte. Doch seine Augen blickten ernst. »Aber wie ist es mit dir? Bedauerst du es?«

»O nein ...«, flüsterte sie.

»Catherine, bitte glaub mir, jede Minute der letzten beiden Wochen mit dir ist für mich von Bedeutung.«

»Aber du wirst jahrelang Buße tun müssen.«

Er lachte leise. »Vielleicht.«

»Du wirst mich als die Verführerin in Erinnerung behalten, die an deinem Sündenfall schuld ist.«

Er nahm ihr Gesicht zwischen seine Hände. »Weißt du eigentlich, daß du anderen immer Dinge in den Mund legst?«

»Ich weiß, ich nenne die Dinge immer beim Namen.«
»Laß mich dich einfach nur ansehen«, flüsterte er und streichelte sie mit den Augen.
»Michael, habe ich …«
»Hast du was …?«
»Habe ich dich soweit gebracht, daß du kein Priester mehr sein möchtest?«
»Wenn ich mich dazu entschließe, sind dafür Ereignisse verantwortlich, die lange zurückliegen. Wenn überhaupt, dann hast du mir geholfen, mich der Tatsache zu stellen, daß es für mich nur einen Weg gibt, um Frieden zu finden. Ich muß dem alten Mann vergeben.«
»Heute ist Silvester«, sagte sie leise und betrachtete seine Lippen. Sie wünschte sich sehnlichst, er werde sie küssen, fürchtete sich aber auch davor. Letzte Nacht war letzte Nacht – etwas Kostbares, Besonderes und Schönes. Aber sie wußte, dieser Tag mußte anders sein.
»Michael, ich weiß, wo die siebte Schriftrolle ist«, sagte sie.
Sie legte das Päckchen auf das Bett, zog den Mantel aus und fuhr fort: »Mir ist gestern vor dem Dom eine katholische Buchhandlung aufgefallen. Und ich dachte, dort würde ich finden, was wir brauchen.«
»Was hast du gesucht?«
Sie öffnete die Tasche, die sie von der Äbtissin hatte, und nahm den gelben Notizblock heraus, auf dem ihre Übersetzung der Schriftrollen stand. »Bevor ich aus dem Kloster geflohen bin«, sagte sie, »habe ich den Text der Handschrift des Thomas von Monmouth kopiert. Irgend etwas daran hat mich seit dem ersten Lesen nicht mehr losgelassen.«
Er verschränkte die Arme. »Nun ja, natürlich die Fehler …«
»Sind es wirklich Fehler? Denk darüber nach, Michael. Wenn man den Text analysiert, stellt man fest, daß die Fakten alle stimmen. Sie sind nur in einen falschen Zusammenhang gestellt. Und das beschäftigt mich schon die ganze Zeit. Heute nacht ist es mir klargeworden. Sieh dir das an.«

Sie schlug den Notizblock auf und legte ihn auf den Tisch am Fenster, wo das Licht darauf fiel.

»Sagen wir, das ist unsere Sabina. Wir wissen, daß sie in Stonehenge war, soviel ist richtig. Sie war nicht mit Cornelius Severus verheiratet, aber sie gehörte zu seinem Gefolge. Jetzt zu den anderen Tatsachen.«

Catherine wies auf den Satz: »Sie hinterließ sechs Bücher über Alchimie und Zauberei, die später zusammen mit der Priesterin Valeria am heiligen Ort begraben wurden.«

»Sechs Bücher über Alchimie und Zauberei«, fuhr Catherine fort. »Auch das stimmt. Jetzt hier – ›Valeria‹. Nehmen wir als erstes das Wort ›Priesterin‹ und ersetzen es durch ›Diakonin‹.« Sie strich das Wort durch und schrieb das neue darüber.

»Das ergibt immer noch keinen Sinn.«

»Es ergibt Sinn, denn wenn du ein fehlendes Teil in das Puzzle einfügst, wird alles klar.«

»Und was ist das?«

»Tymbos«, sagte sie und sah ihn triumphierend an.

»Aber von Tymbos ist hier überhaupt nicht die Rede.«

»Nicht von einer *Person*, Michael. Wir haben uns zu große Mühe gegeben, ›König‹ Tymbos zu finden! Damit haben wir uns das Leben unnötig schwergemacht. Die Lösung des Rätsels lag die ganze Zeit auf der Hand. Und das ist mir im Schlaf aufgegangen.« Sie lachte glücklich und rief: »Michael, ›Tymbos‹ ist das griechische Wort für ›Grab‹!«

»Grab?«

»Paß auf! Wenn wir ›mit … begraben‹ durch das ›Grab‹ ersetzen …« Catherine strich hastig Wörter durch und ersetzte sie durch andere, bis sie einen ganzen neuen Satz hatte.

»Sabina hinterließ sechs Bücher über Alchimie und Zauberei, die später die Diakonin Valeria mit ins Grab nahm.«

»Und Perpetua«, sagte Michael verblüfft, »hat, wie das bei den Christen dieser Zeit üblich war, das Wort ›König‹ hinzugefügt, um das Ganze zu einem Rätsel zu machen. › …bringe es zu König Tymbos, bringe es in das Königreich …‹«

»›… in das Königreich Gottes‹«, ergänzte Catherine.
Michael runzelte die Stirn. »Sie ist also mit der siebten Schriftrolle an einem heiligen Ort begraben worden …«
»Nein, Michael, nicht an einem heiligen Ort, sondern *am* heiligen Ort.«
»Welcher heilige Ort soll das sein? Hast du eine Idee?«
»Was wäre für dich *der* heilige Ort schlechthin gewesen, wenn du vor zweitausend Jahren als Christ gelebt hättest?«
»Ich kann mir nur drei vorstellen.«
»Ich auch«, sagte sie, »und deshalb habe ich beschlossen, in die Buchhandlung am Dom zu gehen. Es war eine kühne Vermutung, aber …« Sie ging zum Bett, nahm das Päckchen, wickelte es aus und reichte Michael ein Buch.
Er blickte auf den Titel: *Frühchristliche Märtyrer.*
»Schlag Seite 32 auf.«
Er blätterte. »›Valeria‹«, las er laut vor, »›starb etwa 142 nach Christus.‹« Er sah Catherine an. »Das Datum paßt, aber trotzdem sehe ich immer noch nicht …«
»Am Ende der Seite. Lies weiter.«
Zwei lateinische Wörter fielen ihm ins Auge: »Amelius Valerius.«
»›Tochter des Amelius Valerius.‹«, las Michael.
»Sie war die Tochter des Amelius Valerius. Sie war demnach Amelia Valeria!«
»Und wurde offenbar als *Valeria* bekannt.«
»Zumindest kennt die Kirchengeschichte sie unter diesem Namen! Wir haben sie als *Amelia* kennengelernt, denn diesen Namen benutzte Perpetua! Deshalb haben wir sie auch trotz all unserer Bemühungen nirgends entdeckt. Michael, damit haben wir die siebte Schriftrolle gefunden!«

Santa Fe, New Mexico

Miles befand sich in seinem Museum im Untergeschoß, dem sichersten Platz auf seinem riesigen Anwesen. Niemand, nicht einmal das Personal, geschweige denn die Gäste konnten ihn stören.

Hier unten sah er das Sonnenlicht nicht, aber trotzdem *fühlte* er deutlich den schicksalhaften Morgen des letzten Tages in diesem Jahrtausend, während er am Telefon auf eine verschlüsselte Nachricht wartete.

Die meisten Gäste waren für das große Silvesterereignis bereits eingetroffen. Miles hätte schwören können, daß er das fröhliche Treiben und das Spiel mit belanglosen Worten, noch öfter jedoch die Intrigen durch die meterdicken Betonwände spürte, die seine kostbare Sammlung umgaben. Das Leben mit Erika hatte ihn sensibel gemacht für die Schwingungen des Unsichtbaren. Er empfing wie ein hochempfindlicher Radarschirm die Energie der Gäste, die Spannungen, die Hoffnungen und Ängste der über tausend Menschen, die vierundzwanzig Stunden lang beim Fest zur Zeitenwende die Stille der Casa Havers störten.

Und so war es von ihm gewollt. Silvester 1999 stand für den Beginn eines neuen Zeitalters, *seiner* neuen Ära. Die Auserwählten sollten diesen Tag nie vergessen. Deshalb hatte Miles alles vorbereitet, damit seine Gäste den Jahreswechsel nicht nur einmal, sondern nacheinander *sechsmal* erleben würden.

Den Anfang machte Sydney in Australien. Das ›Wunder‹ vollbrachten Laserprojektoren. Sie ›zauberten‹ Fernsehbilder auf riesige Projektionsflächen. Aus den Metropolen der Kontinente, die Santa Fe auf dem Weg in das neue Jahr und Jahrtausend zeitlich voraus waren, würden Direktübertragungen der Silvesterereignisse gesendet werden – aus Sydney, Bombay, Moskau, Rom und New York. Ströme von Champagner würden fließen, und die Musik sollte von den Sangre de Cristo-Bergen widerhallen.

Es war eine gute Zeit, um zu leben. Dieser historische Augenblick würde ihm die Erfüllung seiner Träume bringen.

Das neue Zeitalter brach an, und die Computer auf der ganzen Welt verteilten Informationen, Wissen und Geld. Sie stürzten Konzerne und Regierungen oder bestätigten ihre Ziele. Wirtschaft, Kultur und Politik unterwarfen sich fortan dem Datenstrom, der Tag und Nacht die Erde umkreiste. Die mythische Welt der Kirchen und Religionen, die über Jahrtausende hinweg das Bewußtsein der Menschen geprägt hatten, mußte der neuen Macht elektronisch manipulierter Fakten weichen.

Und er, Miles Havers, der kleine Hacker, war durch seinen Weitblick, durch sein Können und seine Durchsetzungsfähigkeit zum weltweit größten Drahtzieher geworden. Alle Fäden liefen bei ihm zusammen, und kaum jemand ahnte etwas davon.

»Hallo?« sagte er in den Hörer. »Ja, ich kann Sie hören. Wie steht es? Gut, ich bleibe am Apparat.«

Er trommelte mit den Fingerspitzen nervös auf die Sessellehne und blickte auf die Notiz, die Teddy ihm geschickt hatte:

Suche nach freund @dianuba.com
Name: Joe Smith
Adresse: 1600 Pennsylvania Ave. Washington D.C.
Nicht existierende Telefonnummer, falsche Kreditkartennummer.
›Freund‹ hatte den Anschluß nur eine Stunde.

Das war gerade lange genug gewesen, um einzuloggen, die Archäologin zu warnen und wieder in die Anonymität zu verschwinden, ehe der Betrug mit der Kreditkarte entdeckt wurde. Wirklich sehr gerissen.

Und daß er/sie für diesen Coup das Dianuba-Network benutzt hatte, anstelle von AOL oder Microsoft, war eindeutig ein elektronischer Seitenhieb auf Miles Havers.

»Hallo? Ja?« sagte er in den Hörer. »Was haben Sie herausgefunden?«

Er notierte auf den Notizblock: »Catherine Alexander ... Abflug 19.30 Uhr Frankfurt/M.«

»Wohin?« fragte er.

Als er die Antwort hörte, wußte er, daß die kluge Frau Doktor doch noch herausgefunden hatte, wo sich die siebte Schriftrolle befand.
»Ich habe eine Standleitung zu Ihnen geschaltet. Bleiben Sie ihr auf der Spur. Die Frau darf Sie nicht sehen. Aber seien Sie auf jeden Fall dort, wenn sie die siebte Rolle holt. Beschaffen Sie mir das Dokument. Das andere ... ich meine, wie Sie die Frau hinterher aus dem Weg räumen, das überlasse ich Ihnen.«
Der Tiger richtete sich zu seiner ganzen Größe auf. Die Beute war ihm sicher.

Der Vatikan, Rom

Dreiundzwanzig Uhr. Der Countdown für Mitternacht hatte begonnen.
»Er ist mein Freund«, sagte Michael, als sie am Petersplatz aus dem Taxi sprangen. »Er hat die Informationen über die geheimnisvollen Schriftrollen aus dem Sinai in den Medien verfolgt, und als ich ihm von uns erzählte, hat er sich bereit erklärt, uns zu helfen ...«
Er nahm Catherines Hand, und sie suchten sich eilig einen Weg durch den Stau. Die Autos standen Stoßstange an Stoßstange; die Hupen machten einen Höllenlärm, die Fahrer schrien, und die Scheinwerfer verbreiteten ein grelles Licht.
Michael trug wieder die Soutane. Er hatte sich auf dem Rhein-Main-Flughafen umgezogen.
Der Freund, von dem er gesprochen hatte, war mit ihm in Chicago auf dem Priesterseminar gewesen und arbeitete im archäologischen Büro des Vatikan.
Sie staunten über die riesige Menschenmenge, die sich auf dem Petersplatz drängte. Beinahe jeder hielt irgendeine Art Licht in der Hand – Kerzen, Laternen, Taschenlampen. Die Gesichter der Menschen schienen zu leuchten wie auf einem riesigen Gemälde von George de la Tour.

Als Priester gelang es Michael, ihnen den Weg durch die Menge zu bahnen. Catherine sah im Vorbeieilen in den Gesichtern von Männern und Frauen, Jungen und Alten das gesamte Spektrum menschlicher Gefühle. Die einen weinten, andere lachten, aber viele hatten besorgte oder versteinerte Gesichter. Alle Augen richteten sich wie gebannt auf den Balkon, auf dem der Papst, der Nachfolger auf dem Stuhl Petri, erscheinen würde.
Sie wurden mehrmals von der römischen Polizei und von der Schweizergarde angehalten, doch nach ein paar erklärenden Worten von Michael ließ man sie weitergehen.
Sie trafen Vater Sebastian am Arco delle Campane auf der linken Seite des Doms. Er führte sie durch einen Hof, der dank hölzerner Barrikaden und den Doppelreihen der Gardisten menschenleer war. Sie eilten unter einem anderen Bogen hindurch, kamen um eine Ecke und gingen dann durch eine Tür mit einem Schild, auf dem stand: UFFICIO SCAVI – *Dienststelle für Ausgrabungen.*
»Für einen Katholiken«, hatte Catherine in Aachen gesagt, »kann es nur einen einzigen heiligen Ort geben. Ich meine die Stelle, wo Petrus begraben wurde.«
Das Grab der Amelia Valeria befand sich *hier* und, wie sie hofften, die siebte Schriftrolle ebenfalls.
Nachdem sie im Büro standen und die Tür hinter sich geschlossen hatten, stellte Michael seinen alten Freund Catherine vor.
»Vater Sebastian hätte eigentlich auf den Sinai gehen und die Berichte über das Jesus-Fragment prüfen sollen.«
»Aber ich hatte die Grippe«, sagte der Priester. Es klang entschuldigend, wie Catherine fand, und eine Spur wehmütig, als bedaure er, ein Abenteuer verpaßt zu haben, wie Michael es erlebt hatte.
Catherine vermutete, daß Vater Sebastian etwas über vierzig war. Aber mit der dicken Brille wirkte er älter. Er hielt sich leicht gebeugt, als habe er sein Leben über Büchern verbracht. Er war schlank, hatte helle Haut, kleine, fast zarte Hände und reichte Catherine kaum bis zu den Schultern. Er sprach so leise, daß es

den Anschein hatte, er wollte nicht gehört werden. Catherine konnte sich nicht vorstellen, wie die vergangenen beiden Wochen ausgesehen hätten, wenn er anstelle von Michael auf den Sinai gefahren wäre.

»Wir müssen uns beeilen«, sagte Vater Sebastian und brachte einen Schlüsselbund zum Vorschein. »Um Mitternacht werden die Tore für eine dreißig Tage dauernde Ausstellung der Gebeine des heiligen Petrus geöffnet. Die halbe Menschheit wird hinunter in die Grotten kommen!«

Er führte sie an Schreibtischen vorbei, auf denen sich Korrespondenz, Akten, Notizen und, wie Catherine auffiel, Tonscherben und Bruchstücke von Statuen türmten. Sie verließen das Büro durch eine Seitentür. Dahinter befand sich ein enger Korridor, in dem eine Treppe nach unten führte.

»Man würde uns sehen, wenn wir durch die Kirche gingen«, erklärte Vater Sebastian, und seine Stimme klang aufgeregt. Catherine überlegte, wieviel Michael ihm wohl gesagt hatte. Sie blickte auf die Uhr. Ja, sie mußten sich beeilen. Wenn die Grotten dem Publikum zugänglich waren, bestand keine Möglichkeit mehr, Amelias Sarkophag zu öffnen.

Genau das aber mußten sie tun. Catherine wußte, wenn Michaels Vorgesetzte davon erfuhren, war die siebte Schriftrolle auf immer verloren.

Als die Tür des Büros hinter ihnen ins Schloß fiel und ihre Schritte auf der Eisentreppe verhallten, schlich sich ein Vierter leise und ungesehen in das UFFICIO SCAVI. Es war ein weißhaariger Mann in einer schwarzen Soutane, der offenbar in einer der vielen Dienststellen des Vatikan beschäftigt war. Außer einem Blutfleck am weißen Kragen unterschied ihn nichts von den zahllosen Klerikern, die überall im Dom und auf dem Petersplatz zu sehen waren. Zeke ging eilig zwischen den Schreibtischen hindurch, blieb an der anderen Tür stehen, öffnete sie leise und erreichte den Korridor. Er war allein. Er hatte Raphael absichtlich in der Menge verloren. Alle seine Sinne waren geschärft und hellwach.

Er hatte noch nie zuvor einen Priester ermordet.
Die heiligen Grotten bestanden genaugenommen aus einem Gewölbe unter dem Petersdom, das in kleine Kapellen unterteilt war. Darin befanden sich die Krypten von Päpsten und Herrschern. Ein deutscher Kaiser aus dem zehnten Jahrhundert war hier begraben, unter anderem auch Hadrian IV., der einzige englische Papst, Königin Christina von Schweden und James II. von England.
Ihre eiligen Schritte hallten auf dem Marmorboden, während Sebastian erklärte: »Die römische Nekropole wurde 1939 entdeckt. Als man mit den Arbeiten für eine Erweiterung der Grabkapelle von Pius XI. begann, stießen die Arbeiter auf eine Mauer, die eigentlich nicht vorhanden sein sollte. Man stellte fest, daß diese Mauer eintausendsechshundert Jahre alt war, und zog Archäologen hinzu.«
Er führte sie an kleinen Kirchenbänken vorbei, an bescheidenen Altären und geschmückten Sarkophagen. Schließlich erreichten sie eine prächtige Kapelle mit einem blau und gold ausgemalten Giebel und mehreren Gebetbänken, die vor der Krypta von Papst Clemens standen.
Vater Sebastian suchte unter seinen Schlüsseln den passenden für eine unbeschriftete Tür in der reich verzierten Wand. Seine Hände zitterten etwas, als er berichtete: »Die Archäologen machten erstaunliche Entdeckungen! So fanden sie auch die Gebeine des heiligen Märtyrers, der an dieser Stelle, im Circus des Caligula, mit dem Kopf nach unten gekreuzigt worden ist. Ich spreche natürlich vom heiligen Petrus«, fügte er in einem ehrfürchtigen Ton hinzu.
Catherine lief ein Schauer über den Rücken. Ängstlich blickte sie den dunklen Weg zurück, den sie gekommen waren, und fragte sich beunruhigt, ob Havers oder einer seiner Killer ihnen möglicherweise hierher gefolgt war und irgendwo in den Schatten lauerte. Auch wenn sie nichts sah, die Angst ließ sich nicht abschütteln.
Sie konnte sich gut vorstellen, wie Havers vielleicht sogar selbst

hinter einer Säule hervortrat und mit seinem weltweit bekannten Lächeln sagte: »Jetzt können Sie mir die Schriftrollen geben.« Und dann würde sein Killer mit der häßlichen Narbe ...

Energisch vertrieb sie diese absurden Vorstellungen und dachte an den riesigen Schwarm von Menschen in und um den Petersdom. Wußte einer von ihnen, daß sie und Michael sich hier unten befanden?

Die siebte Schriftrolle konnte Geheimnisse enthüllen und Beweise bringen, die den Vatikan mit dem Papst an der Spitze weit stärker als ein Erdbeben erschüttern würden. Die siebte Rolle konnte den Untergang dieser skrupellosen und doktrinären Macht einläuten, die auf der ganzen Welt Menschen zu ihren Werkzeugen gemacht und ihre Glaubensbereitschaft enttäuscht und mißbraucht hatte.

Männer der Kirche hatten über die vielen Jahrhunderte hinweg mit allen Mitteln nach der Weltherrschaft gestrebt. Frauen waren bis heute Randfiguren auf der kirchenpolitischen Bühne geblieben.

Würde eine Frau, die vor fast zweitausend Jahren für ihren Glauben zur Märtyrerin geworden war, diese Kirche an der Jahrtausendwende mit der Wahrheit konfrontieren?

Vater Sebastian fand den Schlüssel und drehte ihn im Schloß. »Den Circus gibt es natürlich nicht mehr«, berichtete er weiter, »aber wir wissen, daß er sich an dieser Stelle befand. Die Archäologen haben Beweise dafür entdeckt. Wie auch immer, nach alter Überlieferung ..., bitte, passen Sie hier auf!« warnte er, hob die Soutane und ging mit eingeschalteter Taschenlampe voraus. »Die Überlieferung sagt, daß der Leichnam des Heiligen Petrus von seinen Anhängern heimlich hier begraben wurde. Dreihundert Jahre später, zur Zeit des Kaisers Konstantin, stand das ursprüngliche Heiligtum noch. Der Kaiser ließ hier seine neue Basilika errichten. Als man die Gebeine entdeckte ...«

Catherine kannte die Geschichte. Auch ihre Eltern hatten die Ansicht vertreten, daß es sich bei dem Skelett unter dem Hauptaltar tatsächlich um Petrus handelte. Als Archäologin

hatte Catherine gelernt, skeptisch zu sein. Sie kannte jedoch die geradezu besessene Beschäftigung der Christen mit Reliquien. Deshalb erschien es auch ihr glaubwürdig, daß die Gebeine des Apostels unter dem Petersdom ruhten.
»Als Konstantin im vierten Jahrhundert beschloß, eine große Basilika zu bauen«, fuhr Vater Sebastian fort und führte sie in die Dunkelheit, die nach Staub und Zerfall roch, »war der vatikanische Hügel sehr viel kleiner als heute. Deshalb errichtete er eine Reihe von Stützmauern und füllte die Zwischenräume auf, um den Platz zu vergrößern. Auf diese Weise begrub Konstantin diese alte Totenstadt. Sehen Sie«, sagte er mit gedämpfter Stimme und richtete die Taschenlampe an die Decke, »das ist die Unterseite des Fußbodens von St. Peter. Vor eintausendsiebenhundert Jahren hätten wir an dieser Stelle in den Himmel geblickt.«
Catherine sah sich erstaunt um, denn sie gingen wie durch eine richtige Straße. Sie kamen an Höfen und Brunnen vorbei und an den Fassaden riesiger römischer Mausoleen, die wie Häuser aussahen. Sie hatten Türen, Schwellen, Fenster und manchmal sogar Treppen, die zu Dächern hinaufführten, die in die Fundamente der Kirche darüber eingebettet waren. Catherine spähte durch Fenster und Türen mit dem eigenartigen Gefühl, in den persönlichen Bereich von Menschen einzudringen.
Aber es war alles Illusion – eine Totenstadt, die wie eine wirkliche Stadt aussehen sollte. Als sie durch die engen Straßen gingen, von denen Gassen abzweigten, die nirgendwohin führten, und an Fresken vorbeikamen, die idyllische Landschaften oder stille Plätze zeigten, fühlte sich Catherine wie in einem Labyrinth. Plötzlich überkam sie das beängstigende Gefühl, ohne einen wachsamen und erfahrenen Führer wie Vater Sebastian könnte man sich hier unten in der von Menschen geschaffenen Welt der Toten verirren und niemals gefunden werden.
»Alle Gräber wurden bereits vor vielen Jahren geöffnet und ihr Inhalt entfernt.« Vater Sebastians Stimme klang körperlos und leise. Catherine zweifelte nicht daran, dieser Wächter der Toten

wußte um alle Tragödien, Flüche und Frevel oder ahnte Geheimnisse, die besser im Dunkel der Erde blieben.
Sie gingen an den geisterhaften ›Häusern‹ vorbei, und Vater Sebastian verstummte. Der Strahl seiner Taschenlampe fiel flüchtig auf einen springenden Delphin, eine Vase mit Blumen, einen Schwarm Vögel – Erinnerungen an Menschen, die längst tot und dem Bewußtsein der Lebenden entschwunden waren. Die Dunkelheit, die sie umgab, war so tief und beängstigend, daß Catherine nach Michaels Hand griff und dicht bei ihm blieb.
»Es gibt noch sehr viel mehr Gräber«, Vater Sebastian sprach flüsternd weiter. »Die Totenstadt erstreckt sich in ganzer Länge unter dem Petersdom. Aber man kann sie nicht ausgraben, denn das würde seine Fundamente schwächen.«
Catherine glaubte, die mächtige Kirche mit ihrem lastenden Gewicht auf den Schultern zu spüren. Das Atmen fiel ihr immer schwerer. Ihr Herz pochte, und jeder Schritt schien sie tiefer in das Totenreich hineinzuziehen.
Vater Sebastian richtete den Strahl der Taschenlampe in ein Columbarium mit zahlreichen Nischen für Begräbnisurnen. »Man kann auf diesem Weg den allmählichen Übergang vom Heidentum zum Christentum erkennen. Je weiter man sich vom Grab des heiligen Petrus entfernt, desto mehr Urnen und Hinweise auf die alten Götter findet man. In der Nähe des heiligen Petrus befinden sich Gräber aus späterer Zeit, aus dem zweiten und dritten Jahrhundert, in denen die Toten und nicht nur ihre Asche beigesetzt wurden. Außerdem gibt es dort christliche Symbole, obwohl Überschneidungen oft eine klare Trennung kaum möglich machen.«
Er trat in ein Grabmal, und die beiden folgten ihm. Er beleuchtete die gewölbte Decke mit einem goldenen Mosaik, das Christus als Apollo im Sonnenwagen darstellte. Sonnenstrahlen gingen von seinem Kopf aus. »Das hier ist ein Beispiel für den Übergang«, erklärte der Pater.
Catherine blickte auf das Gesicht, das erkennbar Jesus gehörte, und auf die Krone aus Sonnenstrahlen, und sie dachte daran, daß

Sabina in den Hermestempel gegangen war, obwohl sie zu den Anhängern des Gerechten gehörte.
Viele der hier begrabenen Christen hatten Spuren ihrer alten Religionen in dem neuen Glauben hinterlassen, besondere Aspekte der alten Götter, die für sie von Bedeutung waren. Catherine wußte, daß man zum Beispiel Eigenschaften der Isis auf Maria übertragen hatte, die zu Stella Maris wurde, zur Gottesmutter und zur Himmelskönigin. Weihnachten ersetzte die römischen Saturnalien im Dezember, und der Sonntag ging auf den Mithraskult zurück.
Die Gräber schienen kein Ende zu nehmen, und Catherine fiel auf, daß es sich in der Mehrzahl um Begräbnisstätten von Frauen zu handeln schien. Tacitus hatte vor zweitausend Jahren vermutlich zu Recht den neuen Glauben als ›eine Religion der Frauen und Sklaven‹ bezeichnet.
Während sie an mehr und immer mehr Frauengräbern vorbeigingen – darunter sogar dem einer anderen Amelia mit dem Familiennamen Gorgoni, fragte sich Catherine im stillen: *Wann haben die Männer eigentlich die Macht übernommen?*
Sie stiegen noch tiefer unter die Basilika hinunter. Die Luft wurde immer muffiger und modriger. Die Dunkelheit riß nur flüchtig auf, wenn der Schein von Vater Sebastians Taschenlampe die Schatten traf, und schloß sich sofort wieder hinter den Eindringlingen wie ein undurchsichtiger schwarzer Vorhang. Plötzlich fiel Catherine ein Satz aus der Bibel ein: »Am Jüngsten Tag werden die Toten von den Gräbern auferstehen …«
Sie spürte ein Kribbeln im Nacken, als sie sich gegen ihren Willen vorstellte, wie sich um Mitternacht die Deckel der Steinsarkophage heben würden und die Toten ihre Gräber verließen. Auch der heilige Petrus würde auferstehen und …
»Was war das?« fragte sie plötzlich.
Michael sah sie an. Sein Gesicht war im schwachen Schein der Taschenlampe kaum zu sehen. »Was hast du?«
»Ich dachte …« Sie legte die Hand kurz auf die Augen. »Ach, schon gut. Ich weiß nicht. Es ist auch egal.«

Sie bogen in eine andere Straße ein, und dann hörten sie das Singen – zuerst leise, dann immer lauter wie eine anschwellende Woge.
Der Gesang mußte seinen Anfang irgendwo in der Menge genommen haben und von einem auf den anderen übergesprungen sein. Catherine glaubte, die Menschen mit ihren Lichtern auf dem Petersplatz vor sich zu sehen, deren Stimmen zum sternenübersäten Himmel aufstiegen: »*Ave Mari-ia* ...«
Es mußte bald Mitternacht sein. Lange konnten sie nicht mehr hier unten bleiben.
Besorgt fragte sie: »Vater Sebastian, sind Sie sicher, daß das Grab der Amelia Valeria hier ist?«
»O ja. Es gehört sogar zu unseren besonders schönen Gräbern.«
»*A-ave, ave-e dominus* ...«
»Und hier«, der Strahl der Taschenlampe beschrieb einen Bogen, »hier haben wir es!«
Es war ein richtiges Gebäude mit zwei Stockwerken, das in einer der Straßen des alten Rom hätte stehen können. Außen war es rot angestrichen, und es hatte einen prunkvollen, von dorischen Säulen getragenen Ziergiebel. Die Innenwände waren mit weißem Gips verputzt. Darin befanden sich muschelförmige, mit zarten Blüten, Efeuranken und Vögeln ausgemalte Nischen. Eine besonders schön gestaltete Nische enthielt das Bild der schaumgeborenen Venus, zu deren Füßen sich Delphine aus Stuck in plastisch geformten Wellen tummelten. Im Grab herrschte die Atmosphäre eines eleganten Wohnzimmers.
»In diesen Nischen«, sagte Vater Sebastian leise und ließ den Lichtstrahl über die Wände gleiten, wo erstaunliche Beispiele römischer Kunst ans Licht traten, »befanden sich Urnen. Demnach war das einmal ein heidnisches Grabmal. Irgendwann wurde die Familie jedoch zum Christentum bekehrt, und wir glauben, das war dieser Frau zu verdanken.«
Der Lichtstrahl kreiste und beleuchtete ein wundervolles Fresko, das eine Familienszene zeigte. Im Zentrum befand sich eine

Orante – die Darstellung der Verstorbenen in Gebetshaltung, das Symbol der Seelenrettung. Unter der Gestalt stand ein Name: ›Amelia Valeria.‹

Die Menge über ihnen sang: »*Benedictus tu in mulieribus ...*«

Catherine trat näher, um das Fresko genau zu betrachten. Die Diakonin war in weiße Gewänder gekleidet, hatte die Arme ausgestreckt und richtete den Blick zum Himmel. Amelia mußte eine schöne Frau gewesen sein. Ihr Haar war kunstvoll in mehreren Lagen aufgesteckt, wie es die damalige Mode den adligen Frauen des römischen Reiches vorschrieb.

Eine Frau, die an der Spitze der frühchristlichen Kirche stand, dachte Catherine. *Eine christliche Priesterin ...*

War die siebte Rolle mit ihr begraben worden? Und würde sie den Beweis dafür enthalten, daß die Nachfolge Jesu rechtmäßig Frauen und nicht Männern zustand?

»Das hier zeigt uns, daß es sich um ein christliches Grab handelt.« Vater Sebastian wies auf den Sarkophag. »Wir glauben, daß Amelia als erstes Mitglied der Familie nicht verbrannt wurde.«

»Hat man ihn geöffnet?« fragte Catherine flüsternd. Sie trat näher und legte die Hände auf den fein behauenen Marmor.

»Nein. Nur heidnische Gräber wurden geöffnet. Alle Urnen, die natürlich die Asche von Heiden enthielten, befinden sich in Museen.«

Catherine las die in den Sarkophagdeckel eingemeißelten Worte: »*Dormit in pace anima dulcis Amelia* – Ruhe in Frieden, Amelia mit der zarten Seele.«

Sie blickte auf Michael. Sein Gesicht verriet deutlich die innere Spannung. Wenn sich die siebte Schriftrolle hier befand, dann mußte sie eine für die damalige Zeit gefährliche Botschaft enthalten. Amelia sollte sie nur dann mit ins Grab nehmen, wenn sie verfolgt wurde. Ihre Verfolgung konnte nur eines bedeuten. Ihre Feinde bekämpften die Wahrheit dessen, was in der Rolle geschrieben stand.

Catherine musterte ihre beiden Begleiter in den schwarzen Sou-

tanen, den Symbolen der Priesterwürde. Würden sie bald ihr Amt verlieren oder es mit Frauen teilen müssen?
»Also gut«, sagte Michael, »sehen wir nach, wie wir den Sarkophag öffnen können.«

Hinter ihnen, ein paar ›Straßen‹ weiter, im Schatten des Grabmals der Julia Mater, einer anderen Christin, stand Zeke und beobachtete das Geschehen aus sicherer Entfernung. Er griff nach dem Handy und meldete sich wie verabredet.
Zehn Zeitzonen weiter zog sich sein Auftraggeber von dem Fest aller Feste aus dem Europa-Zelt zurück und eilte hinunter in sein Museum. Er betrat das Steuerzentrum der Überwachungsanlage. Die gepanzerte Schleuse schloß sich geräuschlos hinter ihm. Er setzte sich vor die Wand mit den Schaltrelais und nahm den Anruf aus Rom entgegen. Diesmal hatte er dafür gesorgt, daß Zeke keinen Schritt ohne seine Anweisungen machen würde, denn jetzt ging es ums Ganze!

»*Sancta Maria, ora pro nobis ...*«
Das Singen verstummte, und sie hörten Klatschen, Jubel und Geschrei.
»Was ist das?« fragte Catherine.
Michael hob den Kopf. »Ich glaube, Seine Heiligkeit ist gerade auf den Balkon hinausgetreten.«
Plötzlich war das Mausoleum in blendend helles Licht getaucht. Catherine stieß einen Schrei aus, als eine hagere Gestalt auftauchte – ein Kardinal in einem schwarzen Talar mit rotem Besatz, roten Knöpfen, einer breiten roten Seidenschärpe und einem roten Käppchen auf den schütteren Haaren. Auf seiner Brust funkelte an einer langen Kette ein schweres Goldkreuz.
Catherine sah Michael fragend an. Er schüttelte den Kopf und flüsterte: »Nein, ich habe nicht ...«
»Nein, Dr. Alexander«, sagte Kardinal Lefèvre, und seine Stimme hallte in dem unterirdischen Grab. »Vater Garibaldi hat mich nicht davon in Kenntnis gesetzt, daß Sie hierherkommen wür-

den. Um genau zu sein ...«, er warf Michael einen strengen Blick zu, »habe ich seit ein paar Tagen überhaupt nichts mehr von Vater Garibaldi gehört.«

»Sie sind selbst darauf gekommen?« fragte Catherine. »Und wie ist es Ihnen gelungen, das Rätsel zu lösen, wenn ich fragen darf?«

»Die Lösung des Rätsels kann ich mir nicht zugute halten. Ein Anruf, ein Tip, wie Sie sagen würden, hat mich darauf aufmerksam gemacht. Das hier ist Ehrwürden Callahan, vom Ufficio Scavi.«

Ehrwürden Callahan wirkte abweisend und verärgert. Er starrte mit zusammengekniffenen Augen auf Vater Sebastian.

»Wollen Sie uns daran hindern?« fragte Catherine herausfordernd. Sie musterte die vier jungen Männer, die ihn begleiteten; sie gehörten zur Cohors Helvetica, der Schweizergarde, die vor fünfhundert Jahren zum Schutz des Papstes aufgestellt worden war. In ihren Uniformen mit Piken und Hauberken, den Halskrausen, Wämsen, gestreiften Hosen und den Konquistador-Helmen wirkten sie eher wie Statisten auf einer Opernbühne, doch Catherine wußte, daß diese jungen Männer gut ausgebildet waren. Sie trugen Sprühdosen mit Tränengas, Gaspatronen und automatische Waffen bei sich. Catherine wußte auch, daß sie einen Eid abgelegt hatten, den Papst notfalls unter Einsatz des eigenen Lebens zu beschützen.

»Dr. Alexander, bitte glauben Sie mir, wenn ich Ihnen versichere, daß wir Ihre Freunde sind«, sagte der Kardinal.

»Ich kann mich noch gut daran erinnern«, erwiderte sie, »Ihren Namen unter einem Brief an meine Mutter gelesen zu haben.«

»Eine bedauerliche Episode. Ich hatte es wirklich nicht soweit kommen lassen wollen. Wenn Sie mit mir irgendwann einmal darüber in meinem Büro sprechen möchten ...«

»Sie werden die Schriftrolle aus dem Sarkophag der Amelia an sich nehmen, nicht wahr?«

»Wenn es sich um ein christliches Dokument handelt, ja, denn dann gehört es der Kirche.«

»Es gehört der ganzen Welt. Und ich werde dafür sorgen, daß die Welt liest, was in dieser Rolle geschrieben steht.«
»Das ist auch unser Wunsch. Wir ›verstecken‹ Schriftrollen nicht, wie Sie glauben. Wenn sich die siebte Rolle hier befindet, werden wir sie den Wissenschaftlern zugänglich machen und ihren Inhalt veröffentlichen. Wir sind keine Unmenschen, Doktor Alexander. Wir haben uns nicht verschworen, der Welt die Wahrheit vorzuenthalten. Und«, fügte er seufzend hinzu, »wir sind nicht Ihre Feinde.«

Santa Fe, New Mexico

Die Gäste auf dem großen Anwesen feierten in der späten Nachmittagsonne und drängten sich in den Festzelten um die üppigen Büfetts mit den erlesensten Delikatessen und Spezialitäten aus der ganzen Welt.
Jedes Zelt war einem Kontinent gewidmet. Aber überall in den großen weißen Zelten, den Veranden und Salons, ja sogar im Freien konnte man auf den Projektionswänden das Geschehen in aller Welt verfolgen.
Im Augenblick bereiteten sich die Gäste von Erika und Miles Havers darauf vor, mit den Menschen auf dem Petersplatz das neue Jahrtausend zu beginnen.
Aber Erika suchte ihren Mann schon seit geraumer Zeit. Wohin war Miles verschwunden? Sie beauftragte einen der vielen burgunderrot und weiß gekleideten Diener, sich bei seinem Butler nach ihm zu erkundigen.
In Rom richteten sich alle Augen auf Seine Heiligkeit den Papst. Es war dort bald Mitternacht. Miles sollte in diesem Augenblick, so war es besprochen, an ihrer Seite stehen. Die Alte Welt feierte die Jahrtausendwende. Miles hatte von Zuckerbäckern aus Salzburg den Eiffelturm, Big Ben, das Brandenburger Tor und den Petersdom ›nachbauen‹ lassen. Dieses Kunstwerk aus Zucker

wollte er an der Seite von Erika mit einem Feuerwerk den Gästen im Europa-Zelt präsentieren, während der Papst in Rom die Menge segnete.

Der Vatikan, Rom

Die Gruppe in der Gruft hörte, wie die Menge oben auf dem Platz im donnernden Chor begann, die Minuten bis Mitternacht zu zählen.
›*Dieci!*‹
»Vergeben Sie mir, Eminenz«, sagte Michael. »Aber wir werden den Sarkophag öffnen.« Er blickte mit gerunzelter Stirn auf die vier Gardisten.

Santa Fe, New Mexico

Auf den Projektionswänden sahen und hörten die Gäste den Chor der vor dem Petersdom versammelten Gläubigen, die wie aus einem Mund ›*Dieci!*‹ riefen.
Der Butler hatte Erika ausrichten lassen, ihr Mann sei in seinem Museum. Sie verließ eilig das große weiße Zelt. Während sich die Fahrstuhltüren schlossen, hörte Erika, wie hinter ihr die Gäste fröhlich wiederholten: ›Zehn!‹ Für sie war es die dritte Jahrtausendwende seit dem Mittag, aber die Spannung stieg. Es lag etwas Besonderes in der Luft. Was würde geschehen, wenn im fernen Europa, wenn auf dem Petersdom in Rom die Kirchenglocken zu läuten begannen?

Der Vatikan, Rom

›*Nove!*‹
Kardinal Lefèvre machte eine Handbewegung. Zwei Gardisten legten die Hellebarden ab und näherten sich dem Sarkophag.

Santa Fe, New Mexico

›Neun!‹

Erika stand etwas außer Atem vor dem Museum im Untergeschoß. Sie blickte in das kaum erkennbare Auge der Überwachungskamera und rief leise: »Miles? Bist du hier?«

Der Vatikan, Rom

›*Otto!*‹

Michael und Vater Sebastian traten seitlich an den Sarkophag und begannen mit Hilfe der beiden Gardisten, den Deckel von seinem Platz zu schieben. Kardinal Lefèvre und Ehrwürden Callahan sprachen leise ein Gebet für die Tote.

Santa Fe, New Mexico

›Acht!‹

Erika hatte den Code eingegeben. Normalerweise überließ sie das immer Miles, obwohl er ihr als einzigem Menschen einen besonderen ›Schlüssel‹ anvertraut hatte. Sie konnte die täglich wechselnde Zahlenkombination mit ihrem Namen aufrufen. Aber die Zeit drängte. Sie konnte nicht warten, bis er sie auf dem Überwachungsbildschirm sah. Als die Tür geräuschlos zur Seite glitt, blickte sie fragend in den langen großen Raum.

»Miles, Liebling?«

Der Vatikan, Rom

›*Sette!*‹

»Okay«, sagte Michael, »alle zusammen, wenn ich es sage.«

Santa Fe, New Mexico

›Sieben!‹

Erika eilte beunruhigt durch das Museum, dessen Schätze sanft von der indirekten Beleuchtung angestrahlt wurden. »Miles?«

Der Vatikan, Rom

›*Sei!*‹

Der Deckel des Sarkophags rührte sich nicht von der Stelle.

Santa Fe, New Mexico

›Sechs!‹

Erika beachtete die Schätze nicht, die ihr Mann im Laufe der Jahre zusammengetragen hatte. Sie kannte die Sammlung. Ihre Unruhe trieb sie vorwärts. Aber dann blieb sie verblüfft stehen. An der Rückwand stand ein Kabinett. Es war neu. Sie hatte es nie zuvor gesehen.

Der Vatikan, Rom

›*Cinque!*‹

Catherine blickte auf Michaels breiten Rücken, dessen Muskeln sich vor Anstrengung spannten, während er gegen den Deckel des Sarkophags drückte, der vor fast zweitausend Jahren geschlossen und versiegelt worden war. Mit angehaltenem Atem wartete sie darauf, daß sich der Deckel bewegte.

Santa Fe, New Mexico

›Fünf!‹

Erika trat neugierig näher. Bestimmt befand sich in dem Kabinett ein Neuzugang. Sie überlegte, was für Miles wertvoll genug war, um es seiner Sammlung hinzuzufügen.

Warum hat er mir nichts davon gesagt? Soll es eine Überraschung für mich sein?

War er deshalb in diesem Augenblick hier unten im Museum und nicht bei den Gästen? Miles war ein hervorragender Stratege. Vermutlich hatte er sie auf diese Weise geschickt hierher gelockt. Erika lächelte unsicher. Trotzdem, ihre Unruhe wurde sie nicht los.

Der Vatikan, Rom

›*Quattro!*‹

»Also«, sagte Michael stöhnend und wischte sich den Schweiß von der Stirn. »Noch einmal, aber diesmal mit ganzer Kraft!«

Santa Fe, New Mexico

›Vier!‹

Erika sah sich suchend um. Miles war nicht zu sehen. Beobachtete er sie? Sollte sie den Schrank öffnen? Wartete er darauf?

Dieser Mann! Er denkt sich immer wieder etwas Neues aus …

Erika wollte keine Spielverderberin sein. Zögernd streckte sie die Hand aus. Das Kabinett war nicht verschlossen. Sie ergriff den kleinen Elfenbeinknopf und begann, die Tür zu öffnen.

Der Vatikan, Rom

›*Tre!*‹

Der Deckel glitt mit einem lauten Knirschen endlich einen Fingerbreit zur Seite.

Santa Fe, New Mexico

›Drei!‹

Der Überwachungsbildschirm blinkte, und ein Warnton setzte ein. Miles ließ den Hörer sinken und beendete abrupt das Gespräch. Er sah Erika mit dem Rücken zur Videokamera in seinem Museum. Sie stand vor dem neuen Kabinett. Er sprang auf und rannte los.

Der Vatikan, Rom

›*Due!*‹

Der Deckel des Sarkophags glitt etwas weiter zur Seite, dann noch etwas, bis schließlich ein Spalt entstand, der breit genug war, um mit der Taschenlampe in das Innere zu leuchten.

Santa Fe, New Mexico

›Zwei!‹

»Erika!« rief Miles außer Atem. Aber es war zu spät. Er blieb wie angewurzelt stehen. »Nein …«

Der Vatikan, Rom

›*Uno!*‹

Catherine blickte in den Sarkophag der Amelia.

›*Buon Anno!*‹

Santa Fe, New Mexico

›Eins!‹

Erika stand erstarrt vor dem Sonnenwend-*Kachina*. Dann sank sie lautlos zu Boden.

›Gutes Neues Jahr!‹

Der Vatikan, Rom

Über ihnen dröhnte die Erde. Die neun Menschen in der Gruft hoben erschrocken die Köpfe. Sie lauschten angstvoll und rechneten fast damit, daß die Mauern des Mausoleums, die Decke, die ganze Basilika einstürzen werde.

Dann plötzlich – das dumpfe weithin hallende Geschrei und Getöse verstummte.

Nichts geschah. Alles blieb still.

Keine Posaunen, keine Engel und kein Erdbeben. Der Himmel öffnete sich nicht, und die Erde tat sich nicht auf, um alle zu verschlingen. Nur ein kurzer Augenblick des Schweigens entstand, als die Welt den Atem anhielt.

Dann hörten sie den Jubel und die Freudenrufe aus den Kehlen der mehr als Hunderttausend.

Kardinal Lefèvre seufzte erleichtert auf. »Offenbar werden wir bei dieser Jahrtausendwende doch nicht zu Zeugen der Apokalypse.«

»Wir haben das Jahrtausend noch nicht hinter uns«, erwiderte Catherine und fügte gegen ihren Willen hinzu: »Eminenz.« Sie mochte diesen Mann nicht. Er war bestimmt nicht zu unterschätzen. »Erst wenn das Jahr zweitausend vorbei ist, erst dann ist auch das alte Jahrtausend wirklich zu Ende.« Herausfordernd fügte sie hinzu: »Habe ich recht?«

Er sah sie mit einem rätselhaften Lächeln an. »In der Tat, Doktor Alexander«, sagte er und nickte. »Dann müssen wir also noch einmal dreihundertfünfundsechzig Tage warten, bevor wir wissen, ob das prophezeite neue Zeitalter angebrochen ist.«

Er trat an den Sarkophag und blickte hinein.

In seinem Versteck, das in tiefer Dunkelheit lag, schob Zeke das Handy in die Tasche. Die Verbindung war plötzlich unterbrochen.

Nun gut, er brauchte keine weiteren Anweisungen mehr. Langsam löste Zeke das Kleinkalibergewehr und nahm es aus dem

Halfter. Er würde saubere Arbeit leisten. Alles würde vorüber sein, bevor jemand wußte, was geschah. Er hatte nicht gewollt, daß es so endete.
»Nehmen Sie die Schriftrolle an sich. Wie Sie die Frau hinterher aus dem Weg räumen, überlasse ich Ihnen. Sonst bekommen Sie keinen Penny.«
Das waren die letzten Worte von Havers gewesen. Es gab keinen Grund dafür, daß ausgerechnet er bei diesem mehr als zweifelhaften Geschäft leer ausgehen sollte.
Er entsicherte und verließ lautlos das Grabmal der Julia Mater.

»*Ora pro nobis!*« flüsterte Kardinal Lefèvre und bekreuzigte sich, denn es lag nichts in Amelia Valerias Sarkophag – keine Schriftrolle, kein Skelett, nicht einmal Asche.
»Ich vermute ...«, sagte der Kardinal in einem Ton, den Catherine nicht deuten konnte – war er enttäuscht oder triumphierte er insgeheim? –, »... das Grab ist vor langer Zeit ausgeräumt worden. Vielleicht hat man es schon damals geöffnet, als Konstantin befahl, die Nekropole zuzuschütten.« Er seufzte, und Catherine wußte wieder nicht, ob in dem Seufzen Erleichterung oder Enttäuschung lag. »Die ganze Mühe war vergebens.«
Catherine sah sich in dem hell erleuchteten Grab um. Sie betrachtete aufmerksam die Nischen, die Ecken und selbst die Fresken – nirgends konnte eine Schriftrolle versteckt sein. Sie warf noch einmal einen Blick in den Sarkophag. Er wirkte unbenutzt. Darin war niemals ein Mensch begraben worden.
Aber wo war Amelia?
Kardinal Lefèvre wandte sich an Michael. »Ich muß jetzt zu Seiner Heiligkeit. Wir sprechen uns in den nächsten Tagen, Vater Garibaldi.«
»Jawohl, Eminenz.«
Sie verließen das Grab und gingen durch die Straßen der Toten. Ihre Schatten bewegten sich an den Wänden wie eine Begräbnisprozession aus alter Zeit, ein Zug der Trauernden. Michael griff

verstohlen nach Catherines Hand. Er sah sie entschuldigend und voll tiefem Bedauern an.

Sie drückte seine Hand. »Ein gutes Neues Jahr«, wollte sie zu ihm sagen. Aber nichts war gut. Es kam ihr vor, als sei der Petersdom schließlich doch noch über ihnen zusammengestürzt.

Als sie an Zekes Versteck im Grabmal der Julia Mater vorübergingen, wohin er sich wieder zurückgezogen hatte, sahen sie weder ihn noch sein Lächeln.

Zeke war der einzige, der mit der Wendung der Dinge zufrieden war. Er hatte nicht gewollt, daß für Catherine Alexander alles so schnell vorbeisein sollte. Er wollte es ihr heimzahlen. Sie hatte ihm eine Niederlage nach der anderen zugefügt. Das würde sie büßen. Havers hatte bereits durchblicken lassen, daß es ihm nicht gefiel, wie Zeke die Alexander auf eigene Faust verfolgt hatte, ohne ihm Bericht zu erstatten, ohne ihm die Entscheidung zu überlassen, wie er, Zeke, weiter vorgehen sollte. Zeke war wie immer gezwungen gewesen, sich den Forderungen von Havers zu beugen, sonst wäre er für seine Arbeit nicht bezahlt worden.

Nun war sein Vertrag erfüllt. Es gab keine Schriftrolle. Zeke konnte nach Hause gehen und sein Geld abholen. Er würde sich nach dieser Demütigung und der schlechten Behandlung jedoch endgültig von Miles Havers verabschieden.

Und alles andere einfach vergessen?

Nein, das gab es bei ihm nicht! Er würde sich rächen, aber an einem Ort und zu einer Zeit, die *er* bestimmte. Dann mußte er nicht mit einem Handy am Ohr auf den Befehl warten, das zu tun, wozu andere sich zu fein waren. Er würde töten, aber auf seine Art.

Das neue Jahrtausend

Samstag,
1. Januar 2000

Santa Monica, Kalifornien

Catherine hatte ein seltsames Gefühl. Sie war in den vergangenen Jahren oft von hier abgereist und manchmal erst nach Monaten wiedergekommen, doch diesmal hatte sie zum ersten Mal bei ihrer Rückkehr das Gefühl, eine fremde Wohnung zu betreten.

Der wöchentliche Reinigungsdienst hatte die Wohnung saubergehalten, doch die Atmosphäre war so steril, als lebe hier niemand.

Nur der Stapel Zeitungen und die Post auf dem Eßtisch erwarteten sie. Der Anrufbeantworter hatte 99 Anrufe registriert; weiter ging das Zählwerk nicht.

Catherine hatte weder für Zeitungen und Post noch für die Anrufe das geringste Interesse.

Sie wollte nur schlafen, lange schlafen und dann Anfang Dezember 1999 aufwachen und feststellen, daß sie schlecht geträumt hatte.

Sie wußte nicht, was grausamer gewesen war: die siebte Rolle nicht gefunden zu haben oder die Trennung von Michael. Beim Abschied auf dem Flughafen in Rom hatte sie die Hilflosigkeit in seinen Augen gesehen.

»Was wirst du jetzt tun?« hatte er gefragt. Catherine war als ›Schwester Elisabeth aus dem Kloster Greensville‹ in die Vereinigten Staaten zurückgekehrt. Sobald sie wieder einen klaren Kopf hatte, wollte sie nach Santa Barbara fahren und zur Polizei gehen. Sie vermutete, daß sie Havers nicht mehr fürchten mußte. Andere Nachrichten beherrschten die Schlagzeilen, nachdem die Jahrtausendwende schon ein alter Hut war und der

Vatikan offiziell verkündet hatte, er sei an den Schriftrollen nicht interessiert.
Kardinal Lefèvre hatte Catherine aufgefordert, sie ihm zu übergeben. Catherine hatte das abgelehnt. Sie versicherte ihm jedoch, es seien keine christlichen Dokumente und deshalb ohne Wert für die Kirche. Nach dieser Klarstellung zog er sich aus der ganzen Sache zurück.
Die sechs Schriftrollen aus dem Sinai hatte ihr bis jetzt niemand nehmen können. Im Augenblick wußte sie jedoch nicht, was mit den Texten geschehen sollte. Eine Möglichkeit wäre, Sabinas unvollständige Geschichte zu veröffentlichen. Oder sollte sie die Schriftrollen einfach behalten und für den Rest ihres Lebens nach der siebten suchen? Wäre es klüger, sie der ägyptischen Regierung zurückzugeben? Dann konnte es ihr vielleicht gelingen, ihren angeschlagenen Ruf zu retten ...
»Und was wirst *du* tun?« hatte Catherine nach dem letzten Aufruf ihres Flugs Michael gefragt.
Er war vorübergehend von allen Pflichten suspendiert und wurde nach Montreal in ein Zisterzienserkloster geschickt, um seinen Glauben zu erforschen und über seine Berufung nachzudenken.
»Nach dem, was geschehen ist ... ich weiß es nicht«, hatte er geantwortet.
Catherine fühlte sich innerlich leer, als sei in den vergangenen drei Wochen Tag für Tag etwas von ihr aufgezehrt worden, bis sie nur noch eine leere Hülle war.
Das tiefgreifende Erlebnis im Dom von Aachen war nur noch eine blasse Erinnerung. Nach den großen Hoffnungen hatte sich herausgestellt, daß Sabinas Geschichte nichts anderes erzählte als das abenteuerliche Leben einer Frau.
Ich sollte Julius anrufen und ihm sagen, daß ich wieder zu Hause bin.
Sie mußte ihm fairerweise gestehen, daß es wirklich keine siebte Schriftrolle gab.
Aber sie konnte noch nicht mit ihm sprechen. Die Wunde, die er

ihr mit seinen letzten Worten im Kloster zugefügt hatte (»Wenn ich jetzt aus diesem Zimmer gehe, werde ich nie mehr in dein Leben treten«), schmerzte immer noch.
Sie stellte das Gepäck ab und warf einen Blick auf den Stapel Post. Warum schickten ihr die Leute eigentlich Weihnachtskarten, wenn sie bei einer Ausgrabung war?
Die Ausgrabung …
»Ich habe mit der ägyptischen Regierung deine Rückkehr vereinbart«, hatte Julius gesagt.
Im Aachener Dom hatte sie ihm alles verziehen. Sie hatte sich sogar selbst die Schuld gegeben. Aber hier in Santa Monica stellte sich das Gefühl, allein gelassen worden zu sein, mit aller Bitterkeit wieder ein. Catherine schüttelte unwillig den Kopf.
Nur nicht daran denken. Bleib gefühllos. Lies die Weihnachtskarten, sieh dir die Rechnungen an, betrachte dir den Jahresbericht der Hausverwaltung, beschäftige dich mit dem Alltäglichen …
Ganz oben auf dem Stapel entdeckte sie ein kleines Päckchen. Es war in braunes Packpapier gewickelt, trug keinen Absender, aber sie sah amerikanische Briefmarken.
Neugierig öffnete sie es und hielt ein dünnes, italienisches Buch in der Hand. Weder ein Brief noch eine Karte oder eine Widmung verrieten, woher es stammte oder weshalb man es ihr geschickt hatte.
Ihr Blick fiel auf den Titel: »*Sacre Grotte Y Scavi Sotto San Pietro* – Die heiligen Grotten und die Ausgrabungen unter St. Peter.« Es war 1953 im Verlag des Vatikan erschienen: »Libreria Editrice Vaticana.«
Catherine blätterte verwundert darin. Die Schwarzweiß-Abbildungen weckten schmerzliche Erinnerungen, obwohl die Ausgrabungen in der Nekropole beim Entstehen der Aufnahmen noch nicht so weit fortgeschritten gewesen waren wie am Ende des Jahrtausends.
Catherine überlegte. Warum hatte man ihr das Buch geschickt? Von wem kam es?

Ihr Blick fiel wieder auf das Packpapier. Dann sah sie den Poststempel. Er war auf den Briefmarken kaum erkennbar.
›Vermont‹ konnte sie mit Mühe entziffern und dann das Datum. Das Päckchen war vor einer Woche abgeschickt worden. Genau an dem Tag, an dem sie aus dem Kloster geflohen war.
Sie schlug das Buch wieder auf, blätterte es noch einmal durch und betrachtete aufmerksam die Abbildungen: Christus als Apollo, die *Orante* der Amelia Valeria. Gegen Ende befand sich eine Gruppenaufnahme der Archäologen. Catherine trat ans Fenster, um die sieben Personen besser sehen zu können. Kein einziges Gesicht kam ihr bekannt vor. Dann las sie die Namen. Auch sie sagten ihr nichts. Bis auf …
›Gertrude Majors.‹
Catherine runzelte die Stirn. Wo hatte sie diesen Namen schon einmal gehört?
»Jetzt bin ich Mutter Elisabeth, aber bevor ich in den Orden eintrat … 1966 war ich …«, hörte sie eine Stimme.
»Mein Gott«, flüsterte Catherine, und ihre Gedanken überschlugen sich. Sie blickte auf das Gesicht der sechsundvierzig Jahre jüngeren Äbtissin, die damals als Archäologin an den Ausgrabungen unter dem Petersdom teilgenommen hatte.
Catherine griff zum Telefon. Wie war noch der Name des Klosters in der Nähe von Montreal?
St. … St. Solange!
Sie rief die Auskunft an, und drei Minuten später wählte sie die Nummer in Kanada.
»Ich würde gern Vater Michael Garibaldi sprechen. Es ist dringend.«
Es dauerte eine Ewigkeit, bis er an den Apparat kam.
»Michael«, sagte sie aufgeregt, »es gibt die siebte Schriftrolle doch! Und diesmal weiß ich ganz sicher, wo sie sich befindet!«

Santa Fe, New Mexico

Miles legte den Hörer auf und sagte leise zu sich selbst: »Der Sieg gehört dem Geduldigen.«

Er hatte gewußt, daß diese Alexander früher oder später einen Fehler begehen würde. Er ließ ihr Telefon immer noch abhören und ihre Wohnung immer noch überwachen. Das hätte sie wissen müssen.

Während er Zekes Nummer wählte, blickte Miles hinunter auf den Tennisplatz, wo Erika scheinbar sorglos wie immer spielte. Bei dem Gedanken an den Ausdruck auf ihrem Gesicht an Silvester, als sie nach mitteleuropäischer Zeit genau um Mitternacht das Kabinett geöffnet hatte und dann ohnmächtig geworden war, lief es ihm immer noch eiskalt über den Rücken. Er hatte die Situation – und seine Ehe – nur noch dadurch retten können, daß er die *Kachina* sofort an die Sippe von Kojote zurückgab und alle davon überzeugte, daß er bei ihrem Kauf nicht gewußt habe, daß es sich um ein so bedeutsames Heiligtum handelte.

Erikas Gesichtsausdruck, der verwundete Blick ihrer großen Augen, ihre Seelenqual …

Miles beschloß, für den Rest seines Lebens alles zu versuchen, das wiedergutzumachen.

Zeke nahm ab, und Havers sagte nur ein Wort: »Vermont.«

Kloster Greensville, Vermont

»Ja«, sagte die Äbtissin, »ich war Ärchäologin und habe bei der Ausgrabung der Nekropole unter dem Petersdom mitgewirkt.«

Catherine und Michael saßen im Büro der Äbtissin. Die Strahlen der Januarsonne fielen durch die bleigefaßten Fensterscheiben. Die beiden hatten sich am Flughafen von Montpelier getroffen und waren mit einem Leihwagen zum Kloster gefahren. Die Äbtissin hatte sie ohne die geringste Überraschung begrüßt.

»Ich wußte, daß Sie zurückkommen würden«, sagte sie jetzt, »nachdem Sie das Buch gesehen hatten. Als Sie hier waren, habe ich Ihnen nichts von der siebten Schriftrolle gesagt, weil ich nicht sicher war, ob ich es tun sollte.«

»Sollte?«

»Vergeben Sie mir, Vater Garibaldi, ich bin sicher, das wird seltsam klingen. Aber ich hatte nicht die Absicht, etwas aus den *Scavi* an mich zu nehmen. Ich hatte noch nie etwas gestohlen und erst recht nicht bei einer Ausgrabung. Diese Art Plünderung habe ich immer mißbilligt. Doch ich geriet unter einen unerklärlichen Einfluß. Als ich die Schriftrolle in einer Urne entdeckte, die in einer Nische stand, konnte ich nicht anders. Mich ließ der Gedanke nicht los, daß die Rolle beschädigt oder von einem skrupellosen Sammler gestohlen werden würde, wenn ich sie nicht an mich nahm. Ich fühlte mich beinahe als ihre Hüterin.«

Catherine erinnerte sich an ihren unwiderstehlichen Drang, die Schriftrollen aus Ägypten zu schmuggeln und in Sicherheit zu bringen. Und dann dachte sie an Ibn Hassans ›schöne Frau in Weiß‹, die ihm aufgetragen hatte, den Brunnen zu verschließen. Es schien fast, als wache Sabinas Geist über die Schriftrollen.

»Ehrwürdige Mutter«, fragte Catherine, »wissen Sie, warum Amelia nicht in ihrem Sarkophag begraben wurde?«

Die Äbtissin schloß die Augen, bekreuzigte sich und murmelte: »Gott möge mir verzeihen.«

Catherine und Michael wechselten einen erstaunten Blick.

»Die Urne enthielt nicht nur die Rolle, sondern auch Asche«, antwortete die Äbtissin. Sie sah ihre Besucher traurig an. »Ich habe die Asche wie Abfall weggeworfen. Das war eine Sünde. Ich wußte es damals nicht. Ich dachte, es handelt sich um die Asche einer Heidin.«

Michael fragte verwundert: »Die Angehörigen ließen Amelia verbrennen, obwohl man einen christlichen Sarkophag hatte anfertigen lassen?«

»Vielleicht«, erwiderte Catherine, »wurden sie von der Obrigkeit dazu gezwungen. Vermutlich gab es damals bereits Christenverfolgungen.«

»Als ich die Schriftrolle nach Hause gebracht und übersetzt hatte«, fuhr die Äbtissin fort, »glaubte ich, auf ein unbekanntes Evangelium gestoßen zu sein. Ich war wie besessen von dem Gedanken, den ersten Teil zu finden.« Sie blickte aus dem Fenster und lächelte wehmühtig. »Ich hatte keine Ahnung, daß es sich bei dem Text um insgesamt sieben Schriftrollen handelt. Ich habe zwanzig Jahre nach etwas gesucht, das mich zu den anderen Rollen führen würde, und dabei stieß ich auf die Handschrift des Thomas von Monmouth. Sie befand sich im Klosterarchiv. Als ich hierherkam und sie las, wurde mir klar, daß sie Fehler enthielt. Das bestärkte mich nur in meinem Entschluß herauszufinden, wer die Verfasserin ›meiner‹ Schriftrolle war. Am Ende bin ich jedoch hier im Kloster geblieben.«

Sie wurde unruhig und stand auf. »Mich quälte das schlechte Gewissen. Mir war klargeworden, daß ich irrtümlich die Asche einer Christin entfernt hatte. In jungen Jahren war ich sehr fromm und bildete mir viel auf meine Religion ein. Ich fand es völlig in Ordnung, die Überreste von Heiden respektlos zu behandeln. Aber als ich auf die Handschrift von Thomas stieß, war ich bereits älter und hatte gelernt, *alle* Religionen zu achten. Deshalb fühlte ich mich doppelt schuldig. Ich habe der Asche dieser Frau, einer Christin, nicht die richtige Achtung entgegengebracht. Als Buße trat ich in den Orden ein. Später wurde ich Äbtissin des Klosters.«

Sie sah Michael an. »Es tut mir leid, Vater, daß ich Sie durch mein Schweigen belogen habe. Als Sie und Dr. Alexander hierherkamen, war ich überrascht. Ich hatte keine Nachrichten gehört und wußte nicht, daß Sie im Besitz von Sabinas Geschichte waren. Mir blieb nur die Möglichkeit, auf meine innere Stimme zu hören. Ich mußte beten. Ich mußte Gott bitten, mich zu führen.«

Sie wandte sich an Catherine. »Als Sie in jener Nacht, nachdem Sie mit Dr. Voss gesprochen hatten, zu mir kamen und sagten, Sie seien in Gefahr und müßten fliehen, gab es für mich keinen

Zweifel daran, daß ich Ihnen helfen mußte. Beinahe hätte ich Ihnen sogar von der siebten Rolle erzählt, aber irgend etwas hielt mich davon ab.«

»Das war eigentlich gut so«, sagte Michael nachdenklich. »Denn sonst hätte das FBI alles beschlagnahmt.«

»Ja«, bestätigte die Äbtissin. »Als die Beamten hier aufgetaucht sind, um mit Dr. Alexander zu sprechen, wurde mir klar, was ich zu tun hatte. Also habe ich ihr das kleine Büchlein geschickt.«

»Ist sie hier?« fragte Catherine. »Ist die siebte Rolle hier?«

»Ja. Sie können sie lesen, wann immer Sie wollen.«

»Ehrwürdige Mutter«, sagte Catherine, »erzählt sie das Ende von Sabinas Geschichte?«

Die Äbtissin lächelte. »Das müssen Sie selbst entscheiden.«

»Das ist vielleicht eine Kälte«, schimpfte Raphael, als sie durch den verschneiten Wald hinter dem Kloster stapften. »Ich bin froh, wenn dieser Auftrag endlich erledigt ist.«

Zeke erwiderte nichts. Er konzentrierte sich auf die steinernen Türme vor ihnen und auf die hohen Mauern, die den alten Nonnen einen zweifelhaften Schutz gewährten.

»Machen wir, daß wir schnell rein- und wieder rauskommen«, hatte Raphael gesagt, als sie in Greensville ankamen. »Ich hasse Schnee. Ich freue mich schon auf Borneo.« Er lachte. »Ja, auf den heißen, dampfenden Dschungel.«

Der Papyrus war noch eine Rolle mit Stäben an beiden Enden. Catherine und Michael sahen erstaunt etwas, das sie nicht erwartet hatten. Ganz unten auf der letzten Seite befanden sich die Unterschriften von Sabina und Perpetua.

Die sechste Rolle hatte mitten in dem Satz geendet: »Ich fürchtete mich vor ...«, und die siebte Schriftrolle begann mit den Worten: »diesem dunklen, schrecklichen Reich.«

... diesem dunklen, schrecklichen Reich.

Ich hatte zwar den größten Teil meines Lebens in den Wäldern verbracht, doch ich war immer mit meiner Familie zusammen dort gewesen. Jetzt war ich allein und lief um mein Leben. Die Bilder des Gemetzels standen mir noch lebendig vor Augen, und plötzlich waren die Wälder nicht mehr freundlich. Die Geister und Gespenster, die darin wohnten, waren zwar die Götter, die das Volk meines Mannes verehrte, doch ich empfand sie als gefährlich und hatte schreckliche Angst. Schlimmer als das war jedoch meine Verzweiflung darüber, daß meine Familie tot war, ich sie aber nicht zum rechten Glauben bekehrt hatte.

Verfolgt von dieser schrecklichen Seelenqual rannte ich immer tiefer in den Wald. Die herabhängenden Zweige zerkratzten mir die Arme und das Gesicht. Ich dachte an die Abende am Feuer, wenn ich meiner Familie vom Weg des Gerechten erzählt hatte. Grauen und Verzweiflung erfüllten mein Herz, denn mein geliebter Sigmund und unsere Kinder waren gestorben, ohne etwas vom ewigen Leben zu wissen. Und ich würde sie nie mehr wiedersehen.

Ich weinte so bitterlich um den Verlust ihrer Seelen, daß die Tränen auf meinen Wangen zu Eis erstarrten.

Schließlich konnte ich nicht mehr weiter. Ich legte mich in den Schnee und betete, daß die wilden Tiere meine Leiche verschonen würden. Als ich dem Tod nahe war, richtete ich ein Gebet an den Gerechten. Nach einer Weile spürte ich etwas in meiner Nähe. Ich schlug die Augen auf und sah einen Mann, der durch die Bäume auf mich zukam. An seiner Kleidung und der Axt erkannte ich, daß es sich um einen Holzfäller handelte. Aber ich fragte mich, wo sein Haus stehen mochte, denn es war ein Fremder, und ich kannte die Menschen in diesem Wald.

Als er mich beim Namen rief – nicht meinem germanischen, sondern Sabina, da fragte ich mich erstaunt, wer er wohl sei.

Er hob mich aus dem Schnee empor, meine Augen füllten sich mit Licht, und ich wußte sofort, daß er der Gerechte war, den ich vor so vielen Jahren am Salzmeer gesehen hatte. Ich erzählte ihm von meiner Verzweiflung, weil meine Familie für immer verloren war, und er sagte: »Vertraue auf deinen Glauben.«

Ich fragte: »Was soll ich glauben, Meister?«
Und er sagte: »Das Haus meines Vaters hat viele Wohnungen.«
Er legte mir die Hand auf die Augen, und ich hatte eine Vision. Ich sah Sigmund und die ganze Familie. Sie waren nicht tot, und der weiße Schnee färbte sich nicht rot von ihrem Blut. Sie waren in unserem Dorf. Die Feuer brannten, am Spieß briet das Wildbret, und in den Bechern schäumte der Met. Sie waren glücklich. Die Erde war fruchtbar, und die Sonne schien warm. Ich wußte, sie waren dort für die Ewigkeit, denn an das freie Leben in den schützenden Wäldern hatten sie geglaubt.
Nun verstand ich, was der Prediger auf dem Marktplatz in Antiochia vor vielen Jahren gemeint hatte, als er sagte: »Der Gerechte hat uns gelehrt: ›Fürchtet euch nicht, glaubt nur. Und jeder gehe seinen Weg, denn das, was man geglaubt hat, wird einem widerfahren.‹«
In diesem Augenblick wußte ich, daß alle meine Freunde, alle Menschen, die mich auf meiner Reise durch das Leben begleitet hatten, ohne sich dem Weg anzuschließen, nicht für immer tot waren, sondern leben. Meine lieben Schwestern, sie leben alle und jeder seinem Glauben gemäß: Satvinder in Schalimar, Philos in den elysischen Gefilden, mein Vater mit seinen Brüdern bei Mithras, und meine Mutter in einer der vielen Wohnungen des Gerechten. Und wenn mein geliebter Erstgeborener, mein Pindar, nicht länger auf dieser Erde weilt, dann hat er die ewige Freude seines eigenen Glaubens gefunden.
Perpetua sagt, daß mich ein Erkundungstrupp gefunden und in die Garnison gebracht hat. Man dachte, ich sei tot. Dann hat man meinen Puls gefühlt und gesehen, daß ich atmete.
Ich glaube, daß ich möglicherweise tot war oder am Rand des Todes stand. Aber mir wurde gestattet, noch einmal zurückzukommen, um der Welt diese Botschaft zu bringen.
Wie leicht und mit welcher Freude kommt mir nach all den Jahren, in denen ich Sigmunds Sprache gesprochen habe, das Griechisch meiner Jugend über die Lippen! In dieser Sprache, der Sprache der Gemeinde und des Weges, sage ich Dir, liebe Amelia,

daß mich der Gerechte vor dem Tod in den Wäldern gerettet hat, damit ich Dir die Botschaft verkünden kann: Wir sind alle Töchter und Söhne Gottes. Wir waren im Dunkel, und der Gerechte ist gekommen, um uns das Licht zu zeigen. Der Weg ist das Licht, und das Reich ist in uns, damit wir es finden und daran glauben.

Der Gerechte hat uns vor langer Zeit gesagt, er werde wiederkehren. Und das Versprechen erfüllt er. Er ist zu mir zurückgekehrt, wie er zu uns allen zurückkehrt. Die Wiederkehr findet nicht an einem bestimmten Tag oder zu einer bestimmten Stunde statt, sie ist kein universales Ereignis, sondern ein persönliches. Es ist ein persönliches Erlebnis, dessen Zeitpunkt unser eigener wahrer Glaube bestimmt. Der Gerechte kommt zu jedem von uns auf eine andere Art zurück. Manche werden ihn vielleicht nicht erkennen, weil er keine menschliche Gestalt annimmt, anderen erscheint er als ein Prophet oder als der Gott, den sie kennen. Wieder anderen mag er als einer der Ahnen erscheinen oder als Engel, vielleicht auch einfach als ein Zeichen am Himmel. Und er wird sagen, daß wir alle die Kinder Gottes, seine Töchter und Söhne, sind.

Wir werden aus dem ewigen Leben geboren und kehren zum ewigen Leben zurück. Wie immer wir uns dieses Reich vorstellen, so wird es für uns sein. Und er hat mir noch etwas gesagt. Das Ende der Welt kommt nicht in einem apokalyptischen Ereignis, sondern für jeden in einem anderen, in einem persönlichen Augenblick. Wir werden nicht allein geboren, und wir müssen nicht allein sterben – nicht, solange wir vorbereitet sind und glauben.

Catherine entrollte behutsam den brüchigen Papyrus weiter, um ihn nicht zu beschädigen, und dachte dabei an die Frage, die sie Michael im Hotel Atlantis gestellt hatte: »Ist der Katholizismus der einzige wahre Glaube?«

»Für mich ist er es«, hatte er geantwortet.

»Alle diese Menschen, denen Sabina begegnet ist«, hatte sie ge-

fragt, »alle die unterschiedlichen Glaubensvorstellungen ... Ist es möglich, daß nur eine einzige richtig ist und alle anderen falsch?«
Und Michael hatte geantwortet: »Ich glaube, die Antwort darauf können Sie nur in sich selbst finden.«
Als Catherine jetzt begann, die letzte Seite zu lesen, verstand sie, was er gemeint hatte.

»Also, was nun?« fragte Raphael. Sie betrachteten prüfend die Mauer und das Tor. Sie hörten Gesang. Das bedeutete, die Nonnen waren in der Kapelle und würden sie nicht stören. Er und Zeke zweifelten nicht daran, die ganze Sache würde nicht schwieriger sein, als einen Ameisenhaufen zu zerstören. Die alten Nonnen würden beim ersten Anzeichen von Gefahr die Flucht ergreifen. Und die Frau konnte sich nicht verteidigen.
Wirklich komisch, dachte Rapahael, *daß die letzte Schriftrolle schon die ganze Zeit hier ist. Hätten wir das von Anfang an gewußt, wäre uns viel Arbeit erspart geblieben.*
»Übrigens«, sagte er und beugte sich über das alte Schloß im Tor. Er sah mit einem Blick, daß jeder Dummkopf es mit einem Stück Draht öffnen konnte. »Havers hat mir dein Geld gegeben. Du sollst es bekommen, wenn der Job erledigt ist.«
Zeke sah seinen Partner mit blassen, ausdruckslosen Augen an. »Havers hat *dir* mein Geld gegeben?«
»Du warst nicht da, als der Geldbote kam. Mr. Havers möchte, daß wir von hier auf dem schnellsten Weg nach Borneo fliegen und diese Orchidee abholen. Hier«, Raphael zog einen großen Umschlag aus der Innentasche seines dicken Mantels, »da hast du deinen Anteil ...in bar, wie üblich.«
Zeke zog das Stilett aus der Scheide am Bein. »Paß ein bißchen auf, während ich das Schloß aufmache.«
»Habe ich dir eigentlich gesagt, daß Havers mir eine Prämie versprochen hat?« fragte Raphael und trat ein paar Schritte zurück.
Zeke beugte sich vor und drehte die Spitze der Klinge im Schloß.
»Stell dir vor«, fuhr Raphael unbekümmert fort, »genau so viel,

wie hier in dem Umschlag ist. Wirklich komisch, findest du nicht?«
Zeke drehte rechtzeitig den Kopf, um zu sehen, wie sich der Schuß löste. Wegen des Schalldämpfers hörte man jedoch nur einen dumpfen Knall.
»Ja, ja ... wirklich komisch«, murmelte Raphael, bückte sich und nahm den Umschlag aus Zekes Tasche. An den Augen sah er, daß sein Partner noch lebte, obwohl die Kugel nahe dem Herzen stecken mußte. Er beugte sich vor und sagte: »Verstehst du, es hat Mr. Havers nicht gefallen, daß du eigene Wege gehst. Du hast ihn zum Beispiel über die Alexander nicht auf dem laufenden gehalten. Und mir hat es nicht gefallen, daß du mich an Silvester so einfach abgehängt hast. Also Junge, hier trennen sich unsere Wege endgültig. Ich fliege nach Borneo. Mr. Havers ist nicht mehr an den Schriftrollen interessiert. Er wollte nur, daß ich dich erledige. Glaubst du an die Hölle? Wenn ja, dann wäre es jetzt an der Zeit, ein paar Gebete zu sprechen, Kumpel. Du wirst bald vor deinem Richter stehen.«
Zum ersten Mal im Leben hatte sich Raphael so etwas wie Gefühle erlaubt, weil er seinem Partner eine Erklärung schuldig zu sein glaubte. Aber er hätte sehr viel schneller zum zweiten Mal abdrücken müssen. Die Pistole fiel ihm aus der Hand. Er sank über dem toten Zeke zusammen.
Zeke hatte gut gezielt. Das Stilett steckte Raphael direkt im Herzen.

Ich erinnerte mich an die Worte des Predigers auf dem Marktplatz: »Suchet, und ihr werdet finden, klopfet an, und es wird euch aufgetan.« Aber jetzt erst verstand ich seine Botschaft richtig: Glaubet, und es wird so sein.
Meine Mutter hatte sich geirrt. Sie glaubte, nur jene, die dem Weg des Gerechten folgen, könnten den Tod überwinden. Aber so ist es nicht. Dieser Lohn erwartet alle, die daran glauben, daß sie den Tod überwinden, sei es, daß sie auf das Nirwana des Buddha hoffen, auf das westliche Reich der Isis oder auf das

Schalimar der Shakti, denn damit hat mich der Gerechte getröstet, als er sagte: »Das Haus meines Vaters hat viele Wohnungen.« Er bereitet für jeden von uns ein Paradies vor, je nachdem, was wir glauben.

Ich erzählte meinen Kindern, daß im Leben nach dem Tod wunderbare Dinge auf sie warten. Sie sind so jung gestorben, daß sie keine Zeit hatten, ihren Glauben zu entwickeln. Ich dachte, das kann nicht bedeuten, daß sie zu einem künftigen Leben verdammt sind, das wie der formlose Nebel über einem See ist. Ich habe den Kindern Geschichten von dem erzählt, was hinter dem Sichtbaren liegt, und es ist mir jetzt ein Trost zu wissen, daß die drei, die mir so früh genommen wurden und vielleicht auch Pindar, an meine wunderbaren Geschichten geglaubt haben, als sie die Augen für immer schlossen. Jetzt sind sie dort in jenem Reich der Legenden und Träume. Sie leben in Freuden und warten auf mich. Nun aber, liebe Amelia, zur letzten und wundervollsten Nachricht von allem …

»Was war das?« sagte Michael plötzlich.

Catherine hob den Kopf. »Es klang wie ein Schuß.«

»Ich nehme an, da ist irgend jemand auf der Jagd«, sagte die Äbtissin. »Wissen Sie, um diese Jahreszeit …«

Das altmodische Telefon auf dem kleinen Schreibtisch klingelte, und sie zuckten unwillkürlich zusammen. Die Äbtissin nahm ab und reichte Catherine nach ein paar Worten den Hörer. »Für Sie«, sagte sie. »Ihr Verlobter.«

»Julius? Wie –?« Sie sah Michael an.

»Ich bin eben ein Priester«, sagte er lächelnd. »Ich mische mich manchmal auch ungefragt in anderer Leute Leben ein.«

Julius rief aus Kairo an. Die Verbindung war schlecht, und er schrie so laut, daß selbst die Äbtissin und Michael es hörten. »Du mußt sofort in den Sinai kommen!« Seine Stimme klang aufgeregt. »Hier gibt es etwas, das du unbedingt sehen mußt!«

Scharm el-Scheich, Sinai

Es war ein merkwürdiges Gefühl, ohne Danno hier zu sein. Noch merkwürdiger war es, zu sehen, daß die Zelte verschwunden und beinahe alle Spuren des Lagers beseitigt worden waren. Der Grabungsplatz war mit Seilen abgesperrt, und Schilder verboten den Zutritt.

Die Luft war aber dieselbe – kühl und salzig. Die Sonne strahlte, und der Himmel war immer noch endlos und blau. Aber es war nicht mehr derselbe Platz. Alles hatte sich verändert.

Catherine blickte hinüber zu der Stelle, wo Hungerfords Männer vor dreiundzwanzig Tagen beim Sprengen das Jesus-Fragment ans Licht befördert hatten.

Julius hatte ihr auf der Fahrt von Kairo hierher keine Erklärungen gegeben, sondern nur gesagt: »Da ist etwas, das ich dir zeigen will.«

Catherine hatte Michael gebeten mitzukommen. Doch er hatte mit der Begründung abgelehnt, er müsse seine Exerzitien beenden und dann Pläne für seine Rückkehr in den Vatikan machen. Catherine vermutete, daß Michael der Ansicht war, diese Reise müßten sie und Julius allein unternehmen.

Als sie aus dem Landrover stieg, überraschte es sie nicht, den Beamten des ägyptischen Kulturministeriums zu sehen. Er machte ein finsteres Gesicht, aber er blieb demonstrativ neben Mr. Mylonas stehen, der ihr freundlich zuwinkte. Auch Samir, ihr Assistent, der ihr bei der Flucht geholfen hatte, stand da und lächelte verlegen.

Catherine folgte Julius durch den Sand. Es wirkte alles irgendwie verlassen, nachdem die Welt mit dem Anbruch des neuen Jahrtausends die alte geblieben war und die Menschheit nicht mehr mit einer drohenden Apokalypse rechnete.

»Das wollte ich dir zeigen«, sagte Julius, als sie den Brunnen erreichten. Über der Öffnung lag eine Plane, die an den Rändern mit Steinen beschwert war. »Als ich dich an jenem Abend im Kloster gebeten habe, mit mir nach Kalifornien zurückzukommen, weil ich der Ansicht war, daß es keine siebte Schriftrolle gibt, hast du dich geweigert. Am nächsten Morgen warst du weg. Du bist geflohen, um nicht festgenommen zu werden und um zu verhindern, daß die sechs Bücher anderen in die Hände fallen. Da wurde mir bewußt, daß ich mich in meinem ganzen Leben noch nie mit etwas identifiziert hatte, sei es mit einer Sache oder mit einem Menschen, so wie du mit den Schriftrollen. Ich war nie bereit gewesen, mich für etwas zu opfern.«

Er nahm die Sonnenbrille ab und sah sie mit seinen dunklen Augen an, in die sie sich vor zwei Jahren verliebt hatte. Die Brise vom Golf war so heftig, daß er den Kopf senken mußte. Seine nächsten Worte klangen fast wie ein Geständnis, aber sie hatte Mühe, ihn zu verstehen, als er sagte: »In diesem Augenblick habe ich dich beneidet, Catherine. Ich hatte mich immer an die Regeln gehalten, war auf Nummer Sicher gegangen und nie bereit gewesen, ein Risiko einzugehen. Obwohl ich mit deinem Vorgehen nicht einverstanden war, habe ich dich bewundert. Ich sah ein, daß es Zeit für mich war, ebenfalls etwas zu tun.«

Er hob den Kopf, sah sie an und lächelte.

»Ich erkannte auch, daß ich dich in diesem Augenblick mehr liebte als je zuvor. Du hattest recht gehabt, als du sagtest, man müsse manchmal die Regeln brechen, um das Richtige zu tun.«

Er legte ihr den Arm um die Schultern und drückte sie an sich. »Verstehst du, deshalb bin ich nach Ägypten gefahren, habe Samir ausfindig gemacht, ein paar vertrauenswürdige Arbeiter angeheuert und bin ohne jede Genehmigung in den Brunnen hinuntergestiegen.«

Catherine hing wie gebannt an seinen Lippen. Sie spürte, wie ihr das Herz aufging, denn sie sah, daß Julius wie von neuem Leben erfüllt und mit einer noch nie empfundenen Wärme zu ihr sprach. Etwas von der Liebe zu ihm erwachte wieder, und der Zorn verflog wie alle Bitterkeit.

»Ich habe alles wieder herausgeholt, was die Behörden hineinge-

schüttet hatten, und dann angefangen, den Rest des Skeletts auszugraben.«
»Du hast die Regeln gebrochen«, flüsterte sie und lachte leise.
Er lächelte. »Jede Regel, die ich mir vorstellen konnte.«
Sie fühlte ein Kribbeln, als trage der Wind den Wüstensand mit sich. Aber es war nicht der Sand. Es war die Erwartung.
»Und was hast du gefunden?«
Julius hob die Plane hoch, schaltete eine starke Lampe ein und ließ den Halogenscheinwerfer an einem Seil durch die Öffnung in den Brunnen hinab. Catherine beobachtete, wie im Lichtschein Lage um Lage Steine hell wurde. Am Boden des Brunnens verbreitete sich der Lichtstrahl wie ein Fächer und beleuchtete die freigelegten Gebeine.
»Aber ... das ist ja nicht nur ein Skelett! Das sind zwei ...«
»Das erste«, erklärte Julius, »das du entdeckt hattest, ist das Skelett einer Frau. Sie ist offenbar mit gefesselten Händen und Füßen in den Brunnen hinabgelassen worden. Wahrscheinlich war sie noch am Leben. Beim zweiten handelt es sich um das Skelett eines Mannes. Hände und Füße sind nicht gefesselt. Ich glaube, man hat ihn nicht in den Brunnen geworfen, obwohl er teilweise über dem anderen Skelett liegt.«
Catherine blickte hinunter. Alles um sie herum versank in einem fernen Nebel, und vor ihrem inneren Auge sah sie den Männerarm, der beinahe zärtlich auf der toten Frau lag, und sie hörte aus weiter Ferne den Ruf einer verzweifelten Stimme.
»Ein Liebespaar«, murmelte sie wie in Trance. »Sie haben noch im Tod Sabinas Geschichte geschützt ...«
Das Flüstern ihrer Stimme hallte im Brunnen und brachte sie wieder in die Gegenwart zurück.
»Wer sie wohl waren?«
»Ich glaube nicht, daß es eine Möglichkeit gibt, das herauszufinden.«
Catherine blickte wie gebannt in die Tiefe und dachte: *War diese Frau, die für das Geheimnis der Schriftrollen gestorben ist, womöglich die letzte christliche Priesterin?*

»Da ist noch etwas«, hörte sie Julius sagen. Er nahm Catherine bei der Hand und führte sie zu einem Tisch, der unter einem Sonnendach stand. »Diese Stücke habe ich in dem Brunnen gefunden«, sagte er.

Catherine betrachtete die Funde nachdenklich.

»Sie könnten israelitisch sein«, murmelte sie. »Aus der Bronzezeit.«

»Ich dachte das auch, und die bisherigen Untersuchungen bestätigen unsere Vermutung. Natürlich sind diese Funde noch kein Beweis«, sagte er und strahlte sie glücklich an, »aber doch wenigstens ein Anfang, der zu dem Beweis führen kann, daß Moses und Miriam mit den Israeliten diesen Weg genommen haben, und daß du recht hattest.«

In ihren Augen glänzten Tränen. »Danke, Julius, daß du das für mich getan hast.«

Er warf einen Blick über die Schulter, wo der ägyptische Beamte stand und sie nicht aus den Augen ließ.

»Ich habe das zuständige Amt in Kairo über meine Grabungserfolge informiert. Da die ägyptische Entscheidung, den Brunnen zuzuschütten, eindeutig ein Fehler war, hat man mir auf allerhöchste Weisung mein eigenmächtiges Vorgehen ›verziehen‹.«

Catherine fragte: »Und was ist mit mir?«

Julius schüttelte den Kopf, als er die Hoffnung in ihren Augen sah. »Sie haben dir deine Grabungs-Genehmigung unwiderruflich entzogen. Wahrscheinlich wirst du überhaupt nie mehr in Ägypten graben dürfen. Also mußte ich es tun, bevor der Brunnen völlig zugeschüttet war.« Er sah sie scheu und beinahe flehend an. »Catherine, fliegst du jetzt mit mir nach Kalifornien zurück, nachdem alles vorbei und zu Ende ist? Wirst du ab jetzt dein Leben mit mir teilen?«

»Darüber muß ich nachdenken, Julius. Es ist so viel geschehen. Es hat sich so vieles geändert.«

Es gab immer noch Michael, und da war auch etwas anderes, das sie bisher nicht begriffen hatte: Julius glich ihrem Vater – er war

ein ruhiger, weltabgewandter Einzelgänger. Hatte sie sich deshalb zu ihm hingezogen gefühlt?
»Laß mir Zeit«, sagte sie.
Er erwiderte traurig: »Nimm dir soviel Zeit, wie du brauchst«, als ahne er bereits, wie ihre Entscheidung aussehen würde.

Vier Monate später

Los Angeles, Kalifornien

»O Gott!« intonierte Michael, und seine Stimme erhob sich hinauf zu den blühenden Bäumen. »Schöpfer und Erlöser aller Gläubigen, schenke den Seelen deiner verstorbenen Diener die Vergebung aller Sünden, damit durch unsere Fürbitte Frederick und Nina Alexander der Gnade teilhaftig werden, um die sie gebeten haben. Herr, der du lebst und herrschst in alle Ewigkeit, Amen. Mögen sie in Frieden ruhen.«

»Amen«, sagte Catherine und bekreuzigte sich.

»Amen«, sagte Julius mit gesenktem Kopf.

Das neue Grab war neben dem alten ausgehoben worden, und Nina Alexander wurde dank der Bemühungen von Michael und dem Eingreifen von Kardinal Lefèvre endlich neben ihrem Ehemann auf dem katholischen Friedhof zur letzten Ruhe gebettet.

Catherine warf eine Rose auf den Sarg ihrer Mutter und murmelte: »Im Universum gibt es eine Quelle des Lebens. Niemand kann lange ohne diese Quelle leben.« Auch Julius warf eine Rose in das offene Grab und sagte: »*Baruch Dajan ha-Emet.*«

Michael war wieder ein Gemeindepfarrer. Trotz der interessanten Aufgaben und dem Ansehen, das mit der Arbeit im Vatikan verbunden war, hatte er seine Versetzung beantragt. Er war nach Chicago zurückgekehrt und bestärkte die Menschen in ihrem Glauben oder half ihnen, den Weg durch ihr schweres Leben besser zu finden.

Er schlug sich jedoch noch immer mit den ungelösten Problemen seiner Vergangenheit herum und hatte nach wie vor die Pangamot-Stöcke im Gepäck.

Catherine trug wieder den Jadeanhänger. Nach der Rückkehr

vom Sinai war sie nach Las Vegas gefahren und hatte ihn von Mr. Hartmann zum Fünffachen dessen zurückbekommen, was er ihr dafür bezahlt hatte. Sie kaufte auch Vater Pulaskis Taschenuhr und schickte sie Michael.

Sie bedauerte nur das eine: Miles Havers würde für seine Verbrechen, die er begangen hatte, nicht zur Rechenschaft gezogen werden.

Die Leichen der beiden Killer hatte man unerklärlicherweise vor dem Kloster in Vermont gefunden. Catherine teilte der Polizei zwar alles mit, was sie wußte, doch es ließ sich keine Verbindung zwischen den Morden und Miles Havers nachweisen. Nichts verriet, daß der Milliardär etwas mit Daniel Stevensons Tod zu tun hatte.

Catherine konnte nur noch hoffen, daß Miles Havers ein Fehler unterlief.

Sollte er wirklich seiner gerechten Strafe entgehen?

Sie fragte sich jedoch auch, ob es für den reichsten Mann der USA eigentlich eine Strafe geben konnte, die er nicht mit Geld oder Beziehungen, seiner Macht und seinen Einflüssen unwirksam machen konnte …

Santa Fe, New Mexico

Miles Havers verließ seinen Turm und ging durch einen der vielen sonnigen Bogengänge seines Anwesens. Er war alles in allem zufrieden. Den Fall ›Alexander‹ hatte er zu den Akten gelegt. Gerade eben hatte ihm sein Vertrauensmann berichtet, das FBI und die Staatsanwaltschaft würden den Fall nicht weiter verfolgen. Niemand würde also Miles Havers in Zukunft unangenehme Fragen stellen.

Er hatte die Überwachungsberichte und alle Indizien längst vernichtet. Nun gut, er hatte am Ende nachgeben müssen. Dr. Alexander war ihm nicht in eines seiner vielen Netze gegangen. Die

Lücke der Rebellen in seinem Datenimperium würde er jedoch schließen. Er hatte nicht umsonst soviel für diesen Fall bezahlt.
Miles pfiff leise vor sich hin. Eines half ihm, den enttäuschten Tiger zu besänftigen. Nur er wußte, warum am Schluß die Dinge so und nicht anders verlaufen waren. Catherine Alexander würde zum Beispiel nie erfahren, daß *er* Kardinal Lefèvre an Silvester den Hinweis gegeben hatte, wo die siebte Schriftrolle vermutlich lag.
Zugegebenermaßen hatte Miles nicht vorgehabt, ausgerechnet seinem eigentlichen Konkurrenten, dem Vatikan, bei dem Wettrennen zu helfen. Zekes eigenmächtiges Handeln hatte ihn jedoch dazu gezwungen.
Als Raphael aus Rom meldete, daß Zeke ihn abgehängt hatte, vermutete Havers, daß Zeke längst seine eigenen Pläne verfolgte. Möglicherweise wollte er die Schriftrollen meistbietend verkaufen und dann von der Bildfläche verschwinden. Hätte Miles das zugelassen, dann wäre Zeke nicht nur in diesem Fall der Sieger gewesen, sondern hätte ihn, Miles, seinen Auftraggeber, in Zukunft jederzeit erpressen können. Deshalb beschloß Miles auf der Stelle, kein Risiko einzugehen. Er meldete sich bei Zeke und zwang den Killer durch die ständige Verbindung über das Handy, ihn auf dem laufenden zu halten. Er beabsichtigte nicht, die siebte Schriftrolle, falls es sie tatsächlich gab, in Zekes Hände fallen zu lassen. Deshalb rief er im Vatikan an. Kardinal Lefèvre war zwar nicht zu einer verbindlichen Absprache bereit, doch Miles wußte nach dem Gespräch, wenn sich die siebte Schriftrolle in dem Grab befand, würde er sich mit Seiner Eminenz bestimmt einigen. Schließlich hatte alles seinen Preis – auch ein Kardinal.
Aber das war alles jetzt zu Ende. Zeke und Raphael waren tot. Mit dem Laptop von Daniel Stevenson würde er jeden möglichen Beweis für seine Verwicklung in den Mordfall beseitigen. Und Nicholas Papazian, der einzige andere Mensch, der eine Verbindung zwischen Miles und den Schriftrollen hätte beweisen und verraten können, war nicht mehr unter den Lebenden. Einer von

Havers' Männern in Ägypten hatte ihn aus dem Weg geräumt – die offizelle Meldung: ›ein bedauerlicher Unfall mit anschließendem Herzversagen.‹

Für Miles gehörte das alles der Vergangenheit an. Er interessierte sich nicht mehr für Catherine Alexander und nicht mehr für die Schriftrollen, die inzwischen veröffentlicht worden waren, so daß jeder sie lesen konnte. Er freute sich auf das Eintreffen der Frauenschuh-Orchidee aus Borneo und auf Erikas Gesicht, wenn er ihr diese einzigartige Blüte als Zeichen seiner Liebe überreichen würde.

Ihr Verhältnis war nicht sehr gut, seit Erika die *Kachina* entdeckt hatte. Er hatte sie zwar mit seinen Beteuerungen überzeugt, nicht gewußt zu haben, daß es sich um die Sonnenwend-*Kachina* handelte und er keine Verantwortung für den Tod von Kojote trug, doch in den vergangenen Monaten schien sie irgendwie anders zu sein. Er würde dafür sorgen, daß bald alles wieder beim alten war.

Um das Justizministerium machte er sich keine Sorgen. Der Minister hatte zwar eine großangelegte Untersuchung von Dianuba Technologies angeordnet, und die Öffentlichkeit forderte Havers ultimativ zu einem Rückzieher auf. Sein strahlendes heldenhaftes Image schien an mehreren Fronten gleichzeitig zu bröckeln. Aber er fand nichts dabei. Es kümmerte ihn auch nicht, daß die Aktien des Konzerns um zehn Dollar gefallen waren, was für ihn einen Verlust von fast einer Milliarde Dollar bedeutete. Er wollte nur, daß zwischen ihm und Erika wieder alles in Ordnung kam.

Als er in ihr gemeinsames Schlafzimmer trat, sah er überrascht, wie zwei Zimmermädchen mit einem Koffer aus Erikas Ankleidezimmer kamen.

»Was hast du vor?«

Erika entließ die Zimmermädchen mit einer nervösen Geste und drehte ihm demonstrativ den Rücken zu. Sie sah ihn auch dann nicht an, als sich die Tür hinter den Dienstboten geschlossen hatte.

»Erika, was ist denn los?« Er trat neben sie und wurde blaß, als er sah, wie sie mit den Tränen kämpfte.
Sie drückte das Spitzentaschentuch an die Augen, als sie sagte: »Am Morgen nach Weihnachten habe ich dich gesucht. Ich bin in das Computer-Zentrum hinuntergegangen und habe zufällig gehört, wie du am Telefon jemanden beauftragt hast, diese Catherine Alexander umzubringen. Ich war so überrascht, daß ich es nicht glauben konnte. Ich redete mir ein, ich müsse mich verhört haben.«
»Liebste«, beteuerte er beschwörend, »du hast dich verhört.«
»Dann erklär mir das.« Sie deutete auf das Bett. Dort lag ein Laptop.
Sie sah ihn abwartend an.
Seine Lippen wurden schmal, als er fragte: »Woher hast du ihn?«
»Von Teddy Yamaguchi …«
»Teddy! Aber er ist doch noch nicht zurück!«
Teddy hatte um Urlaub gebeten, denn er wollte nach San Francisco fahren und seine Familie besuchen. Er würde frühestens in einer Woche wieder da sein.
»Er ist gestern zurückgekommen«, sagte Erika mit erstickter Stimme. »Ich bin ihm zufällig vor seinem Bungalow begegnet. Er ist ausgezogen. Teddy hat gekündigt, Miles.«
Das überraschte ihn nicht. Teddy war ausgebrannt, typisch für einen Hacker. Miles hatte es kommen sehen.
»Ich kann ohne ihn leben«, sagte er tonlos und richtete den Blick wieder auf den Computer. Dann sah er Erika fragend an.
Sie ging zur anderen Seite des Raums und starrte aus dem Fenster. »Ich konnte nicht aufhören, daran zu denken, was ich zufällig aus deinem Mund gehört hatte. Dann fing ich an, andere Dinge miteinander in Verbindung zu bringen – Telefonanrufe mitten in der Nacht, die vielen Stunden, die du unten im Computer-Zentrum verbracht hast. Du warst so besessen wie früher. Und dann deine Pressekonferenz, bei der du von geheimen Verhandlungen mit Dr. Alexander über den Kauf der Schriftrollen geredet hast. Irgend etwas stimmte nicht. Also habe ich Teddy

gefragt. Er hat es mir gesagt. Und er hat mir als Beweis den Computer gegeben.«

»Erika, ich kann alles erklären.«

Sie zuckte wie unter einem Peitschenhieb zusammen.

»Wie erklärst du mir, daß er Daniel Stevenson gehört hat?«

Als er nichts erwiderte, fuhr sie fort: »Warum hast du Kojote sterben lassen? Er wäre noch am Leben, wenn du ihm die *Kachina* zurückgegeben hättest.«

»Erika ...«

Sie hob die Hand und schnitt ihm das Wort ab. »Ich gehe, Miles ...«

»Bitte«, flüsterte er, »tu das nicht.« Er wollte auf sie zugehen, aber Erika griff nach einem Buch mit dem Titel: *Die Schriftrollen der Sabina* und drückte es an ihre Brust.

Miles blieb wie angewurzelt stehen und sagte leise: »Wenn du gehst, vernichtest du mich. Erika, ich brauche dich.«

Erika ließ sich nicht beeindrucken. »Ich habe in den vergangenen Wochen viel über dich herausgefunden, Miles. Ich weiß von den Orchideen und von all den kriminellen Geschäften mit den Schmugglern. Du hast skrupellos Menschen ›ausschalten‹ lassen, die dir und deinen Plänen im Weg standen.« Sie zitterte, aber dann sah sie ihn an. »Das Schlimmste von allem war dein Plan, die Schriftrollen in deinen Besitz zu bringen und der Welt die große Botschaft vorzuenthalten, die die Menschen brauchen, die *ich* so verzweifelt brauche.«

»Ich wollte die Papyri für dich, Erika, nicht für mich.«

»Wage nicht, mir das zu sagen. Ich hatte mich auf die Jahrtausendwende gefreut. Ich hatte auf eine persönliche Offenbarung gehofft. Statt dessen habe ich Betrug und Verrat entdeckt.«

Ihre Stimme klang nicht erregt oder laut. Sie trat schweigend ans Bett. »Du wirst von meinem Anwalt hören.«

Sie griff nach dem Laptop und ging zur Tür.

»Erika!« rief er erstickt. »Was soll ich denn jetzt tun?«

Sie sah ihn unglücklich an. »Vielleicht versuchst du es mit Beten.«

Los Angeles, Kalifornien

Das Begräbnis würde bald zu Ende sein. Catherine sah unter einer Eiche am Rand des Friedhofs eine schlanke Gestalt. Es war Teddy Yamaguchi. Sie war ihm vor ein paar Tagen zum ersten Mal begegnet, als er mit einer höchst erstaunlichen Entschuldigung zu ihr gekommen war. Er gestand ihr, er habe keine Ahnung gehabt, daß ihr Leben bedroht gewesen sei oder daß Havers jemand angeheuert hatte, um sie ermorden zu lassen.

»Es schien alles nur ein Spiel«, hatte er gesagt und dann hinzugefügt: »Ich werde allmählich zu alt dafür. Auch ich muß einmal erwachsen werden.«

Catherine wußte jetzt auch, daß Teddy Yamaguchi ihr die geheimnisvolle E-Mail-Botschaft »Er hat Sie gefunden!« geschickt hatte.

»Das war der Tag, an dem ich herausgefunden habe, was Miles Havers wirklich vorhatte«, erzählte er. »Havers hat den Ehrenkodex der Hacker gebrochen, daß niemandem durch das, was wir tun, ein körperlicher Schaden zugefügt wird. Informationen nachzuspüren, ist eine Sache, im Netz hinter einem Menschen herzujagen mit der Absicht, ihn zu töten ... nein, da konnte ich nicht mehr mitmachen.«

»Sind Sie Jean-Luc?« hatte sie gefragt. Er hatte es verneint. Catherine hatte sich mehrmals im IRC umgesehen, aber es war ihr nicht mehr gelungen, *#hawksbill* oder Jean-Luc zu finden.

Als Teddy jetzt ihren Blick auffing, lächelte er und nickte, drehte sich um und ging davon.

Catherine sah ihm nach, wie er zwischen den Bäumen verschwand und dachte daran, welche seltsamen Wendungen des Leben nimmt. Nicht nur ihr eigenes, sondern das Leben eines jeden. Die Welt war inzwischen wieder zu einer gewissen Normalität zurückgekehrt, doch es gab bereits Anzeichen eines neuen Jahrtausendfiebers, denn die Menschen waren von der Nachricht überrascht worden, daß die zweitausend Jahre nicht am 31. De-

zember 1999 zu Ende gegangen waren, sondern erst am 31. Dezember 2000 enden würden.
Aber das beschäftigte sie im Augenblick nicht. Es gab Wichtigeres. Ihr war zwar von der ägyptischen Regierung die Lizenz für Grabungen in Ägypten auf Dauer entzogen worden, doch Catherine hatte bereits ein neues Projekt in Israel. Sobald die Verhandlungen abgeschlossen waren, würde sie nach Galiläa fahren.
Michael schloß das katholische Gebetbuch, ließ es in die Tasche seiner Soutane gleiten und zog ein anderes, dünneres Buch hervor: *Die Schriftrollen der Sabina.*
Catherine hatte die Schriftrollen weder der Kirche noch einem Museum und auch nicht der ägyptischen Regierung übergeben, sondern dem Generalsekretär der UNESCO. Dort hatte man ein internationales Team von Wissenschaftlern und Theologen zusammengestellt, um den Text zu prüfen und zu übersetzen. Das würde noch viel Zeit in Anspruch nehmen.
Catherines Übersetzung, die sie in den Tagen und Nächten mit Michael angefertigt hatte, war jedoch bereits veröffentlicht worden.
Die Schriftrollen der Sabina hatte sich überall auf der Welt sofort an die Spitze der Bestsellerlisten gesetzt und erzielte Rekordauflagen.
Immer noch stritten sich Wissenschaftler über die Echtheit, die Daten und darüber, wer ›der Gerechte‹ in Wirklichkeit gewesen sei. Die katholische Kirche hatte die Schriftrollen nicht offiziell als christliche Dokumente anerkannt. Theologen und Kleriker verurteilten die darin vertretene Haltung, die schlicht bedeutete, daß jeder sein eigenes Leben nach dem Tode schuf, während weltliche Kritiker von ›totaler Unsinn‹, ›jedem sein eigener Himmel‹ oder höhnisch von einer ›Religion für Lieschen Müller‹ sprachen.
Trotzdem nahmen viele hunderttausend Menschen Sabinas Botschaft ernst und fanden offenbar durch ihre Worte Frieden und Hoffnung.
Catherine blickte auf den Sarg ihrer Mutter, der jetzt von einem

unsichtbaren Mechanismus auf den Boden des Grabes hinabgelassen wurde.

Die Schriftrollen hatten weder Nina Alexanders Ruf wiederhergestellt noch ihre Theorien bewiesen. Aber das war nicht wichtig. Nina war jetzt auf alle Ewigkeit mit ihrem geliebten Mann vereint. Obwohl der Papst noch auf dem Stuhl Petri saß, immer noch Männer die Kirche beherrschten, und es Frauen auch weiter verboten war, Priesterinnen zu werden, weil Catherine keine Beweise für die Theorie ihrer Mutter gefunden hatte, gab Catherine nicht auf. Irgendwo gab es den Beweis, und sie würde ihn finden.

An den Gräbern von Nina und Frederick Alexander öffnete Vater Michael Garibaldi das kleine Buch und las die Worte, mit denen die siebte Schriftrolle endete:

»Nun aber zur letzten und wundervollsten Nachricht ...«

Nun aber zur letzten und wundervollsten Nachricht von allen. Meine Stunde naht, aber trauert nicht um mich, liebe Schwestern. Mein Körper ist alt und müde, und ich bin bereit. Meine Seele ist gestärkt und wartet darauf, in das große Geheimnis einzugehen. Gestern nacht kam der Gerechte im Schlaf zu mir. Er fragte: »Glaubst du?«, und ich antwortete: »Ja«. Er sagte: »Dein Wille geschehe. Gib mir deine Hand und komme mit mir.«

Und das, liebe Amelia, werde ich tun.

Anmerkung der Übersetzer

Wir danken Herrn Dipl.-Ing. Ulrich Pokert für die Hilfe bei der Klärung der vielen neuen Begriffe, die Cyberspace uns allen auch in der deutschen Sprache beschert.

Dr. Manfred Ohl
Hans Sartorius